父父子子

梁晓声　著

图书在版编目（CIP）数据

父父子子 / 梁晓声著 . -- 北京：中信出版社，
2022.12（2023.9 重印）
ISBN 978-7-5217-4799-7

Ⅰ.①父… Ⅱ.①梁… Ⅲ.①长篇小说－中国－当代
Ⅳ.①I247.5

中国版本图书馆 CIP 数据核字（2022）第 175942 号

父父子子
著者：　　梁晓声
出版发行：中信出版集团股份有限公司
　　　　　（北京市朝阳区东三环北路 27 号嘉铭中心 邮编 100020）
承印者：　北京盛通印刷股份有限公司

开本：787mm×1092mm 1/16　　印张：35.5　　字数：450 千字
版次：2022 年 12 月第 1 版　　印次：2023 年 9 月第 5 次印刷
书号：ISBN 978-7-5217-4799-7
定价：79.00 元

版权所有·侵权必究
如有印刷、装订问题，本公司负责调换。
服务热线：400-600-8099
投稿邮箱：author@citicpub.com

梁晓声

作者简介

梁晓声,原名梁绍生,祖籍山东荣成,1949年生于哈尔滨市,当代著名作家、学者。北京语言大学人文学院资深教授、中央文史研究馆馆员。著有《今夜有暴风雪》《这是一片神奇的土地》《雪城》《返城年代》《年轮》《知青》等作品数十部。其中长篇小说《人世间》荣获第十届茅盾文学奖。

目录

第一章	……1
第二章	……13
第三章	……30
第四章	……44
第五章	……67
第六章	……75
第七章	……95
第八章	……110
第九章	……133
第十章	……168
第十一章	……178
第十二章	……210
第十三章	……233
第十四章	……251
第十五章	……260
第十六章	……275
第十七章	……296
第十八章	……304
第十九章	……333
第二十章	……353
第二十一章	……357
第二十二章	……371
第二十三章	……399
第二十四章	……411
第二十五章	……428

第二十六章 ……456
第二十七章 ……467
第二十八章 ……495
第二十九章 ……520

第一章

圣比埃尔就要死了。

高鹏举左手上右手下,像捂一枚枯叶,将圣比埃尔的一只手轻轻捂着。他在病床边已坐良久,如果那只被捂的手温度尚存,他绝不会放开。

那是对双重承诺的忧伤信守。

德穆伊·德·苏姗娜夫人离开哈尔滨时,曾信赖地托付他照顾好圣比埃尔。

而圣比埃尔也曾对他说:"高,我多么希望我死时,有你陪在我身边,像兄弟陪着我那样。"

对于某些人,没有什么承诺是必须信守的,承诺在他们那儿只不过是特殊场合对特殊之人所说的特殊话语,背弃承诺同样可以找出各种特殊的理由或借口。

而在另一些人那儿,其诺一经出口,不论事关大小,竟未兑现便会长期地自我谴责。所谓一诺千金,千金难抵。

高鹏举属于后一种人——他的父亲高亦林仅在此点深刻影响了他。除了此点,熟悉他们的人都认为,父子俩在性情方面相似甚少。

这是一家由苏联人开办的儿童医院。

病房供热充足，温暖如春。唯一的方桌上，高鹏举带来的唱机在转动，萨克斯曲悠远开阔，令人陶醉。

四十余岁的犹太人圣比埃尔是位出色的萨克斯手，同时是一位践行忧郁浪漫主义理念的萨克斯曲作曲家。当年全世界为萨克斯作曲的人不多，自从他随同苏姗娜夫人"光临"哈尔滨，给哈尔滨音乐界带来了可喜的新气象——俄苏音乐鲜明的民间之风与西方音乐的古典之风与美国音乐的"爵士风"与巴黎音乐"骨子里"的唯美之风相互吸纳，各美其美，美美融合，美美与共。

留声机播放之曲由圣比埃尔所作，是高鹏举出资为他灌的珍藏版唱片。

1935年冬季——确切地说，二月五日这一个夜晚，外边的城市几乎被冻脆了，似乎只要有什么猝力撞击了某处，即使是极微之力，即使仅刚蹭了边边角角的什么地方，整座城市顷刻也会引发多米诺骨牌式的连锁崩碎，一切残垣断壁皆会呈现出冰碴儿来。地冻如铸铁，寒夜闻裂声。

此前，一月七日，伪满协和会中央总部发出通知，召集地方联合协议会，严厉加强奴化教育；一月二十日，伪满实业部推行重要产业统治法大纲，对全东北重要产业实行全面控制；二月一日，北满铁路运费改收伪"国币"……

是的——是犹太人的萨克斯圣手就要死了。隐形的死神已站在病房门外，随时会失去耐性穿门而入。对于死神，一切人都是毫无区别的同一种地球动物而已，他收割人的生命，准时准点，乐此不疲，正如在菜农眼里，韭菜只不过是韭菜，只分该割或尚不该割的两种；类同死神照章所办之事，从不徇私情。他和任何人都没来往，便也对感情二字毫无体会。

实际上，高鹏举已不能分清自己双手所感觉到的温度，有几分散发于

第一章

自己的身体，又有几分属于圣比埃尔那只枯叶般的大手。在他听来，萨克斯曲并非发自于留声机，他背后也没有方桌，没有墙和门；连医院楼都不存在。他背后只有天和地，只有天地间无边无际的凛冽寒夜，萨克斯曲是从极远极远的什么地方传来的——而那地方阳光明媚，正值美好的夏秋更替之际，有披着绚丽秋装的山峦，有清澈的河流，两岸野花盛开，姹紫嫣红；有人坐在图案美观的地毯上饮酒，有人在草地上跳舞；河流似乎是松花江，不能确定；那些享受美景的快乐的男女老少似乎是哈尔滨人，也无法确定。

他的眼更多的时候在看圣比埃尔的脸。那张脸也瘦得脱相，别人看了会害怕的，但他却想将那张脸通过自己的双眼"拍摄"下来，保存在心灵的底片上。友谊之所以谓友谊，乃因一方留给另一方的最后印象，在所有遗物中尤为珍贵。

圣比埃尔戴着吸氧面罩，高鹏举看到的仅仅是他的上半张脸，他闭着的眼仿佛再也无力睁开。医生说，吸氧除了在一定程度上减轻他临终的呼吸痛苦，并无任何医治方面的作用。

高鹏举说："那就是重要的作用，一切费用由我出。"

他偶尔也会抬起头望向窗外，一盏路灯清冽的光照在窗户上，外边正下雪。起初，不知从哪儿飞来只麻雀，落在窗户一角。不久，又飞来一只。两只小东西挨得紧紧的，如果它们的翅膀是手臂，那么想必会互相拥抱在一起的。他再次看它们时，它们的身体已没了鸟形，变成两个紧挨着的微小的雪人了。

他看得揪心，不再看了。倘那窗不是封严了的，他会将它们放进病房。入冬以来，不少鸟儿冻死了，大抵在夜里，人们白天常能见到冻死的鸟尸。冻死的人更多，皆无家可归的流浪者。高鹏举在商界一倡议，组成了临时慈善机构，专门救助流浪者，为冻死的他们收尸，找地方下葬。

圣比埃尔的呼吸越来越急促。吸声更长，呼声更短，面罩扩大了那声音，高鹏举也听得越发揪心了。萨克斯曲与萨克斯圣手临终前困难的呼吸声交织在一起，听得高鹏举五味杂陈，眼眶屡湿。

1935年，高鹏举二十七岁，却在两年前就被称为先生了。那年他父亲去世，臂戴黑纱的他由"高公子"而"高先生"。当年，一个男人但凡穿得像点儿样子，必定会被当面称为先生的。同曰"先生"，当面与背后甚有区别——高鹏举也被人背后称为"高先生"。有钱有地位的人那样，平头百姓也那样。认识他的人那样，只听说过他的人还那样。他沾了他父亲高亦林人格魅力的光，其父不仅是哈尔滨德高望重的人物，在东三省之商界亦口碑甚佳，人脉远布于天津、北平及上海。肚子里行得了船，胳膊上跑得了马，便是形容高亦林那样的人物。高鹏举在为人行事方面也颇仗义，所谓遗传基因。

圣比埃尔起先住在一所日本医院里，是哈尔滨医疗条件最好的医院。高鹏举是名人，院方买他的账，由水平最高的日本医生主刀，为患癌症的圣比埃尔成功地进行了胃全切除手术，当年是颇有难度的手术。但那所医院的院长，却是典型的军国主义分子，还是日本特务。他结束省亲假从日本回到哈尔滨后，一听说圣比埃尔住入了该院，勃然大怒，限时出院。高鹏举明白，那家伙憎恨圣比埃尔，肯定是由于圣比埃尔加入了哈尔滨交响乐团，并由该团担保放弃法国国籍，改入了苏联国籍。在日本军特方看来，主要由苏联人组成的哈尔滨交响乐团，极可能潜伏着多名苏联间谍。而身在哈尔滨的苏联间谍，任务当然是针对日本军方的。想明白了日本人的逻辑，高鹏举未敢拖延，紧急地将圣比埃尔转移了。唯恐日本宪兵特务加害于圣比埃尔，他秘密地将圣比埃尔转移到了这里。确乎，这里是日本人想不到的所在。他夫人赵淑兰曾认为大可不必，建议他求一下伪满哈尔滨市长，如果市长肯出面协调，圣比埃尔也许就不必转移。高鹏举没采纳

第一章

夫人的建议，怕将圣比埃尔继续留在狼穴虎洞，其命朝不保夕。住进儿童医院，安全是安全了，但圣比埃尔经这一番折腾，术后情况急剧恶化，虽由关系最好的苏联医生轮番前来救治，却还是回天乏术。

此地此时的高鹏举，内心充满对日本军特人物的恼怒。他有些后悔没听从夫人的建议，但一想到自己是交响乐团的编外成员和常客，估计自己也和圣比埃尔一样上了日本军特的黑名单，便只有徒唤奈何地接受现实。

萨克斯曲尚未结束，门外突起一阵不祥的动静。先是一楼有多双穿靴的脚跑上来，将木板楼梯踏得嗵嗵响。接着走廊传入女护士用俄语惊问的话声："为什么？这里是医院！"再接着是她的惨叫声，肯定挨打了。

不待高鹏举有所反应，病房门被一脚踹开，闯入一名日本兵。那日本兵在门旁持枪立正后，作了一个请的手势，于是进入一名日本军官，看去与高鹏举是同龄人，挎洋刀，穿皮靴，戴白手套。

高鹏举放开圣比埃尔的手，霍地往起一站，镇定地看着对方。是的，是镇定地看着，没有丝毫惊慌，却也没有丝毫愤怒。实际上他内心里不但有惊慌，也有愤怒。惊慌与愤怒等量交织，镇定完全是装出来的。同时也有几分疑惑——他估计对方绝不会是冲他来的，自忖尚没什么可被对方指控的罪名。那么就是冲圣比埃尔而来了？可对于一个濒死的犹太人，又何必如此呢？他委实不明白，不理解。一时发蒙，不知究竟该作何表示才算明智——他那蒙有几分像是镇定。

日本军官连看都没看他一眼，而是被留声机吸引了，走过去站定，左手托右肘，右手成拳，撑下巴。听了片刻，像女人捏根头发似的，用戴白绸手套的手将曲臂捏起，小心翼翼地放下——不但仅用二指，另外三指还伸直着，小指还旁岔着，如同女伶在舞台上演戏，并有摄影机在拍自己手的特写，于是作莲花指状。当他轻轻合上留声机时，翻译进来了。

高鹏举不禁看了圣比埃尔一眼——他竟睁开了眼睛。由于眼窝深陷，那双眼睛显得特别大，眼神充满不安。高鹏举看出来了，那是回光返照，并且明白，那双眼里的不安绝非因自身之危而有，乃是由于替他感到了惊恐。对一个濒死之人，还有什么危与不危之分呢？

翻译用日语向那军官介绍高鹏举。日语他是听得懂的，他也识得对方的肩领章，其上的星花告诉他，对方只不过是一名军曹，下等士官而已。校级的军官高鹏举也不止一次见到过，他们对他一向彬彬有礼，这使他紧绷的神经稍微松弛了一下。

那军曹平出一臂，看似轻拨了一下，实则暗力运足——翻译倒退数步，若非靠住了墙，结果必然跌倒。

军曹说："高先生是皇军的朋友，满洲话是我的第二语言，不必你多此一举。出去！"

翻译便尴尬地笑，讪不搭的闪出去了。

高鹏举也笑了笑，悬着的心归于平稳。

对方从衣架上取下他的大衣，移步至他背后，替他将大衣披在肩上。高鹏举一动未动，又不知该作何反应，唯恐应对稍有不妥，会使局面突变。

对方的"白手"在他大衣的肩上和水獭皮的领上表演性地抚了几下，后退一步，靴跟啪地一并，向他敬了一个特帅的军礼。

他正发呆，对方礼毕又说："高先生，感谢您对我们此次行动的主动参与，我一定会向长官请示，替您申请嘉奖！"

"长官，误会大了！您的话我不明白……"

高鹏举终于开口说话。虽然对方等于向他明示了他的安全，却也使他觉得受到了奇耻大辱。

对方朝他一瞪，他又乱了方寸，不知再说什么为妥了。

"假装不明白没什么,心里明白就行。"

对方的"白手"拍了拍他胸口,随即朝门外招了招,便又进来两名日本兵。

对方指着圣比埃尔,命令:"使他老实点儿。"

两名日本兵站在病床两侧,同时按住圣比埃尔的腿和胳膊。

高鹏举立刻明白了对方意欲何为,大叫:"浑蛋!我要向宪兵队控告你!"

他立刻挨了一耳光,门旁那名日本兵扇他后,仍面无表情地退守门旁。

那一耳光将他又扇蒙了。

军曹微俯身,仍以莲花指的手势,将吸氧罩从圣比埃尔脸上取下。圣比埃尔的腿、臂已被按住,动弹不得。只将腰身挺了几挺,长出一口气,命烛熄灭。然而,却死不瞑目,深陷的大大的眼睛望向高鹏举。

"高先生,您认为,您的朋友听了我刚才感谢您的话,死前会作何想法?"

那军曹转身这么问高鹏举。

高鹏举从没经历过此等欺辱,却也只有强忍。强忍一名日本士官,而且是与自己同龄的士官的欺辱,对他这位哈尔滨名人谈何容易!

翻译此时又进来了。

军曹对翻译说:"替高先生拎上留声机,替我送送他。"

高鹏举在走廊里踉跄而行时,见走廊一侧隔几步站着一名日本兵,枪上的刺刀寒光闪闪。苏联女护士靠墙昏坐于另一侧,头上流血,显然挨了一枪托。翻译差点儿被她伸出的腿绊倒,他倒退在高鹏举前边喋喋不休:"谢天谢地吧,太君对你多礼貌多客气呀,不是还表扬了你吗?换成别人,能毫发无损地离开吗?"

高鹏举回了一次头，见那军曹已在病房外，举起"白手"向他招了招。

他在医院的台阶上失足跌倒，扑伏阶下，留声机被抛在他身旁。医院门旁停着一辆军卡和一辆吉普，都插着太阳旗。

他的小汽车停在对面，司机孙尚义跑过来将他扶起。

孙尚义掀开留声机盖看了看，低声说："还好，唱片没损坏，您没事儿吧？"

"没事儿。"

他刚说完，有人大声叫他："鹏举！"

对面的吉普上下来一人，乃市公安局刑侦队长潘佑泰。他曾是高亦林的几位把兄弟中年龄最小的一个，也是一个上赶着唯恐赶不上趟的汉奸。本来，他是负责民事案件、维护一般治安情况的满警人员，却偏要积极与日本特务机关勾搭连环，经常提供独家情报，献计献策，渐受赏识。

由于以上两种特殊原因，高鹏举不能对潘佑泰不理不睬。

"两分钟后，按喇叭催我。"

高鹏举对孙尚义说罢，朝潘佑泰走过去。潘佑泰待他走到跟前，掏出烟递向他。高鹏举一向吸烟斗或雪茄，很少吸卷烟。但那时的他，屈辱与愤怒犹如浪涛，一波接一波在胸腔内翻卷叠涌，像是会将他的心脏给撞碎——他太需要烟了，是烟就行。

潘佑泰自己也叼上了支烟，按着打火机替高鹏举点烟。

高鹏举深吸一口后，潘佑泰以撇清的口吻说："贤侄，这事儿可跟我没什么关系啊。我只不过是个听支使的角色，人家要求我随行，我敢不来吗？"

潘佑泰显出无奈的样子。

高鹏举说："但愿吧。"

他说完，忽然想起——将圣比埃尔转到儿童医院一事，除了自己的司机孙尚义，再就只有潘佑泰知道。对孙师傅他是绝不怀疑的，至于潘佑泰，他当然是能瞒就瞒。但偏偏的，在送圣比埃尔去儿童医院的路上，潘佑泰的车别住过他的车。潘佑泰说不知是谁的车，见车速甚快，颇觉可疑，拦一下是职务反应，若知是他的车就不拦了。

想起那事，高鹏举断定，告密者必是潘佑泰无疑。

潘佑泰听了他的话一愣，慢条斯理地说："假如我参与了，便又怎样？"

高鹏举也一愣，随即淡淡地说："参与了也就参与了呗，谁能将俺叔怎么样啊！"

潘佑泰笑了，矜傲地说："贤侄，这话叔爱听。满洲国已成立四年了，载入史册是既成事实。东北军一开溜，东三省都是皇军的天下了，大日本皇军在东三省的军事占领坚如磐石，固若金汤，我作为满洲国警界干部，幸获皇军倚重，怕谁呀？"

高鹏举只得说："我就是这个意思。"

潘佑泰又说："虽然哈尔滨被叫作什么东方的巴黎，还设立了二十几处别国的领事馆，吸引了二十几国的有钱人来大兴土木，购置房产，但不管你是哪国人，在东三省，特别是在哈尔滨，皇军叫你弯，你就别想直。皇军叫你是方的，你非想是圆的就没你好果子吃！贤侄你说我的话对不对？"

高鹏举应付地说："对，太对了。叔……可我朋友只不过是一个音乐人。"

"你指……那个什么尔？"

"圣比埃尔。"

高鹏举又深吸一口烟，呛咳嗽了，将半截烟插入雪堆。

"贤侄,你给我听明白。皇军在东三省,简直也可以说在全中国,哪种势力都不怕。将来之中国,也许全都得姓日。但皇军只有一种不放心,就是黑龙江那边的苏联。皇军恨苏联人,这叫天敌关系,懂吗?谁叫那犹太佬非加入了苏联籍呢?他这不是等于给皇军上眼药吗?"

潘佑泰侧目看他,语中含责。

高鹏举一时无言以对。

潘佑泰又说:"放心,皇军主要不是针对你。到目前为止,皇军还没把你当成危险分子。"

"叔能否帮我疏通疏通?我想为我朋友举办丧礼。"

"不能!"

潘佑泰将烟头使劲踩入雪地,又吸着了一支烟。

高鹏举的车响起了喇叭。

"绝对?"

"当然!你如果还要那样,皇军就会迁怒于你。而我如果帮你疏通,就会影响皇军对我的抬举。连这么一种轻重都掂量不出来的话,你叔的名字还配得上佑泰二字吗?去吧去吧,你司机催你了,我也冷了,得车上待着去了,改日有空,从容陪你聊。"

潘佑泰用另一只手轻推高鹏举,而孙尚义下了车,冲高鹏举喊:"少爷该走了,少夫人会担心的!"

高鹏举急切地又问了一句:"他们非留一具尸体有什么用?"

他内心十分清楚,此刻的圣比埃尔,肯定已是一具皮开肉绽、筋断骨折、惨不忍睹的尸体无疑。他已经不在乎他在临死之前的圣比埃尔心目中已被抹黑到了何种程度——这其实是大多数人——不分男女——非常在乎的,因为事情的不可改变性。但高鹏举的确已根本不在乎了,他还希望自己能为朋友做件事,那就是为朋友办一场体面的丧礼,并且应该是犹太教式的。

潘佑泰却说:"嗷!贤侄啊,你不明白的事多了,说有用,便有用,比如解剖。说没用,也没用,比如剁巴剁巴喂他们的狼狗。从军官到士兵,不少皇军爱好那一乐。我知道你怎么打算的,而你如果一想要尸体,问题又复杂了。"

高鹏举的车开走后,他有些生气地问:"改不过口吗?叫我先生有那么难吗?高家明明已没有什么少夫人了,只有夫人和老夫人了!还当着别人瞎叫,给我记住了!"

孙尚义说:"我成心那么叫的。"

"为什么?!"

高鹏举吼了起来。

"想要给他一种印象,您不过是一个某时有些任性的少爷,您的某些言行除了用任性来解释,并不说明别的。而他会以这种印象影响日本人,于是对您有好处。"

"对不起。"

高鹏举并非思维迟钝之人,听罢立刻理解孙尚义的良苦用心,除了道歉,又一时失语。

孙尚义说:"没什么,应该的。"

高鹏举忽然恨恨地说:"真想把他们统统杀光!"

孙尚义说:"这是危险的想法,别有。"

"想想都不行吗?"

高鹏举又生气了。

"想想倒也没什么,可您说出来了。"

"可我是在对你说!"

"可您又了解我多少呢？"

"你！成心和我抬杠是吧？岂有此理，先不回家！"

"还去哪儿？"

"哪儿也不去，兜风！"

"冰天雪地的，兜的什么风呢。不听您的，我把着方向盘呢，回家。"

在1935年冬季那个贼冷贼冷的夜晚，哈尔滨最年轻的富豪高鹏举终于也领教了一次身为"满洲国人"的屈辱，那一夜成了他人生转折点的痛心之夜，也可以说是首夜。

第二章

在黑龙江省某些地区，人们也将"倒插门"女婿叫"软男"。

高鹏举的祖父高文远便是"软男"。

没谁能说得清他的身世，高鹏举的父亲也所知甚少，祖父讳莫如深。

高鹏举了解的情况仅仅是——1880年祖父年轻时中了秀才，却并未因而出人头地。要想通过科举出人头地，起码得继续考中举人。

大兴安岭脚下有一古镇，一千几百户人家，算是一个颇大的镇。镇上有一吕姓富户，在偏省偏镇，再富的人家也富不到哪儿去，不过土地多点儿，有些家底儿罢了。吕姓夫妇膝下唯有一女，取名吕慧，待字闺中，择婿条件高不成低不就的，成了夫妇二人的心病。冬季一日，吕慧早上出门扫雪，见一衣衫褴褛的青年昏睡门前。以手探鼻，一息尚存，于是唤出父母。吕家夫妇乃慈善人，吕父便又唤出长工，将青年背入家中——那青年便是高文远。文远苏醒后，吕父与其一聊，得知他父母已殁，且无兄弟姐妹，乃是个孑然一身无家可归的乞讨秀才。又见其五官端正，眸子清正，心中大喜。试探一句，那文远倒也甚会来事，亦是正中下怀，双膝一跪磕头，先谢救命之恩，复言"岳父大人在上"。

就这么着，文远入赘在了吕家。夫妻二人，倒也和谐恩爱。翌年，吕慧一胎产下双子——先出生的自然为兄，取名高甲；弟弟取名高乙。字面上看俩娃的名未免太俗，实则隐含了他们父亲和姥爷的大寄托，愿他们日后也通过科举考取功名，继而服官正。甲、乙者，每考必夺一二名次之意尔。

同是入赘，同是"软男"，文远在吕家却颇受关爱，镇上人也都对其刮目相看。那镇的男女老少，除了在戏剧中，都没在现实中见过一位活生生的秀才。镇上终于有了一位秀才，全镇人都觉沾了荣耀，皆称文远为"秀才相公"。由是，高文远过了几年颇受尊敬的幸福日子。他本就肩不能担，手不能提，五谷不分。自从入了吕家的门，岳父母都不让他干什么活，只望他继续苦读，在科举"管道"中考而再考，修成正果。家中有长短工，确也轮不到他干什么。那文远并未因过上了幸福日子而躺平，为中举甚是发奋。有算命者曾言，因他出生恰逢大清的危厄时期——英法联军攻入北京、火烧圆明园；咸丰帝英年早逝；小皇帝年幼体弱，难主朝政，只得由太后垂帘听政……总而言之，出生在这时期的士子在科举方面颇难达愿。

文远也罢，吕父也罢，对那算命瞎子的话都没当真。有时候人们算命并非出于信，而是一种日常娱乐，排遣寂寞。言好，心悦。相反，则以"胡说八道"总结之，聊以自慰。算过了，也就过去了。

但对于高文远，那瞎子的话竟成谶言。其后十余年内，文远考场连走背字，屡试不中，奋发的心劲渐渐挫没了大半。吕父对他便极失望，嘴上虽不曾说，颜面上未免时常带出。而镇上的人们，也将他看成了吕家的一大笑话。

好在，他毕竟是位秀才父亲，平日里言传身教，两个已成少年的儿郎渐渐地知书达理，文化方面明显优于同龄子。那哥俩十三岁时，姥爷姥姥同年故去，忽而冒出些亲戚争分财产。文远是入赘婿，没资格在吕家的财

第二章

产方面发言。不管他的话多么占理,对方一句"吃软饭的"就将他的理给粉碎了。而吕慧,一个弱势女子,又哪里争得过些个如狼似虎的亲戚呢?经彼们一哄而分,四口之家几乎一贫如洗了。

高文远甚觉辜负了岳父母与妻子的期望,亦觉再没能力报答吕家的救命与善待之恩,不久抑郁成疾,难治而亡。家中仆役,纷纷不告而辞。吕慧和两个儿子其后的日子有多么不易,可想而知。

哥俩十五岁那年,母亲也死了。论将起来,那小哥俩真算得上刚强少年,双双以身押贷,筹款葬母,并尽可能将母亲的丧事办得体面。之后,便都成了十里八乡的"半拉子",即工钱低于成年人的长短工。为了早日还清债务,什么活都肯干,什么苦都吃得。地里的山上的劳动,逐渐都能干出个样子了。前提只有一条,要用就哥俩都雇,哥不离弟,弟不离哥。白天可以分头出工,晚上必须睡在一起。一则,当地之民风,总体还算浑朴;二则,小哥俩继承了其父基因,都是高个子少年,劳动又使他俩粗胳膊壮腿的,这个一旦受到无端威胁,那个立马挺身而出,双双对抗强暴。经历了几次冲突,居然颇为出名,敢欺负他们的少了,佩服他们的多了。"宁斗山中熊罴,勿惹高家兄弟,那俩可是急眼了不要命的主。"——这种说法,在当地广为流传。

两年后,还清了债,哥俩一商议,干脆另择生路吧,于是跟随几名采参人进了长白山。又两年后,攒下了些辛苦钱,却也干够了采参那营生,哥俩的性子都不适合于那营生。采参好比淘金,实在是极靠运气的活法。哥俩自忖此生不会有什么好运,便都起了遁世之念。却又不愿一块儿去当和尚,互言戒得了女色,戒不了酒肉。若连酒肉一并戒了,活着还有什么意思呢?于是在哥哥的提议下,买了一杆土枪和些许弹药,外加一柄武把式们耍的三齿钢叉,闯入深山老林,变成了一对居崖洞、饮涧水的雄性"山鬼"。若以解珍解宝相比,十分恰当。只不过比解氏兄弟的活法还更艰苦，解氏兄弟毕竟在山脚的村里有两间茅庐，他们在任何一个村里却都一无所有，便也了断了在山外的一切牵挂。山里可猎的活物不比人参少，大到野猪狍鹿，小到林兔锦鸡，只要是那块狩猎的料，运气再不济，二三日内必有一次斩获，并且还无须每次都用枪使叉。往往，套子陷阱提供的所得，便足以使哥俩的生存无虑。若斩获了大家伙，皮、肉可到山下卖掉，换回粮食、油盐酱醋和酒，以及其他生活用品，日子倒也过得越发习惯。直可曰有几分优哉游哉，自得其乐，很是享受起来。何况，山中还有采撷不完的各类浆果、木耳蘑菇。四季山珍，如储仓中。兄弟俩也开出了片地，种各类蔬菜，稍加侍弄，自给有余。

那年头，猎人比采参人少多了。这乃因为，采参可以结队，每几人十几人一伙。若十几人，进山后再分开，一般不少于三人一组，为的是突遭凶险之际，互相有个照应。但猎人不兴成帮结伙，他们是山林中的独行侠。只有那样，斩获的机会才更多些。并且，但凡还有别一种活法，男人们是不太愿做猎人的。单干虽可独得，遭遇凶险时却也只能听天由命。一个山下人都很熟悉的猎人某日进山后便再也不曾出现过的事，不但并不令人诧异，还会基本上被认为正常。出没于山林亦消失于山林，基本上是猎人的宿命。故十个女人中，起码七八个是不愿嫁给猎人的。一个男人若还想娶妻生子，组成家庭，便也不会做猎人。

高家兄弟的情况不同，采参的经历使他们不惧山林；遁世思想更加使他们亲近山林；胆大心细是他们的共同素质，而此点，正是猎人应有的起码素质。凭了这一素质，他们对狩猎之事上道很快，也练就了种种非凡的本领。他们很爱好自己的猎人生涯，觉得实在是天无绝人之路。最主要的成功前提乃是——他们是哥俩，是自幼彼此保护成本能成自然的哥俩，是无须强调而生死与共的哥俩，是看去分为二人，实则宛若一体的哥俩。这样的哥俩，也便没了谁作用大谁作用小，谁该多分谁应少得的隔腹心机。

第二章

于是，积蓄渐丰，更加迷恋山林了。

好运气终于也向哥俩招手——一日，他们猎杀了一只体形甚大，重达五六百斤的猛虎。那虎除了大，斑纹亦极华丽，黄处若金，黑处似墨。特别是额上的"王"字，清清楚楚，宛如碑体。那是勇气与智慧相结合的一次猎杀，山林中上演了"打虎亲兄弟"之惊险又勇悍的一幕。那是他们人生中的首次高光时刻，只是无人目睹无人喝彩而已。

那么大只的虎，山下的村人是没谁买得起的。否说它全身是宝了，仅那一大张虎皮，也不是一般财力的人敢开口问价的。于是哥俩租了辆爬犁，将虎由雪道拉进了县城。县城不大，有一家专收皮货的店铺。店铺王老板见了亦吃一大惊，连说"开眼了开眼了"。但人家也收不起，却指给了他们一条销路，让他们前往一处兵们的行营去碰碰运气，据说行营的张统领曾放出话，说自己想用一张虎皮作为觐见礼。

而那张姓统领（也有说他是团练的），正是后来鼎鼎大名的风云人物张作霖。

张作霖一见，同样亦惊亦喜。盘问之下，得知哥俩仅凭一杆土枪一柄三齿钢叉而猎虎成功，不禁叹为能事。见兄弟二人体格魁梧，仪表堂堂，且谈吐从容，不虚不俗，顿生招纳之心。依那张作霖想来，这哥俩可谓一对内秀"猛人"。"猛人"已不多见，有内秀者少而又少。他不但高高兴兴地重金买下了那虎，还试探地问他俩愿不愿意告别山林，跻身军旅，以图日后有机会效忠于国。

哥俩哪儿想过这茬呢，太意外了，一时的你看我，我看你，嗫嗫嚅嚅都不知该如何作答为好。

那张作霖并没逼哥俩立刻给个说法，下令安排俩人住下，好酒好饭予以款待，容他们商议一晚再说。

对于张作霖，哥俩是有所耳闻的——他为朝廷镇守边陲，倒也算关爱麾下，且无欺压百姓之劣迹。某一时期内，因剿匪除霸有功，还受到了京城方面的嘉奖，在民间亦曾美名流传。

是夜，酒足饭饱之后，在行营的待客帐中，哥俩严肃地思考起往后的人生来，犹如当初决定要不要进山做猎人。

哥说："我觉得他人还不错，跟得过。"

弟说："那么，我留下当他的兵。当兵是赌命的事，一旦参战，命就不是自己的了，咱俩都留下不值得。"

哥说："倒也是。可话分两头，当兵虽有风险，赌的也是机会，参战多而命大，却也有机会出人头地，成为和那姓张的一样的人物，跺跺脚，一方地面都颤。"

弟说："我正是这么想的。咱哥俩只要出息了一个，那也不枉爸妈将咱们带到了这世上。"

哥说："是啊是啊，总在深山老林转悠，往前看的确不是长事。不过呢，我是哥，当兵既然有风险，由我来当才对。得亏张大人慷慨，那虎不是使咱们换了不少的钱吗，你以后不要再进山了，干脆在县城买处房子，外加一处门面，做点儿什么生意，娶妻生子，也算给了咱们泉下的爸妈一种安慰。有我当兵的哥罩着，估计没谁敢欺负你，你的生意必会越做越好。"

弟还想说什么。

哥却总结地说："父不在，兄为父。咱哥俩，我说了算。就这么决定吧，没必要议起来没完。"

弟弟一向敬着哥哥，对哥言听计从，没再争着当兵，怕惹哥不高兴。

翌日上午，张作霖听高甲说肯留下当兵了，心中大悦，遂问当兵的志向。

高甲朗声说："个人志向是一点儿没有的。如您张大人昨日所言，我们兄弟两个,理应有一个为国守边,为民入伍。杨家将兄弟七个都是那样的人,我们哥俩出一个不多不少。您昨日的话点醒了我们,能在您大人麾下成为兵卒,实在也是我三生有幸。"

"好一个一点儿没有!"

张作霖开怀大笑,当场便封高甲为协军校,并借着那股子高兴劲儿,为哥俩都改了名——哥哥改为高依威,弟弟改为高依霖。暗含这么一种自得——不论你们哥俩将来哪个出息了,都是靠我张作霖的赏识,沾我的军威沾我的光。

话说清廷覆灭后,张作霖渐成东北王,定府沈阳,高依威作为亲信,便也去了沈阳。他到沈阳没多久竟玩起了失踪,连弟弟高依霖也与之失去了联系。后来,有人向张作霖汇报:那高依威潜往南方投奔了革命军。张作霖听罢,沉吟良久,只说了三个字:"这小子!"

过后,还让人给高依霖捎话,让他好好地做他的生意,自己绝不会因他哥的事为难他。

张作霖麾下有人大惑不解,问他缘何对高氏兄弟那般宽宏大量。

张道:"男人和男人之间,与男人和女人之间的关系差不离,谁叫我打眼一见就喜欢上了那哥俩呢!我认为高依威绝不是忘恩负义之辈,他的行为明摆着是人各有志,我张作霖岂能罪论有志之人?何况,革命军的革命,革到北平肯定就再不往北边革了,与我们东三省没甚相干。我若因高依威的事迁怒于他的弟弟,还配得上'大帅'二字吗?"

后来的后来,袁世凯称帝,革命军自南方起兵讨袁,有人确见军中有位营长是高依威,军中传其每战身先士卒,英勇不畏死,深孚众望。

张作霖也听说了,一次开军官会时离题大发议论,侃侃言道:"袁项城这人我张某多少也是服气些的,孙文甘愿将大总统让他来当,天下人谁也没什么好说的。但他却聪明一世,糊涂一时,非要过把做皇帝的瘾。咱们东北军中，有位曾经的军官成了讨袁骁将，很替咱们长脸。若日后仍有缘一见，我会设宴谢他。"

这话又传到了高依霖耳中，他也不知张大帅那话几分是发自内心的，几分是嘻哈闲聊之词，却不敢不当回事儿，赶紧制备了一份厚礼，托人送入张府，以表衔恩未忘之意。

不幸被兄弟二人当初言中，高依威后来战死于汀泗桥一役。那时，高依霖的生意已然做大，并且还当了父亲，有了儿子高鹏举。先是，他娶了县城那家皮货商的独生女王爱珍，不久老丈人病故，便接管了皮货店。该店虽在县城，门面看起来挺一般，实际上既进行当面交易，还从事批发、预订，经营触角远及天津、保定、北平、济南、郑州、太原等市，皆有固定客户，往往一购就是成批的存货。"蔫不拉叽地富"，是当年县城里的人对高依霖岳父的形容。"娶媳妇等于抱住了个金娃娃"，却是人们背地里对高依霖的议论。而高依霖自己则认为，他在生意场上的发达，确乎与张作霖给他改的名不无关系。生意场上知道"依霖"二字由来的人，都愿主动与他建立关系，图的是也沾点儿张大帅的"紫气祥光"。

高鹏举十八岁时，他的家已搬到了哈尔滨。生意范围也已不限于皮货、山珍、中草药之类，有了独资的林场、粮油加工厂、合资的煤矿和金矿、饭店和商场，赫然已是哈尔滨新冒出来的富豪了。而他自己，也由以前的"高家少爷"成了哈尔滨富豪圈里的"高公子"。

"少爷"也罢，"公子"也罢，高鹏举并不觉得自己投胎高家是幸运，每每当着父亲的面，肆言替父亲感到羞耻。

某次讥得父亲恼了，拍案斥道："放肆！你伯父的名也是他给改的！你瞧不起我也是轻蔑你伯父！"

一提到伯父，高鹏举肃然起敬了。这高家的独苗常去北平，高家在北平有多位生意场上的朋友，他们全都欢迎他去住住。在北平，他渐有了一些自己的朋友，皆陈独秀、李大钊们的思想主张的认同者、追随者。他爱听那些"新青年"聚在一起热烈且慷慨激昂地指点江山、批评国事。北大、清华是他爱去的地方，蹭过胡适的课，与闻一多通过信，参加过"鲁迅作品研讨会"，对刘师培们宣扬的无政府主义的主张也感兴趣。总之，他时常的"跨省流窜"经历，使他与哈尔滨的富家子弟们格格不入——彼们时常议论他是一个"不着调"的人，而他形容彼们为"井底惰蛙"，后来根本不参加彼们的任何社交活动了。

"张大帅"者，大军阀也。自己父亲的名字竟是由大军阀给改的，而且改成了"依霖"，这令他反感。特别是那个"依"字，使他觉得如同《红字》中红色的"A"，仿佛足以证明他们高家发达史上有抹不去的污点似的。

他对父亲的合作伙伴皆是"洋人"也大不以为然，认为同样是污点。

"你懂什么！小日本在中国的野心大了去了，你根本看不出来，你爸还看不出来吗？虽然他们现在装出对中国有益无害的假象，不定什么时候，一旦条件成熟，会成为我们中国最凶恶的敌人！到那时，高家借助别国领事馆的庇护，或可与小日本周旋周旋。你爸如果不长这种前后眼，高家的将来那就必定是个愁！"

高依霖苦口婆心地教诲他的独生子。

高鹏举却嘲讽地说："反正在我看来，咱们高家的发达史，可收入《三言二拍》新编，而且是狗尾续貂的拙篇！您创下的家业再大，我将来肯定是不继承的，那也饿不死我。或许，没等你担心的事发生，一场工农大革命已席卷全中国，咱们高家已成了革命对象。为了那时不成为正义的革命对象，你儿子也不愿继承你那份儿……"

"浑蛋！滚！越来越放肆得没边儿了！"

一向对儿子的口无遮拦持包容态度的高依霖摔碎了杯盏，猛起身要揍儿子。

高鹏举夺门而逃，当日又去了北平。他虽以父亲的名及发达史为耻，出走时身上却是从来不差钱的。一向不差钱地花着老子的，却又打内心里瞧不大起老子。他是那一时期中国的时代产儿，当年全中国到处都有那样一些儿子。

钱的另一个好处是会使难事办起来并不太难。

高依霖将哥哥的遗体迁回了哈尔滨，选择松花江北一处风水颇佳的地方准备重葬。他心里一直还在生儿子的气，决定不告诉儿子。

夫人王爱珍觉得大为不妥，让司机孙尚义瞒着丈夫给儿子拍了一封电报。

不管父亲原谅没原谅自己，关乎伯父的重葬，高鹏举悠悠万事，唯此为大，他火速赶回了哈尔滨。

高依霖见了儿子倒也没再训斥，他自然不愿将父子关系搞得太僵。高鹏举又何尝不是那样想的呢，主动请求父亲允许由他承办建墓雕碑事项。儿子的主动使高依霖的隐怨消散大半，他想历练历练儿子的办事能力，欣然同意。不料举行仪式时，高依霖一见兄长的墓碑，心头腾地又火冒三丈。在那碑上，兄长的名字成了"高亦威"，自己的名字变成了"高亦林"。他以为是马虎的雕匠刻错了，一问，儿子承认是自己命雕匠那么刻的，还说："这么一改，我心情舒畅多了。"好在参加仪式的仅寥寥数人，皆他所信赖的老伙计，不至于被当笑话传开。孙尚义和老赵左右相劝，一个说："改了也好，不至于被盗墓贼盯上了。"另一个说："他伯父也早想改名，生前对我俩流露过这种意思。"

高依霖的怒火在现场强忍了——不，以后他就是高亦林高先生了。

那高鹏举虽也早以"新青年"自居，但在伯父遗骸的重葬仪式上，却一跪三叩，做出的完全是传统举动。

第二章

高亦林心头的怒火并未因而熄灭。他也觉得，不论对于自己还是他的兄长，名字改成那样并非多么难以接受，甚至也可以说未尝不是好事，他无法容忍的是儿子预先根本不征求他意见，太敢擅自做主了！何况改的还是他这位父亲和儿子的伯父的名！是可忍，孰不可忍？！

孙尚义又劝他："预先征求您的意见，那就肯定改不成啊！"

老赵从旁附和："是啊是啊，木已成舟，您就认了吧。"

高亦林却一回到家就动起家法来，命儿子跪于面前自己掌嘴，直至夫人王爱珍替儿子求情方才作罢。那鹏举倒也实在的憨，自己掌嘴竟未藏劲。十几记后，颊肿矣。

之后他被禁足禁食，锁在自己房间里了。

翌晨母亲偷偷给他送饭，发现他不知何时越窗跑了，留下封短信，说将与北平的几位朋友结伴去美国……

王爱珍问丈夫美国是个怎样的国家。

高亦林也说不清楚，只能一言以蔽之地告诉妻子，差不多是世界上强国中的强国。

王爱珍虽是小县城生小县城长的女子，思想却极开通。

她说："让他到国外去闯闯，多见见世面，没坏处，或许会改改他那任性的脾气。"

妻子都这么说了，高亦林只得叹道："那就随他吧。他要是在美国变成了纨绔子弟，真就是高家的报应了！可……从他爷爷到他伯父到我，我们上两代人都没做过危害民间的坏事啊！"

王爱珍自幼体弱，生了儿子后，尤显气血两亏。高亦林怜之，恐她再难承受怀胎和生育的辛苦，所以他们才只有鹏举一个独子。

那一年是1926年。

家家有本难念的经。

1928年8月某日，高亦林收到了儿子寄自美国纽约大学的信。高鹏举已是纽约大学艺术史系二年级的学生，学艺术史他倒学得挺来劲，而且迷上了萨克斯。他在信中向父母报告——自己还爱上了当地华侨之女赵淑兰，她是纽约大学法律系的，比他入学早一年，论起来是他学姐，他俩预计年底成婚。考虑到路途遥远和父母的身体情况，"决定举办新式仪式"。该句后边是括号，括号中的文字是"新就新在一方甚或双方父母，都是可以不必参加的。儿之做法，实出于孝"。

那王爱珍再开通，听丈夫读罢信，还是急了，十分不快地说："这个儿子！怎么可以任性到此种地步呢？太随便了！太让人高兴不起来了！"

高亦林叹道："不给咱们娶个外国媳妇就谢天谢地吧！他的任性，已非一两天的事了，还不都是咱们惯的。"

王爱珍却坚持道："万万不可！绝对不可！必须让他俩回哈尔滨来办婚礼！咱们就他一个儿子，让我一辈子没参加过儿子的婚礼可不行！"

高亦林有同感，回信划出了父母共同的底线。

儿子根本无视那一底线，又来信强调，那会影响他俩的学业。婚事与学业，可以两不误——如果父母能派代表来，他俩非常欢迎。

中美两国，万水千山，信来信往，小一个月过去了。

高亦林夫妇再回信，坚持要求儿子寄一张赵淑兰的照片来，"诸事收到后定"。当父亲的在信中写下了这么一句意味深长的话，隐含的态度是——如果从照片都看不过眼去，那么儿子你趁早拉倒吧！你就是再任性，我们也毕竟是你父母，拿我们的意见根本不当回事不可以！

他要与儿子较劲儿了。

但是收到照片后，夫妇俩的闷气云消雾散。照片上那未来的儿媳，容颜清秀，气质恬静，一下子就令他们眉开眼笑了。

于是高家如期派出了两位代表——一位是司机孙尚义，一位是替高家

第二章

经营咖啡厅的赵永亮。这两位之间，孙尚义大赵永亮一岁，高亦林却一向称孙尚义"孙师傅"，称赵永亮"老赵"。他俩都是高亦威生前写信举荐给弟弟的，其信慨言："国运久殇，时局激荡，波诡云谲。吾弟笃厚，左右岂可无忠义之人？孙、赵二位，日后当以高家之焦、孟相待。"

高亦威成了革命军后，不但胸襟大了，识字多了，信也写得越发有文采了，每令高亦林自叹弗如，汗颜不已。他明白"焦、孟"乃指杨家将故事中的焦赞、孟良，故对孙、赵二位敬信由衷，倘遇烦恼之事，无不向他俩禀实相告，以求指点迷津。而他俩给出的意见，参考价值往往最大。

孙、赵两位倒也答应得爽快，义不容辞似的。只不过他俩从没坐过飞机，甭说坐了，到那时连架真正的飞机也没见过，尚未搭乘便已恐高。高亦林和他俩一样，虽然自己每年总要去几次天津、北平甚至南京、上海，却都是乘列车前往。他对乘飞机也很怵头，十分理解那两位的为难。亲自陪他俩到了上海，给予了绰绰有余的盘缠和不可或缺的见面礼，望着两位"全权代表"登上了远航客轮。

那也是孙、赵二位人生的高光时刻——都西服革履的，入住头等舱，在贵宾餐厅学着用刀叉吃西餐，还不忘给招待员小费（这是高先生叮嘱的）；并且，免不了还要在甲板上与形形色色的上等人彬彬有礼地点头微笑，打打招呼。他俩从没那么"上等"过，后来也没有，互相开玩笑说——享过此福，不枉在世上走一遭了。

二人不辱使命，一个自称是鹏举他大舅，另一个冒充叔叔。孙尚义是"大舅"，在赵家的恳请之下做了主婚人；是"叔叔"的也不能一点儿义务都不尽，自荐做了鹏举的"伴郎"。而赵家那边，做伴娘的是赵淑兰的妹妹赵淑娴。

二人返哈后，极言赵家之家风良好，赵父在唐人街上威望多么多么的高，儿女一个个又多么多么的正派有教养，总之都表扬鹏举有眼光，找媳妇找对了。

高亦林夫妇听了大喜，设家宴为他俩洗尘。对于儿子的婚事，夫妇二人不是没聊过。

王爱珍认为，无论如何不能与军界门户成了亲家。她说先不论是哪党哪派的军人，反正自己见了军人总有些紧张，那样的亲家关系日后不容易往近了处。

高亦林完全同意她的看法。"一旦入伍，命就不是自己的了。"——他哥当年的话，每使他一回想起来便周身发寒。甭说一般的士兵和中下级军官了，便是像自己的亲哥那样当了营长的人又怎样？便是吴佩孚吴大帅又如何？统兵数万，汀泗桥一仗不也孤家寡人了吗？他哥之死，毕竟还被颂为捐躯，将来会青史留名，别的许许多多军人的死呢？

但是他也不愿与政界门户成了亲家。

他妻子赞成，认为所谓政界人物，差不多皆清谈误国之辈。仅仅误国，还不算坏的，坏的与军阀相互勾结，沆瀣一气，还专干争权夺利祸国殃民的事。

高亦林同样不愿与商界门户成为亲家。哈尔滨使他体会到，属于这个界的老帮老派的人物们，内心里不但排挤他，还不大瞧得起他。自己内心其实往往也鄙视他们，因为他们中谁谁的唯利是图有奶便是娘。

综上所述，儿子的婚事，一度成为他们夫妇俩心照不宣的纠结。现在好了，儿子替他俩结了一门远在美国的亲家。远的确是远了点儿，但远有远的长处啊，民间不是每说，远处的风景才更是风景吗？将亲家关系彼此当成一道风景，有何不可呢？比之于动荡不安的中国，美国不是一个被形容为蒸蒸日上的国度吗？再者，亲家是中医世家，这是高亦林不曾预想过的，也是甚合其意的一点。他每因自己年轻时杀生极多深感罪过。那么，几代行医的亲家，是不是由上天安排了专为自己消除孽障的呢？

第二章

在洗尘的餐桌上，高亦林夫妇与孙、赵二人谈笑甚欢，他们很久没那样了。

临罢，孙尚义说："等少爷有了孩子，我和永亮还愿代表东家前去贺喜。"

赵永亮说："我当代表没当够。"

王爱珍正色道："那不行！我孙子是中国人，他得出生在哈尔滨，我要亲自为他张罗百日！"

三个男人便都笑了。

转眼，1929年过去了一半。高鹏举两口子原本预定回哈省亲的，却因赵淑兰想考研究生作罢了，推到了明年。

1930年，小两口喜得一子，取名高坤。因孩子太小，怕颠沛出病来，未敢贸然起程，便又后延。

1931年，"九一八"事变发生。

高亦林立刻给儿子儿媳写信，言辞坚决不留任何余地，禁止他俩非赶在兵荒马乱之年回中国，"别说一路上会有多少始料不及的事发生了，便是东北这片故土，也已成险象环生之地了。倘逆父母严嘱，非孝子，非贤媳也！"

收到那信，小两口只有唯命是从。

1932年，"满洲国"成立。

小两口又收到父母一信。"苟做所谓满洲国人，不若入异国籍，永远摆脱日寇在我东三省之霸道！高家后代，受同胞之辱但忍何妨？屈日寇之獗威可耻！倘使儿孙能自在，尔父孤老心亦安！……"

此信不再是以夫妇二人的名义写的了，落款仅成"父字"。

高鹏举虽远在美国，中国之时政特别是东三省的变局，又怎能不在他的关注之中！实际情况是，决定与赵淑兰成婚之前，他便已然加入了美国籍，只是没敢告知父母罢了。收到父亲那封信后，小两口一讨论，都认为提醒得及时，便使小高坤也获得了美国籍。有赵家在纽约的人脉促成，该事并未费什么周章。

高鹏举不晓得的是，"九一八"当夜，父亲恰因商务滞留沈阳。由于被疑为张作霖亲信、东北军奸细，居然遭到日军逮捕，关押了多日不算，还挨了打。若非孙、赵二人及时赶到沈阳，靠重金四处打点，能否保得住命都两说了。

那事对高亦林刺激极大。

曾经，对于张作霖之死，他仅仅感到过震惊，甚至还有过一点儿释怀。因为依他想来，自己只不过是东北王人生大戏中的一个仅有几句搞笑台词的小衬角儿，而对方既是当然的大主角，也同时是编剧和导演。若什么时候对方想改变一下戏风，讨厌了笑点的存在，那么自己必凶多吉少。他怕这个。

但后来，真相渐明，作为"九一八"事件的见证者之一，他所感到的就不仅仅是震惊，而是无比巨大的悲哀了——替中国。

至"满洲国"成立，高亦林对中国几乎彻底绝望了。以后要么成为汉奸商人，要么远走高飞，避往别省，要么被日本人收拾掉——除了此三种选择，他看不到自己另外还有什么出路。

他深陷于对自身及家族命运的悲观之中。舍下偌大的家业，是他根本做不到的，起码当时是那样。

并且，他对曾经的"张大帅"渐生出几许敬意来——因为"张大帅"说过："有土也不给日本人！"那是指在民间广为流传的一事：日本军官假意向张示好，讨要其"墨宝"。张随手写了几字应付，过后副官告诉他："'手墨'的'墨'字写错了，没加下边的'土'字。"

他正色道："妈那巴子，'墨'字我还不会写吗？有土也不给小

第二章

日本！"

高亦林宁信事真，由而觉得，军阀不军阀的另论，起码证明一点，曾经的大帅，绝无卖国求荣之心，对日本人也无奴颜婢骨——不愧是条东北汉子，不愧是个尚有中国心的中国男！

次年，高鹏举收到了父亲病危的电报，携妻执子回到了《满洲国》所属的哈尔滨。高家的一切资产又都核算了一遍，高亦林郑重地将象征它的一摞账册移交给了儿子。他的嘱言极其现实：儿子，倘你日后经营乏术，举步维艰，那么应将资产全部兑现——一半发放于民间，就当为我为你伯父在民间留了个善名。另一半你带走，可以保你们一家三口这辈子衣食无忧。

高鹏举泣问："爸，你倒是让我们去哪儿呢？"

高亦林说："还能去哪儿啊，你们一家三口不都是美国人了吗？去美国吧，做满洲国的人，与做亡国奴有什么区别呢？你爸的体会是，即使做高等的满洲国人，那也还是高等的亡国奴。连溥仪也是，满洲国所有的中国官员都是……"

逝前，他将他哥高亦威写给他的一封信交给了儿子。

"关于孙、赵二人，你伯父信中已写清楚了，我不再啰唆，就嘱咐你一句——我完全同意你伯父对他们二位的评价。遇到大事，千万别任性，非自己扛，一定要听听他俩是什么看法……"

他是带着对独生子综合素质的种种遗憾死去的。

这一点高鹏举感觉到了。

第三章

美国独立战争时,有位法国侯爵拉法叶亲率六七千法国士兵前去参战,为美国之立国也算立下了汗马功劳。拉法叶虽贵为侯爵,那时却是二十三四岁的热血青年。当年哈尔滨法国领事馆的前厅,悬挂着一幅巨大的油画,其上画的便是拉法叶与一位英军将领进行停战谈判的情形——拉法叶一头曲卷银发,左手叉腰,右手拄剑于地,面白唇红,眉清目秀,颜值甚高,如美少妇。法国那时不愿公开参战,所以他率的法国兵虽是国王调拨给他的,名分上却叫私家雇佣兵,是为"正义"而战的个人行为。正义不正义的姑且不论,多数欧洲史学家都不得不承认,拉法叶不愧为法国老牌贵族之家的后代,具有非同一般的政治眼光——如果华盛顿不能成功,以后再成功的机会很渺茫,而广袤的美洲大陆,将更长久地被英国所控制——那么英国的地盘大了去了,法国也就在各方面完全无法与其比肩。此前法国在美洲大陆也是有块地盘的,后来被英军逐渐赶了出去。对于法国,诚所谓我得不到的,你也休想永远占有。因而,助华盛顿建国,遂成法国当务之急。这自然也是法皇的考虑,否则不会调兵给拉法叶。美国之产生,使英法势力得以均衡。心想事成的法国,故此才大费周章地送了尊自由女神像给美国——那雕像对于美国是自豪和得意,对于英国是打

第三章

脸的实体标志,对于法国是团结了美国耻笑了英国的一箭双雕。也可以说,拉法叶不仅参与了美国之独立战争,也参与改变了欧洲的国界版图,参与永远改写了欧美历史。

拉法叶麾下,有位作战英勇、屡建奇功的将军德穆伊·德·莫勒维尔。法军班师回国后,莫勒维尔受到法皇的接见和嘉奖。

德穆伊在法国并非多么显赫的族姓,却很有名,彪炳史册。十二世查理国王主政时,德穆伊家族的先人德·圣法尔不但保护国王的亲弟弟免受政敌谋害,而且凭其卓越的政治智慧使王弟获得了一大片封地,并被查理十二世封为城邦王,德·圣法尔亦被封为伯爵。

1930年的时候,德穆伊家族产生了一位女伯爵,便是德穆伊·德·苏姗娜。多代人积累的财富,使她成为巴黎富有的女人之一。女人自己拥有的财富太巨,婚姻就不容易成功了。结了离,离了结的,时年已五十几岁的她又一次成了独身的法国富婆。然而她却拥有了一顶引以为荣的桂冠,便是巴黎的"沙龙女王",几乎与巴黎所有的文艺名流过从甚密。那时,圣比埃尔便是她的一名贴身随从了。一个犹太男人怎么就到了巴黎,并且成了一位女伯爵的贴身随从,没谁了解详情。苏姗娜自然是清楚的,但她从未向任何人讲过——她认为与自己有关的疑团,可使自己更加具有神秘感。她无法不虚荣,便也重视神秘感。

圣比埃尔当然也心中有数,但作为随从他更不能对任何人讲。那时他吹奏萨克斯的水平,在巴黎音乐界便已声誉日隆。而且,他还是优秀的拳击手。对于苏姗娜,他不仅是随从,还是保镖——法国早就是废奴国家了。圣比埃尔绝不是苏姗娜的奴仆,而是教养很高的职业随从。苏姗娜的说法是:"我宝贵的随从。"

苏姗娜是小说迷。她老早就从雨果的书中知道"中国"了。雨果并没到过中国,是从别的欧洲人著的史书中了解中国的。在他笔下,"中国"

古老又多彩。当时的西方史籍，将大唐大汉，大宋大清，一律写作"神秘东方中土的古国"。

既然欧洲诸国的不少王公大臣，贵族贵妇都去过了"东方的小巴黎"，我这位巴黎的"沙龙女王"岂可不去？

这是她极其简单的想法。

于是她就和她"宝贵的随从"出现在了哈尔滨，自然也就引起了各报刊的报道兴趣，那正是她喜欢的情况。

"她救过我一命，所以我自愿属于她。"——这是圣比埃尔面对采访说过的一句话。他仅接受过一次采访，也仅回答了那么一句话。

至于她怎么就救了他一命，遂又成谜团中的谜团。

他那句话以黑体大字见报后，苏姗娜看后特别开心，主动去往一家报馆爆料——连圣比埃尔这一法国名字，也是她为自己"宝贵的随从"起的，以表达她对一位十七世纪的法国作家贝纳·德·圣比埃尔的敬爱。那法国作家是厌世主义者，也是田园生活的倡导者，还是爱情观方面的理想主义者。她坦言自己一点儿都不厌世，巴不得长生不老，对所谓田园生活也不屑一顾，奢侈的贵族生活才是她的最爱。但理想之爱情也是她不懈追求的。作家圣比埃尔的爱情小说《保罗与薇吉妮》使她多次流泪，不将自己"宝贵的随从"改名为圣比埃尔，她就过不去那道书迷的坎儿。

她还坦言，自己带着"宝贵的随从"来到哈尔滨，其实是要让自己的圣比埃尔在哈尔滨的交响乐舞台上大显身手，砸一次苏联交响乐团的场子。对于苏联音乐家在哈尔滨独领风骚的现象，她这位巴黎文艺沙龙的女掌门人颇不服气。她的圣比埃尔居然与在哈的苏联音乐家们交上了朋友，是她始料不及的事，不过她倒也乐于接受这一种现实。

她在哈尔滨的自我炒作，亦使圣比埃尔所到之处大受瞩目，想不出名都不可能。

第三章

于是，交响乐团诚邀他"友情客串"，他之出场能多售出票去。

女伯爵欣然支持。

圣比埃尔将几位是音乐发烧友的法国人也吸引到了乐团。乐团一有活动，他们就带着乐器去凑那份热闹，正如高鹏举也经常那样。他是唯一的哈尔滨人赞助商，知道他加入了美国籍的人极少，但日本特务机关掌握这一情况。

法国人一加入，英国人退避三舍了，连以前去过的也不再去。

两国之间一旦发生过全国总动员性的战争，如同两个家族之间结下了血仇。那种规模的战争，双方伤亡必定惨巨，想不结仇断不可能。到了后来，是非已不重要，只剩下了血仇代代相传。即使沉重的史页翻过去，血仇难释，往往延续百年以上。越是两国的精英及外围，对那血仇越记得牢。

在哈尔滨的法国人和英国人，大抵是两国精英，他们一向面和心不和。有时表面看起来相处得一团和气，骨子里却会由于历史原因而耿耿于怀。

女伯爵在接受记者采访时，曾对英国人说出过大不敬的印象。

"我从没喜欢过任何一个英国人，即使他们是绅士或有教养，英国男女的装腔作势像马戏团的猴子。"

这样的话一登在日本人办的报纸上，就在英国人中引起轩然大波。

一位在哈的英国男爵以眼还眼，主动找上同一家报去谈自己对女伯爵的看法，讥嘲她"血管里流着拉伯雷的血"。拉伯雷是整理了《巨人传》的作家；《巨人传》是法国较早的民间传说，主人公庞大固埃是巨大王的后代，故事的夸张性类似马三立先生的相声《炫富》。在英国人看来，《巨人传》根本算不上是文学作品，而拉伯雷只不过是个喜欢吹牛的家伙。

苏姗娜被激怒了，命圣比埃尔为她搞把手枪，誓与英国男爵决斗。

有人告诉她男人是不可以与女人决斗的。

她便命圣比埃尔代她决斗。

那事刚一传开，报上又登了一篇英国人的文章，指出法国早就废除封爵制了——苏姗娜是巴黎富婆不假，却绝不是什么女伯爵，对她的最高尊称那也只能是"夫人"。所谓爵位，无非便是像她那样些个虚荣心甚强的法国男女在自己组成的小圈子里的自诩罢了……

该文使苏姗娜大为受伤，病倒了。

决斗之事不了了之。

那时高鹏举与她已很熟悉，彼此以朋友相待了。高鹏举是学西方文艺史的，怎么会不知道法国早就废除封爵制了呢，但他觉得，她除了虚荣，总体而论绝不是坏女人。虚荣是富有的女人最可原谅的缺点，何况她还是位法国的富有的女人。在与她的交往中，高鹏举谨慎地保护她的软肋。

他在她病中探望过她。

圣比埃尔曾向他流露自己很想留在哈尔滨的强烈愿望。

圣比埃尔说："做一名称职的随从我能胜任，同时兼做保镖超出我的能力。"

高鹏举看出了他内心深隐的痛苦。怎么会没有呢？一位音乐家而沦为苏姗娜那样一个女人的随从，尽管被视为"宝贵的"，苦涩不言自明啊。

在吹奏萨克斯方面，高鹏举已将圣比埃尔视为幸师了。

他说："由我来想办法。"

探望病中的苏姗娜是绝好之机。

"圣比埃尔更应该属于交响乐团，属于舞台，而不仅仅是您的沙龙。"

听了高鹏举的话，苏姗娜说："我明白，明白，非常理解，可是我的朋友，难道你想夺走我最好的藏品吗？……"

她流泪了。

"请您也做一件最好的事吧！"

第三章

高鹏举单膝跪下，捧起她一只手轻吻了一下，像吻坐在王座上的女王的手。他对西方那套礼节，从古代的到现代的，了如指掌，艺术史学使他的即兴表演很到位，入情入境。

那事他就么办成了。

为了答谢，他承诺全部负担苏姗娜返回巴黎的路费，而且一概按头等舱兑现。

她谢绝了。人家不占那点儿便宜。

她没闹出一点儿动静地离开了哈尔滨，居然不许圣比埃尔送她，怕会使自己反悔。

送她的只有高鹏举一人。

列车离站前，她严肃地对他说："你要替我爱护他。"

法国人也罢，英国人也罢，后来都意识到，那家日本报社分明在使离间计，挑拨英法两国在哈人士的关系，于是共同举办了一场小型音乐会，促睦两国人士的关系。高鹏举作为两国酒类推销的代理商，受到双方邀请。圣比埃尔唱了一首犹太教歌，他的歌喉和吹奏萨克斯的水平同样令人大为倾倒。对高鹏举而言，宗教信仰是必要的，但不是必需的。正如粮食对他这类人是必要的，但对另外一些人是必需的，一天没有就会惶惶不可终日。高鹏举也经常祈祷，却不是为自己，他本人及家人不需要祈祷上帝保佑什么，生了病他首先想到的是医生——更多次他是为哈尔滨人及东三省人民祈祷，也为抗日人士的安危暗自祈祷。

在音乐会场外边，化装成各类人等的日本特务监守各处。日本军特对出现在哈尔滨的欧洲人心理上异常矛盾，犹如地头蛇对走江湖的。一方面，他们希望有更多的西方国家设立领事馆，那多长他们扶植起来的满洲国的脸啊！对于他们所统治的哈尔滨也是增光添彩的事嘛。可另一方面，他们疑心每一个西方国家在哈设立的领事馆，都可能负有什么情报使命。

他们有这种疑心很正常，"东方的小巴黎"分明也是各国间谍云集的"谍海"之城。高鹏举深谙此点，并挺善于利用那种复杂关系，使自己和高家的产业不至于彻底成为日本统治者的案上鱼肉。那时他才省悟到，父亲当初吸引英法两国的投资参与高家的产业，既是无奈的，也是明智的。有利也不让日本人占，成了他这位高家产业继承人的不二法则——日本人凭什么在中国的东三省做太上皇啊！

有次他请教地问圣比埃尔："宗教信仰对于你究竟意味什么？"

圣比埃尔坦诚地回答："稻草。"

这样的回答着实使高鹏举吃了一惊。

他又问："对于身处灭顶之灾的人，稻草是不能救命的。这不是常识吗？"

圣比埃尔说："可在那样的人眼里，前方水面上的稻草会使他这么想——既有稻草出现，也许就离彼岸不远。"

"你经常祈祷什么呢？"

"我在这世上已无亲人，我经常为我们犹太人的总体命运祈祷，也经常为受苦受难的那部分人类祈祷，包括为你们受苦受难的中国人祈祷。我心中的上帝是规律，我相信'善有善报，恶有恶报'的规律。规律就是正义本身，相信规律就是皈依正义，皈依信仰。"

高鹏举对圣比埃尔不禁又刮目相看，觉得他简直像哲学家。那次交谈以后，他诚邀圣比埃尔到家中做客，并将他郑重介绍给妻子，赵淑兰也对圣比埃尔格外尊敬和欢迎。

圣比埃尔很快就成了高鹏举最可以放心交往的人。尽管每一位他所结识的欧洲白人对他都表现得心怀敬意似的，但他心里清楚，那是由生意关系所决定的。他们的敬意每每流露出另眼相看的意味，而正是那种另眼相看，像阳光下的镜子，反射出他们明晃晃的内心想法——这一个中国人还

第三章

配我以礼相待,但他们大多数不配。此点经常令他大为光火,恨不得也与他们真刀真枪地单挑独斗。自然,闪念总是会转化为儿童般的想象,或形成梦境,过后,很快就会如风吹雾。

在他和圣比埃尔的关系中,双方面却都很享受相处的愉快,并都有相见恨晚之感,也都有彼此懂得之幸。高鹏举深信,圣比埃尔是极少数他可以放心交往的人,这种放心可与他和孙、赵二人的关系相提并论。对于某些成了"满洲国"人的同胞,他在交往中却都无那种放心。

1935年冬季,哈尔滨的每一个夜晚都干冷干冷。在东北人的语汇中,干冷的意思是寒彻骨髓。然而交响乐团地下室却十分温暖,因为暖气管道多。先到的人都已脱去了棉衣,高鹏举的出现使他们意外。四名哈尔滨青年全在,其中一名青年替他将大衣挂在衣架上。他们不是乐团成员,而是在乐团拜了师的音乐爱好者,皆富家子弟。

"我来取走他的遗物,包括他的萨克斯。"

其实他不说这句话,大家也从他脸上看出了端倪。于是有人将圣比埃尔的萨克斯盒递给他,有人从一排挂钥匙的挂钩上取下一把,打开了一格储物柜。

突然,冲入几名日本兵,他们的枪都上着刺刀,情形如同高鹏举昨天经历的那样。在一阵吆喝声中,高鹏举们被刺刀所逼贴墙而立。最后进入的穿皮靴的日本军官,不是昨晚那厮,却也戴白手套,留唇髭,军衔高。日本兵开始东翻西找,用刺刀挑下衣架上的外衣和挂帽钩上的帽子,以脚踩踏,用枪托捣碎一切可以捣碎的东西,包括乐器盒——这使高鹏举不由得将圣比埃尔的萨克斯盒搂在怀中,但被一名日兵夺去了,摔在地上。

日本军官亲自查看每个人的身份证件。

"我抗议!"

苏联大提琴手生气地嚷了一句俄语,日本军官虽不明白他嚷了什么,却怒瞪双眼，当即给了大提琴手一耳光。

大提琴手便识时务地双手将证件呈上。而日本军官看过之后，将证件扔地上。

这时进来了翻译，还是昨晚那家伙，居然穿上了日本军服。

一名哈尔滨青年凑向他，同时说："告诉他们，我是大大的良民，我老子是道里治安协会的……"

他膝上立刻挨了一枪托，跪下了。另一名日本兵揪住他后衣领又将他拖到了墙边。

翻译看也不看他，小声而又慌张地对日本军官嘀咕了几句日语。高鹏举听明白了，翻译说的是来错地方了，应该搜查的不是这里，而是四道街的口琴社，特务们还守在那儿呢。

日本军官一掌将翻译推得倒退数步，下了道口令，率先往外便走。

地下室安静下来后，高鹏举谁也不看，穿上大衣往外便走。他在门口站住，忍不住转身看大家，见大家互不相视，皆低头发呆——跪着的青年蹲着了，揉膝呻吟不止。大提琴手瞅着地上发呆，他的证件扔在地上，而圣比埃尔的萨克斯也被捣坏，扭曲难修；器盒成了碎片。

"今后，我不再来了。"

他低声说完这么一句话，猛转身离开。

高鹏举进入家门，赵淑兰立刻迎了上去。

她看着他说："劝你先别去，你偏急着去，又遇到生气的事了吧？"

高鹏举不说话，任由她帮自己脱大衣。她将大衣挂起后，见他背对她站在窗前。

年轻的女佣走到赵淑兰跟前小声问："给先生沏茶还是沏咖啡？"

赵淑兰冲她耳语了几句，女佣点头离开。赵淑兰走到丈夫背后，双手

第三章

搂他腰，脸贴他背上。

夫妻二人就那么一动不动地站着。

女佣捧着另一管萨克斯走到了他俩身边，赵淑兰接过，朝女佣使个眼色，女佣领会地避开了。

赵淑兰柔声说："鹏举。"

高鹏举缓缓转过了身。

赵淑兰说："吹一会儿吧，能帮你消消气。"

高鹏举未接。

赵淑兰说："就算为我，我想听。"

高鹏举这才将萨克斯接过去，面无表情地问："吹什么？"

赵淑兰说："'好一朵茉莉花'吧，那首旋律简单，你也吹得最好。"

高鹏举低头衔住乐器嘴儿，却没吹，双手一垂。

赵淑兰看着他低唱起了曲子，刚唱了一句，高鹏举倏一转身，高举起自己喜爱的乐器，要砸向窗台。

赵淑兰及时阻止住了他。

他怒吼："从今以后，在咱们的家里，不许有音乐声！不许有歌声！不许……"

赵淑兰及时捂住他嘴，忐忑地回头看一眼，见一层并无第三者，遂偎在他胸前，小声又说："你这样，我害怕。"

几天后，报上登出了处决公告——从口琴社逮捕了一名青年，是抗日分子。

高鹏举放下报，眼含着泪对妻子说："以后，咱们的家也不要再订报，再听广播了吧，我的神经受不了啦……"

妻子不知说什么好，默默坐在他身旁，将他的头搂在怀里。

几天后，在妻子的提议下，高鹏举和妻子儿子离开哈尔滨，到天津散心去了。妻子原本主张去香港或上海的——高鹏举觉得去香港不但远而且手续麻烦；去上海也不近；北平又是个波诡云谲之地，他不愿意去；而在天津他商务上的朋友较多，最后由他决定还是去天津。

一家三口在天津的日子倒也不乏开心时刻。离开了哈尔滨，不必经常由于自己是"满洲国人"而非中国人纠结郁闷，情绪自然舒畅了点儿。再有钱再有地位的"满洲国人"，在东三省其实也是二等人。

他们回到哈尔滨那天，已是三月中旬了。

一坐入自家车里，他开口便问孙师傅，在他离开期间，哈尔滨发生了些什么事？

孙师傅告诉他，哈市各界在铁路俱乐部举办过纪念普希金诞辰多少多少周年的晚会。

他说不想知道那类事。

孙师傅又告诉他，加藤物产株式会社哈尔滨支社在道里地段街开办了，估计以后那一带哈尔滨人经营的生意不好做了。

他说也不想知道商界之事。

孙师傅问："你究竟想知道些什么事呢？"

他板着脸说："别装糊涂。"

孙师傅不再开口，给了他几份传单。他接过逐份过目：一份是市民政部公布的"关于邻保委员会制度"的训令，一份是道里区成立"邻保事务所"的告示；一份是市文教部公布的训令，强制在学校教育中"彻底普及"日语，违者以"反满反日"问罪。

他问孙师傅为什么会有那些传单。

孙师傅说车站治安警察敲车窗塞给他的，不敢不接。

赵淑兰也看了，困惑地问丈夫何谓"邻保"。

高鹏举闷声闷气地说："古代历朝都搞过的一套。"

第三章

她又问："哪套呢？"

他说："既然你家已是三代美国人了，不知道也罢。"

孙师傅这才又说："就是每家每户都要替左邻右舍担保，保证邻居不是反满反日分子。如果保错了，也治罪。"

赵淑兰对高鹏举说："跟咱们无关，咱家左边是一户英国人，右边是一户瑞典人。"说罢将三张传单揉成一团，摇下车窗扔出。

孙师傅靠路边停住车，下去捡回来了，说怕被别人看到，记下车牌，成为物证。

到家后，高鹏举与妻子商议，自己明天要去各店铺视察一番。

赵淑兰劝他还是应该过几日再去为好。

他问为什么？

她说觉得车站内外特务不少，估计过几天会正常些。

"车站是车站，我去的是店铺。再说，怎么就算正常了呢？"

高鹏举不以为然。

赵淑兰只得说："不跟你争，争这个没必要，你听听孙师傅的看法吧。"

孙尚义和小高坤坐在车里，正教那孩子开车。小高坤很黏孙尚义，按妈妈的要求，他叫孙尚义叔公。两个多月没见到叔公了，乍一相见，黏得不愿分开。

高鹏举走到外边，命儿子爬到后座去，隔着车窗和孙尚义说话。孙尚义同意夫人的主张，说因为郊区发生了袭警夺枪事件，全市解除戒严不久。而这并不意味着日满特务的神经松弛了，实际上他们企图制造监控松弛的假象，麻痹抗联人士，自己的神经这种时候反而更加多疑，更加滥捕乱抓，没必要偏在这种时候……

高鹏举打断道："他们的神经怎么样与我无关，我该做的事却不能不做，关系到那么多员工的饭碗呢！"

孙尚义说："你不在的日子里，老赵替你处处关照了。据我所知，没出什么大麻烦。他办事，你还不放心吗？"

高鹏举沉吟了一下，只得说："那听你的吧。"

孙尚义下了车，走到楼角去了，示意高鹏举也过去。在那儿，别人就无法从屋里看到他俩了。小高坤也不在车上待着了，在院子里骑着自己的三轮小车兜圈。

孙尚义说："得让那姑娘走。"

高鹏举明白他指的是那年轻女佣，奇怪地问："她挺勤快，也挺懂规矩，为什么？"

孙尚义板着脸说："老赵也是这个意思。"

高鹏举寻思之际，孙尚义又说："不是一家人，不进一家门。"

高鹏举立刻明白了几分，心里虽仍持疑，嘴上却说："行，照办。"

晚上临睡前，他将孙、赵二人的要求讲了一遍，赵淑兰问："你不是说他俩是你们高家的焦、孟吗？"

高鹏举说："我爸亲口跟我那么说的，我伯父的遗书中也白纸黑字那么写的，这一点没问题。"

赵淑兰就说："那还犯的什么寻思呢？我认为听他俩的也没问题。"

高鹏举颇觉为难地说："人家方方面面做得挺好，辞退也得有种多少能占点儿理的借口吧？我想不出来。"

赵淑兰寻思了一会儿，遂向丈夫悄授机宜。

1935年时，高鹏举已经二十七岁，或也可以说虚岁二十八了。妻子赵淑兰长他一岁，夫妻关系每每宛如姐弟。在"满洲国"那么一种极其复杂的局面之下，忽一日偌大的家业完全由高鹏举独自继承，他所感到的压力不言而喻。赵淑兰同样分忧乏术，也只能在某些无关紧要的小事上替丈夫

第三章

略尽绵薄之力。所以，他俩凡事倒很愿意听孙、赵二位的，谁都不敢自以为是。

从第二天起，赵淑兰一反以往温良贤善的常态，完全变了个人似的，对年轻的女佣横竖看着不顺眼，动辄气使颐指大加训斥，到了鸡蛋里挑骨头的地步。三天后，高鹏举佯装看不下去，与妻子大吵一架，还摔了东西。接着给了女佣一笔钱和几件年轻女性皆喜欢的东西，简简单单地将那女佣给开了。

他向孙尚义汇报后，问是不是给的太多了？

孙尚义满意地说："夫人的主意很高明，不是钱不钱的事儿，破财免灾。"

一向病病恹恹的王爱珍，自丈夫离世后，身体越发不好，话比以往少多了，每言但愿早日追随丈夫而去，那话自然会使高鹏举小两口心里不是滋味。白天王爱珍喜欢待在悬飘阳台上晒太阳，高鹏举请孙尚义帮忙，将一张舒服的躺椅从一楼搬到了阳台上供母亲享用。女佣虽然被辞，小两口却也能将老人家照顾得周周到到，无微不至。老人家在阳台上时，小两口必定有一个相伴在阳台上看书，或一块儿在阳台下棋解闷。从那阳台上，左望可见松花江的那边，右望院外小路尽收眼底。而低头看，院内的情形一览无余。若孙师傅陪高坤在院内玩，老人家则会低头没够地看。

祖爱孙，一根筋。

第四章

福建漳州有户赵姓中医世家，传承六七代了。这一大家族中悬壶济世者遍布闽地，皆有佳誉。

1866年，又一批漳州农村的精壮年子弟登上洋轮，开始了背井离乡的海上赴美之远程苦历——他们已经不是第一批被招募到美国西部去建筑铁路的华工了。

当年赵氏家族的族长，也就是赵淑兰的曾祖，感叹闽籍子弟为求改变命运在别国异域的艰辛付出，大动悲情，遂命次子赵况希随轮护佑。那况希时年二十五岁，比高鹏举这位富少赴美时只不过年长四岁，虽已订婚，尚未迎娶。然在漳州，况希已有医名。他是那时赵氏一族中最年轻的悬壶者，族长考虑到任务多厄，遂遣他去，有几分舍子取义的意味。况希非是上仙仁神，所谓护佑，靠的无非医术和中草药。数百名闽籍子弟，感赵氏动念之诚，各负药材，能者多劳。族人皆测那况希一去，必亦生死难卜。孰料他两年后居然返漳，自言肯定还是要回去的，因为已经答应了在美众兄弟，不能骗他们。只缘婚约在身，理应当面给种说法。若女方不愿同舟共济，其过在己，其约可解，要求举行谢罪式，以证女方清名。若女方无怨无悔，但请同往。偏偏未婚妻也是痴情的人儿，以嫁况希为幸。双方家

第四章

长便为他俩成了亲。其事传开，感动八方。及启程日，愿随行者众，便又带了不少药材。夫妻二人到达加利福尼亚，况希从此有了帮手，在华工间救死扶伤，愈发当成天道启示，跨国使命。不唯华工，便是当地土著之民，乃至某些白人所患疑难杂症，也救治了不少。

后来夫妻二人定居加州，有了一子，取名赵而已，便是赵淑兰的父亲。

1935年时，赵而已六十四岁了。淑兰上有哥哥世俊，下有妹妹淑娴和弟弟世杰，世杰最小。受家风熏陶，赵家儿女对在美华人皆抱持一份遗传似的使命感和责任感。淑兰学历最高，使命感最强。她之所以学法律，乃是要为美籍华人做大律师，争取一切方面的平等。居然成了高鹏举的妻子，对于她实在是一场意外，是高鹏举不懈追求的结果，或也可以说是他软磨硬泡所取得的胜利。即使非嫁一个中华男子，那她也宁愿对方是福建人，而非东北人。丈夫的老家竟成了所谓"满洲国"，这一点也令她倍觉尴尬，难以启齿。

"他老家哪儿省啊？"

"满洲国。"

如此问答岂非咄咄怪事？虽然实际上很少有人那么问过她，偶然被问，她都照例亦庄亦谐地以"地球人"作答，但内心里往往是极其不快的。

可既已随夫来到了哈尔滨，她也只能要求自己做贤内助。恪尽妇道是她们姐妹的共同之点，似乎也是基因使然，是她们都没见过面的祖母遗传给她们的。赵而已常向儿女们讲自己父母的"故事"。在赵家儿女心中，祖父母都是可敬又具有传奇色彩的人物。

正是在赵淑兰的郑重建议下，高鹏举主动拜访各欧国领事馆，争取到了西方服装、鞋帽、烟酒及礼品的代理权。赵淑兰时常在家中举行"帕蒂"，施展夫人外交的能力，为丈夫巩固与洋商们的关系。

她曾对丈夫说："日本人既然敢于靠军事力量占领了东三省，足以证明他们是有恃无恐的。你的美国籍未必真能成为保你绝不会受到伤害的护身符。所以，为了咱们一家三口的安全，多交美、英、法三国的朋友没亏吃，挣了亏了尚在其次。"

鹏举深以为然。

几天后，经妻子和孙、赵二人同意，高鹏举终于可以去视察业务了。他不坐车，特别想走走，孙尚义没强迫他。

虽已立春，三月的哈尔滨到处却仍冰天雪地，气候也没怎么变暖。秋林公司那半球状的穹顶上，英国米字旗迎风招展。旗挂了霜，在晨曦中泛银光。两名白布缠头，留着八撇胡，腰悬弯刀的印度门卫一左一右站门两侧，不停地跺踏双脚。秋林虽然开门早，却也得半小时后——他俩到哈尔滨来当门卫，那份儿钱挣得够不容易的。

中央大街两侧店铺的橱窗里以及广告牌上贴满了广告和启事，一层压一层。有的广告和启事设计得颇具匠心，极有创意，可当绘画作品欣赏。

哈尔滨市人口迅增——1932年底还38万多，是年已60余万了，外国人超10万。在外国人中，苏俄人口最多，约占半数。他们的画家、音乐家、戏剧家、建筑家一拨又一拨来哈演出、巡展、签合同，而且还搞了一次相当轰动的选美。无国籍的俄侨比苏籍侨民多出七八千人。从德国逃亡到哈尔滨的犹太人少说也有三四千了，他们在哈尔滨很活跃，不但成立了足球队、乐队，居然还成立了拳击队。最少的丹麦、匈牙利、奥地利、荷兰、瑞典等国人口，加起来也就三四百，但他们同样在道里，在南岗，在哈尔滨最好的街区盖起了漂亮的、神圣不可侵犯的机构和豪宅。而高鹏举名下一切有房顶的地方，都并不具有同等的神圣性，包括他的家。他在外

第四章

文书店的橱窗前站住了。里边暖气供得足，玻璃没上霜，两则广告并排贴在玻璃内面，字迹清晰可见。一则是苏联著名动物学家巴甫洛夫的童书《小老虎》的宣传广告；一则是俄罗斯法西斯党总部之机关报《我们的道路》的广告，连宣扬法西斯主义的外国人也可以在哈尔滨设立总部，公开办刊办报，而他高鹏举却连看什么报什么刊的那点儿自由也是没有的，若非想有，就得甘冒杀身之祸。在全哈尔滨，凡冬季窗子不上霜的商店、饭店，无一不是外国人开的，而窗子上霜的，基本都是中国人开的。因为前一类店通暖气，后一类店只能烧炉子。高鹏举名下的也不例外，唯有尚未建成的哈尔滨旅馆开业后会通暖气，但他只不过是十几位哈尔滨股东之一。明明是规模不小的五层楼，股东们却一致决定，还是不叫饭店而叫旅馆为好。由于大家预先达成了"完全中股"的意向，怕招牌大了，反而对后期经营不利，甚至会埋下不祥的恶果。在商企界中，有些人士也是爱国的，对全哈尔滨居然没有一处中国人开的上档次的饭店深觉羞耻。尽管一切营业执照都是"满洲帝国"政府批准的，所盖公章也全都有着"满洲帝国"四字，但那些人士内心里仍以是"中国人"为正理。当然，"完全中股"，是大家私下里的话，不敢公开那么说。若公开那么说了，就等于"反满反日"。高鹏举那时联想到了一件事——1933年7月28日，日本政府任命菱刈隆大将为关东军司令官，兼驻"满洲国"全权"大使"及关东治安厅长官。为了谄媚那厮，哈尔滨高等法院以"反满抗日"的罪名，判处市郊83名男性农民死刑，并于当日立即执行——而他们也只不过是在日本军警暴力并屯时，进行了迫不得已的反抗。

高鹏举联想多多，胸中块垒愈发坚固沉重，不禁用英语骂了句"日本疯狗"——刚骂出口，忽听有女孩的声音叫他："高桑叔叔！"他暗吃一惊，转身看时，见两个穿肥厚鄂伦春装的少女站在眼前，脚上都绑着短滑板，那是哈尔滨少年几乎人人都会自己做的。在他开的体育用品店里，有由木工制作的美观的一种，主要是卖给外国小孩的。两个日本少女的滑板，显然是从他的店里买去的。全哈尔滨市只有他的体育用品店里卖那东西。他也立刻认出了她俩，她俩买时正巧他在店里视察，当时她俩穿的也是皮毛朝外的鄂伦春服，他帮她俩挑选来着。

一个少女问他"天合成药店"怎么走。那药店是高家独资经营的，原本牌匾上"药店"二字前有个"中"字，后来被勒令去掉了。许多日本市民在哈尔滨住久了以后，也开始相信中草药的养生功效，这使他赚了他们不少钱。两个少女是为家中大人去买药的，他告诉了她俩走法后，她俩又问会开门这么早吗，他掏出怀表看了一眼，告诉她俩就快开门了，可以直接去了。

两个少女向他鞠躬道谢后，蹬着滑板唱着欢快的日本歌离开了。在所有的外国女人和孩子中，顶数日本女人和孩子爱逛哈尔滨人开的商店，买东北特色十足的东西。也顶数日本女人和孩子爱与哈尔滨的女人和孩子接触、交往。不同家庭地位的女人和孩子，大抵都有与其家庭地位相当的"满洲国人"朋友。只有他高鹏举家例外——他这一户"满洲国上等人家"不与任何日本人为友。他儿子没入任何一家外国人办的幼儿园，确实也只有外国人办在哈尔滨的幼儿园各方面都能符合"满洲国上等人家"的要求标准，同时能满足虚荣心。但结果大抵也是，那样的孩子以后若再上了外国人办的学校，到高中时往往便因自己是中国人而自卑了。高鹏举也每因中国之落后衰败叹息不止，却从没因自己是中国人而产生过人种方面的自卑，他认为那种自卑本身才特别可悲。他不愿自己的儿子以后成为那样一个中国人，所以主张由妻子亲自负责起对儿子的启蒙教育，妻子完全同意他的主张。四岁多的儿子尚无"小朋友"，便将叔公孙尚义当成了"大朋友"。孙尚义肚子里装着许多东北故事和传说，讲起来声情并茂，每使小高坤听得入迷，所以那孩子的成长并不孤独。而有着高学历的妻子，不论对儿子的知识还是人文思想启蒙,效果都远在任何一位外籍幼儿教师之上。

赵淑兰其实是性格内向、喜静,以独处为享受的女性,在她与别国女人的交往过程中,总觉得那些因"夫贵"而"妇荣"的女人在"黄种人"面前,心有难以克服的优越感,令她讨厌。她的美国国籍并不能真的使她们尊敬她,因为在她们看来,美国人的社会地位是分多种层级的,往最高了说,她也不过就是一个二等美国女人罢了。在她郑重地声明自己其实是美国公民以后,她们竟然还是会问"你们中国人"如何如何是真的吗,或"那你的祖先是什么样的中国人呢"。

参加了几次哈市"上流社会"的女性聚会之后,她就嫌恶得再也不愿"荣幸赴邀"了。

高鹏举如是说:"那以后就别去。感觉不好何必非去?我起初支持你去,是怕你在家里待闷了。"

而她说:"实在闷了,我也宁愿让孙师傅开车带我出去兜兜风。"

赵淑兰最厌恶的是她所接触过的日本女人。她曾对鹏举说——她们往往也会因某些中国人被她们的丈夫下令杀害了而流"慈悲"之泪,却往往的,泪痕尚在脸上,转而又会说:"但那么做是必须的。我丈夫是为了满洲国好,为了大东亚共荣才那么做的,所以他的做法是绝对正确的。"

她认为那些双手直接或间接地沾满中国人鲜血的日本男人的夫人,如同她们的丈夫忠于天皇那般维护自己丈夫的形象。

高鹏举说:"是够讨厌的。简直,太令人讨厌了。"

除了不得已,他不愿与任何日本人有私交。对于自己所认识的日本人,他已不能用讨厌来说——他内心深处的直接反应是憎恨。然而不少地位一般的日本人家的妇女和少女却认识他,她们图便宜最爱逛"满洲国人"开的商店——开在高鹏举名下的大小店里,全都挂着他的照片,与执照并挂一起。没见过他本人的，也见到过他的照片。她们不但以看待成功人士的眼光看待他，还认为他是一个帅男人。如果偶遇到并且认出了他，往往会表现出真实的高兴。

一般人特别是一般女性对于成功者的尊敬，往往是超国家超政治的，因而尊敬得较纯粹——这是人类社会的普遍现象。也正是这一种现象，有时会使高鹏举聊以自慰一点点。

他驻足望着两个像圣诞精灵似的日本少女的背影，不由得又想——她们长大后会成为什么样的日本女人呢？会嫁给什么样的日本男人呢？也会成为那类讨厌的日本妻子吗？她们以及她们的后代，对于自己的父辈祖父辈在中国犯下的种种罪恶，又会持一种什么样的历史观呢？

忽然，从他斜对面的横街街口跑出两队日本兵，每队七八人，肩挎上了刺刀的步枪——他们分站在中央大街两侧，面朝人行道，站定后一齐端枪在手。

高鹏举本能地转过身背对他们，那是他懂的常识。从外文书店的橱窗玻璃上，他看到街口踏出几匹洋马，马上骑着军官，鞍后各拴着中国人，也就是他的同胞，有的光脚，有的单衣被血染红……

马蹄声远去，日本兵的身影不见了，中央大街恢复了平静很久，他才缓缓转身继续朝前走。

那时他觉自己宛如行尸走肉。

以前，他信过"实业救国"。

这时不由得又问自己——高鹏举啊高鹏举，你名下哪儿有什么"实业"呢？但凡和实业沾点儿边的一业，不是几乎都成了日本人的实业吗？在哈尔滨及全东北，除了商，还有哪一业允许中国人大力发展吗？而商，也能救国的吗？自己名下的商店再多一倍几倍，自己再使出浑身解数积极融资，盖起多幢哈尔滨旅馆那样的五层大楼来——"满洲国"就可以

第四章

不叫"满洲国"了吗？东三省的人就可以大声说我不是什么"满洲国人"了吗？

那时他顿觉留给他的产业以及他为了守住它所做的种种努力，除了能使他一家成为"满洲国上等人家"，继续过上等生活，此外没有了任何意义。

他怀着极其低落的心情不知不觉走到了江边——在他的左边有一幢美观的俄式小房，外体是木板的，刷绿漆。教堂式的尖顶，则刷成了黄色——那是他独资拥有的咖啡厅，由老赵管理，生意还行。他建起那么一幢咖啡厅并没什么收入上的指望，他不差那点儿钱，更是一种个人存在感的证明，也可说是一种标志性宣示—— 一切报上都曾大肆报道，江畔公园是市政府为哈尔滨做的实事，是由外国的什么什么公园设计大师设计的，却只字不提钱是包括他在内的哈尔滨商会所出的，并且还向民间强制性地摊派了征款。而日本商会却一文未出，当时日本领事馆刚与市政府签署了《在哈日侨免税公约》。咖啡厅往左一百多米，还有一条直通江边的纵街，距离街口不远，是日本人开办的所谓"外侨俱乐部"。表面看起来，似乎是外国绅男淑女寻欢作乐的场所，实际上是日本特务收集情报的地方。经常出现在那里的男人都有着类似"007"的背景，女人们则类似"邦女郎"。他们中，假的夫妻关系不在少数。日本人企图从他们身上刺探到情报，他们也想在那里刺探到关于日本或别国的政治、军事情报。在1935年前后的全世界，没有哪一个国家的哪一座城市，像哈尔滨那样，如同在举办世界间谍的嘉年华。从俱乐部到咖啡厅的地下直线距离约千米，日本人曾表示愿意将暖气管道免费替高鹏举接过去，这是给了他一个主动示好的大大的面子。但他婉言谢绝了，宁肯在咖啡厅砌壁炉，冬季烧木材烧煤。采光好，倒也不冷。

如果他向右转身，再走二三百米，又有一条纵街的街口。恰在街口，便是他那有高大对开铁门的家了，院里的三层别墅是他父亲生前买下的，前主人是沙俄时期的远东铁路局官员。

那时已近九点，他走累了，便进了咖啡厅。那里没别人，只有老赵及其二十出头的儿子。

老赵见了他意外而又高兴，问他是否要看一下账。

他说不看，偶尔到江边散步走到了此处，进来暖暖身子歇歇脚。

老赵的儿子便为他沏了一杯咖啡。

原本在这里帮老赵的不是他儿子，而是他十六七岁的女儿。有次鹏举来这里见到了，问老赵有儿子没有。

老赵说有，在面粉厂当力工。

他说："让你儿子来替下女儿，他在面粉厂挣多少钱，我如数给他。"

老赵奇怪，问为什么。

他说："还用问啊？你女儿漂亮，在这种地方工作容易出事。"

老赵说："这里的后台可是您啊，不管他是哪国人也不敢太放肆吧？"

他严肃地说："别那么想，出事不就晚了？你是为我们高家做事的老人了，让我省省心。"

见老赵看去有点儿失意，寻思片刻又说："你儿子来帮你之后，我给他开双份儿的钱，这样你家的收入也没减少。"

老赵这才高兴了。

坐在属于自己的美观的小木屋里，饮着浓香的咖啡，感受着照入进来的阳光的明媚，高鹏举情绪略好。可一转脸，注视着一面墙又皱起了眉头——在营业执照两边，各多了一个框子：左边是在哈日本侨民继续免税的公告，右边是全哈尔滨开展对"反满抗日分子"大揭发大检举运动的公告。

他问谁来张贴的。

第四章

老赵说"咱们的人"。

在当年,"咱们的人"意谓替"满洲国"办事当差的哈尔滨人,与"自己人"相区别。谁被说成"咱们的人",那就等于是务须提防之人。

他接着问:"关于免税的挂这里干什么?又不是免这里的税。"

老赵说:"公告公告,广而告之呗,使来这里坐坐的人也能看到嘛。"

他就不再问什么了,心底又升怒气——不但须免税,还不暗中免,还要签署合法的"备忘录",还要四处张贴公告!无非是要哈尔滨人明白,在哈日本人就是比你们高等,不服的敢站出来唱唱反调吗?

透过窗子,可望到松花江彼岸有一片乌黑的地方,在四周皑皑白雪的衬托之下格外醒目。不久前,日本兵和"满洲国"警察将彼岸十几户渔民的船集中起来,浇上汽油烧掉了,还因而枪杀了一名渔民。

高鹏举稍微好点儿的心情再次不好了。咖啡尚未喝尽,却起身要走。刚站起,门一开,进来了老老少少一大家子"老外",带入一屋子寒气。

他们是德国著名小提琴家赫尔穆特·斯特恩和他的母亲、妻子及三个儿女,他们一大清早到江边玩雪橇去了。斯特恩在德国也算鼎鼎大名,不知为什么屡受法西斯势力的迫害,为了全家人的生命安全,他率全家远避到哈尔滨来了。这对于他不失为明智之举,因为哈尔滨的文艺氛围特国际化,不少国家的文艺大咖都已到过了哈尔滨。他在哈尔滨不但受欢迎,而且见到了两位特尊敬他的同行,演出机会多,收入还不错,这使他颇有"柳暗花明又一村",因祸得福的感慨。相比而言,倒是没有过任何日本的文化人物在哈尔滨露过脸,也没举办过一次文艺演出。他们正不遗余力地加速推行军国主义,文艺占领还顾不上。他们带到哈尔滨的不过是艺伎和军妓,而那是他们日本人只能关起门来"独乐乐"或"共乐乐"的享受。

高鹏举和斯特恩认识。斯特恩是交响乐团的艺术顾问之一,虽然是小提琴家,"玩"萨克斯的水平也令高鹏举羡慕,于是请他喝过几次啤酒,关系便友好起来。

斯特恩一来，高鹏举不能立刻就走了。老赵将斯特恩家人请入了里屋，亲自为斯特恩沏上了咖啡，端上了点心。

二人刚刚对面坐下，斯特恩忧郁地说："亲爱的高，我觉得，人类将要面临一场大灾难了，像第一次世界大战那样的！"

高鹏举将一根手指压在自己唇上，同时将那份关于揭发检举内容的公告指给他看。

斯特恩看罢，摇摇头不屑地说："无论哪一个国家，一搞军国主义，文艺就窒息了。"

高鹏举装没听到，笑笑而已，将脸转向了窗外。

老赵在里屋也听到了，走出来，俯身向斯特恩说："先生，您不能再发表那些言论了，会给我们这里带来麻烦的。"

斯特恩不以为然地说："可我根本没提日本两个字。"

老赵说："您这不就提了吗？"

见斯特恩愣住了，老赵小声又说："前几天，有几个日本便衣来过，也许他们在这里安装了窃听器。"

老赵极其认真的话起了作用，斯特恩说："那，我们一家还是走吧。"

高鹏举庄重地对老赵说："你别吓他。人家不是独自来到哈尔滨的，一大家子呢，经不起你那么吓。"

老赵说："我不是成心吓他，万一呢？"

高鹏举挥挥手，老赵离去了，转身后又嘟哝了一句："他不怕，您不怕，我可怕，我不是也一大家子吗？"

斯特恩呆瞪着高鹏举问："那我们应该谈什么？"

高鹏举觉得如果让斯特恩就那么走了，自己的形象也太受损了，所以才将老赵挥去。

他说："还是有些话题可聊，听我给你讲讲东北方言吧，很有意思的。比如'麻溜儿'、'嘚瑟'，您就不明白什么意思了吧？"

斯特恩这才不纠结了，微笑了，将儿女们从里屋唤出来，让他们也听。

出现在哈尔滨的外籍人，在中国话方面分为四类——一类早已过了语言关，原本在南京、北平和武汉、上海、广州等市生活过多年，"满洲国"成立后，奉命来到哈尔滨；另一类原本中国话半通不通，来到哈尔滨后，水平突飞猛进，斯特恩属于这种情况。其实也很正常，大语言环境使然。还有一类便是斯特恩的老母亲、妻子儿女们那种情况，此前从没听过中国话，到哈尔滨后才开始一句句学，但都觉得学的过程很有乐子，涨知识，不像学第二种字母语言那么枯燥，因为字母本身没内涵，组成词后才有了意义；第四种人是圣比埃尔那类人，他不但是音乐天才，也是语言天才，虽然才到哈尔滨两年，对中国话及东北方言已应用自如。

不一会儿，咖啡厅里有了欢声笑语，再加上老赵和儿子的参与，气氛更活跃了。高鹏举也终于觉得，作为一个身份非同一般的中国人，在自己的家乡哈尔滨，在属于自己名下的空间里，总算找回了一丁点儿良好感觉。

他与斯特恩一家离开咖啡厅后，没心思再去哪儿了，直接往家走。在那幽静小街的街口，见到了孙尚义。他奇怪地问孙尚义为什么站那儿，孙尚义说家里来了位特殊客人，是潘佑泰，一大早就来了，仍在家里坐等他。夫人看出来者不善，命他迎一下丈夫，好使丈夫有种心理准备。

高鹏举闷声不响地与孙尚义并肩往家走。

孙尚义问他都去哪儿视察了。

他说哪儿也没去成，路上尽遇到不好的事，情绪破坏了。

孙尚义说："你得习惯。"

他没好气地说："怎么习惯？你能教我？"

孙尚义笑笑，不言语了。

进了家门，见潘佑泰是穿着一身警服来的，皮带上挂着枪，正背双手观赏八宝格上的摆件。

"贤侄回来了？"

潘佑泰主动打招呼后，大模大样地往沙发上一坐，还叠起了腿。

高鹏举坐他对面，见大茶几上有几份《国际协报》，问替他倒茶的妻子："哪儿来的？"

赵淑兰说："潘警官带来的。"

潘佑泰笑道："听说你喜欢这类报，专为你找的。"

赵淑兰接他话说："你们聊，我楼上还有些事儿，不相陪了，由我家孙师傅代我招待您吧。"

她出门喊一声，孙尚义进来了。她交代两句，上楼去了。

孙尚义便默默坐在门旁的皮面换鞋椅上，为高鹏举的皮鞋打油。

《国际协报》高鹏举是看过的，赵淑兰也看过，二人都爱看"文艺周刊"那版，其上经常发表哈尔滨文学青年们的诗和散文，"怀旧"气息甚浓。所怀之旧，当然是哈尔滨与"满洲国"三字未沾边的年代。

"报馆不是被封了吗？"

高鹏举问罢，吸起了烟斗。

潘佑泰笑道："贤侄喜欢装老派嘛，以你的年龄，吸烟斗太早了吧？既然你吸那个，我就只有吸这个啰。"

他也吸起了卷烟。

高鹏举冷着脸说："你还没回答我的问题。"据他所知，文艺版主编吕天白，已被日满特务杀害，沉尸于松花江的冰层之下了。

潘佑泰说："该复刊还是要复刊，不是有些外国人挺关注的嘛。皇军

第四章

方面并非全是赳赳武夫，也有满肚子文化水儿的人，所以人家行事同样是讲韬略的。只不过呢，文艺版今不如昔了，没多大看头了，肯定会使你失望的。"

高鹏举本想再问："你怎么知道我喜欢看？"话到唇边，硬咽回去了，觉得那么问多余得愚蠢，装出严肃的样子说："我从不看那类犯禁的东西，你走时带走吧。"

潘佑泰说："现在不是不犯禁了嘛，消磨时间呗。"

高鹏举说："那也不看，不感兴趣。"

潘佑泰看着孙尚义说："那就给你司机看。"

孙尚义冲他笑笑，摇头。

高鹏举说："孙师傅识字不多，从不看些乱七八糟的东西。"

潘佑泰说："你司机真好，没事还替你擦皮鞋，跟你几年了？"

高鹏举皱眉道："我还没吃早饭呢，饿了。谈正事吧，有何公干？"

潘佑泰按灭烟蒂，又吸上一支，吞云吐雾地说："贤侄，谈正事前呢，你叔先给你上节时局课哈。实不相瞒，我掌握的内幕是，皇军要对他们中国展开更大的军事行动了……"

高鹏举一愣，以不解的口吻问："怎么就成了他们中国？"

潘佑泰说："你们一家三口已经是美国人了，我呢，是满洲国警官，对于咱俩，东三省以外的地界，不就是他们中国的领土了？"

高鹏举用烟斗朝茶几上一敲，正要撑一句，却见孙尚义在朝他摇头，又把话咽回去了。

"不爱听？"

潘佑泰斜眼看他。

他笑道："堵了。磕一下，震震烟丝。"

潘佑泰便也笑道："吓我一跳。"

接下来的对话，二人谁也不看谁了，都像自言自语。

"我只不过是个生意人，从不关心政治，与我有何相干？"

"贤侄，事情它是这样的，皇军要接收你在亚布力那林场……"

"唔？我那林场对他们有什么用？"

"有用有用，太有用了。要展开大的军事行动，就需要更多的武器不是？咱们东北的义气松，做步枪枪托、手枪枪柄、手榴弹柄、担架和拐杖，都是上等木料……"

"打断一下，他们想怎么接收呢？"

"就是，很简单，你以后别再去了，也无须签什么文件，省事吧？"

"财务上怎么论呢？"

"简单的意思不就是，你表个态，欢迎接收就行了吗？"

"我父亲投入不少精力和财力创办的林场，你要求我白白拱手让给日本人？"

"你看你，钻牛角尖儿了不是？不是我要求你，是皇军要求我来告知一下啊，人家尊敬你才多这么一个过程嘛！再者说了，将来皇军把他们中国各地统统征服了，你不是功劳大大的吗？是不呀贤侄？"

潘佑泰终于将脸转向了高鹏举。

"我要是不同意呢？"

高鹏举的目光也瞪向了他。

"你这不就抬杠了吗？你不同意皇军就不接收了？说到底，'满洲国'是谁的？往最实了论，还不是人家日本人的？那么，林场啦，煤矿啦，金矿啦，不是也都得归人家吗？你不愿被接收，人家就不接收了？你以为你谁呀？你加入美国籍就了不起了？皇军就不敢碰你了？"

潘佑泰振振有词的一番歪理，还真就将高鹏举说得哑口无言了。如果歪理背后有强势力撑着，往往比正理还显得理直气壮。潘佑泰那语气，有

第四章

点儿接近是训了。

高鹏举将求助的目光望向孙尚义。

孙尚义又朝他摇头。

他隐忍地说:"罢!我认了。但有一个条件,只一个,不许他们欺负我那些林场工人!"

潘佑泰笑道:"你放心,我来协调。这事儿咱们就等于交涉完了,好不?"

"还有什么事,快说!我饿着呢,请你潘警官体恤一下。"

高鹏举胸中早已怒火暗燃,语气也就相当不客气。

潘佑泰点着第三支烟,深吸一大口,仰脸望着屋顶,心里为难似的说:"鹏举,贤侄,下一件事儿吧,其实我还真不愿由我这位叔叔亲口告诉你——前天吧,皇军又到江北去推行并屯了,结果呢,他们的工兵,没管三七二十一的,把你伯父和你父亲的坟墓给炸了。那两座坟太扎眼,他们怀疑坟底下会暗修秘洞,隐藏什么……"

高鹏举猛一下站起,怒视潘佑泰,气得浑身发抖。潘佑泰表情平静,仿佛无论高鹏举做出怎样的反应,都不足以令他不安似的。他那种表情对高鹏举的侮辱性极大,他清楚此点,成心的。

高鹏举双唇抖抖地问:"你也参与了?"

潘佑泰一条胳膊往沙发靠背上一搭,以使自己坐得舒服一些,同时又叠起了膝。

他说:"我的烟没了。孙师傅,上烟。雪茄更好,听说高府待客的雪茄特高级,我还没有幸吸过……"

孙尚义就放下鞋走过来,他已经擦好三双了,连赵淑兰的一双也擦了。

高鹏举大叫:"先回答!"

潘佑泰板起了脸："你对我吼什么？那也是我公务范围内的事，能不去吗？可我去晚了，否则不至于搞成那样……"

高鹏举又冲孙尚义大叫："送客！"

"高鹏举！你撵我？"

潘佑泰也猛地往起一站，右手本能地放在枪套上，目呲呲地瞪着高鹏举。他那种表情、姿态，特别是右手的动作，那时刻对于高鹏举如同火上浇油。身为主人的高鹏举但觉怒冲头顶，恨炽双眼，朝门外一指，暴吼出一个字是"滚！"。

孙尚义赶紧往外请那潘佑泰，连连说："潘警官息怒，息怒，我家主人年轻不懂事，您别跟他一般见识……"

其实他差不多是往外推对方了。

潘佑泰在门口一胳膊搪开孙尚义，转身也指着高鹏举恶狠狠地说："不看在与你父亲拜过把子的分上，我他妈一枪……"

他话还没说完，烟斗已从高鹏举手中飞出——孙尚义急用自己的身体挡，却迟了一步，烟斗击中潘佑泰左眼眶。那烟斗是水曲柳木制成的，锅子还是铜的，虽是不大的东西，却也有些分量，比古代的一支镖只重不轻。再加上高鹏举用力甚足，对潘佑泰眼眶的击伤程度可想而知。他"哎呀"一声，疼捂之际，被孙尚义趁机推出了门。

孙尚义再回到别墅里时，见赵淑兰呆呆站在楼梯上，木然地看着丈夫——地上已是一片狼藉，高鹏举仍在摔东西，八宝格上的摆件快被摔光了。

赵淑兰说："别管，让他发泄发泄吧。"

当高鹏举欲将一只青花瓷瓶朝大落地钟砸去时，孙尚义忍不住高叫："够啦！"

高鹏举看着孙尚义一时愣在那儿，孙尚义上前将瓷瓶夺下。而赵淑兰

第四章

快速下了楼梯，走到丈夫身后抱住他，温柔地将脸偎贴他背上，她到哈尔滨后添了那习惯。

高鹏举已是泪流满面。

下午，孙尚义找来了赵永亮，二人一起陪高鹏举去到了江北——原有高亦威高亦林兄弟坟墓的地方，除了两处四周被炸黑的深坑和碎石断砖，已无任何可祭的标识。高鹏举坐在车内没下去，孙、赵二人替他翻砖掀石，寻寻觅觅地捡拾残骨，捡起了放在各自的帽兜里。

高鹏举要接着去林场，孙、赵二人坚决反对，一致主张还是得先回家一次，听听夫人的意见再说。他俩态度一致，高鹏举也就没坚持。

赵淑兰认为——到林场去看看工人们的处境怎样了是完全必要的。但即使有孙、赵二位相陪，她还是放心不下。哈尔滨当年并无美国领事馆，她便打电话向英、法两国商界人士求助——因为高鹏举是他们的代理人，也因为他们对她印象良好，还因为他们夫妻加入了美国籍，对方的表现挺爽快，都答应明日愿意随行前往。

第二天，孙尚义开的车与插有英、法两国小旗的车总共三辆车，冒雪开往亚布力。三月末，北方降雪乃是常事，然那日却怪，雪花倒不甚大，天空竟极昏暗，致使上午恍如傍晚。该季往常的气候是有雪无风，有风无雪。那日则风卷雪，雪逐风。进入山区，龙卷风时起，忽东忽西，看去似银龙升天，倏而消失，倏而现形。

高鹏举的想法是，要赶在林杨被"接收"前，召集起工人告知一下情况，仍愿留下的随便，想离开的多发给些"遣散费"。

不料日方所做的是"先斩后奏"之事，林场入山口处早已设了岗亭，横了栏杆，虽有英、法人士帮着据理力争，也还是不许通过。正交涉间，附近村中涌出十几人，多是老人妇女和儿童，转眼围将过来，致使一名日本哨兵朝天鸣枪，于是从林场那边跑过来一个班的日本兵，还牵了两条凶猛的狼狗，如临大敌。

村人们倒没找日本兵的任何麻烦，他们将高鹏举和孙、赵二人团团围住，一齐跪了下去，口口声声只求放人，远离是非之地。从他们的七言八语中，高鹏举和孙、赵二人终于听明白——他们的儿子或丈夫因未接到通知，不服日兵的指使，已被绑在树上冻了一夜了。他们没任何要求，只不过希望活见人，死见尸。一老妪悲极转恨，站起来扑向高鹏举，且打且骂："姓高的你个丧尽天良的畜牲，咒你们全家天打五雷轰！你财迷心窍，卖林场为什么不事先打个招呼？凭什么连工人也一道给卖了？！……"

高鹏举无地自容，恨不得躲入地缝，然厚雪盖地，哪儿有一条小缝！幸有孙、赵二人替他解释，他才得以脱身。脱身后的他并没避到车里，而是急切地用英语与几位洋人商议了一番——于是他和他们纷纷打开后车盖，拎出成袋的烟、酒、茶以及香肠面包。在赵淑兰的嘱咐下，他也是有备而来。然而日本兵的小头目却拒不收受，还用中国话对高鹏举骂了两句："八格牙路，死了死了的！"

孙尚义也会说些日本话，高鹏举百般无奈之下，向他耳语了一阵，命他再去交涉。

孙尚义一时犹豫。

高鹏举怒道："还不快去！"

原来他是让孙尚义去说——只要允许将受惩罚的工人放出，他那辆英国豪车归他们了。

这一招起了作用，日兵头目不但命竖起栏杆，让孙尚义将车开了过去，还命日本兵连吃的喝的也都拎过了栏杆。老赵对孙尚义独自去完成那事极不放心，竟欲同去，却被日兵喝止住了。

然而栏杆这边的人，包括几位洋人在内，谁心里都清楚——过会儿见到的根本不可能是活人，肉体凡胎者，被扒光衣服绑在树上冻了一夜怎么

第四章

可能仍活着呢？

三具赤裸的尸体被工人们用绳索拖到了栏杆这边，之后他们立刻被刺刀逼回去了。那是三具血肉模糊的尸体，高鹏举听到孙尚义告诉老赵——那三人生前被狼狗掏空了肚子，当时潘佑泰在场，他还替日本兵出主意，让他们命狼狗先从"命根子"咬，因为那儿皮薄肉少，一经咬开，五脏六腑就容易被扯出来了……

高鹏举他们三个是坐洋人的车返回城里的。

他唯一做得顺利的一件事是——命孙、赵二人向死者家属们分光了所带的一皮包钱。

他一到家就病倒了——没发烧，哪儿也不疼，但身体好像非是自己的了。

"淑兰，看来这哈尔滨待不得了，你和儿子还是先回纽约吧，我处理完一些事随后也去，你一定得听我的。"

"那，母亲怎么办呢？"

"请位好医生同行，无非就是钱的事儿。"

他与妻子说过以上几句话后，再就哑了似的，连儿子到了床前往往也不说什么，只是深情地呆呆地看着儿子而已。

三天后的早上，他离开了床，还吃了早饭。九点多的时候走到了外边，站台阶上。

夜里又下了场大雪，半尺多厚，阳光却很好，天气开始转暖——孙师傅和高坤在堆雪人。孙师傅不知从哪儿搞了只红辣椒，教高坤往雪人脸上插。

赵淑兰跟出说："估计以后再下不了这么大的雪了。"

高鹏举说："不一定，你穿得少，快进屋去，小心感冒。"

赵淑兰问："你说那事，不变了？"

他说:"议了就定,定了就做,你要准备准备。"

高坤趁孙师傅没提防,抓了把雪捂在孙师傅脸上,看着笑得开心。

孙师傅也笑,朝那孩子扮鬼脸。

高鹏举喝道:"高坤,不许无礼!"

赵淑兰却说:"他俩闹惯了,别管,孙师傅高兴陪儿子玩儿。"

她的话音刚落,虚掩的双开铁门突然被撞开,一名日兵骑着摩托冲入院里,紧接着驶入一辆带斗的,其后又是十几名日兵,在院子里形成了半月形包围圈,隔住了门。他们的带刺刀的枪口,有的指向高鹏举夫妻,有的指向孙尚义。

高鹏举冲下台阶,快速将儿子抱起来交给妻子。

那时潘佑泰也最后一个进了院子,左眼罩着黑眼罩。

赵淑兰赔笑对他说:"我代我丈夫向您道歉,那天是他不对,请您千万宽恕他。"

潘佑泰笑道:"没什么,我眼没瞎,过几天就好了。"

高鹏举将妻子推入屋里,赵淑兰紧抱儿子站在窗前,隔着玻璃惊恐地朝外看。阳台上传来了老太太叫她的声音,显然老太太也看到了院子里的不祥情况,极度不安,一声高于一声地叫她。

"站这儿别动,千万别到院子里去!"

她叮咛了儿子两句,转身奔向楼上。而院子里,孙尚义双手横握铁锹,保卫地站到了高鹏举前边。

从摩托上下来的三名日本军人都佩短枪,高鹏举认出了其中一名军官——错闯交响乐团地下室的便是对方。他从摩托车斗下来的样子特潇洒,双靴落地后还抻了抻衣襟,正了正帽子,转身对潘佑泰说:"高的,我们见过了,皇军不为难他这个美国人。什么事的,你的讲。"

潘佑泰便对高鹏举说:"贤侄,尽管你对我无礼过,此刻我还是要叫你一声贤侄。不看僧面看佛面,谁叫我与你父亲拜过把子呢。咱俩那事,小事一桩。你先命你司机把铁锨扔了,这种情况下,他那样子多可笑。"

高鹏举听了他的话。

孙尚义也听了高鹏举的话。他踏下台阶,弯下腰,轻轻将铁锨放于地。

潘佑泰单手操起铁锨,歪脸看看雪人,之后两眼盯视着高鹏举,似要有什么不良动作。

高鹏举那时镇定了下来,以尽量平静的语调说:"别破坏它,孙师傅帮我儿子刚堆成的。"

潘佑泰说:"我没那么想,我有那么坏吗?"

他将铁锨头朝上插入雪人"身体",从雪人"胸前"抓下一把雪,盯视着高鹏举,边搓手边说:"鹏举,你闯了大祸了,你叔我袒护不了你啦。"

他的说法是——由于高鹏举设下"计谋",往林场送烟送酒送好吃的,致使皇军中计,放松了戒备心,当晚全喝醉了,结果林场工人逃得一个不剩……

高鹏举请他向"皇军"解释,极言那是天大的误会,即使给自己十个胆自己也不敢那么做……

潘佑泰说:"没用的,贤侄,结果已成事实了,皇军不拿个人办罪是不行的。"

孙尚义大声说:"别难为我东家,我跟你们走,多大的罪我都担下来好了。"

"八格牙路!"

日本军官嫌他啰唆,失去耐性了,打断他的话,朝一名士兵一挥手。那名士兵走到孙尚义跟前,斜举步枪,发一声喊,一枪托捣在孙尚义膝部。那么用力地一捣,十个人有九个是会被捣碎膝盖的。

孙尚义单膝跪下了——他一手撑地,竭力不使自己扑倒,昂头瞪着潘佑泰说:"别忘了你也是中国人,告诉他们,我不能死在这儿,屋里有老人、女人和孩子……"

他话没说完,另一条腿的膝部也挨了一下,难以坚持地双膝跪下了。

潘佑泰眯起眼望着高鹏举说:"皇军要杀鸡给猴看,齐天大圣出现也挡不住的。"

而那日本军官抽出了战刀……

高鹏举冲下台阶,伸展双臂挡在孙尚义前边,大叫:"不关他的事!他是无辜的……"

两名日兵将他架开了——他眼睁睁地看到,日本军官跨到孙尚义一侧,将战刀从孙尚义肩窝那儿斜着刺进了他的身体……日本军官双手握刀柄,缓缓地,缓缓地刺入,直至刀尖从孙尚义身体的另一侧穿出。那恶魔也瞪着高鹏举,将刀柄左一拧,再右一扭……

高鹏举喷出一大口鲜血。

那日,赵淑兰经历了她人生中的至暗时刻——婆婆由于受到刺激猝死在她怀里。她从阳台上看到,孙尚义被摩托车拖出,拖过幽巷。当她奔下楼来,见儿子仍站窗前,双手紧抓窗幔,难以分开,而且,大睁的双眼,似乎已不能眨了;户外,丈夫背靠门柱昏坐于地,唤之不醒……

由于视角的局限,她无法全部看到发生在院子里的惨况。但仅仅所能看到的事,已使她毫无保留地同意丈夫的话了——"哈尔滨没法待了。"

四月初,在老赵的陪同下,高鹏举将妻儿从上海送上了驶往美国的洋轮。虽然,母亲已不再是远行的拖累,但他还是留下了。

他的理由是——"总得让我把该处理的事处理一下吧?"

这理由任谁都无法反驳。

赵淑兰没太勉强他。

当洋轮驶远,高鹏举觉得,自己面临着重生了……

第五章

沪的四月，正值梅雨之季。白天淫雨霏霏，傍晚悦人地停了。外滩的路面湿漉漉的，却并无积水，那是洋人和上海富人喜欢散步的地方，上海用民脂民膏为他们修成了那处门面。同时也是乞丐、扒手、报童和妓女经常"光顾"的景区——两类人如影随形，融姿混迹，构成了令看客眼花缭乱的浮世绘。

高鹏举和老赵两个东北人坐在散发着潮气的长椅上，仿佛坐在第一排观众席的两名属于贵宾身份的观众。二人的衣着都很绅士，招引得大小乞丐一拨拨向他俩伸手。那事儿使老赵一次次陷于狼狈，而高鹏举则有所准备，每一个兜里都装有零钱。

黄浦江上晚雾弥漫，海鸥们在雾中时隐时现。一艘洋轮响起一阵笛声，如同扩大了百千分贝的鹤唳，之后另几艘洋轮以笛相应，一时间悲声交织，此起彼伏。

孙尚义的死，令老赵痛不欲生。想想焦、孟二人中有一个惨死了，另一个的悲伤会到什么程度，就能理解老赵为什么一下子变了个人似的——他身体里的愉快细胞像是被某种剧毒全部杀死了，面色晦暗，反应迟钝。高鹏举的状态也好不到哪儿去，他大病刚愈，身体仍很虚弱，说起话来底气不足。老赵本不愿离开饭店的，高鹏举非要求他陪着出来散散心，他才勉强服从。

二人已呆坐了一会儿，相互无言。

老赵首先打破沉默，没话找话地说："在没有日本人和日本兵的城市，感觉上还是好点儿。"

高鹏举说："上海也不是没有，他们的地盘在虹口。"

冥冥之中，仿佛有神明要替他证明此言不虚，一对日本男女相挽走来，因两个乞儿从他们面前跑过，惊得那女人夸张地发出一声尖叫，留膏药胡的男人恼怒地举起了文明棍，同时用日语骂了一句。他不料自己后扬的文明棍险些碰掉了一位牵着小犬的洋人的高筒帽，引起了那洋人的不满，于是一对日本男女鞠躬不止，连连道歉。

那一幕过后，老赵张了张嘴，忍不住又问："在咱们中国，还有哪座城市没有日本人吗？"

高鹏举说："但凡好点儿的城市，都有了吧。"

老赵便一副懒得再说话的样子了。

高鹏举掏出烟盒请老赵吸烟，老赵也不客气，取出一支便叼上了，而高鹏举按着打火机替他点烟，同时说："我就不了，病刚好，能忍就得忍会儿。"

老赵没接话，深吸口烟，呆望夜幕降临的黄浦江。

高鹏举说："你看着我。"

老赵转脸看他。

"知道为什么非拽你出来吗？"

"不知道。"

"有些话，在饭店里说不方便。"

"那，现在说吧。"

第五章

"知道我为什么没走吗？"

"也不知道。"

"我要留下替孙师傅报仇。"

"咱俩想一块儿了。"

"好。我出钱，你找人。"

"找什么人？"

"重赏之下，必有勇夫。"

"你觉得我认识那种人？"

"你和孙师傅，你俩肯定不是一般人。别把我看成傻瓜，我早有所料。"

"那，你认为我俩是什么人？"

"要么在党，要么参加了哪门哪派，否则我伯父我父亲不会倚重你俩。"

"这事儿到此为止，路上也不许提，一切回哈尔滨再说。"

"干掉横田，动静会闹得太大，怕死了他一个，将有咱们的同胞搭上数命，但潘佑泰必须死，他不死我耻于为人。"

"横田"者，杀死孙尚义的日本军官耳。

"回哈尔滨再说。"

"不愿帮我？那算我没提。我单干，你别出卖我就行。"

"你要是任性蛮干，下一个连累的就是我。"

老赵站了起来，向高鹏举伸出一只手。

高鹏举仰脸看他，不伸自己的手。

"还是那句话，回哈尔滨再说。"

高鹏举这才握住老赵手，由他拽了起来。

二人回到哈尔滨的第三天，在松花江畔，他俩坐在江堤台阶上，进行了一番深入的谈话。

老赵的说法是——他和孙尚义，在东北军时是高亦威那营的两个兵，由于结伴开小差未成，定下了日子和时辰要被枪毙。高亦威替他俩久跪求情，保住了他俩性命。而高亦威决定南下投奔革命军时，他俩感念救命之恩，执意追随。此后三人在军中结下了生死之交，并由高亦威发展，秘密加入了共产党。汀泗桥之战前夕，高亦威命他二人同时潜回哈尔滨，隐蔽身份，为共产党在东北做地下工作。当然的，他二人后来也就都成了东北抗联的地下工作者……

"我父亲了解你俩的真实身份？"

"估计你伯父在写给他的信中告知了，他很爱国，暗中为抗联做了不少事。你父亲是被日本人害死的，日本人要成立满日联合商会，会长由日本人担任，却非委任你父亲任副会长。你父亲拒绝了几次后，日本人意识到没法利用他了，就收买了一家中药店的伙计，在他经常服的养肺药中下了慢毒。也怪我和尚义粗心，没料到日本人会那样，我俩都内疚得不行……"

"我父亲也明白了？"

"怎么会不明白，不过明白也晚了。"

"孙师傅是因为身份暴露了才……"

"那倒不是。据我们掌握的情报，我和他还都没暴露。日本人是由于林场的工人全跑了，勃然大怒，杀害他给你高鹏举看的。"

"对不起。"

"毕竟使几十名同胞脱离了虎口，孙师傅也算死得其所……"

"那也要替他报仇。"

"鹏举，报仇的事，我们自己人会完成的。一定会的，这你尽可放心。

第五章

此仇不报,我赵永亮死不瞑目。你考虑得挺全面,目前日本军特猖獗,报复手段凶恶,所以还不便在哈尔滨对他们动手。但潘佑泰必须除掉,不过我不是要跟你商议这事,而是要当面告诉你,我得离开你了……"

听了老赵的话,高鹏举落泪了。

"这时候你离开我?那我以后该怎么办?"

他像唯恐父母欲将自己置于不管不顾之境的孩子,紧紧抓住了老赵一只手。

老赵的说法是——组织上考虑到他的安全,命他尽早转移,服从新的任务安排。他求高鹏举一事,将他老伴他女儿还有孙尚义的老伴,安排到远避日满鹰犬的地方,以免她们也遭报复性杀害。

二人惜别前,老赵给了他一封信,是他父亲留给他的遗书。

"鹏举吾儿:当你看到此信时,你的命运肯定已到了十字路口。一步错,步步错。为父对你并无苛刻要求,勿使我们高家背负汉奸骂名,我与你伯父泉下欣慰矣。高家财富,你倘不奢侈,挥霍无度,支用不尽。国殇深重,民不聊生,若能暗资正事,父与伯父尤喜。至于你自己,似乎也只有去纽约投奔赵家了。这比与日本人合作,终究还是明智的……"

那信上写的虽然都是大实话,但高鹏举的自尊心被伤透了,在那个独守一幢别墅的夜晚,他哭得眼泪稀里哗啦地流。

对于老赵嘱咐的事,他未敢拖延,按老赵留下的住址,一一找到她们,亲自将她们带往天津,托付给了一位劝业场的大股东陶先生。他父亲生前与陶先生之间生意关系密切,两家算得上是世交。

陶先生见过三个东北女人后,捻耳笑道:"你这行径,像是拐卖妇女。"

高鹏举双膝一跪,肃然陈情:"老伯在上,鹏举实不相瞒,她们的丈夫、父亲,都是对我高家有恩之人。她们的生活费用,我自会按时提供。

但她们的人身安全，则恳求老伯展翼庇护。若蒙承诺，小侄感同身受。"

陶先生急忙离座扶起他来，郑重作答："方才是戏言，区区小事，何必如此。她们都是底层人家女子，闲养起来是不妥的，也会引起别人猜疑。我会安排她们在劝业场做做杂活，多少还能再挣点儿，对她们也好不是？"

高鹏举大喜过望，诚言："一切由伯父做主。"

他回到哈尔滨，心心念念就只想做一件事了——报仇。知道潘佑泰仍在这里那里为虎作伥，每天夜里恨得难以入睡。

再说那潘佑泰，是个生来好色的家伙，新近包上了一名南方妓女，被迷得魂不守舍，抽空就往她那里去。

一日，他刚一进她的门，高鹏举猝然从卫生间冲出，将他推得紧靠墙上。

"你……"

"我今天要你的命！"

高鹏举话一出口，手中利刃已捅入了潘佑泰肋下。他也没再说什么，之后便一刀接一刀猛捅。连捅十几刀后，潘佑泰贴墙软了下去。高鹏举这才重入卫生间，洗手，掏出假胡子贴脸上——这使他看去像一位长须的西方老者。他凝视着镜子中的自己，对自己的伪装术颇满意。迈出卫生间，从门旁衣架上取下礼帽低戴之后，就更看不出他原本的样子了。他转脸瞅一眼潘佑泰，想起了什么，蹲到潘佑泰跟前，从内衣兜掏出折了几番的纸塞入潘佑泰口中，轻蔑且厌恶地说："你他妈怎么就忘了，我高鹏举是猎人的儿子，我老爸曾经杀过虎！"纸上预先写了一行字是"奸人妻者，人皆可杀！"他站起身，手已搭在门把手上了，却没立刻开门，弯腰捡起利刃，复将潘佑泰割喉了……

也是在当天，两小时后，西服革履的他出现在市长办公室。市长对他

第五章

的造访十分意外，热情相待。他向市长交了一份申请，表示愿放弃美国籍，做一名满洲国的良民，甘为满洲国的发展尽一切力所能及的贡献。

"毕竟，我高家的资产基本全在哈尔滨，那么就还是以满洲国公民的身份来经营才有前途。我觉悟得晚了点，但总比执迷不悟有进步啊。"

高鹏举的话说得很实在，态度也特真诚。市长非常高兴，同样真诚地称赞他之识时务。高鹏举没向别人，而是亲自向他表达了自己的"觉悟"，乃会是他不小的政绩，他的高兴发自内心。

潘佑泰的死成了小报的花边新闻，被渲染为情杀。日本人并没深究那事——对于他们，再物色一个同样的角色毫无难度，不少穿满警制服的人争夺其位。

日本军方将高鹏举的车还给他了，还发了给他特殊通行证，算对他的"觉悟"进行了表彰。对于他这等人物，他们该讲的怀柔还是讲的。

几天后的晚上，老赵的儿子赵凯出现在高家的别墅——带去了一位南方青年沈若然。沈若然文质彬彬，才二十五岁，小高鹏举三岁。

赵凯介绍说，沈若然的父亲是南方的茶商和丝绸商。

沈若然笑道："全中国十之一二的茶叶经营与我们沈家有关，十之二三的丝绸由我们沈家批发，我是沈家四少，在江浙一带无人不知，无人不晓。"

高鹏举不外地问："真的假的？"

他这一问将沈若然问愣了，求助地扭头看赵凯。

赵凯赶紧说："叔得信。他是我爸跟你提过的那人。"

高鹏举立刻笑了，抱拳道："幸会幸会，愿日后精诚合作。"

沈若然也笑道："出名的是沈家，并非我这四少，抗日需要沈家有我这样一位四少。"

高鹏举便问："会日语吗？"

沈若然说："一般交谈没问题。"

高鹏举沉吟道："那么，你在日本留过学了？"

"我可以有这一经历。"

沈若然再次笑——他笑得特有阔公子范儿，一脸矜持，比高鹏举还"公子"。

赵凯说，他爸的意思是，让沈若然以后做"高叔叔"的助理。

高鹏举说："岂不委屈沈四少了？"

沈若然说："不委屈，荣幸之至。"

高鹏举问赵凯："你父亲在哪儿，情况如何？"

赵凯说在一个比较安全的地方，具体是哪儿他也不清楚。不过他父亲让他带话——一是表扬的话，感谢高鹏举对受托之事的重视和办理；二是批评的话，对高鹏举刺杀潘佑泰的行动十分震怒，认为是典型的个人英雄主义。一旦失败，后果不堪设想。

高鹏举奇怪地问："你父亲怎么猜到了是我呢？"

赵凯反问："还用猜吗？"

沈若然说："实事求是地评价，我认为那事儿还算干得漂亮。"

三人便都笑了。

那晚，别墅里只剩高鹏举自己时，他独坐于沙发，吸着烟斗，听起了唱片传出的萨克斯曲。

某些刺激他视听的经历，过电影似的在他眼前混接而过。年方二十八岁的他的脸，那时看去似有三十几岁……

第六章

1935年的美国，仍处在不好过的年头。

细思忖之，美利坚合众国的简称，一经由汉字写出，使其占尽了汉字的光。"美国"——仿佛便是一个"美"的国似的。英、法、德三国及别的一些国家的国名由汉字写出，亦意味大佳，却都不如"美国"朗朗上口，又令人心向往之。当初不知哪个中国人译的，其后代子孙应向美国要求译名费才对。

20世纪20年代的美国，极像一名摩登女郎。先是手表取代了怀表，怀表成了少数执拗地拒绝与时俱进的"土老大爷们"的标配，或极少数落魄贵族为经常怀旧而把玩的老物件。工厂里的大部分中青年工人，腕上若无手表是会被怀疑自立能力的，那一时代特征像极了中国的70年代。随后几年，电话、收音机、冰箱、洗衣机、吸尘器陆续进入寻常美国百姓家。至20年代末，几乎每户美国人家都有一辆汽车了，包括大部分黑人之家。在不到十年内，工业规模扩大一半以上，人均收入增加三分之一，而物价上涨指数却微乎其微。与此同时，文化娱乐业也呈现无比繁荣的态势，首先是电影业空前发展，吸引大部分美国人每周至少看一场电影。歌舞演出不甘居后，场场爆满。如果说电影业迎来了锦绣前程，那么歌舞现象简直如日中天。新歌星新舞后层出不穷,黑人爵士乐乘势而火,异军突起,很快成为20年代最主要的流行乐种。文学和出版业也蒸蒸日上,马克·吐温、菲茨杰拉德、海明威先后成名,致使美国纸贵。并且涌现出了一批黑人作家,多数居住在纽约曼哈顿岛之哈勒姆区,被当时的文学评论家形容为"哈勒姆文艺复兴"。

女士们更是在那黄金年代幸福得任性起来——女士们一任性,人类的服装现象沧海桑田了——短裙、烫发、高跟鞋、香烟加艳色双唇,使她们争先恐后地"摩登"不疲。"摩登"者——我本无意惑你,你被惑与我何干?自惑也!

20世纪20年代之"美"的国,其丽其炫令世界眼晕,彼国人自身亦陶醉其间。

好景不长,乐极生悲。1929年10月29日星期二那天,全美股价突然缩水,其后半个月暴跌一半,成千上万股民的财富蒸发一空。工业、农业、金融业、零售业随之全面衰退——国民生产总值减少四分之一,农业收入降低一半以上,近万家银行破产或停业,几乎每天有银行家跳楼。失业、失业、失业,到处都是失业人群,失业率最高时达到30%以上,职业介绍所的情形如逃生门。侥幸还在工作的人只能挣到以前一小半的工资,且须天天感恩上帝……

1935年,罗斯福总统为消除金融恐慌而推行的"百日新政"总算对美国经济起到了一种类似"安宫牛黄丸"的镇惊作用。他一次次"美国国舅"式的温言款语的、娓娓道来的、聊家长般的"炉边谈话",也使大多数美国人的心理稳定了些。

那一年,美国成为一个完全独立的国家才一百五十几年——对于一个国家,委实太年轻了。似也可以说,如同一位虽无显赫身世却占尽年龄优势、没有任何历史负担所以有资格摩登的"妈妈咪"。而罗斯福总统,时年五十三矣。他前边已经产生过三十一位美国总统，他身残志坚，坐着轮椅终日为国家运筹帷幄，这使大多数美国人不太忍心为难他。

仿佛"摩登女郎"的美国，经历了那场经济大萧条后，如同患了一场"天花"，有可能留下"麻子"，但内脏并未受到影响。罗斯福之历史使命，是竭尽全力使"她"并没落下"麻子"，依然亮丽，依然炫，依然摩登。

赵淑兰带着儿子高坤就是回到了那样的美国。她有美国国籍，儿子也有，故可以这么说，洋轮一靠纽约港，便有种"终于回国了"的感觉。还没下船，她便愉快地吻醒儿子，满面笑容地说："baby，再过一会儿就到家了。"在哈尔滨时，她很少叫儿子"baby"。偶然叫出，丈夫听到了会皱眉，并且批评："别忘了咱们是在中国，全家都是中国人，何必非来一句英语，听着别扭。"

而她也曾反唇相讥："你也别忘了，咱们全家可都加入了美国籍，不论在哪儿，美国人和美国人之间说英语，再自然不过了，何况是在家人之间说，总不说都生疏了。"

但丈夫却认为，国籍仅意味着人长期生活在哪一国家，属于哪一国家的公民。至于一个人究竟是哪一国人，也要看血亲方面的关系。

"你这就强词夺理了，照你这么说，美国本土岂不是根本没有美国人了？一百五十几年前，来到美洲大陆的可多数是英国人，难道如今的美国人非得念念不忘这一点吗？"

赵淑兰还曾如此这般地争论过。

而她的态度一认真，丈夫便理屈词穷，哑口无言地败下阵去。从人与国的归属逻辑上讲，高鹏举的话确实站不住脚，与歪理同辙。

赵淑兰的妹妹赵淑娴，也曾对国籍之争大发宏论，她认为：人是地球上唯一有"国家"意识的物种。"国家"是一个文化概念。此概念一形成，于是派生出"领土"意识。数千年来，人类与人类之间所进行的战争,绝大多数起因于领土之争。有时看似与领土无关,但一经分出胜负,最终还是以领土之得失为结果。动物虽无文化,却也有"家国"意识,乃是由本能所决定的。一处蚁穴或一处蜂巢,既是蚁或蜂们的"家",也是它们的"国"。对于它们,"家"即"国","国"即"家","国家"也罢,"家国"也罢,二者关系完全不可分开。有"国"便有"家",无"国"便无"家"——"皮之不存,毛将焉附"的道理无须通过文化来阐述,基因里先天带着的本能,反而比文化的作用强大多了。大型动物——不论食草类的或食肉类的,因为没有像人类一样固定于一处的集体的城邦式的栖息地,便断无护"国"的本能。它们要誓死捍卫的是"领地"——"领地"也罢,"领土"也罢,都一回事儿,在动物们那儿便也是"寸土不让"、"寸土必争"的。并且,在乎的也不仅仅是实际的生存利益,还有个体或群体的尊严。被逐出"领地"的它们,同样会像人类似的身心严重受伤。"狐死归首丘",意思便是回到最初的"领地",最初的家园。

在赵淑娴看来,姐姐与姐夫的不同在于——姐姐的意识里只有一个国,那就是美国。姐是一个有国而无"祖国"的人。或更确切地说,在她的人生词典中,"祖国"是一个若有若无的词。

某次争论过程中,高鹏举严肃地问妻子:"不错,你有美国国籍,但你有祖国吗?如果有,是哪一国?"

他将"祖"字问出强调的重音。

赵淑兰被问得一愣。

她的祖父母埋在美国加利福尼亚州,她父母与她的哥哥妹妹弟弟共同生活在纽约的唐人街。葬祖父母之地,岂非祖国?可是,在福建漳州,那里也明明有她这一赵姓大家族的宗祠,比美国的历史还长。百余口人中,以姐妹称她并书信往来频繁者,亦多至二十九人。声明自己是美国人,美国才是自己的国,这对于她往往是当然之事。可国的前边若再加上一个

第六章

"祖"字，强调美国才是自己的"祖国"，对她便实非易事了。

文字不仅仅是文化符号，有时还直接代表人性之巢，那时它对人的左右之力约等于基因。在赵淑兰理性思维的向度内，一向鲜有"祖国"一词，只有"country"这个词——它代表一个由星条旗所象征的，发放给她永久居住证的"地方"。它与她关系密切，决定她的人生怎样，最大程度地左右她的人生。但若论到感情，却是谈不上的。因为事实一再提醒她，即使自己天天像唱圣歌一般赞美它，那也还是它的三等公民。以美国之国籍享有资格而论，华人似乎低于与美国关系密切的黑人。虽然她拥有纽约大学货真价实的硕士学位，却仍改变不了她是三等公民的宿命。在她的成长过程中，经历了美国"移民法新规"对在美华人的猛烈冲击，那一"新规"使美国各城市的不少华人遭到无情驱逐，其方式彰显着毫不掩饰的歧视。那种歧视在她记忆中留下了难以消除的耻辱阴影。故她对于美国的总体态度是"虽然我已离不开你"和"想说爱你不容易"的"混纺"。

然而对于中国，她的感情也相当矛盾——若说不爱是假的，顺利离开了的庆幸却也是真的。变成了一座"满洲国"城市的哈尔滨，对于她如同集中营。东三省以外的中国依她推断也好不到哪里去，每使她联想到"五代十国"的历史一页。丈夫又不得不承认，实际情况差不多正是那样。

唐人街范围虽小，毕竟有别于集中营。在住房拥挤的唐人街上，她们赵家住的虽然不是大别墅，却是体面的两层小楼。出入虽然无汽车，但家里有两辆自行车。若想再多有几辆，钱并不是个事儿。最主要的，在美国，日本人也不敢耀武扬威，更遑论任意残忍地杀人了。

抱着儿子一踏上纽约港方石铺成的地面，赵淑兰不禁在心里说了一句："谢天谢地！"

哥哥、妹妹和弟弟一齐迎上前，亲情融融使她顿生幸福之感。淑娴对姐姐说的第一句话竟是："在哈尔滨生活了三年多，对家国二字有何新理解？"

赵淑兰苦笑着说："一言难尽。"

她将脸一转，心中忽生出大的委屈，想哭。

小弟世杰则说："回来就对了，报上预测，日本要对全中国下手了，爸妈都担心得晚上睡不着。"

哥哥世俊训了他一句："别一见面就说那些，说点儿高兴的不行？"

世杰便做了个鬼脸，欲从姐姐怀中将外甥抱过去，高坤却不愿让他抱。他离开纽约时才一岁多，还不记人，眼前的两个舅一个姨，对于他成了陌生人。

对小高坤而言，那次漫长的海路旅行不但是不情愿的，而且是受苦遭罪的。这孩子的单名是他奶奶请八字先生给起的——八字先生测了他的八字后，当着他奶奶和他爸妈的面，说出了一番语重心长的话："虽然高姓在百家姓中并非大姓，却分明是一个显姓。若论姓氏之祥，无第二姓可比。你们高家现如今家大业大，兴旺发达之势如日中天，也许正是沾了姓氏的光。有些人家姓虽好，却并未沾光，实乃命数所定。你们家姓氏又好，儿孙几代命数又优，当感恩造化。然这世上，福祉从来都不长久，故此孩儿应取谦卑之名，以敛家族显赫之势，方能化'福兮祸所伏'的定律。若单名坤字，其律可避。"

老太太听了，深信不疑，甚以为然。

高鹏举和赵淑兰自是不信八字先生那一套的，但老太太已经表态认可了，便也都同意。他们觉得坤这名字挺好。叫起来上口，写起来笔画少，与姓还形成一种阴阳互补的关系。

过后赵淑兰问丈夫："如果由你给儿子起名，你想取哪一类？"

高鹏举说："反正不会再取我这一类名了，太张扬。小时候还不觉得，长大后，有了点儿文化，就觉张扬得俗气了。"

第六章

淑兰问:"你不觉得高坤像女性的名字吗?"

鹏举说:"是啊,像。但我伯父叫高亦威,我爸叫高亦林,我叫鹏举,都够张扬的,儿子的名字女气点儿,倒使我觉得他的命运以后反而会多些平安。"

小高坤由于受过巨大刺激,眼神一直有着惊恐,似乎只有妈妈的怀抱才足以使他感到安全,两个舅一个姨谁抱都不行,在车上也是那样。出租车司机是名黑人,不愿将车直接开到赵家门前,理由是他的车如果去到过"不干净的地方",万一恰巧被别人看到了,会影响他的收入。他那几句英语赵家的兄弟姐妹自然都听明白了,赵淑兰没说什么,淑娴却忍不住用英语撑了一句:"你们黑人居住区很干净吗?"

大哥世俊赶紧调解道:"小妹说话别那么冲,不就是多走几步路吗?能累着吗?"

赵家兄弟姐妹之间十分友爱,虽然淑兰只有一弟一妹,却也习惯于称那两个"小妹"、"小弟"或呼其名。

赵家的住宅在唐人街中段,外观呈品字形——二层由赵而已老伴俩住。一层既是客厅也是餐厅,有两个房间。单身的世杰住一间,另一个房间作为病房,偶有前来求医的人可临时住住。唐人街自身的治安是良好的,但随着近年商铺多了,华人的生意逐渐向好,有些不法青少年每每前来偷盗,偶尔甚至明抢。唐人街不得不组成了治安队,世杰是骨干。他住一楼,比老父母住一楼安全。二楼三个房间,赵而已老伴俩住一间,另外两间也作为病房。淑兰回来前,淑娴将另一间重又布置了一下,以使姐姐和小外甥住得舒心。淑兰与高鹏举结婚后,已在那间屋住过一个时期。

离主宅不远住着世俊一家四口,他已有了一儿一女,其家前店后室,都较宽敞。世俊打理那店是中草药店,既对外,也等于是还在坐堂行医的老父亲的药库。他每年入项尚可,日子倒也过得滋润。右边快到街尾处住着淑娴一家三口,与哥哥家的面积一样,也是前店后室。她成婚比姐姐还早一年,孩子却来得晚,仅一女,这使小高坤除了有表哥表姐,也有了表妹。淑娴的丈夫是"老陕",独自漂洋过海闯到美国的。他也属于"倒插门",做得一手好面食,便开了一家面食馆,使赵家天生不服别人管的二小姐成了他的学徒,支使起她来像掌柜的支使小伙计,而且淑娴每每被支使得美滋滋的。"老陕"王欢喜属于饭量大却怎么吃也吃不胖的那类男子,中等个儿,细溜溜,胳膊腿上却都是精肉。不但面食做得好,"信天游"也唱得好。欢喜时唱,不欢喜时也唱,忧伤时唱得尤其好。他一唱起来,就把个淑娴给迷死了,也会将唐人街上的人三三两两地吸引到店门口,聚集倾听——他是唐人街的开心果。

世杰曾说:"大姐的丈夫找得般配,二姐的丈夫找得适合。"

赵母见到小外孙异常高兴,也要抱,高坤却连慈祥的外婆也排斥。

赵而已一眼就看出那孩子不对劲儿了,问大女儿:"我小外孙受到过惊吓?"

淑兰撒谎道:"没有,感冒过一次,发了几天烧,退烧后变娇了。"

她哪敢说实话呢!若实话实说,亲人们还不都会替她牵挂起她丈夫来?还不都会埋怨她不该把丈夫独自留在危险丛生的哈尔滨?

每周的周三和周日,赵家祖孙三代必要聚餐一次,大人一桌,孩子一桌。以前十口,现在十二口了。表哥、表姐和表妹一出现,小高坤对陌生的环境不那么感到紧张了,逐渐也肯离开妈妈与另外三个孩子坐在小桌四周了。在他从一岁多到四岁多的成长过程中,除了孙尚义那么一个大朋友,再无任何小朋友。他需要小朋友的愿望非常强烈,而他的三个小亲人也争相向他示好。再加上看到妈妈与那些是外公、外婆,小舅、大舅、大舅母、小姨和小姨夫的大人之间特别亲爱的关系,这孩子终于对新环境有几分安全感了。

第六章

不过，他心灵上的巨创，并不是亲情在短时间内所能治愈的。后来的事实证明，那对他造成的痛苦几乎是一生的。

1935年，对于连任的罗斯福总统，纽约、洛杉矶、费城、底特律是最不让他省心的四座城市——费城和底特律厂矿多，工会规模大，经济危机留下的后遗症仍咄咄逼人地存在，工人与厂矿业主发生严峻冲突的局面层出不穷，有时要出动军队才能平息。罗斯福是支持工会存在的，这使全美参加工会的工人迅速增多，由1932年的三百多万发展到了1935年的五六百万。资本家们深感惶恐，雇用黑帮暗杀工会领袖的丑闻时有披露。而纽约和洛杉矶，则是两座黑帮猖獗的城市——"意大利黑手党"、"西班牙兄弟"、"墨西哥牛仔"等黑恶势力，不但热衷于贩毒、销售"私酒"、拐卖妇女儿童，而且彼此每因争夺地盘大开杀戒，经常扰得两座城市腥风刚过，血雨又起，难得安宁。

但纽约唐人街却是相对风平浪静的地方。

那里没有黑社会。

经济大萧条对唐人街上的华人们的生活所造成的危害，也相对轻得多。

这乃因为，那时纽约的一切股票交易所是不为一般华人办理业务的。在唐人街上，不一般的华人之家除了赵家，再无第二家。即使赵而已本人，资格也还是不够，须请身份不一般的白人担保。然而他对投资股票毫无兴趣，避谈股票如孔夫子不言怪力乱神，并且严禁儿女炒股。他认为，在美华人若想过上好生活，除了脚踏实地勤勤恳恳、兢兢业业地努力谋生，别无"快道"。这一点连赵淑兰都不完全赞成，曾与父亲争论过。实际上华人还是可以变相炒股的——比如将大家的存钱集中起来交由父亲，由父亲委托一位可信的朋友代炒。她主要是从公平原则看待那事的——黑人可以，为什么华人不可以？

赵而已却说:"万一原本可信的人在金钱面前变了,我们赵家能人人持枪去把钱抢回来吗?"

大女儿便被问得哑口无言了。

当父亲的又谆谆教导了一番:"我们赵家的人,要为在美华人争平等,我特别支持。但有时也得面对现实,不必事事与黑人比。黑人是美国第二多的人口,全美华人不才六七十万吗?他们有时连统计人口都懒得将咱们华人算在内,这你又不是不知道。我和你们的爷爷,一生都在为华人争平等,谋福利。我们也做成了几件事,纽约唐人街这片占地,便是我们父子俩锲而不舍争取下来的。我们的经验是,不同的时期,要为同胞做不同的事。不能急,也不能坐失良机。若使在美华人不受歧视,路还长啊,慢慢来吧。"

后来股市崩盘,千千万万股民几代积累的财富数日便化为乌有,唐人街上的华人免那一劫,赵家儿女才对父亲的先见之明服气了。

在全纽约的华人之家中,赵家虽非富户,却也家底殷实。赵况希赵而已父子俩,挣的主要是中产阶级和是富翁的白人们的钱。为唐人街上的同胞治病,他们的收费基本是象征性的,往往还要搭钱。实际情况是——纽约乃至全美底层的白人及别国底层移民,多数不信中医,他们一旦生病,巴不得药到病除。而这往往是中医药没辙的,所以他们宁肯多花钱求助于西医药。较富的人和很富的人则不同,他们基本上是白人,所患之病往往与富贵的生活习惯有关。那习惯使他们很享受,又极易使他们患上慢性病。一旦患上了,西医药往往一筹莫展,只能使他们成为长期服药者,终生离不开。这种情况之下,他们会抱着一试的态度,转而求助于中医药。而中医一旦成了名医,大抵都有几类专治慢性病或疑难杂症的祖传秘方。赵家靠了那几种秘方逐渐在纽约较富的很富的白人圈赢得了名气。特别是他为他们专配的养生之方和传授的保健之道,使他们受益匪浅。富人比穷人惜命,他们视他为"佑命天使"。这样一些白人,特别是他们的女性家眷,付诊治费时极为慷慨。

赵而已用从他们那儿挣的钱为唐人街上的同胞做各类善事,如办华人小学、成人夜校、慈济院、修路、建零售大棚等。同时,也以较长远的眼光为唐人街华人的后代们设计未来。

有富人的地方便有秩序,便有公共环境的改造意识。简直也可以说,唯富人才会首先产生那种意识。

纽约市当局在赵况希临死前向他颁发了嘉奖证书,表彰他为唐人街做出的特殊贡献。他死后,那证书和蔡元培写给他的回信均被镶在框子里,挂在他生前的诊治室。蔡先生是连美国总统和议员们州长们也心怀敬意的人物,赵而已将名人效应利用得低调而又充分。为了唐人街,他有时不得不利用那效应。

赵而已坐诊于父亲的诊所时,纽约唐人街脏乱差的情况大为改观了,华人同胞大抵都有家了,有些不但有家,还有了赖以为生的小门面或固定摊位。这也要感谢他们在国内的亲人——后者将中国特产源源不断地提供给前者,主要是客货船捎带的方式,花钱不多而又能按期到货。实际上前者们充当的是代销角色,利润双方分配。那些中国特产在纽约颇受青睐——一顶儿童戴的纯手工做的老虎帽或一双老虎鞋一只老虎枕,所值的美元差不多可以在中国买半袋子面。而一套泥塑的既能当摆件又能当哨吹的中国十二生肖所卖的美元,够在中国做一套粗布面的新被褥。

那时纽约唐人街的不少华人们,是靠中餐和民间小贸易摆脱赤贫之境的。

赵淑兰在唐人街上的成长史,可以说是无忧无虑的,她从小见证了唐人街一年比一年向好的变化。

1935年她带着儿子回到纽约时,父亲赵而已六十四岁,正是中医生的黄金岁数。他父亲生前的医道和人道双重名望，自然而然地成为他和他的二儿二女的福祉，所谓前人栽树，后人乘凉。

淑兰与父亲及一概亲人已三年多没在一起了，她的回归受到了亲情的高浓度包围。与儿子相反，赵淑兰对自己所回归的环境不但极为熟悉，而且感情深厚。历时十余日的海程，几遇风浪，不但使儿子觉得是一次苦难的经历，也使她变得瘦削乏力。除了贪睡，便独自在唐人街上走和看，想要发现一些新现象。

唐人街与三年前没什么不同。无非有的老人死了，所有的孩子都明显长高了，正如她哥哥她妹妹的儿女也长高了。唐人街华人们的脱贫策略，无非是内循环加"外向型"的模式。所谓"外向型"就是离开唐人街，在全纽约乃至全美到处打工，只要能挣到钱，什么脏活累活危险的活都肯干，工资低往往也不计较。这使他们在劳务市场上每被视为各工会的公敌，受到憎恨是难免的。但他们都很能忍，既肯干又脏又累又辛苦又危险挣钱又不多的活，又几乎能忍受除了人身伤害以外的种种歧视、侮辱和欺负。即使并不严重的伤害，大抵也一忍了之。每家一旦有了余钱，就翻修住房。原有生意门面的，扩大之。想有还没有的，或买或租，实现愿望。1935年，由于受美国总体经济大萧条的影响，纽约唐人街的营建之事少之又少。互相帮扶的传统，再次以抱团取暖的方式体现。若谁家连吃饭都成了问题，便出人到还有生意可做的人家去帮工，不要工钱，只求给口饭吃。淑娴告诉她姐，去年前年，她家和哥哥家都雇过帮工的，并不需要那样，却都觉得应该那样。也不仅仅管饭，还给工钱。连父母也雇了个专门做饭的小时工叫阿黛，尽管母亲做的饭父亲和弟弟很爱吃，阿黛做的一点儿也不比母亲做的好。后来唐人街家家户户的生活都稳定了些，才都把雇工辞退的。

淑兰问她妹华工受歧视被欺辱那类事是否见少。

第六章

淑娴说没少又怎么样？姐你得替他们往开了想，他们在国内就不受欺辱了吗？地主老财、贪官污吏、军阀兵痞、恶霸流氓地头蛇，一切有钱有势的集团和帮派，他们在中国欺负老百姓的事还少吗？老百姓在中国国内就不是下等人就不受歧视了？住在上海、天津租界里的洋人不歧视那两市的老百姓吗？"洋大人"不是国内同胞对洋人的叫法吗？在美国，华人起码还可以不必点头哈腰地那么叫洋人！东三省的同胞现而今不是全都沦为亡国奴了吗？在自己国家的学校里不教不学日本话就有掉脑袋的危险，那还不是亡国奴吗？日本人杀害中国人像屠猪宰鸡一样随便任性，这样的国它还算是一个国吗？

妹妹一番话，说得赵淑兰心内五味杂陈，别提有多不是滋味了。

淑娴见姐姐神情忧郁了，又说："姐你别以为我变了，我没变！我还是要当唐人街的守望者的！可现在的中国它是那么一个屄样子，我们美籍华人就是再讲尊严，不还是英雄气短吗？实话告诉你，姐，就在你回来前一个多月，我和小弟被警察局拘押了好几天！咱爸妈不许对你说，我现在非说不可是因为你好像在往低了看我了！"

当时姐俩正坐在淑娴的店里包饺子，王欢喜在案板那儿擀皮儿。

淑兰惊问："为什么，快告诉姐。"

淑娴生气地说："他们纽约警察局在咱们唐人街前竖了块告示牌，奉劝白人少在咱们这儿买东西，以免上当受骗！"

淑兰说："姐回来几天了，没看到啊。"

淑娴一拍桌子，怒道："我和小弟带领大家到市政厅去抗议，咱爸也出面了，他们才将那牌子挖走了！"

赵家的小女儿性格也不知像谁，对全美歧视华人现象嫉恶如仇，每有过激言行，其情慷慨悲壮如血性儿郎。

淑兰揶揄道："你呀，是你姐夫的妹妹才对。"

淑娴翻起白眼问:"姐你什么意思?"

淑兰笑道:"他家不是出过一对儿打虎的亲兄弟吗,咱家没那种血统。"

这时王欢喜停了手说:"赵淑娴我不许你再出那个头!"

淑娴撑他:"你算老几?想管我啊,没门儿!"

那欢喜愣了愣,也没反驳,扯开嗓子唱起了信天游:

羊羔羔它那搭渴干了嘴,
满世界寻不到个水呀么
水洼洼;
哎呀在异国那个在他乡的
人儿啊,
啥时光才能熬出个头……

姐妹俩听着,由默然而愀然。

淑兰回到家中,坐在客厅,不由又是一阵发呆。转眼十几天过去了,算来离开丈夫已近一个月,却还没收到丈夫的信。自己到家的第二天,便向哈尔滨发去了平安电报。对于丈夫的无牵无挂,她不免有几分生气。转而又一想,道理上本也应是,丈夫按约定收到自己发出的平安电报后,才写回信。虽是电报,据说除非"军电",那也须几经转译转发,否则不能直接发到"满洲国"。那么少说也得四五天,即使丈夫当即复信,估计也不是很快就可收到的,还没收到很正常。这么一想,便又释怀。

娘家没什么变化,哪儿哪儿都还是原样。父母并没像自己多次在梦中梦到的白发骤增,哥哥仍是那个沉默寡言的哥,妹妹仍是那个心直口快的妹。只有镶在庄重的枣色框子里的三位先生的照片,由于光线常照的缘故,明显地都有些褪色了。他们的照片挂在同一面墙上,依次是孙中山,蒋中正，蔡元培。赵家人谈起他们，一向以"孙先生"、"蒋先生"、"蔡先生"尊称，全家人都很崇敬他们。在"蔡先生"的相框旁，还有一个框子里镶的是两页纸。蔡元培旅欧过程中，因每见同胞在别国因陋习而遭歧视，因遭歧视而生存屈辱的状况极忧，回国后著文成书，名曰《华工学校讲义》——那本是他为推广对在法华工的教育而编写的，1919年在巴黎印成汉语专书，1920年由北京大学新潮社出版为《蔡孑民先生言行录》。那两部书赵而已都求人邮购到了，如获至宝，读后感慨良多。他想方设法求人转给蔡先生一封信，希望允许他在纽约开印，并改书名为《中国人之修养》，以利纽约唐人街之华人言行方面的自修自律。蔡先生居然收到了他的信，也回了信，字里行间，感动与真诚并在。蔡先生对以汉字"唐人街"取代英文之"华人居住区"的成功深表喜悦，言为"可入史之智举"。对赵家为纽约华人所做的一切，盛赞为"德如日月"。并且，承诺由自己协调，从法国抽调数名华法教育会的志愿者赶赴纽约，以助纽约唐人街的"人的教育"。在志愿者们的推动下，赵家出面集资办起了华人小学，并且培养起了几名称职的教师。淑兰和小妹不但充当过"义教"，丈夫高鹏举还捐了一笔义款。而蔡先生那封回信，则成了赵家的家风证言。赵而已曾对儿女们说——镶起来，挂起来，天天都能看到，不是为了满足虚荣，而是要使你们记住，咱们赵家人对唐人街的责任，是应该赓续下去不可中断的。

赵家人本身的日子都没什么愁事和难事，不必作为长女的赵淑兰忧虑，这是使她欣慰的。对父母来说，唯一的心事是小弟世杰的婚姻问题。世杰已二十有三，七月生人，转眼二十四了。他曾考上过芝加哥美术学院，两年后辍学，理由是全世界想靠绘画成名的人几乎全集中在美国了，日后肯定没有他赵世杰成功的机遇。于是自降身价，在百老汇当杂工。也会抓住机会，参与搞搞舞台设计，还画过两幅海报，曾试图也将自己的艺术成果镶在框子里挂于客厅，遭到父亲的坚决反对，便只好贴到自己的房间里了。对于辱华排华现象，他虽也经常发誓"生命不息，斗争不止"，但奇怪的是，他在百老汇结交的朋友中，居然有几位是正宗白人，还都是恃才自傲那类，并且还都挺愿意与他来往。小妹和哥哥也都劝过父母，说小弟还年轻，没到替他犯愁婚事的时候。他是"老小"，受宠惯了，正享受着自由自在的日子，暂且随他去吧。然而他俩的相劝，并没真的打消父母的隐忧……

淑兰正东三西四地想着，见父亲从楼上下来了。她起身迎上前去，将父亲搀到他常坐的椅子那儿，扶父亲坐下。

父亲说："你也坐。估计你该回来了，我要与你单独聊聊。"

她坐下后，低声说："我也正有这种想法。"

父亲望着相框说："中国之命运，唯靠三民主义而难改变。若使三民主义广泛实行，也只有靠蔡先生和蒋先生这文武两位的努力了。"

淑兰说："爸，先不聊国事呗，那些以后经常可聊，咱俩先聊聊家事行不？"

父亲说："当然行。我和你妈，我俩的身体都挺好，这一点你尽可以放心。"

淑兰说："爸妈身体好，那是我们儿女的福分。听小妹讲，爸妈挺操心小弟的婚事，我也觉得没那种必要……"

父亲打断道："淑兰啊，现在我和你妈已经不操心你小弟的事了，我们操心的是你的事啊。"

"父亲，这我就不明了……"

于是她父亲的问话，一句接一句，句句都有单刀直入的意味。

"鹏举为什么不跟你们母子一起回来？"

"我一到家不就说了嘛，他们高家生意做得大，他不能一走了之，许

第六章

多事不是需要他留下处理好嘛。"

"那，你又何必走得那么急，为什么不能等他处理好一起走？"

"爸，我……我不是想家了嘛。那个时期我归心似箭，所以就带着孩子先回来了。"

"你俩没吵架？"

"爸，绝对没有，您为什么会这么想呢？"

"也不仅仅是我这么想，你妈和你哥，也有这种猜疑。如果你俩没大吵大闹过，我小外孙又是怎么回事？我看他是受到了不小的惊吓……"

淑兰将脸一转，不知怎么说好了。

"被我说中了？"

"爸，真不是你们想的那样……"

"那你如实告诉我，我小外孙究竟是怎么被惊吓到了？"

"是……是一场意外……特别特别突然的意外……"

淑兰快落泪了。

"特别也罢，意外也罢，你倒是一清二楚地说出来呀！你不说，你爸你妈还有你哥，我们又怎么能不胡思乱想呢？"

赵而已有些急了。

"爸，我只能这么说，你们的怀疑是完全错误的！我和鹏举的关系很好。我回来之前，他还让我问问你们，唐人街还需要他再捐一笔义款不？"

"你看你，又把话题扯哪儿去了。好吧，既然你说了，那我也趁这会儿就咱们父女两个，把我的看法明明白白地告诉你——咱们赵家，世代为医，乃是素有清誉的中医世家。他们高家，与咱们不是一类人家。何况，高家现在成了满洲国人家，像他们那样一户人家，想要在日本人的统治下也做到出淤泥而不染，谈何容易？所以，今后不仅咱们赵家，包括纽约唐人家，不许再收受高家的一文钱。以防咱们这一门赵家，靠我和你们的爷爷守身如玉维护下的口碑毁于一旦。家亦如人，若口碑崩塌，存在于世的情形就与脏地秽物无异了。"

赵而已的话虽说得平静，表情却十分严肃。

"爸，你说些什么呀？高家如今就鹏举一个成年人了，他是我丈夫，是我儿子的亲生父亲，你把话说得那么冷，那么重，不是明摆着有污损他的成分吗？你使你女儿太难以接受了！高家的家业如今在'满洲国'了，这能怪他吗？何况他也加入了美国籍，并不是什么'满洲国人'！即使是，那也同样怪不得他啊！我是他妻子，高坤是他儿子，他寄钱给我们，难道不是他的责任吗？我们用他的钱，难道不属于天经地义的事吗？你要求我们母子与他划清经济关系，女儿实难从命，也根本做不到！能做到也不会那么做！我又为什么非要那么做？！……"

淑兰原本是想替父亲分忧的，不料引火烧身，使父亲说出那么一大番伤她自尊心的话来，内心的委屈与不满交织，含在眼中的泪夺眶而出，嘤嘤地哭了。

"你别哭嘛！爸也没别的意思，父女聊天，爸只不过就是表达一下个人看法。你俩关系一直好着，我当然高兴了。而且会告诉你母亲，让她也放心。你哥你妹你弟，他们也都会为你高兴不是？至于你们母子的生活费用，在你住娘家的时期，爸爸按月给你，你看可好？……"

女儿一哭，当父亲的心软了。父女俩谈着谈着将女儿谈哭了的这种事儿，在他和小女儿之间不止一次发生过，和大女儿之间却是头一次。他有几分不知所措，却又觉得该点到的话应该点到、必须点到。因为事实确是，在女儿没回来之前，对于女婿高鹏举在"满洲国"会成为何种人，已是他内心很大的困扰。他不过是想从女儿口中获得某种可信的解释，可是女儿的话并没完全解开他心中的疑团，他也很委屈。他最后几句话，着实

第六章

惹火了大女儿。

"不好！"

淑兰嚷叫起来。

赵而已吃惊地呆住了。

就在那时，世杰背着乐器盒进门了。他说他遇到了邮差，将姐夫发给姐姐的电报捎回来了。见姐姐和父亲那样，诧异地问发生了什么矛盾。

"真不会说话！我和你姐之间能有什么矛盾？我关心关心高坤，你姐说他的确受过惊吓，说到伤心处，就哭开了鼻子……"

赵而已庄重搪塞。

淑兰却已擦干了泪，将电报掠去，急切地看起来。

电文挺长——相对于民间电文，简直可说"甚长"。高鹏举是在收到赵淑兰的平安电报后复电的，用电报回电报到底还是比信件快多了。他说她走后，他着手处理了几件迫在眉睫的事务，受到了老赵的肯定，评价他处理得很有水平。说还有些事也不能搁置，幸有助理沈若然协助，也处理得从容到位。而沈若然是老赵介绍的人，可信度百分之百。总之他一切都好，望爱妻照顾好自己和儿子，在娘家尽享亲情，天天快乐。最后说院子里的丁香已经盛开，满院香气，以不能与爱妻共赏为憾。仅对丁香之美，便不吝字数，形容了几行。

姐姐看时，世杰也俯身于侧同看，不断置评："跨国电报，每个字都很贵的，真是有钱人的劣习，该省不省。文字也太啰唆了，证明姐夫书读得少，动笔的时候也少。这几行要是文言一点，岂不是可少一半字，少花一半的钱吗？"

姐夫在纽约时，他与姐夫关系极亲，故敢背后妄加讥讽。

"你少耍贫嘴！"

淑兰看罢电报，起身将电报往父亲椅旁的高腿几上一拍，一言不发上楼去了。

　　世杰又讥讽了一句："三年没见，我姐脾气见涨啊，看来我以后得明智些，尽量躲她远点儿。"

　　赵而已没理他，只顾拿起电文看。

　　忽而高坤和表哥、表姐、表妹也都进来了，气氛顿时活跃。

　　高坤指着乐器盒对另外三个孩子说："那是我爸的，里边装的是萨克斯。"

　　世杰摸着他的头说："你爸让你妈捎回来给我了，现在是我的了。"

　　于是他打开盒盖，取出萨克斯，轻轻吹了起来。孩子们一时安静，个个出神地听。

　　赵而已一举手，萨克斯声中止，世杰默默看父亲。

　　赵而已问："你姐夫发来这么长一封电报，却只字未提他何时也来与你姐和高坤团圆，对不？"

　　世杰说："爸，你不妨将我姐夫的电文当小品文读。某些小品文和欧·亨利的小说一样，是留有悬念的。"

　　赵而已正色道："少在我面前卖弄。别忘了，欧·亨利、霍桑、马克·吐温都是你上中学后我建议你读的，还给你列过书单。"

　　当父亲的几句话，噎得小儿子面红耳赤，干瞪着父亲说不出话。

　　赵而已又问："我叫你也读读中国近代史方面的书，你读了吗？"

　　世杰窘窘地说："读了。不但读了家里有的，还读了几本借的。"

　　赵而已不再问也不再说，默默起身也上楼去，在楼梯半腰那儿站住，自言自语："丁香花开了，莫明其妙，多此一举……"

　　他大摇其头。

第七章

小高坤内心不再孤独,他已有了不少朋友。首先是,表哥表姐表妹自然而然地成了他的小朋友,接着小舅成了他的大朋友。

称呼在人类的关系中具有强调性——当外公、外婆、大舅、小舅、舅母、姨夫这些大人由最爱他的妈妈郑重地介绍给他后,他从妈妈的表情和语调中,立刻得出一种本能的结论——他们都是妈妈最信任也最亲爱的人。而那些与妈妈关系特殊的大人对他又格外的好,于是亲情逐渐形成并确立。

亲情并非先天的血缘的必然反应,它是人较早接受的认知影响之一,专属的称呼起到加强性的作用。

在表哥、表姐、表妹的带领下,小高坤认识了不少唐人街上的孩子,他们都对赵家的孩子非常友善,那是家长经常对他们进行的家教之一。而赵家的小孩子,确实也都是知礼甘让的好孩子。小高坤既然也是赵家的孩子,而且是从中国回来的,于是甚受他们的欢迎。

1935年的时候,在全世界——跨阶层的孩子们能快乐地玩在一起的地方少之又少,纽约唐人街便是那样一处地方。这乃因为,唐人街尚未形成明显的阶层,生活较好的赵家一户构不成阶层;赵家的小孩子如果不跟别人家的孩子一起玩，便不会有表兄妹以外的朋友，而那会使他们的快乐指数大受局限。

像在人类的一切别的地方一样，大孩子亦即少男少女们是不跟他们那种年龄的小孩子一起玩的，所以高坤的大朋友也就只有他小舅。不仅他，他表哥、表姐、表弟也将小舅当成大朋友，小舅的房间是他们喜欢一起逗留的地方，他因此而颇觉幸福，快乐着外甥和外甥女们的快乐。

赵世杰曾是漫画发烧友，从小就喜欢画，还收集了许多漫画。

一次他也在时，四个孩子又聚在他的房间看漫画，而他在仔细地擦着萨克斯。赵家的一条家规是——儿女年满十八岁后，如果想要拥有自己特别想有的东西，那么只能用自己挣的钱买，此点对世杰也不例外。他在百老汇已经学会了吹萨克斯，但即使便宜的二手货他也买不起。在百老汇他只不过是收入低微的"打杂人"，想拥有一管萨克斯谈何容易。姐夫圆了他的梦，而且姐夫那管萨克斯"出身高贵"，价值不菲，使他如获至宝。自从拥有了属于自己的萨克斯，在百老汇高手的指点下，他的吹奏水平突飞猛进，扬言要成为唐人街的音乐先驱。

表哥赵卓已经认识了不少英文单词，当表妹王静又翻出一纸箱汽车模型时，高坤被吸引了过去，表哥便也跟过去，耐心地一一告诉他哪种汽车属于哪一车系哪一类型的第几代。

小高坤一直以为世上只有一种小汽车，便是由孙叔公为他家开的那一种。

他好奇地问："这么多小汽车都是美国制造的呀？"

表哥自豪地说："当然啰，美国是全世界工业最发达的国家。"

表姐紧跟着说："也是全世界汽车最多的国家。"

表妹向往地说："外公早想买的，可唐人街也没地方停呀，我爸妈说，等咱们这一代华人的孩子长大了，买小汽车开小汽车就不成问题了。"

第七章

小高坤想了想，问小舅："小舅，中国真造不出小汽车吗？"

赵世杰被问得一愣，也想了想，绕着弯说："以后肯定能。"

小高坤说："我问的是现在。"

世杰只得说："现在的确还不能。"

"那，能造出什么来呢？"

世杰抓耳挠腮答不上来了。

"小舅，为什么日本兵在哈尔滨可以凶呢？因为中国造不出汽车吗？"

"你见过他们？"

当小舅的敏感起来了。

而小外甥点头。

世杰又说："那，跟小舅讲讲，你在什么情况下见到他们的？"

"妈妈不许我说。"

小高坤泪汪汪的了。

"那，咱们不说那些了。不过，小舅认为，你跟他们三个不同，哈尔滨和你的关系不一般，你妈没给你补上一点儿关于哈尔滨的历史是不对的，小舅要批评她。现在呢，小舅吹萨克斯给你们听吧。"

于是世杰吹起了萨克斯。

在晚饭桌上，他果然批评起了姐姐。

赵淑兰因为跟父亲闹了次别扭，情绪仍不好。她并没虚心认错，不以为然地说："世杰你别忘了，你大姐和你一样，从国籍上论也是一个美国人。再者说了，以前他小，不论我还是你姐夫，给他讲那些他懂吗？他五岁以后才开始有求知欲，可东三省已经成了'满洲国'，谁敢不承认自己是'满洲国人'会掉脑袋……"

淑兰忽然收住话，因为瞥见儿子瞪大了眼睛在聚精会神地听。

她压低声音又对她弟说："你倒是要我给他讲哪门子哈尔滨的历史常

识？"——同时在桌子底下使劲踩了她弟的鞋一下。

小高坤忽然大声说："我爸从没说自己是满洲国的人，他总说咱们中国人。我是他儿子，那我也是中国人，中国的哈尔滨人。"

妈妈、小舅、外公、外婆一时互相看着，全都愣住。

他外婆沉吟着说："小外孙，在纽约，说刚才那种话没什么。但是你要记住，以后回哈尔滨了，不论在什么人面前，都不能说刚才那种话。非说不可的时候，那也要一口咬定自己是美国人，因为你和你妈你爸都加入了美国籍，那么说也是说的事实，记住了？"

他也愣住了，不愿回答。

淑兰就训他："快跟外婆说记住了。"

他仍没回答，只点了一下头。

淑兰生气地说："点头不算！"

这时世俊来了，一脸阴云，带来一份英文报。赵母问他吃了没有，他说刚吃过，说完坐在闲椅上，长叹一口气。

父母和妹妹弟弟又全愣愣地看他。

赵而已问："生意上遇到难事了？"

世俊摇头，轻拍着手中报说："刚送来的。报上说，日军又打华北的主意了，强迫民国政府承认华北自治，国际问题专家分析，他们明摆着是要占领华北了。"

饭桌旁的四个大人一时全都放下筷子呆住了。

"吃饱了！"

小高坤趁没人再理他，起身跑出去了。

赵母说："这孩子，他欠我一个保证。"

淑兰小声说："妈放心，我再嘱咐他，让他一定记住您的话。"

赵而已接着说："我也吃饱了。以后咱们大人间要立下规矩，当着孩子的面，不可再说沉重的话题。沉重之事，原本不必是小孩子也知道的。"

三个儿女和老伴皆肃然点头。

他站起身，朝世俊伸出手。

世俊一时没明白他的意思。

世杰说："报"。

世俊这才将报递向父亲，赵而已接过报上楼去了。

赵母便也叹了口长气。

儿女们互相看一眼，又都发呆。

小高坤并不天天晚上与妈妈同睡。自从他小舅成了他的大朋友，也每愿意睡在小舅的房间，而小舅也总是欢迎他"驾到"。

一日晚上，他又睡在小舅房间里的长沙发上了。或许是由于白天听大人们说到并且自己也说到了"哈尔滨"、"满洲国"、"日本兵"这样一些话，他半夜做噩梦了，发出尖叫，滚落地上。小舅开了灯，将他抱到沙发上，见他脸色苍白，满额冷汗，眸子呆定，全身僵直，两只小手紧攥成拳。

世杰问："做噩梦了？"

外甥连连点头，看样子已然说不出话。

世杰费了些劲儿才分开他双手，一边揉搓一边说："梦到的事都不是真的，没什么可怕的。"

"他们杀死了我叔公。"

外甥终于能说出话了，说出的却是那么一句可怕的话。

"你叔公是谁？"

"给我爸开车的人。我爸有时叫他孙师傅，有时叫他叔，所以我妈让我叫他叔公。"

"孙尚义?"

"我不知道他的名字,只知道他姓孙。"

"瘦高个儿,长方脸,爱笑,一笑腮上有两条竖纹……"

"对……"

孙尚义世杰是见过的。他和老赵一块儿来纽约参加姐姐姐夫的婚礼后,世杰陪他俩四处观光了几天,他俩给他留下了良好印象。他听姐夫说过,他俩是高家的心腹而非亲戚。

小舅和外甥的对话到了那份儿上,赵世杰不由得认真了。他也坐到沙发上,将外甥再次抱起,置于膝,脸对脸郑重地问:"他们是谁?"

"日本兵,冲进了我家院子……"

"你爸当时在哪儿?"

"我和我爸我妈都在院子里,叔公在擦车,我妈赶紧抱我进屋了……"

"你爸看着你叔公被杀死了?"

"我爸被两个日本兵架住了,动不了……小舅,不是梦,是真事,我亲眼看到的,后来我就总梦到那事儿……"

外甥哭了。

世杰将外甥搂抱住,急说:"别哭,别哭,会哭醒你妈和外公外婆的。现在不用怕了,全美国没有一个日本兵。"

"可我爸还在哈尔滨,我也梦到我爸被日本兵……"

"好了好了,半夜三更的,不说那些可怕的事了,都过去了。过去的事就应该忘掉……"

世杰用一只手捂住外甥的嘴。

外甥推开他的手,哭着说:"可我也没法忘啊……"

后半夜,外甥也睡到了小舅的床上。赵世杰像慈母搂着爱子一般,又是抚摸又是拍的。待外甥终于入睡,自己却大睁双眼失眠了。

第七章

第二天中午，赵淑兰又提着饭匣子到小妹的饭店去打饭。自家亲妹妹开的饭店，离不远，当然会使接替母亲负责做饭的她经常偷懒，何况小妹两口子做的饭菜就是比她做的好吃。

她刚放下饭匣子，两手面粉的小妹一下子搂住了她，附耳悄声说："姐，我知道了，小弟告诉我的。"

她讶然地问："什么事啊？"

小妹说："你们一家三口在哈尔滨遭遇那事，小高坤半夜又做噩梦，吓醒了，所以世杰就知道了，太可怕了……"

听了小妹的话，淑兰长久憋在内心不能对亲人言的忍性的苦楚，顿如深库决堤，便也搂住小妹哭成了泪人儿。

妹夫正在揉面团。他将手中面团使劲往案上一摔，仰面吼唱起来："哎呀磨盘盘拴在羊颈颈……"

小妹大叫："不许唱！"

妹夫愣愣地收了声，忽操刀在手，狠狠地剁一条面坨子……

晚上，哥哥将淑兰约到家中，支开儿女密谈了一番。

哥说："小高坤那种情况，世上是没药可治的。中医不行，西医更不行。所谓药能镇惊，是指被骤声猝险所吓，比如霹雳、山洪、地震。但对那种情况，什么药都没效果。这也是为什么，父亲看出问题了，我也看出问题了，却都没给孩子开药方的原因。是药三分毒，他年龄太小，服药会适得其反……"

淑兰说："这道理我也明白，千万别告诉父母真相。"

哥说："我不会的，小妹小弟也不会。但我认为，鹏举理应尽快来纽约。你们一家三口在一起，父爱母爱加亲情之爱，对孩子的心灵康复才有好处，能起到任何药物都难以起到的作用。而且我有些不理解，鹏举那种受过高等教育的人，有些道理还用别人讲吗？全家都面对过那么血腥的事件，儿子都出问题了，他那边还有什么放不下的，居然迟迟不过来与妻儿团聚？"

她从哥的话中，听出了对自己丈夫的明显不满，接受又服从地说："哥放心，我发电报催他。"

哥想了想，告诫道："别发电报。电报内容几乎是公开的，一个词几个字用得不当，只怕都会使他遭遇不测。还是写信吧，信虽然到得慢，但话却可以说充分了，也有一定私密性。"

世杰却另有想法。一日他抱回一只全黑小狗，作为礼物送给了小外甥。

小外甥说："今天也不是我生日呀。"

他说："礼物不见得非在生日送，什么时候都可以送，喜欢吗？"

小外甥说："非常非常喜欢"。

他说："那你给他起个名。"

小外甥想了想，大声说："黑虎！"

自从有了"黑虎"，高坤那孩子性格开朗多了，也更愿睡在小舅的房间了——那是特温暖的情形，外甥搂着小狗，小舅搂着外甥，睡态安详酣沉。

那时的高坤已经爱上了唐人街，唐人街上有太多好吃的好玩的好看的事物了。他在哈尔滨时，几乎可以说是在与人世间隔绝的状况下成长的，非但没有能经常一起玩的小伙伴，也从没接触过任何一类人间烟火。他连棉花糖也没吃过，从没见过漂亮的江米人儿和半透明的用糖浆吹成的十二属相，更没见过皮影戏、西洋片。那些哈尔滨原本也是有的，成了满洲国后依然有，但只在特殊的街区才有——他爸他妈从没带他去过那样的街区。实际上，对于中国，对于哈尔滨的认知，他比同龄的国内孩子少得可怜。而唐人街之于他，不啻是缩小版的《清明上河图》——除了没河、没高楼、没车水马龙的宽街大道,仅就商品尤其是小商品的种类而言,并不比哈尔滨少。因为唐人街上的华人,可谓云集了中国东西南北中各省人氏,他们家乡的土特产,便也漂洋过海地出现在唐人街。

小舅经常背上画板骑上自行车,驮他到纽约各处写生,纽约港是他俩最爱去的地方,他喜欢那儿的黄昏景象,望着夕阳渐渐沉入大海,那孩子有种被迷醉的感觉。

而小舅自从有了萨克斯,如同他有了"黑虎",仿佛世界因而变得美好了许多。若百老汇没演出,他早早地便回到家中。晚饭只吃半饱,那是吹奏萨克斯的最佳状态。一放下碗,便带上乐器,在家门口吹起来。小高坤和表哥、表姐、表妹,便都成了最忠实的粉丝。有时,小姨和姨夫也会拎着小凳来听。他妈则更愿在屋里陪着外公外婆坐在二楼窗前,推开窗子,凭窗倾听,如同坐在音乐厅的包厢里。

唐人街上不乏会乐器的人,水平却都一般般,所会也以二胡、京胡、箫或笛子为主,皆中国乐器。每凑一起,自娱自乐。曾有一位开茶馆的徐娘半老的苏州女子,弹得一手好琵琶,嗓子也好,评弹啦越剧啦沪剧啦,张口就能来上一段。但她一家两年前搬往洛杉矶了,那边有人出资为她办了一所艺校——她的走使赵而已甚觉遗憾,认为是纽约唐人街的一大损失。然而那类自娱自乐的演奏,所吸引的十之八九是中老年人,年轻人往往敬而远之。毕竟,他们虽然无一例外地出生在唐人街上,长大后的活动范围却不限于唐人街。全纽约这里那里热闹好玩的地方,他们是敢冒被歧视的危险前去观光观光的。眼界大开以后,在文艺欣赏方面,渐渐地很"美国"了。

赵世杰在家门口的吹奏,遂成为唐人街上的爵士乐现象,很"美国"的现象。他更喜欢站着吹,自我陶醉之际,左摇右晃,前仰后合,旁若无人,其状忘我。渐渐地,一到晚上,赵老先生那幢中西结合的小楼门前，便聚集了越来越多的男女青少年。好在唐人街的街道皆步行街，没堵塞交通一说。六月是纽约最好的季节，凉热宜人。青少年们被赵家老二所吸引，家长们都没意见，免得精力旺盛的儿女离开唐人街逛远了，操心。1935年，在纽约，华人晚上离开唐人街太远，是极不安全的事。

从儿童到少年到青年到中老年人，不分男女，都希望唐人街自身也能形成更多的娱乐现象。酒与娱乐，是古代的以及现代的一切人类忘忧的偏方，对于大众尤其如此。中国——这个古老的人口最多目前备受日军践踏欺辱的国度，是所有生活在美国的华人欲说还休的两个字。他们与中国的关系真真是剪不断，理还乱。他们想说爱美国却又明知美国不爱自己，想说中国是"祖国"，却又明知那遥远的"祖国"在自己受歧视乃至蔑视之时，一丁点儿帮自己撑直腰杆争平等权的劲儿都借不上。想干脆忘记自己是中国人，个个身上却又被印上了刮层皮都刮不掉的"胎记"——那"胎记"也印透在骨头上了，并且连血液里都有着同一种基因成分。即使自己不这么认为，别国人却都会这么认为。即使已经数代加入美国籍了，一出生就起了个美国名字，死后墓碑上刻的也是美国名字，亲人到墓地祭奠自己时，外国人还是会恍然大悟："噢，原来这里葬着一个中国人。"在中国，有他们的故乡、祖坟，仍活着或已入土的祖先亲人，这种血缘或那种血缘的亲人，使他们根本无法视中国如毫无关系的别国；但另一方面，是中国人这一点又会使他们倍觉不幸。

萨克斯也罢，二胡唢呐也罢，王欢喜唱的信天游也罢，其声对于他们都非什么文艺之声，都是并无区别的娱乐之声，解忧之声。只不过赵家小哥用那种叫萨克斯的洋乐器所吹的曲子，带给他们的是另一种娱乐之声，使他们好奇。年轻人们的掌声和希望再来一曲的要求，每使赵世杰吹得心满意足。

一日，谁都没注意的时候，青少年们身后出现了两位洋人，无人知晓

第七章

天都黑了他们到唐人街上干什么。说"谁都没注意",是指赵世杰显然没注意到,青少年们也没注意到——但赵而已老伴俩却注意到了,老伴俩的手不安地握到了一起。到唐人街上消费的洋人多了,蓄意惹事生非的洋人也多了,万一是两个白皮肤的流氓恶棍呢?

世杰一曲终了,两位洋人带头鼓掌,分开众人,走上前用英语与他攀谈。

家门前清静了后,赵而已命淑兰将世杰召到面前,他老伴也坐在他旁边,小高坤在客厅外偷看,偷听。

赵家的家规对儿女们影响甚深,爸妈在他们心目中一向也是"父母亲大人"。

两位"大人"的表情都很严肃,使坐在他们面前的小儿子惴惴不安,也使偷看偷听的小高坤颇觉紧张。

赵而已问:"那两个,跟你说了些什么?"

世杰回答:"他们认为我挺有水平,想推荐我到百老汇去。"

父亲又问:"你怎么说?"

世杰回答:"我如实告诉他们,我已经在百老汇了。"

他母亲开口了,不解地说:"我想,他们是要推荐你成为正式的。你在百老汇还不是正式的,为什么回绝他们的好意呢?"

世杰回答:"我自己觉得,我的水平还不够高,所以并不急着成为正式的。可我也是有些机会参加正式演出的,每次对我都是宝贵的学习过程。"

母亲又问:"你决心从艺了?"

他点头。

父亲接着问:"你怎么想的?"

他苦笑道:"我们唐人街出生的青年,若说自己是中国人,其实已经不是了。若说自己是美国人,美国又不待见我们。我的人生,要么是我姐那样,可那样了又怎么样?她不是又回到了唐人街吗?……"

"小弟,说你的事就单说你的事,别往我身上扯。"

不知何时,淑兰也在客厅外了。他闻言一回头,见到的已是大姐抱起他小外甥的背影。

他起身去将门关上,再坐下后,继续说:"要么像我哥那样,他已经是唐人街上令人羡慕的人了。可那不是我要的人生。"

"当初,让你跟我学医,你为什么偏不?"

父亲的话明显是谴责性的了。

"我要是跟你学了,你就会进一步要求我,将我的儿子也引到中医这条道上。咱们赵家成为中医世家已经好几代了,世家也是多种多样的,应该给后人以多种选择,否则世家岂不成了一条绳索?"

小儿子的话极为坦率,说得赵而已脸上有些挂不住,低头沉思不语。

"让你去你外公的家具厂帮忙,你为什么也不去?你外公曾把话说得很明白,你干好了那个厂以后归你管理,将来的生活不就有保障了?"

母亲的语气也明显有不满的意味。

他却说:"父亲,母亲,我的人生,不愿由别人来保障,外公的好意我心领了。"

母亲也一时愣住,哑口无言。

父亲忽又抬起头问:"世杰,你对你现在这一行,究竟爱到何种程度?"

世杰仰起脸,看着屋顶说:"中国已不国,美国非吾国,迷惘何所似,天地一沙鸥。什物可解忧,唯有萨克斯。"

他未说则已,一说之后,赵而已顿时老泪双流,唇抖腮绷,似乎要放声大哭。

母亲一手紧握老伴的手，瞪着小儿子怫然怒道："世杰，你是要成心气你父亲吗？"

世杰赶紧又说："孩儿不敢。父亲，想咱们赵家，您和祖父两代人，为唐人街所做之事已然不少，孩儿不知父亲悲从何来？请父亲明示。"

赵而已抹了把老泪，仰面叹道："世杰呀世杰，你呀你呀，我的泪早已不再为唐人街所流，这你有什么不明白的？还需要我明示什么呢？"

客厅的门忽然一开，赵淑兰一脚迈入。

她说："爸，妈，中国的天如果注定要塌下来，非哪一族哪一姓的人所能撑得住的。您曾经的话说得明智，咱们也不过就是一大户姓赵的人家而已。中国之事，今天都别往深处谈了。单说我小弟的事，他的选择远离政治，我支持，希望爸妈理解他，该成全咱们都得成全。"

她的话，使父母二老不禁对视。毕竟是休戚与共、心心相印的老夫妇，仅那几秒钟的对视，彼此的态度便都了如指掌了。

赵而已庄肃地说："那么世杰，你听好了，就由你大姐来做个见证人。如果你认为自己是那么一块料，不论你想到哪儿去深造，如何深造，也不管那将是多大的花费，我和你妈，我们都成全你。如果我们的能力不够，你妈会去求你外公。我们呢，就只有一个希望，但愿你用一管萨克斯，今后也为纽约的唐人街争口气，让纽约和美国承认，你的水平是一流的……"

他的话刚说到此处，世杰离开座位双膝跪下了。

那赵家的小儿子信誓旦旦地说："父亲，母亲，大姐，我一定努力。百老汇人才济济，吹奏乐方面大师云集，他们都对我不错，平时都愿意指点我。所以我哪儿也不去，就将百老汇当成我的音乐大学了。我不需要父母在经济上为我操半点儿心，更不需要母亲去求外公资助！孩儿有能力养活自己，孩儿不是一心只想玩票的纨绔子弟……"

他的话不但将父亲母亲和大姐说得流泪了，也将自己说哭了。

而这一幕，又被探进头来的小高坤偷看到和偷听到了。

不久，赵世杰获得了一顶唐人街年轻人送给他的桂冠——"唐人街的萨克斯王子"。他二姐淑娴听闻了，专诚在他们两口子的小饭店设宴，对弟弟表示祝贺。那是世杰不可以不到场的，而淑兰带上了儿子去作陪，哥哥世俊一家四口也去了。大人孩子共九口人，像年节团聚似的，欢欢乐乐，好生热闹。

那日以后，小舅世杰有时也用自行车驮着高坤去百老汇，或弄到了两张票，与外甥一起看演出，或让小外甥自己坐在空荡荡的观众席，看他和各类演员彩排。他不仅仅以萨克斯手的身份出现在舞台上，有时还以替补演员、串场人和小丑的角色登台。不论白人同事还是黑人同事，都挺喜欢他，对他最经常的叫法是"dear赵"。

小舅告诉小外甥，那叫法的意思是"亲爱的赵"。

在1935年，在纽约，在百老汇——只有在百老汇——各种肤色的人之间是平等的，大家都是演员，都靠表演挣钱，养活自己和养活家人。谁挣多少，并非或不主要是由肤色来决定的，而要靠水平和受观众欢迎的程度来争取。

百老汇的确是个相对公平的地方，演员与各自的收入是否般配，不需要预测，上场几分钟就立竿见影了。

每次演出后，当小舅的会收到些现钱，而小外甥的开心时刻随之到来，不仅会吃到想吃的东西，还会得到想有的玩具。

小高坤在观看演出时会联想到圣比埃尔。他头脑之中仍也保留着对圣比埃尔的印象——圣比埃尔在他家吹完一曲萨克斯曲后，必定会向他爸他妈鞠一大躬，仿佛在舞台上面对座无虚席的观众谢幕似的。他爸他妈也总是会笑着鼓掌，这一情形使他记忆深刻。

第七章

小高坤不但与妈妈那一族的亲人们稔熟了，丝毫也没有拘束感，对于唐人街也完全适应了，这孩子不知不觉地融入了唐人街的华人生活中。

简直也可以说，他如同吃了忘忧果，乐不思哈尔滨了。

不过那只是白天的事——到了晚上，入睡前，他还是会想家，想他爸的。一想，就忧伤起来了，还会背着大人默默流泪。

他更黏他小舅了，每晚仍喜欢搂着"黑虎"，睡在小舅的房间。

他小舅呢，就会给他讲哈尔滨的历史，讲黑龙江为什么叫黑龙江，还讲东三省人抗日的事迹，有时也轻轻哼唱一首歌名是《松花江上》的歌——那歌使高坤这个五岁的孩子有些明白了，他和他的妈妈为什么会离开哈尔滨来到美国的纽约。明年一月，他就六周岁，七虚岁了。

更多的晚上，他小舅吹萨克斯给他听。也不是真吹，夜深人静那会儿，真的吹响萨克斯是令别人反感的。他小舅双手持一截石条，是他写毛笔大字时用来压纸的。据表哥说，小舅的毛笔字写得颇好，起码大字是那样。每年春节，自家的和唐人街上许多别人家的春联都是小舅想出来并由他写的。石条当然不可能吹出声音，他小舅也不是真吹它，而是只做吹的样子，手指点按石条犹如按键。照例左摇右晃，前仰后合，同时口中发出曲调之音。他小舅将其表演叫"萨克斯口奏"，他的口奏或是小高坤听过的曲子，或从没听过，是他即兴地、任意地编创的。

小舅之"口奏"，乃是对小高坤行之有效的催眠曲。当他听着小舅的"口奏"渐渐入睡后，往往会梦到松花江——不是某一季节的松花江，而是风光像"拉洋片"似的不断变化的一年四季中的松花江；梦见他家院子里丁香花和扫帚梅同季开放；梦见他爸也在院子里吹萨克斯，像他小舅那般身子左摇右晃，前仰后合；梦见孙叔公在院子里仔细擦车，偶尔停止，直起腰抬起头，冲什么人笑，还扮鬼脸——那个人当然是他。

于是梦中的他便也笑了……

第八章

高鹏举收到妻子那封催他赴美的信时，已是六月中旬了——日军开始明火执仗地向华北集结，某些地方战事突起，邮路受到影响，那封信"走"得比以往更慢。

日满军特对哈尔滨的统治更紧了。他们对于这座"满洲国"外籍人口最多的城市，自认为其统治固若金汤。已表示愿做"满洲国"良民佳商的高鹏举，在某些场合抛头露面的时候多了——仅仅抛头露面便是一种表态，何况他还是经常以"要人"的身份站台，名字出现在报上头版头条的次数便也多了。

五月二日，溥仪颁布《回銮训民诏书》，他与一些受到"特邀"的有头有脸的商企界人士前往日本神户株式会社开设在中央大街的分店聆听了广播。哈尔滨交响乐团举行的首场音乐会，他作为嘉宾与市长、民政局局长等一干官员坐于头排——交响乐团那年已由四十五名侨民音乐家组成，分别来自俄、波（兰）、捷克、美、德、亚美尼亚等国。他是主要赞助商，所以获得坐在一排的殊荣；佐藤庄四郎接任日本驻哈总领事，他与各界代表参加了祝贺仪式；哈尔滨第二所日本"寻常"小学的落成典礼他也出席了，并剪了彩——因为同样是主要赞助商。他的种种积极表现，颇受新任

第八章

特别市市长施履本和领事佐藤庄四郎的好评。

由于抗日运动处于低潮，叛徒多了起来，抗联地下组织和山林武装遭受了严重损失。在一次日伪军的联合围剿中，赵永亮的儿子赵凯不幸被捕。那年纪轻轻的抗联战士腿部中弹，坚拒战友的搭救，握住一颗手雷要与包围上来的敌人同归于尽，不料手雷没响。对他亲自执行处死的是宪兵队本部的横田少尉。横田采取的仍是一贯的杀人方式——一刀从肩颈无骨处插入，刀尖斜刺从肋下穿出。那情形拍成照片登在日伪报上，被宣传为"皇军"的"人道主义"体现，"是一种慈悲之见证"，"比被砍头身首异处文明得多"。

看到那份报后，高鹏举坚决要去领尸。

沈若然问："你以什么关系去呢？"

高鹏举说："你替我想。"

沈若然又问："你有几分把握能达到目的呢？"

高鹏举说："一分没有，那也非去不可。"

沈若然沉默良久，愀然相劝："是小赵带我来到你这儿的，他牺牲了我就不难过吗？但你的想法太疯狂了。"

高鹏举说："如果连这点儿疯狂劲儿都没有，我以后还有何面目再见老赵？"若然拗他不过，由他独自去又不放心，只得设计出步骤和一套说辞，陪他前去，要求他保证按说辞表达，绝对不许擅自发挥，并且带上了必需品。鹏举带的无非是厚礼，若然带的却是一张日文名片和他与一名日本人的合影照片。鹏举问照片上的日本人是谁，若然说是"青龙会"副会首，自己在东京大学留学时认识的。鹏举知道"青龙会"是日本一大帮会组织，势力如同中国之"洪门"，又问怎么就认识了。若然说："革命需要认识一下，就得想方设法认识上。名片也是对方的，这两样东西或许对咱俩能起到护身符的作用。"

他二人先去见了施履本，由沈若然献上礼品后，高鹏举也不啰唆，开门见山地说明来意。

施履本听罢，呆坐椅上，像瞪着陌生又可疑的人一样瞪着高鹏举，半晌才问："你吃了熊心虎胆了？这种事敢来当面求我？"

高鹏举平静地按沈若然预先所拟的一套说辞说道："我不唯是为自己着想，也是为您着想。你我这样的人，都是拴在满洲国和皇军那一条线上的蚂蚱而已。如果你我成了千人诅万人咒的人，归根到底对满洲国对皇军的大业没益处。皇军那么杀人都自诩为人道主义，你我为什么不可以找机会证明一下自己的慈悲呢？如果我也是代表你，为满洲国为皇军表现一下怀柔，难道不是很有必要吗？"

那施履本听罢，沉吟良久，点了点头，不过却说自己刚刚上任，对皇军方面还不熟悉，文官以与文官沟通为宜。于是写了封信，盖了章，让高鹏举和沈若然带上去找领事佐藤庄四郎。

高鹏举向佐藤庄四郎进奉的是一幅宋代青绿山水画和一件清代镶金钳珠的玉如意。那佐藤庄四郎本是个贪珍占宝没商量的家伙，对中国的好东西一向巧取豪夺，见了礼物满心欢喜，看过信后，遂又夸奖高鹏举和市长先生是皇军忠诚的朋友，如果不是与皇军和满洲国同舟共济，断不会有那等见识，断不敢做别人不敢做之事。

他拍拍高鹏举的肩又拍拍沈若然的肩，轻搓着手，说："真正的朋友关系，就应该是这种关系，用中国话来形容，叫精诚团结。精诚二字，二位做到了。"

于是他在施履本的信上做了批示，也盖上了章。

高鹏举早已打探清楚，赵凯的尸体冻在医科大学的冰柜里，不久将供日本实习生解剖之用。要想领出来，还得去宪兵总队找横田，他签了字那事才能最后办成。

路上沈若然问:"继续吗?"

高鹏举说:"坦率讲,对那个恶魔,我心有余悸。"

沈若然说:"适可而止,是一种明智,疯狂到底未必就是真勇敢。"

高鹏举沉默片刻,幽幽地说:"疯狂不疯狂暂且不论,老赵父子对我如同亲人,我不愿自己亲人的尸体被狗日的鬼子进行解剖。事情已经做到了这份儿上,更不愿半途而废。但确实没必要二人都去,我在前边停住车,你还是下去吧。"

沈若然生气了:"这是什么话,难道由你独自闯虎口,我竟会心安理得吗?让我舍命陪君子吧。"

果不出二人所料,那横田不但态度傲慢,而且明摆着想进行刁难。他将两页信纸往桌上一抛,轻蔑地说:"市长也只能管他能管的事。"

第二页信纸飘落于地,沈若然捡起后再次奉上,并说:"您也许没看清,信上还有领事先生的签名和批示。"

那横田再次接过信纸,看了看,放下信纸抓起了电话,并说:"我要与领事先生讨论讨论。"

高鹏举一听,立刻就要上前犯急,沈若然急忙将他往自己身后一拨,掏出名片双手呈递:"太君且慢,不知太君是否认识此人?"

那横田朝名片瞥了一眼,傲慢顿敛,暗自吃惊地问:"你怎么会有这个?"

"不瞒太君,我们是朋友。"

"朋……友?……"

横田不由得站了起来,再次上下打量沈若然。

沈若然接着又递过去照片。

那横田看罢,绕到桌子这边,如同高鹏举并不存在,只对沈若然说:"你们怎么会是朋友?"

沈若然淡淡地笑着说:"他定制和服的绸料,多年以来,一直是由我们沈家的绸庄赠送的。"

"你们,又是什么关系?"

横田的目光这才转向高鹏举,仍有疑惑。

"我们是姨表亲。"高鹏举这才又有机会说了句话。

"他是我表哥,但我们也是生意关系,我们南方商人愿意与满洲国互通有无,把生意做好。"

沈若然的话说得滴水不漏。

横田向他竖了一下拇指,不再问不再说,转身从笔筒中取出笔,在信纸上也签下了名。

高鹏举和沈若然走向门口时,横田叫了一声"高先生"。高鹏举不安地转过身,横田略一弯腰,一本正经地说:"恭喜发财。"

高鹏举将车开出宪兵总队后,困惑地问:"一张名片和一张照片,为什么会起那么大作用?"

沈若然说:"不论在日本的军界还是政界,中下职务的家伙们,不少都是青龙会门徒,他们想认识帮会大佬并不那么容易。帮会对他们的晋升,往往会起到重要影响。"

高鹏举说:"此生不杀横田,誓不为人。"

沈若然说:"君子报仇,十年不晚。接着去哈医大吧,得先把招呼打上,别晚了一步,前功尽弃。"

第二天上午,他俩也没请人帮忙,租了辆马车,将烈士遗体拉到江边,找处好地方葬下了。没立碑,有两名日本骑兵随行监视,他们不许。赵凯身上除了横田造成的刀伤,还有多处刑伤,包括烙铁的烙伤,并且显然的,他的膝筋被割断了,那么肯定也是像孙尚义一样,是双膝跪着死的。这一点高鹏举看到了,沈若然也看到了。区别在于,高鹏举的想象有

第八章

参照，沈若然的想象是推测。

二人一回到别墅，高鹏举就仰躺在双人沙发上了，而沈若然坐在单人沙发上，神情凝重地发呆。

高鹏举将身子一翻，面对沙发背，双手捂脸，蜷起腿，哭出了声。那种男人发出的、竭力克制的哭声，听来比心碎的女人的哭声还具有感染性。

沈若然容他哭了一会儿之后说："坐起来，我要和你严肃地谈谈。"

高鹏举坐了起来，看着沈若然问："你为什么不哭？"

沈若然说："大多数共产党人有一种能耐，某些情况下，眼泪得往肚子里流。你在马车上偷着流泪时，我很想扇你一耳光。如果被日本兵发现了，那我就真得扇你，直到扇得你鼻子口流血为止。否则，即使我巧舌如簧，恐怕也无法对咱俩所做的事自圆其说了。"

高鹏举反驳："我只是单纯地要抗日，要复仇，并没加入你们那个党，别拿你们那套要求我。"

沈若然板着脸说："东三省的抗日，全在共产党领导之下。孙尚义和赵永亮，都是我党的优秀党员，以你们高家父子和他俩的特殊关系而论，你也要抗日，那就必须接受共产党的领导。党把我派到你身边，为的正是要将你引向抗日的正途。否则，像你这种单打独斗的抗日行动，对我党领导下的抗日大局，还很可能起到相反的作用。"

"沈若然，你什么意思？"

高鹏举站了起来，逆反地瞪着沈若然。

"你坐下。我现在是代表组织跟你谈话，你要表现得尊重一些。"

高鹏举悻悻地坐了。

沈若然便又说："我们共产党人是有铁一般的纪律的。我们坚决反对冒险主义、个人英雄主义、复仇主义，也反对感情用事。因为这些不当的行为，都会对党的事业造成危害。比如你刺杀潘佑泰那事，一旦失败，你也就同样会死得很惨，即使你本想为抗日做更多的事，那也是白想了。而且肯定的，会使一些无辜的人陪死……"

"你别忘了，见面那天你当面称赞我干得漂亮！"

"那是因为你居然顺利地成功了，还没引起什么不良后果。又比如今天这事，从主观上讲，我是反对的，因为太容易自我暴露了。但你那么固执，我不能让你独自冒险。虽然你比我年长，但论到面对凶残的敌人时是否能镇定自若，不谦虚地说，你不如我。"

"可我们成功了！"

"还很难说，你怎么知道，这会儿敌人是不是正在分析咱俩？"

"起码此时此刻我觉得对得起老赵父子了！"

"这就叫感情用事，意气用事，如果老赵在场，当时会坚决阻止的。死者无法复生，而我们每一个人的生命，不仅属于自己，也属于党。对于党，都是宝贵的。"

"你已经在党了，你的命当然会是那样。我没在党，我的命不是。"

"但你们高家父子都已是共产党的朋友。你今后能为抗战所做的事将很多，肯定都是我做不了的，老赵也做不了的，所以你的生命对我党也是宝贵的。此刻我们必须约法三章，今后凡与抗日有关的事，你得服从我。"

"你的意思是说你领导我？"

"理解成保卫你更正确。"

就在那日下午，高鹏举收到了妻子的信。信不算长，一页半纸，也可以说比前几封信还短些。却一改前几封信必不可少的牵挂与缠绵之语，分明具有问罪的意味。其中几行，尤令高鹏举不悦。那几行是——"不知在你的词典中，随后就到的'随后'二字，究竟是一种怎样的概念？两个多月还不是，那么多久才是？三个月？四个月？半年乎？一年乎？期待确告，以解谜团……"

高鹏举心情本很糟糕，思想也处于复杂状况，种种纠结，团作一团。却偏在那样的时候当即回信，坏情绪自然会随笔宣泄，流淌到纸上。

他那信中，也有一段撑人的话："我高鹏举并非仅仅为人夫，为人父，是你赵家的女婿。我还是高家独子，还是中国人，东北人，哈尔滨人。美国籍对于你们赵家人是一回事，对于我高鹏举是另一回事！我除了关心老婆孩子还有另外一些高家后人该做的事！而你，离开丈夫才两个多月，就不能单独带带孩子不会做母亲了吗？非常时期纠缠于平常概念有意思吗？别忘了你生活在娘家人的呵护中，而我得学会如何做'满洲国人'！但愿以后来信，有事说事，勿发无病呻吟……"

写罢出门，大步匆匆前去将信发出。晚上与沈若然拆枕头时，却又特别后悔——那些枕头里充塞的是从香港进口的药棉，经医用纱布层层缠裹，做成枕芯的样子，而枕套是绣花绸布的，外表看上去特高档。有某种花的，其中还藏夹了药品。他负责拆开、装入，沈若然负责缝入。那种枕头会在高家的专卖店里由抗联的人作为婚枕买走，几经转手送往山林营地。

沈若然看出了他心中有事，再三询问，他只得"交代"了自己的苦恼。沈若然要求看看赵淑兰的信，他取来给沈若然看了。沈若然看罢，沉思片刻，忽一笑，批评道："嫂夫人的质问有理，你的自我辩护实属强词夺理。我认为你应该前去一次，给嫂夫人一个放心，再回来后你也安心。否则，误会更大实难避免……"

翌日，沈若然替他买了车票。傍晚，轮到沈若然充当司机，几乎是强制性地将他送上了列车，看着列车从眼前开走。沈若然办事周到，连路线都替他确定了——先到北平，再从北平飞往上海，由上海搭乘洋轮。

不料几日后，深更半夜的，高鹏举突然回家了。沈若然听到响动，不明所以，躲在门口时手里都握着菜刀了。

他吃惊地问："怎么回事？"

高鹏举说："半路改主意了，觉得将你一个人撇在这边十分不对。那我到了那边，对这边不是照样不放心吗？不过也不算白花了大把的银子，在天津下的车，去看了看孙师傅的老伴，老赵的老伴和女儿，给了她们一个大惊喜。她们都很好，你快弄点儿吃的，为了她们都很好，今晚咱俩得喝一次。"

沈若然愣了会儿，苦笑道："你这高家的少爷还真够任性的。现在已经不是今晚了，快是明天了！"

赵淑兰收到那封信，忍住气到妹妹那儿哭了。淑娴看罢信，命丈夫找来了小弟。

淑娴问她姐："姐你觉得他会不会有了二心啊？如果他敢抛妻弃子，欢喜，你要替我姐教训他！"

欢喜说："我也得还有机会再见到啊。"

淑娴怒道："肯定有机会，难道他会从此不来美国看儿子了？"

欢喜说："也是的，那你就等着瞧好吧。"

世杰却说："抛妻弃子还是小事……"

淑娴怒甚，喝问："姓高的那么对待姐，你敢认为是小事？"

世杰说："你先别生气嘛。你那种愤怒，不过是猜测引起的，还不是事实。可我看他这信，闪烁其词，言语暧昧，逻辑混乱，好像在隐瞒什么真相……如果，他出于对自家的财富考虑，已经与日本人相勾结了呢？"

王欢喜将手中刀往案子上一剁，大声说："那就不是教训不教训的问题了，再见到时，我会替你们赵家清理门户！……"

"够了！"

第八章

淑兰叫嚷起来，指点着妹妹、妹夫和小弟数落："你们到底会不会劝人？就是这样劝我的吗？越说我心里越乱！……"

她又哭起来。

在她的严厉警告下，妹妹、妹夫和小弟保证，不向父母和哥哥吐露一个字。然而小妹小弟的话，竟也形成了她心中的猜疑，进而形成块垒，郁郁寡欢地病了一场。父亲为她号了次脉，之后摇摇头说："我也不能给你开药。你和我小外孙，你俩患的都是心病，心病无药可医。我小外孙倒是日渐地活泼了，你也要想开点。谁都有连对父母也不便讲的心事，我理解。不论什么事，自己劝自己吧。"

由于她一病，父母只得又将阿黛请来做饭和照顾她。那阿黛姑娘刚十八，长得丰腴而水灵，一双长睫毛的大眼睛忽闪忽闪的，有种迷人的韵味。淑兰很快就喜欢上她了，她也善解人意，比小妹小弟会劝人多了。世杰向大姐承认，自己与阿黛相爱多时了。

"爸妈知道吗？"

"我觉得，还不到告诉的时候。"

"哥哥呢？"

"也没告诉，告诉他等于告诉了父母，我二姐是第一个知道的。"

"好个嘴严的淑娴，她从没对我说……那她什么态度呢？"

"她喜欢阿黛，你不是也喜欢吗？所以，如果父母反对，求你俩站我这边。"

"你认为，父母会因为什么反对呢？"

"想来只有一条，就是门户之见啰。"

小弟脸上现出了轻蔑的表情。

淑兰不禁叹道："可怜天下父母心，等我找机会先试探试探爸妈的态度吧。"

世杰却说："现在最让爸妈操心的不是我，而是你，咱俩彼此彼此。"

"滚！"

淑兰恼了，一翻身，不理他了。

高鹏举拍来了第二封长文电报——承认错误，请求原谅，保证下半年赴美。然而并没做到，因为并没做到，信便写得勤了，字里行间满是歉意和内疚。淑兰的复信也就一封比一封短，词句越来越公式化，像两个关系一般的国家的大使给大使的复信。

当高鹏举终于出现在妻子面前时，已是1936年11月，纽约下了第一场雪了。夫妻同床时，妻子对他的亲热表示了矜持的冷淡，说自己"有点儿不习惯了"，要求给她点儿时间"适应适应"。

这使鹏举不再犹豫，干脆采取主动，向妻子承认——自己滞留哈尔滨，乃因参与了抗日活动。

淑兰吃惊得张大了嘴，一副想说话却不知说什么好的样子。

"如果你反对，我们就只有离婚了。儿子归你抚养，那对他才安全，我肯定会使你们生活得无忧无虑。至于我，已经铁了心了，开弓没有回头箭……"

他话没说完，已挨了妻子一耳光。

"你如此对我，我一点儿都不生气。我知道，作为丈夫和父亲，我未免又太任性了。但我如果不那么做，不论是我还是我父亲，我伯父，我们的名字也许都将会被钉在历史的耻辱柱上。我父亲，我伯父生前口碑良好，如果由于我走错了路而污损了他们的声名，那对他们太不公平……"

高鹏举尽量以平静的语气说完了他的话。说时也不看妻子，似乎自言自语。

"你明明还有第三条路可走！难道东三省的人只分两类，不是抗日人士就是汉奸走狗吗？你为什么偏偏要铤而走险？！"

第八章

"我不是与一般人不一样嘛。即使我从现在起留在美国不回去了,那么我们高家的财富也差不多会全都归了日本人,成了他们进一步侵华的军费。而如果我在哈尔滨,经常出面与他们周旋,起码还可以分流一部分,变相地援助抗日,这会使我比较的心安。"

"可,你有几个脑袋几条命啊!"

淑兰哭了。

高鹏举不禁搂了妻子一下,而她顺势偎在他怀里。排除了"第三者插足"的情况,对于是妻子的女人,就是排除了最难以接受的现实。丈夫的选择是那么的正义,理由充分得使她无可反驳。一搂一偎,使夫妻二人尽释前嫌。

鹏举安慰地说:"放心,我已经积累了不少自我保护的智慧,再加上有多重特殊身份,敌人怀疑我的可能性很小。抗联的同志也会考虑周到地保护我,他们在这方面经验丰富。"

他的话起到了一定的劝导作用,妻子不哭了。可她突然想到,自己在大学时加入过国民党,提醒丈夫别忘了那事。

"咱俩以后不也成了敌人了吗?"

鹏举笑道:"结婚前你跟我说过。你是真加入了党派的人,可却只是填了张表,什么实际行动也没有。我呢,目前只是抗联忠实的朋友,却已经开始用实际行动证明我的爱国心了。国民党也罢,共产党也罢,以后都是要通过抗日证明各自的国家责任的,所以咱俩断不会成了敌人的。"

他吻了妻子一下,妻子含泪而笑了。

她又说事关重大,必须向父母如实禀报,以消除二老心中疑团。

他说由她决定。

但淑兰并没亲口告诉爸妈,她先告诉的是哥哥。

世俊听妹妹讲罢,沉默半晌才"哎呀"了一声,接着又是一声长叹,之后又"哎呀"了一声。

淑兰说:"哥你替我决定该怎么办吧,我服从你。"

世俊说:"我这个妹夫啊,今后咱们赵家人都会因他而终日心慌了。兹事体大,还是由我替你告诉父亲吧,我会把事情讲得轻描淡写一些。"

赵而已听了长子的汇报,表情一时冷若冰霜,许久才问:"淑兰怎么不当面告诉我?"

世俊小声说:"她不敢。"

赵而已也长叹了一声,一拍膝,语气凝重地说:"事已至此,我又能如何呢。这样吧,除了你妈和孩子们,让咱们赵家的成员个个知情就是了。又不是什么见不得人的事,没必要隐瞒。"

那日虽非周三周日,赵而已却提议,当晚聚餐,大人孩子,一个别少。

在饭桌上,赵而已肃立宣布——是为鹏举操办的接风家宴,大人间休谈国事,只叙亲情。为使气氛欢乐,都可不拘小节,放纵一下。一醉方休,亦不受谴责。

高鹏举从大家的脸上看出,他的事他们已了然于胸。并且看出,大家的心情都很复杂,个个敬忧参半。这使他甚觉温暖,慰于不虚此行。他首先向岳父母大人敬酒,祝词无非"寿比南山,福如东海"云云。淑娴揶揄他"太老套",他说:"老辈的话往往最到位。"岳母笑道:"老套不老套,我们听了高兴便好。"岳父说:"高兴。"遂命世俊代表他们二人回敬。

那世俊是虔诚的基督徒,举酒敬曰:"愿上帝保佑你像保佑挪亚一样。"这话不但宗教意味浓厚,似乎还暗示着巨大的灾难。

赵而已蹙眉说:"不祥,重祝。"

世俊一时却再想不出吉祥的话来。

欢喜忍不住起而祝道:"祝姐夫事事顺心,心想事成。"

第八章

赵而已说:"这两句还行,通过了。"

于是大家鼓掌,都说"同祝同祝",杯盏相碰,气氛开始活跃,却也并没活跃到哪儿去。淑娴朝欢喜丢眼色,欢喜便主动献唱,先向岳父请示:"有点儿酸行不?"

赵母说:"怎么不行?酸曲酸曲,不酸还叫酸曲?"

欢喜臊不搭地说:"我指的是另一种酸劲儿。"

赵而已听明白了,批准道:"今晚例外,谁都不必太拘谨,该放开的时候不放开那也不对。想唱什么只管唱,别太不雅就行。"

"哎呀你们,唱个歌啰唆劲儿的!"

那淑娴听得不耐烦,猛起身先自唱开了。她受丈夫熏陶,将一首《山那边》也唱得声情并茂。

于是小两口赛歌似的对唱起来。他俩歌声方落,世杰已取来萨克斯,先请姐夫"来一首"。

鹏举笑道:"生疏了,听你的。"

世杰也不再让,试了试音,径自投入地吹了起来。

鹏举便拉起妻子,随乐起舞。

孩子们那边,世俊的儿女跳起了踢踏舞,高坤和表妹也随样学样地乱扭乱蹦。

气氛总算活跃了。

赵而已看着,一滴老泪渐渐溢出眼角。

鹏举淑兰临睡时,他吻过她后说:"自从做了赵家女婿,今天晚上最难忘。"

淑兰往他怀里一偎,抱住他又要哭起来。

高鹏举在纽约住了半个多月,终日夫妻亲爱,父子眷恋,甚是幸福。离开那日,按岳父的吩咐,世俊、世杰、淑娴两口子以及四个孩子,都随淑兰去往纽约港口送行。高鹏举站在轮船上朝亲人们招手时，不知不觉也流泪了。

待他回到哈尔滨，已是一派冰天雪地景象。沈若然告诉他，由于叛徒出卖，又一批地下党员被捕、牺牲。

不久，"西安事变"发生。

转眼到了1937年。

对于中国，此年可谓大劫之年。

在纽约，在唐人街，自从七月以后，人们再就没听到过关于中国的任何"好消息"，一个时期报上没登坏消息，觉得就该替"祖国"谢天谢地谢菩萨了。

上海失守、日军血洗扬州、南京大屠杀、长沙沦陷、武汉沦陷、山东被占领……

半年之间，日军的铁蹄踏遍了大半个中国。那些消息已不能用"坏"来说，用使他们"绝望"来形容才恰如其分。在以后的四年里，关于"祖国"的消息，一次比一次更令他们绝望。国籍是地理概念，而祖国是血亲概念。在淑娴和世杰的影响下，年轻人们议论中国大事时，大抵已不讳用"祖国"这一新词了。

世俊因而对父亲说："爸，这是不对的，明明都已加入了美国籍，不能一边'祖国'、'祖国'的，一边要求平等，那明摆着不占理。"

父亲问："依你呢？"

世俊说："您出面，让大家用'母国'两个字吧，这样纽约当局听到了不至于太别扭。"

父亲说："还不都是一个意思？特殊时期，随年轻人的便吧。"

他流下泪来，默默从墙上取下了"蒋委员长"的相框，同时自言自语："唉，您也是一步错，步步错。"

第八章

世俊问:"放哪儿呢?"

他说:"随便找个地方放着吧。"

世俊看着墙说:"那儿空着不好看吧?"

他说:"不好看就不好看吧。"

世俊说:"把蔡先生的像往孙先生的像这边移移?"

他说:"不必,多此一举。往后再决定吧,也许,还要把蒋先生的像挂上,也许就永不挂了。"

世俊便也一时愀然。

父亲又说:"你不是和老家那边的亲戚有联系吗?代我写封信问候那边儿的一些你的长辈,稍带问问日本兵去往那边没有……"

唐人街经常被愁云惨雾、悲情苦绪所笼罩。生活虽然还在继续,但许多人家的生意清冷得做不下去了。中国货几乎已完全断了货源,唐人街上的洋货对洋人没有任何吸引力。生活在继续,吃喝便也在继续。男人们只喝闷酒不划拳了,有人喝着喝着号啕大哭。噩耗辗转传到唐人街,有人家在"祖国"的亲人已死去很久,有人家在"祖国"的亲人因战事而死绝了。常是,一些人昨天刚到别人家去劝慰,第二天自己一家老少也都哭声惊邻了。戴黑纱的人多了。

唐人街上的孩子也都失去了以往的欢颜,不太聚在一起玩了。

赵而已明显的老了,头发胡子几乎全白。

他不怎么开口说话了,一人独处时常喃喃自语:"吾国吾民,吾国吾民……"

对于"祖国"之命运,唐人街上识文断字的华人大抵是从华人办的华文报上看到的。一传十,十传百,口口相传便都知道了。华文报的消息转自于英文报,而英文报的报道也就是消息性的报道罢了,一向不做深度的追踪报道。多数纽约的美国人不怎么关注那类报道,美国那时依然有不少亟待解决的自己的问题，对于多数美国人而言，亚洲和中国只是一种地球仪上的存在，真正的世界的含义是由欧美组成的。

然而赵淑兰姐妹却有所行动了。她俩经常离开唐人街去往纽约各处人多的地方，特别是青年多的地方，为中国这个"祖国"募捐。她俩英语都好，各大学区、商业区和富人区都留下过姐妹二人的身影，有时收获的不仅是钱，还有药品，偶尔甚至有首饰。虽然并不名贵，却可以在寄卖店卖掉。姐妹俩去的次数最多的是各处教堂，当信徒们听完布道离开教堂时，对姐妹俩的募捐往往表现得十分慷慨。

世杰也比以前忙了，早出晚归的，据他说是在做"自己该做的事"。

有天早上，小舅正欲外出时，高坤忍不住问："小舅，中国也是你的祖国吗？"

小舅在房间门口站住，看着他说："当然啊。"

他又问："那，我妈和小姨都在为祖国做事，你为什么不呢？"

小舅说："一两句说不清楚，以后再回答你。"然后摸了他的头一下，匆匆而去。

几天后的一个晚上，小舅将装有萨克斯的盒子放到他的床上，一脸严肃地说："这是一件很棒的乐器，现在归你了。"

他也一脸严肃地问："是属于我了呢，还是由我替你保管？"

小舅说："归你了，意思就是从今以后它是你的了。"

他困惑了，接着问："那，你不想当华人中最了不起的萨克斯手了？"

小舅说："我对自己的人生又有别的想法了。等你长大了就会明白，人这一生的想法是会变的。"

他让小舅教他吹。

小舅没教，看起来没情绪。小舅说他现在年龄还小，肯定连一个准音也吹不出来。怎么也得等他长到十四五岁才行，那时教他不晚。

第八章

　　第二天上午，外公在客厅里发呆时，小姨夫护送着小姨来了。出于安全的考虑，募捐到的钱都放在小姨家。小姨夫身强力壮，具有保护那些钱的能力。

　　高坤看着母亲和小姨小姨夫点数那些钱时，外公端坐椅上，望着墙上缺了一幅像的空白处自言自语："蒋公、蒋公……"

　　某日，小舅带回一个人的放大照片，也要镶起来往墙上挂。

　　那人叫鲁迅。

　　外公不许。

　　外公说："中国人不全是阿Q，阿Q哪个国家都有。要讲什么劣根性，也是全人类至今多少都有的现象。中国出一个鲁迅就可以了，要出更多的蔡元培和胡适才好，多出几个徐继畬也是好的，总之要多出为中国做实际有益之事的人。"

　　外公显然是不喜欢鲁迅的，小舅的打算落空了。

　　高坤问外公徐继畬为中国做过什么有益的事？

　　外公让他问他妈。

　　他妈说不是几句话就能讲清楚的，他年纪尚小，暂时不知道也罢，等他大几岁了再告诉他不迟。

　　他背着他妈又问他小姨。

　　小姨却说自己对留辫子的前清官员都没好感，对那个徐继畬也不例外。

　　再问，小姨红了脸，说自己其实不晓得，因为自己是出生在唐人街上的，对中国的历史人物还不如对美国的历史人物了解得多。美国才一个半世纪的历史，著名人物有限。中国的历史太漫长了，谁记得过来那么许多呢？已经是美国人了，记那么许多又有什么用呢？

　　见他失望，淑娴诚心支开他，说他小舅读的闲书多，或许会知道，让他去问他小舅。

好奇心促使他真就接着去问他小舅了。

他小舅果然知道，说那徐继畬嘛，可算是第一个主张中国要学美国的人，所以是挺值得尊敬的。

他更奇怪了，又问："为什么中国非学美国呢？"

他小舅说："如果早学了半个世纪，中国的命运就没有现在这么悲惨了。"

接着问，小舅同样说不是几句话就能讲清楚的。

这一年，已经是1940年了——高坤十岁了。

他唯一能为祖国做的事，便是帮母亲和小姨点数捐款。

一次，小姨数着数着，光火了，将手中钱往桌上一摔，大声说："还不够在美国买两支好枪的，究竟有什么实际意义？"

他妈说："就算尽到了一份儿心吧。"

小姨更来气了，怒道："我就左想右想也想不明白了，中国那边起码也得有几百万军队吧？都是干什么吃的呢？"

他妈叹道："号称是国军，主体上不都是旧军阀的班底吗？从前自封大帅，后来被封为司令，明和暗不和，勾心斗角，一心总想灭了对方，保住自己的实力，把变相的军阀永远当下去。军中真爱国、力主抗日的优秀人物，反而受排挤，不被重用，可不常打败仗呗。再说装备也不行，咱们在美的华人，往后争平等更难了……"

那孩子忽然说："妈，我想我爸了。"

他妈和他小姨互相看一眼，都装没听到他的话，继续点数那些皱巴巴的小额美钞。

某日傍晚，那孩子偷偷带上乐器盒离开了唐人街。他原本要去百老汇那边的，但那边实在太远了，而萨克斯的分量对于一个孩子又不轻——尽

第八章

管他继承了他父亲的基因，比同龄的孩子要高些，力气也要大些。百老汇那边，有几家乐器店，他想自己或许会在某家乐器店将萨克斯卖掉，既然小舅说已经属于他了，那么他认为自己是有权卖掉的。

可他走着走着，走出汗了，往前再也走不动了，于是在一家唱片店门前站住，继而蹲下。却没将乐器盒放倒，而是竖立着，一手扶着。

他想出入唱片店的人中，或许有谁会对萨克斯感兴趣，便用英语喊："谁买萨克斯！高级的萨克斯！……"

在他对面，跨过马路是超市，超市门口有一名牙膏广告员，穿戴鳄鱼造型的外套，一手拿一大管假牙膏，一手拿柄大牙刷，不断向行人做出夸张的刷牙的样子。他的喊声吸引了"鳄鱼先生"的注意，"鳄鱼先生"拖着笨重的大尾巴跨过马路了，他以为他的愿望就要实现，喊得更来劲儿了。

"鳄鱼先生"在他面前摘下假头套，竟是他小舅！

"你怎么敢？！"

他小舅气得眼里冒火似的。

"你说过属于我了！"

那孩子理直气壮。

"可……可你小小孩儿要钱干什么？说！你要钱干什么？"

小舅举起了巴掌。

"想为祖国捐一支枪……"

那孩子流下泪来。

"鳄鱼头"从他小舅的腰肘间掉地上了，小舅举着的手也垂下了。

那孩子又说："别告诉我妈。"

他小舅蹲下，将他搂在怀里，同时说："放心，小舅不告诉，但这萨克斯绝不能卖。"

不久，高坤见小舅带回家一张唱片，将全家老老小小十一口人召集在一起，说要让大家听听"祖国"的"最强音"。小舅还说，为了制作那一张唱片，他感动了一些支持他的华人青年一起凑钱，并且花光了自己有限的一点儿积蓄。当然远远不够，又到处打工挣了些钱。

外公家不但有唱片机，还是带美观的大喇叭的那种。外公外婆都是戏迷，既爱听京剧，也爱听别的传统剧种。"卢沟桥事变"后，唱片机再没发出过声音。

小舅推开窗，将大喇叭朝向窗外。唱片转动片刻，大喇叭传出悲壮的男声合唱：

起来！不愿做奴隶的人们！
把我们的血肉筑成我们新的长城！
中华民族到了最危险的时候，
……
我们万众一心，
冒着敌人的炮火，前进！
……

小姨双手掩面，听得泣不成声，起身跑开了。

他妈噙泪问弟弟："这便怎样呢？"

小舅反问："姐什么意思？"

大舅说："我想，她的意思就是，接下来你的打算是什么？"

小舅说："老实讲，不知道。今天，又有谁知道祖国应该怎么办呢？起初我们想，集资制成几百张，寄回祖国，四处分发，让祖国响遍这种歌声，使日军听了心惊胆战……"

第八章

他说到那儿不说下去了。

大舅摇头不止。

姨夫说:"你刚才不是告诉我们,这歌叫《义勇军进行曲》吗?那就证明,国内除了国军,还有许多义勇军,为他们写的歌,他们自然已经在唱了。而别人若公开唱,岂不是会被日军杀头?何况,日军也不会听了这歌就心惊胆战。"

小舅点头道:"是啊,所以我们后来意识到,自己的想法很幼稚。"

他妈又说:"东三省是有些义勇之人,多是共产党领导的,他们倒确乎是坚定的不怕死的抗日分子。"

小姨也又回到大家中来了,坐下后问:"报上怎么从没登过他们的消息?姐你今天不说,我一无所知。"

他妈叹道:"你问我,我问谁呢?"

外公忽然说:"如果我们赵家人都在祖国,能做的当比现在多些。可我们都已是美国人,而且也不是富商之家,奈何?"

他说"奈何"时,手杖连连捣地。

外婆说:"既然出不了力,也就只有相忘于江湖吧。徒自悲愤,又有何宜呢?"

她说完,搀起老伴离去了。

兄弟姐妹们,便都陷入沉默。

外边忽然传入许多人的喊声,都说是没听够,要求再放一遍。

高坤和小舅临窗俯看,见窗下聚集了不少人,有的仰望窗口,有的亦如他小姨刚才那样,掩面而泣。

高坤发现,他小舅再弄唱机时,也流下泪来。

那日,高坤那孩子,或也可以说小小的流亡者,心中记住了"义勇"一词,也记住了"共产党"三个字。

只要时间并未定格，只要是有人群的地方——不，即使不是人群，即使仅仅是一个人，生活就会继续下去。生活最直白的意思是——活着，并且为了生存而劳碌，而以不同的方式进行日常活动。故一个人这样叫生活在继续，一些人一群人一个地区的人一国之人这样，更叫生活在继续。

纽约唐人街上的华人们，生活在继续。

中国之非日军占领区的城市的农村的人们亦如此。

即使在日军占领区，人们只要还活着，并没处在生莫如死的状态之下，生活就仍在继续。

鲜血染红了中国大片大片的土地，成千上万的中国人以及亚洲别国人，或直接被日军所屠杀，或间接死在日军的枪炮之下，却一点儿也不甚至可以说丝毫也不影响欧美国家绝大多数人的日常生活。只要新闻不报道，绝大多数的他们便不知道。即使报道了，还有一个有没有心情关注的问题。

罗斯福总统的新政对美国经济的复苏终于起到了刺激作用。

1939年美国各州的圣诞节气氛，明显好于前几年。家家门前又有圣诞树且又灯光明媚，人们也又开始互赠圣诞礼物了。看电影的人又多起来，买股票的人也又多了。大部分美国人在恢复实现美国梦的信心，都不愿为别国和别国人的命运分散精力。

然而好景不长，简直可以说实在太短——1941年圣诞节前，美国人特别是那些自认为或被认为很"正宗"的美国人尚都高枕无忧（实际上也只有他们会那样，因为绝大多数福利白人优先，同工不同酬的肤色歧视现象仍比比皆是，更遑论福利了），做着美好的美国梦时，大批日军轰炸机偷袭了他们的珍珠港，几番狂轰滥炸，使美国即使为了顾全面子，也不得不参与了此前力图置身事外的"二战"。

第九章

"旧历的年底,最像年底。"——鲁迅此言,分明也适用于纽约唐人街。

生活在继续的意思也是年节总是要过的。对于1942年的春节,唐人街上家家户户都做了前期准备,都打算比较像样子地过一次。

这一年,高坤周岁十二,虚岁十三了。

除夕下午,他在大舅家替大舅研墨,他妈坐于一旁为他织毛衣。赵家人的毛笔字都有童子功,大舅已为许多人家写过了,正开始为自己写。

美国向日本宣战一事,使唐人街上的居民甚觉振奋,似乎看到了祖国必将战胜日本的大希望。敌人多了一个敌人当然便是自己多了一个朋友——何况敌人多了一个强大的敌人,当然等于自己多了一个强大的朋友。这一逻辑连孩子们都心知肚明,也是大人们要像样子地过一次春节的心情前提。

大舅为自家写完的对联是:

日月两轮天地眼

慈悲一颗基督心

他持笔凝思，一时想不出横批，向淑兰求助。

淑兰略作思考，问"世界有道"如何？

她哥说："好。"正欲落笔，世杰穿一身舞狮人的彩服匆匆而入，黑虎随他跟入，当年的小狗已长成了通体黑毛油亮的酷相大狗。人们的情绪变好，连狗也行动活跃了，一见高坤就与他亲作一团，仿佛很久没在一起了似的。

世杰是来向他哥求助的。他说舞狮队员们练了多日，父亲却不许他们初一表演，也不许他们"三十儿"晚上放鞭炮，他请哥哥替他们说服父亲"恩准"。

淑兰问："父亲定有他反对的理由吧？"

世杰说："他要求我们考虑美国人的感受，别像咱们就不是美国人似的。"

高坤已变成一个特别关注大人们的话题的孩子了，他使黑虎安静下来，老老实实地蹲在他旁边了，自己便一声不响地听母亲、大舅和小舅之间说什么，谁说话便默默看谁。

他大舅说："日军袭击珍珠港才是去年之事，许多家庭仍深陷于失去亲人的悲痛中，父亲的考虑是对的，我不替你游说父亲。"

他妈说："支持大哥的表态。"

小舅却激愤起来，据理力争："可日本军队在中国到处杀人放火的时候，特别是南京大屠杀之后，咱们唐人街不少人终日以泪洗面，他们何曾考虑过咱们的感受？他们不是每年都将他们的各种节过得热热闹闹的吗？电视里不是天天在播喜乐剧吗？百老汇不是每晚上演欢歌艳舞吗？酒馆里不是……"

他妈斥道："住口！别在我儿子面前信口开河。"

他小舅说："别生气，不跟你说了，姐你要早点儿把毛衣织好，让我小外甥穿在身上。现在我只跟哥说话了，你装没听到啊。哥我问你，你信的主，都一千几百岁了，他也会老吗？"

大舅已写完了横批，放下笔，自我欣赏地看着那副完整的对联，心不在焉地说："别绕弯子。"

小舅老学究似的慢条斯理地说："我的意思就是，如果你的主像人一样，也有老那么一说，那么他现在是不是已经老了呢？所以，视力啊，听觉啊，都减退了，对世界缺乏了解了。又所以，相信世界有道，莫如人人奋起，替天行道……"

大舅怒道："你！你别忘了咱妈也是基督徒！"

小舅更有理了："可咱爸为什么不是？大姐二姐和我二姐夫为什么也不是？难道你和咱妈反而是咱们家最有悟性的人？"

大舅气得指着小舅说不出话。

"越说越放肆，还把我扯上了，真是反了你了！"

他妈将毛活朝小舅摔过去，小舅接住，放在桌上，对高坤做个鬼脸，边说边行绅士礼："得罪得罪……"

"黑虎！"——小舅退出，高坤也唤上狗跟着跑出去了。

他说："小舅，舞不成狮子了，那你教我吹萨克斯吧。"

小舅说："我今天事儿多，改天哈。你先按小舅教的方法自己练，不要急，慢慢来。"

他见阿黛姐穿一身新衣服站在她家裁缝铺门前朝这里望，分明是在等着小舅过去，没再说什么。

"阿黛姐"是他的叫法，他妈不许他那么叫。他小姨一向叫阿黛的名，他妈叫阿黛"小妹"。他妈说，既然自己与阿黛姐妹相称了，那么他也应该叫阿黛"阿黛姨"。但他私下里更愿意叫阿黛"姐"——他希望自己有哥又有姐，在他内心里，实际上是将小舅当成哥，视阿黛为一个姐的。他像他妈一样觉得和阿黛在一起很愉快。阿黛的确是那类能带给别人愉快的姑娘。她成为不了别人的开心果，却能使大多数人觉得，与她相处，交谈，如饮新茶，如置身于美好的清晨。并且，他对有那样一个"姐"，每每生出朦胧不可知的，类似少年维特的幸福的惆怅，那是成长中的少年对他们可爱的"姐"们大抵都会产生的微妙情愫。

他也迷上了萨克斯。

小舅教他之法很特别——不晓得小舅从哪儿弄来一个打了"补丁"的篮球胆，每看着他吹，并从旁指导："鼻孔深吸气，吹……再吸气，吹出一半，留一半在肺里……哆、来、咪……吹、吸、吹……"

因为肺活量增大，虽才十二虚岁，却已能吹出简单的曲段了。

春节一过，高坤开始盼着一个日子，也可以说盼父亲的电报或信。父亲在上一封信中向他和母亲许下一个愿——1942年上半年，如父亲那边诸事顺利，安排得开，一家三口有望在香港相聚。那显然是一个无法预定的日子，其盼便也熬人。他和母亲已从父亲的信中知道，父亲身边有了一位忠实的朋友"小沈"了，忠实程度如同赵云对刘备。他妈看过那封信说："你爸自比刘备，挺有意味。"

他问："怎么就有意味了？"

他妈笑道："以后你就明白了。"

他已经能给父亲写信，但从没擅自寄出过，而是与他妈的信同时寄。并且，他也给"小沈"叔叔写过信，请"小沈"叔叔千万替他们母子保卫好父亲。"小沈"叔叔回信中用了两个词："举重若轻，胜任愉快。"

他妈的点评是："你小沈叔叔不但字写得好，用词也恰当，值得你学习。"

乍暖还寒季节。某日，唐人街大小孩子和一些青年人、中年人忽然聚集起来要去什么地方——高坤听大孩子们讲，纽约市当局出动了一批军警，挨家挨户将日本人逼出家门，将押往一个地方集中看管起来。这么做是怕他们中有间谍，给太平洋上的日本航空母舰发电报，指引舰上派出的军机轰炸纽约。考虑到他们的孩子离开大人难以生活，所以集中对象包括他们的孩子。

华人在美国的地位，一向不仅低于黑人，也低于日本人。这使唐人街上的华人，都想去往押送日本人的军车必经的路段，看看日本人也有这种下场的"熊样子"。华人们普遍是美国社会中最老实本分的群体，并不打算对那些日本人采取什么行动，只不过就是想夹道观望观望罢了。然而有些孩子是想采取行动的，特别是老家有亲人被"东洋鬼子"杀害了的孩子，他们带上了弹弓和"玻璃球"，准备伺机为死去的亲人"报仇雪恨"。赵家的大人不许赵家的孩子玩任何可以伤人的东西，所以高坤只有玻璃球没有弹弓。玻璃球是一种儿童棋的五彩棋子，并非弹弓的专用"子弹"，赵家有不少。高坤用一把玻璃球从一个大孩子手中换了一柄弹弓——他要解解恨的念头也特强烈，他想为孙叔公报仇。

唐人街最主要的一个街口预先有人堵在那儿了——当街摆了三把椅子，赵而已坐于中间，左右坐着另外两位唐人街上受人尊敬的老者。在他们背后，是几名中年男子。

赵而已问走到跟前的人们："去哪儿？干什么去？"

为首的大人实话实说告诉了他。

他心平气和地说："他们虽是日本人，却也不过就是些日本百姓。和我们一样，都是移民到美国的。对他们，咱们何必呢？你们是大人，大人应有大人的自我要求，不同于孩子，怎么能与孩子们搅在一起呢？多荒唐啊！"

经他那么一劝，几个大人互相看看，便都羞愧地默默转身往回走了。

孩子们却不买老人们的账，虽然也转过了身，却并非作罢了，而是要从另一个街口离开唐人街。高坤亦如此，那日那时，他一点都不觉尴尬，倒是替外公倍觉羞愧。

远远的，孩子们看到在第二个街口那儿也有几个大人，倒没坐椅子上，正站那儿说话。发现孩子们走来，都不说话了，望着孩子们，皆显出严阵以待的样子。其中一个，竟朝他们招手。

唐人街上的孩子都是些听大人话的孩子，那日他们竟任性起来，对大人们的阻拦表现出了强烈的反感。家长们都被成功说服，各回各家了，不达目的不罢休的只是些孩子。

一个孩子生气地说："才不愿听他们的教诲！"

另一个孩子认出了朝他们招手的大人，瞪着高坤说："那是你小舅。"

高坤红着脸说："还有最后一个街口，也许他们没占领！"

他率先转身跑了。

第三个路口果然没有大人的身影，孩子们都加快了奔跑速度，并都有庆幸之感。却不料接近路口时，从一家店铺里走出两个女人，伸展双臂，手拉手，又将孩子们拦在面前了。她俩是淑兰和淑娴。

"嗨！你们赵家的人今天怎么回事？为什么全体出动阻止我们！"

"你们赵家的人都是胆小鬼，怕得罪日本人是不是？"

"也许和日本人背地里穿一条裤子了！"

"他外公以前也给日本人治过病，还和日本人在自家门口照过相！"

孩子们冲高坤嚷嚷开了——

"把弹弓还我！我也把你的玻璃球还你！"

一个孩子翻高坤的兜，索回了弹弓，之后从自己兜里掏出一把玻璃球，也不往高坤兜里揣，摔在了地上。

有彩色花瓣的美丽的玻璃球在石块路上蹦跳着滚向四面八方。

"以后咱们都不跟他玩！"

孩子们像玻璃球似的一哄而散，他们最后留下那句话，令高坤的自尊心产生了裂纹。

他妈和他小姨却相视一笑。

他姨说："孩子们的心情可以理解。"

他妈说："是啊。"

"那你们还全体出动阻拦我们！"

高坤抗议地喊叫。

他妈看他小姨，意思是让他小姨对他讲讲道理。

那唐人街的义务守望者却说："我可没心情替你教育你儿子，你看他那凶巴巴的样子，像是要咬人，自己的儿子自己领回家慢慢调教吧！"

"老百姓对老百姓是不应该幸灾乐祸的，中国和日本的老百姓都是老百姓，我们赵家的人有向大家讲这种道理的责任。"

他妈一边说一边握住了他一只手。

"别拽我！我不姓赵！我姓高！我自己会走！"

他挣脱了手，冲他妈大喊大叫。

他妈甩手给了他一巴掌。

他长那么大，第一次被他妈打，而且是因为日本人，而且是打在脸上——事实上他是挨了一耳光。

他被那一耳光扇蒙了，尽管那是人世间许多家长来气了都可能出手没什么力道的一耳光，还是使他瞪着母亲呆住了。

他小姨赶紧将他扯入怀中搂着，转过身去予以庇护。

赵淑兰也呆住了，甚为懊悔。她只能隐藏于心，独自郁闷的事太多了。对她而言，那一巴掌未尝不是一种发泄。出生以来，她第一次打人，而且打的是自己的儿子，而且是为了些日本人，这使她不但懊悔，内心里也更恨日本人了。实际上，连她自己也认为，那些在美国被赶出家门的日本人的遭遇很活该，他们理应替他们有罪的国受点儿苦！

世杰赶来了，听他二姐说了刚才发生的事，一边劝一边伴大姐先回家了。

淑娴陪高坤回家时，正赶上赵家那会儿人多——一些家长带他们的孩子来向赵而已认错。赵而已倒也没再教诲，只说自己是怕唐人街上的大人或孩子做出什么明显不对之事，各报一旦大做文章，丢全世界华人的脸。

晚上，高坤问小舅——如果确有唐人街上的孩子用弹弓射伤了日本人，美国各报会大做文章吗？

小舅说："肯定会那样。"

他又问："可，日本军队都快占领大半个中国了，在中国杀害了那么多中国人，他们大做过什么文章没有呢？"

小舅想了想，郑重地说："据我所知，并没有。美国的报只不过及时报道了一些中日双方的战况，对日本在祖国犯下的罪行，几乎只字未提。即使提，也是很中立地提。"

"什么是中立呢？"

"就是，看起来不得罪双方任何一方的那么一种态度，主要是不愿得罪日本。"

"可日本国明明是在侵略中国，杀害了许多中国人啊！"

"是啊，是啊。"

"美国为什么这样？"

"他们认为日本是军事上比较强的国，而中国军事上太落后了。同情中国就会得罪日本，帮助中国就会与日本为敌。帮助中国对他们一点好处没有，与日本为敌却会使他们卷入战争。但以后三方面关系将不同于以往了，你也知道的，日本一轰炸珍珠港，美国不是就向日本宣战了吗，以后中国和美国是盟国关系了。"

"在中国不是也有不少日本的普通百姓吗？"

"是的。"

"他们欺负中国老百姓吗？"

当外甥的由于对祖国的情况了解甚少，抓住机会询问。

他小舅说："因人而异吧。据我所知，大多数的他们，仗着日本军队在中国的强势力，耀武扬威，欺负中国老百姓是常事。他们在中国杀害了中国人，根本没有偿命那一说。"

"而且，动不动就在中国的领土上杀害中国人的日本军官、士兵，还是他们的父亲、儿子、兄弟、叔侄什么的。那些日本军官、士兵，杀害的中国人越多，他们还越觉得光荣，是吗？"

"……"

"回答我呀！"

"基本是那么一种情况。"

"我听有的孩子说，在纽约，在他们日本人开的店里，墙上还挂着日本军官用军刀砍中国人头颅的照片，是真的吗？"

"这小舅就说不清楚了，那孩子听谁说的？"

"他说听他爸讲的。"

"不说这些了。小舅困了，快睡吧。"

"那你们赵家的全体大人，还非阻拦我们孩子不可？我们又没有刀和枪，根本不可能去杀死几个日本人！"

"坤啊，你外公和小舅和你妈你姨，我们不愿你们做不理智的事。我们都希望华人的下一代下几代，比日本人善良。"

那夜，高坤又失眠了。这孩子后半夜才入睡，做了一个梦，梦到自己终于做了他外公他妈所阻止的事——不是和那些与自己目的一致的孩子们一起,而是独自前往去做的——弹无虚发,射得日本人嗷嗷怪叫。

做了那梦后,他不生他母亲的气了。

不久后的一天傍晚,唐人街发生了骇人之事,被几名美国大兵追捕的一名日本中年男子逃到了唐人街。是的,不是美国警员,而是士兵,跟随着一名翻译。那翻译手提话筒,不时用华语喊话,告诉人们被追捕者穿的虽是华服,实则是日本间谍,有枪,危险,华人不得予以掩护。

在离赵家门前不远处,发生了短暂的枪战。日本间谍击中了翻译,自己也受伤了,一瘸一拐跑到了赵家门前,而赵家人早已按翻译的要求插上了门。那日本间谍一边拍门一边喊:"而已君开门!而已君开门!我是池田寿龟,我们是朋友,我在流血,你应该救我!……"

那时赵而已和两个女儿及小儿子都在一楼客厅,高坤躲在楼梯上。

他母亲说:"也许,从人道主义的……"

双手拄杖、端坐椅上的赵而已冷冷地说:"不许开门!他罪有应得。"

日本间谍枪法很准,靠赵家门前石葫芦的掩护,又击中了一名美国兵,使他们不敢贸然向前。

"我得帮美国大兵一下!"

不待父亲和两个姐姐有所反应,世杰操起一只高脚凳,几步跨到门前,猛然拉开了门——日本间谍回头看着他问:"后门的,有吗?"

世杰哪里会接他的话呢,只一凳子,将对方砸倒在门外了。

不是美国大兵窝囊,而是他们非要抓活的,要审,要得到重要的口供。世杰那一凳子使对方一命呜呼了。尽管这很遗憾,但纽约当局还是向世杰颁发了一份奖状。以后,唐人街上组成了义务巡防队,主要是防止再有日本间谍伪装成华人流窜到唐人街,策划什么对纽约不利之事。孩子们也被家长叮嘱,若见形迹可疑之人,千万要及时告诉大人。而高坤听大孩子们说,他们的行动受阻之事,还是大人们对——因为押解日本人的是带

第九章

篷的军用卡车，站在路边根本看不到车上的人，去了白去，有弹弓也用不上。

美国一参战，大报小报登的都是美日或美德方面的战况了。中日之间的战况，唐人街的华人了解得更少了，连赵家人的早饭桌上，也不太有关于中日战况的话题。来年也就是1943年2月的时候，"蒋夫人"访美的话题，才取代了麦克阿瑟将军在菲律宾败于日军，汗颜归国述职的话题。

赵老先生对"蒋委员长"的看法又变了，重新视其为国家元首，对"蒋夫人"也颇怀敬意。

他曾在饭桌上说："难为她了。"

隔会儿又说："谁让她是委员长夫人呢？中国都到了这般田地，'夫人外交'那也是迫不得已，不丢中国之国格。"却并没将"委员长"的像重新挂上。

高坤曾听他小姨对他母亲说："父亲对于中国国内的事，了解得太少了。"

他母亲说："我们了解得就多吗？"

他小姨说："你在哈尔滨生活过，你了解的肯定比我多，更比父亲多。"

他母亲长叹一口气，幽幽地说："我不是也回来八年了吗？如果不发生真正的利害关系，哪个国的人会看重别国的安危呢？所谓国际公正，在强国政客们那里往往只不过是漂亮话，靠不大住的。"

他小姨本已准备走了，听完他母亲的话，沉思片刻，款款地又坐下，同意地说："罗斯福总统其实早就有参战的决心，无奈议会通不过。丘吉尔亲自来请求援助，他也只不过能以'租'的方式提供几艘军舰。现在应该不同了，美国自己也挨打了，对别国的疼，或会感同身受了。"

他母亲看定他小姨，表情庄肃语气傲然地说："淑娴，实话告诉你，近几年，我在思想上也快是一个无政府主义者了，只不过还没那么彻底。无政府主义是什么主义，想必你也知道。"

他小姨一脸愕异，点点头，大惑不解地说："可是，你怎么会……"

他母亲说："犹太人在德国遭受着野蛮的迫害，整个欧洲不是都在装聋作哑吗？载满犹太难民的船不是都靠了美国的港口吗？当局不是不允许他们下船吗？那几千犹太难民不是根本找不到一个允许他们靠岸的国家吗？那船不是又开回去了吗？那几千死里逃生的犹太人不是等于又被逼回了地狱吗？会有好下场吗？德国将波兰占领了，占领了不就占领了吗？也使法国投降了，美国不是照样若无其事吗？当年美国要独立的时候，法国可是出了军队帮助过美国的。德国继续进攻苏联，不少美国政客不是还幸灾乐祸吗？他们中，哪一个不是天主教徒或基督教徒呢？什么国际正义，人道主义，这几年还起什么作用吗？所以，我已有点儿把这世界看透。即使自己也挨打了，那也是各疼各的，感同身受同样是漂亮话。除了父母与儿女的关系，世上哪有什么感同身受一说？兄弟姐妹之间，还要看关系如何呢。所以，我既无力拯救世界，那就只能做一个无国之人了……"

他母亲一句接一句说了一大番悲观厌世的话，他小姨半响才开口说："姐的话听来像是在批判我。我可做不成无政府主义者，既然已加入了美国籍，而中国的命运又难以预料，那我就还是以成为美国人了为幸。并且我相信，美国一参战，世界的局面会有所改变的。"

她的话刚一说完，他小舅回来了。他一回来，姐俩也就不议论刚才的话题了。

世杰为自己倒了杯凉开水，一口气喝下去，也不坐，站着对两位姐说："斯图尔特入伍了。"

淑兰转脸看着妹妹问："他在说什么人？"

淑娴告诉姐姐，弟弟说的是五次获奥斯卡奖提名，最终凭在《费城故

第九章

事》中的出色表演摘得影帝桂冠的那位大影星，并笑着对弟弟说："你说晚了，都是几天前的新闻了。"

淑兰低头寻思着说："我离开美国多年，几乎不记得他了。《费城故事》我是看过的，影帝对他名至实归。"

世杰又说："以后他就是列兵斯图尔特了，军籍编号0433210，薪水从每周1.2万美元减至每月21美元，并且他每月仍向自己的经纪人支付10%也就是2.1美元的佣金。"

淑兰不禁问："你怎么会知道得这么清楚？"

世杰说："报上登了对他的经纪人的专访。他对现在的'二战'似乎具有异乎寻常的预见，多年前就与友人集资创办了'雷鸟'战时飞行学校，时刻准备以军人身份报效国家，现在他如愿以偿了。"

高坤忽然说："我在表哥的房间见过他的照片！"

他说完跑出去了。

淑兰说："都忘了他也在了，咱们真不该说那些。"

淑娴说："说了也就说了，他不是小孩子了，听听无妨。"

淑兰看着弟弟问："我怎么觉得你有心事？"

世杰诚实地说："是的。"

淑娴试探地问："恋爱方面？"

世杰说："我的恋爱结束了。"

淑娴惊讶地问："怎么会！你的原因还是她的原因？"

世杰说："我的原因。"

淑兰紧接着问："那你不是伤了人家阿黛姑娘的心？她可是位好姑娘！"

世杰无比内疚地说："是啊。不过，她理解我了，也原谅我了。"

淑兰连连摇着头说："世杰，世杰，伤害了别人，被原谅是一回事儿，自己良心上过不过得去是另一回事。我们赵家人为人处世的座右铭之一可是，宁使人负我，绝不先负人。如果你说不出什么正当的理由，你认为父亲母亲也会理解你，原谅你吗？"

"大姐……"

世杰正想说什么，高坤跑回来了，将手中纸卷一垂，竟是斯图尔特的印刷照——非是剧照，而是身着戎装，英姿勃发又气质儒雅的标准照。

高坤说："我表哥崇拜他！"

淑娴看着说："以前，他在我心目中只不过是大明星。以后，我尊敬他了。小弟，你帮我一下，钉墙上。"

高坤说："表哥还让我还回去呢！"

淑娴说："告诉他，归爷爷家了。"

淑兰说："不好吧？我记得小弟曾想挂过，被父亲训了一顿。"

世杰说："那时他是明星，现在他是反法西斯的空军战士了，此一时彼一时。"

于是淑娴吩咐高坤找来图钉，她和世杰将那印刷照按墙上了。

淑兰又说："虽然，我只在哈尔滨生活了几年，但是据我所知，中国那边，仅东三省，出生入死抗日并且英勇牺牲了的人，几乎月月都有。若将他们的照片都挂墙上，到现在为止，估计那墙得几里长。若将全中国那样的人的照片都挂起来，就只有长城才挂得开了。遗憾的是，咱们在美国的华人，知道得太少了。"

世杰说："大姐，你应该在唐人街多讲讲他们的事。"

淑兰说："有时我也那么想过，可……我自己毕竟知道得也不具体。"

淑娴说："即使将你刚才那番话多在唐人街上讲讲也好。纽约不是还有华文报吗？如果多少了解些情况的人谁都不讲，连华文报上也只有关于美日之间的战况可看了。"

淑兰沉吟着说:"那倒是,找机会吧。"

世俊忽然也来了——他们的母亲身体又不太好,他是为母亲送药汤来的,他放下罐子,闷声不响地坐在椅上。两个妹妹一个弟弟见他情绪低沉,气氛顿时凝重。

淑兰问:"哥,你也有心事?"

世俊反问:"我也有是什么意思?你们谁还有?"

淑兰说:"世杰他把他的婚事给弄吹了,那是他的心事。"

世杰说:"我声明,那已经不是我的心事了,我已经没有心事了。"

世俊说:"有也罢,没有也罢,你的事,我懒得管了。我当哥的,今天再教诲你一次,最后一次了——世杰你给我记住,咱们赵家是有家风的,咱们赵家的家风不允许出一个浪荡公子,就这话!"

他说罢,转脸看着淑兰又说:"德军快将半个苏联占领了,像日军在中国那样,二战的结局到底会怎样?我是完全看不透了。可我们的孩子年龄又都小,在美国还只不过是移民,他们将来的命运会怎样?我现在的心事是这个。"

"赵世俊,你在胡说些什么?"

楼梯上忽然有人呵斥,兄弟姐妹四人同时望去,见他们的父亲不知何时已站在楼梯中间,一手扶栏,一手拄杖。分明的,将世俊的话全听了去。

世俊慌忙起身,欲上前搀扶。淑娴却已抢先,快步走到了楼梯前。

赵而已在楼梯上说:"谁也不许扶,我自己行。"

兄弟姐妹四人便都担心地看着父亲,随时准备上前救险。赵而已倒也有自知之明,一手不离栏,一手不离杖,一步一停,缓慢而稳当地踏下楼梯,走到长子跟前,板着面孔略弯其腰,严肃地也是研究地看着长子。

世俊被看得不安,欲往起站。

赵而已却说:"你只管坐着别动。你们三个,也都给我坐下去。"

于是世杰和两个姐姐也都惝惶地坐下了。

淑兰说:"爸,我们全都坐着,听您站着说话,不成样子。"

赵而已说:"有些话,我更想站着说。你们刚才在聊什么?"

淑娴怯怯地说:"在聊德苏战况。"

赵而已转身看着世俊又问:"于是就引出了你那番话?"

世俊垂下头低声说:"若我不该那么说,请父亲批评。"

赵而已说:"你当然不该那么说!在我们赵家,你作为兄长,却向妹妹弟弟散布对战况的悲观情绪,我替你感到羞耻。抬起头来!"赵而已语气异常严厉,两个女儿和小儿子,从没见到过父亲如此不留情面地训斥他们的兄长,这使他们更加惴惴不安。

"爸,您还是坐下说吧。"

淑娴欲扶他坐下。

"我已经说过了,这会儿我更愿意站着!"

他连看都没看小女儿一眼。

世杰向大姐使眼色。

淑兰领会了,便说:"爸,您别生气,我认为,其实我哥说的也是实情。"

赵而已终于不再瞪着世俊了,向淑兰转过脸,愠怒地说:"那我也替你脸红,亏你还是受过大学教育的人!"

淑兰也被训得低头沉默了。

世俊自辩地说:"爸,得道多助,失道寡助,这个道理我们并不是不懂。对于战况,我们毕竟比您关注得更多些……"

"住口!比我关注得更多你还说那种话?今天我不跟你们讲大道理,只给你们上一堂军事课!在古代,一个强国或几个强国联合起来,灭亡了另一个国家，灭亡了也就灭亡了。古代的弱国往往是小国，灭起来容易。所以在古代，根本就没有什么国际正义可言……"

"现在就有了吗？如果有，中国的抗战为什么孤立无援？波兰被全面占领了，中国就要被全面占领了，苏联也是，而法国投降了，菲律宾和朝鲜都已成了日本的口中肉，德、日、意三国分明企图瓜分世界，正义在哪里？"

淑娴也忍不住插了一嘴。

赵而已此时才正眼看她，训道："你以为世界像江湖？靠一名天下第一的武林高手就能替天行道、匡扶正义了？德、日、意三国结合成了轴心国，德、日两国又是军事强国，单独的任何一个国家，能对抗得了它们吗？可现在局面不同了，美国一参战，美、英、苏、中四国不结盟也是同盟国了，力量就大了，你们为什么都看不到这一点？苏联领土广阔，人口众多，俄罗斯又是一个不甘屈服的伟大民族，哪那么容易就会被一个比自己小得多的德国给全面占领了？历史上有过这样的先例吗？德国在苏联把战线拉得那么长，军事上就是软肋……"

他忽然不说下去，目光被"斯图尔特"吸引住。

淑娴赶紧说："爸，他是……"

赵而已说："我知道他是谁。我对世界大局的关注一点儿也不比你们少，包括那个人的事。"

淑娴说："如果爸不喜欢他，我现在就取下来。"

赵而已仍目不转睛地说："让我多么喜欢一位好莱坞演员，那也太难为我了。不过他例外，可以做个框子，把他镶起来。我们赵家人，对一切敢为民族安危、国家安危和世界安危赴汤蹈火出生入死的人，都要心怀敬意。"

两兄弟两姐妹终于都笑了，而世杰则将父亲扶坐在椅上，这一次赵而已没拒绝，坐下后又说："但愿咱们中国，也有更多他那样的人。"

淑兰说："爸，不但有，还不少。"

赵而已说："这我也知道，所以我说有更多。"

他环视着儿女们，继续说："以后，中国会有千千万万的抗日志士，包括某些军阀。中国之败，不仅是由于军事装备上处于劣势，民国以来，所谓国军，基本上是由大小军阀组成的。倘若没了军队，军阀何以为阀？连蒋委员长也在乎这一点。所以，都有私心，怕在与日军的交战中损失了自己的军队，没了以后割据一方的资本，那打起仗来还会不败吗？但是呢，日寇猖獗，欺我太甚，军阀和他们的军队中被激发起爱国血性的人同样会多起来，所以中国断不会亡，你们同意吗？"

儿女们皆点头。

世杰趁机给父亲倒了杯水。

赵而已喝一口，放下杯，自语道："唉，今天呢，我也是借个机会，将往日心中的所思所想倾吐一番，要不，我这心里不是也会憋得难受嘛。"

他说完摇头不已。

儿女们也都理解地笑了。

世杰问："爸，您想说的话全都说完了？"

赵而已说："你半天没插话，现在允许你有话直说。"

世杰正色道："爸，趁我哥和我两位姐姐都在，而我妈不在，我一定要把我个人的事向你们汇报一下……我的汇报呢，现在还不想让我妈知道……"

"世杰！"

淑兰厉声制止他，以为他要"汇报"他的婚变。

淑娴也说："父亲的情绪刚好一点儿，你可别汇报什么使我们都为你操心上火的事啊！"

世俊紧接着说:"你要是孝子,就听你二姐的。"

赵而已却说:"好事坏事,都让他说吧。这一向,世界危若累卵,我也顾不上关心他个人的事了,现在应该关心一下。世杰,你是不是要说你的婚事情况啊?只管照实说来,说吧说吧。"

不料世杰说出的竟是:"爸,哥,大姐二姐,我已经是一名'飞虎队'的地勤兵了。"

他此言一出,父亲、哥哥和两个姐姐全愣住了,皆目瞪口呆。

而他自己则如释重负,独自站在那里微笑,一副破釜沉舟的样子。

赵而已虽然听明白了,却又显然不愿面对事实,转脸问世俊:"你弟什么意思?"

"我想……他的意思是……他刚才是在告诉咱们……"

世俊结巴起来。

"直说啊!"

赵而已生气了,用手杖使劲捣了一下地。

淑娴已噤若寒蝉,看着一个带来了对全家不利的坏消息的陌生人那般,吃惊地看着世杰。

世俊则求助地看淑兰。

"你看她干什么?!"

赵而已的手杖又捣了一下地。

淑兰也不知自己该说什么了,只得问她弟:"你……你刚才是在向我们宣告……你已经参军了吗?"

世杰平静地说:"正是。去年我就参加了斯图尔特创办的'雷鸟'飞行学校,还见到了他本人,他对我很友好,我这名学员是免费的。因为我的身体条件不能成为飞行员,便只着重学了飞机检修和地面配合。陈纳德将军的'飞虎队'成立后,急需地勤兵,我已去报名了,并且顺利通过了考核。他们对我很满意,所以我是一个兵了,尽管现在还没穿军装……"

"你你你……你给我转过身去!"

那世杰说得小事一般,赵而已却已气得发抖,猛地拄杖站起。

哥哥和两个姐姐呆如木鸡之际,世杰乖乖转过身去,转身那会儿还朝他二姐顽皮地挤了下眼睛。

赵而已怒喝:"跪下!"

世杰顺从地跪下了。

赵而已举杖便打。

世俊也赶紧站起,双手攥住父亲高举在半空的手杖,慌乱地说:"爸,爸,用这个可不行,会把我弟打伤的……"

淑兰趁机夺下手杖,而淑娴四处看看,急忙从大瓷瓶中抽出鸡毛掸子,讨好地递给父亲,并说:"爸,用这个,不费您的劲儿,打在他身上还疼,照样解气!"

"闪开!"

赵而已将长子和两个女儿喝退,倒拿鸡毛掸子,起落如鞭,一记记狠抽在世杰背上。那可不是佯打,看来他是真的生大气了。

世杰每挨一记打,身子便本能地挺直一下,看来他也是真的疼。

当父亲的打一记问一句:"是你个人的事吗?你眼里还有父母吗?还有哥哥姐姐吗?还有这个家吗?还有阿黛吗?"

世杰的身子每挺一次,他哥他两个姐姐同时心疼地闭一下眼。

世俊忽然也跪下了,还扯淑兰的衣襟。他没跪在弟弟旁边,而是跪在了弟弟背后。

赵而已手中的掸子落不下去了。

淑兰跪在她哥旁边了。

淑娴跪在她哥另一边了。

第九章

赵而已毕竟已经年过六旬，平时又喜静不喜动，实际上身体并不像他自以为的那么好，虽然没什么病，却长期属于一个体弱老者。他自己深知此点，所以一向话少，尽量使自己的情绪保持在一种不急不躁、神闲气定的状态。可他作为唐人街的精神领袖，哪里又超脱得了呢？排开爱国不爱国的姑且不论，家族情怀也每令他多思少眠，忧虑重重。他们赵家的后人，已不仅都是闽地人氏了，迁居于全中国各省的，少说也有几十口了。那几十口人中，特别是与他的儿女们同辈的人，虽然并非全与他这一门赵家有书信往来，但只要有谁给他写信，他一向是欣喜异常，视若珍物的。并且必亲笔回信，不分对方是长辈还是晚辈，一律平等对待。他已经有三十几年没回过故乡了，对故乡的回忆已是这老人晚年的一种愉悦。他明白自己的身体经不住往返于中美之间那种长途旅程的颠簸劳顿了，早就自行了断了念头。却也正因为了断了，对族人们的生活怎样反而越发牵挂。诚所谓"怎不思量，除有时梦里曾去"。对在来信中请求经济帮助的族人，他一向或多或少都有付出。受骗之事是发生过几次的，有时是别人冒充族人的名义骗了他，也有时确乎是族人中的不争之徒骗了他。偌大一个延续多代的古老家族中，正人君子有之，市侩之辈也自然而然地出现了。他是不愿接受这一事实的，但儿女们却往往一起看不过眼去，常委婉地批评他。批评得他窘了，只得说："好好好，听你们的，下次慎重就是了。"而下次，又犯了判断不明的错误。要使他那样一个族亲观点甚重的人看穿哪一封族人来信中的请求是真，哪一封是假，着实是难为他的事。实际上，他个人名下的小金库钱已不多，他做"散财童子"从中年做到老年，所散钱钞加起来，比长子和两个女儿结婚时给予他们的还要多。所幸他老伴并不依赖他的小金库养老，儿女们孝敬她的钱，已足够她为自己的晚年另设小金库了。也所幸，唐人街上没人骗他的钱。他们遵循"有借有还，再借不难"的原则，一向讲信誉。在唐人街，在当年，如果谁在借还方面失信了，那在唐人街就没法待了。在唐人街都没法待了，在纽约还有法待吗？

当年，信誉是唐人街上华人之间重要的、皆不敢掉以轻心的生存法则之一。

赵而已最怕的事，便是某日忽又收到族人来信，信中传递了某人甚或某一家罹祸于日军暴行的噩耗，倘若那某人还是他的同辈人，那么他必会长悲积心，他深知自己确实受不了那种情感打击。有些人是与众不同的，赵而已天生多愁善感，少年时如此，老了更那样了。这与后天的家庭和文化影响有关，基因的关系似乎更大些。他的父母也那样，这种人拿自己的天性毫无办法。实际上保存在他记忆中的族人，多半是自己的长辈和同辈，有些长辈已谢世，然而他常以为他们还活着，每想主动给他们写问安信，经儿女提醒才怅然作罢，作罢而后恍然若失。他对同辈人的记忆，又往往是他们或她们少年时青年时的样子。虽然三十几年前他回过故里一次，见到过几位已近中年的同辈人，但回到美国后，渐渐地又淡忘了他们的样子，所能忆起的，仍是少年时青年时的他们。南京大屠杀惨案发生后，他常做噩梦，梦到至亲至爱的族人惨遭屠戮。在相当长的一个时期内，他因而患了严重的忧郁症。所幸他是医生，靠自己配的药抑制住了病情的发展。

与同辈族人之间的亲情，是他情感世界中的恒产。他这人不能没有那份恒产。他对中国的爱，是以那份恒产为基础的，而不是反过来。他对家族中的大多数晚辈都没什么印象，甚至可以说，若他们不代表家长给他写信，他并不确知他们的存在。他爱他们，乃是对长辈和同辈族人的爱的延伸。他对中国的爱，亦由对他们的爱而具有了未来性。若中国的未来不好，他们的未来必定也不会好。即使某些族人的命运还是挺好甚或很好，那也只能是个别之好。而他愿他们都好，进而愿全中国的青年未来都好。

然而他毕竟已是老者，以生命状态而论，在许多方面都弱化了，退化

第九章

了——只有两方面非但没弱化没退化，反而强化了，便是家族牵挂和医术。在医术方面，他医人无数，经验几成特异功能。而在前者，若无日军在中国犯下的一系列罪恶，他肯定还不至于那么牵挂。家园情怀表现在他身上十分符合人性逻辑，即"思故乡以想象兮，长太息而掩泣"，由是"中夜四五叹，常为大国忧"，"谁怜爱国千行泪，说到胡尘意不平"。只不过，其家已入美国籍，儿女诞于唐人街。心系之家，实一族也。所爱之国，曰祖国耳。

儿女们与他却不尽相同。除淑兰在哈尔滨生活过三年多，世俊、淑娴、世杰都没回到过"祖国"，对于"祖国"毫无印象，与家族的关系亦若有若无。儿女们所认识的族人，皆夹于收信中的照片上的同代人。正如赵而已与族人中的晚辈颇为隔膜，儿女们与族人中的长辈亦联系甚少。他们并不像他那样经常"思故乡以想象兮"，更不会"长太息而掩泣"。实际情况是，十年前他们并不多么的思乡，"祖国"对于他们也只不过是一个概念。他们经常所思所虑所忧所愤的，是他们明明已加入了国籍的美国对华人的漠视和歧视，以及如何才能改变现状，真正融入美国社会，真正获得自己是美国人的良好感觉。"九一八"后特别是"七七事变"之后，"祖国"与他们的关系才一下子紧密了。因为中国军队之节节败退，使他们作为华人在美国尤觉自卑，尊严扫地。他们也会"中夜四五叹，常为大国忧"。起初是忧，到1943年时，已是"哀其不幸，怒其不争"了。"祖国"不再是概念，似乎确实是非常之"关系"了。可它的不幸与不争，使他们在美国的诸种愿望，即将成为泡影。

长子世俊已近中年，以前也曾是个爽朗快乐的人，可十年来却变得像父亲一样沉默寡言了。一方面，是基因决定的。基因的影响，往往在人接近中年时更加凸显，但外因的影响也是那么的无奈。他岳父家族的商务由于国际风云的冲击每况愈下。作为女婿，不忧此点根本不可能。另一方面,他又是他们赵家的长子,事实明摆着,赵家依靠中医世家这块金字招牌而齐家置业的中兴时期已成过去,仿佛更是唐人街上主要而古老的中国元素的象征了。连唐人街上的新一代华人,也开始青睐西药了。若治某病的西药与中药等价,他们的首选往往是西药。如果没有他岳父那方面和妹夫高鹏举的周济,不但他一家四口的日子难以为继,他们赵家的将来会怎样,他也是看不到好兆头的。而仰仗岳父和妹夫周济的日子,使他作为赵家长子情何以堪呢?将来妹妹淑娴和弟弟世杰的生活一旦出现危机,那又该靠谁周济呢?靠兄长的岳父和靠姐夫吗?那是说得过去的事吗?他父母住的那幢小楼早该维修了,但需要一大笔钱。父母是拿不出的,他也拿不出。怎么办啊,再不修快成危楼了。本来,作为赵家长子,他应义不容辞地肩起父亲对唐人街兴衰所负的种种使命,可他并不打算肩起,连作为长子对他们赵家的责任他都不知怎样才能尽好,更遑论对唐人街的使命了。世俊之皈依基督,乃是"七七事变"之后的事。"九一八"后他还没那样——"祖国"不过就是失去了东三省,而且也许是暂时的,不定哪一年,国军一鼓作气反攻过去,不就夺回了主权吗?那时他对中国的局面还未泯乐观。但"七七事变"后,他一下子对"祖国"之命运陷入了彻底的悲观。他明白国军那种溃败根本不是什么战略性撤退,直接就是一番番的逃败!但在家里又不能那么说,大妹妹淑兰是女国民党员啊!而且还是挺维护本党形象的一员!他也每每"中夜四五叹",不过已不再仅为"祖国",主要是为他们赵家的将来了——为大妹妹淑兰:万一妹夫在哈尔滨那边有什么不测,撇下大妹妹孤儿寡母地寄生于娘家,长居于纽约唐人街上,也成为受歧视的华人中的母与子,那将是多么可悲的事!然而,每次在自己家中向基督替家人一一祈祷之后,他也必会替"祖国"虔诚之至地进行祈祷——"祖国"命运有所改变随之向好,他们赵家的境况才会逐渐恢复元气,这个因果关系他是明察深谙的。

第九章

赵淑兰是在纽约大学加入国民党的。当年她同学中有一名华裔女生，父亲是国民党要员，且社会口碑颇正。胡适是她俩共同欣赏的人物，二人不但经常在一起谈论胡适，也每议到胡适的文化圈朋友们的道德文章，日久天长，遂成密友。淑兰是正统观念极强的女性，国民党是孙文领导的党，先入为主的认知使她心中有敬。同盟会、黄花岗七十二烈士、辛亥革命、黄兴、廖仲恺、蔡元培、北伐、汀泗桥大败吴佩孚……她对国民党的认知，局限于该党的早期人物和功绩。黄兴逝后，纽约的华文报上曾载孙中山悼黄兴的挽联——淑兰见到，反复吟哦，末遍竟至于泣下。在她心目中，蒋介石不啻是黄兴第二——中山舰上誓死护中山，汀泗桥前挥师败吴帅，功莫大焉。既是孙中山的接班人，当然也便是中华民国的希望之星。能将各路军阀收编于麾下，证明亦有一等之谋略。对于共产党，她却所知寥寥。当年美国的报上，根本不曾正面报道过共产党。而对于国民党"大清洗"时血腥屠杀共产党人的劣迹，她很长一段时期内更是一无所知。后来也有所耳闻，却以为是别有用心之人对国民党的抹黑。故所以然，当密友介绍她加入国民党，她欣然同意，觉得能加入一个卓越人物辈出的党，实在是自己的荣幸。而那不过是填一份表的事，她同学说填过就算加入了。她问以后应履行哪些义务，同学说无须尽任何义务，国民党多她不多，少她不少，只不过是缘于友情为她以后好，愿帮她。有了国民党员这一身份，将来随丈夫回国时不是多了一道护身符吗？毕业后，那女同学与广州的一位富家公子双双去了英国，起初尚有书信往来，逾年对方不再回信。当她写去的第三封信也如泥牛入海，就识趣地不自作多情了。然而她对于自己毕竟成了国民党员之事却是严肃看待的。后来，即使在纽约，华人间特别是唐人街上的华人间对蒋委员长对国民党的微词也渐多。虽没什么公开的反蒋反国民党之言论，抱怨情绪却日甚一日。她若当面听到了，每每借故避去——她承认那些抱怨自有理由，使她想要维护本党的形象都难以维护，但内心里，却不禁会以另外一些理由替本党开脱。那情形宛似业已嫁作他人妇的许多女性，丈夫纵有百般过错，自己说得，别人说时是不爱听的。直至那时，对于国民党在"祖国"的种种恶行，她依然半信半疑。因为不论她在美国或在哈尔滨看到的任何一份报，从不曾登过那些内容。她所"了解"到的，大抵是口口相传之事。而她是较真的人，信报远胜过口口相传。曾经，她产生过非常狂野的幻想，希望自己能成为华人中的圣女贞德，具有神所赋予的英勇和号召力——那么她将义无反顾地回到"祖国"，率领男人们驰骋疆场。她那种幻想的结尾从来不是悲剧式的——自己没被活活烧死，而是大功告成，既使日寇败逃回了他们的岛国，也替本党洗刷了起先的耻辱，于是功成身退，退出了国民党，荣归她本人的故里也就是纽约的唐人街，受到了欢迎英雄那般的夹道欢迎。其幻想既不符合她这类特理性女子的心智，也不能实际上对她那颗美籍华人的自卑心起到安慰。她曾试图以写小说来排遣心中苦闷，并且她是有几分文学创作的潜质的，前几章也自认为写得不错，但忧夫忧"祖国"忧本党那种从早到晚纷乱重叠的坏心情，使她根本无法继续下去，于是付之一炬。后来，内心装不下那许多愁了，只能将对本党之忧放在一边，只忧丈夫之事与"祖国"之事了——此二忧在她那儿是撕扯不开的，所谓"才下眉头，却上心头"。她也同儿子一样，常做噩梦，梦到丈夫被日本人杀害了，醒来吓出一身冷汗，接连数日惊魂难定，提心吊胆。但她却从不说，而儿子必说。

1931年至1943年十余年中，只要是一个华人，不论已加入了哪一国的国籍，不论已在哪一国生活了几代，不论穷或富，不论文化水平高的或文盲——只要是一个正常的人，只要在中国尚有至亲，如父母、兄弟姐妹，那么大抵都会做过几次噩梦。世界再不将中国之痛视为痛，南京大屠杀的事实还是会不胫而走。这暴行使生活在每一个别国的华人皆受到了空前的大震动，伴随着大惊恐与大憎恨。日军在南京的罪恶，使他们明

第九章

白——在任何被日军占领的"祖国"城乡,彼们杀起中国人来都不会觉得是罪恶。一旦杀得性起,不分穷富,不分有文化还是没文化,不分男女老幼,一律以残杀为能事为快事。赵淑兰对于此点倒是不怀疑的,因而她对于日军之恨达到了极度,也从不说,因为这话题总会引起听者的血腥联想。在她唯一做过的解恨的梦中,为了给遇害的丈夫复仇,自己竟如女侠那般,连续手刃数十敌,并都是以取首级的方式结果对方的性命。猛醒后终夜失眠,忧丈夫若果尔遇害,自己和儿子在唐人街上究竟该怎么生活下去,细思极悲极恐,拥暖被却不寒而栗……

再说淑娴——她对她姐加入了国民党一事,亦如姐夫那般觉得荒唐。却不像她姐夫似的,一笑了之,如过耳风。她挺认真地思考过姐那事,认为未尝不是她们赵家与"祖国"之间的又一条纽带。族亲固然是纽带,但她们四儿女除了通过信件记住了某些族人的名字,实际上一个都不认识。依她想来,国民党是国党,姐姐加入了"母国"之国党,起码使赵家人以后的人生多了一条退路——如果哪一天"母国"的局面好了,而美籍华人在美依然遭到种种歧视,她想自己不应排除回到"母国"之闽土的考虑,她对华人所遭到的歧视已经忍受得够够的了。尽管,华人只要安分守己地生活在划定地界的唐人街,什么歧视不歧视的也不是多么的显然。但她那种人哪儿是"唐人街"三字所能囿得住的呢?既已明明是美国人了,她便希望自己在美国的每一处地方与任何一位美国人平等地出现、活动。在此点尚难争取之前,她不但立志要做唐人街的守望者,还要为美籍华人的平等权而努力奋斗。她秉持无政府主义,与其说是信奉,莫如说更是一种思想的内心抗议。弟弟世杰曾取笑她说是:"与看不见的对方较劲,而对方却不知她的存在,所以归根到底是自己与自己较劲。"她与世杰之间的思想交流最多,互相揶揄挖苦几成常态。关于她姐加入国民党的事,姐不许她告诉任何人,她也就守口如瓶,连弟弟也没告诉。

至于赵世杰这赵家最小的儿郎，唐人街上的快乐青年，那年仍是一个喜欢直截了当地、逻辑极简地看问题想问题的青年。那时"祖国"一词早已在中国的报章书籍中出现了，而他是四儿女中与唐人街之"外界"接触最多也较深入的一个，所以他头脑之中早已经装入了"祖国"二字。与其父辈们所创的"母国"一词相比，他更喜欢"祖国"二字，觉得"母国"一词未免老气横秋，意象过于刻板，发音上也不如"祖国"二字那么自然，那么朗朗上口。对于华人遭歧视的现象，他并不像哥哥姐姐们那么敏感，更不至于像哥哥姐姐们那么义愤填膺。这和他与"外界"的接触面有关——百老汇和大学校园，是美国种族歧视相对少得多的两处地方。他虽然也遇到过被歧视的时候，大抵总会以更加彬彬有礼的姿态来化解。那种时候他常微笑着说出的两句话是——"我的祖国目前确实很糟糕，所以我能理解您对我的歧视。但是如果反过来，我会对您很友善，祖国陷入厄运的人是理应被同情的。""实在抱歉，我非胡适先生，亦非赵元任，可我并不是一个浑浑噩噩的中国青年，我也有一颗奋发努力的心，请多给我一点儿美式勉励，以使您日后再见到我，会少一点儿歧视别人的不爽心情。"

只要对方不是彻底的浑蛋或恶棍，听他那么微笑着自觉低姿态地说了以后，没有不羞愧的，有人还会随之道歉。而他，则会不失时机地、娓娓道来地宣传，中国曾经的驻美大使胡适先生，已经在欧美各大学获得了多少博士头衔。而赵元任这位中国语言学家，在美国的大学里又是多么的受同事尊重。接着，会如数家珍地告诉对方，美籍华人绝不仅仅是唐人街上那些华人，还有谁谁谁等各界华人才俊，在美国已经成就突出甚至卓著。这方面他知道得很多很详细，常使对方不由自主就听呆了，涨知识了。倘看出对方并不反感，仍想听下去，那么他就会趁机宣传"我的伟大祖国"有多么悠久的历史，多么灿烂的文化，而相比于美国，命运又是怎样的多苦多难，当下又是多么的水深火热，哀鸿遍野，满目疮痍。这华人青年并

第九章

不因自己已经加入了美国籍而讳言中国是自己的"祖国",他那么说时丝毫也没有心理顾忌,并且常常热泪盈眶,还每使对方也感动至极。如果他恰巧随身带了萨克斯,之后便会吹上几曲,结果总是会获得掌声。

他是幸运的,从没遇到过浑蛋和恶棍。他了解他们经常出现在哪里,明智地远离那些地方。即使他那些百老汇的朋友们邀他泡酒馆,他也会以酒精过敏婉言谢绝。那当然是借口,但实际上他也滴酒不沾。赵而已并不反对儿女们饮酒,只要不嗜酒成性,他甚至还开明地倡导儿女们在节日里都多少喝点,以增加手足之情。并且,他从中医的角度认为浅饮小酌对身体有益无害。哥哥姐姐们都乐于响应父亲的倡导,唯他这个小弟每以茶或饮料代酒。他滴酒不沾,起初只是为了考验一下自己的意志,后来是为了巩固自己的意志成就。

是的,在纽约,凡与他接触过的白人、黑人或移民自别国的美国人,对他这个烟酒不沾的,总是彬彬有礼、笑口常开、坦荡而又极有幽默感的华人青年大抵友好相待。他很有分寸地把握这种和睦、平等且十分难得的关系,使他们了解有修养的华人都是怎样的人,了解自己的"祖国"曾是怎样的国家。

简直也可以说,他是一位可敬可爱的、关于正面中国和正面中国人的感情真挚的宣传员,尽管没谁交给他这一任务。

他那么做源于内心的一种激情——祖国危在旦夕的时期,那种激情总是在他内心澎湃不止。他认为远在美国的自己应该为祖国做些什么,尽管自己已是实际上的美国人了,而他曾经的做法是他仅仅能做的。

在1943年年尾那天,接近中午时,当他父亲手中的鸡毛掸子打在他背上时,隔着衣服他感到了一下又一下的剧痛。长那么大,他除了牙疼再没体会过别一种疼。因为是儿女中最小的一个,父母和哥哥姐姐们都会在疼痛可能与他过不去时,以中医世家特有的种种妙方替他将疼痛挡住、驱除。

但当时的他身上越疼心里越是庆幸——因为他明白，藤鞭似的掸柄打在身上的力度越大，自己便走得越容易些，如果高举轻落，那么走不走得成都肯定是个问题了。

赵家有家规却无家法。儿女们从小到大向来都很懂规矩和道理，根本不需要什么家法。赵而已第一次实行暴力惩罚，而且惩罚的又是自己最爱的小儿子，这使他心里充满了愤怒。正如一个人所做的是自己本不愿做的事，他认为自己是被小儿子逼的。虽然，他相当放任小儿子享有几乎无干涉的自由，但参军这么大的事，小儿子竟也敢将生米做成了熟饭才告知，委实等于无视他这位父亲的存在。若是寻常年代，参军也就参军了，有什么不可以呢？事后告知也就事后告知吧，训两句而已，可以原谅。但目前的战局是多么凶险的情况啊，此时参军入伍难道不是九死一生之事吗？！

他毕竟已是老者了，平时又少动，生了那么大的气又使了一通劲儿，气喘吁吁，打不下去了。不是舍不得打了，而是头晕了，站不大稳了。

他握着掸子的手又举了一下，竟举不高了。淑娴回头看他一眼，见他浑身战抖，赶紧起身扶他坐在椅上。

他说："世俊，淑兰，你俩也起来吧。"

世俊和淑兰便也站起，垂头肃立于旁。

他问："世杰参军的事，你俩是装不知道呢，还是早已知道，替他瞒我。"

长子长女便如实相告，事先不知。

他又扭头目光严厉地瞪小女儿，那淑娴便也怯怯地撇清，一边还轻抚父亲的背。哥哥和两个姐姐，倒不是不想替弟弟分担惩罚，以往他们都是愿意那么做的。可今天这事，不但也令他们大吃一惊，而且说谎不但对弟弟没有了任何庇护的意义，对父母也无异于火上浇油。

第九章

赵而已垂了眼睛又问:"何日起程？"

世杰一听这话是问自己的，也不改变一下跪姿面向父亲，将身子又一挺，声音不高不低然而吐字清楚地回答:"四天以后。"

此时赵而已不那么喘了，紧接着问:"可算今日？"

世杰说:"算的。"

赵而已说:"那就是三天后了。"

世杰说:"今天才过去一上午。"

世俊大声谴责:"你还敢顶嘴？"

世杰说:"我只不过摆事实。"

赵而已倒也没再挑理，却也没睁开眼，继续问:"上午起程下午起程？"

世杰说:"九时报到。"

"那么，算上今日下午，你也只不过能在家里待两天半了，你居然还说四天以后。世杰，世杰，你自己应该知道，此一去意味着什么！你怎么可以事先瞒着我们，都到了这时候才如实相告？你倒是让我们如何是好呢你？……"

他眼角渗出泪来。

世杰却说:"爸，我现在才告诉你们，固然是错，理应挨打。我不知道飞虎队究竟肯不肯收我这华人青年，所以事先没说。我觉得，我参军这件事本身并没错……"

"还敢说你没错吗？"

连淑兰也忍不住训他了。

世杰终于改变了跪的方向，面朝父亲和哥哥姐姐了，上身也挺得更直了。

他振振有词地说:"爸，哥，大姐二姐，好莱坞明星都甘当列兵奔赴前线了，我何以不能？美国将军为了支援中国的抗日战争率队出征了，我身为华人青年，又岂可若无其事，等闲视之？彼人也，吾亦人也，彼义无反顾，我凭什么应该隔岸观火一般不思作为？而且，爸你曾说过，我们赵家的人，本应为祖国做些比灌一张唱片更实际的事！"

"什么唱片？"

赵而已困惑了，老泪却还在流。

"就是那首《义勇军进行曲》……"

赵而已似乎想起来了，问小女儿："你记性好，我那么说过吗？"

淑娴没吱声，只点了点头，也流下泪来。

那世杰膝行至父亲跟前，大声说："爸，你确实那么说过，我哥和我大姐也可以做证。孩儿不是想去当英雄，可，可……可我如果不……我还有何面目再见我那些美国朋友？就让孩儿去为咱们唐人街尽这一种义务吧！"

他也流下泪来。

赵而已陷入无话可说之境，双手捂面，发出一位老父亲在儿女面前难以克制的悲泣。

世俊和淑兰也哭了。

那日的午饭他们没吃成。

在小舅的房间里，高坤看着小舅脱尽上衣，背对小姨，由小姨给小舅涂药水时，自己也泪汪汪的了。小舅背上出现了一道道红印子——但他并非因此难过，而是因为小舅即将离开自己了。那之后，他仍会住在小舅的房间。在终日再也见不到小舅的日子里，他料定自己定会感到异常寂寞。没有人在他睡前给他讲关于东三省关于哈尔滨的种种传说和故事了，他不知自己果然睡不着时如何是好。

连黑虎也感觉到了情况异常，老老实实地蹲在小舅对面，不安又怜恤地看着他，想与他亲热而不敢。

小姨对小舅说："你怎么聪明一世糊涂一时呢？既然决定了今天非说那事儿，干吗一进屋就脱去大衣啊！"

小舅说："我也想不到父亲会用掸子打我啊。"

小姨说："是我把掸子递给父亲的。"

小舅说："后悔了吧？"

小姨说："不后悔，要不他用手杖打你了。"

小舅问："二姐，你是支持我的吧？"

小姨不吱声了。

小舅自言自语："我想你肯定是支持我的。"

小姨这才反问："听真话还是听假话？"

小舅说："临走前当然要听到二姐的真话了。"

小姨立刻说："二姐的真话那就是，我才舍不得你走！"

小舅笑道："这太使我意外了。"

小姨说："你要答应二姐，等战争过去了，一定得活着回来，还不许缺胳膊少腿的！"

小舅又笑道："我争取吧。"

小姨急了，板起脸说："不是争取不争取的事儿，是必须的！"说完猛地往起一站，捂脸跑出去了。

小舅转身看着他，一边穿上衣一边问："那么，你呢，支持还是不支持？"

为了使小舅开心，他细声细气地说："支持。"

小舅就要走了，干吗不使小舅开心一下呢？

"好外甥，支持我就对了！"

小舅果然显出开心的样子，笑得不那么勉强了。

他问："外公打你时，你为什么不喊疼呢？你喊疼外公不是就停止了吗？"

小舅反问："你看到了？"

他诚实地说："你说你参军了那句话时，我正从楼上下来。我在楼上陪外公下了一盘棋，见外公生气了，我没敢再往下迈，坐在楼梯拐角那儿了。"

小舅又问："那么你全看到了？全听到了？"

他点头。

小舅凝视他片刻，摇头道："那情形，那些大人之间的话，真不应该让你小孩子看到、听到。"

他却说："日本兵全都很凶恶是不是？"

小舅叹道："是啊，又凶恶又残忍，都像恶魔。"

他回忆着说："我在哈尔滨的时候，隔着我家窗子见到过日本兵，还有当官的。我不明白他们为什么那么凶恶，那么残忍。"

小舅又叹道："实话实说，小舅也不明白。"

他沉默一会儿，忽又问："小舅，万一你被他们抓住了该怎么办？"

他的话使小舅也沉默了一会儿，之后自言自语："我是不会被他们抓住的。是的，绝不会的，我才不会成为他们的俘虏！"

他从小舅的话中听出了一种诀别似的意味，一头扎在小舅怀里，哭了……

也许因为没吃午饭，赵家那日的晚饭极为丰富，也极热闹——世俊一家四口和淑娴一家三口全来了。仍是四个孩子一小桌，大人们聚齐在大桌上。赵而已命淑娴找出一瓶陈年老酒，连滴酒不沾的世杰也喝红了脸。原来他竟酒量不小，虽脸红却毫无醉意。哥哥姐姐嫂子姐夫见他有酒量，纷

第九章

纷敬他。他则凡敬必干，还主动敬父母，并且不止一敬而已，还二敬父母什么什么，三敬父母什么什么的，哄得赵老夫人笑得合不拢嘴。显然，除了赵老夫人，大家是统一了口径的，一个个绝口不提世杰参军之事。赵老夫人也就始终被蒙在鼓里，以为像老伴说的那样，久未在一起热闹热闹了，心血来潮。然而实际上并不多么热闹，甚至也可以说，气氛还挺沉郁。

倒是四个孩子那一小桌上的情形相反，除了高坤，另外三个笑声不断。王欢喜过来得早，在淑娴淑兰的配合之下，大显身手，做了一道道鲜汤佳肴。另外三个孩子大快朵颐，高坤快乐不起来。表哥、表姐和表妹对他所知道的事也浑然不知，小舅要求他保守秘密。他保守那一秘密实属不易——两天后，第三天的上午，小舅就要离开所有的亲人上战场了，可表哥表姐和表妹由于不知道，所以并没哪一个在那种情形之下主动去跟小舅亲昵，那样的举动会显得怪怪的。但小舅不仅是他的小舅，也是表妹的小舅，也是表哥和表姐唯一的亲叔叔啊！他觉得自己之保密，对于表哥表姐和表妹实在是太不公平的事儿。

那日他忽觉自己一下子长大了好几岁，因为自己能够十分困难地保守住一个自己所爱的人的秘密。

还好，小舅离开了大人们那一桌，坐到他们四个孩子这一桌来，受到了表哥表姐和小表妹的欢迎……

第十章

那天晚上,我觉得自己一下子长大了好几岁,不仅因为我牢记小舅和我母亲的嘱咐,十分困难地保守住了一个秘密,还因为我又开始想到"死"这件事了。如果小舅参军与死无关,则亲人们绝不会流泪并哭泣。也许相反,还会欢聚一堂为他祝贺。在哈尔滨时,我就由于目睹了叔公被残忍杀害的情形,而对"死"充满了恐惧。那时许许多多的中国孩子不但目睹过日本兵杀害中国人的场面,而且被残忍地杀害的往往还是自己的父母或亲人。很可能,他们也目睹了别的孩子被残忍地杀死的惨状。而我是一个生活在大别墅里的孩子,不但终日享受着父爱母爱,还有保姆随时照顾着。对于那些可怕之事我一无所知,如同出生不久的小动物皆不知道自己有凶恶的天敌。我在唐人街上又间接地领悟到"死"之令人心碎,那些亲人在中国惨遭屠杀的人们的痛哭使我心惊肉跳。如果他们的亲人属于正常死亡,比如老死或病死,他们断不至于哭得那般呼天抢地。从我母亲等长辈口中,我常听到一个新词是"法西斯"——法西斯主义,法西斯分子、法西斯军队、战争、屠杀、死——千千万万人的惨死,那些与"法西斯"三个字紧密相关的话,在我内心里逐渐形成了关于罪恶的逻辑,每一想到,便会从我头脑之中散发血腥混合着尸臭的令人恶心的气味,仿佛我

第十章

深吸一口气自己首先便能闻到。

"死"这个字不仅由于小舅参军的事儿使我觉得一下子长大了好几岁，有时还会使我觉得自己一下子老了似的——只有老人才会经常联想到"死"这个字啊！

第二天傍晚，小舅要我陪他去向阿黛姐告别。我不知他为什么要我陪他，没问。在他临走之前，我愿意无条件地服从他的一切要求。

他还带上了萨克斯，我也不明白他为什么带，还是不问。黑虎跟着我俩。

阿黛姐是唐人街上的漂亮姑娘。在所有与她年龄不相上下的姑娘中，她是最漂亮的。小舅和她在一起时，总是幸福得像和一位天使相爱似的。

阿黛姐的养父通告她后，让我和我小舅在裁缝店门外等一会儿，并伏在窗内陪我小舅说话。他对阿黛的婚姻极为满意，甚至也可以说喜出望外，荣幸之至。毕竟，我外公那一户赵家，在唐人街可算名门望族，而我小舅是唐人街上的白马王子。我从他俩的交谈中听明白了——连阿黛姐的养父也不知道我小舅参军的事，这使我不免暗自同情起那个男人来。

不一会儿阿黛姐出现了——年底的纽约也是很冷的，她穿上了棉袄，外罩一件挺新的青花布的外衣。青花布是指像青花瓷那种白底蓝花的布，花很密，蓝多白少。阿黛姐的老家在扬州农村，当地人将自己纺织的麻布染成花布，据阿黛姐说，也只会染成那么一种蓝白相间的布，却深受当地女子喜欢，从没有看烦的时候。唐人街还没有既能织出那种耐磨经穿的麻布，又能染出各种花样的人家，阿黛姐说那是工序麻烦的事儿。以前，只有她家备有那种花布，是老家人通过洋轮捎给她家的，唐人街上的大姑娘们很青睐那种花布做的衣裳。后来，阿黛姐和她养父也戴上了黑纱——日军在南京大屠杀前，顺路血洗了扬州。亲戚失联，不再有青花布供应给他们了，他们的活计减少，日子也比以往拮据了。去年和前年的春节，我见阿黛姐穿过那件外衣，说她就那一件了，舍不得常穿，穿旧就不会再有新的了。唐人街的人早早就穿上了薄棉裤，阿黛姐也和别人一样，她在棉裤外套了一条黑布单裤，裤脚绣着一圈红色小蝴蝶。自己绣的，她还是唐人街上的刺绣能手。我母亲曾夸她手巧，而我小舅说："踏春归来裤脚香。"我小姨则在一旁笑着说我小舅："你倒真会讨好她，可惜季节不对，原诗也不是那样的。"阿黛姐当时认真地问我小姨原诗是怎样的，小舅大叫："不许告诉她！"我小姨就说："让他自己告诉你吧！"我也想知道原诗是怎样的，当时不好问，过后又忘了，直到那日也还是不知道。阿黛姐脚上穿的是一双自己做的深褐色棉鞋，鞋口缝上了一圈雪白的长毛兔皮，特好看。她那一身，都是以往春节才穿的。分明，她脸上还敷了点粉，两颊补了胭脂，唇也涂红了，不是太红，却比平时显得红了。她是爱美的姑娘，会打扮，我小舅是唐人街率先洋派起来的青年。那时唐人街的许多人家在衣食方面还都尽量保持传统习惯，并非要执意固守，而是因为中式比之于西式省不少钱。我小舅单身一人，没生活压力，自己挣钱自己花，穿着已很西化了，再冷的天也没见他穿过中式的棉袍子。那日不怎么冷，他穿的是黑色呢大衣和黄色呢军裤，脚上是一双战地靴，都是从旧物市场买的。他将大衣的高领朝上翻起，这样就能护住半个耳朵了。他也挺爱臭美的，冬季从不戴棉帽子，嫌中式毡帽或棉布帽子不好看，并且会将他那一头浓发的发型压扁了。

我在中间，小舅和阿黛姐走在我左右，黑虎忽前忽后，忽左忽右。没走多远，听到阿黛姐的养父喊："阿黛，别总围着世杰的围巾啊，围一会儿要替他围上，冻着了他可不行！"

阿黛姐大声回答："记住啦！"

我小舅笑着说："你爸真好。"

我们三个走远时，变成阿黛姐在中间了。这样，她和我小舅可以互相

第十章

拉着手。不是她非要那么走，是小舅走到了她旁边。

出了唐人街那一端的街口，眼前是片荒凉的开阔地。唐人街的华人希望纽约市政府能批准唐人街再往前占一部分地皮，而我母亲和我小姨在协助我外公与市政府协商。这件事连唐人街的孩子们都知道，我听他们说的。从中国历经千辛万苦流落到纽约唐人街投亲靠友的华人更多了，唐人街再不多建些房子，许多人就无处可住。这一点不必谁告诉我，连我自己也看得出来。包括我在内的唐人街的孩子们和大人们一样，盼着我外公早日将事办成。听我母亲和我小姨说，倒不需要市政府出钱，仅批给地就心满意足了。后来的华人中某些在中国曾是富人，逃出中国时多少带了些钱财，有能力自己盖房子，也愿意借钱给别的同胞盖房子。已身在异国异市，他们仍愿在同胞扎堆的地方重建家园。对于中国的将来，他们大抵绝望了，比唐人街上的先来者们更绝望。因为先来者们不能多么实际地了解中国的种种悲惨现状，而他们则刚从那"可怕"的现状中侥幸逃脱出来。先来者们觉得，他们的感受是完全可信的。唐人街上终日的气氛，因而更加被愁云惨雾所笼罩。与出生在唐人街上的孩子们相比，我也是后来者，而且是来自最早被日军占领的"满洲国"，别的孩子就时常问我——"咱们中国的情况真已经很可怕了吗？"我初到唐人街时，不止一次回答过这类问题。那时我的回答往往是"不清楚"，因为我当时才四岁多啊。一有"新人"出现在唐人街谁家，并且带来了关于中国的新情况，孩子们又会那么问我。而我已十一岁了，再回答"不清楚"自己也觉得接近是敷衍，于是便会点头说："是大人们讲的那样。"

"就是……很可怕啰？"

"对。"

"你刚来的时候，可不是这么说的。"

"那时，怕实说了吓着你们。那时虽然也可怕，可还不像现在这么可怕……"

听了我的话，不论比我大还是比我小的孩子，就全都低下头默不作声。我们唐人街的孩子早已没谁开怀大笑过了，我们似乎集体地不会那么笑了。是的，我也早已接受了自己是一个唐人街上的孩子这一事实，我曾是一个哈尔滨的孩子似乎已成为我的"前世"。甚至，对于自己在"满洲国"有位父亲这一点——不知从哪天开始，也有几分讳莫如深了。初到唐人街时还没那种忌讳，后来渐渐有了。父亲千万别当汉奸，这成了我每长一岁就更加害怕的事。如果哪个孩子在唐人街开怀大笑，被大人听到了，不论那大人是自己的家长或别的孩子的家长，都会投以讶异的目光，而那目光中往往有谴责，仿佛那么笑不但是错误，简直还是罪过。没人教，我们集体地学会了微微一笑，笑不出声，因为大人们全都那么笑。

眼前的开阔地上有几处残垣断壁，显示有过石木结构的房子。小舅说那里曾是纽约黑帮的领地，而黑帮是纽约的祸患，杀人不眨眼。我曾问小舅，黑帮更坏还是法西斯分子更坏？小舅说没什么区别，法西斯军队是世界上人数最多的黑帮集团的军队。小舅常带我到那里去练萨克斯，每次都约上阿黛姐。残垣断壁中有一处最高，还存在着结实的楼梯。登上楼梯是一间小屋的框架，屋内有简陋的木桌椅，小舅说那里肯定是黑帮头头们当年打牌或议事之处，是他最喜欢与我和阿黛姐去的地方。

那晚我们三个又去了那里，照例都不坐在桌旁的椅子上，而是坐在阳台上。阳台只剩一根横梁了——我们三个都喜欢坐那儿，可将双腿垂下去，双臂伏在横梁上望远处，纽约的一个区在远处灯光璀璨。

月亮又大又圆，看上去很低，颜色与以往有些不同。以前我们晚上来时，月亮是浅蓝色的，或是银色的，那晚却微微发黄，像浅黄色玉磨成的，很不真实。但那晚的满天星一颗颗晶亮亮的，好像刚用水冲洗过的满天钻石。

第十章

照例是阿黛姐坐在中间。

我问阿黛姐:"月亮为什么会变色?"

她扭头看着我反问:"是吗?变色了吗?"

我说:"是的。"

阿黛姐说:"还真把姐问住了,这我可回答不上来,让你小舅回答你吧。"

小舅说:"月亮也有没休息好的时候,憔悴了。"

阿黛姐笑出了声。

我不满地说:"你当我是小孩子呀?"

小舅说:"你以为自己不是了吗?这样吧,你如果叫你阿黛姐一声小舅妈,我俩就都不拿你当小孩子了。"

我有些生气地说:"你不正经!"

他后天上午就走了,明天晚上肯定没时间再和我和阿黛姐一块来这儿了,多宝贵的时候啊,可是却还拿我当小孩子对待,使我不由得撑了他一句。

"嚯,生气了!你如果叫阿黛姐一声小舅妈,我当你面亲她给你看好不?"

小舅说时,隔着阿黛姐摸到我的耳垂,轻轻扯了一下。

我立刻大声说:"好,小舅妈!"

以前,在这地方,小舅不止一次亲过阿黛姐,却都是趁我不注意时快速地亲一下。那晚,我特别希望看到小舅郑重其事地亲一番阿黛姐。因为我喜欢她,盼着她早日成为小舅的妻子,也高兴经常叫她小舅妈。

阿黛姐却冲我嚷起来:"别上他的当,明明是他自己有那种想法!"

我说:"有那种想法才对,小舅妈!小舅妈!小舅妈!"

我望着润泽如玉的月亮大叫不止。

"停！"

小舅也大叫起来。

我的叫声一停，小舅立刻说："君子无戏言，小舅那么说了，当然得亲给你看！"

他将阿黛姐搂倒在他怀里，俯视着她的脸，说："你最有资格阻止我成为一名军人，可也只有你，一句怨言都不说，冲这一点我就应该好好亲你一番。"

阿黛姐小声说："求你了，多不好意思啊，他还是孩子。"

小舅说："阿黛，我是多么地爱你，这一点总得有个人做证。高坤，你以后要替小舅做证哈！"

他说罢，向阿黛姐俯下头去。

我定定地看着他俩，既不转脸，也不眨眼。

阿黛姐叫道："高坤不许看！快转过……"

话没说完，她的嘴已被我小舅的吻封住了。

我转过脸，抬起头，又看定那如玉的月亮，觉得它变模糊了，似乎哭了。

那时刻我不停地在心里说："我做证，我做证，我做证……"

也不知过了多久，阿黛姐的手搭在我肩上，她搂住我，细声说："看着姐。"

我向她转过了脸。

她问："你心里难受？"

我说："不知道。"

她用小舅的长围巾替我拭去泪，又细声说："今晚的事儿千万别到处讲，那会把姐羞死的。"

我说："记住了。"

第十章

小舅却在我俩身后吹起了萨克斯。

阿黛姐站了起来,向我伸出一只手,我拉住她的手也站了起来。我俩坐在木桌旁,小舅一边吹一边绕着我俩走,左摇右摆,陶醉极了。我觉他那晚吹得尤其好听,却忘了问他吹的什么曲子。阿黛姐忽然又站起,再次将我拉起,轻执我双手,与我跳起舞来。也不是什么正式的舞,就是踏着点曲声的旋律随便跳而已,阿黛姐却能跳得很好,那时她像吉卜赛女郎。为了使她跳得尽兴,我主动甩开她的手,拉起黑虎的两只前爪,继续与黑虎跳。黑虎是我忠实的朋友,我不愿在我高兴时而它被冷落。它也喜欢成为我的舞伴,跳得有模有样垂着长舌头笑。它开心的时候会笑——不热而吐舌头,那就是它在笑。

小舅吹累了,我和阿黛姐和黑虎也跳累了,我们三个就又坐到有横木的地方望月亮,望星星,望灯光,都不说话。阿黛姐忽然小声唱起歌来,她的嗓音很好听,我第一次听她唱歌。她一唱完,我就问她唱的什么歌,她说唱的是《四季歌》,在江浙很出名的一首歌。小舅说没听够,还想听,她就又唱了一首她家乡的小曲。

我们离开时,阿黛姐仍走中间,我和小舅走在她两边,都牵着她的手。经过一家夜宵店,小舅问我饿不饿,我说有点儿饿,小舅说那他请我和阿黛吃汤圆。小店里除了四十多岁的男主人再没别人,我们进入时,他正在听收音机。收音机里传出的是女子用英语广播的声音,我一句也听不懂,虽然我已经会说不少英语了,但听英语广播还是听不明白。我问阿黛姐能听明白吗,阿黛姐说只能听明白几句,是晚间国际战况报道。小舅告诉过我,店主人是我的东北老乡,吉林人,还曾是位诗人,英语水平很高,是最能与我小舅谈得来的唐人街的人。

他问小舅关不关收音机。

小舅说不必关,正想听。

我和阿黛姐吃汤圆和甜火烧时，小舅和店主人一边听广播一边用英语交谈。阿黛姐要求小舅用中国话与店主人交谈，小舅看我一眼，摇摇头。

阿黛姐问："情况不好？"

小舅点头。

阿黛姐就不说什么了，心情显然大受影响，吃得也慢。

小舅只顾听，只顾与店主人交谈了，根本没动他那碗汤圆，由阿黛姐和我分吃了。

我们走时，店主人终于又开始说中国话。

他问小舅："这个世界还有救吗？"

小舅说："放心，法西斯主义必败。"

他看着我说："但愿他们能看到那一天。"

小舅说："咱们大人也都能看到。"

我们在阿黛姐家门口站住。阿黛姐取下围巾替我小舅围上了，小舅却又替阿黛姐围上，并说："以后我用不着了，你冬天却可用，围着它就会想到我。"

阿黛姐在我小舅脸上飞快地吻一下，一转身进入她家，她家窗子随即黑了。阿黛姐转身之际，双眼晶亮，我知道那是有泪的缘故。

我说："小舅，我会做证的。"

小舅低头看着我笑笑，将手搭我肩上，一路搂着我往家走。

……

我在酣睡中被小舅推醒——站在床前的小舅已经一身军装了，他脚旁是一只军用背包。黑虎似乎预感到了什么，两只前爪直往他身上搭，像在阻止他。

我一下子坐起来。小舅"嘘"了一声，将手指压在自己唇上，示意我噤声。我扭头看窗，窗帘已拉开，天已微明，屋里不需要开灯了。

第十章

"可……可你不是明天才……"

我知道分别在即,无声地哭了。黑虎又过来哄我,舔我脸。

"你不是不愿再被当成孩子了吗?那就不要哭,听小舅嘱咐你几件事……"

他从桌上拿起两封信,坐在床边,交代我早饭后将一封信给我妈,要我带着另一封信去百老汇,找一位叫马丁的黑人萨克斯手,但一定要在我大舅或我小姨夫的陪同下去。说他希望我将来成为一名出色的萨克斯手,就目前而言,在纽约还是黑人萨克斯手的水平更高些,而马丁是他朋友,他相信马丁绝对能教好我,并已替我付了一笔足够的学费。

小舅将双手按在我肩上,与我抵了一下额,抚了我的头一下,起身戴上军帽,拎起军包,毫不迟疑地走出门去。

我呆愣了一会儿,扑到窗前,想打开窗子。可窗封上了,打不开。我没离开窗,凭窗外望,黑虎陪着我望。片刻,望见小舅的背影—— 一名新兵的背影,在唐人街上大步前行。那时的唐人街,寂静悄悄,家家户户都还没人出来,估计许多人和我刚才一样,还在酣睡之中。

我小舅站住了。

我小舅转过了身。

我小舅,他忽然一立正,朝寂静悄悄的唐人街敬了个军礼。他的手并没马上放下,保持着敬礼和立正的姿势,向右转,同时抬头望着我——也许并不是望着我,那么远又隔着双层窗,他肯定看不见我。

那么,他是在向自己从小一直住到那一天为止的房间,向同时住着我的外公、外婆、也就是他老父母和他大姐我母亲的家行军礼。

他成为军人后的第一次军礼……

我抱住黑虎,无声地哭成了泪人。

第十一章

那日的早饭并非只有我外公、外婆，我和我妈四个人一起吃。外公和外婆刚在饭桌旁坐定，我妈刚开始往桌上放饭菜，我大舅一家四口来了，接着我小姨一家三口也来了，便又分成大人一桌，孩子一桌。

我外婆对我母亲她们说："一会儿吃饭时，咱们大人都不许难过，更不许落泪，要让世杰这顿早饭吃得高高兴兴的。情况既然已经是那么一种情况了，就谁都不许责备他了，包括你。"

她说最后一句话时，目光看向我外公。

外公说："同意。吃完照相时，大家更要都高兴点儿。"

母亲看着我说："你小舅怎么还不下来？你去把他请下来。"

小舅嘱咐我交给我母亲那封信，是要等到吃完早饭后……他肯定没想到，那顿早饭与以往不同，吃得那么有仪式感，缺一不可。以往，他是可以独自睡懒觉，并不按时下楼一起吃早饭的。

我也没想到会是那么一种情况，只得说了句谎话："他还在睡着。"

"我去。"

小姨说罢往起一站。

"小姨你别……"

第十一章

我不由得大声阻止。

小姨不解地看我。

大人们和孩子们的目光全都集中在我身上,确切地说,是集中在我脸上。

"我小舅他……已经走了……"

我不能不说实话了。

小姨看着我,又缓缓坐下去。

外公和外婆互相看着,似乎都没明白我的话是什么意思。

我妈瞪着我问:"他到哪儿去了?"

"他提前报到去了,留下一封信,嘱咐我在早饭后再交给你……"

我说得很镇定,认为我必定会受到惩罚了。但替小舅受惩罚,我心甘情愿。

"你?!……高坤,今天我必须当众打你了!"

母亲生气地朝我走过来。

小姨及时挡在她面前,被她一下子推开。

表哥从后边搂住她腰,表姐和表妹手拉手,也挡在了我妈前边。

"这孩子!他怎么像他爸似的,什么事儿都一根筋呢!你当时为什么不叫醒我?你拦不住他我还拦不住他吗?"

我妈气哭了。

"淑兰,不要在孩子们面前那个样子,坐回来。"

外公一这么说,表哥放开了我妈,我妈抹着泪退回座位那儿坐下了。

表哥、表姐、表妹也都坐下了。我不知何时流泪了,表妹掏出手绢替我擦泪。

"这个世杰啊,他怎么能那么做……"

外婆自言自语,也流泪了。

大舅看着我问："信呢？"

我从兜里掏出信，小姨把信接过去了。她要把信给我外公，外公却说："给你哥。"

于是我大舅将信接过去了。

外公刚要开口说话，突然闯入两个人——阿黛姐和她养父。阿黛姐显然并不情愿来，几乎是被她养父硬拽进门的。即使进了门，他也没松手，仍拽住阿黛姐的手，冲我外公和外婆嚷开了："赵老先生，老夫人，恕我周泰无礼了！今天，我就是再尊敬你们赵家，也不能不来找你家世杰摆摆理！他和我家阿黛，他俩的事，唐人街上已无人不知，无人不晓，你们赵家的每一位，也都是认可的，而且前一时期，世杰他哥还代表你们赵家，与我商议过他俩的婚期！现在……现在他世杰怎么能……怎么能说走就走呢？他那么甩手一走，我家阿黛可怎么办？！"

"爸！我已经表示了，我情愿等他不行吗？！"

阿黛姐挣脱手欲往外跑，我小姨及时拦在了门口，她就在那儿被我小姨搂在怀里哭了。

外公问："阿黛，你们父女吃过了吗？"

阿黛姐在我小姨怀里摇头。

外公又问她养父："周泰，你说完了？说完了才该我说。"

"说完了，您说吧。反正您得给我个说法，要不我没主意了。"

阿黛姐她养父抱头蹲下。

外公向外婆耳语了几句，外婆虽仍满眼泪水，但却语调极其平静地看着我小姨夫说："加两把椅子，让阿黛坐我旁边，让你周泰叔坐你爸旁边。先都坐下，咱们遇事才好从容地讲。"

于是小姨夫加了两把椅子，大舅将周泰扶起，请他坐在了我外公旁边，小姨也挽着阿黛姐同时坐下了。

外公又说:"周泰呀,你们父女,一个时期内,肯定是见不到世杰了。这个时期有多长,我说不准。因为他天刚一明就走了,都没跟我们亲人告别一下……"

周泰干张嘴说不出话,完全愣住了。

阿黛姐低头细声说:"昨天晚上跟我告别了。"

我大声说:"我做证!"

外公说:"大人们在说话,小孩子不要插嘴。周泰,世杰入伍这事儿,我们这些他的亲人,也是昨天中午刚知道。他事先都没征求我和他妈的意见,这当然是不对的,我已经罚他跪过了,还用鸡毛掸子打了他一顿。所以,你被蒙在鼓里,我也只能代表我们赵家当面向你道歉了。不过呢,他留下了一封信,我们这些亲人还都没来得及看。现在,就由世俊读读,你和阿黛,还有我们,咱们一起听听,可好?"

周泰木呆呆地点一下头。

大舅犹豫地问:"爸,我觉得,其实也没必要非这会儿……"

外公说:"听我的吧。"

我妈说:"爸,让孩子们先上楼去?"

外公说:"孩子们也可以听。"

我们四个孩子就都没动,一个个不由得坐端正了,仿佛信的内容与我们也有重大关系。

于是我大舅开始读信。

我没法将我小舅写在那封信中的每句话全记住,记住的只能是大概内容。他对自己提前一天走的解释是,怕亲人们特别是老父亲老母亲在送别自己时太依依不舍,也怕惊动众街坊。他希望亲人们以后将阿黛姐父女看成自家人……

我能记住的只是这么两句话:"如果我回不到唐人街了,希望父母大人将阿黛认为义女，负责任地将她嫁到一户好人家。"

阿黛姐双手捂面哭出了声。

外婆反而不流泪了，搂着阿黛说："他那是想到哪儿写到哪儿，信我的话，世杰会回来的，大家都要信我的话。"

"我信，我信，老夫人，我信就是了！"

周泰说罢，也双手捂面出了声。

外公又说："周泰呀，你是好人。你与阿黛非亲非戚，在她成了孤儿后，不远万里，将她带到了纽约，一直将她当作亲女儿爱护着，这一点在唐人街有口皆碑是不是？在我赵而已心目中，你是咱们唐人街的一位义人。义人嘛，都是有肚量的，所以，我替世杰请你原谅他。他就是千错万错，他的决定却没错，是不？"

那周泰已说不出话，只一个劲儿点头。

除了阿黛姐和她养父在哭，我们赵家的大人孩子都没哭，也没落泪的。大人们的表情都极严肃，也许因为昨天都哭过了，便都要在阿黛姐父女面前显出足够的理性来。大人们那样，我们孩子便也要求自己那样。虽然我姓高，但我可是我妈的独生子，自从来到了唐人街，日久天长，我渐渐开始将自己看成赵家的一分子了。在哈尔滨时，我的亲人只是爸妈，既无姨舅，亦无表的小哥哥小姐姐和妹妹，这使我对于纽约的唐人街，竟生出特别眷恋的情愫来。除了思念父亲，我已经不怎么想哈尔滨了。在我内心里，哈尔滨反倒像自己只不过自幼生活了几年的外国城市了。

外公接着说："日本军队在祸害亚洲，咱们的祖国所遭苦难最深。德国军队在祸害欧洲，全世界都需要拯救了。美国人家的儿子，都自愿到中国去帮助咱们中国人抗日了，难道唐人街上不该有谁家的儿子也去吗？我认为，我们赵家最该出一个儿子，代表咱们唐人街上的华人回到中国去抗日。因为中国对于咱们，不是什么别国，而是祖国。周泰，我的老街坊，

第十一章

你说对不对呢？"

那时周泰也冷静了，他清清楚楚地说："对。先生，夫人，我以后不闹了。"

在我外婆的提议下，又加了一张椅子一副碗筷，她说就当我小舅并没走，与我们大家一起共进早餐。我小姨按她的吩咐做了，而那么一来，大人们那一桌就太挤了，小姨便主动率她一家三口坐到我们四个孩子这一桌。

母亲去将饭菜热了一遍，大家开始吃饭时，谁都不说话。那是我到美国后吃过的记忆最深刻的一顿早餐，因为就像两桌哑巴在吃着。

饭后，外公说相还是要照的，一收到我小舅的来信，就按地址将照片给他寄去，于是大家都按座次站好坐好，在门前照了一通。这自然引起了一些人的关注，他们便也知道我小舅入伍的事了，有的埋怨赵家没谁告诉他们，使他们没能送送我小舅。他们埋怨时，赵家的大人谁都没解释，仅以微笑表示歉意。他们中也有人和我们赵家人站到了一起，说也想以那样的方式表达对我小舅的支持，不论谁加入，我外公和外婆都诚心诚意地欢迎。

后来的半个多月里，唐人街上又有几名青年入伍了。这可忙坏了我大舅我母亲和我小姨，经常挎着相机为他们照相留影。我外公也成了忙人，因为他是唐人街上年纪最大的长者，且德高望重，是唐人街华人的主心骨，有群体代表性，入伍的青年便都希望与他合影。我外公说那是他的荣幸，每次合影前都会穿上他最体面的一套中式服装，要他在哪儿照就在哪儿照，特听话。我大舅怕他冻着，总是劝他戴上瓜皮帽，他却绝不肯戴。有次被劝得生气了，居然训斥我大舅："我宁肯冻着了也不戴！烧掉！烧掉！立刻烧掉！我宁肯戴牛仔帽也不戴它！"

我小姨为他翻出了我小舅的一顶牛仔帽，他也真的说戴就戴，年轻人还都说他戴着很帅。

有一次我发现他完成了自己的合影任务后，拄杖站立家门前，望着两个已穿上了军装的年轻人仍在这儿那儿地照个不停，脸上流下成行的泪来。

他见我在呆呆地看他，用手势将我招到跟前，小声说："别告诉你妈。"

我点头。

他又说："也别告诉你大舅和你小姨。"

我点头。

他用袖子拭去老泪之后又说："别告诉任何人。"

我还是点头。

除了点头，我不知说什么好。

晚上我对母亲说："我想给我爸写信。"

她说："好啊。这次想告诉你爸什么事呢？"

我说："我小舅入伍的事，还有唐人街上别的青年入伍的事。"

我妈说："儿子，那种事是不能写在寄给你爸的信里的，万一被别人看到了，肯定会给你爸带来危害。"

我怔愣一会儿，索然地问："那写什么？"

母亲抬头望了一会儿屋顶，继而垂下目光叹了口气，满腹惆怅地说："还是向你爸汇报一下外公外婆的健康情况吧，附带汇报一下你自己的学习情况。总之，以前怎么写的，现在还怎么写。"

"可那些不是我最想写的！不能写我最想写的我不写了！"

我赌气跑开了。以后相当长的日子里，没再给父亲写信，不是不想他了，因为更想他了，才希望能写自己最愿意写的内容。也不是生我母亲的气，我已经十三岁了，懂事多了，理解我妈的话是对的。

第十一章

但我内心的确充满了憎恨。如果自己有能力，如果我正面对一名凶恶的日本官兵，我想我是有足够的勇气和胆量亲手杀死对方的，并且同样可以做到眼睛都不眨一下！

我憎恨他们使我一个孩子对他们充满了那么强烈的憎恨！

马丁伯伯是典型的胖子黑人，五十多岁，完全没头发了。头颅硕大，嘴也大，面无胡须，从脑门到头顶油亮油亮的，像刚烘出的大个奶油面包的表皮。而他整个人如同站立的河马，但样子一点儿也不可怕，慈眉善目，看去是个很仁爱的人。他那种人是不容易买到皮带的，也不怕冷。我见到他时，他穿的是宽腰肥腿的吊带裤，上身仅穿一件衬衫，高挽着袖子正在拖舞台，满脸是汗。他看过我小舅的信后，坦率地向我大舅和我姨夫解释——自己有一儿一女，都在黑人学校读中学，仅靠萨克斯乐手一份收入，不足以使儿女受到更高更好的教育，所以必须多挣几份钱。他请我大舅和姨夫回去，留下我先看一场演出，因为演出中有他的独奏。我大舅和姨夫不放心，他保证亲自将我送回唐人街。大舅和姨夫走后，他命我替他拖舞台，自己坐在一把椅子上吸烟斗，不时指点着命我拖到位。那时我的英语水平已经不错了，既能听懂大部分别人之间的英语对话，也能较流利地用英语与别人交谈。我拖罢舞台，他带我去洗过了手回到舞台后，开始欣赏我的萨克斯。我告诉他那管萨克斯是我父亲的，我母亲从哈尔滨带到美国的，他坐着听后郑重地说："我会认真教你的，现在就可以开始。"于是命我站在他跟前，一手抵住我背，一手放我腹部，让我按他的口令深吸气，长出气。之后，严肃地问："有人教过你了？"我承认我小舅让我吹过球胆，他笑道："那是我教别人的方法，被你小舅偷去了。"我也笑了，我俩的关系一下子拉近了。他从后裤兜掏出一柄小木梳，替我梳了梳头。我问过会儿我在哪儿看演出，他指着观众席两侧说左边行，右边也行，靠墙站着就行。我问如果我站累了呢，他说可以蹲下。我问如果有人赶我走呢，他让我说自己是老马丁的朋友。我继续问如果对方不相信呢，他愣了愣，撸下手表，用手绢包好，放在我手心上，庄严地说："那就请他看这个，百老汇的人都知道关于这只表的故事。"

我打开手绢，见表壳上有明显的裂纹。

百老汇那场演出照例精彩，起码对我而言是精彩的，然而掌声起先却不是多么的热烈，仅仅表现为礼貌性的罢了。直至中场以后，老马丁出现在舞台上了，掌声才热烈了。确切地说，他还没开始吹奏呢，人们对他的欢迎已经体现在掌声中了。他穿一件枣红色的肥大的燕尾服，像短斗篷，一双特大号的皮鞋擦得油光锃亮。他站在舞台中央，追灯的光柱笼罩着他。

他说："请原谅，鞠躬对我早已是做不到的事了。"

于是有人笑起来。

他又说："让我先吹一曲《星条旗》吧，但愿我们在前线英勇作战的孩子们也能听到。和平万岁！胜利属于美国，胜利属于全世界人民！打倒战争！……"

整个大厅顿时因他那几句浑厚的话语而肃静，他则一说完就吹了起来。

那时我已经从后边移到了前边，能够将他看得一清二楚——块头那么大的一个人，居然还能一边吹一边自如地摇摆身体，并且还间或炫一下踢踏舞步，看去真有几分奇异。

他一连吹了几曲，我不仅被优美的乐声迷住了，也被他这个人迷住了。演出结束后，舞台上只剩下我和他，他一边换衣服一边问："崇拜我吗？"

我说："是的。"

第十一章

他又问："有多崇拜？"

我说："非常非常崇拜。"

他摸着我的头说："这就对了，我教不好一个并不崇拜我的人。"

老马丁骑摩托将我送回了唐人街，在街口碰到了我大舅和我姨夫，他俩说我妈、外公和外婆都很不安，他俩正要去接我。老马丁说，我不必非到百老汇去，还莫如他一有时间就到唐人街来。

以后，在我小舅常与阿黛姐幽会的地方，老马丁经常指点我学萨克斯。为了避免干扰到别人，那地方成了不二之选。在冬季，在室外，寒冷毕竟会影响教与学，唐人街的孩子们便到处捡树枝、朽木，在老马丁到来之前燃起篝火。他们非常乐于做那事，因为也爱听老马丁吹萨克斯，并且和我一样喜欢上了他。

老马丁那块手表原本是我小舅的，虽然是从旧货摊上买的便宜货，但却是名牌。

某次，在一家小酒吧，老马丁"不慎"洒了一个白人一身酒。也不是"不慎"，是几个白人流氓当时成心找他的茬儿。他道歉了，对方却不依不饶，非要他鞠躬谢罪不可，而那是他无法做到的。恰巧我小舅在酒吧做侍者，替老马丁连鞠数躬，那时我小舅与老马丁还互不认识。对方仍想逞霸道，酒吧老板将他们劝走了。酒吧老板也是黑人，墙上挂其曾是拳击冠军的大照片。在当年的美国，尽管黑人子弟与白人子弟已在前线共同出生入死，在国内，黑人却仍不敢冒险进入白人开的酒吧或咖啡屋，而白人却可以大摇大摆地进入黑人开的那类地方。若数人同时进入，大抵是寻衅滋事的流氓。那日他们居然给老板面子，离去了，委实也是我小舅和老马丁的幸运。

几天后，老马丁又出现在同一酒吧，没见到我小舅，自然询问。老板告诉他，我小舅下班后被那三个心存恨意的白人堵住，打伤了，还被抢去了手表和钱包。

老马丁问我小舅还会不会来上班了。

老板说肯定会，酒吧还欠我小舅的工钱。而且我小舅机灵，跑得快，伤得并不重。

老马丁再没问什么，默默喝尽他点的酒就走了。

又过了几天，老马丁再次出现在酒吧，我小舅也头上缠着药布上班了。老马丁笑着将我小舅的钱包和手表还给了他，并让他看看钱包里的钱少不。

我小舅点数了一下，说不少，还多。

于是他俩从此成了忘年交，我小舅把手表赠给了老马丁，而老马丁欣然接受了。

我小舅没问表壳怎么坏了。

我问了。

老马丁说他也不清楚，因为他不在现场。所谓现场，当然是打斗现场。

我想起来曾听我小舅讲到过老马丁，说他是纽约黑人的骄傲，在他们中拥有音乐之神一般的地位，只有不知他是谁的白人小流氓才敢冒犯他，而那样的小流氓大抵是初到纽约的。

也是老马丁引荐我小舅进入百老汇的。有了一位那样的忘年交，我小舅在百老汇的人缘才会不错，否则，仅凭他的彬彬有礼和待人诚恳是不行的。而我小舅自从有了老马丁那样一位忘年交，出现在纽约的任何地方都比以前安全多了。

我听老马丁讲了那块表的事以后，对他也更加信任了。

我曾问我母亲，为什么我们高、赵两家，竟会与犹太人和黑人建立了

第十一章

特殊的友谊，而且两位都是杰出的萨克斯手？

母亲承认她也回答不了，说最简单的解释便是我们中国人讲的"缘"。可"缘"太唯心了，等于没回答。

我姨说她这个"无政府主义者"可以回答得比较令我满意。

她说："你父亲也罢，你小舅也罢，都是善良的人，黑人、犹太人、中国人，又都是苦难深重的人种，所以相识的机会就多。比如你小舅，他压根就不愿为白人打工，他哪里能忍受得了美国白人对华人的歧视呢？而如果他不是在黑人开的酒吧里打工，又怎么会见到老马丁呢？所以，受压迫民族无祖国，无祖国便无政府……

母亲正色批评道："别向我儿子灌输你那套无政府主义的歪理邪说，明明是八竿子搭不上的两码事嘛！我儿子有祖国，祖国就是中华民国，他爸如今仍在他们的祖国。他们父子俩也有政府，没有的话胡适博士当的哪门子大使？宋美龄夫人又代表什么来美国访问的？……"

我姨生气地说："那么无能又腐败的政府，没有也罢！若真没有，我们也不必伤心落泪了！"

母亲顿时怒道："你给我住口！别忘了咱弟正在哪儿战斗，又为了什么战斗！再胡说八道，我当姐的大嘴巴子扇你！"

当时我大舅也在场，立刻调和说："淑兰你也别太认真，淑娴不是对歧视华人的现象早就憋了一肚子气嘛！她不爱祖国，会给学生们讲古代、现代爱国的中国诗词？讲到陆游的'家祭无忘告乃翁'一句会泣不成声？依我看，小高坤问那话，用'缘'来解释是最有说服力的。佛教认为，'缘'并非唯心的。'缘'是多种主客观因素所形成的现象总和……"

我姨也是我那年级的语文老师，我大舅的话属实。自从我小舅走后，母亲和她和我大舅，谈到中国时都开始用"祖国那边"的说法了，仿佛那么说我小舅能知道，因而在"祖国那边"会高兴似的。

我小舅已经来过几封信了。他的信绝不多写战事，一两行字带过而已。更多的内容是写祖国那边的风土人情，风光景色，好像他是回祖国旅游去了。每次收到他的信，都是我母亲先看。她认为可以读给我外公外婆听，才由我外公下达指示，将我们四个孩子也召集在一起，由小姨来读。

在最后一封信中，他汇报说自己不久将要奉命与一支特殊空军飞往中缅边境，去支援孙立人将军的什么队伍。

我外婆听后说："每封信都写成这样，难为世杰了。"

我外公则小声对她说："也只有这么写，才能让孩子们一起听啊，是不？如果他们长期听不到世杰的信，渐渐会将他忘了的，孩子都是容易忘事的。"

然而我很思念我小舅，经常梦到他。我觉得，即使一辈子再也见不到他了，即使以后我像外公那么老了，仍会牢记他的音容笑貌。何况，还有阿黛姐、老马丁和萨克斯，也会使我思念他啊！

我对国际战况知之不多，对祖国的战况更是所知甚少。母亲和我大舅我姨总是偷看华文报，看过即毁，或藏起来。华文报倒非禁报，他们大人是不愿我们四个孩子，特别是我这个爸在祖国的孩子受到负面消息的影响，对祖国的命运感到过于悲观。实际上全纽约也只有一份华文报，而且不定期。至于英文报刊，听我姨讲，报道中国战况的时候更少了。美国参战以来，只报道过"飞虎队"和中缅运输线的战况，因为与美军在亚洲的军事行动有关。

我曾问我小姨为什么。

我姨说美国参战，是因为日军偷袭了珍珠港，使美国海军损失惨重，不参战等于认怂了，那就在国际上一点儿面子也没有了。何况，德军在海上屡次攻击美军船只，包括商船，是另一种面子问题。两种面子加一起，迫使美国必须参战，只能参战。总之，美国参战是为了维护自身的国际形

第十一章

象，也是为了对日、德实行报复，与同情不同情中国没半点儿关系，更不是什么见义勇为。美国才不关心中国的命运将会怎样……

我姨的话使我替祖国倍感忧伤，也曾向我妈学过我小姨的话，并问小姨的话对不对。

我妈说也对也不对，不全对，说美国参战了，对战胜法西斯客观上绝对是好事。

"儿子，你要相信，世界如此之大，国家众多，德、日、意三个恶魔国家企图征服全世界，称霸全世界，从而瓜分世界的狂妄野心绝不可能得逞。"

在后来的日子里，母亲的话使我对于重返哈尔滨与我父亲团圆，抱有着"总有一天"的盼头。

当篝火燃烧起来时，当我和老马丁吹起萨克斯时，我就会想起老马丁说的话，觉得我小舅当然也会听到。我吹萨克斯的水平进步很快，老马丁每次来都会带上他的萨克斯，与我一起吹。我喜欢他那么带我，能使我进步得更快。

我跟着老马丁从冬天学到了春天，从春天学到了秋天，又学到了冬天。

我从老马丁口中知道的战况最多——硫磺岛战役、中途岛战役、关岛战役……

世界在血与火的考验中过去了一年，又过去了一年……

我在音乐的熏陶之下长了一岁，又长了一岁……

我小舅却很久没有来信了。

我外婆在盼望中去世了。

我外公盼到的却是孙立人将军写给他的亲笔信。

孙将军的信汇报了一个噩耗——我小舅牺牲了。

他在信中说："我向您发誓，我与是我部下的兄弟们，一定会为您的儿子复仇，一定要让日寇血债血偿！"

那件事是不能瞒着我外公的。

我外公流着泪听我大舅读完信后，仅说了一句话："幸亏你妈不在了……"

我小舅的死居然会使孙将军给我们写了一封亲笔信，这使母亲和我大舅、小姨悲痛之余也心存困惑。

不久，他们的困惑昭然了——纽约的华文报相当详细地报道了我小舅之死，他负伤后被日军所俘，日军难以通过折磨从他口中逼问出任何情报，憎恨之下，将他活活烤死了。不是烧死，而是烤死，像烤全羊那样，并且拍了照片，寄给了孙将军，为的是达到恐吓目的。

华文报一报道，唐人街上的识字人全知道了，连我们大孩子也知道了。是的，我已经是唐人街上的大孩子了。

我对日本兽军的憎恨已无法用语言形容——独自奔跑到野外，跪在地上，仰天嘶吼，就像戏剧和电影里那样。只有经历过那种刺激的人，才明白人在那种情况之下为什么会那样，那是一心要与仇敌同归于尽但却不能够的大绝望所致。

我姨疯了。

我姨夫几番身藏利刃前往日侨集中区，企图杀死几个日本人，却几番被美国宪兵押回了唐人街。

阿黛姐自杀未遂，我外公亲自配的药将她救活了。

我外公对她说："孩子，咱俩都不可寻短见，你要陪我活到日军完蛋那一天。没你陪我，我怕我活不到那一天。"

以后，他就起不来床了。

但是他坚持吃与喝，为的是活到那一天。

第十一章

阿黛姐经常帮我母亲服侍他。

美军在诺曼底成功登陆后,他听过广播,要求我妈和阿黛姐扶他坐起,喝了几口红酒。

美苏两军攻克柏林后,他又喝了几口红酒。

美国往日本投下了两颗原子弹。日本无条件投降当日,我外公反而滴酒未沾。我大舅亲自为他斟了大半杯红酒,亲自擎到床前——可他已气息奄奄,让我母亲和阿黛姐不忍心往起扶他了。

他的头在枕上微微摇了一下,我大舅放下酒杯,第一个流泪了,接着我母亲和阿黛姐也流泪了——那真是悲欣交集之泪啊!

我外公却没流泪,或者,已经无泪可流。

他说:"我终于撑到了这一天,死也瞑目了。阿黛,这要谢你,不是你陪我活,我可能活不到今日。"

阿黛姐双手捂面无声而泣。

我外公又对我母亲说:"淑娴的病,应该是可治的。以后,主要就得由你来照顾她了,必须继续服我配的那个方子。阿黛呢,你就当她也是你的一个妹妹吧,咱们赵家人,必须对得起阿黛……"

阿黛姐叫了我妈一声"姐",忍不住哭出了声。

"我们赵家的后人,从你和你哥算起,五代内绝不许与日本人通婚,包括你妹的女儿。违反我这遗嘱的,就等于自行与我们脱离了关系吧。"

我外公说完此话闭上了眼睛,再没睁开过,也再没说一句话。当天晚上,他去世了。

我大舅跪在基督像前祈祷了几乎一夜——为父母,为弟弟,为一切死得悲惨的光荣的壮烈的以及像我小姨那样疯了的。

我母亲整理我外公的遗物时发现了一份宣誓书,证明他早已参加了同盟会。至于究竟为同盟会做过些什么事,那就永远都是秘密了。

如此一来，在是我长辈的亲人中，所谓信仰就比较多样了——老同盟会员、名义上的国民党员、无政府主义者、虔诚的基督徒，还有我小舅那样的美籍华裔"二战"英烈。

不久，唐人街上的华人们自发地庆祝"二战"胜利——有两万多美籍华人子弟投身到了与法西斯军队的大决战，唐人街上产生了我小舅那样的英烈，使大人孩子皆以为荣。最重要的是——中国乃是受降国之一，人们的庆祝发自内心。

然而，没有欢呼，没有口号，没有笑脸——鼓声敲得震天响，引狮人和彩狮相互默默地舞，大人默默地行，孩子们默默地跟……

因为——我外公家门外悬挂着黑幡和挽幛，我外公的灵堂设在宅内，赵家的大人孩子都戴着孝。

两件事都是必需的，错不开。

一对彩狮腾跃到我们赵家门前时，不蹦也不跳了，一齐匍匐在地，于是引狮人也单膝跪下。大人孩子全在门前低下头去，我们赵家的大人孩子也都出来了，在门口向对面的人们鞠躬。

一声唢呐直冲云霄。我听不出来究竟是喜调还是悲调……似乎，忽而是喜的，忽而又悲了，忽而似唱似吟，忽而如诉如泣，连喜有几分悲有几分也是听不出来的。吹唢呐的人和舞狮的人都是从旧金山花钱请来的，比我们这儿的人吹得好。听母亲讲，纽约华人中经商的做小生意的较多，日子也都好过一些。而旧金山的老一代华人以当年修西部铁路的劳工为主，由于缺少本钱，仍靠各类手艺和技能谋生的人不在少数。

那时刻的情形，是我在纽约见过的最不寻常的场面，给我留下了难以磨灭的印象。

百老汇为美国伤残士兵连续举办了几场慰问演出。老马丁给了我一张票，我也看了一场。

第十一章

老马丁在舞台上说:"虽然,在你们之中,我一次也没看到过华人士兵的面孔,但我知道,确实有两万余名华人士兵和我们黑人士兵一样,和你们一样,为了反法西斯战争的胜利牺牲了,伤残了,牺牲者中有我的朋友赵世杰。那么,我以下的演奏,既是献给你们的,也是献给他们的。"

当他吹起《星条旗》时,台下的士兵纷纷站起,齐声合唱。

那时刻我又流泪了。

我多么多么希望,我小舅也在他们中啊!即使他失去了一条腿或一只胳膊,甚至两条腿或双臂,或双眼,那也多么的好啊!

我也不由自主地跟着唱,觉得是替小舅这名不存在了的美籍华人士兵在唱,边唱边流泪。

第二年,也就是1946年的夏季,我和母亲终于与父亲在香港相聚了。我有十年多没见过父亲,我十六岁了。

母亲说父亲在香港有重要的商务要洽谈、处理,她和我只能就我爸的便。想不到当年我所盼的"总有一天"居然一年又一年地拖成了十年多后的一天!父亲脸上有皱纹了,和母亲一样有明显的白发了,而我都开始刮胡子了。虽然他在码头拥抱了母亲很久,拥抱我时还拍我的背,放开我后还捧住我的脸吻我额头,却并没立刻清除我所感到的拘束。我看出母亲对父亲也有些陌生了似的,他的亲密举动分明使母亲觉得不习惯了——是的,我看出来了。

"小沈",也就是沈若然叔叔陪我父亲去接我们母子的,他话不多,爱笑。我因为与他通过几十封信了,对他反而感到稔熟。

小沈叔叔开一辆租来的小汽车将我们一家三口送到了饭店。父亲说是全香港最好的饭店,我们住的是有三个房间并有大客厅的套房。

一进门,当着我的面,母亲反而立刻拥抱住了父亲,深情地吻他。

我并没转身,而是坐在沙发上幸福地望着。母亲发现我在呆望他俩,轻轻推开父亲,嗔道:"你这孩子,怎么可以不回避!"

我庄重地说:"我喜欢见证此情此景。"

我的话和我的样子使父亲母亲都笑了。

父亲走向我时,我站了起来。

父亲问:"都成大小伙子了。这要是在路上碰到,如果没人介绍一下,爸是不敢认你的。"

"我也会那样。"

我又拘束了。

"英语水平怎么样啊?"

"还行。看报没问题,读文学作品差点儿意思。"

"要继续提高啊,中国有许多方面的事业将来要靠你们出力呢。萨克斯吹得如何了?"

"也还行,能吹十几首曲子了。"

"爸已经十年多没摸过萨克斯了……我信中不是说让你小舅一块儿来吗?他为什么没来啊?"

对于父亲这一问,我毫无心理准备,完全不知道该如何回答,不得不向母亲投过去求助的目光。

我的表情使父亲预感到了不祥,也将目光望向母亲,严肃又急切地问:"世杰出什么事了?快告诉我!"不论对于我还是母亲,都不可能不讲的了。而一旦讲起来,那痛苦如同自己撕开自己的伤口。我和母亲她一句我一句地才只说了几句,父亲就听明白了。

"等等,你妈刚才说,你小舅先是被捕了?"

父亲看着我逼问。

我只有点头,流下泪来。

"对不起,刚见面就让你们讲这事儿……"

第十一章

父亲看母亲一眼，忽然冲入了卫生间。我急跟过去，他却将门反锁了，任我怎么拍门，叫他，他就是不开门，但听里边响起"哗哗"的放水声。我回头看母亲，母亲呆站在原地流泪，全然没了主张。我只得跑出去，从隔壁找来了小沈叔叔。小沈叔叔拍门，喊他，他也不开门。小沈叔叔就脱下鞋，从鞋垫下取出一截细薄的钢片，三捅两捅将门捅开了。

"放心，没什么事儿，有我呢。"

他从卫生间探出头说了这么一句，又将门关上了……

父亲说他来到香港，主要是会晤几位大医药商，希望能成功地签下合同，将大批西药和医疗器械买回哈尔滨。这个目的没达到之前，他是不会离开香港的。所以，他认为我和母亲尽可安下心来在香港各处玩玩。

母亲困惑地问他为什么对西药发生兴趣了，经营西药并非高家的长项。

我父亲说比起中药来，西药见效还是快一些。高家的商务，不能总抱着老皇历不放。

母亲对于住那么高级的饭店持尖锐的批评态度，认为摆谱。

父亲说："该花的钱必须花。"

母亲说："反正花的是你们高家的钱，不是我们赵家的钱，你不心疼我心疼个什么劲儿？"

父亲说："你这么想就对了，儿子你也要这么想。我要办好业务，你们要玩儿好。"

那日以后，小沈叔叔就常陪我们母子四处游玩。熟了以后，他承认自己不仅是我父亲的助力，还是我父亲的挚友。母亲有时也请小沈叔叔陪她逛商场，为在纽约的亲人购物。我只一块儿去了一次，再就不愿去了。香港的商业街太热闹，大商场里的商品特丰富，我一去到那种地方就觉得眼花缭乱，头晕。我更愿意单独逛书店和看电影。在纽约的十余年间，我一次也没进过书店。纽约的书店对我没吸引力，因为即使进去了也很难见到一本中文书。小舅倒是带我看过几场电影，但电影院也没太吸引我，因为放映的全是欧美片，说的还是英语。如果没有小舅从旁讲解，我看不明白。香港使我对书店和电影着迷了。虽然，书店里有的基本是中国古典小说，但毕竟是用汉字写的。汉字书籍使我一见如故。我的手触到每一本汉字书时，包括触到字典，内心都会涌起一股暖流。那时我会怀念起外公来，我认识的大多数汉字，一半是小姨在学校教我的，一半是外公教我的。我母亲其实没怎么教我学汉字，她更在乎我的英文学得怎样。

那时的香港电影院里，既放映欧美电影，也放映中国武侠片和喜剧片。欧美电影必配有繁体汉字之幕，能使我从始至终聚精会神地看下去而不会因为看不明白心里着急。但我更喜欢看香港的武侠片、功夫片，往往会接连看上两部。

比之于纽约唐人街，香港好大啊！书店和影院，使我爱上了香港，包括爱上了它满街都是汉字的招牌。虽然，香港也到处可见英国国旗和英国警察以及三三两两的欧美白人的身影，但所见更多的是中国店铺，是和我一样的中国人。虽然我听粤语亦如听外国话，却还是觉得分外亲切。小沈叔叔告诉我，尽管香港是属于中国的，但在清朝时被迫割让给了英国，所以实际上是一座由英国统治的中国港口城市。不过呢，割地是有年限的。

我问："割让了多少年？"

他说："九十九年。除了香港，还有澳门等港口城市。"

我发了会儿呆，又问："咱俩能活到收回那一天吗？"

他想了想，苦笑着说："你肯定能活到那一天的，我就不一定了。"

我说："你比我大不了多少，肯定也能活到那一天的。答应我，一定要活到那一天。"

第十一章

他说:"人各有命,还真是没把握的事儿。"

我执拗地说:"我要求你答应我!"

"好,我争取。"

他又苦笑了,背起诗来:

我好比凤阙阶前守夜的黄豹,

母亲呀,我身份虽微,地位险要。

如今狞恶的海狮扑在我身上,

啖着我的骨肉,咽着我的脂膏;

母亲呀,我哭泣号啕,呼你不应。

母亲呀,快让我躲入你的怀抱!

母亲!我要回来,母亲!……

他说那首诗是《七子之歌·香港》,正要继续说下去,忽有警车鸣笛而至,一队警员跃下车,包围了一家金店……

"快走!"

小沈叔叔拉起我的手带我迅速离开,我俩背后响起了枪声。

回到饭店后,父亲正和母亲议论那事。

父亲说枪战在香港时有发生,安慰母亲不必太恐慌,母亲则告诫我以后不得单独外出。

第二天吃早餐时,父母又在议论昨天的事儿——他俩刚看过报。报上报道的情况是——昨天发生的不是一般图财抢劫的事件,实为国民党特务领命"清理门户"。

我问母亲"清理门户"指清理哪些人。

母亲说:"小孩子没必要知道太多。"

父亲说:"大概又是清理他们认为的左派人士吧。儿子已经不小了,该知道某些政治之事了。"

母亲正色道:"反对!太复杂。一辈子是局外人也不至于变傻!"——说罢将那份报撕了,起身扔入纸篓。

那夜我偶尔醒来,听到一阵奇怪之声。起身悄悄走出房间,循声走到父亲作为临时办公室的房间门前。门没关严,虚掩着。我轻轻将门推开一道缝,看到了我父亲和小沈叔叔背对着门坐在一起。父亲在口述我听不明白的话,而沈叔叔在发报。

第二天上午父亲正欲出门,母亲叫住了他,严肃地问:"鹏举,你没有什么瞒着我们母子的事儿吧?"

父亲在门口反问:"何出此言?"

当时我坐在母亲身边看书,母亲对我说:"儿子,告诉你爸。"

我望着父亲说:"爸,我无意间发现你和小沈叔叔夜里在干什么了。"

母亲接着我的话说:"鹏举,我们这一户赵家,可都是爱国的,这你早就很清楚。如果你当年嘴上说的是一套,后来干的是另一套,那咱们的夫妻关系就到头了。"

父亲呆立在门口。

母亲看我一眼,又说:"日本虽然投降了,汉奸却还没肃清,你应该明白我的话是什么意思。"

那时我想起了我小舅。

我也严肃地说:"爸,我以我小舅的名义声明,那,咱们的父子关系也完了。"

父亲的表情也变得异常严肃了。

他走到我和母亲跟前,像外交官那么彬彬有礼地说:"夫人,儿子,请你们站起来。"

第十一章

我首先站了起来，并拉起了母亲。

父亲语调极其庄重地说："我发誓，汉奸行径与我高鹏举毫不沾边，他们也是我最鄙视的人。恰恰相反，东三省即将迎来历史性的曙光，新的政权必将出现，我愿为它的出现尽微薄之力。我正走在一条通往全中国之光明与梦想的正确道路上，作为我的夫人和儿子，你们将为我的选择感到欣慰，而绝不会蒙受任何耻辱。"

父亲说完，分别拥抱了我和母亲一下，转身匆匆走出去了。

我看着母亲，问："东三省，会是我爸说的那样吗？"

母亲缓缓坐下，寻思着说："我不知道。"

我忍不住又问："新政权会是什么样的政权？"

母亲说："我更不知道了。"

在香港的十余天，我过得相当愉快。好比一头长大了的鹿，起先的活动范围是那么的有限，如同被圈在叫"唐人街"的地方，忽一日被释放在叫"香港"的另一片大得多的环境了，所见一切都会引起我的好奇和联想。

然而令我和母亲都没想到的是，父亲竟提前离开了香港，留下小沈叔叔继续陪我们母子俩。

父亲说哈尔滨那边有重要之事急待他回去解决，这一理由使我和母亲难以反对。

他临走时说："你们放心，即使我走了，你们在香港也是很安全的，想再多玩几天都行。而且，小沈有足够的能力保护你们。为了保护你们，他会不惜牺牲自己。"

母亲皱起眉说："你的话岂不自相矛盾吗？如果我们母子需要别人用生命来保护，这种安全岂非大打折扣？"

父亲说："你太过敏感了。我也就是那么一说，何必认真呢？"

父亲不同意我和母亲送他，说由小沈叔叔送他就可以了。

他俩走后，母亲问我："你小沈叔叔是一位好青年，对不？"

我说："对。"

我已经喜欢上了小沈叔叔。

母亲又说："我不愿给你小沈叔叔添麻烦，咱们也尽早离开香港，行不？"

我说："行。"

其实我在香港还没玩够。

隔日，我和母亲也离开了香港，还是坐客轮离开的。

在码头，母亲对小沈叔叔说："不论你和我丈夫是什么关系，都希望你能替我们母子俩关照他。我指的不仅仅是保护，也指人生抉择。一失足成千古恨的道理，你也是懂的。"

母亲向小沈叔叔深鞠了一躬，这使小沈叔叔有点慌乱，脸都红了。

他窘窘地说："夫人请放心，这两点都包我身上了。你们一家三口，很快就会在哈尔滨团圆的。"

我问："很快是多快？"

他笑道："很快……就是要不了多久的意思。"

我又问："新政权是什么样的政权？"

他说："人民当家做主的政权。"

我还想问什么，他说："以后信中回答你，这会儿时间宝贵，让我先跟你母亲说几句重要的话。"

他说完做了一个"请"的手势，我母亲就跟他走到旁边去了。既然他不愿让我听到，我只得待在原地守着行李箱。我看到他对我母亲说了些什么，而我母亲吃惊得张大了嘴……

第十一章

"妈，在香港的日子里，你快乐吗？"

在洋轮上，有天早上，我和母亲在甲板散步后，我问了一句使她一愣的话。

她反问："你呢？"

我说："还好。"

"还好是什么意思？"

她的反应敏感了。

我说："开了眼界，长了见识，挺有收获的。"

她严肃地问："除了那些，终于又和你爸爸团聚了一次，就没给你带来快乐？"

我说："你先回答我。"

她说："大人的快乐非得挂在脸上，经常让你看到？"

"你和我爸，你俩还爱对方吗？"

"你这是什么意思？再胡说我打你！"

"我觉得，除了咱俩刚下船那会儿，他后几天常阴沉着脸，偶尔一笑也是强颜欢笑，我认为他那样绝不会是由于我。"

"我问你，你小舅那事，你难过了多久？"

"很久……很久……"

"那么，会使他难过得更久更久。"

"可我也没如实全说啊……"

"你爸是多聪明的人！我正想打断你，可你嘴那么快，已经把你小舅被俘都说出来了……"

"是你先说的。"

"不争了！你以为你爸当时冲入卫生间去干什么了？你小沈叔叔告诉我，他蹲在浴缸里哭得快背过气去了！因为他想象得到日本兵会多么残忍地对待战俘！他能做到第二天就高高兴兴的吗？亏你已经十六岁了，对大人就那么缺乏理解吗？！"

"我还以为你和他，你俩的关系不好了。"

"住口，别说了，越说越离谱！"

那时，落日已沉入海中。风平浪静，红霞满天，将海面染红一大片，将几只海鸥的翅膀也镀上了红边。

母亲转过身，抚着甲板栏杆远望，不再理我。

我不肯罢休地继续问："小沈叔叔跟你说什么了？我都十六岁了，我有权知道某些事。"

母亲一动不动地说："行，告诉你。儿子你听好了——你爸他，成了共产党的朋友！而共产党要在中国全面夺取政权！"

那是我第一次听到"共产党"三个字。

但我并没吃惊得张大嘴，只是愣愣地问："对他是好事还是坏事？"

"我不知道。"

"你怎么会不知道？"

"你以为我是你妈就什么都知道吗？……不过，你小沈叔叔讲，他是共产党，你孙叔公、赵叔公他俩也是。他们都加入的党，应该是对老百姓好的党。记住，回到美国不许对任何人说！"

我仍愣着，没及时回答。

"记住没有？！"

母亲的声音严厉了。

"记住了！"

"对老百姓好"一句，使我疑虑顿消，深替父亲庆幸。

由于小姨疯了，唐人街的华人小学失去了掌门人，关闭了一阵，之后由我母亲继续办下去，还培养起了两名老师：其中一名是我，另一名是自

第十一章

小在唐人街长大的女孩，比我还小两岁，才十四，只能教一二年级的语文、算术。"二战"一结束，大批军人转业，纽约的工作更不好找了。仅靠唐人街，是没法向它的华人儿女提供多少就业岗位的。虽然唐人街的商业元气在悄然恢复，但下一代的人生却是等不及的。比我年龄稍大点儿的，纷纷离开唐人街，去往了纽约乃至全美国缺少各类劳动者的地方。好在"二战"改变了美国对华人的歧视态度，华人儿女找工作比较受欢迎了——因为他们肯干最苦最累的活，对工资的要求也不高。

唐人街的新一代孩子少了，我母亲便将外公家的一层当成教室。上午教四五年级，下午教一二三年级。原先的小学出租了，租金用以济助唐人街上的困难人家。小学是我外公当年出资建的，我母亲有权做任何决定。对于她的做法，唐人街的人家心存感激。

一日周泰出现在我和母亲面前，说有要事相商。母亲要我回避，周泰说那事与我也有关，我不是小孩子了，可以一块儿听听他的想法，我母亲同意了。

"现在的情况……不是高坤他大舅妈也不在了吗？如果……如果……如果让阿黛成了高坤他大舅妈，淑兰你觉得好不好呢？并非仅我自己有这种想法，唐人街不少人都愿促成。我也不能当面问你哥啊，所以，只有先来征求你的意见。要是我的想法太那个，你们母子千万别生我的气，就当我没说……"

我和母亲互相看着，一时都不知怎么表态好。

周泰又说："阿黛总陪护着你妹不结婚，那也不是长事对不？如果我的想法成了真，咱们两家往后就是亲戚了，双方什么不便都不存在了。将来，我也入土了，我那裁缝店由高坤他表姐继承，不是好上加好吗？"

我母亲沉吟着问："那，阿黛什么态度呢？"

周泰说："我没敢先问她。要知道，即使问也得你去问。你问，不至于把她问恼了。"

母亲说他的想法太突然，得容她考虑考虑，也得试探一下我大舅的态度。

周泰走后，母亲问我什么看法。

我坦率地说我支持周泰伯伯的想法，我极愿阿黛成为我事实上的亲戚。

母亲说："叫我怎么去问阿黛呢？一想到你小舅，我不知那话该怎么说呀。"

我说："那，由我来问阿黛姐行不？"

母亲说："你还是个孩子，我怎么能同意你去做那种事儿呢？"

我说："我已经当老师了，不是小孩子了。周伯伯刚才不是也说我不是小孩子了吗？我问，阿黛姐不会恼我，她生你的气都不至于生我的气。"

母亲被我说服了。

傍晚，我背上萨克斯，去小姨家找阿黛姐，请她陪我去"散步"。小姨和阿黛姐也刚吃过晚饭，正要一起去散步。小姨那日精神状态良好，见了我很亲，问了我许多关于我父亲、关于香港的情况。我一一回答后，小姨又说她不想散步了，有点困，要睡会儿。

阿黛姐说那她也不去散步了。

"阿黛姐，我有事跟你谈！"

我一急，说出了这么一句不当的话。

小姨和阿黛姐互相看看，都笑了。

阿黛姐嗔道："有事儿就在这儿谈，什么事儿还非背着你姨不可？"

小姨却说："肯定是怕挨我一顿训的事儿呀！我可没少替他妈教训他。阿黛，给我小外甥个面子，你就陪他出去转转吧。"

我和阿黛姐走在街上时，夕阳悬在正前方的低空，好大好大，血红血红，像用看不见的绳刚从血塘中拎出的大球。

第十一章

阿黛姐一下子转过了身，打了个冷战之后浑身发抖。

她小声说："抱我一会儿。"

我略一犹豫，搂住了她。

她问："咱们去哪儿？"

我说："去我小舅常去的地方。"

她说："绕道走。"

于是我拉着她的手，背对夕阳，朝相反的街口走。

我问她怎么了。

她说："刚才的夕阳使我联想到了日本的太阳旗，那是带罪的旗，使我一再做噩梦的旗。"

我俩走到废墟那儿时，夕阳不见了，但见满天绚丽的火烧云，变幻莫测，怎么变都美。黑虎居然也在那儿，它常独自去那儿，估计是因为想我小舅。狗想人，令人心疼。

阿黛姐搂着黑虎望着火烧云说："现在好多了，刚才姐都要瘫了。不是中国人，没法真正理解日本犯下了多大的罪。不是犹太人、苏联人，也没法真正理解希特勒犯下了多大的罪。"

我呆呆地看着她，一时百感交集，良久才说："姐，谢谢你啊。"

"谢什么呢？"

她说时也不看我，在栏杆前坐下了，像以往一样，双腿垂到栏杆外去，依然望着火烧云。

我说："如果没有你那么周到地呵护我小姨，她的病好不了这么快。"

她叹了口气，声音弱弱地说："主要是因为日本国投降了。否则啊，七仙女一起下凡，百般呵护，她的病也没个好。说吧，找我什么事儿？"

我没料到她最后那一问，也声音弱弱地反问："先吹萨克斯给你听行不？"

她说:"不行,先说事儿。"

我愣了半天,绕着弯说:"如果……虽然你没做成我小舅妈,做我大舅妈可以吗?"

她不言语了。身子一动不动,如被铁水浇铸在那儿。

我惴惴地说:"如果我的话使你生气了,希望你原谅,我说出的只不过是我的心愿。"

她这才问:"也是你妈的心愿?"

我如实回答:"对。"

她又问:"你妈让你问我的?"

我说:"她不敢当面问你,我敢。"

她说:"回去告诉你妈,只要我真正成了赵家的一口人,我这辈子就还会有开心的时候。不然的话,不论别人认为我嫁得多么好,我可能一辈子都难有高兴的时候。就这话,记住了?"

我说:"记住了。"

她说:"现在为我吹萨克斯吧。"

我便吹起了小舅常吹的曲子。

她一直没朝我转身,也没扭头看我一次。忽然的,她双手捂脸,双肩激烈地耸动。

然而我并没听到哭声。

我看着她背影,只管吹下去,我已能忍住不流泪了。

斯时夜幕初降,火烧云变暗,天空的景象望去凄美而玄奥,一只只蝙蝠从我俩头顶掠过,像被优美的萨克斯之声吸引而至……

那一天,那一时刻,我自己也觉得我是大人了——一个内心深处埋下了忧伤的种子,很难再开怀大笑的男人。

我回到家里,见一地碎玻璃片和瓷片,母亲坐在椅上发呆。

第十一章

我问怎么回事儿。

母亲说她也试探地问了我大舅一下，大舅勃然大怒，认为她的想法对我小舅和阿黛姐都是罪过之想，往地上摔了不止一件东西。

第二天表姐告诉我，我大舅回到家里，跪在基督像前流泪，祈祷不止。

但那件事最终峰回路转——我小姨不知怎么也晓得了，她居然找我大舅谈了一次。有一点可以肯定，不是我妈和阿黛姐对她说的，也许是我小姨夫对她说过吧。

我小姨究竟是在精神正常还是不正常的情况之下与我大舅谈的，又究竟谈了些什么，却没人知道了。我母亲问她，她似乎根本不记得那事儿。问我大舅，他只说："你就当我自己想明白了不行吗？非得知道那么详细吗？有那种必要吗？"

但我大舅的同意是有前提的——就是绝不举行仪式，而这也是阿黛姐所坚持的。

后来，就仅在唐人街贴了一份告知书，上边连喜字都没有。同时在门外放了一盆块儿糖，转眼就被大人孩子们抓光，连添三次，证明那事儿在唐人街获得了极普遍的认可。

我从四岁起住到了母亲的娘家，也成了一个在唐人街长大的孩子。一晃十三年过去，我虚岁十七了。十三年里，我基本上是一个旁观者，见闻了某些唐人街上的事儿，悲伤过唐人街上华人们的悲伤，为自己痛失母亲家族的至爱亲人而多次流泪。只在那一件事儿上，我算是参与了态度，而且付诸了促成的实际行动。尽管那事儿最后的圆满功不在我，而是疯过的小姨起了决定性作用，但我仍觉十分欣慰。

因为，我希望那样。

第十二章

　　1947年3月，我和儿子高坤终于回到了中国。确切地说，3月3日那天，我们母子的脚已经踏在东北的土地上了。

　　那是极为疲惫的行程。起先，自然是从海路在上海抵岸的。上海那时仍属国统区，虽有机场，却无民航起落。据说全中国的机场无一例外都被国军军管了，任何一个普通人都不可能成为民航机乘客。那时的上海，到处可见大战将至的严峻局面，军车过往不断，宪警林立，不时指令可疑的行人站住，盘问搜身。由于等车票，我和儿子违心地在上海住了三天。那三天里，不论在宾馆还是在街上，一个日本人也没见到。我丈夫的一位商界的朋友去码头接我们，只要我们离开宾馆，他必定相陪。说是相陪，其实是为了保护，正如在香港时"小沈"所起的作用。我看出了那一点，但没说破。我也猜到了对方的身份绝非仅仅是我丈夫的商界朋友那么简单，却更加明智地装出心中并无那一猜测的样子，觉得多此一举。我是在中国国统区的城市里，而且我和儿子都有着美国护照，我们母子并不肩负什么对中国不利的军事使命，谁会将我们怎么样呢？

　　住下的第二天，儿子提议去两个地方凭吊——英租界南京路老闸巡捕房那儿和苏州河畔四行仓库。

第十二章

儿子不说，我想不到，儿子的提议，也使我顿时心潮澎湃。我弟世杰之死，使我这个大姐和他的外甥高坤内心的民族情怀甚为强烈，于是欣然同意。

四十多岁的"庄先生"——也就是我丈夫那位"上海商界的朋友"严肃地问："非去不可吗？"

儿子也严肃地点头。

而我严肃地反问："有什么不妥吗？"

"庄先生"说："倒没什么不妥。但是，不必带花圈了吧？那太惹人注意了。太惹人注意总归不好。"

儿子问："戴白花行吗？"

"庄先生"说："行。你们别管了，我准备。"

我们三人先去的巡捕房那儿——英租界还是英租界，多面米字旗在租界内的旗杆上招展。巡捕房已不再是巡捕房，牌子换了，其上用英文写的是"问询处"了，仍有一名持枪的彼国兵在站岗。

"庄先生"提醒我们别往前走了，随言从兜里掏出三朵白色纸花。

我们三人都戴上纸花，隔马路驻立人行道上，低头默哀。

那英国兵看着我们，倒没做出什么紧张的反应，只是显出奇怪的样子而已。

才转眼之间，我们身边又站住了些行人，与我们一起默哀。

英国兵这才不安起来，一边看着我们，一边抓起电话快速拨打。

"庄先生"说："走吧。"

我们三人拔腿便走，别人便也顷刻散去。在走向四行仓库的路上，儿子问我："妈，你觉得那小英国兵会知道我们为什么在那儿默哀吗？"

我想了想，感慨万千地说："1925年发生的惨案，如今二十多年过去了，那小兵才二十多岁，估计他根本不晓得，在他眼前的街上，当年的英国兵曾枪杀过中国的抗议学生。"

儿子又问:"现在的英国,是中国的友邦了吗?"

我不由得反问:"你为什么会有这种想法?"

儿子说:"'二战'时期,美、英、苏、中,不是反法西斯的盟国吗?"

我不由得站住,看着他说:"儿子,我的常识告诉我,在这个地球上,欧美白人国家自认为是优等人种的历史,由来已久了。它们不再联合起来瓜分中国,就算中国之幸了。友邦这种想法,从来都是中国的一厢情愿。二战只不过是中国和它们共同抵抗恶魔的一场战争。此战虽胜,反而会更加增强他们的优等心理。中、苏两国的牺牲,在它们那儿基本上是视而不见的。所以,你的想法是天真的。"

儿子听了我的话,愣了半天才又问:"如果以后中国强大了呢?"

我说:"但愿有那么一天吧。但在中国确实开始强大的时候,它们必会联合起来打压中国的种种努力。因为曾经被他们打到北京火烧圆明园的中国,世界上人口最多的中国,一旦和它们一样强大,它们的优越感觉就被破坏了。"

儿子张张嘴,没说出话。

"庄先生"却说:"夫人,我要向您鞠一躬,因为您说得太对了。"

他向我鞠罢一躬,又对我儿子说:"高坤,你妈的话并没说完,还有更重要的一句话就是,不管西方列强国家怎样打压,总有一天,中国必将强大起来。"

"谢谢你替我补充了更重要的话。"

我这么说时,脸上微微一热。

"二战"已结束,中国虽也成了战胜国之一,但我对于中国的现状,内心里其实仍是悲观的——我从一切关于中国的资讯中,丝毫也没梳理出它必将强大的端倪。

当我们母子和"庄先生"一路戴着白花走到苏州河畔,伫望对面的四行仓库时,"庄先生"流下泪来。

太阳已升至正午的位置,残垣断壁清晰可见,像耸立在露天舞台上的史诗剧的布景。

儿子说:"我仿佛听到了枪炮声。"

我说:"默哀吧。"

我们母子垂下头时,"庄先生"竟在我们前边双膝跪下了,而且叩了三次头。

我们往回走时他才说:"我的伯父是五二四团的一位营长,一颗炮弹将他炸得无影无踪。"

那时客运列车仍可在南中国的铁轨上行驶,"庄先生"一直将我们母子陪到天津。在站台,我们见到了小沈。"庄先生"与我们母子告别后,没出站,直接返回上海去了。

儿子问小沈:"庄先生真姓庄吗?"

小沈反问:"他对你们照顾得好吗?"

儿子说:"好。"

小沈说:"那姓什么就不重要了。"

儿子又问:"沈叔叔你真姓沈吗?"

小沈笑着回答:"我倒千真万确是姓沈。"

儿子说他起先暗自以为,"庄先生"是他爸花钱雇的"能人",那类"能人"大抵属于什么江湖帮会,讲义气,守信誉,只要钱给到位,对护送一类的事可以做得万无一失。

从天津起,再往北没列车可乘了,因为有些被日军炸毁的铁路和桥梁尚未修好,而能够通行的路段,全由军方占用了。离开天津,我们母子坐过私家汽车，也坐过牛车、马车、雪爬犁。幸有小沈相陪，一路倒也顺利。

快到哈尔滨时，我们还搭乘了一段军车。两辆带篷的军车行驶在由几千人组成的军队旁。后边一辆军车的驾驶员带伤驾驶，小沈替下了对方。我和儿子坐在前边一辆军车车厢内，车上坐的全是国军，两名军人起身为我和儿子让座。车下步行的却分明不是国军，这使我和儿子十分疑惑。我朝儿子耳语了几句，儿子便问一位看起来是军官的军人他们去哪儿。

那国军军官说都去哈尔滨。

他的回答使我和儿子放下心来。

我忍不住也问车下走着的是什么部队。

他说是"中共"领导的东北军。

那日也就是1947年3月3日，我第一次见到"中共"所领导的军队。此前，对于我，"中共"及其军队如同传说。

我愣了半天，忍不住再问："那么……中共的军队，他们是往哪儿开拔呢？"

那军官说他们也回哈尔滨。

"那……那什么……现在的哈尔滨被哪方面的军队所占领呢？"

我儿子也插了一问。

那军官笑道："看来非对你们母子细说不可了。"

这时有一名士兵从旁介绍，那军官是国军新一军新三十师第八十九团的一位营长谢榕。

谢营长的说法是——哈尔滨已经成为"中共"的城市大后方，而且任命了市长，一干管辖机构包括教育厅、各医院学校的长官全都重新任命了。总而言之，哈尔滨已经是另一番天地另一种景象了……

我听得目瞪口呆。虽然我这名女国民党员从没交过党费，从没执行过

第十二章

什么党派任务,更不曾有过任何反共言行,但那位"国军"营长的话还是令我大为愕异。

"可……可是你们……为什么会与他们……"

我简直不知我该怎么再问了。

谢营长苦笑着道——"共党"在东北的军队已有四十万之众,主要由以前的"抗联"和林彪从关内带过来的"共军"组成,再加上他们这样的"投诚"部队和哈尔滨地区入伍的新兵,战斗力越来越强大了。

"松花江南边是我们国军占领区,共军已经两次打过江南了,每战必胜,使我们国军伤亡惨重。我和我手下的弟兄们厌战了,听了共军的宣传,觉得共党的主义确实能带给老百姓好处。我们都是普通百姓人家的儿子,不愿再替蒋介石卖命了,就放下武器,弃暗投明了。我们受到了哈尔滨方面的邀请,前去参观,与各界座谈,切身体会一下共产党的政权是一种什么样的政权……"

他身旁的一名老兵接着他的话说:"我们是代表,所以我们一路坐在车上,遇到伏击都不必参战,由他们保卫我们,安全得很。"——说罢,还大模大样地叠起了二郎腿,掏出了烟包。

谢营长正色阻止:"收起来!女士面前,不许吸烟。"

那老兵尴尬地将烟包揣入兜里,其他士兵则议论纷纷:

"说不愿再当兵的,允许回老家,还发给盘缠,也不知共军的保证信得过信不过?"

"不是还说愿意留在哈尔滨谋生的,负责帮咱们找工作吗?"

"是真是假,到了哈尔滨就明白了。"

与些个"国军"同坐一辆军卡已使我大出所料,他们居然还是些"投诚"兵,更使我觉得无巧不成书,同时替"国军"倍感悲哀——"投诚"反而光荣似的,如此"国军",岂非枉冠那一"国"字了吗?

偏偏儿子此时竟说了一句:"妈,还让我问什么不?"

"我什么时候让你问了?大人说话别插嘴,听着就是!"

我撑了儿子一句,靠住车板,闭上了眼睛。

"我是不回老家了,老家在山东枣庄一带,全村人差不多都被鬼子杀害了,我一家数口只逃出我一人,加入国军原本一心想要杀鬼子,替亲人报仇雪恨。可自从穿上这身军服,从没跟鬼子打过一仗,尽跟着部队'剿共'了。老子是再也不愿当兵了,留在松花江北边重新当回老百姓拉屎倒,哪儿的黄土不埋人呢?"

"哎,弟兄们,我就想不明白了,同样是当兵的,瞧下边走着的那些,一个个昂头挺胸,大步腾腾的,他们当兵咋就当得心气那么高呢?"

"咱们是举白旗投降的,人家是获胜之师,能一样吗?"

"也不只是胜败的问题,他们都是有信仰的,信仰使他们官兵一条心,或攻或守,一令一盘棋,自然胜算就多。哪像咱们,从师长军长们那儿心就不齐,各算各的小九九。咱们有没有信仰姑且不论,那些是将军的就有了吗?"

我听出此一番话是谢营长说的,暗觉他说的有理,却仍不想睁眼。

"我嘛,倒宁肯被共军收编。我家在福建漳州,父母尚在,上有兄下有妹,日夜都盼着能顺利回到老家和亲人团圆。可就眼下局面,即使发给我路费,千里迢迢的,回到老家谈何容易?兴许半道又被国军抓了壮丁,那不还得被迫与共军为敌,死了岂不是白死?就算命大没死,结果当了俘虏,二次放下武器,还能受到这般优待吗?莫如跟随共军一路往南打,打到了老家,要是有功,升个一官半职,那不也算荣归故里吗?"

这一名士兵的话,我听得聚精会神,因为他一开始就说他是福建漳州人。待其说完,我不由得睁开眼睛,见他并不是兵,分明也是一名年轻的军官。

第十二章

谢营长介绍他是一位连长。

我问他既是福建漳州的,可知漳州有一户姓赵的中医世家。

他问:"你指的是从清末起就以医术闻名漳州的赵家吗?"

我说:"正是。"

儿子又要插言,我斥了他一句:"住口!装会儿哑巴。"

那连长愣了一下,又问:"夫人与漳州赵家有什么关系吗?"

我撒谎,说毫无关系,只不过曾有一位漳州赵家的朋友。

他犹豫片刻,怅然道:"与您同车,也算有缘。不瞒夫人,在下就是漳州赵家子弟。"

接着,不待我再问什么,讲起漳州赵家的一些往事来。讲到一八二几年时,赵氏家族命其次子跟随一批漳州子弟远涉重洋去往美国一节,感慨良多,崇敬之情溢于言表,连谢营长和士兵们也听得入了神。

待他沉默,谢营长说:"你我兄弟同袍久矣,怎么以前从没对我讲过?"

赵连长苦笑道:"我们赵氏家族,堂表亲支脉庞杂,堂而又堂,表而又表,我这一代少说也有二三十人,相互之间或亲或疏,或早已断绝了来往,我只不过是同代中的一个,有什么可讲的呢?"

然而听面前这位我们赵家的远亲满怀深情地讲到我祖父的往事,我还是不禁心潮澎湃,努力克制着才没表现出我的激动。从赵连长的年龄来看,我和他应属同代。我努力回忆,认为自己与他并没有过书信往来。至于我妹和我弟是否与他通过信,就不得而知了。那一时刻,我的心理很复杂,也可以说甚古怪——一方面,我希望哥哥、妹妹或弟弟,确曾与他通过信;另一方面,又觉我们这一支脉的儿女,还是与其没任何关系的好,不是因为他是"国军",也不是因为他已"投诚",而是因为……

究竟因为什么,我当时自己也无法理清楚。总之,相视而坐的明明是一个同族又同代的人,而且是我出生以来所见的第一个那样的人—— 一个彬彬有礼教养良好的族人,我内心竟一点儿惊喜也没有,只觉得五味杂陈,百感交集,欲说还休。

我强自镇定,问他对于赵氏家族他这一代以及上下一代人,还知道些什么。

他很奇怪,反问我何以想要了解。

我说我那位朋友目前身在美国,离开故乡久矣,亦与族人殊少有书信往来,由我写信转告一些关于其族人的信息,对朋友肯定是高兴的事儿。

他还想问什么,我儿子适时地说:"由于战争的原因。"

儿子替我回答了他想问的话,我握了儿子的手一下,点点头。

他说:"明白了。"

谢营长说:"快告诉夫人,知道多少说多少,不许隐瞒,这是命令。"

他说:"你的那位朋友,我的那位本家,不论是男是女,都令我非常羡慕,避开了多少是非荣辱啊!"

接着他坦率地告诉我,在近二十年间,在漳州赵氏家族中,亲共者有之,亲蒋者有之。出过国军将领,在抗战中捐躯了;出过共党地下工作领导者,被蒋特所俘,英勇就义了;出过著名报人,虽无党无派,却坚决主张抗日,为民主与正义奔走呼号,一度被国府通缉,从此人间蒸发,死活不知;出过留洋博士,国共谈判时充当过国府翻译,使族人一度引为美谈;还出过民族败类,充当伪军高官,既令家族蒙耻,亦令族人所唾;继承祖业行医济世或在国外学而有成,回国在大学任教者,也有两三位……

他最后说:"夫人,一个家族历史太久人口太多,并非完全是好事。天下太平,固然会相互影响,彼此提携,人人向上向好。而若天下长期大乱,战事频繁,那可不就各执所是,各否所非,什么人都会产生了呗!真不知我哪一天若活着回到漳州,该认何人为亲,又该拒见何人?那当了汉

第十二章

奸的，我自然不会还认他为亲……"

谢营长也许见我表情已变，打断道："你所知道的已经都讲了，多余的话不说也罢，再说下去没必要了。"

我那位本家赵连长仰头叹了一声，于是沉默。

而我儿子那时暗暗握住我的手，握得很紧。

三月的东北，放眼四望，依然冰天雪地。军卡驶至冰封的松花江中央时，突然响起爆炸声，冰面被炸出了几处窟窿，冰块飞起老高，引起了一阵混乱，紧接着后边响起一阵枪声……

我和儿子第一次亲眼见到爆炸场面，亲耳听到枪声，我并没惊慌失措，因为身边全是兵，车两旁也是兵。所幸两辆军卡完好无损，但车两旁的兵有人受伤了，有人掉入冰窟窿了。儿子不但没惊慌，还搂住我连说："妈妈别怕。"

小沈帮着别人将两名受伤的兵举放到我们那辆军卡上，同时安慰我和儿子没什么大不了的，估计是小股投靠了蒋军的土匪所为。他一说完，立刻回去开他那辆军卡了。接着上来一名女军医，她证实了小沈的话，说十几名土匪放了一阵伏击枪后打算策马一逃了之，结果全被神枪手击毙了。

有生以来我也第一次见到了伤兵，两个受伤的兵娃子看去都不满二十岁，却都坚强得很，紧咬牙关，不喊不叫，也不呻吟。

"别一个个傻看着，都下车！"

谢营长一声命令，他那些弟兄们便都跳下车去，而他下车前脱下了大衣，在我儿子的帮助下铺平在车内。

我是生来怕见血的女子，见血便晕，那时竟不晕了，与我儿子和女军医一起，扶两名伤员平躺下去。女军医动作麻利地剪开两名伤员的袖子、裤腿，察看伤口后说："万幸万幸，你俩都是皮肉伤，先给你俩打上止疼针。"

两名伤员竟都笑了。

女军医也笑道:"命大,值得笑。"

她又问我和儿子:"你俩谁还能帮我一下?"

我和儿子抢着说:"我。"

女军医说:"一人就行。"

我立刻说:"那我儿子吧,让他实践实践。"

那时我忽然有了头晕反应,几乎要吐,赶紧移身到车尾,蹲在后箱板那儿,闭上眼睛,大口深呼吸。

不知过了多久,我听到儿子说:"妈,别蹲那儿了,可以坐过来。"

我回头看时,见儿子已和女军医并坐椅上,两名伤员的伤已包扎完毕,我的皮箱已放在他俩对面的长椅上。

儿子说:"妈,你最好坐皮箱边上,手臂放皮箱上,那样会坐得稳。"

我依儿子所言那么坐了过去。

女军医说:"你儿子配合得很好。"

我看着儿子说:"谢谢你表扬他。"

队伍和卡车过了松花江,远远可以望见哈尔滨市的某些楼廓了,不在正前方,在左侧。这时队伍分开,大部分朝正前方走,只有几十人和谢营长他们那伙投诚的弟兄继续伴着卡车走。路面的厚雪结成了一层硬壳,极滑,卡车开不快,随车而行的士兵步伐完全跟得上。

女军医说大部队并不住在市里,他们的驻地在什么县的郊区。

她那么说时,摘下狗皮帽子,垫在一名伤员头下。

我也从头上摘下长围巾,递给儿子,儿子将他的手套卷在围巾中,往另一名伤员头下垫。那名伤员却推挡,说怕弄脏了。

我说:"没事的,别拒绝。"

女军医也说:"听夫人的吧,要不夫人不高兴了。"

第十二章

那小兵这才不推挡了,难为情地说:"谢谢夫人啦。我一定勇敢战斗,以实际行动回报夫人的好意。"

女军医笑出了声,揶揄他:"还挺会说话,冲这一点,姐唱歌给你俩听,想听吗?"

俩小兵齐说:"想!"

他俩都在二十岁左右,脸上稚气还没褪尽,却都呈现着某种特殊的成熟了——只有出生入死过的年轻人脸上才会有那么一种成熟。再端详女军医,估计她二十六七了,双颊微黑,是冻伤留下的标记,以后会褪。她五官端正,眉舒目朗,谈不上漂亮,却也经看。

我好奇地问:"军中女医生不多吧?"

她笑道:"我可不是军医,是护士,在我们的部队叫卫生员,我年龄偏大,算老资格了。"

我又问:"在哪儿学的?"

她说:"我们的圣地。"

"你们还有圣地?"

"就是延安啊。东北刚一光复我就随先头部队过来了,在北安那边成立了第一个县级红色政府。部队缺卫生员,我主动要求转到部队上了。"

她挺爱说话,有问必答。

这时,一名小兵催:"姐,唱不唱了呀?"

她又笑了,连说:"唱,唱,你俩想听,当然得唱!"——问我:"可以吗?"

我也笑着说:"同样想听。"

她便唱了起来。

她笑时的样子很可爱,极富感染力。嗓子也好,咬字清脆,亮。唱罢,车下响起了兵们的喝彩。

我问她唱的什么？

她说唱的东北小调《报戏名》。

另一名小兵说："没听够！"

她嗔道："没听够干吗不叫好？刚才车下的都叫好了，你俩反倒哑巴似的，有你俩这样的吗？"

于是一个小兵喊："姐！"

另一个小兵喊："再来一个！"

她则说："那就再来一个有点儿那个的哈，有点那个就不敢大声唱了，小声给你俩唱首《送情郎》。不许打我小报告！要是敢，姐饶不了你俩！"——又对我儿子说："你不适合听，把耳朵捂上！"

儿子看着我说："妈，我也还想听。"

我说："批准了。"

她说："那我可就唱了！"

便又小声唱了起来。

车下的兵们起哄："听不清！"

"有意见！"

"来大声的！"

她就大声唱了起来。

车下的士兵中也有会唱的，你一句我一句，高一声低一声的，跟着唱。

自从出生以来，第一次见到"国军"，其中一位连长还是我的本家，并且听他们说了那么一些话；也第一次见到"共军"，并由"国军"的一位营长说出"他们有信仰"的话来。这使我不但感慨良多，简直还如在梦中，似梦非梦，却又十分怀疑自己所见所闻都是真的。与"国军"的颓唐相比，分明的，"共军"们一个个意气风发，精神抖擞，全然没有刚打完

第十二章

仗的疲惫样子，大步腾腾走得浑身是劲儿。即使那两个躺在我眼前的小伤兵，也丝毫没显出不幸的沮丧，反倒都不失时机地与那卫生员"姐"调皮一下。这到底是为什么呢？特别是那卫生员，谈笑大方，乐乐呵呵，显然对枪声对战斗早已习惯，使我暗自钦佩。

我想问她姓什名谁，哪里人，但忍住没问。知道了便又如何？我不认为自己与她有再见到的可能。明摆着，我和她面对面坐在同一辆军卡上完全是一种偶然。

我也想问那两名小伤兵，他俩确有信仰吗？果真有，又是什么呢？我这个有着纽约大学硕士学位的知识女性都无所谓信仰，他们又怎么会有呢？"二战"的恐怖与苦难刚刚结束，连最虔诚的宗教徒，比如我哥哥，都一再地怀疑过自己的信仰究竟有没有现实意义，使我对"信仰"二字早已敬而远之。我的所见所闻，太超出我的理解范围了。

尽管我和儿子在那辆军卡上的经历是我归国途中最受冻最颠沛的经历，却也是心情最放松，觉得最安全并且最愉快的经历。

军卡开入市里，开入了一所医院的院子里——谢营长和他的"国军"弟兄们要在那儿检查身体，是对他们作为访问代表的优待之一。小沈又借到了一辆军用吉普，我和儿子便改乘到吉普上了。

儿子悄悄告诉我，那是一辆"美国造"。

小沈听到了，笑着说："如今的哈尔滨，马路上出现的机动车多数是美国造，我们从老蒋那里缴获的，连你父亲的车也换成美国吉普了。他腰不太好，坐吉普能把腰挺直，我也喜欢为他开吉普，视线高，有劲儿。"

儿子问："你又是我爸司机了？"

他说："不仅是司机，还是贴身警卫。他出行离不开我，想离开也不行，我们的安全纪律不允许。"

儿子又问："那，你们是谁呢？"

他说:"现在可以向你公开了,我是'共党'分子。"

"那,我父亲……"

"别问起来没完。"

我将儿子没说完的话截断了。

车内的气氛一时沉静起来。

为了调解一下气氛,我请小沈开车各处转转,也算载我和儿子兜一下风。离开哈尔滨十二年了,从严格的意义上讲,对于我这个已婚女子,纽约唐人街上的赵宅是我娘家,哈尔滨松花江畔那幢记忆中的俄式别墅才是我真正的家,那么哈尔滨应是我的第二故乡。它不再属于所谓"满洲国"了,不会有任何日本人在这座城市耀武扬威横行霸道了,实在是值得大为开心的。如果"满洲国"还是"满洲国",我断不会有什么兜风的想法,巴不得立刻就能回到家里。在"满洲国"时期,即使我这种别人眼里的"夫人",也不敢确保自己的人身在任何时候都是安全的。

我要领略一番"光复"后的哈尔滨的愿望十分迫切,儿子的愿望比我还迫切,一再说"开慢点儿","再开慢点儿"。我非常理解儿子的心情,他在纽约唐人街是住在外公外婆家,哈尔滨松花江畔那个家更是他朝思暮想的家。他离开时才五岁,只由我和他父亲带着在江畔一带活动过,根本没到过市里。出现在他梦中的,也只不过是对家的记忆,不可能是对哈尔滨的印象。

几天前肯定下过一场大雪。在东北,初冬的大雪曰豪雪,深冬大雪曰寒雪,三月以后之雪每被民间叫"肥雪"。这是因为,不论雪花多大,积起来的状态却并不厚实,相当蓬松,质地宛如棉花糖。

眼前街树上的雪都还没坠,看去好似巨大的棉树。已是黄昏时分,红日西悬,其辉彤彤,大树小树所托之雪,朝西的那面被映得红微微的,高高低低的房顶亦那样。也许由于天冷,街上行人稀少,步履匆匆,过往车

第十二章

辆偶现。确如小沈所言，以美国军卡、吉普、摩托为多。

一切如故，几无变化。

今昔明显的不同似乎只有一点——过去插在秋林公司洋葱式楼冠上的米字英国旗不见了，从前那是明显的地标，甚远可见。曾到处悬挂的日本"膏药旗"和"满洲国"龙旗也无影无踪了，取而代之的是一会儿一见的有镰刀锤头的红旗。小沈说那是中国共产党的旗，挂有那种旗的地方是各级各类办公处。

前方忽然响起鞭炮声。

小沈问过去看一下不。

儿子急切地说："看看，看看，我没见过哈尔滨人结婚的情形，何况还是在冬季！"

我说："听他的吧。"

其实我也没见过，心情大好，什么热闹都想见见。

小沈便没在路口拐弯，直接开了过去。

却不是有人家办喜事，而是许多人在祝贺一次会议的闭幕——红底白字的大横幅告诉我，闭幕的是"松江省教育研究会"。有人还摇摆一面面红旗，其上或白或黄的字显示的是"教职员联合总会"、"哈尔滨省立师范"、"双城"某中、"阿城"某中、"呼兰分会"、"巴彦支部"等等。

我摇下车窗，看着那些身为教师的人因为高兴而雀跃不止的样子，听着他们的欢声笑语，霎时间鼻子一酸，几至泪如泉涌！

我想到了我的父亲一心要为唐人街争取扩大属地的夙愿，至死也无结果，他进一步想在唐人街办一所像样的华人子女小学的初心，也就化为泡影。我想到了我妹在唐人街上执教的种种不易，有时一年内得换几次教室；想到她疯了以后，我接替她当老师的迫不得已，以及孩子们为了抢先占据到坐的地方，经常带着小板凳提前候在我们赵家门口的情形。有那求知若渴的孩子,去晚了已没地方坐,并不走,甘愿贴墙站着听我讲课。而我怕他们站累了,只能指示他们轮着坐,轮着站。

在西方人的意识中,教师是为孩子们以后的人生"点灯"的人——没有知识的人,如黑暗中的行者。看到有那么多"点灯"之人欢欣鼓舞,我深为哈尔滨往后的孩子们感到幸运。我明白,对于教育这一种特殊事业,教师怎样,比学校怎样、教室怎样更为重要。

我同样知道,倘欲彻底亡某一国,必先彻底灭其语言——"满洲国"时期,暗中传播中国文化的教师,会被日本军特杀害。

谢天谢地,这一切都过去了。

"妈,你怎么了?"

儿子一问,竟使我不禁双手掩面,无声而泣。

小沈将车靠路边停住,也不安地扭头问:"夫人,有什么不妥吗?"

我说我只不过触景生情,联想到了某些事。

吉普停在我家院门前时,我暗吃一惊,不禁转脸看儿子,儿子也一脸愕然——院门一侧,竟有持枪的士兵站岗,其枪还上了刺刀,闪闪发光。那兵戴狗皮帽子,一身棉军装虽然挺合身,虽然腰束军皮带,但以军装而论,看上去还是有几分土。但与我已经见过的那些兵相比,该说相当体面了。而且不仅有那一名站岗的兵,院里也有一名,枪上同样上着刺刀。俩兵认识小沈,他探出头一打招呼,院外的哨兵退后一步,院里的哨兵将对开铁门打开了。

门还是原先那门,旧了,掉漆的地方生锈了。

车驶入后,小沈下车前对我和儿子说:"高先生是重点保卫人士,这里设双岗完全正常。"

我和儿子刚下车,听到屋里有音乐之声传出,又不禁诧异对视。小沈却已拎着皮箱,大步踏上台阶。

第十二章

家！终于回到了阔别已久的家！朝思暮想的家！

我们母子跟着小沈进入家门，都在门口呆住了——我家的留声机仍摆在原处，正播着一首什么外国歌曲，三个姑娘——三个穿着好看的女式夏季军装、头戴船形帽的女兵正随着歌曲旋律跳舞。她们的年龄都在二十余岁，所穿军装像我所见过的美国女兵的军装，却又分明不是美式军装。儿子没见过女兵，看傻眼了。

她们也看着我们愣住。

小沈停了唱机，奇怪地问她们："这是在搞什么名堂？"

她们说在准备节目，四天后的第五天是"三八"世界妇女节，"高先生"要求她们也出节目，而她们穿的军装是从剧团借的。

她们说的"高先生"，自然是我丈夫高鹏举。

小沈问："高先生怎么不在？"

她们说我丈夫本来要在家静候我们母子的，可忽然来了个电话，有关方面要他去开什么重要的会，不一会儿来了辆车将他接走了。还说我丈夫留下话，要小沈到老地方去候他。

小沈要求，也可以说命令姑娘们立刻换下军装，穿上自己的衣服，他批准她们提前下班了。

这时楼上走下一位五十几岁的妇女，站在楼梯上笑微微地望我，接着打量我儿子。

小沈上前几步，恭恭敬敬地将她扶下楼梯，向我和儿子介绍她是孙尚义的老伴，往后由她照顾我们一家三口的日常生活。

"我叫王山花。"

她仍笑着，每条皱纹里都是善良，这使她看上去老得很美。

小沈介绍之后匆匆走了。

我和儿子看着她，却顿时泪如雨下。

我上前抱住她哭出了声，边哭边说："对不起，对不起，当时是我们连累了……"

"不哭，不哭，别那么想，老孙他当年本就是做的九死一生的事儿，中国当年也总得有人豁出命去做不是？"

她温言软语地安抚我。

而儿子双膝跪下了。

她轻轻推开我，慌忙扶起儿子，和蔼地说："小沈告诉我你叫高坤，那我以后叫你坤吧。"

我说："以后咱们就是一家人了，我随鹏举叫您婶，高坤该叫您婶婆，这么论没乱吧？"

她笑道："北方应该叫太婶，还是婶婆叫着顺口，就按你们南方的叫法叫吧。"

仨姑娘依次从一个房间出来了，都换上了很土的有补丁的棉军衣，看上去不像刚才那么靓丽了，然而她们的脸庞都很清纯。

山花婶叫住了她们。仨姑娘一字排开地站着，腼腼腆腆的，都有点儿不好意思。

山花婶指着她们一一介绍——剪短发的叫吴知遇，二十三了，是她们中的"大姐大"；扎两支短辫儿的叫陆箫儿，是位上海姑娘；介绍到第三位姑娘时笑了，我和儿子看着那姑娘发愣——棉帽子拿在她手里，而她的头发全剃光了，刚长出黑茬儿没多久；她也看着我和儿子发愣，不明白自己为什么格外引起注意。

"这假小子叫冯晓岚，年龄最小。"

山花婶介绍完，替她往上提了提衣肩，又对我说："你记着，让鹏举替她再领件小号的，这件她穿着太大，是不？"

我点头。

第十二章

"我泡茶去。"

山花婶转身离开了。

吴知遇小声对"假小子"说:"戴上帽子。"

"假小子"这才悟到为什么自己更有吸引力,红着脸戴上了棉帽子。

陆箫儿替她解释:"她以为特殊任务是要让她加入前线队伍,当女侦察兵或狙击手,来之前让人把头发剃光了,没想到是派她来这儿成天拨算盘,还哭了一鼻子……"

冯晓岚窘窘地说:"我并不是心疼头发,文工团长不该骗我。"

大家便都笑了。

三个姑娘刚要走,我儿子问刚才留声机放的是哪国的曲子。

知遇说是苏联的《女兵进行曲》。

高坤又问:"我可以听不?"

知遇说:"我们又不带走,随便听。注意别损坏了唱片就行,因为还得还回苏联领事馆去。"

儿子又问:"那你们刚才穿的也是苏联女兵服?"

知遇说的确是,她们任要参演的节目是女兵舞。

儿子还要问什么,我打断道:"别那么多话了,还让不让三位姐姐走了?"

她们走后,我在沙发上坐下。

儿子问我:"妈,你怎么忽然不高兴了?"

我说:"不是,有点儿累。"

沙发已非我家原有的欧式真皮沙发,而是一律罩白布的简易硬沙发了,白布上全印着一个显眼的红色的"公"字。

我说:"这不是我记忆中的沙发。"

儿子挖苦地说:"那又怎样?"

我家大变样了——一层变得是我家但又非我家——从前摆在一扇窗前的钢琴挪了地方，美观的绣花罩不知哪儿去了，钢琴上下两层都成了摆放文件袋的地方。

我拍着沙发说："你也坐下。"

儿子说："你那样子，我宁可站着。"

我自言自语："酒柜成了碗橱了。"

"那又怎样？"

儿子反复用同一句话撑我。

酒柜里的粗瓷大碗使我看着别扭。原本宽敞的空间多了三张办公桌，桌面虽并不乱，但使空间变狭窄了。每扇窗上都贴了防碎纸条，也使光线变暗了。最令我难以接受的是，一面墙上挂着四支装在皮套里的短枪和几条子弹袋，而下方是枪架，架上还支着四支长枪！

哪儿还像家啊！

儿子也发现了枪，刚要往那边走，我吼了一句："站住！不许过去。"

儿子瞪着我问："妈你那么大声干什么？我也不过就是看看，又不碰。"

我说："看也不行！"

山花婶端托盘从厨房出来，替儿子求情说："他想看看就让他看看吧。哈尔滨还是很不太平，咱们这儿没枪可不行。人家那仨姑娘个个都是神枪手呢，百里挑一选到这儿的。枪里都没上子弹，走不了火。"

她那么说，我就不好再训斥儿子了。

山花婶一边往茶几上放盖碗一边说："这是红茶，这是咖啡；这碗是几个元宵，正月十五省下的，鹏举说你爱吃元宵；这碗里是两个荷包蛋。"

我那时极想与人聊聊，以消除自己的不良情绪，遂问："你知道我喜欢喝红茶？"

第十二章

她说:"鹏举告诉我的,说你冬天爱喝红茶,夏天爱喝花茶,还在美国养成了喝咖啡的习惯。可这两样东西在哈尔滨时下都不易买到,鹏举东托人西托人才买到的。"

我问:"为什么会这样?"

她说:"时下的哈尔滨,被蒋军孤立起来了,不尽快打通南北铁路的话,许多物资都会短缺的。真那样了,可如何是好呢?"

她叹起气来。

我的郁闷不但没消除,心中反而顿时被一团大忧虑胀满了,便转移话题,说我记得听孙师傅生前讲过他们有个儿子,关心地问她儿子的情况。我是真关心——如果她儿子是可塑之才,我想我和丈夫有责任使她儿子出人头地,那我俩也算对得起孙师傅了。

她却说儿子早年参加了抗联,所幸没牺牲,被改编在"咱们的"东北兵团了,已经当上了副团长,指挥一千多人呢。她说"咱们的"三个字时,满脸洋溢着母爱和自豪,仿佛认定我和她一样,都是亲爱共产党的人。

我一时只有赔笑而已。暗自思忖,幸而并没说出想帮她儿子出人头地的话——要是说了,会多尴尬!

"高坤!干什么呢?"

我一回头,见是鹏举回来了。

儿子看着他爸笑道:"紧张什么啊,我也不过就是摸了一下嘛!"

我丈夫的头发已白多黑少了。

还好,楼上基本没变样。只不过一间二十几平米的书房被当成了会议室,多了会议桌,一面墙上也多了马恩列斯的印刷像。对于他们四位的形象我并不陌生,还是纽约大学学生时,我就不止一次从书刊上见到过。书橱里的书却都在,似乎一本也没少。我爱文学,犹如儿子爱音乐。我有收集珍版书的喜好，那些书中不少便是珍版，还有十几本签名书。

我洗过澡后，站在书橱前认真察看时，鹏举悄然而入，从后搂住了我的腰。

我问："蔡元培先生那本签了名的《论中国人的修养》还在吗？"

他说："当然在。那不是吗？蔡先生赠我岳父的书，我岂能使之丢失？"

我看到了，放心了，又问："胡适先生的《中国哲学史》呢？那可是他任驻美大使时，我写了封信，信中夹了钱向他求赠的，如果没了，我要与你大闹一场的。"

他说："在，在，有我在，你珍藏的书就都是宝。卡森·马卡拉斯的《内心孤独的猎人》的签名本在，《推销员之死》的签名本在，辛克莱·刘易士的《大街》在，夫人，我向你保证，二楼这排书橱里的书一本没少。如果你日后发现居然少了一本，怎么闹都行！"

我反身拥抱他，吻了他一下。

而他夸我发式绾得好看，换上的衣服很适合待客。我尽量不看墙上的像，也不发问，只当不存在。

到家的第一个晚上，我经历的情绪波动够大的了，难以消化的疑虑也够多的了，自我状态刚好一点儿，唯恐又被破坏了。

我丈夫亦如此，目光也尽量不看那面墙，更没主动解释，仿佛那时眼里没别的，只有我。

第十三章

晚上来了三位与高家关系非同一般的客人。老赵是第一个来的，一见面我就认出了他，那真是双方都百感交集，喜不自胜的相见。之前鹏举已嘱咐过我，千万别提他儿子。

二楼的会议室同时也是餐厅。老赵落座前先取下了枪，我丈夫替他挂在衣架上，之后对我说老赵已是哈尔滨市58处街道公共治安管理所的总首长了，有权调动和指挥三千余众的街道自卫队。

我说他比从前瘦了。

他憨憨地笑道："那是肯定的。哈尔滨还没完全太平，成天都是紧绷着神经度过的。"

我笑着问鹏举："看来我得习惯，咱们的亲人都是带枪的人。"

鹏举正欲回答，老赵爽朗地笑出了声。

他说："少夫人还是这么爱开玩笑。好，千万别变。"

鹏举抗议地说："老赵，你刚才的话我可不爱听。"

老赵一愣，问我："少夫人，我哪句说得不对了？"

我笑着说："你以后叫我淑兰行吗？"

他看鹏举一眼，又挠着耳后憨笑，窘窘地说："你是因为叫法呀，行，听淑兰的,再那么叫确实太疏远了。"

我说还记得他调酒很有一手来着,从前在家里宴客时,常由他调鸡尾酒。

他说不太行了,手没准头了。估计让他再练上半年三个月的,还能找回当年的感觉。说他希望天下太平以后,由鹏举出资又在松花江边重建一处更大的咖啡屋,半边是酒馆,仍由他来管理,并说那是他晚年的理想。

鹏举说:"不对吧?你的理想不是那事儿吧?"

他振振有词地说:"人有大理想、小理想嘛。我指的是实现了共同的大理想以后,我个人也能实现的小理想。"

鹏举说:"好,我保你实现!"

于是他俩也不等别人了,先开了瓶红酒,为老赵的个人小理想干了一杯。

看着他俩高兴的样子,我也高兴,尽管不甚明了老赵所言的"大理想"是种什么理想。

楼梯上响起了脚步声,转眼小沈出现在门外,一侧身,让入一位裹着黄色呢军大衣的姑娘——先冲老赵叫了一声"爸",又冲鹏举叫了一声"高叔叔",之后看着我说:"这位肯定是我婶啰,好有气质!咦,婶,我怎么像是见过你呀?"一边说,一边脱下了军大衣,鹏举伸手接,她一点儿都没客气。

老赵说:"你好大的谱,我来过多少次了,哪次也没让你高叔叔替我挂过大衣。"

她嘻笑着说:"他不是离衣架近嘛!有什么了,一点儿小事就训人!"说罢在我旁边坐下,看着我说:"咱俩肯定在哪儿见过!"

脱去了呢大衣的那姑娘,上身穿红色毛衣,下身穿的是呢军裤,高筒皮靴使她看去很挺拔,而紧身的红毛衣使她的腰也显出苗条了,胸也显得

第十三章

丰满了。

我端详着她说："我也似乎见过你。"

她忽然双手一拍，笑道："想起来了！"

而我同时说："在军卡上！"

由于我俩衣着发式都变了，互相猛一见都没认出来。

老赵继续批评她："你这是乱穿了一身什么就来了？不成个体统！"

她却说："没听到没听到没听到！"接着快嘴喜鹊似的向鹏举讲起与我的偶遇来。

而小沈已坐在老赵旁边，嗑着瓜子笑微微地听。

那姑娘一出现，气氛顿时活跃，这正是我所希望的。

待她讲完我俩的偶遇，小沈才慢条斯理地对老赵说："不许再批评秀芹了啊，我临时东借西借才替她凑了那么一身，一会儿不是明远也来嘛，秀芹不穿得好看点儿，连我都不答应。"

这时我才知道老赵女儿叫秀芹，因为省得问了不禁一笑。

秀芹看着小沈说："还是我沈哥哥好，谢啦。你和箫儿的事儿包我身上。"

小沈说："今天晚上不许再提那事儿，我去迎迎明远。"说完抓起把瓜子一走了之。

鹏举诧异地问："他俩什么事儿？"

秀芹说："暂时不告诉你，得先替他俩保密。"

鹏举仍问："跟我还保的什么密？"

我忍不住说："别问了行不？聊点儿别的。"

鹏举对男女关系一向反应迟钝，当初居然是他主动追求我的，委实算是我的一大"荣幸"。

老赵又指点着秀芹说："一会儿明远来了，你可得给我端庄点儿啊，不许太随便了！"

那时我才听明白，孙团长名明远，正是山花婶儿子。

秀芹大声反驳："爸，怎么叫端庄？怎么又叫不端庄？我和明远从小就认识，现在，就因为他当了副团长，我就得在他面前装模作样呀？"

"你！……"

老赵正欲发脾气，山花婶出现了，来告诉饭已做好，随时可以上桌。

鹏举说："等明远来了就开饭。"

山花婶朝他使眼色，他跟出去了。这时高坤在一楼吹起了萨克斯，将秀芹吸引到楼下去了。

孙明远三十四五岁，中等以上身材，文质彬彬的，看去更像文职军官，老赵却说他已指挥过大小二十几次战斗了。他那身军装，与我在卡车上见到的"中共"的兵们所穿的军装没什么两样，袖肘打了补丁。他只挂起狗皮帽子就坐下了，鹏举让他去掉武装带，他说扎习惯了，不去也罢。

老赵说："哪有扎着武装带吃饭的嘛！"

他这才笑着解下武装带，由鹏举挂了起来。

鹏举让我叫一声秀芹。

我在楼梯上见我儿子正教她吹萨克斯，可她怎么也吹不响。

我说："秀芹，孙团长来了。"

她却看都不看我一眼，只大声回答："刚才见到他了！"

我的话使婶子从厨房出来了，问我："明远已经来了？"

我点头。她立刻往楼梯这儿走，我赶紧踏下楼梯搀扶，同时命令儿子："放下你那东西，洗洗手，帮你婶婆上菜！"

孙明远与他母亲的相见很特别，先退后一步，立正站好，向他母亲致了一个军礼，随之上前一步，将他母亲轻轻搂在了怀里。他母亲个子矮，仅到他肩那儿，使他像搂着一个未成年的女儿。

我们夫妻俩和老赵都看呆了。

那时刻我想到了孙师傅，如果他活着，看到那一幕，内心里该多么幸福啊！

饭菜很寻常——主食是玉米面发糕，带枣的，玉米面粥加土豆。菜也就是东北家常菜，有炖有炒，有豆腐有粉条，还有炒鸡蛋，却无鸡无鱼。除了炖菜里有白肉片，再就没肉菜。鹏举预先备下了几条红肠，明远带来了一听美国牛肉罐头，说是从蒋军那里缴来的。红肠和罐头，成了饭桌上的奢侈品。

排座次倒没怎么费鹏举的口舌，他是主人，大家自然都听他的——他请老赵坐正座，老赵是男子中的长辈，理应坐正座。他也没客气一下，说已饿了，急着开吃，大大方方地移坐到正座。他请山花婶坐老赵左边，明远坐他妈旁边，而他自己坐老赵右边，我挨着他坐，秀芹坐我旁边，小沈坐秀芹旁边，高坤坐小沈旁边。

小沈要与明远换一下，说最好让明远和秀芹挨着坐。

鹏举说："别，你们都得听我的，我让谁坐哪儿谁就坐哪儿，要服从命令听指挥。"

大家便都笑。

因为互相之间的称谓，七嘴八舌了一阵儿。秀芹叫鹏举叔，那么高坤就该叫她姐。可她也叫明远哥，明远可不就成了高坤的一个哥！高坤又叫小沈为"小沈叔叔"，这么一来，比孙明远年轻的小沈，反倒成了明远和秀芹的叔叔。

小沈高兴地说："我没意见，太没意见了！"

老赵说："你这个小沈呀，在辈分上占便宜好像就是你一大光荣！"

小沈一本正经地说："光荣谈不上，幸福是真的。"

鹏举却说："辈分再议，往后肯定又变了。先开吃，我也饿了。"

别说他了，我更饿了，而且我看出个个都饿了。鹏举话音一落，我儿子立刻抓起一块发糕大口吃起来。我们母子一路从南到北风尘仆仆，我看出他早已饥肠辘辘。在几位客人中，除了小沈算是熟人，并且在香港和回来的一路上同桌吃过饭，另外四人其实都是生人。老赵和山花婶虽与高家关系特殊，但对我而言终究不同于熟人。至于明远和秀芹，十几年前也只是听丈夫提过。我自从出生以来，不但与五位外人同桌用餐，其中还有两个是军人，这使我极不适应，吃得拘束。鹏举倒很放得开，不时称赞山花婶做得好吃。客人们也吃得津津有味，都说有日子没吃过那么多样的一顿饭菜了。他们只顾吃，一瓶打开的红酒也没谁动，像多余之物。发糕也罢，玉米面粥也罢，我都是第一次入口。虽然并不难以下咽，但比之于我已吃惯了喝惯了的面包牛奶，不论味觉还是口感，毕竟是有区别的。

待大家都已吃得半饱，速度缓慢了下来，鹏举命儿子将酒杯摆上桌。洗过的酒杯已在托盘里，托盘在柜子上。当人人面前都有了杯，鹏举又命儿子斟酒。儿子执行完他的指示，鹏举这才擎杯站起来说："各位至爱亲朋，你们与我高鹏举的关系极不一般，当然与我妻子和儿子的关系也就同样不一般了。今天晚上，不仅仅是一次寻常的亲人聚餐。东北地区大战在即，我们的两位亲人，我指的是明远和秀芹，他俩相爱已久，却一向聚少离多，从没机会正式公布他俩的关系，这也成了他俩的父亲和母亲的一块心病。现在，我以主人身份提议大家作为见证人，宣布他俩订婚了。如果你们愿意祝福他俩，那就鼓掌表示通过！"

角色上真正属于见证人的，实际上也就我们母子和小沈，我们三个当然拍手助兴。

鹏举又说："明远，秀芹，那你俩就各敬对方父母一杯，我奉陪。明远，男方带头！"

孙明远擎杯站起，对老赵说："岳父大人在上，您与我父亲不但是生死之交，而且是抗联战友。我父亲已不在了，我这一杯喝下去，今后就不但是您女婿，也是您儿子了。我与秀芹的一辈子，将不但是夫妻，还是兄妹加战友的关系。我发誓，我会好好爱护她的！"

他一饮而尽。

慌得老赵急忙站起，东一句西一句地说："哎呀孙团长，不对，哎呀明远，鹏举你也是的，你当他俩叔叔的，怎么预先也不跟我交个底呢？这事闹的！我……我……搞突然袭击嘛！……"

鹏举默默地笑，耐心期待。

山花婶说："鹏举这么做，是我的主意。"

秀芹大声催促其父："爸别啰唆了，快喝快喝，我喜欢突然袭击！"

于是老赵一饮而尽。

鹏举也一饮而尽，还亮杯底，并对秀芹说："该你了，不许含糊。"

秀芹便也站起，擎杯对山花婶说："大娘，不论冲哪方面讲，我要是不做了你儿媳妇，上对不起天，下对不起地。要是不做你的好儿媳，更是对不起抗联，对不起革命！你就安心在我高叔家住着，等到革命成功以后，尽情享受晚年的福吧！"

大家听着都微笑，一个个显出特爱听她说话的样子。

唯独老赵大皱其眉，对我丈夫表示不满："你听她那是说的些什么？哪儿跟哪儿呢？"

鹏举却表扬："说得好，好极了，老赵，不许你扫大家的兴！"

小沈却说："秀芹，只对婆婆一个人表态还不够吧？怎么也得……"

那秀芹大声说："打住，知道你想要我怎么样！"边说边将杯中酒一饮而尽，又对我丈夫说："叔，替我满上！"

我丈夫便替她倒酒。

我忍不住制止："鹏举，行啦！"

他笑道:"没事儿,她能喝点儿!"说时,已快将酒倒满。

秀芹擎杯离座,绕到孙明远跟前,仰脸看着他说:"明远哥,你刚才的话,也是我想对你说的话,为你那番话,我干了!"

她又一饮而尽。

鹏举说:"来来来,咱们见证人的任务完成了,都干了,都干了!"

于是我们一家三口和小沈便也举杯相庆。

秀芹却又叫道:"你们的见证还没完!"说罢,搂住明远脖子就与他亲嘴!

鹏举喝彩:"好!好极了!我们见证人的任务圆满了,这我得再陪一杯!"

他又自斟自饮了一杯。

老赵背过身说:"胡闹!胡闹!成何体统!鹏举你快把他俩分开!"

鹏举说:"别急!一分钟,给他俩一分钟,我掐着表。"说罢,从腕上撸下表,放桌子上,欣赏地看着那俩亲嘴儿的人。

此时的孙明远,已反过来将那秀芹吻软在自己的怀抱中了……

闹了一阵,大家聊起时局来。

老赵说全市又肃清了多少国民党特务,几日后要举行某某将军遇害一周年的纪念大会,主要是为了向特务们发出威慑;说全哈尔滨地区估计仍潜伏着多少特务,革命警惕还是不能放松——像做形势报告,讲得很严肃。

明远讲了他那个团的一件趣事,说有一名老兵很了不起,会学从南到北多省多个县的当地话,"二下江南"的各次战役中,仅凭用话筒向敌人的阵地喊话,就使不少敌人放下武器投诚了。而他已向师里打了报告,要求给那名老兵记功。

秀芹唱了歌。

小沈唱了段京剧。我没想到他唱得挺好，够得上资深票友的水平。

我和鹏举终于躺到床上时，觉得自己陪客陪得好累，却也高兴，十几年没那么高兴过了。

鹏举表功地说："终于又了却了一桩心事。该做的事儿，就是要这样一件件做好。"

我挑理地说："看来是我自作多情了。"

他搂着我问："何出此言？"

我说："我还以为你请他们来是为我洗尘呢。"

他说："都是目的，二者兼顾，为你洗尘当然也是目的。"

我还想说什么，却因想说的话太多，一时不知先说什么，忍着什么都没再说。

不一会儿，他发出了轻微的鼾声。

1947年3月3日，我回到哈尔滨的第一天，确切地说是从下午到那时的七八个小时内，最强的感受是哈尔滨变了，我的家变了，我丈夫高鹏举也变了。他的社会关系变了，也使我的社会关系变了。并且，必然还会改变我儿子高坤的社会关系，明摆着的事儿。

想我那丈夫，虽是好人，从前却也不过就是一个心地善良的公子哥儿。也爱过虚荣，曾喜欢炫富。尽管并不纨绔，却每每自标风流。有时懦弱，有时也嘴上说说而已地慷慨豪迈，远离世间悲苦而又缺乏担当精神。

他怎么就变了呢？

还会有多少不该发生在他身上不该发生在我家的事儿将会发生，迫使我只能接受必须适应呢？逝者长息矣，生者相濡生，人间纵有再多苦难，人心中纵有再多伤痛和别情离绪，千刀万斩竟也无法阻断亲情、爱情和友情的代代延续，此人性之花，形成不死之蕾，其开放乃是世上永恒现象——那夜我困乏，我多思，我难眠，我又悟到了人间的一条真谛。并且，感受到了东北人表达亲情的别样的语言风格，如蜜拌葱蒜。

早上我离开卧室，在一楼巡视了一番。三个房间山花婶住一间，小沈住一间，仨姑娘合住一间大的，再没空房间了。鹏举昨晚说她们另有集体宿舍，但小沈要求她们常住我家，小沈兼任她们的领导。还说虽然院里院外有双岗，那也还是家里人多更安全些，何况小沈和三个姑娘都具有临危不惧的胆识。

我自嘲地说："你的话使我觉得好像不是回到了家里，而是住进了秘密据点。"

他说："你这么认为也没错。他们以前负责保卫我和这里的重要资料，你和儿子一来，他们责任大了。"

我在楼梯上见到了山花婶。

她说："鹏举在书房。"

我进入书房，见鹏举在看报，而墙上没了四导师的像。

我奇怪地问："革命导师们呢？"

鹏举说："小沈将他们请走了。"

"别处要用？"

"那倒不是，老赵指示他的。"

"为什么？"

"这里毕竟还是私宅，办公只是临时借用。既是私宅，那就要考虑到主人适应不适应。既要考虑到男主人的感受，也要考虑到女主人的感受，考虑不全面是不对的——老赵的话基本如此，小沈学给我听的。"鹏举将报折了一下，放在桌边，认真地说："共产党人办的报，你也应该看看。"

我说："会的。想不到老赵还挺讲政策。"

"你以为呢！哈尔滨是共产党占领的一座大城市，一切方面接管得有条不紊，深受广大人民群众的欢迎和拥护，全凭政策和策略执行得不错。"

第十三章

他一边说，一边替我斟茶。

我饮口茶，也很认真地问："咱们的家，以后还属于咱们吗？"

他反问："你这话什么意思？怕共产党以后共我们的产？"

我说："不无此虑。那咱们一家三口以后住哪儿？如果住没有上下水、没有室内卫生间的一般市民住房，且不论我和儿子住得惯住不惯，你曾经的高公子就肯定住得惯吗？"

他笑道："我还真没想那么多，到哪时说哪时吧。"

我心一沉，表情更认真地反问："你这话又是什么意思？"

他挠着头说："我们的家，现在也是我经常办公的地方。旧哈尔滨究竟留下了多少家当，得梳理一下敌伪档案，重新登记在册，新政权心里才有底。新政权对我无比信任，所以由我负责这一项枯燥又急迫的任务。我是重点保护对象，小沈他们住在这里是暂时的。他们都是经过严格政审、绝对可靠的好同志。等他们不住在这里了，你肯定还会想他们呢！"

我不禁又问一句："同志？你已经是共产党了？"

"我哪儿够格……不过呢，也不是根本不够格。老赵和小沈，他俩联名做过我的入党介绍人，但组织部门没批……"

他居然孩子般脸红了，好像十分惭愧。

我有点儿乐见其窘地说："那就是还不够格呗。"

他说："错。不够格是我自己觉得，组织部门认为，够格肯定早已够格了，但我留在党外，对人民政权所起的作用反而更大些……"

他矜持地笑了，笑得不无光荣感。

这时，山花婶送来了早餐。我问儿子为什么还不出现，他说儿子起得早，吃过了。

我说："那咱俩先搁置讨论，好好吃饭。"

他说："同意。"

饭后，他习惯地叼起了烟斗，我则饮茶。

院儿里响起了萨克斯声，他起身关了通风窗。小窗已年久失修，些微之声依然在耳。

待他坐下，我字斟句酌地说："你能肯定，你选边站是正确的吗？"

他说："我也是选择了一种信仰。"

我说："如果我弟在，不知他会怎么看待现在的你。"

他面向窗外，背朝我，低声说："提世杰我心尖疼。"

儿子还在院子里吹萨克斯，吹的正是世杰常吹的曲子。

他说："如果世杰和我一样，当年也在哈尔滨，我相信他也会选择我现在的道路，你不这样认为吗？"

我无言以对，因为那种可能几乎百分之百。

他猛转过身，一步跨到桌边，双手按在桌上，瞪着我说："以往十四年抗战中，抗联将士也罢，国军将士也罢，在我高鹏举心目中，凡那英勇抗日过的，皆是中华好儿女，炎黄好子孙。每一个都死得其所，包括咱们的世杰！将来之中国，都应一视同仁地纪念他们，为他们树碑立传！但国军一而再再而三地剿共，特别是丢了东三省，丢了热河，丢了察哈尔，丢了冀北冀中和绥远，让老百姓怎么看那样的国军？如果世杰没死，他会是那样的国军吗？……"

他直起腰，一转身又走到窗前去了，双手按玻璃，低下了他的头。

"我并非在替国民党辩护，但作为你的妻子，我有权对现在的你了解得更多一些。了解有限，何谈理解？"

我终于说出了这么一句颇占上风的话。

"那我就实话告诉你，我与共产党走到了一起，是因为我后来对蒋先生太失望了！"

他坐回椅上，握住我的手，目不转睛地看着我说："曾经的高鹏举，

第十三章

对蒋先生是多么的尊崇，你还不清楚吗？依我看来，蒋先生之人生，亦有豪迈光荣之点，早年追随中山先生，力图实现三民主义，此即其一；中山舰上，率寥寥数兵，保卫于中山先生左右，泰山石敢当，不离不弃，此其二；创立黄埔军校，为中国培养军事精英无数，此其三；组成统一政府，软硬兼施，终使各路军阀表面归顺，此其四……"

"鹏举，我不想听了，越来越不像夫妻在对话……"

我有些不耐烦地站起来。

"坐下，听我说完！不听我说完，你怎么了解我？"

他生气了，也不放开我的手。

我只得又坐下，内心大不悦。他是我丈夫，他的人生如果发生了方向性错误，我和儿子，我们的家，将来的结局会好吗？抗日之事，属民族大义，每一个中国人都明白那一种是非对错，何况我们赵家之人！但党派之争，实超我的认知能力。作为妻子和母亲，我眼见家不成家了，丈夫选边站了，能无动于衷吗？我做得到吗？！

我满腹委屈，强忍着不发作。

他继续说："蒋先生有一大无奈，我也十分理解。想那南京政府，很有几分是名义上的政府。各系军阀，与之貌合神离，深怀私欲，非是他所能真正号令得动的。他有一幻想，误判国际风云，以为日本军国主义会在国际正义的谴责下有所收敛。事实怎样？延误了战机！日军以区区五千余兵力，半年内兵临北平，作为最高军事指挥官，他难脱其责！"

鹏举拍了下桌子。

我倒平静了，小声说："别拍桌子。"

他继续说："千不该万不该，他当年不该对共产党人进行大屠杀！'四·一二'不仅违背中山先生主张，而且使中共两党结下了血仇！'宁可错杀一千，绝不放过一个'，这是多么恐怖的赶尽杀绝！虽然这是汪精卫宣扬的口号，可在此点上蒋、汪是空前一致的！其后，他仿佛中了剿共之魔，没完没了地剿而又剿。结果呢，野火烧不尽，春风吹又生，反而证明了共产党的强大生命力，也反而失尽了民心！最主要的一点是，不管他心中的事业是什么，他所依靠的是大地主、大军阀、大资产阶级家族，为了笼络他们，包容他们的种种劣迹。对他们压迫工农大众、剥削工农大众的事实视而不见，听而不闻，以你的头脑，难道分辨不清孰是孰非吗？你说！"

他情绪激动，又连连拍桌子。

"还拍桌子。"

我起身去将门关上了。

"坐近点儿！"

他一把拉住我，迫使我坐于他旁边，双手捧住我的脸，说："知道我最鄙视的是哪一点吗？是对知识分子和青年学生的迫害。纵使他们因为成了共产党便罪该万死，干脆杀死他们也就算了，为什么非用种种酷刑折磨他们的肉体，使他们求生不得，求死不能？这与古代的酷吏有什么两样？与日伪特务们的行径有什么两样？信仰不同就该不得好死吗？使信仰不同的人死得痛快一点儿，这么一种起码的仁慈都不愿有吗？他们对共产党人和红军家属往往也视为敌害，杀之而后快，这成什么话！……"

我使劲儿分开他双手，站起来，有些生气地说："你还能不能好好谈？要是不能我不听了！"

"别动！"

他按我双肩使我再次坐下，自己却又走到窗前，背对着我说："据我所知，共产党和他们的军队，从来不曾对被俘的国民党人动用过酷刑，也不诛杀他们的家属。对于百姓，往往也宁可牺牲自我予以保护。我之选边站，无怨无悔——你是能背下罗斯福总统关于美国人权的几句话的，最后一句是全体美国人有'免除恐惧的权利'对不对？如果共产党人命令他们的军队放下武器，接受蒋先生的整编，谁能担保他绝不会再来一次'四·一二'那般的清党？谁能担保'宁可错杀一千，绝不放过一个'的口号不会再次成为密令？那时我会怎样？你和儿子又会怎样？中国共产党及其军队将要进行的是最后的战争。既是为了一种目标，也是为了彻底免除恐惧。对于蒋先生，我只有无数次地在内心说——对不起了。对于你和儿子，如果你们难以原谅我的抉择，那么我也只能说——对不起了。我作为哈尔滨人，以往许多事无法置身事外，既已卷入其中，那么现在的立场，只能是我唯一的抉择……"

我早已听得心乱如麻而又忧患无穷，不由得也站起来，轻轻走过去，从后搂住他的腰，将脸贴于他背。

他是我丈夫呀！我俩以及我们儿子的命运，今后毕竟是联系在一起的！

我说："我只不过是一个出生在美国、长年生活在美国的华人女性，只不过是你经常自以为是的妻子。我的家国情怀，首先是对咱们这个家和对哈尔滨的情怀。可我在哈尔滨生活的时间，满打满算才五年多，你说的那些事我所知甚少，几乎也没怎么想过。我只不过替你、替咱们一家三口的命运担心。如果我的话惹你生气了，那你应该原谅我……"

我的温柔是为了安抚他。

我看出我丈夫内心深处正承受着极大的压力，难以释怀。

我听到了他的心跳。

我只在初婚的日子里才听到过他的心跳，不是从后背，而是将脸贴在他胸前——出于好奇，也是觉得好玩，还有几分调皮。

斯时我心恓惶，几至六神无主。

然而我不能不安抚高鹏举我的丈夫，虽然他言辞激烈，情绪冲动，倏起傢坐，拍了桌子，但他的心跳却并没因而加快。

他的心跳竟很平稳，像从容不迫的鼓点，非是自信满满的鼓手，击不出那种暗力内蓄的鼓点。

我困惑。

他却说："淑兰，如果你怕我牵连你和儿子，那么……那么我想，也许……你觉得咱俩要是离婚，事情是不是就变得简单了？我保证，会将你和儿子将来的生活安排得……"

"高鹏举你胡说些什么呀？气死我了，打你打你打你！……"

我气哭了，握指成拳，朝他背上一阵乱擂。

门忽然开了，儿子闯入，像我刚才那样抱住他，结果替他挨了数拳。

儿子说："爸，你那些话我也听到了，不管怎样，如果你敢抛弃我和我妈，那你首先就成了我的敌人，咱俩之间也将有一场谁代表正义的大战！"

我丈夫他一下子转过了身，伸展开他的长臂，像长臂猿似的，将我和儿子一并搂抱住，大动其情地说："好儿子，千万别当真，爸爸在和你妈开玩笑呢！我的人生中如果没有了你俩，那我还会有开心之时吗？"

儿子说："爸，妈，我相信，赵伯伯、秀芹姑姑和明远姑父，还有小沈叔叔，他们所追求的事业，一定是光明磊落的事业！他们一不是为了当官，二不是为了发财，义无反顾的，还不是要替老百姓实现一个好社会吗？……"

他忽然振臂高呼："让暴风雨来得更猛烈些吧！"

"儿子，你读过高尔基了？"

鹏举十分惊讶。

儿子骄傲地说："爸，这有什么奇怪的？你也不想想我有一位什么样的母亲！"

第十三章

我噙泪而笑。

"亲爱的，谢谢，谢谢……"

鹏举又拥抱住我，正要吻我，山花婶在门外大声说："鹏举呀，箫儿她们三个姑娘都到了，在等你分配工作呢……"

自那日始，我必得适应一种声音——鹏举和三个姑娘每人一具算盘，长一尺宽七寸那种，珠子油光发亮，被用有年头了。鹏举的更大些，也不知从哪儿搞到的。对算盘我自然并不陌生，指拨珠子发出的脆响我也不反感，有时还觉得挺好听。但我不记得自己用过算盘，我父亲不愿他的两个女儿碰算盘，认为指拨珠动，直接进入的是钱财得失之境，得喜失忧，会使女子欲念变贪，于是心性有浊气。我是他四个儿女中唯一自幼接受洋教育的一个，从小学到中学上的都是教会学校，而教会学校不教珠算。我哥婚前就已经常用算盘了，因为从那时起他实际上已是家族钱财的总管，所以他的脸一向喜少忧多，算盘每每破坏他的好情绪。我妹和我弟自幼接受的是家学，那时我父不乏精力，按他的中国教育理想教自己的小女儿小儿子是他一大乐趣，故他俩在中国传统文化方面所受的熏陶比我这个姐姐更系统。我弟后来上的也是教会中学，因不堪忍受白人同学在他面前成心表现出的傲慢，读到七年级退学了。然他天资聪颖，自学能力极强，青年后所达到的实际知识层级，一点儿也不亚于获得一般美国大学毕业证书的人。我妹用起算盘来也异常熟练，因为要教会唐人街上的华人孩子们。他们的父母皆认为，他们亦必如自己，将来成为唐人街上的小生意人，而算盘是小生意人的第二自我。我在唐人街上曾多次见到从别的城市来谈生意的华人商贩，他们千真万确是自带算盘的，有的甚至将算盘拴在腰带上。

至于我丈夫，以前我何曾见他碰过算盘啊！我们的家里也根本没那东西。

他和三个姑娘在我家的工作，差不多就是面对账册噼里啪啦地打算盘。一摞摞一排排的账册，使他们那种工作简直忙不完。某些账册核对过了，或封起来放在橱内，或由小沈开车送走。有时也由别人开车来取走，一次来的还是军人，并有持枪押车的兵随行，这使鹏举他们的工作在我看来多了几分重要性和神秘性。他们还要建一些新账，被取走的大抵是新账。他们四个同时拨算盘时，喜静如我者，在一楼可就待不住了，便躲入二楼兼是餐厅和会议室的书房看书，而且得将门关了。

那时，四具算盘发出的脆响，几乎能使喜静之人抓狂。我家别墅拢音，响声就被放大了，如同四个人在打麻将。我对麻将桌上发出的响声反而较能适应，父母年纪大了以后也常乐于玩玩，我们四个儿女轮番相陪。打麻将是唐人街普遍人家日常休闲的方式之一——麻将声并不总响，有静下来的时候，间有话语声、惊叫声、叹息声、以牌拍案之声。于是似乎有情节，有跌宕，有高潮，有一定的故事性。

鹏举一个大男人和三个二十多岁的姑娘闷声不响同时拨算盘的声音却没那么有趣了，还往往加班至晚上。鹏举单独坐在一张长桌后，桌上也摞着账册和文件袋。他是个对顺序要求较高的人，倒也摆放得有条不紊。三个姑娘一字排开坐他对面——两张长桌对接起来，罩着白桌布，桌上的东西同样有条不紊。他说与她们那么一种坐法，是为了随时交流问题方便。

好在他们同时拨算盘并不经常——如果我不找个地方躲避那种声音，脑仁儿疼。

第十四章

虽然我们一家三口终于团聚了,虽然我是在自己家里,但鹏举的时间却并不属于我和儿子,而主要属于他们那一摊子工作。属于我的时间,只不过是吃早午两顿饭和睡前那会儿。自从我和儿子归来,鹏举就与小沈及三个姑娘分伙了。山花婶开始只为我们一家三口做饭,而小沈他们自己张罗自己的三餐。楼下楼上都有厨房,他们对分伙倒也挺高兴的——不论小沈还是三个姑娘,都对下厨具有先天般的爱好。但晚饭还是经常在一起吃,鹏举的说法是:"住在一起,工作在一起,却总不在一起吃饭,那不好。"

有次我开玩笑地问他:"终日和三个可爱的姑娘厮混在一起,有没有动过凡心啊?"

他板起脸说:"用词正经点儿行不?我们那是在做革命工作的一部分,怎么在你看来就成了厮混?他们都叫我高先生你没听到吗?人一受尊敬,境界就高尚了。"

我说:"未必。"

他说:"对我是那样。"

我说:"先生也不过就是男人的通称。"

他说:"在她们那儿,是对党外人士心怀敬意的称呼,你没听出敬意是你的问题，反正我是听出来了。所以在我心目中，她们像我的三个女儿。"

确实，我丈夫对那三个姑娘如同慈父，总以"姑娘们"叫她们。如果他对她们说"同志们"，她们就会不安起来，接下来他肯定会因为她们工作中出了不该出的差错而进行严肃的批评。但他批评她们的时候不多，平时跟她们说话，语调和风细雨的，满眼都是欣赏和爱护。如果他从外边回来，一楼没有三个姑娘的影，立刻会问："咱们那三个丫头呢？""丫头"是他对她们的背后叫法。不论对小沈还是山花婶还是我，常那么问。

山花婶曾对我说："鹏举可护着她们了，她们如果做错了什么事，他批评行，我和小沈批评也行，别人批评他就不许了。有次，市里的一位大干部来视察工作，不知怎么批评起她们来了，鹏举才听几句就不高兴，沉下脸对人家说：'对不起打断一下，我批评教育过了，请接下来勉励几句吧！'搞得人家没面子劲儿的……"

山花婶讲起那事儿一副开心的样子。我看出她是乐见鹏举护着她们的，并且她自己也是护着她们，否则不会那么开心。

一天趁鹏举不在，我向三个姑娘表达了我对她们的意见，不许她们再叫我"夫人"。

山花婶说："对，我听着也别扭，是得改改叫法。要不，随我直接叫淑兰吧。"

仨姑娘一齐摇头。

小沈说："可以叫淑兰同志。"

她们这才一齐点头。

山花婶却说："那各按各的叫法吧，像你们那么叫，我还不习惯了呢。"

我说："其实你们也可以随小沈，叫我嫂子。"

陆箫儿立刻说："那我们可不敢。他是他，我们是我们，关系没到那份儿上。"

第十四章

小沈也说："她们是不敢，嫂子不必勉强她们。"

我质问小沈："为什么你可以叫我丈夫老高，而她们却得叫高先生呢？"

小沈不无得意地笑道："我俩的关系那是在较长的革命经历中形成的，不能相提并论。"

我又对她们说："听我的，今后你们也和小沈一样叫我丈夫老高，我批准了！"

"假小子"晓岚说："你批准了我也不敢，她俩改口了我也不敢。"

大姐大吴知遇说："淑兰同志，我们来之前，组织上跟我们都谈过话的，'高先生'的叫法是组织对我们的要求，组织的要求那就是纪律。"

我只得苦笑着对山花婶说："她们那组织管得还真宽。"

山花婶也笑道："可不嘛。她们仨都是党员，自然得听组织的，把对你的称呼改了就行，有些事得慢慢来。"

于是，在三个姑娘那儿，我丈夫还是"高先生"，我反倒成了"淑兰同志"。

我背地里问儿子，对他爸不够关注他这一点，他心里有没有过不满。

他说："绝对没有。我都这么大了，为什么还希望家长总是关注我呢？他的工作挺重要，又很忙，我理解。"

他反问我对知遇她们三位小姐姐印象如何。

我说我挺喜欢她们，使家里有了青春气息。

我也问他对她们印象如何。

他说："我崇拜她们。"

这使我挺惊讶，又问："为什么？"

他说："她们有信仰，有信仰的人就是与众不同。我要是真有那么三位姐姐，就太幸福了。"

他的回答使我不禁沉思。撇开信仰不信仰的姑且不论——老赵父女、山花婶母子还有那三个姑娘，的确是我见过的特别与众不同的中国人。此前我从没接触过那样的中国人，他们对于我也具有某种异乎寻常的吸引力，使我每觉他们全是中国的"新人"。

但是儿子与知遇她们的接触比我少多了。一方面是由于她们总在工作，他只能在吃晚饭的时候才有机会与她们相处，而那时说不上几句话的。另一方面是由于她们都视他为一个大孩子，也许还视他为一个曾经的资本家的"独苗少爷"。这一点连我都感觉到了，何况他自己。他特自尊，便从不主动亲近她们，只在内心里默默崇拜而已。其实我挺替儿子委屈的，他曾是资本家的"独苗少爷"固然是事实，但他四岁多以后，并没过上一天"少爷"的生活啊。

小沈这位叔叔当得真好，为我儿子介绍了一位话剧学校的青年学生，我儿子叫对方"哥"。对方家离我家不远，儿子每天陪他去学校，他带领我儿子走不同的路线，这对我儿子了解哈尔滨甚有帮助。话剧学校我是有印象的，三几年时由莫斯科艺术剧院天才女演员科尔纳科娃·勃里涅尔创办，她是斯坦尼斯拉夫的得意门生。听鹏举讲，我和儿子离开哈尔滨后，日本宪兵将剧院封了，在共产党接管哈尔滨后很快又恢复，这一点使爱看话剧的我内心高兴。

儿子经常带回一些新闻：

哈尔滨成立了青年民主联盟——下设学生联合会、工人联合会、妇女联合会。"工联"中又细分出鞋帽工人联合会，"妇联"则下设铁路职工妇女联合会。某联合会成立了读书会，某区开办了国民扫盲夜校，某几条街也成立了民防支队……诸如此类。

他也经常带回些杂志——《新歌曲》、《知识青年》、《民主青年》、《学生通讯》、《东北文艺》等等。

那些杂志对我也很有吸引力。

第十四章

有次我与他交流读后感时,他说了一句令我刮目相看的话:"共产党是有文化省思的党。"

我问:"从哪儿学来的话?"

他反问:"这话很深刻吗?"

我说:"深刻倒不深刻,就是宣传味太浓。"

他说:"那就当成我对你进行了一次宣传吧。我的话是以事实为根据的——他们为青年办了这么多杂志,还办了那么多夜校,我愿意替他们宣传他们做的好事。"

那日,我意识到我儿子也变了。

还是在那日,我下楼时,见我丈夫手握烟斗踱啊踱的,眉头紧锁,像一位运筹帷幄的大将军,而三个姑娘都在认真听他说话。

他说:"油盐酱醋、火柴蜡烛、肥皂手纸,以后半年内全市应有多少库存,才能保障供应充足,不断货,都要一一统计清楚。军需方面,需要多少衣帽鞋、手电筒、医药箱、担架和担架队员,也要给出预估。知遇,我要你询问那事,问了吗?"

知遇说:"军医院给出明确答复了,说他们的经验是,在没有专用锯的情况下,钢好的木工手锯也能锯断骨头……"

我听得心惊肉跳,一转身上楼了。

第二天我去吃早饭时,见山花婶坐在餐厅门外,对我笑言:"他们在开会。"

我一转身又回卧室看杂志了。

也许猜到我生气了,鹏举亲自请我去吃饭。

我放下杂志抗议地说:"你们开会就开会,至于还让婶守在门口吗?防谁呢?这是在我家,我是你妻子!"

他笑道:"想多了不是?儿子不止一次偷听过我们开会,从纪律要求出发，对他不得不防。"

就我和他没吃早饭了，吃饭时我忍不住问："要打仗？"

他说："是啊，有大量的备战工作要做。"

我又问："非打不可？"

他说："不是我们先打过去，就是老蒋发兵先打过来，不可避免。改写历史，往往得通过战争。"

"什么时候？"

"我不知道。即使知道，也不能告诉你。"

我心又一沉，也就不再多问。

然而哈尔滨仍是处处欢欣鼓舞的情形，儿子也仍会带回新闻来："扶贫基金会"成立，"助农基金会"成立，某厂实行了工人"占股分红"，又逮捕了一批特务……

"三八"国际妇女节那日，全市各行业各系统纷纷举办文艺活动，鹏举率三个姑娘一早便去参加市直机关单位的"联谊"，儿子也高高兴兴地跟去了——《女兵圆舞曲》的唱片被中苏友协要回去了，而高坤已用萨克斯吹熟了那曲子，他去为三个姑娘伴奏。那节目大受欢迎，他们回来后兴犹未尽，又在院子里吹啊唱啊跳啊的热闹了一阵。鹏举比他们回来得晚些，让小沈开车送他去了趟什么机关，领回了三个姑娘的"三八"特供，无非饼干、罐头和肠，有哈尔滨产的，也有苏联领事馆赠予的。每份不多，但三个姑娘的加在一起也挺可观。小沈将罐头一一打开，将肠也切了，说要沾沾"三八"节的光。于是山花婶取来小盘和叉子，众人一边大快朵颐，一边听广播。我儿子本想离开的，晓岚叫住了他。他说自己没资格沾光，晓岚说："什么话！你爸是每月都有特供的人，以往我们尽沾你爸的光了，今天你沾我们一次光太应该了。不定哪天我们走了，你想沾光也沾不上，后悔晚了！"

大家都被她的话逗笑了。

山花婶感慨地说:"看把他们高兴的!谁家要是有这么三个女儿一个儿子,还不把当父母的美死?"

自那日起,我儿子和三个姑娘的关系一下子近了亲了。

收音机里又报了一条新闻——八十八师、八十七师、七十一军直属队五千余人放下武器不再抵抗并集体到哈尔滨参观。东北民主联军又取得了一次大捷,歼敌一万九千余众……

哈尔滨的兴奋、光荣与梦想,日复一日地"包围"了我,使我想不激动着它的激动都不可能——因为它对我的"包围",首先是通过我丈夫、我儿子、山花婶、小沈和三个姑娘那样一些可敬可爱的人对我形成的。

我与丈夫和儿子之间的交谈,其实还不如与山花婶之间的交谈多。丈夫终日忙于工作,而儿子白天着家的时候不多。

山花婶说,小沈家只剩他自己,他父母及弟弟、弟媳及一个侄子一个侄女都死于南京大屠杀了。

"你如果发现他背着人流泪,不要问,也不要劝,装没看见最好。不会因为别的事,肯定是他在怀念亲人了,有的悲伤是没法劝好的……"

山花婶的话,使我以后总有一种想拥抱小沈一下的冲动。一次我见他站在钢琴前发呆,受那冲动的驱使走了过去。

他说:"我弟曾在南京大学开过钢琴课,他钢琴弹得很好。"

我默默拥抱了他一下,并说:"你永远是我们高家的朋友,我们因为有你这样的朋友而觉得幸运和幸福。"

他并不明白我为什么忽然对他有那种举动,说那样的话,但他感动了,噙泪一笑。

山花婶说,三个姑娘都是随各自的北下部队来到哈尔滨的,都经历过真正的战斗——知遇曾是敌后武工队的政委;箫儿是某师的文化教员,

"文化水儿"最多；若以时间先后而论，年龄最小的"假小子"晓岚资格最老，她哥是北安县第一任革命政权的副县长，她是背着她哥从北安过来的，为的是有机会参加更大的战役。

山花婶说当年天津沦陷后，我丈夫亲自冒险去了一次天津，通过党的地下组织将老赵的女儿秀芹送到了延安，否则秀芹的人生肯定就是另一回事了。

"你记得潘佑泰吗？"

"太记得了，他应该受到惩罚。"

"他早已受到惩罚了。你带着儿子离开哈尔滨不久，鹏举亲手杀了他，为明远他爸报了第一笔仇。"

"就他自己？"

"对，就他自己，用刀。他没告诉过你？那你千万别问他了。老赵当年批评他那是匹夫之勇，他自己从不说，觉得是不成熟的表现。"

关于我丈夫这第二件我一无所知的事，我极受震动。如果不是山花婶告诉我，一百个别人讲我也不相信。

我忍不住在一天晚上临睡前问鹏举，没直接问，只说一想到孙师傅的仇还没报，总觉遗憾。

他说那仇已经报了，讲的却不是他自己，而是老赵。将他的只言片语组合起来，我头脑中形成了这样一种惨烈的过程——苏联出兵中国东北后，老赵率一支抗联队伍配合苏军，与顽抗到底的关东军某部在虎林县展开了殊死搏斗，双方都伤亡惨重，最后还是以日军的失败告终。所俘大佐，正是当年残忍杀害孙师傅和老赵儿子的横田。他因杀中国人从不手软而转成正规军，并获提升。

成了俘虏的横田仍极傲慢，言自己是战俘，除了军事法庭，无人能定他的罪。老赵便说："我可以代表那样的法庭。"于是组成临时"战地法

第十四章

庭",郑重宣判其对中国人民所犯种种罪恶,判其死刑。他要起赖来,又言自己是神圣天皇的忠勇武士,不可被处决,只能由自己切腹自杀。老赵说:"也罢,成全你。"遂命找来白褥单,就地铺下,"请"横田坐在上边,并将他的腰刀、战刀放他面前,任其自我了断。众目睽睽之下,横田一咬牙一闭眼将腰刀捅于腹中,却因怕死而手软,并没继续切之。老赵和战士们也不逼他,只是耐心地默默地看着。那横田忍疼高叫:"帮帮我!"老赵上前拿起他的战刀,问:"需要帮助是吗?"横田连连点头。老赵便说:"那我就发扬人道主义,用你的刀帮助你。"他一刀从横田肩颈处插入,用力之大,也使刀尖从其肋下穿了出来——那是典型的横田杀人法……

"恶魔必须死。我是老赵我也会那么做,虽然他因此受到了上级的处分。虽然他认了,但我和许多人一直替他不服。"

我丈夫讲得很平静,结束语说得也很平静。我从后搂着他,一次也没打断他。因为我非常理解那时的他——能那么讲一讲对于他也意味着正义的伸张,并意味着自我救赎。否则,憎恨会更长久地纠缠住他,而那无异于自我虐待。我之所以能默默听他讲完,乃因我也渴望自我救赎而不愿自我虐待。在我看过的书和电影中,关于仇恨,几乎千篇一律地反对"以血还血",雷同的台词往往都是好人那样就会与坏人"一样了"。我才不认为老赵会因而变成坏人,也不相信倘让横田那类日本人继续活在世上,他们居然会放下屠刀变成好人。不,他们绝不会那样的,他们天生是杀人成瘾的恶魔。一有机会,他们杀起一切弱势的人来,仍会极端残忍而快感无穷。并且我认为,比之于美国在日本投下的两颗原子弹,老赵的做法人道多了——他毕竟并没伤及无辜。

我关了灯,从后搂着我丈夫渐渐睡去。"老赵,谢谢你。"在心里说过这句话后,我一觉睡到大天亮,以后也再没做过有日本人出现的噩梦。

第十五章

转眼快到"五一",这里那里的雪基本化尽,草发芽了,树微绿,某些地方的丁香含苞待放。哈尔滨即将换上夏装,治安情况更好。

我在家里宅够了,也常出去走走。有时小沈陪我,有时儿子陪我,有时我坚持要单独外出。

我和儿子已经参加了哈尔滨苏联高等音乐学校的成立大会,参加了哈尔滨广播电台的成立大会,它的前身是东北新华广播电台。

我还主动"请缨",在新阳区抚顺街国民小学的民众夜校上了一堂课,课文是我编的:

人有两件宝。
双手和大脑。
双手能做工,
大脑能思考。

一日,我要去兆麟小学参加读书会,儿子要求陪我,他自己也想听听小学生的读书会读些什么。那所小学是为了纪念李兆麟将军而命名的,学生中不少是中共烈士子女。关于李兆麟、杨靖宇、赵尚志、赵一曼等抗日烈士的事迹，我和儿子都已知晓了，我们母子是怀着对烈士的崇敬心情前去的。

使我倍觉意外的是，一位"老师姑娘"带领孩子们读的却并非什么革命书籍，而是我小时候也读过的明代人编的启蒙学教材《声律启蒙》：

云对雨，雪对风，晚照对晴空。
来鸿对去燕，宿鸟对鸣虫。
三尺剑，六钧弓，岭北对江东。
……

那日晴空万里，红日独悬，上午九十点钟的阳光透过美观的彩色玻璃的俄式窗，照在孩子们身上，也照在我和老师身上。学校接待我的同志介绍，才十七八岁的老师也是烈士女儿，但她自己并不知道。

在我去过的每一处地方，接待我的人都称我"赵同志"，我也按鹏举的要求称他们"同志"。以前我见过"同志"二字，是印在华文报刊上的孙中山先生那句名言——"革命尚未成功，同志仍须努力。""同志"，这一称谓，使我每觉如在梦中。但我已愿意接受，比对方称我"太太"、"夫人"听来亲切，甚至也比被称作"女士"听来愉快。我也有些变了。

教室里的阳光既温暖又美丽，诗句使人浮想联翩，孩子们的朗朗童声不仅悦耳，而且静心，我情不自禁地随读。

我想到了妹妹淑娴，她也教过纽约唐人街的孩子们《声律启蒙》，倏忽间我热泪盈眶，更加理解了"同一种语言"意味着什么。

儿子报考了高级音乐学院的业余进修班，他上午还得去面试，我让他先走。哈尔滨曾经的管弦乐团开始重新组建，他希望自己能够加入，我和他爸都支持他试一试。

兆麟小学离我家不远，我散步般往家走，顺路买了几支糖葫芦。一转身，面前站着位四十多岁的男子，一身阔人衣着，戴墨镜，还牵只长毛狗。

我是喜欢狗的，夸了一句："这狗好漂亮。"

不料他问："是赵淑兰女士吧？"

我意外地一愣，点头。马路对面是哈尔滨广播电台，有持枪的军人站岗，我并没不安起来。

他又彬彬有礼地问："也可以称您高夫人吗？"

我又点了一下头，感觉对方可疑，却也正因为如此，反而想要搞清楚他的身份了。既然这陌生男子知道我与鹏举的关系，我不能掉以轻心。

"能借一步说话吗？"

他朝一棵树下做了个"请"的手势，我镇定地率先走过去。

在树下，他点着支烟，深吸一口，吐罢问我："您还记得自己的一位女友齐清芸吗？"

我立刻回忆起曾"介绍"我加入国民党那位女同学，便说："我们十七八年没见过了，您不提，我快将她彻底忘了。"

斯时我开始意识到对方非属善辈，然而却更镇定了，我并非一个胆小怕事的女子。

他笑言他是齐清芸的"堂兄"，说他堂妹一直不曾忘记有我这样一位好友，一位"同志"；说他"堂妹"知道我已经回到了哈尔滨，向他保证，如果他在哈尔滨需要什么帮助，求我绝对没问题。

我问他想求我什么事。

他说几天后的某日，一批起义军官兵的代表要与各界市民代表在某处举办座谈会，他和他的两位朋友也想参加，接受接受革命教育。说着从内

第十五章

衣兜掏出了三份请柬，又说请柬都是一样的，只不过缺公章，如果我能替他将三份请柬盖上公章，他将感激不尽。

我说我哪里会接触到什么公章呢。

他说我家肯定有一枚哈尔滨物资计划委员会的公章，由我丈夫保管，那对我还不是举手之劳？说盖好后，寄出就行，地址已写在装请柬的大信封上，邮票都贴好了。

"你放心，只有天知地知，你知我知。我们一进入会场，就会将请柬销毁得无影无踪。"

他说得极轻松。

"你想使我成为特务吗？"

我十分光火，假使不受教养束缚，真想朝他脸上啐一口。

他笑笑，仍以轻松的语调说："特务也不过就是执行特殊工作任务的人，没什么可耻的。区别在于，仅仅在于效忠于哪一方面罢了。时局难料，脚踩两只船，总比一条道走到黑的下场好。你帮我一次小忙，等于为你丈夫多留了一条退路。所以你要明白，我是在度你们夫妻的命运。"

我轻蔑地眯起眼，冷若冰霜地说："你自己脚踩两只船了吗？如果还没有，那就先度自己吧。"

他又笑笑，傲慢地说："我不必。大战在即，我赌党国稳操胜券，而你丈夫已经上了共产党那条船，需要救生圈的是你们，不是我。冲你和我堂妹那层关系，我才给你们救生圈，别不识好歹。"

他将大信封往我腋下一塞，特绅士地摘了一下礼帽，转身扬长而去。

我呆望他背景，一时思绪混乱，顿感无助。而卖糖葫芦的老汉已不见了踪影，我怀疑他俩是一伙的。头脑蒙蒙地回到家，见鹏举没在楼下工作，箫儿说他在楼上会议室写信。

我坐到他对面，问他给谁写信。

他说给87军起义过来的一位什么长的副官写信。问他怎么认识的，他说对方曾是他父亲资助过的一名黑龙江青年，保定陆军学校毕业后从军的。问他为什么非得用毛笔写，他说用毛笔写更郑重一些。对方既已起义过来了，他应代他父亲表达一种欣慰的态度。还说他本来是要亲自参加座谈会的，但工作量又加码了，去不成，只得派小沈和箫儿去。

"他俩不是处在恋爱的时期嘛，我得为他俩多提供培养感情的机会，信由他俩带到座谈会上去读，咱俩就等着吃他俩喜糖吧。"

看得出他心情甚好。

我挂起大衣和毛巾，仍坐他对面，安静地等他将信写完。其实我心里早已乱成一团，完全没了主张，并且做好了心理准备，即使他盛怒起来我也要再三忍让。

他将信装入信封后，一边在我面前扭腰，一边问我对兆麟小学的读书会有何评论。

我说印象深刻。

他又问："怎么满脸阴云的？遇到不高兴的事儿了？"

我说："岂止不高兴，简直还被当面威胁了。"

他吃惊地说："唔？如实讲来。"

我说："你先坐下，别在我面前晃来晃去的，晃得我心烦。"

他坐下了，眈眈地看我。

我反问："你还记得我加入过国民党的事儿吗？"

他一愣，疑惑地说："那哪辈子的事儿了？你不提我彻底忘了。"

我说："哪辈子的事儿也是有过那么一档子事儿啊。既成事实，否认不了。"

他又问："你一直在交党费？"

我说："从没交过。"

第十五章

　　他再问："为他们执行过什么任务？"

　　我反问："你这是在审我？"

　　他板着脸说："正面回答，看不出来我问得多严肃吗？"

　　我摇头。

　　他说："摇头不算。"

　　我只得说："没有。"

　　他紧接着说："你发誓？"

　　我说："以我父母和我弟弟的在天之灵发誓，没有。"

　　他暗舒一口气，摸了我的脸一下，安慰我："那就不是个事儿。谁如果翻出那事儿为难你，我替你澄清。"

　　我说："我也一直认为不是个事儿，可路上有人拦住了我，用那事儿将我的军。"

　　我欠了一下身，从身下抽出带回的请柬，甩到他面前。他看时，我简要地将路上发生的事儿讲了一遍。

　　听我讲完，他缓缓站起，走到窗前，面朝我背朝窗，交抱双臂目不转睛地看我，目光绝然是审视的，如同我是一个冒充他妻子的女人。

　　我问："事情很严重？"

　　他反问："你以为呢？"

　　我又问："有多严重？"

　　他不跟我说话了，喊："高坤，下来一下，可以带着萨克斯！"

　　儿子转眼带着萨克斯进来了，问："爸，妈，想一起听我吹？你们今天怎么有这么大的闲情逸致？"

　　鹏举他没理儿子，又喊："陆箫儿，你们三个一块儿上来，快点儿！"

　　三个姑娘出现后，鹏举命令她们："我要去办点儿急事，什么时候回来不知道。我走后，你们要替我看住他们母子，不许他俩离开！"

三个姑娘愕然，不明所以地面面相觑。

鹏举厉问："听明白了没有？"

箫儿说："没明白，是不许离开这间屋子，还是不许离开院子，到外边去？"

"不许离开这间屋子！"

鹏举说罢匆匆穿大衣。

他走到门口，转身看着三个姑娘又说："要当成命令来执行。"

三个姑娘齐声回答："是。"

山花婶闻声上楼来了，吃惊地问："鹏举你这是干什么？都到饭点儿了，什么事儿值当生这么大气？"

他说："不是生气，是情况紧急，我得去见老赵，你们都一块儿在这屋吃吧。"

山花婶说："可小沈也不在呀，等小沈回来再去不行？"

他断然地说："不等了，我自己开车去。"

山花婶对知遇说："那么，知遇你陪先生去吧。要带上枪，一路机灵点儿，保护好先生。"

知遇就看鹏举。

鹏举刚要说什么，我抢先说："别听他的，听你大娘的。"

鹏举没再说什么，朝知遇点了下头。

儿子冲他爸嚷嚷："爸我抗议！到底发生了什么情况，谁跟我解释一下啊！"

"吃完饭，为你妈她们吹萨克斯！箫儿，他如果任性，替我用鞋底扇他。"

那日，我觉得在三个姑娘和山花婶面前，我女主人的尊严尽失。儿子问我到底闯了什么祸，使他爸一反常态。是的，那日我丈夫的表现太不寻常,以往他可是温文尔雅的。

"不该你知道的就别问,装会儿哑巴不行吗?"

我训了他一句,他还真装哑巴了,饭桌上一句话也没再说。

那是我回到哈尔滨以后,吃过的最沉闷的一顿午饭。儿子干脆不说话了,两个平时话多的姑娘也变得话少了,并且不再叫我"淑兰同志",又改口叫我"夫人"了。显然,他俩从鹏举的表现看出来——问题很严重,也许我这位从美国回来的女主人在是敌是友方面可疑了。只有山花婶仍叫我"淑兰",不断找话跟我说,以消除我的尴尬。饭后,我主动抢着要去刷碗,两个姑娘礼貌地阻止了我。

"那你就别去,还是我去好了,你俩陪淑兰说话。"

山花婶去刷碗后,两个姑娘并不陪我说话,都从书橱中抽出书来,一个坐我左边,一个坐我右边,垂头看书。

儿子也感觉到了不适,一声不吭地吹起了萨克斯。一曲终了,两个姑娘都没反应。

儿子问:"你们倒是喜欢听,还是不喜欢听啊?"

两个姑娘都不接话。

我说:"别吹了。"

儿子郁闷地问:"那我干什么?干坐着?"

我说:"你也看书吧。"

儿子愣了愣,便也取出本书看,看得极不情愿。

山花婶洗罢碗又上楼来,见我们都在看书,不以为然地说:"大晌午的,即使都睡不成午觉了,那也别聚一块儿看书呀,又不是都要去赶考。咱们打麻将吧,打麻将时间过得快。"

箫儿冲她摇头,晓岚说她俩都不会。

"淑兰,那我可得去眯会儿。老了,中午不眯会儿,下午拿不成个儿了。"

山花婶说罢下楼去了。

我内心虽觉尴尬，却一点儿也没觉得委屈。我深知发生在自己身上的事儿非同小可，所以能理解鹏举的一反常态。至于我多么尴尬，至于我女主人的尊严，事到临头，只得要求自己正确对待。

我让儿子也替我取出本书。

他让我报书名。

我说随便哪本都行。

儿子问："《悲惨世界》？"

我说："早看过了。"

儿子又问："《战争与和平》？"

我说："也看过。"

"不是随便哪本都行吗？"

儿子心里的不快有点儿压抑不住，向我表示出来了。

"为你妈选本书看，你多少有点儿耐心不行吗？"

我差点儿冲他发火。

"行行行，遵命就是——《双城记》呢？"

"就它吧。"

于是我看起自己少女时期就认真读过的那部小说来——我觉得书名甚像我当时的处境——同时心系纽约唐人街与哈尔滨的两处家，两处家都有我至爱的亲人，两处家对于我缺一不可，两处家的前景都不稳定，都有隐患。而我，不但加入了美国国籍，还一不小心加入了国民党，也就是加入了我丈夫他们的敌对阵营；而那个实际上并没有我的"同志"的阵营要逼迫我做危害我丈夫他们的大目标的事儿，使我的丈夫视我为可疑分子了……

第十五章

我觉得自己的处境比《双城记》中任何一个人物的处境都难堪,也比那小说中任何一个人物与他者的关系都复杂,甚至觉得与我所处的现实相比,《双城记》的内容反而太过简单。

我哪里又看得下去呢,六神无主,貌似在看罢了。在自己的家里,在曾经的书房,我和我的儿子以及两个是我丈夫的"小同志"的姑娘,上演了一场演技都不高明的"读书会"戏剧片段。

鹏举和知遇四点多才回来,与他俩同归的还有老赵。老赵出现在门口时,我和儿子以及两个姑娘正伏在桌上打盹儿。

见了老赵,我反而委屈了,几乎哭起来。

"淑兰同志,情况鹏举都跟我说了,你还有什么补充吗?"

老赵那么问时,并未支开两个姑娘,"淑兰同志"四字令我心中一暖。虽然我更希望他叫我"淑兰",但加上"同志"二字分明对我更有好处,可以使两个姑娘明白,我仍是自己人。我觉得老赵是成心加上"同志"二字的,他的表情和口吻也是亲切的。

我说没什么可补充的。

老赵就请我和儿子暂到楼下回避,他们要开一次会。正说话间,小沈也回来了,老赵让他一起开会。

小沈觉察到了气氛异常,敏感地问发生什么事儿了。

箫儿说:"一会儿你就知道了。"

我问老赵我和儿子可不可以到院子里去透透气。

老赵看着鹏举问:"应该可以吧?"

鹏举说:"你做主,这会儿我也得听你的。"

老赵就笑着对我说:"那我批准了。哈尔滨是共产党的天下,这地方还有我们的兵站岗,现在天还没黑,如果你淑兰同志都不能到院子里散步了,我的工作怎么做的?我的老脸往哪儿搁?"

我们母子在院子里散步时,儿子终于忍无可忍地发火了,质问我究竟遇到了什么不好的事儿,为什么要严严实实地将他蒙在鼓里。

"我是你们的儿子!这里也是我的家!我已经快十八岁了,快是成年人了,难道我连一丁点儿知情权都没有吗?"

儿子冲我大声嚷嚷。

"再嚷嚷我让你爸关你禁闭!"

我只一句话就让他平静了下来。

我又小声对他说:"你妈在从兆麟小学回来的路上遭遇了国民党特务,对方要挟你妈了,所以大家很紧张。你心里有数,别再问这问那的!"

儿子愣了几秒钟,竟笑了。

我训他:"有什么可笑的?是好事吗?"

他说:"有故事的人生才精彩。我已经多少沾上点儿爸的光了,现在又开始沾妈的光了,谢谢妈!"

说罢还亲了我一下。

老赵和鹏举他们的会时间不长,之后老赵单独与我谈了一次话。

他说:"淑兰同志,别有什么压力。那事儿,你第一时间就告诉了鹏举,做得正确。也别怕什么,没什么可怕的,一切由我们解决就是了。如果需要你怎么配合,你得配合配合。我还是那句话,哈尔滨已经是共产党的天下,我们有足够的能力治理好它。"

我问:"你和他们开会时,怎么谈到我的?"

那是我当时最关心的。

他说:"我讲你可立了大功,证明你是我们完全可以信任的人。"

我又问:"你就不怕看错了我?"

他笑道:"那怎么会!不谦虚地说,我这双眼,差不多快练成火眼金睛了,一个人是我们的朋友还是我们的敌人,一般而言骗不过我。"

第十五章

"不是你们的朋友,就是你们的敌人吗?"

"那不对。这么想的同志,我们批评他是左倾主义者。不是朋友,是人家缺乏对我们的了解嘛!……"

他发现我儿子在门外偷听,招手说:"高坤,进来进来,也可以坐下听听。"

我儿子就进屋了,不好意思地坐在他的斜对面。

他接着说:"就算有那么一些人,了解了我们,也承认我们的奋斗目标是一种好目标,可还是宁愿离我们远远的,甚至还有几分瞧不起我们,认为我们成不了大事,那我们也不能就将人家当成敌人吧?那样的革命者岂不是太霸道了?何况,有时候也是由于我们的人政策掌握得不好,使人家对我们寒心了……"

老赵说到那里微微一笑,笑得有几分无奈,同时也有几分包容。

我说:"老赵,你讲得真好。"

我的话不但真诚,还说出了由衷的敬意。

他又说:"淑兰同志啊,我们的人中,有些同志一旦左起来那也是很让人头疼的呢!他认为他比你还革命,认为你根本没资格从思想上帮助他,更没资格批评他。所以呢,我们对这样的一些自己的同志,往往比对敌人还难办。我们不包容敌人,可我们不可以不包容自己的同志啊……"

他又无奈地笑了笑,如同一位宽厚的父亲在与成年了的女儿进行平等的思想交流。

是的,他使我回忆起了我的父亲。

"鹏举他在会上怎么提到我的?"

"他呀,激动了呗,说要是谁怀疑你,那就等于也怀疑他。"

"大家什么态度呢?"

"我自己就不必说了,小沈和三个姑娘都笑了。"

"那，我的事儿，过去了？"

"我保证，过去了。"

我心情于是舒畅了不少。

儿子问："赵叔公，我该怎么再多了解了解你们呢？"

老赵说："让你爸讲给你听。"

儿子说："我爸总是以后以后的！"

老赵说："他是因为忙。这样吧，我交给你晓岚姐个任务，让她帮你补上关于中国共产党的历史常识……"

老赵留下吃完晚饭匆匆而去。饭桌上由于有他，气氛好多了。

他走后，鹏举向我做了自我批评，承认自己遇事太沉不住气，不该对我激赤掰脸的。

我说："原谅你了，也理解你们有多不容易了。"

他说家里肯定还要发生些变化，希望我做好适应的准备。

我说："我已经适应了不少，适应对我已经不算是一件难事儿了。"

天黑后，有辆军卡悄无声息地驶入院子，车上跳下三名士兵，小沈和三个姑娘帮士兵往下搬东西。卡车倒出院子开走后，他们一起动手支起了两顶帐篷。三名士兵合住一顶，另一顶放些炊具什么的。小沈他们不让我和鹏举帮忙，我俩只能站在一楼窗前看着。

我问："他们有必要自己开伙吗？"

鹏举说："纪律肯定是那么要求的，随他们吧，我们的心意只能体现在汤汤水水方面了。"

儿子扛着只麻包进入，径直往楼上扛，看上去挺沉的。

我忍不住问他扛的什么。

他站在楼梯上说是沙袋。

我更加奇怪，问往楼上扛沙袋干什么。

第十五章

他说堆成掩体。

我还有话要问,他已不想回答,快速上楼去了。

小沈也扛着两只沙袋上楼去了,等他下来时,鹏举将他叫到跟前,指着窗外问只多了三名战士,为什么要支起两顶帐篷。

小沈说为了给敌人造成假象。

我吃惊地问:"难道我们这里会被攻打?"

小沈说估计不会,但也不是完全没有可能。老赵考虑问题周到,所以要求加强这里的守卫,而上级批准了。

我本能地张了下嘴,想再问什么,却不知该问什么。

"嫂子想问什么只管问,凡是我知道的,都会告诉你。"

小沈耐心期待。

我苦笑着说:"还没想好。"

小沈说:"那我先忙去了。"

他刚出去,三名战士依次而入,各扛一挺机枪,也都径直上楼。其中一名大高个战士,臂下还夹了只沙袋。

我看得目瞪口呆。

鹏举说:"人家都在干活儿,咱俩站这儿看走台似的,没法不惭愧,再别问什么了行不?"

我点头。

他又说:"人家还不是为了保卫咱们。"

我撑了他一句:"不劳赐教,请别再絮叨了。"

箫儿从楼上下来时,我还是没忍住,将她召到了眼前,小声问:"机枪是真的假的?"

她笑出了声,说当然是真的,还是美式的,并说:"现在咱们不缺那玩意儿了。"

晚上，我家朝向江边的大小三处阳台全堆起了沙包，也架起了三挺机枪。三名战士伏在掩体后，不时用手提探照灯向江面扫照。

松花江已经没有冰排了。江水滔滔，在月光下泛着锡铂似的亮光。儿子甚亢奋，也卧在掩体后，煞有介事地举着望远镜瞭望。

我虽已躺在床上，却实难入睡。

鹏举放下杂志，看一眼手表，柔声说："别胡思乱想了，睡吧。"

我说："如此变化，怎么适应？"

他说："我也并非很适应，但你得这么看，咱们等于睡在保险箱里了。"

他说完关了灯。

我说："唉，这个老赵呀，可真是的……"

他说："不许埋怨老赵，他是将咱们当成最亲的亲人来保卫的，不仅仅是为了尽到责任。"

他翻身轻轻搂住了我……

第十六章

第二天吃早饭时，收音机在播报新闻——哈尔滨特别市第三次政治委员会议决定，因物价上涨，市级各机关职员、技工和大中小学教员从四月份起工资提高25%，供应粮亦相应提高；优待、奖励各类技术人员，奖金按贡献分甲、乙、丙、丁四级；对残疾军人家属，包括起义部队中的残疾军人家属实行免费医疗；中共松江省委党校开学；自本月起，哈市工人、学生、店员、职员、工商界、士绅界万余人，将分十六处与起义军官兵代表座谈——主会场在松江省委党校，届时将有党、政、军三方面将领出席主会场的座谈……

在随后宣读的士绅人物名单中，我听到了"高鹏举先生及夫人"，排在第三。

我问："我必须去吗？"

鹏举说："就当配合配合我吧。"

我问："那不就是后天上午吗？"

他说："是啊。自从你回来，咱俩还没同车出行过呢。老赵嘱咐不要开辆吉普，要开咱们自己的车。"

我问："为什么？吉普是军车，不是更安全吗？"

他说我俩属于士绅代表，开自家车才符合身份。

那天上午，松江省委党校门前情形隆重，门上方拉起了横幅，两旁彩旗招展，士兵从大门两旁伫立向马路两侧站出几百米，一个个荷枪实弹，头戴钢盔，军容威严。不时有车辆驶入院内，或吉普或私家车。某几辆吉普前边，还有摩托开道，证明里面坐的必是高级首长。

鹏举自驾我家那辆"林肯"，车头还插面小旗，他亲自在旗上用毛笔写了一个"高"字。

我问他："为什么如此招摇？"

他说任务需要。

我问："不是来开座谈会吗？怎么又成了任务？"

他说几句话解释不清，到我该明白时，不必他再解释，我自然就明白了。

我问为什么非自己开车，他说小沈另有任务。

忽然他按响了车笛，但见一辆骏马所驾的靓车从对面踏踏有声地过来，车上坐一对衣着阔绰的伉俪。我定睛细看，认出是小沈和箫儿。马车夫闻笛勒马，礼让我们的汽车先入。

门卫查看证件请柬很认真，门前渐渐排起了各类车的长队。

我们的车一驶入院子，鹏举立刻下车，将小旗拔下扔入车里，又从后座拿起一面写着"王"字的小旗插上，并将我搀下车。我刚站稳，他便坐入车内将车开动，绕着院子行驶一圈，从后门开了出去。

虽然我曾是哈尔滨的贵妇，名副其实的阔太太，但穿得那么摩登的次数是有限的，每次都是在十几年前。

我正站在原地不知所措，小沈他俩的马车停在了跟前。小沈冲我笑笑，箫儿跳下了马车。马夫一抖缰绳，马车也朝后门奔去。我明白了，鹏举开那辆私家车和那辆马车还会绕到前门去，于是会使前门那儿车辆络绎不绝。

我问："这里在演《空城计》？"

箫儿笑道："当成是在演戏也可以。"

我说："但我对自己的角色并不情愿。"

她的表情立刻庄重起来，真诚地说："淑兰同志，多谢你对革命的协助。"说罢，挽我向楼里走去。她的穿着颇怪异，俄式粗毛线长裙下，露出半截皮靴来。

我问："你就不能穿得搭配点儿？"

她说："哪儿顾得上啊，借到什么穿什么呗。"

她带我进入一间大屋子，四周一圈沙发，中央一张罩了白布的长桌，其上放两只暖水瓶和几排杯子。已有多位看去身份特殊的男女成双成对地坐着了，我俩的出现吸引了他们的目光。她大模大样地坐下，叠起了二郎腿。我在她旁边坐下，小声说："把腿放下，太有失身份了。"

她小声说："没事儿，已经坐这儿就不必装了，穿成这样主要是给街上的人看的。"

我问："哪几对是真的士绅夫妇？哪几对是假的？"

她说："有点儿紧张的都是真的，特镇定的都是假的，我们文工团的同志。"

突然，走廊里传来喊声："站住！再不站住开枪啦！"

喊声刚落，有一手持利刃的男子冲入，一把将箫儿拽起，一臂夹紧她，一手将刺刀压在她颈上。

我那一惊非同小可，虽然猛地站了起来，却也同时呆住了。

紧接着，两名战士也冲了进来，都用短枪指向那男子。

一名战士怒吼："于镇江，你不要胡来！"

那人大叫："老子今天为党国尽忠啦！杀一个够本，杀两个赚一个！"

陆箫儿趁他叫嚷分神之际，高抬一靴，狠跺对方一只脚——说时迟，那时快，不知用了怎样的一招，转眼已将对方摔倒在地，反拧其臂，踏其背。

刺刀落在地上。

两名战士将对方制伏，戴上了手铐。

箫儿从地上捡起刀，看着说："还不错。"——接着搜对方身，搜出了刀鞘，对俩战士说："归我了。"甫一说完，以闪电般的速度扇了对方一耳光，怒骂："王八蛋！敢出本姑娘的丑！一会儿先毙了你，叫你脑袋开花！"

两名战士押着那叫于镇江的人离去，箫儿跨到门口喊："你们那边干什么吃的，不能看严点儿啊？！"喊罢，一条长腿蹬门框上，将短刀连鞘插入靴子。

我看得目瞪口呆。

她扶我坐下，安慰我："别怕，难免会出点儿意外。"

我看别人，见有的男人搂住了他们的女人，而有的女人在哭泣。

箫儿没再坐，旋转着身子说："咱们自己的同志就离开吧，你们的任务完成了，该干吗干吗去，我要开始讲话了。"

于是几对男女站起离开。

箫儿继续旋转着身子说："各位尊敬的先生、女士，我首先要代表革命感谢诸位的配合。事情嘛，它是这样的，特务们要破坏座谈会，所以座谈会改期了，究竟定在哪一天，我也不清楚。为了将特务们一网打尽，我们只能造成一种按时召开的假象。可假戏那也得真做是不是？我们的同志装起阔人来未必都像，只得有劳你们真神捧捧场，这就是你们也出现在这儿的原因，都听明白了？"

"真神"们纷纷点头。

"使你们受惊了，能原谅我们吗？"

第十六章

"真神"们又纷纷点头。

外边忽然响起枪声。

萧儿一撩袖子也拔出了枪，几步跨到窗前，推开窗，闪身窗边，瞄准射击。她那一声枪响后，结束了前边的枪声，外边归于平静。

一个女人在她男人怀中哭出了声，嚷嚷："我要回家，我要回家！"

萧儿收起枪，劝道："夫人，别哭别哭，刚感谢过你们，这么又哭又嚷嚷的多不带劲！淑兰同志，替我倒几杯水……"

我便起身倒水。

她说："咱俩请他们喝水，不像话，预先也不准备点儿茶。先生们，女士们，只能请大家喝白开水了，压压惊，都压压惊。"

有人接了水，有人没接，显出大为光火的样子。男人接的多，女人接的少。

萧儿自己吹几口气，喝一口水，放下杯终于又坐下。

她架起了二郎腿，扫视着说："总体而言，诸位的表现都不错，我对大家的表现很满意。今天的任务，诱使敌人自投罗网的任务，咱们共同的任务，我估计到现在完成得差不多了。大家再耐心坐会儿，等来人通知，大家就可以走了。诸位都请放心，有军车护送你们，大家的安全是绝对可以保障的……"

她正说到这儿，一名稚气未消的小兵进入，愣头愣脑地问："这里谁负责？"

"我。"

萧儿站了起来。

小兵怀疑地打量她。

她撩起裙子，让那小兵看腰间的枪。

小兵向她敬礼后说："沈同志让我通知，任务已经完成，可以将先生们女士们送走了。"

萧儿往门旁一闪,拍拍手大声说:"大家听到了吧?现在都可以离开了!"

几对男女同时站起,争先恐后。

她阻止着说:"别急别急,我们的同志和车在楼外候着呢,保证会将你们一一护送到家门口!"——还连连鞠着躬说:

"请走好。"

"多谢了"。

"下楼时小心,别崴了脚。"

就剩我俩时,她在我身边坐下,长出口气。

我说:"没想到你还这么爱开玩笑。"

她讶然地说:"我开玩笑了吗?跟谁开的?怎么开的?"

分明的,她意识不到自己此前的言行多么富有喜剧性。

我说:"你今天使我刮目相看。"

她说:"从没参与过这样的任务,老赵指示,对先生们女士们必须非常非常有礼貌,我做到了吗?"

我说:"表现十分出色。"

她说:"那就好。老赵嘱咐,如果他们谁少了一根毫毛,拿我和若然是问。惊着了吓着了我俩也得做检讨!"

我笑笑,没再说什么,起身走到窗前朝外望,见院子一角蹲着一溜男人,个个双手抱头,由持枪的士兵看守。而院子中央顺条笔直地站着三个衣着各异的男子,也由横端长枪的战士监视,沈若然在他们面前踱来踱去。他身后也有一张桌,同样罩着白布,桌后端坐一名戴眼镜的军中文书模样的小伙子。

我向萧儿招手。

她起身走过来朝外看看,问我:"想不想听若然训他们什么?"

我反问:"可以吗?"

第十六章

她说："有什么不可以的！他又不是大官，只不过是这次行动的临时指挥，由别人负责老赵不放心。"

沈若然只扫了我俩一眼，就不理我俩了，一味训话。

他说："你们到这儿来，是要制造流血事件。可我们到这儿来不是！我们是为了避免流血而来的。还嫌流在中国大地上的人血不够多吗？你们的人的血，我们的人的血，不都是中国人的血吗？不过，请放心，你们刚才那个受了伤的同伙，会得到及时医治的。"

那个于镇江也在三人中，气焰嚣张地说："士可杀不可辱。怕死的不来，来的不怕死！"

箫儿怒道："住口！谁要制造流血事件，那就是反动透顶的家伙！我要不是心生慈悲，当时就一枪爆他的头，而不是射他的腿。"

沈若然向箫儿竖起了手掌。

三名俘虏一齐将头扭向另一方向，都不看他。

他的情绪倒也没受影响，反而宽容地笑了笑，继续边踱边说："应该受到尊重的人，我们自然会尊重他。至于尊重不尊重你们，你们一会儿便知……"

另一名俘虏猛转头瞪着他说："不要因为我们成了俘虏，你就得意忘形！实话告诉你，我们在这里的行动，那也不过就是声东击西！即使失败了，你们在别的多处地方，今天肯定会遭受重大损失！……"

若然又笑道："我正要讲到这一点。你们也不想想，我们有那么愚蠢吗？就因为你们搞了次小勾当，向我们释放出一种具有迷惑性的信息，我们就会毕其功于一役，将全部注意力放在这一处地方？实话告诉你们，我们是将计就计，所以你们成了瓮中之鳖。同时，我们在多处你们可能进行破坏的地方，全都布置了特殊兵力。你们的人，在那些地方的下场，也将和你们一样。这是没有任何悬念的事儿，明白吗？"

三名俘虏面面相觑。

若然说:"你们倒是应该想一想,自己是不是作为弃子,被成心牺牲在这里的?"

三名俘虏先后低下了头。

于镇江突然抬起头,说:"少废话!你们共党中有不怕死的,我们的人中也有死士!我们三个就是!要杀要剐,快动手吧!"

他们中始终没开过口的那个,此时也昂然地说:"如果真尊重我们,还望赐两瓶酒,优劣不论,让我们兄弟三个黄泉路上带醉而行,那才证明你们共产党有雅量!"

若然站住了,看定对方,掷地有声地说:"知道你们三位为什么会站在这里,而不是蹲在那里吗?因为我们掌握的情况是,你们和他们不同。第一,你们手上并没沾染我们共产党人的鲜血,也没祸害过老百姓。第二,你们在抗日时期曾英勇杀敌,有功于国,所以我们不杀你们,更何忍剐?也不会用酷刑逼你们交代什么,那种做法为我们所不耻。如果你们不愿再与我们为敌,桌上有写好的三类证书,取第一种,将受到起义官兵的优待,几天后与各界代表参加座谈会。取第二种,将有机会脱离战场,返回家乡与亲人团圆。证书保证你们在一切我们的占领区畅行无阻,也保证你们日后不会受到任何歧视,还发给路费。不论你们做出以上哪种选择,我晚上都会陪三位喝酒,尽我所能搞到好酒。第三种选择是,继续与我们为敌,效忠于你们所要效忠的人。那么我们的做法只能是,派兵押送你们出哈尔滨,一直押送到黑吉两省交界处。当然,不可能坐一块儿喝酒了。也当然的,如果在战场上再见到,那就只有拼个你死我活了。给三位几分钟,何去何从,请自掂量……"

那三个听呆了,有的愣愣地看着小沈,有的望着桌子,有的低头沉思。

我家的"林肯"从后门驶入院子,停在不远处,鹏举在车上向我和箫儿

第十六章

招手。

我们三个回到我家，但见院里院外多处狼藉——儿子抢着相告，我们的家遭到了袭击。先是有单独之人出现，一个又一个，引起怀疑时，已在院子周边聚起十几个了。有人忽发暗号，或掷手榴弹，或端枪朝院子里和窗子扫射，一阵袭击后作鸟兽散。他们分头逃窜，难以追捕，但击毙了一人。大个子战士头部受轻伤，包扎着药布……

我在台阶上踩着了一颗子弹，差点摔倒，幸而鹏举扶住了我，挽着我进入别墅。一楼多面窗子被击碎，一地碎玻璃，到处是子弹，山花妎和另外两个姑娘在清扫，看到我都歉意地苦笑。

山花妎说："幸亏老赵又派了三个人来，要不然，只有两名哨兵和她们两个姑娘的话，还真有可能会被他们冲入进来大开杀戒。"

我也只有笑笑，对鹏举说我有点儿累，想上楼去躺会儿，他便扶我上楼。到了楼上，但见两名战士在我俩的卧室用木板封窗，我站在门外愣住，鹏举牵我手，伴我进入了会议室。他将门关上，搂住我在我耳边小声说："对不起，想不到咱们的家会变成这样。"

我说："不是你的错。我只是累了，没有怨你的意思。"

他扶我坐下，为我倒水。

儿子也上楼来了，除了肩上、鞋上脏了，上衣、裤子倒还干净。他非让我到他的房间躺会儿，我拗不过他，只得去了。一进他的房间，儿子立刻将门关上，严肃地说："妈，你可要表现好点儿，我们留在家里的人，经历的可是一场战斗。你如果心存不满还流露出来了，那对我们太不公平。"

我问："你也参加战斗了？"

他不无羞愧地说："那倒没有，姐姐让我和妎婆躲在地下室。"

我又问："她俩战斗了？"

儿子说："我从地下室上来过一次，看到她俩在院子里朝外开枪，端的都是卡宾枪,能连发,嘟嘟嘟,嘟嘟嘟……"

他学两个姑娘扫射的样子。

我没笑,笑不出来,问他受没受惊。

他说:"她俩都不怕,我一个男的怕什么?那太使高家丢脸了吧?"

我向他保证,一定不流露任何不满。有什么理由不满呢?

儿子又说:"你也不许对我爸发牢骚,那对我爸同样不公平。"

我说:"放心,妈不会的。我更爱你爸了,也更爱他的朋友们了。"

儿子说:"也是咱家的朋友们。"

我说:"是啊,你说得对。"

那日,我感觉儿子懂事了,也感觉我们全家的朋友个个都是可敬可爱的人——起码在我们一家三口心目中是那样。

晚饭吃到一半时,小沈回来了。箫儿闻出他口中有酒气,他也确实微显醉意。箫儿要罚他站,因为他的工作出了闪失,致使于镇江摆脱了监管,还将刀刃压在她脖子上。他说那事儿虽不能怪他,但他是行动指挥,有推卸不掉的责任,并且已经在总结工作时检讨过了。大家都替他求情,箫儿才允许他在桌旁坐下。他说自己光陪着于镇江他们三个喝酒了,没怎么吃东西,边说边拿窝头。

箫儿打开他的手,说只许他坐下陪大家说话,没允许他可以开吃。罚站虽免,饿他一顿却是应该的。工作出了那么大闪失,一点儿不受惩处还行!

知遇和晓岚就都笑,表示完全支持。

我问小沈,于镇江他们三个最终如何选择的。

他说一个选择回家乡;一个选择留在哈尔滨,愿意服从一份工作安排;只有于镇江决定加入起义部队,接受改编。但只愿成为后勤部队的一员,坚决不上前线。说一旦与自己的弟兄们在战场上相遇了,他不再会是

第十六章

一名合格的军人。

鹏举说:"大实话。"

小沈说他及时向老赵请示了,老赵拍板就按于镇江的愿望办。

鹏举担心老赵又会因而受到批评。

小沈说不会的,那么对待于镇江他们三个,并不是老赵的主张,老赵也根本没那么大权力,是级别很高的首长定的一条政策,他和老赵都是执行者。

正说着,老赵来了,带来了一坛酒。他腿受伤了,挂着拐。大家都吃惊,担心他会落残。他说没事儿,皮肉伤,子弹从小腿肚子穿过去了。他将酒瓶往桌上一放,挂着拐蹦蹦哒哒地这儿那儿地查看。在别墅里到处看了一番,又到院子里去慰问住帐篷的三个兵。

我对鹏举说:"你还不陪着?"

鹏举说:"我慰问过了。"

我说:"那会儿是那会儿,这会儿是这会儿,你怎么好意思让老赵挂着拐一个人去?"

儿子说:"我妈批评得对。"

鹏举便站了起来。

我又说:"把酒带上,郑重点儿。"

鹏举犹豫。

儿子说:"我给你们送酒杯去。"

父子俩离开后,山花婶说:"酒肯定是白带了,他们纪律严着呢。不是在正式的庆功会上,哪儿允许喝酒呀,一口都不行。"

小沈却说:"你们看没看出来,老赵心里有不痛快的事儿。"

我没看出,仨姑娘却说看出来了。

四人的话使气氛为之凝重。

果然，酒又被原封未动地带回。

老赵也不坐，站着说："咱们把它喝光，谁也不许找借口推三阻四的！"

我儿子说："为了使叔公高兴，我绝不那样！"

老赵表扬说："好，我替你爸批准了！"

于是小沈开了酒瓶，人人面前都有杯，每只杯中都有了酒。大家分饮一瓶酒，其实平均下来每人也就一两酒，有人杯里多点儿，有人杯里少点儿。老赵还不坐，首先举杯敬我。

他说："淑兰，把你们的家占了，据鹏举汇报，你一句不满的话都没说。现在，又把你们的家搞成了这个样子，你看上去还是挺高兴的，冲这点我也高兴。代表革命那种话我没资格说，那我就代表他们四个年轻人敬你！"

他一饮而尽。

鹏举取笑他："你看你，太实在了！没了吧，接下来怎么办？"

老赵也笑道："你当我傻呀？能不为我自己留一手吗？"

他捧起酒坛又往自己的杯里倒满了酒，之后晃晃坛子说："还有。但没你们女同志什么事儿了啊，高坤，也没你的份了。鹏举，小沈，剩下的归咱们三个了。"

三个姑娘都笑他多贪多占。

鹏举的杯里酒满，我与他换了杯，擎杯站起，郑重地说："老赵，一笔写不出两个赵，何况你还参加过我和鹏举的婚礼，咱俩有感情基础。我虽远离政治，没资格做你们的同志，但愿意做一个敬爱你们的人。"

大家因我的话而肃然，片刻后鼓掌，接着也都举杯一饮而尽。

之后，都听老赵汇报战况。他说那日匪特勾结，共聚起了近三百人，在十几处地方同时发动了袭击，但因我方早有预见，有准备，而敌方属于

第十六章

乌合之众，大获全胜的自然是我方——共歼敌37人，俘二百几十人。少数溃敌，四散而逃，我方正在搜捕之中。他说也是大好事，我方情报证明，逃敌为数确已不多，再兴不起什么风浪了。他也表扬了我，说我及时提供的情况，对于预判敌人的行动极有参考价值。

山花婶问："那你还有什么不高兴的呢？"

他反问："我不高兴了吗？谁看出我不高兴了？"

小沈和三个姑娘就举起了手。

于是老赵承认自己心里确实很不痛快——受到表彰的同时，也受到了极其严厉的批评。

大家惊问缘故。

他说因为"借力"于某些商界和士绅那一环节，直接领导当面训了他一通，认为不是行动谋略，而是"瞎胡闹"。

"不来那么一招，还能有什么高招？另外怎么做，才能使敌人上钩？我们那些有身份是阔人的朋友，因而少一根毫毛了吗？都没有吧？鹏举、淑兰、小沈，你们仨丫头，对我有意见了？不至于吧？"

我和鹏举立刻摇头。

他又说，别人向他透底，某几位"有身份是阔人的朋友"联名告了他一状，否则上级不会对他大发雷霆。还说："为革命做一次很安全的诱饵有什么大不了的呢？真不够朋友。"

鹏举急忙郑重声明："我和淑兰可没告状啊，是不够朋友！"

老赵看看鹏举，又看看我，也郑重地说："压根就没往你俩身上想。我要是那么想了，天打五雷轰！"

大家都被逗笑了。

大家一笑，老赵又高兴了。

鹏举说自己有一个好消息要宣布——经他打报告表扬了小沈、三个姑娘和两名哨兵,领导批示,给他们六人各涨三斤口粮。

小沈和三个姑娘一阵欢呼。

老赵连说:"应该,太应该了,他们表现多好啊,我爱死他们了。"

我儿子说:"我也是。"

山花婶笑得合不拢嘴,说以往她做饭,既担心做少了大家吃不饱,又担心不到月底粮食没了,以后她再也不必犯纠结了。

饭已吃完,大家还不愿散。老赵也不愿走,谈兴甚高,唱起了抗联的《露营之歌》:

铁岭绝岩,林木丛生,暴雨狂风,

荒原水畔战马鸣。

围火齐团结,普照满天红。

同志们!

锐志哪怕松江晚浪生。

起来呀!

果敢冲锋,逐日寇,复东北,天破晓,

光华万丈涌,

……

夺回我山河!

除了我和儿子以及山花婶没唱,鹏举他们都会唱,都跟着唱。老赵把自己唱流泪了,他肯定想起了他儿子。山花婶听着听着无声地哭了,大约也想起了孙师傅。而我想起了我弟,情不自禁搂住了山花婶。我没再流泪,不知不觉,我已变得坚强。我不看鹏举,也不看儿子,一一注视我们全家的朋友们,想要将他们和她们的音容笑貌牢记于脑海。我深知,他们和她们由于有明确之信仰，因而有明确之敌人，故所以然，自己便也被视为明确之敌了。他们为信仰去战斗，倍觉光荣，死亦无悔。这一点是他们与敌人不同的方面，正因为如此，我失去他们这样一些平凡却又不平凡的朋友，概率是很大的。可我是那么的不愿失去他们，因为他们已经与我们一家三口很亲了啊！

我们怎么会与他们这样一些以前素昧平生的人成为了朋友呢？

当我暗问自己时，豁然顿悟——虽然我姓赵，我丈夫姓高，但我们赵家的人和高家的人，其实都姓"中"，我们两家的人，是中国人中的同一类人——那种崇敬有信仰之人的人。如果谁的信仰乃是出于为国为民，我们便都会以是他们的朋友而荣幸。

那个晚上，我内心交织着荣幸与忧伤——也许，下一次再聚餐时，他们中已永远地少了谁……

哈尔滨又多了几份报刊——《苏联介绍》《松江农民报》《文化报》。东北电影制片厂已拍出了第一部新闻纪录片《民主东北》。

五月的一天，鹏举组织小沈和三个姑娘学习文件，允许我和儿子旁听——那份文件是《东北解放区惩治贪污暂行条例》。

忽然来了三名正规军，要求我跟他们"走一趟"。倒也态度斯文，向鹏举敬礼，出示证件，口口声声称鹏举"首长"。但态度同时又是坚决的，使我除了服从，鹏举这位"首长"除了同意，再无第二选择。

小沈和三个姑娘争着陪我去，被鹏举严厉制止了。

儿子问他可不可以陪我去。

对方问他和我什么关系，多大年龄了，之后断然说绝对不可以——因为有规定，不许牵涉未成年人。

山花婶问："我陪着去行吗？"

对方问鹏举山花婶是什么人。

鹏举一时不知该如何回答,晓岚便快言快语地替他回答,说山花婶丈夫是抗联烈士,儿子是东北民主联军的一位副团长,儿媳是儿子那个团的卫生员。

对方听罢,一齐向山花婶立正、敬礼,为首者说:"请革命的母亲放心,我们一定会礼礼貌貌地对待夫人的。"

我一时火冒三丈,但尽量压制住了,冷冷地撑了一句:"别叫我夫人,请叫我同志!"

对方又同时向我立正,敬礼,齐声说:"是!夫人。"

小沈说:"我替她声明在先啊,她可是有美国国籍的美国公民,你们不要犯政策性错误。"

为首者说:"正因为如此,她才必须跟我们走一趟。请放心,我们会掌握好政策的。"

我坐在车后排,两名战士之间,第一次经历,倍觉羞辱。

在一处什么地方的一间屋子里,我受到了人生第一次审讯。是的,无异于审讯——屋内只有一张桌子三把椅子,我坐桌子对面的椅子,两名审讯者坐在桌后,戴眼镜的三十多岁的男子负责问话,二十来岁那个负责记录。

"姓名……"

"年龄……"

"出生年、月、日……"

"何时与高鹏举结婚的……"

审讯就如此这般开始了——一问到我加入国民党的情况,越问越细了。有的细节我已根本回忆不起来,只能回答"忘了"。接连回答三次"忘了"后,审讯者认为我"顶牛",而我索性不理他,什么都不回答了。

忽然门外发生争吵,我这才晓得门外还有士兵把守,同时听出了争吵

第十六章

一方是老赵。

他在门外怒吼:"我是来保人的!非拦我老子一枪崩了你!"话音一落,门已被撞开,他提枪而入。

两名审讯者吃惊得站了起来。

老赵这才将枪插入枪套,将证件往桌上一拍,再次声明他是来保人的。

戴眼镜者看过他的证件后,往桌上一放,将证件推至桌边,板着脸说他的级别没资格保人,师及师以上首长才有资格以个人名义保人。

"电话在哪儿?你们电话在哪儿?那我就给比我大的官打电话,看他们理不理我赵永亮这茬儿!"

老赵更光火了。

我说:"老赵,别这样,我不在乎他们审我。"

老赵说:"弟妹,别劝我!你不在乎我在乎!我是全哈尔滨的治安负责人,他们把你抓到这儿来,预先都不跟我通个气儿,是他们没按程序办!"

戴眼镜者也来气了,怒道:"我们不是将人抓来的,是客客气气请来的!你不要乱扣帽子!也不是审问,是例行公事的问讯、了解,没必要非预先征得你的同意!……"

老赵说:"你刚才说的,是请来的,不是审问,是一般性的问讯对不对?那好,你们快问,我坐这儿等!一问完我就将人送回!不用你们的车,我开车来的!……"

他说罢,几步跨到桌旁,将"眼镜"那把椅子拖至墙边,横担一腿坐下了。

"眼镜"正气得发呆,闯入几名士兵,不待老赵有所反应,立刻控制住他,下了他的枪,将他带走了。

那一幕就发生在我眼前,我看得瞠目结舌。

不过一个多小时后我回到了家里,并且也算带回了面子,是东北行政委员会的一位干部将我和老赵接出的。老赵哪里会开车,他为我情急之下骑马奔驰而至,他们民防总部有几名专送文件和命令书的通讯兵,每人一匹马。

我问老赵是不是他给行政委员会打电话了。

他说不是他。

又问那么是鹏举反映了情况吗。

他说他不清楚。

那位行政委员会的干部说,是肃反部门的人自己觉得骑虎难下了,主动向行政委员会汇报,"行委"的一号首长立即做出"礼貌送回"的指示,还让那名干部带上了一封写给鹏举的亲笔信。

老赵不愿将马留在肃反部,便又骑马回他那儿去了。

那位"行委"的干部与鹏举认识,当着我们夫妻俩和儿子以及大家的面,庄重宣读了那封亲笔信。

信曰:"鹏举同志,惊闻该事,不胜错愕。谨代表东北行政委员会,并以我个人名义,向您及尊夫人致以深深的歉意。此错事说明,我们各部门的沟通工作尚不够,'行委会'定将着令重视。

"又,尊夫人一家,实乃海外爱国华人之家,爱同胞之华人楷模,其祖父、父亲、弟弟之事迹,我们细知。出于对您的爱护,即使在内部也属于保密性质。谨向您保证,此类事再不会发生。

"让我们团结在爱国的旗帜之下!"

听了那样的宣读,我内心的大部分不快消除了,却仍存在着一部分——对丈夫的。

那位干部坐了一会儿,与鹏举聊了几句,匆匆告辞。

第十六章

我问鹏举："我被带走时，你为什么不阻止？"

他说："我可怎么阻止呢？"

我又问："我被带走后，你抓起电话就可以给那位认识你的大官打过去，可你并没有。"

他说："那不好吧？我怎么能那么做呢？"

我怒道："你连老赵都不如，亏你还是我丈夫，不打你我今天出不了这口气！"

我举起了手，是真想扇他一耳光。

儿子及时擒住我的腕子，以成人般的口吻严正地说："妈，谁没受过点儿委屈啊？你这么失态，不是倒像经不起表彰了吗？"

鹏举也说："亲爱的，你不要以为我那样是懦弱。我是懦弱之人吗？如果是，我当年会将你们母子送到美国去，自己留下来与日本人长期周旋？我做那些事儿，也是拎着脑袋来做的！在今天这件事上，我是自信的表现！自信你的清白！现在你被陪送回来，首长同志都表示歉意了，不恰恰证明我的自信是有根据的吗？"

"说得好！"

鹏举话音方落，我背后有人喝彩。转身一看，见是秀芹和明远双双站在门口，不知何时进来的。

我指着秀芹嗔道："你怎么包庇他？如果他及时采取行动，你爸哪儿至于为我丢那么大面子？"

"嫂子，我爸说为你丢多大面子他都没怨言。"

秀芹笑嘻嘻地挽我走向沙发，和我并坐下去。明远则从军挎包里掏出几个烤红薯分给小沈、我儿子和三个姑娘，说路上买的。掰开来的红薯还冒热气，他们吃得不亦乐乎。

秀芹说他俩是来蹭饭的，问我欢迎不欢迎。

我说如果他俩能每天都来吃一顿饭我们才高兴。

小沈和三个姑娘附和我的话。

秀芹又说他俩已经去过她爸那儿了,离开后直接过来的。关于我和她爸那事儿,她已经听她爸讲了。她爸原本也是要来的,由于出了那事儿,不好意思见我了,不肯来。

我笑问:"难道我俩永不相见了?他再也不来了?"

秀芹说:"那肯定不会!我爸那人哪点都好,就是把面子看得太金贵了。估计过些日子,记忆淡一下后就会来的。"

鹏举因秀芹和明远要留下吃饭而高兴,去到地下室取上来一瓶红酒、两听罐头,一听肉的,一听黄瓜的。说地下室就那两样好东西了,几天前刚发的优待品。

山花婶不许他往餐桌上放,命我儿子送回地下室去,说等以后来了贵客再开。

鹏举说秀芹和明远不常来,一块儿来的时候更少。既然来了,那他俩就是贵客,不款待他俩款待谁?

小沈和三个姑娘都支持。

那顿晚餐,由于有酒有肉又有"贵客"光临,大家都吃得高兴。

秀芹在桌上讲起了她爸"大闹"肃反部的情形,讲得绘声绘色。讲到自认为精彩之处,起身离开桌子,夸张地学模学样,并不时问我:"嫂子,我爸当时是不是这样式儿的?"

我只得忍俊表态:"是,是,你学得很像,就是那样式儿的。"

大家便都开心地笑。

连平时在餐桌上不怎么说笑的山花婶也笑出了声,批评道:"你这孩子,今晚哪儿来这么高的兴致?你爸不只是你爸,还是我亲家公,看我不向你爸告你的状!"

第十六章

秀芹却说:"那我就拿明远出气!"

大家又被逗笑了。

她和明远两个,郑郑重重地向山花婶敬了一次酒,明远居然连"母亲大人在上"这样的话都用上了,使我颇觉奇怪。

饭后,秀芹唱起了歌,连唱几首,也说为"妈"——也就是为婆婆唱的。她的歌使气氛更加欢乐,明远按捺不住,说要为大家跳俄罗斯"蹲舞"。鹏举也来了情绪,说自己熟悉那舞曲,命儿子取萨克斯来,为明远伴奏。

他俩一个吹,一个跳,直至尽兴。大家拍手合之,以声呼应。

秀芹和明远走时,都与山花婶深情拥抱,使我怪上加怪。前几次他俩来去之际,不论一起还是单独,从没那样过。

最高兴的自然是山花婶。

我上床后,忍不住说出了自己的困惑。

坐在沙发上的鹏举并没立即回答,从茶几上拿起一本书,翻开,垂下了目光,却又分明不是在看书。

我说:"你没听到我的话?"

他沉默良久才说:"他俩是来向山花婶和我们大家告别的。东北民主联军的夏季大反攻即将开始,出发前他俩没时间再来了……明远悄悄告诉我的,不许我声张,连山花婶也蒙在鼓里。"

我欲言又止,三缄其口。

第二天吃早饭时,我让鹏举了解一下部队出发的准确日子,说我想送送明远和秀芹。

鹏举说那也正是他的想法。

儿子问:"他俩要去哪儿?"

我和鹏举都没理他。

第十七章

一日傍晚,我正看书,鹏举忽然出现在我面前,说明远和秀芹他俩的部队已经开拔,如果我不浪费时间,也许还来得及见上一面。

"你先去车上等我。"

我穿上鞋,拿了件外衣,"噔噔噔"下了楼,在三个姑娘目光诧异的注视下,一言未发跑了出去。

车开几分钟后,儿子忽然出现在后座。鹏举将车靠路边停住,板脸冷喝:"没你什么事儿,下去!"

儿子坚决地说:"决不。"

我只得说:"也让他去送送吧。"

一支部队正在通过松花江大桥,桥上桥下都是兵。一问,明远他们团不从桥上过江,行军路线不同,那个团在前方乘船过江。我们的车沿江边往前开了四五里后,见江中果有一艘载兵渡轮,岸边却已没有一个兵的影子了。

儿子忽说:"看,那人像我赵叔公!"

江边野岸,老柳之下,伫立一人,身边的马在吃草。

我们下了车,奔过去,果是老赵,在吸他那烟锅子,凝视江中船。

第十七章

我们一家三口同时出现在那儿，使他惊讶得半张嘴说不出话。

我急问："明远和秀芹在哪儿？"

老赵朝江中唯一的渡轮翘翘下巴，低声说："他俩最后上的船。"

鹏举生气地责备："老赵，你怎么能连我都骗，告诉我一个假日子？"

老赵说："不是怕你俩太动感情嘛。既然已经是部队的人了，出征打仗就得当成寻常事。我已经代表你俩说了，等他俩回来后，咱们好好为他俩把喜事办了。"

老赵眼角淌下泪来。

我不复能说出话。

鹏举也是。

儿子却朝那船大喊："秀芹姑姑！明远叔叔！……"

那船已近彼岸。江水滔滔，夕阳似血染，悬在下游的低空，悬在水天相接之处……

儿子轻轻以头撞树，号啕大哭。

小沈和三个姑娘因为被蒙在鼓里，对我和鹏举甚有意见，几天没理我俩。

直至我要回纽约的前一天晚上，老赵来送我，误会才彻底解开。

我必须回美国一次——纽约市政府对唐人街的态度有所转变，议会通过了一项议案，允许唐人街在规定的范围内向四周扩大面积。但若具体进行，是很复杂的过程。哪一方面若无配合的诚意，都会使合法之事成为一纸空文。那事关乎唐人街后代儿女的福祉，也是我父亲生前竭力推进、临终放不下的夙愿。唐人街上，唯我们赵家人可将那事继续下去。我们赵家人，也只有我更具备能力做成那事。

我纠结地让鹏举看我哥拍给我的电报。

他说："责无旁贷。如果你不回去，以后何颜面对唐人街的父老？也对不起你父亲。如果我不支持你回去，对不起我已故的岳父，日后也无脸出现在纽约唐人街了。"

他的支持使我不再犹豫。

没酒了，也没罐头了，还缺少秀芹那么一个善于活跃气氛的人，场面难免有点儿沉闷。只要秀芹在，三个姑娘也比着看谁闹得来劲儿。而若没秀芹在场，她们又往往比着看谁更像淑女。我觉得，那时她们活跃不起来另有原因。在以往相处的日子里，她们会不知不觉地忽略我的美国国籍。而当我要回美国了，我的美国国籍遂又成为一个铁的事实。究竟应该将我当成中国人，还是将我当成美国人——此点肯定对她们造成了很大的困扰。她们毕竟不是老赵和山花婶，他俩没那种困扰。不论我变成了哪国人，只要别加入日本籍，对他俩而言我首先仍是中国人，仍是高鹏举的妻子，那么就不是件什么事儿。她们也与明远和秀芹不同——由于父母与高家的亲密关系，明远和秀芹对我有一种天然的亲。她们甚至也与小沈不同，对于鹏举他们高家的历史，我们赵家的历史，小沈大体上早已了解。他信任我就像信任鹏举一样，对我俩所抱的敬意是同质同量的。然而那三个姑娘不同，来到哈尔滨之前，她们从没见到过任何一个剥削阶级的人物。鹏举是她们见到的第一个资本家，而且还是重量级资本家。这是前提，其次才是共产党的朋友，而我只不过是共产党的朋友的夫人，一位有美国国籍的哈尔滨大资本家的妻子。以往她们对鹏举的尊敬，既是对朋友的态度，也是对上级的态度，基本上是自己人对自己人的态度。但若论对我的尊敬，估计是很有几分爱屋及乌的。

我在第二天就要离开家，离开哈尔滨的晚上，内心居然产生了那种想法，未免暗自感伤。

山花婶坐我旁边，双手捂我一手，小声对我说："那边的事儿一处理完，就尽快回来。你要是久不回来，婶儿会想你的。"

第十七章

我心遂暖。

小沈为使气氛欢乐起来,逼鹏举讲讲我们夫妻的恋爱经过。

鹏举窘默,三促不讲,气氛由是愈寡趣。

他不讲我讲,为的是使我临行前与大家共同度过的最后一个夜晚有些笑声。

其实我与鹏举成为夫妻,缘分并不浪漫,却不乏戏剧色彩。当年,他初到美国,也成为纽约大学学子之时,我已读三年级了。他入校晚,又小我一岁,只能算我学弟,我在"纽大"时并不认识他。那时的"纽大"中国学子已很有些了,分成几派,互相之间关系不睦。我不愿卷入其中,与他们不来往。

一日,三名华人青年出现在唐人街,从衣着看一个个疑似纨绔子弟,其中便有鹏举。我在我妹的店里,与我妹凭窗而坐,饮茶闲聊。

我妹看着他们从窗外经过,评论道:"一个个趾高气扬,油头粉面,不知什么来路,今日唐人街上或许要出点儿乱子。"

我笑她脑子闲不住,整日寻思着怎么成为作家。

孰料被她言中,才过去半点多钟,他们中的两个又从窗前逃过,而他自己,被人架着送到了我父母家。原来,他们在杂货店买烟时,与店主发生了口角,引起唐人街上几名小青年的反感,遂发生互殴,致使他踝部骨裂。小青年们说他一脚踢在柱子上自食其果,他一口咬定是被他们打的。这是断不清的事儿,不论哪一方理亏,我父亲都得给治,于是他成了我父亲的住家"病人",我和淑娴、世杰成了他的"特护"。我妹哪会有好脸色对他呢?他自诩是"纽大"艺术系学西方艺术史的,分明是在与我套近乎,我也每以冷嘲热讽相对。唯有我弟,不知怎么一来,与他有点儿相见恨晚的意思,常暗中供他烟吸。七八日后,我弟被他说服,替他雇了辆车,放他偷偷溜了。我父亲担心他骨伤未合,不小心会出问题。我和我妹则认为他是华人青年中谎话连篇的混混，但我不久也就将他忘了。

几个月后，在"纽大"园区，他忽又出现在我面前，献我玫瑰，对我一家表示感谢，居然还趁机向我求婚。经盘问，我虽已相信他的"纽大"学子身份了，但对其唐突甚嫌，视为冒犯，命他先还了医药费再谈婚论嫁。

他却嬉皮笑脸地说："如果你成了我夫人，日后我的还不全是你的？"

我斥其无耻，怫色而去。但之后，即使我着意躲避，也会在不期然的某处又与他"巧遇"，更巧的是他手里照例有花，并且他照例会来一句："鲜花应该献佳人！"当我了解到他是富家子弟，更讨厌他了，以痞少视之。当年打着留学旗号出现在美国的华人富家子弟中，轻佻浮浪者不少。可我毕竟第一次被追求，他又像个彬彬有礼风流倜傥的情种似的，使我又没法完全不动心。没辙，便令小弟替我进一步收集关于他的多方面的情况。

小弟一次次向我汇报：

姐，他有和你一样的爱好，喜欢看书；

他在学萨克斯；

他有次微醉后吻点燃的蜡烛——因为被闻一多的诗《红烛》深深感动，结果烧伤了双唇，几天里吃喝都困难；

他特别喜欢闻一多的诗，将《七子之歌》译成了中文，四处散发，因而被警察拘捕过；

他在联欢会上朗读《死水》，尚未读完，竟至于蹲下去放声大哭；

而听别人读《奴才好》，又冲上台去打人家。而那并非真的是一首宣扬中国人应该觉得做奴才好的长诗，而是一首反讽诗……

对于我遭遇到了追求一事，并且追求者还在我家住过一些日子，我妹也高度重视，小弟每次向我汇报，她都要求在场，大加评论。

她的说法是:"姐,你俩如果成不了夫妻,可惜啦!"

我问:"怎么就可惜了?"

她说:"对于你,他若成了别人的丈夫,可惜了。对于他,你若成了别人的妻子,也可惜了。你俩性格互补,成了夫妻相得益彰。"

我弟也说:"姐,你可以不嫁给他,但却没理由不喜欢他。有一点可以肯定,他既是痴情种子,又是爱国种子,属于华人中的优良种子,他那样的男子需要你这么善解人意的女子来保护。"

听了我弟的一番话我笑出了声,忍不住说:"我都没理由不喜欢他了,那还莫如干脆嫁给他一了百了算啦!小弟你替我转告他,让他请我喝咖啡。他要单独请,而我单独赴约!"

所以也可以这么告诉诸位,我俩成了夫妻,我弟我妹的撮合作用功不可没。及至高家派出两名代表远涉重洋,带来了鹏举他父亲的亲笔信,我父母才开始认下了我俩这门亲事……

我讲到此处,冯晓岚忽然开口道:"当年那往返的路费得花一大笔钱吧?估计够四五口人的百姓家两三年的生活费了,果然是大资本家的做派!"

一阵肃静后,鹏举哈哈大笑。

他说:"那是的,要不日本鬼子曾经企图拉拢我?可世上的资本家也不全都一个德性啊,中国的资本家中也有能挺直脊梁的人物!"

他这么一说,大家便都笑了。

我接着说:"两名代表是明远的父亲、山花婶的丈夫孙师傅和老赵……"

我的话"制造"了一阵肃静。

鹏举及时大叫:"上乐器,我要为我夫人以曲相送!"

于是儿子取来萨克斯。

> 鹏举乘兴吹之，其情脉脉，自我陶醉，大家亦陶醉……

我之返美，不仅是我们一家三口之事，显然也成了"组织上"的事儿。由于鹏举在哈尔滨的身份业已公开，"组织上"恐我受牵连，途中遭遇不测，决定派人护送。又由于小沈的身份已由"地下"而"地上"了，"组织"指示箫儿完成护送任务，假冒我侄女。

儿子不想与我再回美国，更愿留在哈尔滨陪父亲。他们父子离别得太久，他舍不得又离开父亲。我理解，未勉强。

我和箫儿由铁路取道北平，恰逢学生教师接连数日游行请愿，反饥饿，反内战，反迫害，局势紧张。有接头人力主箫儿返哈，因为她是从"共区"来的，怕我们已被跟踪了而她浑然不知。一旦她落入敌手，必死无疑。事关我俩共同的安危，我也苦劝，她最终服从，与我惜别。继续陪同我的是北平地下党的同志，与我假扮夫妻。仍取陆路从北平至南京，逢"五二〇"惨案发生，当局镇压游行学生，伤数百余人，捕数十人。转由南京地下党的同志，与我扮兄妹，继续奔赴上海。列车上盘查甚严，警特奉命搜捕南下学生领袖。我因有美国护照这一护身符，不论局势何等严峻，一路倒也未受刁难，可谓顺利。

我在上海机场贵宾候机室生出了一点儿枝节——前后左右，珠光宝气的阔太太居多，军人亦多，看去皆送行者。那么，阔太太们想必也都是官太太。或许由于我的衣着过于朴素，也未佩戴任何珠宝，引起一位中年军官的注意。他在航空小姐的陪同下，请我出示机票。

我给航空小姐看了。

那军官便指着说，希望我将头等舱的座让给一位阔太太。如果我同意，可以多补给我钱。

我问："如果我不同意呢？"

第十七章

　　他一把从航空小姐手中夺去我的机票，蛮横地说："那就对不起了，你只能乘下一航班了！"

　　我给他看我的护照。

　　他却不识英文。

　　吃惊的航空小姐告诉他，那护照证明我是美国公民。

　　他愣了愣，立刻双手还我护照和机票，连说"罪该万死"。

　　登机后，始料不及的，我与那位要换票的阔太太竟成了邻座。

　　我奇怪地问："您明明也是头等舱，为什么还要换票？"

　　她没好气地说："你要是跟我换了，我女仆不就坐我身边了？"

　　我怔了一下，有意缓和关系地说："头等舱的空姐服务很周到的。"

　　她又撑了我一句："终究不是女仆，感觉能一样吗？"

　　那女人如此傲慢乖张，我便不想跟她说什么了。

　　她继续发泄着满腔怨气，嘟嘟哝哝："都是共产党将天下搞得人心惶惶，如此不太平！害得老娘像逃难似的，不得不到国外去躲清静。不出三个月，肯定能将他们消灭得干干净净，那时老娘又可以高枕无忧了！"

　　我忍不住也撑了她一句："请您默默在心里说行吗？别干扰我，我要睡一会儿。"

　　之后我闭上了眼睛……

第十八章

六月的哈尔滨，虽然还不是它最美的季节，却开始变得美了。一切树木都披上了初绿的新衣，对于树木而言，初绿是那种一尘不染的绿，如同画家刚用绿色水彩一片片描过它们的每一片叶子，而水彩尚且未干。

一场春雨过后，满城树绿得更青翠了。隔夜间，这里那里的丁香全开花了。之后几天，次第争妍，或白或紫，溢香泛美。丁香是最早开在哈尔滨的花，有院前院后的，生长在街道两旁的，也有野生的。哈尔滨的秋天风大，会将它们的种子吹得到处都是。

我家院内的一棵老丁香也盛开了，它的花色是渐变的那种——含苞阶段是紫色，破蕾时花尖洁白，完全绽开后，花瓣的根部被衬得更紫。茂盛如巨大蒲公英绒球的一树花，白而泛紫，紫亦裹白，赏心悦目。

市里有关方面已经派人来将我家的窗子、院子修好。三名驻守的战士撤走了，双岗也减为一岗。自然，阳台上也不必堆起沙包架着机枪了，我家又像家而不再像是一处军事据点。

我和知遇她们三位姐姐将楼上楼下打扫得分外干净，也将窗子擦得明明亮亮。我们白天已经不关窗了，为的是在别墅里也可以闻到花香。

我母亲虽然才走几天，我却开始想她了。如果她能与我们共享哈尔滨这个最美的季节,那该多好啊!我说的"我们",不仅是我和我父亲,也包括我们一家三口的每一位朋友。我和母亲私下里对他们的说法是"咱家的共产党人",除了山花婶婆,他们全是党员。我对他们的称呼相当混乱。婶婆说,按民间的论法,年龄相差十二岁以内属同辈,超过一轮分长晚辈。那么,我叫知遇她们三个为姐是对的,她们叫赵秀芹姐也对。这么一来,我与赵秀芹是同辈了。可她叫我爸"鹏举哥",那我不是与我爸也同辈了吗?但她与孙明远还没结婚,我除了叫她姐也不能再叫她别的呀。孙明远只比我爸小四岁,我应该叫他叔。可我既已叫赵秀芹姐,一叫他叔,不又将他俩的关系给叫乱了吗?我叫箫儿她们三个姐,却又叫沈若然叔叔,也把那们的关系搞拧巴了。

母亲曾说:"真是乱七八糟。"

父亲说:"难得糊涂。"

山花婶婆却说:"目前先乱叫着吧,以后明远和秀芹结婚了,再让高坤叫叔叫婶儿。"

母亲反对:"不行,不能早早地就将秀芹给叫老了,那时得叫姐和姐夫。"

父亲说:"那么一叫,我和明远不是就不能称兄道弟了。"

沈若然却笑嘻嘻地说:"高坤叫我叔,那么明远和秀芹也得叫我叔了,我没意见!"

箫儿却说:"那我不也成高坤他婶了吗?高坤,永远不许那么叫我啊,我可不愿年纪轻轻的就成了别人的婶儿!"

总之,剪不断,理还乱。后来,在我的一生中,与我家那几位共产党人的称呼关系一直乱着。

历史原因会形成许多"拧巴"的事,"拧巴"是我学到的东北话之一——和历史太较真往往也意味着人没活明白。

母亲临走答应了我的请求——回来时一定将黑虎也带回哈尔滨。我特别想它，多次梦到它，我相信它也非常非常想我。婶婆说，狗想人，会不要命地想，那话使我替黑虎感到痛苦。毕竟，我想它并没想到痛苦的程度。

我的生活其实变得内容充实了，作息相当有规律。清晨，在江畔跑步。治安好了，季节又是那么的宜于户外活动，出现在江畔的人日渐多起来。而清晨，出现在江畔的主要是年轻人。有和我一样跑步的，有做操的，练武术的，也有吹拉弹唱吊嗓子的文艺青年。哈尔滨的文艺青年真不少，这一点使它的初夏充满浪漫气息。特别是在美丽江畔，傍晚以后也那样。互相见到的次数多了，熟悉了，我和他们便彼此打招呼。每天必定会见到的是几列定时跑步的士兵，虽然已是六月，却人人打绑腿。他们是驻守江畔一带的警卫排，也负责保卫松花江大桥。

我用父亲给我的零花钱买了一把扫帚。

冯晓岚见我扛回家一把大扫帚，惊讶地问我干什么用。

我说我要用它扫街。

她愣了一下才明白我的话，笑道："那是得用把大的。"

结束跑步，我就扛上扫帚开始扫街。先从我家院门前扫起，那是条很短的街，两旁都是有院子的别墅——除了我家，原先的主人皆外国人——有的空无一人，有的像我家一样被征用了，成了政府的一处办公地方。只不过我家不是被征用，而是我父亲情愿贡献出来的，并且出于保密考虑没挂牌。

那条幽静的短街只有几百米，我一会儿就扫完了。接着我会转过街角扫到马路上去，那时也就七点来钟。义务扫街扫马路的人不仅有我，还有些中青年人及中学生。中青年人中有的曾是军人，因工作需要脱下军服成了各区各机构的干部，而有的是各厂和商家附近的共青团员。不论哪种人，他们那么做都是使自己高兴的事儿。

我那么做也高兴，虽然我不是共青团员。

在美国，在纽约，在唐人街，在母亲、我姨和我舅的带动下，我也扫过唐人街，扫得也很情愿。望着扫过之后干干净净的唐人街，我同样高兴。虽说同样，但也确有几分不一样。随着年龄的增长，我每每会觉得，自己虽然生活在华人的街面上，同时却又是在别国的土地上，扫的虽是唐人街，那街却又似乎是被"赐予"的，似乎随着扫帚扬起的都是别国的尘。虽已加入了别国籍，却又并不能真正被该国视为本国人。我们只不过是被允许生活在唐人街上，我们只不过是被批准为别国人。

这种感觉使我在美国每长大一岁，内心里的惆怅就会多一分。也许，因为我五岁前是在哈尔滨长大的，我是一个中国人的意识自幼已根深蒂固，所以后来到了美国才会产生那种心理。连知道了自己已经拥有美国国籍后，都难以认为自己便是一个理所当然的美国人。而出生在美国长大在美国的华人，或许并没有我那么一种自我否定的纠结。

我在香港时那种感觉也缠绕过我。除非被迫，否则我是绝不会自己掏钱买把大扫帚，完全出于义务高高兴兴地扫一扫香港街道的。好比谁的"东西"被强盗抢了去，占为己有，那个"谁"不太会再自愿地去尽一份擦拭的义务。

但我扫哈尔滨的街道和马路时，心情的的确确是愉快的。这座城市也被强盗占领过，现在又属于中国人自己了，哈尔滨人的说法是"光复"——这本身就足以令人高兴了。何况，不论是同时被"光复"了的老哈尔滨人还是后来的接管者，都是那么的爱它，愿意齐心协力使它变得更美好。它也的确不断地产生着新现象，焕发着前所未有的一再向好的活力。

所以，每次我扛着扫帚回家时，愉快的心情都会使我哼起歌来，或吹口哨。

父亲对我每天早晨的义务劳动是称赞的。

他说:"你找到点儿是哈尔滨人的感觉了。"

我曾接着他的话问:"那我的美国国籍怎么算?"

他说:"你可以忘了。"

我不由得紧接着问:"爸,你这话是什么意思?"

他说:"我的意思是,如果你并不在乎自己不是美国人了,一个时期内没回去,你的美国籍自动就作废了。"

"爸,你在乎吗?"

"我在不在乎无关紧要,关键是你自己怎么想。我给你的忠告是,今后不论生活在哪一国,都起码要做一个对社会有用的人。在这一前提下,如果有能力,那就再争取做一个对社会有贡献的人。总之,万不可做社会的寄生虫,那很可耻。你爸活到今天,是很见到过、认识过一些寄生虫的,自己也几乎成为一个寄生虫。当时并不以为耻,反而得意过,认为是一大幸运。你是我唯一的儿子,但愿你今后的人生,别走爸爸走过的弯路。"

与父亲进行了那次谈话后,我暗下决心,今后要成为一个哈尔滨人,也就是中国人。我的人生我做主,我想母亲不会有什么异议。她以后的人生,不是也要在哈尔滨与我父亲长相厮守吗?

然而我对父亲日渐产生出不满来。

我们父子俩的交谈常是早饭桌上的交谈。如果我回家晚了点儿,他会看着报等我一块儿用早餐。我吃得比他快,他往往不许我起身便走,要求我陪他多坐会儿,却又不主动找话题和我聊。有时,即使他也吃完了,仍不许我走。

"你那么忙?比我还忙吗?就不愿多陪你爸一会儿吗?鲁迅艺术团在

哈尔滨成立了第三文工团，即松江鲁艺文工团，你关注到了吗？"

"哈尔滨青年干部学校第一期学员班开学了，有180人入学，知道校训是什么吗？记住啊，是'为人民服务'，这条消息登在《东北日报》上。"

"哈尔滨新成立了一所什么学院知道不？是东北铁路学院，打算考不？"

其实他说的事儿我都知道，我每天也抽出固定的时间看报读刊，有些新闻知道得比他还及时，却故意摇头，因为他总跟我谈那些，我有点儿生暗气。

我渴望他与我聊点儿别的。

究竟渴望他与我聊什么，我自己也不清楚，总之渴望他与我聊些能使父子间亲密些再亲密些的话题。

我记得我小的时候，他经常陪我玩儿。有时还让我骑在他肩上，或与我"石头剪子布"。我对于父子亲情，每每产生一种强烈的要求补偿的心理。分开过十几年了呀，难道他这位父亲不该补偿补偿我这个儿子吗？

可他居然连这么一点儿常识都不懂。

6月18日那天，吃过早饭后，父亲要求我陪他去散步。

我问："今天不忙了？"

他说："你别管。"

我说："你不忙我可忙。对不起了爸，我上午有自己的安排，没工夫。"

他说："少跟我来这套。"

不但主动要求我陪他散步，而且态度那么强硬，样子显然还生气了，这令我好奇怪。

我们父子走到江畔时，他站住，严肃地问："知道今天什么日子吗？"

我说："市教育局社会教育科在道外靖宇九道街成立了民众教育馆，

今天开馆,我上午的第一个计划就是去参观,可现在却和你在这里!"

"那便怎样?我告诉你儿子,今天是你父亲的生日。你的生日是1月13日,一个印在我头脑中的日子,可你却根本不清楚我的生日!这对我不公平!我是一个不值得你亲爱的父亲吗?高坤我怎么对不起你了?咱们父子分开十几年是我的错吗?你怎么就不能主动对你爸亲爱亲爱?你今天必须给我说出个因为所以来!"

父亲一反往常的温良敦厚,一句接一句,开连珠炮似的训我。

我吃惊地看他,忽然笑,笑得弯下了腰。

"有什么好笑的!我的话很可笑吗?"

父亲几乎吼了起来。

我直起腰,伸展双臂,对父亲来了一次夸张的拥抱,同时动情地说:"爸,你的每一句话,差不多也是我要对你说的,我不是一直在等着你对我主动点儿嘛!爸,我是非常非常尊敬你的,因为有你这样的父亲而倍觉光荣!好了爸,咱俩的疙瘩解开了,消消火,别生气了哈!"

父亲沉默片刻,也搂抱住了我,不无忧伤地说:"你小时候,我还会做父亲。如今你是大小伙子了,'哐当'一下出现在我面前,反倒使我不知怎样做一位好父亲了。"

我说:"爸,你已经做得很好了,别对自己要求太高。其实,我也不太知道怎样做一个好儿子。"

那日后,我们父子的关系不再拘束,变得亲爱起来。他动辄戏称我为"小高同志",我也敢叫他"高老员外"了。有次吃早饭时,他一手托瓶蜂蜜,一手握小勺往我嘴里喂,非要让我尝尝野蜂蜜的滋味。我虽觉得那蜂蜜状态甚异,却还是信以为真。山花婶婆一再向我丢眼色我也没当回事儿,结果吃进嘴一勺芥末。

他却一本正经地说:"好儿子,果然是好儿子。正所谓父叫子尝,子

第十八章

不敢不尝!"

婶婆笑出了声,同情地说:"你这傻孩子,我直朝你丢眼色你怎么还吃!"接着数落"高老员外","就没见过你这么当爸的,捉弄儿子寻开心!高坤上辈子欠你开心债了?"

但父亲也有被我成功捉弄的时候——我模仿母亲的字体给他写了一封情意绵绵的信,在我三个姐的配合下,伪造了一个国际信封,装出兴高采烈的样子要他出钱相购。他还真给钱了,我请三个姐下了顿馆子。而他连日眉舒目朗,一副莫大幸福隐藏不住的样子。后来他细看信封才看出了破绽——邮票是用过的集邮票,三个姐翻字典拼出的英文也错了几处。他却没生气,反而说:"你们的伎俩虽不高明,带给我的幸福感却是实实在在的,那我也要感谢你们!"

还有一次,父亲问我喜欢吹萨克斯到何种程度。

我就向他讲起了老马丁,说我很希望自己日后能成为圣比埃尔和老马丁那样的一流萨克斯手。

他沉吟片刻又问:"很想出名?"

我说:"那倒不是。萨克斯能使我解忧。"

他接着问:"你年纪轻轻的有什么忧?"

我说:"想我小舅的时候就会有,想我小姨我大舅的时候也会有,想阿黛姐和唐人街上的同龄伙伴时还会有。以后我的人生中肯定仍会有,谁的人生没有烦恼和忧伤呢?我希望萨克斯不但能为自己解忧,也能为别人解忧。"

父亲默然良久,低声说:"是啊,人人都会有烦恼和忧伤的时候。"

几天后,他亲自到一个沿江屯去,买回一只鸡和两条松花江鲤鱼。我们高家虽然资产雄厚,但哈尔滨刚一被共产党接管,父亲便将资产全部移交给共产党了,这是他向我母亲交底时我偷听到的。他说,其实高家的资产早就属于人民了，以前他只不过是在替人民经管，交给共产党就是归还人民了。我妈当时说自己嫁的是高鹏举这个男人，不是高家的资产，那么高家的资产和她半点关系都没有，怎么安排完全是他个人的权利。所以，父亲当时也只不过是一个拿特殊工资的人，手头拮据对于他也是常事。

当父亲说那日要请奥科萨科夫斯基来家里做客时，我这个儿子的心着实被感动了。奥科萨科夫斯基是哈尔滨音乐学校的灵魂人物，教授、指挥家兼作曲家，对乐器演奏水平的鉴赏力极高，中国学生背地里都叫他"老奥"。父亲也是中苏友好协会理事，与"老奥"很熟。那时我已考上该校了，但从没打着父亲的招牌主动接触过"老奥"，他对我也就是认识而已。

我明白，父亲是为我而郑重地设"家宴"请"老奥"做客的。婶婆负责炖鸡，父亲亲自收拾鱼，一条清蒸，一条红烧。小沈叔叔那日有特殊任务没在家，知遇等三个姐姐作陪。饭后，父亲出钱，打发知遇姐她们去看电影。

"老奥"吃得很享受，就剩他和我们父子俩时，交谈更加无拘无束。

父亲命我吹了一曲，之后问"老奥"感觉如何。

我想情况严重了，也许"老奥"几句话，将决定我的音乐之路还要不要走下去。显然，父亲是希望通过"老奥"之口，替他给我下结论。

"老奥"是中国通，汉语说得很好。他指着我对我父亲说："他的水平还不如你。"

我心里一下子凉了，脸上很挂不住。

父亲的表情也有些窘。

但"老奥"转而又说："但他的水平不久就会远远超你，因为他已经是我们学校的学生了嘛。"

父亲立刻笑逐颜开。

第十八章

这使我立刻又明白了，他是希望他儿子的人生理想能够实现的。

"老奥"对我说："有些人是用气息吹，他们平时总是在加强肺活量。这很重要，当然重要，你应该向他们学习，但不是最重要的。你是在用心情吹奏，这才是最重要的，谁告诉你这一区别的？"

我就讲到了老马丁。

老马丁曾说，他每次吹奏萨克斯时，不论哪一类曲子，都会想到他梦魂牵绕的非洲家园，想到他所爱的亲人和族人们，包括坟里的。欢乐着他们的欢乐，忧伤着他们的忧伤，祈祷着他们的祈祷……

他问我："孩子，你心中会想到什么呢？一定要有所想，心里一定要有爱，不要只有音符。乐器也是懂爱的，你内心有没有，它会感觉到。"

"老奥"听我讲完，感慨地说："你真幸运，太幸运了。你的那位黑人导师，似乎是缪斯的化身，他道出了音乐的真谛。你还要多读好诗，音乐、爱和诗，它们是交织的。你如果没有讲到那位老马丁，我的一个想法还在犹豫。既然你已经讲到了，那么我也就下决心了，今后你要经常吹给我听，我也要给予你有益的指导，算是我对我的一位美国同行的致敬吧！"

我激动得快哭了。

父亲则很绅士地教诲我："一定要牢记啊，教授工作担子重，社会活动也多，不许经常找他。"

教授走时，父亲送给他一包上好烟丝，是他自己几次想吸都没舍得开包的珍存品。

就剩我们父子俩时，父亲说："那么傻呆呆地看着我干什么？还不做出点儿应该有的表示吗？"

于是我又给了父亲一次大开大合的拥抱。

那日，我们父子俩关于艺术与人生又交流了不少观点。他说自己也做过成为一流萨克斯手的那种梦,如果我能替他圆了他的梦,将是他所乐见的。

我问他遗憾不。

他说:"不。我现在参与的事儿,未尝不可也以音乐视之。非是一曲一器的演出,而是宏大的交响乐,是音乐史诗,乐手和歌唱家多到不计其数,需要千千万万的人做幕后工作,我是幕后工作者之一。能成为千千万万中的一分子,我认为我的人生实现了最大价值。此乃殊荣,何憾之有?"

他说的许多话我后来都忘了,以上话终生记得。

我问我母亲对我的人生理想持什么态度。

他说他和我母亲聊过,我母亲也乐见其成。

既然父母都支持,那日我的人生方向仿佛竖起了一块钢铁材料的高高的指示牌。我想自己显然是幸福的——不是所有我这种年龄的青年都会早早地就明确了人生努力的目标,我则明确了,而且每有大师指点。

后来,每当我吹起萨克斯,感觉与以往大为不同了,眼前会反复出现某种景象,也会反复出现某些人物——战火硝烟与世间真情交织,与我的成长关系亲密的人仿佛都在向我微笑,或凝神倾听。往往,吹着吹着,我竟听不到曲调了。渐渐的,甚至连自己也不存在了,整个人魂化了似的。

后来我也爱上了诗。不仅爱上了中国的,同样爱外国的。小沈叔叔不知从哪儿为我找到了一册《声律启蒙》,成为我的枕边书。每天醒来第一件事,就是拿起看一页,背几句。

音乐学校多数是中国学生,只有少数苏联学生,年龄普遍小于中国学生,皆苏联驻哈尔滨的公务人员的儿女,也都是校外班的学生。中国学生有住校的,也有几名不住校的。

我是不住校的学生。住宿床位不够,学校号召能不住校的尽量不

第十八章

住校。

不住校会辛苦一点儿,得终日奔波于路。但自由支配的时间会多些,我充分利用那些时间进一步了解哈尔滨,了解它的历史细节,感受和参与它的新现象,游览一切可以游览的地方。

我为自己编了一册《抗日英烈人物谱》。为此我买回了大量旧报刊,将那些英烈人物的遗照剪下,贴在谱中。那些报刊都是日伪时期的,其上的英烈遗照也无一不是他们的就义照或战死照——杨靖宇、赵尚志、赵一曼、陈瀚章、侯小古、李剑白等烈士都在谱中。李剑白是诗人,侯小古是哈尔滨口琴社的创办者,口琴吹得极好。父亲说,李剑白和侯小古生前,他与他俩都有友谊,李剑白的诗唯美而忧郁,有俄罗斯民歌色彩。他之牺牲不是由于诗,而是由于共产党员的身份被叛徒供出了。

父亲翻看我制作的英雄谱时,情不自禁地低吟鲁迅的诗:"忍看朋辈成新鬼……忍看朋辈成新鬼……他俩那时多年轻,多帅气呀,比你爸帅气……"

他落泪了。

我更加理解他的"无憾"了。

我没法寻找到抗联第五军冷云她们八位女烈士的照片,谁的都找不到,只得求冯晓岚帮我画。她是三位姐姐中年龄最小的,只比我大一岁半,刚过十九岁生日不久。她曾是北安县人民政府宣传部的"大画家",她哥仍在北安任副县长。据她自己说,她要求随大部队调到哈尔滨来,并非因为哈尔滨是大城市,而是由于她哥总对她谆谆教导,她实在受够了。

她为八位抗联女烈士画的是彩色群像,将画交给我时,说:"我哭过了。"

我捧着她的画看了良久。她用文字注明,八位女烈士中年龄最小的十六岁。

我内心忽有大悲痛翻涌不止,小声说:"姐,你出去一下,我也想哭。"

她离开我的房间,将门几近无声地关上。然而我并没听到她的脚步声,证明她仍站在门外。我想,她大约想听我是否真的哭了。其实我那么说,只不过是为了独自待一会儿,平复一下心情。

就在那时,响起一阵钟声。哈尔滨有多所大大小小的俄罗斯教堂,那是晚祈祷的钟声。一钟既响,霎时间,远远近近的钟声此起彼伏,呼应共鸣,回音悠长。

我放下那幅彩画,不由自主双膝跪下,在胸前划过十字后,闭上了眼睛。

"你在干什么?"

我睁开眼睛,见房门不知何时已开,冯晓岚靠门框站着,面无表情地看我。

我说:"祈祷。"

"你的信仰是宗教?"

"我还没有信仰。但我大舅是宗教徒,听到钟声,不由自主了。我祈祷你画出的八姐妹,灵魂都已升入天国,不许吗?"

我说出的最后三个字,带有撑她的意味。

"你!……继续吧。"

我俩总是那样,双方难以好好说次话。往往开始都还能说得礼貌客气,说着说着,不知怎么一来,互相就杠开了,或者撑开了。她似乎已在内心对我形成了某种不好的成见,我一直想知道为什么却一直不知道,这使我经常生她的闷气。

小沈叔叔就要离开我父亲到南方哪一座城市去了,他有了新的秘密任务,组织上批准他与箫儿姐以夫妻名义同往。他征求我父亲的意见怎样做

第十八章

好，我父亲坚决反对，问到"敌占区"去何必要带上陆箫儿。可箫儿姐却坚决要跟随小沈叔叔一起去，说工作性质越是危险她越应该陪在小沈叔叔身边，在一起总比不在一起整天担忧他的安危感觉上好。何况，夫妻关系也有利于小沈叔叔隐蔽自己的身份。箫儿姐有时蛮固执的，磨得我父亲没法了，只得在一份公函上签下了"同意"二字。那事儿很影响我父亲的情绪，越是临近他俩动身的日子了，父亲越是一副郁郁寡欢的样子。而"敌占区"、"危险"这样的话，不可能不使我也替小沈叔叔和箫儿姐担一份心。我和父亲的不良情绪互相影响，连父子间的愉快交谈都少了。

知遇姐已在几天前离开我家，成为青年干部学校学员中的一名了。我父亲说，她"毕业"后将成为某区的妇女工作部部长。她是我三个异姓姐姐中年龄最大的，性格也最沉稳，虽然才二十四岁，却仿佛能做到"泰山崩于前而不色变，猛虎啸于后而不心惊"。我父亲认为她以后总当妇女干部太屈才了，最适合将来当"公安"干部。据我父亲讲，赵伯伯确实多次向组织上要过她，组织没批准。知遇姐姐的离开，我父亲倒是欣慰的。

我父亲那一摊子工作基本已收尾，但身边还需要秘书。组织上的一位同志到我家来过一次，向冯晓岚当面宣布，要求她继续留在我家，安心做我父亲的秘书。

她当着我父亲的面表态——无条件服从组织安排。

可我却无意中发现，她偷偷抹过眼泪。

她究竟为什么不愿继续住在我家，成为我父亲的秘书，对于我是一个难解之谜。

总之，过不了几天，小沈叔叔和箫儿姐再一走，我家的气氛将大为不同。一个十七岁半的小青年若果有三个姐姐的话，那是多么幸福的事啊！何况她们是三个经历了不起同时又能力了得的姑娘！虽然不是我亲姐，但终日和我生活在一幢别墅里呀，我对她们每一个都可以"姐"、"姐"地相称啊！她们为我家增添过许多欢声笑语啊！即使在她们都安静地工作着的时候，我回到家里见她们都在时，内心里也是非常愉快的。这与有三个亲姐姐没什么不同。

一日，我父亲起得晚，我和婶婆箫儿姐晓岚姐一起吃早饭时，婶婆说："高坤就怕你们三个姐姐都走了呢。"

箫儿姐说："那也忘不了有过他这么一个弟弟。"

冯晓岚板起脸说："不走还一辈子住在他家？"

箫儿姐笑道："我看你俩挺般配，他这个家也不错。咱们姐妹三个，就你还没解决个人问题。你俩若成了小夫妻，你不就可以长期住这儿了？"

婶婆也笑道："那感情好。你们都走了，我心里还会空落落的。"

箫儿姐继续开晓岚的玩笑："果真如此，我和知遇也就不再操心你的事儿了，而且可以将这里当门亲戚，什么时候想你了，什么时候就一块儿回来住住，大娘心里也不至于空落落的了。"

她当我面开晓岚的玩笑，我本应明智地离开的，心里也是那么想的，身子却与我作对，偏坐着不动。那时我已暗暗喜欢上了晓岚，巴不得有机会看看她的反应。

不料晓岚对箫儿姐瞪起了眼，愠怒地撑她："我平时哪一点使你认为，我愿意嫁给资本家少爷？"

婶婆赶紧打圆场："姐妹间开玩笑，谁也不许生气，你俩以前就没开过玩笑？"

晓岚仍板着脸说："那也得分哪种玩笑！"

箫儿姐说："哪种玩笑都是玩笑，高先生是红色资本家！"

"红色的首先也是资本家。父亲是红色的，儿子以后是什么颜色的谁能担保？你陆箫儿能吗？"

第十八章

萧儿姐被撑愣了。

我本已有些不爽,听了那句话,倏然间火冒三丈,一赌气放下碗筷,猛起身跑下楼去。

陆萧儿也罢,吴知遇也罢,也都爱开我玩笑,就像长姐爱开弟弟的玩笑。但冯晓岚与她俩不同,从没跟我开过玩笑。她们三个与我在一起时,她倒是该说也说,该笑也笑。但她单独和我在一起时却总是严严肃肃的,使我有点儿怵她。偏偏喜欢上了一个每使自己发怵的姑娘,这真是一件要命的事儿!可已经难以自拔无可救药地喜欢上了,我拿自己没法子啊!

在匪特们袭击我家时,她使我见识了女战士的本色,那是我长到那么大一次也没从别的女性身上见到过的。在纽约我经常出入电影院,也没从好莱坞电影中见过。枪声激烈之际我并没多么害怕,暗想自己作为一个男人,那时即使不能战斗也总该帮点儿什么忙,于是摆脱婶婆的阻止离开了地下室——恰见有敌人爬上后窗台,而那时前院的战斗正吃紧,冯晓岚刚从枪架那儿拿起长枪。

我大叫:"后窗有情况!"

她一转身,也不瞄准,只一枪就使敌人掉下去了。紧接着又爬上一个,见她的枪口正对着自己,吓傻了。不知为什么,她没开枪,而是像豹子似的跃过去,狠狠一枪托捣在对方脸上,使那家伙也掉下去了。

她用的是"卡宾"枪,之后隐于窗内一侧,不断朝外点射。我也凑过去,猫在她身后朝外看——外边或远或近地出现了三具敌尸,还剩一个活的在沿江逃窜。她举枪瞄准,一声枪响后,逃的那个也仆倒了。

她直起身,看到我时柳眉顿竖,厉喝:"滚下边去!"

我明白"下边"是指地下室,转身慢了点儿,她给了我屁股一脚,又喝:"快点!"

那日我作为一个男人,颜面尽失。

也正是从那日起，我陷入了苦恼万分的单相思，如果能向谁述述相思之苦会好受点儿，可我能对谁去说呢？

我常梦到她露出两颗老虎牙冲我笑。

单相思可真折磨人！

冯晓岚不仅踹过我屁股，还扇过我一记耳光。

扇耳光啊！

在三个异姓姐姐之中，我敢恶作剧的唯陆箫儿。因为有小沈叔叔和我们一家三口的特殊关系，我和箫儿姐处得特随便。她也常捉弄我，有时甚至同时捉弄我和我父亲。比如示意我给我父亲送杯茶，而那是一杯陈年老醋。

在我们共同的劳动日那天，就是使我家重新像家而不再像军事据点那天，劳动之余我又捉弄了箫儿姐一次——我坐在她面前，让她手拿一只空盘子，说如果她闭上眼睛，心中默念三遍"我能"，之后用食指摸一下盘底儿，再往自己脸上画，那么不论她怎么画，等她睁开眼后，彩色脸谱会出现在我脸上。而且，只有由她口中说出"解"字，脸谱才会从我脸上消失。

箫儿姐对这一魔术极感兴趣，只有她能"解"这一点对她最有吸引力。估计，她是想看到我苦苦相求的可怜样子。

那"魔术"正进行中，冯晓岚从院里进到了别墅，见状大喝："你俩在干什么?!"

我俩都被吓了一跳。

箫儿姐还大睁双眼问我："你脸上什么也没有呀，是不是被你晓岚姐那么一吓不灵了呀？"

她自己脸上却已花花绿绿了——我预先往盘底涂了些颜料，颜料是从冯晓岚的颜料盒里偷的。

第十八章

萧儿姐说明我在教她变魔术后，冯晓岚甩手给了我一记清脆的耳光，并怒斥我："放肆！我们是你胆敢捉弄的人吗？"

她那一记耳光将我扇蒙了。

萧儿姐批评了她，逼她向我道歉。

"休想！"

她丢下这么两个字，昂然地拿起笤帚又走到院子里去了。

但她还是做了自我批评，在我父亲召集她们三个姑娘开的民主生活会上。那种会，父亲总是要求我也旁听。

父亲首先做了自我批评，因有时对她们犯急躁脾气向她们道歉。

冯晓岚忽然说："高先生，我也要向您道歉，我……我替您教训了您儿子一次。"

父亲"唔"了一声，问怎么回事儿。

萧儿姐替她讲了一遍，我父亲庄严地说："扇得对，教训得有理。萧儿和知遇都要离开这里了，只有你冯晓岚可以替我分担教训儿子的责任了，拜托你这位秘书多操心啦！"

我还能坐得住吗？

我起身离开了。

小沈叔叔、萧儿姐和知遇姐走后，有关方面当天也将账册全拉走了，竟然装了半卡车，由两名士兵押车——足见我父亲他们的工作成果很重要。

我和冯晓岚又得收拾一阵儿。

我父亲坐沙发上吸烟斗，发呆。我俩刚收拾完，他将我俩叫过去，让我俩坐他对面。

他说："我已经不能适应了，太不适应了。如果我因而情绪不好，无缘无故发脾气，你俩都得担待。"

冯晓岚问他不适应什么？

他说："先是明远和秀芹走了，何时才能再见到，谁都说不准。现在小沈、箫儿和知遇又走了，以后会不会还记着我，常来看看我，只有天知道。我和你们几个年轻人处久了，有私心了，舍不得放你们离开我。我思想上早都加入共产党了，为什么还会有这种私心呢？"

我说："爸，你那不是私心，是感情。"

冯晓岚也说："她俩都会常来看您的，我以后离开了，也会的。"

"任来任去梁上燕，相亲相近水中鸥，一切随缘吧。你俩都别动，劳动半天了，干不少活，我弹钢琴给你俩听。"

父亲起身坐到钢琴前弹了片刻，说手生了，弹不好了，却还不许我俩起身，又要吹萨克斯给我俩听。

我便取来了萨克斯。

于是父亲站着吹了起来……

第二天我要去跑步时，冯晓岚等在院外。

她问："一起跑，行不？"

太使我意外了，我竟说不出话，呆呆地点了一下头。

她跑得并不比我慢，有长劲儿，又令我刮目相看。

我俩坐在江堤台阶休息时，她主动说："你父亲是好人，他是将我们三个当女儿看待的，我不该生他的闷气。"

她居然生我父亲的气，我大为不解，追问缘故。

她说自己一直想考"鲁艺"美术系，几次写申请希望组织能同意，却次次如泥牛入海，杳无回音。

"你认为是我父亲从中阻拦？"

"肯定的。不过现在我已经不生他的气了，他昨天不是承认舍不得我

第十八章

们三个全都离开他吗,昨天我理解他对我们三个的那种感情了。"

"但你错怪他了,他非但并没有阻碍你考'鲁艺',还替你争取过呢!"

我告诉她,上次组织部门的人到我家时,我偷听过父亲和对方的谈话。在谈到她的去留问题时,我父亲郑重地说自己宁愿身边暂无秘书,也不愿中国的将来少了一位女画家,那他会感到罪过的。

她瞪大眼睛看着我,讶然地问:"真的?"

我说:"我虽然不讨人喜欢,但并不是一个习惯于对朋友撒谎的男人。"

她说:"我信你的话行了吧。可你才十七岁半,还不能算男人。"

我说:"看和什么人比了。你才比我大一岁半,却已经是勇敢的女战士了,还是中共党员,和你比,我应该要求自己提前是男人。"

她说:"算你说得有理,可咱俩并不是朋友。"

我说:"我父亲经常说你们三个是我们高家的朋友,你一次也没听到过?"

她说:"你父亲是你父亲,你是你。"

我还想说什么,她却站起来说:"走吧,该回去了。"

她向我伸出一只手。

我第一次拉住了她的手。

吃早饭时,我父亲告诉她,组织部门打来电话,同意她三个月后可以去"鲁艺"学画了,而且不必考,由组织保送。

"多谢高先生!"

她喜不自胜,站起来恭恭敬敬地向我父亲鞠躬。

婶婆和父亲都笑了。

我却怎么也无法高兴冯晓岚的高兴。

我背着乐器去上学时,她叫住我。

她说:"明天早上还一起跑步哈。"

我心愀然。只点了一下头,没说话。

第二天早上我没等她,独自跑步去了。跑着跑着,她出现在我身边。

"为什么不等我?"

"忘了。"

"你还说你不是一个习惯于对朋友撒谎的人,可你这会儿就在对我撒谎!"

"可你并不愿将我当朋友。"

我加快脚步跑到前边去了。

不一会儿她从后边超过了我。

我站住,说我得回去了。她竟阻挡我,要与我"谈心"。这当然是我乐意的,但那会儿的我,偏偏自尊作怪,反而充聋作哑,一声不吭,夺路而拒。我往左走,她挡于左,我往右行,她阻于右。还不是那种展臂的阻挡,而是背其手,挺胸昂头地阻挡,并且笑盈盈的。

"你干什么你?!"

我嚷了起来。

"说了,和你谈心。"

她一副不达目的誓不罢休的样子。

"我不想!"

"那可由不得你。"

她抓住我一只手。

我挣扎,她板起脸,低声威胁:"乖点儿,要不当街摔你个仰八叉!"

我怕她一时性起真那样,只得屈从,被她拽到江堤下。

"请坐。"

她做了一个"请"的手势。

第十八章

"又不是在你家,请什么请!"

我气哼哼地坐下。

她随之坐下,训我:"什么怪脾气呀,莫名其妙!"

我先发制人地问:"你一向看我不顺眼,是不是由于对我父亲的误会?"

她的误会倒解开了,我心里却对她形成了误会,觉得自己是一个受牵连者。

她说:"你是你,你父亲是你父亲,我们共产党人讲政策。其实,我也挺喜欢你的,很爱听你吹那个什么斯。"

后两句话使我内心顿时畅快了,立刻接茬说:"如果你允许我爱你,我整天吹给你听。"

"胡扯什么你!我说我爱你了吗?两码事儿!以后再不许对我说爱字,记住了。"

她瞪起了眼睛。

我望着江对岸,又不理她。

"讲讲,你怎么就成了美国人?"

我装没听到。

"你也不想想,我一名共产党员,能和一个美国人谈情说爱吗?"

她叹了口气。

原来她有这么一种心结!

于是我就自己所知告诉她——我外公的父亲,早年间出于何种情怀去到了美国,陪伴一批福建籍的华工参与了美国西部铁路修建,又是出于什么样的同胞责任落脚于纽约的。我告诉她我外公家一家三代为唐人街所做的种种努力,对于唐人街的华人是怎样的一种福祉;向她讲了我母亲我小姨为唐人街华人子弟办学的种种不易;讲了我小舅和阿黛姐之间的爱情;

讲了小舅参军和惨死之事；讲了我外公的遗训和我小姨的疯……

"对不起，对不起跟你说过那些伤你的话，对不起让你讲这些……"

她听到后来，忽然斜搂住我，将头埋在我肩上无声地哭了。

我俩之间终于发生了亲密接触。但那仅仅是她单方面的举动，我并没利用那机会拥抱她或吻她。那会儿的我毫无那种心情——忽然的我想另一个家了，那个庇护我从五岁长到十二岁的纽约唐人街上的家，那个是我出生之地的家，便是那个同样有亲爱之人的家，不仅指亲戚，也包括阿黛姐、老马丁和我的一些同龄好伙伴。我不认为出生于美国并加入了美国籍是我的原罪，我一点儿也不因而觉得可耻。

望着江波滚滚的松花江彼岸，我的思绪无法停止，心魂已飞回了纽约唐人街上那个家，仿佛坐在江堤台阶上的只不过是我的躯壳。我一动不动地任由冯晓岚斜搂着我，没再说话，她也没再说话。

然而我俩往回走时，她一直牵着我手，快到我家时才松开。

以后我俩不闹别扭了。

转眼已至八月。中秋节上午，中苏友好协会在江畔举行中苏军民联欢会。双方的部队文工团都出了节目，音乐学校也组织了演出，节目单印上了我的中文和俄文名。

那是我第一次正式演出，发挥了我的最高水平，获得热烈掌声。

我父亲也参加了。

他与奥科萨科夫斯基谈话时，我和冯晓岚先离开了。她穿了一件白底碎蓝花的布拉吉，脚上是黑布鞋白袜子。那日的她，又令我刮目相看，因为她整个人都妩媚了——整个人。

我俩坐入我父亲的车里后，她以命令的口吻说："看着我。"

我就向她转过了脸。我觉得，她那种命令的口吻是温柔的。

"现在，你可以说你爱我了。"

她的语调极温柔。

我愚蠢地说:"你爱我。"

她说:"你傻呀?重说。"

我受宠若惊,找不到北了。

"我爱你,还……"

我想多说的一句是"还崇拜你"。

她没容我将第二句话说完,忽然捧住我脸深吻我。

而我本能地紧紧搂住她,她渐渐软在我怀里。

我俩站在车头前时,她说:"记住啊,从今往后,我是你的人了,你也是我的人了。你二十岁以后,就可以娶我了。"

说时,也不看我,望着街口,我父亲将在那里出现。

我说:"一定。"

我两眼只看着她,仿佛那会儿世上只有我和她。对我而言,世界就是她。

她说:"那么,绝不许你和别的女孩子不清不白的。"

我说:"才不会。"

一身西装的我的父亲终于出现在街口,从人行道上意气风发地走过来,他显得神采奕奕,特别高兴。联欢会开得成功,他的组织能力起到很大作用。

一家咖啡店的门一开,迈出一个大胡子苏联老人,戴盔式礼帽,穿灰色风衣,拦住我父亲讨火。

她说:"好奇怪,今天又没风……"

而我父亲已在用打火机为对方点烟斗。我也觉得奇怪,正想说什么,见打火机从我父亲手中掉下,我父亲的双手抓住了对方风衣的衣领。

"不好!"

冯晓岚本能地冲向那里。

我父亲跪在了那人身前。

我也冲了过去。

我父亲已仰躺在地……

冯晓岚已与那人搏斗在一起……

我看到了那人手中的枪——她欲夺枪，而对方力气远大于她，使枪口抵住了她的胸……

那情形发生在几秒钟内。

分明的，冯晓岚中枪了。但她并没立刻倒下。她往后踉跄了两步，一手捂胸，一手怒指对方。

对方又将枪口瞄向我。

我爱的姑娘伸展双臂护住我，但她已站立不稳，我从后搂住了她。

她用低微的声音说："喊人……"

我喊不出声。

我听到了枪响，三次，一种极小的闷响。响一次，冯晓岚的身子便在我的环抱之中抖动一次。

忽然一下子出现许多人，其中也有举枪的，几把手枪同时指向对方。对方被围入了，逃跑已来不及，贴墙而立。

我听到了一阵吼叫。

那人扯下大胡子，冷笑。原来不是苏联人，而是中国人，很年轻的一个中国人。

"党国万岁！"

别种吼喝我都没听清，只听清了那年轻人喊出的四个字。

他镇定地扭枪口，几下将消音器拧掉，扔在地上。

他将枪口对准自己太阳穴……

第十八章

他贴墙滑坐下去……

他的血染红了白墙……

那日我永远失去了父亲；也永远失去了我爱的姑娘——一个我不知叫过多少次姐，并且从内心里崇拜的姑娘；一个有信仰的女战士型的姑娘。

她死在我怀里。

我父亲死在医院。

杀死他俩的人显然也是出于信仰。

我父亲临死前只说了几句话：

"晓岚情况如何？"

匆匆赶到医院的赵伯伯骗他，说冯晓岚伤势可救。

我父亲握住赵伯伯的手，苦笑着说："老赵，我可没晓岚那么幸运……我死后……替我照顾我儿子……"

老赵流着泪说："你放心，我把高坤当我儿子……"

我父亲和冯晓岚的追悼会同时同地举行，知遇姐也到场了。当别人都散去，我见知遇姐对赵伯伯说了几句悄悄话。

知遇姐走后，追悼会现场只剩下了我、山花婶婆和赵伯伯。婶婆一直陪我左右，而赵伯伯像一具石雕，站在离我俩七八步远，仰头看天，一动不动。

婶婆搂着我走到他跟前，他仍一动不动。

婶婆低声问："知遇也带来了不好的消息？"

赵伯伯点头。

"是……明远和秀芹出事了？"

婶婆声音发颤了。

赵伯伯这才不看天了，摇头，将一只手按我肩上，盯住我脸哑着嗓子说:"孩子,你表现得很坚强,但还要更坚强些……"

他告诉我和婶婆——小沈叔叔和箫儿姐在南京被国民党特务逮捕了,生死不明。

我发出了野兽般的嚎叫!

不是古文里写的长啸,不是人们常说的怒吼,而是—— 一种从肺腑冲口而出的非人的哀嚎。在我后来的一生中,再也没发出过那么一种可怖的声音。那时连我自己听着都怀疑自己究竟还是不是个人——我祝天下人谁的一生都别嚎出那种声音,也许会将胆小的人吓坏的。

赵伯伯紧紧搂住了我。

婶婆流着泪反复对我说:"孩子,要更坚强,要更坚强……"

第二天,广播里播了一篇社论,有两句话使我印象深刻:"如果再不发起大反攻,不知还会有多少优秀的中华儿女被杀害……"

几天后,又一批哈尔滨青年应征入伍,其中有我。我预料到我若入伍必不顺利,冒充了我学校一名同学的身份。

当年之我尚无信仰,我要去扛枪打仗,与任何主义没丝毫关系。在此点上,我有几分像我姨,倒是比较贴近无政府主义。但是,假如"二战"尚未结束,日本人还在中国的领土上耀武扬威,到处杀害我们的同胞,十七岁半的我也会拿起武器与他们战斗的——因为他们杀死了明远叔叔的父亲,也就是我记忆中可亲可爱的孙伯伯,杀死了我没见过面的赵伯伯的儿子,还残忍地活活烤死了我小舅。我已经长到了可以成为战士的年龄,我必为我所亲爱的人们复仇,血债一定要用血来偿!我若不那样,我会认为自己是苟活者,而苟活者的另一种说法是行尸走肉。

同样,有人在我眼前杀死了我的父亲和我所爱的姑娘!还在另一座城市杀死了与我关系亲密的小沈叔叔和箫儿姐——正像我父亲曾说过的那样,我也强烈地反感对好人所进行的暗杀勾当,强烈地憎恨严刑拷打被捕

第十八章

之人的行径。

我父亲有什么罪过？他参与了抗日活动难道不正是他的光荣吗？他在哈尔滨满腔热忱地投入到建设一个好社会的实践中，难道就应该因而夺去他生命吗？我又何罪之有？难道因为我是我父亲的儿子就必须杀掉吗？

赵伯伯告诉我——那个杀死我父亲的人，他的枪中有六颗子弹，一颗射入了我父亲的胸膛，一颗在我父亲的头顶留下了弹痕。显然，他想一枪将我父亲的脸炸开，但枪口抬高了。他提着枪奔我而来，显然也要取我的性命，却将三颗子弹都射入了冯晓岚的胸膛。也许，他的任务只不过是枪杀我父亲，杀我是临时起意，为的是使任务完成得更出色。也许，他的任务本来就是要将我们父子一起干掉，即使我没喊那一声爸，他也会到我父亲的车那儿去寻找我。

不论哪种情况，冯晓岚为我而死已成事实。

我父亲由于胸部中了致命一弹，结果膝软跪在了暗杀者身前，暗杀者还要朝他的头颅开枪，之后还一脚踹在他脸上！我这个儿子亲眼所见之事，使我认为暗杀者不但要夺取我父亲性命，还要同时夺取他作为一个人的尊严。

我要复仇！我要复仇！

此仇不报，我枉为人啊！

我生平第一次肩扛长枪，大步腾腾随着队伍往前走。

斯时之我，已是一个完完全全的复仇主义者。复仇之火，在我胸膛内熊熊燃烧。

那一支军队，要渡过松花江，投入到大规模的军事行动中去。

暗杀者已死，而我要去灭亡他及他们的"党国"！我不知道在我所隶属的军队中，有多少人是为了信仰和主义去战斗的，又有多少人是像我这样的复仇者。但有一点我非常明白，所有的战士都会前赴后继，前赴后继，舍生忘死！不论会有多少战士牺牲在前线，后方必有时刻准备着的兵源！

中国的历史在1947年翻到了那么一页——为了复仇，我不在乎我的一腔子血喷染在那一页！

忽然有吉普车从后边开过来，也有一匹马与吉普车并驶，马上骑着位军官。

军官勒马高叫："停止前进！"

吉普车上下来了赵伯伯。

我不该在与婶婆告别时不但拥抱她，还说了句"来世报恩"。那话令她极度不安，我走后她打电话通报了赵伯伯。

赵伯伯立即去找了松江军区聂鹤亭司令员，于是带着聂司令的亲笔信，追上部队要人。

他所要之人是我。

我哪会那么容易就被他弄回市里去？而他有所准备，带了条绳子。在两名战士的帮助下，我被倒捆双手推上了吉普车。

因为我是"高鹏举先生"的唯一后人，被取消参军资格，我的复仇愿望便也付诸东流……

第十九章

我从不知道自己的性格有反差强烈的另一面,这使我被赵伯伯关了三天禁闭。我也万没料到,赵伯伯的性格也有反差强烈的另一面——如果我不认错,他似乎要将我永久关在禁闭室里。

那是真正的禁闭室。赵伯伯住在联防总指挥部,单独两间房,在外间办公,里间睡觉。指挥部院子挺大,停着一辆吉普两辆军卡,还养着三匹战马,有马厩。至于禁闭室,是临时关押疑犯的屋子,通铺能睡七八个人,小风窗竖着铁条。地中央有张长桌、两把椅子、水龙头和洗脸架。

赵伯伯看过我一次,带给我一只旧脸盆。

他将洗脸盆放洗脸架上,从里边拿出漱口杯、牙膏牙刷、毛巾香皂,一边搭一边摆一边说:"都是新的,一会儿起来给我洗洗脸。睡前允许你出去打半盆热水,用热水泡泡脚。洗脸漱口将就着用凉水吧,这里不是你家,没那么多热水供你用。"

我那时头朝里脚朝外躺着,听完他的话猛地坐起,撑他:"你怎么不给我戴上手铐和脚镣?"

他背着双手,皱眉眯眼,无动于衷地说:"那要看你表现。如果你总想跑,该戴就得戴。要是你能好好反省,明天还你自由。"

我又撑他："反省、反省！我怎么就错了？你倒是让我反省什么?!"

他语气里软中带硬地说："就一个问题，你瞒着你婶婆，也瞒着我，假冒别人参了军，连个招呼都不打就走人了，到底是对还是错？何况你没满十八岁，你使招兵处的同志也不知不觉犯了错误，不该反省吗？"

听部队的人说，明远叔和秀芹姐牺牲了，而且赵伯伯知道。

他居然能看去没事儿似的。

怎么做到的？为什么做得到？

我实在难以理解。

"可我的直觉告诉我，姐姐姐夫都没死，我要替你去证明这一点有什么错?!"

我据理力争。

他瞪着我，冷着脸说："他俩究竟是死是活，日后就清楚了。你那什么直觉，它就是个屁！不许再跟我提他俩，再提，我扇你。"

他一转身走了。

第二天婶婆来了，带来了我爱吃的西葫芦馅饺子。

我饿了，一口一个狼吞虎咽地吃着时，婶婆也批评起我来。

她说："孩子，你是不对啊，太不对了！你爸不在了，你妈远在美国，我和你赵伯伯就是你最亲的人了，那么大的事儿，你怎么可以瞒着我俩呢？你爸临死前，攥着你赵伯伯的手，把你托付给了他，你的做法能不伤他的心吗？"

我反问："如果我告诉你们，还走得成吗？就是我爸在，他也不会反对我参军。"

"可你要去的是前线！前线是怎么回事儿你不知道？万一你也有个三长两短，叫我们如何向你妈交代？"

第十九章

婶婆落泪了。

门一开,赵伯伯进入,指着我对婶婆说:"你知道他有多拧了吧?今天我非替鹏举教训他不可!"

他要脱鞋,婶婆将他推出去了。

我听到婶婆在门外说:"亲家,你也别太生气,他不还是个孩子吗?"

我又听到了婶婆的哭声,听到了赵伯伯劝她的话:"亲家别难过,是我不对是我不对,我向你认错……"

虽然我只吃了几个饺子,却再也吃不下去了,又四仰八叉地躺在铺上——父亲已经不在了,中国到处在打仗,估计母亲一时再难回到中国。晓岚为掩护我而死;小沈叔叔和箫儿姐在"蒋统区"生死不明;而我又失去了明远叔叔和秀芹姐!我不愿我的人生中只剩赵伯伯和山花婶婆两位近在身边的亲人!我需要有比他俩年轻的亲人,以后常能见到。我确信小沈叔叔和箫儿姐还活着,确信明远叔叔和秀芹姐牺牲的消息是误传!而且我那时心中生出一种迷信的想法,相信只有由我亲自去往前线找到他俩,才能保佑他俩安然无恙地活到战争结束,回到赵伯伯和婶婆身边,使我以后有活的姐姐和姐夫,而不是又多了两个是烈士的名存实亡的亲人!

我是那么希望被赵伯伯和婶婆所理解,却又不知如何才能使他俩真正理解。有些话,也不能明说啊!

院子里驻扎着一个班12名正规军战士,他们早饭前晚饭后按时操练。

我在他们的操练声中给母亲写信,开了几次头都写不下去。究竟应不应该告诉母亲父亲不在了,这一点使我犹豫不决。实际上,我非要到前线去,更是受复仇的冲动所驱使。

知遇姐拎着半个西瓜来了。

她在我对面坐下,看着桌上的纸团问:"给你妈写信?"

我放下笔,点头。

"不知道该不该将你爸的事儿告诉你妈,所以写不下去?"

我又点头。

"想听听我的意见吗?"

"想。"

"最好先别告诉你妈。但信却要写,早点寄出,报一个平安,免得她牵挂。民间有句老话是——母亲想儿长城长,儿想母亲扁担长。而且你还要……"

她沉吟着没往下说。

我追问:"还要怎样?"

"还要模仿你父亲的笔体,定期以夫妻关系给你母亲写信。可以与你的信放一个信封里,也可以单寄。或者交给我,我替你寄。"

"但是……"

"想说什么就直说,对姐有什么不便说的?"

"但他一向用毛笔给我母亲写信。"

"那就模仿他的毛笔体。"

我张口结舌了。

"知道姐要模仿多少人的字体给他们的父母亲人写信吗?以前在部队上,往往安定不下来,那每个月也要写三四封。如今总算有安定的日子可过了,每月就要写六七封。日后,还要模仿你晓岚姐的字体,给她哥写信。"

"可……哪天是头呢?"

"我也不知道,能瞒到哪天是哪天吧。你做得到不?如果做不到,姐替你做。"

"那不用,我能。"

"重说一遍,大声点儿。"

第十九章

"我能。"

"要说到做到,有些事儿,别再让我们三个大人操心了。"

她说的"三个大人",自然是指她、赵伯伯和山花婶婆。如果那话是赵伯伯说的,我又会不爱听,便也又会顶撞——在她眼里我都是个孩子,我反倒理解赵伯伯了。

我说:"姐,我能替自己辩护几句吗?"

她说:"你有什么可辩护的?明明是你不对,还不理解你赵伯伯对你所负的责任,那就更不对了。难道你不清楚,上前线的新兵全都经过了三个月以上的军训。你一天军训都没经受过,连怎么瞄准都不会,那不等于白白去送死?何况,革命战士也不是为了复仇才出生入死的。否则,你自认为已经复了仇了,往后还革命不革命了?"

我说:"等一切战争都结束了,我却连枪都没摸过,那算怎么回事儿?"

她说:"一切战争都结束了不好吗?没摸过枪的人就矮人一截了?你以为烈士、战斗英雄,都是天生愿意打仗的人?有的仗必须打,抗日战争就是那样。有的仗不得不打,现在的战争就是如此,是为了以后的人可以远离战争,懂吗?"

老实说我不是太明白,但我点头了。我不能使赵伯伯、山花婶婆还有知遇姐都认为我不懂事儿。

"真懂假懂?"

"真懂了。"

"那吃几块瓜,去去火。"

西瓜已切好,连点皮,很甜。我吃瓜时,知遇姐又说,关于孙明远和赵秀芹的死讯,还没经有关方面正式肯定,所以我们还有希望盼着再见到他俩。战争年代,误传死讯是常有的事儿。

她的话带给了我极大的安慰。我吃时她一块也没吃,说吃过了,满脸温柔地看着我,使我觉得自己确像小弟弟,而她像我亲姐姐。

她一来,对我的好处是我解禁了,对赵伯伯和婶婆的好处是他俩宽心了些。

赵伯伯对我说:"小高坤你给我记住,以后我就是你家长。在没把你交给你妈之前,大事你得征求我的意见,绝对不许自作主张,小事上你也得向你婶婆汇报,不汇报同样要受罚。"

怕再惹他生气,我喏喏连声。

知遇姐趁他情绪稍好,提了个建议,她认为我不再适合住回别墅去了,那会使我触景生情,经常被悲痛所包围。莫如让我生活在他身边,成为那一班战士中的一员。

婶婆立刻说我在哪儿她在哪儿。

知遇姐说出了我的愿望。

赵伯伯摸着后脖颈说:"那样嘛,倒也不失为一个较长期的办法。可驻守班12人,编制是够的,多出一个人得由上级批准,而那要级级打报告,挺麻烦。"

婶婆说:"让咱们高坤先成为替补的也行。总之我俩都不愿住回别墅去了,你别二意思思的,反正我俩赖在你这儿不走了。"

赵伯伯问别墅怎么办。

婶婆说可以先让哪一级政府部门用着,各方面都缺办公的地方,也算高家又支持新政府了。

赵伯伯又问我:"那,你不去音乐学校了?你吹那种西洋响器吹得挺好,你父亲可是希望你日后成为音乐家的。"

我说:"都怨你,冒名顶替的事儿败露了,我没脸回学校。至于学音乐,平时也可以学,将来我能成为军旅音乐家,也等于圆了我和我父亲的

第十九章

音乐梦。"

他以研究的目光依次看我们三个，板着脸说："明白了，你们仨预先统一思想了，这是在合起伙来对付我啊。"说罢起身，背手踱步。

婶婆说："你别又背手装大干部，快表态。"

知遇姐说："老赵，先别管我们三个预先怎么样了，怎么样今天还不是得把问题给解决了？我从党校出来一次要请假的，你不给我个满意的态度我也不离开。"

赵伯伯指点着她说："你这是在将我的军！"

知遇姐立刻回了一句："你以为不是吗？"

他又指点婶婆和我，却没再说什么，继续踱来踱去。

我们三个交换一下眼色，都表现出耐心，默默看他。

他终于站住，说自己管辖着三千多人呢，虽没正式任命什么军衔，但正团级肯定是够得上的。那么，他就应该有警卫员——他可以让我先当他的警卫员。

我们三个都眉开眼笑了。

那一班的曲班长二十四岁，却已是老兵，参加过多次战斗。他祖籍山东，说起话来一口山东味儿，知道些我们高家的事，对我父亲心存敬意，对我便也格外友爱。

赵伯伯起初不许我碰枪，让我先拿他为我削成的木枪和战友们一起操练。既然我已经是他的警卫员，当然也就是战士了，班里的战士当然也就是我战友了。几天后我索然了，曲班长替我出头，去跟赵伯伯理论。

他说是战士就应该平等对待，现在又不缺枪，一名战士居然用木枪操练，成什么样子？练不出是战士的真感觉嘛！何况我是警卫员，没点儿战士的真感觉哪行？

赵伯伯问他："如果高坤出了什么意外，比如擦枪走火之类的事儿，你敢负责吗？"

他毫不犹豫地说："敢！"

赵伯伯就让他写书面保证。这把他难住了，因为除了自己的名字，他再就不会写几个字。便只得先由我来写，他照葫芦画瓢地抄一遍。还用刺刀尖扎破大拇指，按了血指印。

赵伯伯看着保证书，皱起眉说："有必要来这套吗？"却也就说了这么一句，再没说别的。他亲自打开武器库的门，由我任选一支带刺刀的长枪。我看中了一支最新的，曲班长说太新不好，还没"使出来"，半新的才好，卡壳几率小。

我就由他替我选了支半新的。

有了真枪，我操练起来劲头十足，连自己都听出喊"杀"声比用木枪时响亮多了。赵伯伯一有空就教我们武术，教到我时更加认真，一招一式都不含糊，我被他摔疼多次。

曲班长经常给全班讲我父亲的事，他所讲的我一无所知，从没听我父亲讲过。

他说日本天皇宣布投降后，多支日军仍在所占地继续顽抗。起初苏军为了减少伤员，要求东北抗日联军派代表与日军谈判，但每次派出的代表都被日军极其残忍地杀害了，无一幸免。苏军方面却认为是由于代表们谈判水平不高，我父亲就亲自去往苏军司令部，严肃地告诉他们——谈判是人类和人类之间互相进行的事儿，那样一些日军已不是人。

苏军司令官问："那他们是什么？"

我父亲说："他们曾经是人，但彻底疯了。彻底疯了的人，比地球上的任何野兽都更可怕。只有干净彻底地消灭才行，否则别无他法。"

苏军司令员说战争是要讲究战术的。而我父亲说战术他自己也懂一点儿——愿出一大笔钱，买他们一大批最大个的炮弹，进攻前先朝日军要塞猛轰一番。

苏军司令员笑了，说炮弹他们有的是，只不过没想大动干戈而已。

我父亲问：“多大的动静算大？多大的动作又算小？你们的动作再大，比得上美国往日本投下那两颗原子弹的动作大吗？没有那两颗原子弹的威力，日本天皇会宣布投降吗？”

我父亲的说服起到了作用，苏军火速调来炮兵营，准备先动用"喀秋莎"。我父亲闻讯，又前往说服——"喀秋莎"的威力在于密集，摧毁战壕特别给力。但日军的工事多为半地下，构造异常坚固，不用大口径重炮，不足以干掉。

苏军司令又被说服，每役先将重炮一字排开，轰上一个时辰，估计地下日军都被轰到地上了，接着用"喀秋莎"轰。再轰一个时辰方吹冲锋号，由步兵发起进攻，每排配两部火焰喷射器……

如此一来，战役速战速决，既将伤亡减少到了最低程度，也粉碎了日本关东军宁死不降的神话。焦头烂额的日兵鬼哭狼嚎，战场上跪地求饶者比比皆是。

那苏军司令也因而与我父亲成了朋友——在他的建议下，我父亲成了"中苏友协"的理事。

战友们都爱听曲班长讲我父亲的往事。

我曾要求他也讲讲赵伯伯的往事。班长说那他就"没得可讲"了，从没听"总指挥"自己讲过，也没听别人讲过。

"也许他是个没故事的人吧。"

班长这么说。

而我认为赵伯伯的"故事"肯定比我父亲多。自从我没了父亲，赵伯伯在我心目中变得有神秘色彩了，渴望多了解他的心思，日甚一日。

我爱上了战马。指挥部的三匹战马是苏军赠送的,真正的高头洋马。我学会了铡草,主动将打扫马厩的活儿揽下。班长请人来修马掌时,我也抢着帮忙,留意学习。我最愿做的是将三匹马牵到江边去,为它们刷毛,洗澡。之后躺在草地上,望会儿蓝天白云,晒会儿太阳。

我也学会了开车,检修一般的毛病。我们班六人一组,负责在附近巡逻。市民特别是一些姑娘和孩子看到我们时,往往驻足招手。孩子们有时还学我们,排成队跟着走一会儿。感受到市民的敬意,我们内心里当然是荣幸的。但我内心里却同时还会涌起大的悲伤——看到那些与我父亲年龄相仿的男人我会缅怀父亲,看到那些神情愉快的姑娘我会缅怀冯晓岚……

总的来说,我生活在赵伯伯身边的日子,是心情渐趋平静的日子,那个院子是我的心灵疗养院。何况,还有萨克斯陪伴我,战友们很喜欢听我吹它。

婶婆在指挥部也逐渐进入角色,她的角色就是当我们全班战士的母亲。除了我叫她婶婆,班长和战友们都叫她"孙妈妈"。她使两名充当炊事员的战友如释重负——起初她是他俩的帮手,后来他俩成为她的帮手了。有时她亲自挑着担子去买菜,有时吩咐他俩去。包括赵伯伯在内,都说自从她来了,饭菜好吃了。她闲不住,眼里总有活儿,经常帮我们洗、补和熨衣服。赵伯伯后来下了一道死命令,谁的衣服若被她洗了,谁便受罚,但补和熨例外。于是大家都将要洗的衣服藏起来。她自作主张,在院子一角圈起了一块地方,逼赵伯伯出钱,要买两只母鸡两只母鸭。

赵伯伯当时皱起眉说:"亲家,嫂子,我这虽没挂牌,那也是军事单位,你不能想一出是一出,又养鸡又养鸭的,而且要我总指挥出钱,而且要成对地买,那不成我的主意了?那我这地方成何体统了?"

她却说:"我的主意怎样?你的主意怎样?我既然住到这儿了,有些事就要当得起家。数你军饷高,你不出钱谁出?难道要那些兵们出钱?孩

第十九章

子们正在长身板的时期,不加强点儿营养行吗?"

赵伯伯哪里拗得过她,结果我们就常能吃上鸡蛋和咸鸭蛋了。

偶见婶婆坐在院门口的老杨树下。若院门开着,坐那儿可望到外边的街景。若院门关着,她便双手放膝上,一种气定神凝的状态,仿佛在冥想。那时我往往也拿只小凳凑过去,坐她旁边,找话跟她说。还有时,她会微微垂下头打盹儿。

赵伯伯说,能那么睡是种功夫。

转眼到了十月,天气已凉。

一日晚饭前,我在吹萨克斯,几名战友在院中央的水管子那儿擦身,忽有三名军人进入。一名老军人,五十几岁了,一名三十几岁的,显然是副官,还有一名二十余岁的,肯定是警卫员。

我们这边,擦身的赶紧结束,都慌里慌张地跑回了宿舍。我也不敢再吹,愣在原地。

老军人问我吹的是什么。

我讷讷地告诉了他。

他笑着说:"好听,接着吹吧,可以的。"

虽然他那么说了,我由于紧张,还是不敢吹,怕吹不成调了。

那副官说:"司令员叫你吹,你就吹嘛!"

我刚又吹响,赵伯伯走过来了,一见到老军人,也神情紧张,"啪"地一个立正,随之敬礼,大声说:"司令员好!"

那位司令员连同副官及警卫员也一齐表情庄肃地回敬军礼。

赵伯伯放下手,却立刻表示不满:"司令员,您这不是搞突然袭击吗?"

司令员笑道:"说对了,我还就是要对你搞次突然袭击,看你赵永亮是不是把这里变成了你个人的山寨!"

赵伯伯命我通知大家集合，我这才得以脱身。

那位司令员跟我还有点儿关系，赵伯伯正是得到了他的批准，将我从行军队伍中"揪"回来的。

他是松江军区司令员聂鹤亭。

一班十二人，六人一排，正好齐刷刷的两排。多出来的我，一向站于后排，多得一目了然。

聂司令就问："永亮啊，他怎么回事？就是那个会吹萨克斯的。"

赵伯伯将他请到一旁，悄悄对他说了些什么。

他又站到队列前时，看着我说："高坤啊，你能在赵永亮同志身边当兵，是你的光荣，要好好向他学习。"

赵伯伯趁机说："报告司令员，他还不是正式的兵，算是一名编外的替补兵，暂时充当我的警卫员，否则他连住在这里的资格都没有。"

聂司令沉吟一下，拍板说："那这样吧——每班十二人，这是部队建制的常规。你们也别搞特殊化，把它给破坏了。不过呢，你赵永亮是应该有警卫员的，以前是你自己偏不要。现在，由我批准，高坤正式当你的警卫员了！"

赵伯伯开心地笑，暗示我和战友们鼓掌，于是大家鼓掌，接着操练了一段拼刺给聂司令看。接着，聂司令讲了一番话。

他说——希望松江军区有一支特殊的部队。当年，特种兵的概念在中国尚未形成，所以他用"特殊部队"言之。他说希望这支"特殊部队"先由赵伯伯这样的老抗联带出，因为抗联老战士本身都有着极特殊的战斗经历，浑身是胆而又能力全面，富有应对特殊情况单独作战的经验。

赵伯伯说："那我也不另外选人了，他们能在这里，都是我选出来的，我就先从他们开始训练了！"

聂司令说："我也批准了。"

第十九章

　　赵伯伯已很久没怎么笑过，那日他高兴地笑了一次又一次。尽管眼中仍有忧伤，但那也是笑啊！

　　我们刚解散，响起了母鸡的叫声，紧接着又响起了母鸭的叫声。

　　聂司令皱起眉来，瞪着赵伯伯问："永亮，这怎么回事？是为你养的吧？"

　　赵伯伯连说："绝对不是！您那么想可太冤枉我了！"

　　听他自我辩解了一番后，聂司令问："你亲家不就是孙副团长孙明远他母亲吗？"

　　赵伯伯说："正是正是。"

　　聂司令又问："孙团长他父亲不是抗联烈士吗？"

　　赵伯伯说："对，对。"

　　聂司令说："那我不追究了。没有东北抗日联军十四年多在白山黑水之间的艰苦抗战，我们外来军团何以能这么快就站稳脚跟？就发动起了人民千千万？快请你亲家来一见，我要向她致敬！"回头又对副官和警卫说："你俩也一样！"

　　正巧，婶婆取出了鸡鸭蛋，一手一个往伙房走。

　　赵伯伯就叫她："亲家，过来一下！"

　　她刚走近，司令员发出一声口令："立正！"

　　他那洪亮的一嗓子，将婶婆吓着了，手中掉下一个蛋。我眼疾手快，接住了。

　　赵伯伯那时也不由得来了个立正，立刻意识到没自己什么事，又"稍息"了。我扭头看左右，战友们全因那一声口令立正着了。

　　司令员又来了一嗓子："敬礼！"

　　除了我和赵伯伯，别人都向婶婆敬礼。

　　婶婆将另一个蛋递给赵伯伯，愕异地问："这是在搞什么景？"

司令员却已上前一步,握住她的双手,真挚地说:"老嫂子,我早就想认识你了!"

大家则都微笑地看着他俩。

那日以后,我们班经常到郊野去训练——人人都按要求成了骑兵,练习飞身上马、马上射击、马上扑敌、雪地隐蔽、擒拿格斗……

我从马上摔落过一次,伤着了肩胛,将赵伯伯吓坏了,每晚用白酒为我按摩。所幸只不过扭了筋,几天后就好了。

春节前,我给母亲写了封信,也用毛笔代我父亲写了封信。我不知那么写对不对,想让赵伯伯把一下关。

晚饭后我去找他,见里屋门虚掩着。我闪在门旁往里偷窥,若他躺着,就决定离去。却见他坐在床边,床边的木箱上放着我父亲的烟斗,烟斗下垫一小块红布。箱子高出于床,烟斗与他的视线平行。他凝视着烟斗自言自语:"鹏举啊,向你汇报一下哈,你既然把高坤托付给我了,我认为那他也就是我儿子了,以后我说到他,就不再说你儿子如何如何了,我要改口说咱们儿子,你同意吧?不同意你就给我托梦,这次我先这么说着。咱们儿子呢,他现在已经是一个合格的兵了,可以这么说,比合格还合格,就差经历几次战斗了。如果再经历了战斗,那就不愧是一名战士了。可是呢,我始终记得,你和淑兰都是希望他成为音乐家的,他自己原本也是有那种理想的嘛。但咱们儿子现在变了,当兵成了他最大的心愿,因此我俩还闹了许多天别扭。我对他是没办法了,如果你有什么高招,那就在梦里告诉我。你放心,对于你的话,我一定当成上级指示来落实……"

我悄悄从门旁退开,转身走到外屋门口,不由得拿着信封坐门槛上,发起呆来。

过了一会儿,赵伯伯在我身后咳了一声。

第十九章

我站起，转身说："我给我妈写了一封信，也代我爸给她写了封信，想请伯伯过目一下。"

他问："那你坐这儿干什么？"

我说："怕你在休息，影响了你。"

他说："刚才是躺下打了个盹儿。"点着烟斗，吸了两口又说："这是你爸的烟斗。你有许多纪念品，你妈也是。可我，就为自己选了它，我留下它可以吧？"

我说："那当然，我愿意看到伯伯吸它。"

他搂着我的肩，迈出了屋子。

那晚月亮很大，月光照得院子里银亮银亮的。

我说："我告诉我妈，我还在音乐学校。"

他说："先瞒着她也好，我同意。"

我说："以前都是知遇姐模仿我爸的字体给我妈写信，现在我模仿得也像了，我认为应该由我来代我爸写信了。"

他说："做得对。连我都给你妈写过信，让知遇和她写的信一块儿寄的。可由你来写最应该，这人世间，说谎的事儿并非全都是可耻的。"

我就将两封信递向他。

他却说："儿子……不对，说错了。我这张嘴呀，心口两岔的时候越来越多了。革命这事儿，在我这儿也是催人老的事儿。孩子，那我就不看了。大原则上一致了，我干吗还非看不可呢？回去洗洗睡吧，明天还要起大早去郊外呢。我要在这儿站一会儿，静静心。"

我快走到宿舍那儿时，情不自禁回头看他。而他伫立原地，擎着烟斗，抬头望那轮又大又圆的明月。

那日我认定了自己有两位父亲，一位已在另一世界，另一位仍在现世，并与我朝夕相处，那便是赵伯伯。

我于不幸的阴霾之中，感受到一种弥足珍贵的幸运。

1948年1月1日，东北民主联军改称东北人民解放军。那日，发了一套新军装，至于发不发给我，赵伯伯和婶婆都很纠结。

赵伯伯说："新军装我也是要穿的。我现在的职务有人代替了，已经完成了交接。穿上新军装后，我就是东北人民解放军的团长了。几天后，我要带领一团人往辽沈方向打过去。高坤如果也穿上了新军装，他就没理由不跟我走。"

婶婆说："那千万别发给他呀。"

赵伯伯说："发给全班战士了，单单不发给他，他会怎么想？那孩子自尊心多强，你又不是不知道。他成为我的警卫员，是聂司令当着全班战士的面宣布的，哪有团长上前线了，警卫员却不跟着的道理？特殊军训他也参加了，表现还不错。如果再不许他上前线，一切不都接近是儿戏了吗？他不是会以为我们拿他当小孩儿哄吗？那他以后还会把咱俩看作亲人吗？"

婶婆说："顾不得考虑那么多了。你不便跟他说，那我跟他说。说通了也罢，没说通也罢，总之必须把他留下。如果他犯拧，那你们走之前就再关他一次禁闭。有我留这儿陪他，你也不必有什么不放心的。"

我偷听到了他俩的对话。

我迈入婶婆住的屋，双膝跪下了。

我说："赵伯伯，婶婆，我知道你俩怎么想的。可是，正因为我是我们高家的唯一后人，高家在世上的口碑，便也只能由我一人来赓续了。我父亲他是对得起我爷爷的，也没有辱没我们高家的门庭。如果你们不在乎我对得起对不起我父亲，不在乎世人因为我而怎么议论我们高家，那你们就按你们的想法做。但那么一来，我以后不是只得离你们远远的了吗？我们高家的口碑都被我玷污了，我还有何脸视你们为亲人呢？"

第十九章

赵伯伯和婶婆互相看看,又同时看我,都愣住了。

而我长跪不起。

"亲家,你看这孩子!我投降,你劝吧!"

赵伯伯跺了下脚,无奈地走了出去。

婶婆说:"孩子别这样,先起来。"

我没站起,膝行趋前,央求地说:"我赵伯伯听你的,你帮我说服说服他吧!"

"孩子,你这不是成心难为我嘛!"

婶婆当时坐在炕边,并没往起扶我,而是一扭身不看我。

我只得承认,我也知道小沈叔叔和箫儿姐的事儿了——知遇姐第二次来到这里时,根本都没顾上见我,只与她和赵伯伯说了会儿话就匆匆走了。但我偷听到了他们的谈话,知遇姐说,从南京到上海,到处都出现了通缉小沈叔叔和箫儿姐的布告,证明他俩尚未被捕,只不过与组织失去了联系……

"我已经不是从前的高坤了!我是一位司令员批准入伍的战士!别人穿什么军装我也穿什么军装!别人受过什么训练我也受过了!别人具备的战斗本领我都具备,一点儿也不比别人差!为什么别人要上前线了偏偏把我一个人留下?让别人心里怎么想我?我高坤又不是怕死鬼,我才不担怕死这种污名,以后论起来遭别人耻笑而我又跳进黄河也洗不清。这对我,对我们高家,公平吗?!"

我的话句句在理,婶婆终于看我了,然而仍愣愣地说不出话。

赵伯伯又进来了,指着我怒斥:"高坤!我才不跟你讲什么公平不公平!在这里,我官最大,谁都得听我的,不许你去就是不许你去!你就是说破大天也没用!"

我猛地往起一站,也冲他嚷嚷:"赵永亮,我今天偏不服你了,你能把我怎么样？赵秀芹不仅是你女儿，也是我一个姐！孙明远不仅是你女婿，也是我叔叔！南京、上海不仅在通缉沈若然和陆箫儿，蒋统区的各处监狱还押着许许多多他们那样的人！他们不仅是你们党内的同志，也是我高家人敬爱的有信仰的人！如果他们没死，我也要跟随我的战友去解救他们！如果他们都死了，我要……"

"住口！你！我……"

赵伯伯气极了，又要脱下鞋拍我，婶婆将他推出去了。

我听到他在门外说："咱俩上辈子欠下了他们什么呀？让咱俩替他们高家操这么大的心！"

听到婶婆说："你也别冲他发那么大脾气，虽然咱们是好心，可也别让他从此恨咱们……"

由于我"执迷不悟"，又被关了禁闭。我闹起了绝食，婶婆劝不通我，陪我绝食。我怎么忍心见她也那样呢，只得又进食了。

第三天晚上，院子里人多了。从别的部队赶来了两个班，加上我们那个班，刚好一个排。后来的两个班和我们一起训练过，我们班的战士与他们都熟了。

赵伯伯进行了战前动员。

他说："我这人不善于长篇大论，咱们简单说。今年的冬天特别冷，不论你是南方来的兵还是本地的东北兵，肯定都感觉到了。情况是这样的，前线有不少战士严重冻伤，不得不撤下来。枪机失灵了，要靠手榴弹和刺刀结束战斗，而这正是我们这一排兵的长项。我以团长之职，亲率你们一个排。我们的任务很机动，哪里碰上硬骨头就支援哪里。一百多年以来，中国为了扑奔一个好社会，死了太多的人。比起来，数我们共产党人牺牲最大。但我们要奔赴的，可以认为是最后的斗争。谁牺牲了都值得，谁的血都不会白流。怕死的现在就出列，到了战场上，胆小鬼总是会使战

第十九章

友搭赔上性命。个个勇敢,反而会形成一只拳头,打出去就有力,还会减少伤亡……"

我站在小凳上,隔着小窗的铁条望着那情形,听着赵伯伯的话,血脉偾张,激动万分,忍不住高喊:"赵永亮,我抗议!"

赵伯伯一挥手,队列解散,战士们进入了各个房间,而他倒背双手朝禁闭我的屋子大步走来。

我听到婶婆在门外问他:"你决定了?"

赵伯伯说:"反正都是操心,你操心莫如我操心。你把心放肚子里,就是我没回来,也会保证让他活着回来见到你。"

门一开,我刚出现在他俩面前,他大声下了一道口令:"立正!"

我立正后他又训我:"高坤,你小子给我听明白了,部队的纪律叫军纪,军纪如铁!如果你在前线又犯浑,该枪毙那我也会六亲不认!"

我大声说:"团长放心,记住了。"

他转身就走。

婶婆则默默往我兜里揣鸡蛋。

我问:"如果我真见到了我叔和我姐,你最想让我捎什么话?"

她说:"你就告诉他俩,我一切都好,不用惦记我。"看着我又说:"孩子,到了前线,千万要听你赵伯伯的话。"

赵伯伯却又回来了,一言不发就扇了我一耳光,之后才说:"这一巴掌替你叫婶婆的人扇的,你使她许多个晚上睡不好觉,不扇你对她不公平,你不是跟我俩掰扯公平吗?"

我被扇蒙了,另一边脸又挨了一巴掌。

"这下替我自己,要不对我也不公平!"

他这才像了却心愿似的,倒背双手悻悻而去。

我呆望他背影,尴尬极了。

婶婆说:"别在意,打是疼,骂是爱……"

我苦笑着自嘲地说:"不打不骂是祸害。"

我和战友们都一宿没睡。人人打好绑腿,个个搂着枪,分别坐在火房和宿舍里小憩。天快亮时,两辆军卡发动,我们全都上了车。

我在第二辆车上,看到转眼间院子里只剩下了婶婆和赵伯伯。

赵伯伯向她敬了个礼,一转身上了驾驶室。

孤零零的婶婆向我们这辆车上的战士招手。偌大的院子,孤零零的她,白发苍苍的她,单薄瘦小的她——在冷雾晨曦中向我们招手。

第二十章

6日上午，我们兵临沈阳郊区公主屯一带。

当日无大战，远处枪声阵阵，局部在鏖战。

7日上午，重雾方散，冬日未出。霎时间，万炮齐发，地动山摇。炮声一停，四野仍颤，冲锋号声此起彼伏，直上寒空。于是喊杀声震天，无数身影，前仆后继。

赵伯伯率排直扑温家台，那里是敌军军部，我们的任务是占领他们的军部。

那日我目睹了兵败如山倒的情形。因为敌人一时间溃不成军，战斗倒也并不多么的惨烈，双方伤亡都较小。倒是在温家台那儿，近战达到白热化。接近尾声时，敌军纷纷举枪投降。赵伯伯命我点数，全排人数，一半战友已不知所终。

猝然一声枪响，曲班长捂胸跪倒。

我循声看去，见一敌兵在残垣下缩成一团，枪仍在手，喊叫着什么话。我怒不可遏，上前一步，一刺刀狠狠捅向对方。有人猛撞了我一膀子，刺刀捅偏，扎入对方肩胛，我被撞得枪脱手，跌出老远。

撞我的是赵伯伯。

他也对我喊叫什么，从我头上抓下我的帽子，狠狠扇了我一耳光。

我没理他，扶起曲班长。曲班长口中流血，也对我说什么。

那时世界对我是静谧的，我听不到任何人的话，只能听到自己的双耳里有蚊子在嗡嗡叫。

我的耳朵一时聋了。

我自己那么说不行，于是被押到了战地医院。一名女护士让我闭上眼睛，由远朝近向我的耳朵摇铃。她证明我的确双耳失聪，不过是临时性的，睡个好觉便可能恢复。

第二天早上我能听到别人跟我大声说的话。

战友告诉我，曲班长已经牺牲。

导致他牺牲的敌人是个小兵，比我这个刚过十八岁的兵还小，虚岁才十七，也被担架队抬走了。

他的确吓坏了，当时喊叫的是："我不是成心的，是枪走火！我投降！我投降！"

而赵伯伯骂了我一句"浑蛋！"。

曲班长靠在我怀里说的则是："我信他的话……"

战友还告诉我，如果没有医院的证明，赵伯伯说他绝不庇护我，要亲自将我押到军法处。

在埋下曲班长的地方，我见到了赵伯伯。他蹲在那儿喃喃自语："小曲啊，我知道你是山东人，我知道你家中还有老娘和妹妹，我也记得你说过，一旦牺牲了，希望有山东籍的战友把你的骨骸带回家乡去……孩子你安心地先睡这儿吧，你的事过后我老赵亲自做……"

他看到我，站起来，冷着脸对我说："想对他说什么就快说，一会儿部队要出发了。"

我头脑中一片空白，无话可说。

第二十章

他训我:"到底有没有话?"

我摇头。

他说:"那一块儿走!"

我说:"你先走,我要单独在这待会儿。"

他说:"就一会儿啊!"说完,转身大步腾腾地走了。

而我,在那堆混合着冰雪的新坟前,缓缓跪下了。一块绿色的军车车厢板钉入冻土里,其上用刺刀刻着"东北解放军战士曲安波墓"。阵地上到处有那样的断木板,被炮弹炸飞的。

我头脑中仍一片空白,如同空瓶子。只有一种意识极为清晰,那就是——我不仅仅是兵,而是一名战士了。我已经消灭过敌人了,是的,是消灭。用子弹射杀了他们,或用刺刀捅死了他们。估计倒在我眼前的,大抵必死无疑。我所被训练的本领,使我能够勇猛地置他们于死地。混战之中,生死决定于瞬间,杀死他们我才能活。但是……但是我多么希望自己所消灭的是日寇啊!

曲班长他在激战中保卫了我两次,否则我也和他一样是土中人了。在那么残酷的战斗中,他始终牢记赵伯伯对他的叮嘱,可我却没机会说句谢他的话!

我不由得摘下帽子,在冰地上磕了三个响头……

急行军。

除了脚步踏雪的"嚓嚓"声,天地间一片死寂。担架队还在寻找活人,包括一息尚存的敌人。那时人才不分敌我了,只分活的或死的。

到处是焦土、弹坑、钢盔、炸毁的坦克和军车。

听说,国民党新五军军长,换上了士兵服混迹于降兵中。赵伯伯命令那批降兵原地跑圈,三圈后,军长跑不动了。

他躺地上了。

赵伯伯对他挺客气，请他上担架。

他拒绝优待，高叫："士可杀不可辱！枪决我好了！"

赵伯伯说："天地做证，我们可都没羞辱你。是你自己换上了士兵服，太不给自己留点儿尊严了。"

不同的军队有不同的将军，不同的将军带不同的兵。

那事儿使我联想到了母亲说过的话："国军在抗战中有二百六十余位将军战死沙场！"

我暗自祈祷，宁愿自己将与之战斗的是新五军那样的国军，而不是上将张自忠及其所率之兵——那么双方都会少死许多人。

张自忠在我心目中也极其可敬。

平日话最多的战友沉默寡言了，最爱说笑话的也都变成哑巴似的。

这是最后的决战……

每一名战士都和我一样，头脑中只剩下这唯一的思想：都一心要使它尽快结束。只要能尽快结束，自己之死活反倒极其次要了。

急行！

急行！

急行！

嚓嚓、嚓嚓、嚓嚓……

每一个兵都那么急切地要为最后的决战出生入死，前仆后继！

接下来，在解放辽阳的战役中，我救了赵伯伯一命。一颗手榴弹落在他近前，我将他扑倒，伏在他身上。

我已经失去了太多的亲爱者，不能再失去我的赵伯伯，不能再失去我的亚父！

那是我昏死之前的唯一意识——同时也是一名警卫员的死侍之想……

第二十一章

军医院位于哈尔滨南郊。原先也是日本关东军的军官医院，曾戒备森严，大门一侧有碉堡。1948年，从辽沈战场送来的伤员甚多，十之八九是重伤者，致使军医院病床紧张。

住院时间最长的是高坤。他的伤说轻不轻，说重不重——全身三处被炸入了弹片，都属于皮肉伤，未断筋骨，无须截肢。但那颗手榴弹对他造成了严重的脑震荡，使他在一个多月里昏昏醒醒，醒醒昏昏。一昏过去像植物人，十几个二十几个小时内不省人事，除了喘气便如死人一般。而醒过来时，虽睁着眼睛，却又似在梦中，动辄抓住女护士的手问："我的萨克斯呢？"

女护士中有哈尔滨人，听过洋音乐，明白他问的是件乐器。其事传开，皆议为异。她们都是敬仰战斗英雄的，凡经历过殊死战斗刚从昏迷中醒来的战士，大抵问的是"我的枪呢？"或"战友们呢？"，他之例外使他究竟是不是一名英勇的战士深受怀疑。结果她们对他的照料也就殊少深情，仅限于责任。实际上，她们都希望他早日出院，尽快将病床腾出来。

只有一名男护士与她们不同。确切地说，是一名小男护士，全院也就那么一名男护士。他不希望高坤出院，祈祷高坤永远是医院的伤号，甚至祈祷过高坤在某次昏迷之中能死过去。

他叫陈子仪，曲班长就是死在他的枪下，因被高坤捅了一刺刀也曾是医院伤号。这陈子仪是江苏人，自幼成孤，由姨夫抚养大的。他姨夫是江湖郎中，不属于骗子那种，是懂些医道有些医术的，在跌打损伤、腰腿酸疼方面颇有独能。陈子仪跟随姨夫走南闯北，也学会了推拿按摩。一年前他和姨夫于奔波途中被双双抓了壮丁，起先还在一起，后来分开了，他不知姨夫是死是活。"国军"新五军参谋长患有腰疼的老毛病，一犯就直不起腰。偶然的情况下听说了陈子仪，便将他留在身边，以便随时为自己缓病。军部即将失守之际，人人被迫负隅顽抗，他也被塞给了一支枪。那是他出生后第一次拿枪，鬼使神差地，偏偏在本欲投降之际将枪弄走火了。

这使他罪过之感深矣。"共军"非但没枪毙他，反而也为他医好了伤，亦使他觉三生有幸，感激涕零。院方听了他的哭诉，觉可用其长，将他留下了。

他怕高坤哪次醒来一眼认出他，在医院结果了他。但他却又很主动地照料高坤，端屎端尿从不嫌脏，简直可以说无微不至，因为这会使他减少罪过感。由于他的主动他的周到，不久似乎成了高坤的专职护士。

一日高坤又醒来，正如陈子仪所怕的那样，高坤还真将他一眼认了出来。

"别走！"

高坤抓住他腕子。

当时他刚端起尿盆，故作镇静地说："我去倒你的屎尿。"

高坤松开了手。

等陈子仪将洗得干干净净的尿盆放到床下，直起腰时，高坤又抓住了

第二十一章

他胳膊。

高坤说:"我认识你!"

陈子仪低声说:"我也认识你。"

这时他更镇静了。

"你没死?!"

高坤反而特别激动。

"我命大。如果你不弄死我就不解恨,我劝你要忍忍。这里是医院,在这儿弄死我是你不对。等你出院了,你选个僻静地方,我保证去会你,一动不动地偿你班长一命。"

陈子仪的声音更低了。

"你他妈的使我有罪过感!"

"你小声点儿,没见大家正在睡午觉吗?"

陈子仪掰开高坤的手,又说:"我的罪过感比你还重,简直是罪孽感。"

他说完白幽灵似的离开了。

自那日起,高坤没再昏迷过,睡眠饮食渐趋正常。偶尔仍会忽然地头疼一阵,有时疼得长,有时疼得短。那疼时轻时重,重时像孙悟空被唐僧念了紧箍咒。若陈子仪那时看到,就会搬把椅子坐他床边,轻轻按摩他的头。医生对高坤的头疼束手无策,只能给他开止疼片。

又不久,高坤带着后遗症出院了。

有几名护士开陈子仪的玩笑:"你还不去送送你的萨克斯?"

陈子仪就默默跟在高坤后边。

二人走在院子里时,高坤站住,陈子仪也站住,互相不看。

高坤说:"我不需要你送。"

陈子仪说:"放心,我不跑,也不想跑。"

高坤说:"你别恨我。"

陈子仪说:"你能做到也不恨我吗?"

高坤说:"能。"

他回到了曾经住过的那院子,三匹马似乎认出了高坤,都将头凑向他,争着享受他的抚摸。

赵永亮说,明远和自己女儿还活着,关于他俩的死讯的确是误传。大部队继续朝关里打过去了,他却被紧急调回,出任某县县长。稳定和巩固后方政权的工作千头万绪,干部不够用了。因为他来自于农村,了解农村的阶级状况,更熟悉农民,更善于与农民打成一片,所以让他主抓农村工作。土改已基本进行完毕,但个别地区的农村进展缓慢。有的工作队政策掌握得不好,搞得很左,他的任务是去推进和纠偏。

王山花一手拿着鸡蛋走过来,接着赵永亮的话说:"不仅咱们,连咱们的儿女都是党的人了,党让干啥就干啥呗。你以后长期工作在农村了,我和高坤正好可以经常去看你,我都想农家院儿的生活了!"

高坤却似乎没怎么听他俩的话。

他问赵永亮:"伯伯,我那个班的战友都怎么样了?"

赵永亮愣了愣,回避地说:"挺好的,都挺好的。我回来时,都和我面别了,还都让我代他们问你好。"

高坤又问:"公主屯那场战斗后,活下来几个?"

赵永亮又被问愣了。

王山花打岔地说:"孩子,过会儿再聊那些,我给你收拾出来了一间屋子,先去屋里把东西放下。"

高坤却固执地说:"伯伯,告诉我实话,我现在就想知道。"

赵永亮艰难地说:"个个都是好样的,都能在战斗中互相照应,所以……所以才牺牲了九个……"

第二十一章

高坤就搂住了一匹马的马头,与马以额抵额,良久不分开。

他放下东西在屋里独坐时,昔日与战友们嬉闹的情形,像过电影似的历历在目,耳边也响起他们阵阵的欢声笑语。

王山花进来叫他去吃饭,并小声说:"孩子,你怎么负伤的,你赵伯伯跟我讲了。你救了他一命,你是他的救命恩人,可他是长辈,这话他也不好意思当面对你说呀!所以呢,让我替他把话过给你。他原话说,从今往后,他的命,一半是革命的,一半是你的。"

高坤"啪"地一个立正,向王山花敬礼道:"婶婆,你和我赵伯伯,都是我敬爱的人,我怎么能不保护我敬爱的人?再说,我还是他的警卫员呀,我完全应该那样!"

他一番话,将王山花说开心了,笑得合不拢嘴,连说:"好孩子,好孩子,亏你能那么想。"

不料高坤又一番话,将王山花说蒙了。

他说:"我的命不也是您和赵伯伯给的吗?如果不是你们当年捡了我,将我抚养成人,我这个到处流浪的孤儿,还不早就冻死在冰天雪地了?"

但她的疑惑也就是几秒之内的事儿,她以为高坤开玩笑。

到那时为止,情况还不太糟。

但吃饭时情况一下子变糟了。赵永亮说他上任前事儿多,让高坤代他和王山花给孙明远和赵秀芹写封报平安的信。两天后有往前线送粮的车队,可以托人捎去。

高坤却说:"我对他俩的名字好熟。"

赵永亮和王山花一时瞠目结舌。

高坤还加了一句:"是很熟,真的。"

赵永亮嗫嚅地说:"坤啊,你这话,反倒使伯伯听得一头雾水了,八不成你连他俩是谁都不记得了?"

王山花赶紧说："你别一下子把你那双眉拧成个疙瘩！他的头也受了伤，还没好利索，一时想不起谁来都不是怪事，慢慢就想起来了。孩子，婶婆问你哈，那你记得你有位小沈叔叔和箫儿姐姐吗？"

高坤摇头。

赵永亮接着问："吴知遇和冯晓岚呢？她俩也是你两个异姓姐姐。"

王山花补充道："冯晓岚！一个大眼睛的浙江姑娘，性格却像杨排风，只比你大一岁半……"

高坤还是摇头，自己的眼睛也瞪大了。

"跟我来！"

赵永亮将他拽起，攥住他腕子，几乎是将他拖入了自己住的屋子，指着箱子上的烟斗问："那那那，你记得这烟斗是谁的吗？"

高坤仍摇头。

王山花急得又插了一句："高鹏举！赵淑兰！这两个人你总该有印象吧？高鹏举可跟你同姓！……"

"伯伯，婶婆，你们说的那些人，我真的不知道都是谁……"

高坤有点儿烦躁了。

赵永亮往炕边一坐，双手抱头，几近绝望地说："完了，完了，这不把高家的独苗给废了嘛！鹏举，鹏举，老哥太对不起你了！……"

"别当他面说那种话！"

王山花吼了他一嗓子。

"我，我去喂马……"

高坤逃也似的离开了房间。

那晚，高坤在老杨树下吹萨克斯，赵永亮和王山花坐伙房里，都忧郁地从门口望着他背影。

第二天上午，三人同时出现在军医院，接待他们的是位中年医生。医

第二十一章

生斜坐桌子后，他们三个坐长椅上，双方都可以看着对方。

医生对赵永亮说："不论你是谁，他是谁的儿子，对于我都是病人和亲属。"

赵永亮不高兴地说："但是你并没将他的病彻底治好。彻底治好了，我们还会坐这儿吗？"

王山花也说："医生，求您再费费心了！"

高坤站起，立正、敬礼，庄严地说："医生，我以军人的荣誉向您保证，一定会积极配合您的治疗方案！"

医生看着他沉吟片刻，拍着他肩说："小伙子，先出去一下，我要单独和你这两位亲人谈几句。"

高坤以标准的军人动作来了次原地向后转，大步走出去。

赵永亮追了一句："不许偷听！"

王山花说："他能不偷听吗？"

医生推开门，朝高坤挥手，意思是让他离远点儿。关上门，转过身，双臂交叉于胸，自言自语："我又哪里有什么治疗方案！"

他就那样子走到窗前，望窗外。

"医生，你那话我就不爱听！"

赵永亮猛地站了起来。

医生缓缓转过身，笑着说："同志，别发火，发火是没有任何意义的。坐下坐下，听我慢慢告诉你……"

赵永亮生气地说："我不坐！"

王山花也生气地说："不许对医生急头白脸的！"

医生做着手势说："没事，没事。他的心情我理解，你俩的心情我都理解。我是从苏联回来的，在列宁医学院深造了七年。四年是学生、三年是研究员，主修各种战争创伤。战士高坤，他患的是战后失忆症。我的经验告诉我，主要是由一小块弹片造成的……"

"那，取出来呀，当时干吗不取？"

"同志，不是你说的那么简单。弹片虽小，可几乎全插入了大脑！咱们目前的设备不行，我的手术水平也不行，不敢动。怕稍有闪失，他就成植物人了。话又说回来，连我都动不了的手术，全中国也就没几个人敢试试了……"

赵永亮表情木然地缓缓坐下。

"可他连他父亲是谁都不记得了。"

王山花落泪。

"高鹏举先生是可敬的爱国者，但却死得很悲惨。作为他的儿子，由于战伤而回忆不起来他了，也不能说完全是坏事吧？你们认为呢？"

"他也完全不记得他母亲是谁了。"

赵永亮双手抱头弯下腰去。

"失忆症分几种，有的完全丧失了以前的记忆；有的部分丧失；有的永远丧失；有的是阶段性丧失，几个月，几年，十几年，乃至几十年，有的触景生情，记忆一下子全恢复了，有的却没那么幸运，恢复了也是部分记忆。目前来看，他还能认得你们二位，算挺幸运了。至于其他亲人，由他重新认识，又有何不可呢？"

赵永亮和王山花呆呆地互相看了。

王山花说："他还认定自己是被遗弃的孤儿，是我俩捡到了他，把他养大成人的。"

"这对于你们和他的关系是坏事儿吗？那是因为，某些以往自己听说的事，别人的事，在他头脑中记忆深刻，残存着，使他误以为是自己的记忆了。在苏联，不少十月革命时期的、卫国战争时期的官兵，都患过类似的失忆症。如果我居然能治好他的病，肯定也就暴得大名了！……"

第二十一章

　　医生耸肩，摊手，表明自己该说的话都已说完了，再已无话可说。

　　赵永亮和王山花离开那间屋子后，见高坤果然并没偷听，他站在走廊另一头，在望窗外。

　　他们三个是骑马来的。赵永亮骑一匹，高坤和王山花共骑一匹。

　　在拴马处，赵永亮问高坤："你往后有什么打算？"

　　高坤回答："服从革命安排。"

　　赵永亮沉吟片刻，郑重地说："我也许可以代表它。"

　　王山花立刻表示反对："亲家，你资格不够。"

　　赵永亮说："所以我说也许。"又对高坤说："孩子，你的情况是这样的，医生认为，你不能回部队了。所以，你得把具体想法告诉我。"

　　高坤说："那我服从伯父安排。"

　　赵永亮问："你记得自己有过当音乐家的想法吗？"

　　高坤说："那是种在脑子里的想法。伯父、婶婆、萨克斯，忘了多少事多少人也忘不了这三点。"

　　赵永亮问："现在还想当音乐家吗？"

　　高坤说："对于现在的我，革命事业第一，个人事业第二。"

　　赵永亮说："不矛盾。将来的好社会，也是需要许多音乐家的社会。"

　　"那我就说——想！"

　　高坤边说边跃上了马。

　　赵永亮对王山花说："听到了吧？会唱高调了！"

　　他边说边将王山花扶上了马，使她坐稳在高坤身后。

　　王山花瞪着赵永亮说："有时候真想拧你腮帮子！人家孩子明明说的是心窝子里的话，你干吗说人家唱高调？"

　　高坤笑道："我姓高嘛！姓高的不唱高调谁唱高调。"

　　三人都笑了。

赵永亮也翻身上马,对高坤说:"孩子,有你那个想字,伯伯知道该怎么办了。走,先带你去个地方!"

赵永亮和高坤在一个小院门前勒住了马——门左一块横牌,上写的是"南岗河沟街79号";门右一块竖牌,写的是"东北音乐工作团"。都是白底黑字的新牌,格外醒目。

赵永亮说:"以后你在这儿工作吧。"

高坤笑道:"喜欢。请伯伯告诉我来找谁?"

赵永亮说:"喜欢就好,估计会有人先找你的。"

几天后的傍晚——高坤和王山花在院子里遛马。他俩各骑一匹,第三匹拴在高坤那匹马的后边。

王山花说:"坤啊,我想,你应该去告诉部队,咱们这儿还有三匹马。"

高坤说:"赵伯伯下乡前通知过了。过几天不是牵马不牵马的事儿,是咱们得腾地方,搬别处去,这里要办连排干部的文化学习班。"

王山花说:"那样好。要不然,只咱俩住这么大院子,我心里总是不安,太浪费地方了。"

高坤说:"我和伯伯也一样,伯伯已经向组织上提了。"

这时,一个身材不高,三十几岁,文质彬彬的男人走入院子。

他问:"高坤同志住在这儿吗?"

高坤说:"我就是。"

他下了马,并扶王山花下马,那男人上前帮着扶。

那男人又说:"我姓吕,双口吕,单名骥,马字旁那个骥,赵永亮同志嘱咐我来找你的。"

王山花说:"同志,借一步,咱俩先聊几句。"

高坤说:"那我拴马去。"

第二十一章

　　看着他将马牵向马厩,王山花对吕骥说:"高坤这孩子吧,怪可怜的。他的父亲是……"

　　吕骥说:"老嫂子,情况我都知道了,永亮同志一五一十告诉我了……"

　　高坤拴好马,却没往他俩这儿走,直接跑回自己屋里去了。

　　王山花说:"他平时可有礼貌了,今儿这是怎么了,哪儿能把客人闪在这儿呢!"

　　吕骥笑道:"肯定拿乐器去了。"

　　果然,高坤斜挎萨克斯跑回来,兴奋地说:"我吹一曲给您听?"

　　吕骥说:"不急,你先平平喘。"

　　高坤说:"不用。您说吧,想听什么曲?"

　　吕骥说:"随你。"

　　等王山花端出杯水递给吕骥时,高坤已吹起了《松花江上》。

　　王山花大声对吕骥说:"我搬把椅子给你坐?"

　　吕骥也大声说:"谢了,我喜欢站着听。"

　　高坤沉浸在曲中了,吹得如醉如痴。

　　王山花坐在伙房门口的小凳上,欣慰地看着,听着。

　　一曲终了,吕骥说:"好听,受过什么人的指点?"

　　高坤说:"忘了。总希望能想起来,却总也想不起来。"

　　吕骥说:"明白,原谅我不该那么问。"

　　高坤说:"还想听吗?外国的行不?"

　　吕骥说:"好啊。"

　　高坤便又吹了一曲《巴比伦河》。

　　就那样,高坤成了东北音乐工作团的一名萨克斯手。

　　这事儿并非完全没有异议。团里也有领导持反对意见——认为创团伊始,要以发展民乐为主。萨克斯不但是洋乐,而且几乎只有吹西方曲子才有味儿。怕太"阳春白雪"了，一出场会给人一种脱离群众的印象。

最后是团长吕骥拍的板。

他并没抬出高鹏举的名字来，而是引用了鲁迅那四句名言"拿来主义"。

他说："'拿来主义'对于咱们中国之现在，是一种多么有益的倡导啊。我们音乐工作团的前身是延安鲁迅艺术学院音乐系，那就更应该实践好鲁迅先生的'拿来主义'。不能由于萨克斯是洋乐器就排斥它，洋乐器就无法为中国的音乐工作服务了吗？音乐是民族与民族、国家与国家之间无形的友谊桥，是增进了解的讲究节拍的世界语言。将来之中国，就不需要交响乐团了吗？如果也需要，那么必当有中国的钢琴家、小提琴家、大提琴家、萨克斯演奏家。大家要是认为我的话也有几分道理，那么就欢迎小高同志加入吧。"

他循循善诱的一番话打消了某些人的顾虑，大家报以掌声。

当一个姑娘将会议讨论结果告诉了高坤时，他激动地向那姑娘深深地躬了一躬。她叫周琪，是从延安"鲁艺"跟过来的。民歌唱得好，尤善"信天游"，是"鲁艺"的小歌后。

"从今天起，你我就是正式的同事关系了，以后请多关照！"

她大方地向高坤伸出一只手。她的大方却使高坤腼腆起来，快速地握了一下她的手就放开了。

他说："我偷听过你练声，已经有点儿崇拜你了！"

"你可真会奉承人！"

她红了脸，笑出声来，跑开了。

高坤很喜欢新"家"——那是临近市郊的一个小院，地处幽静街区。两间正房，两间厢房。孙明远所在的大部队正继续南下，他却因伤住在了某县城的军医院里。组织上决定将他调回哈尔滨，考虑到他的身体情况，也批准赵秀芹离开前线。他已经被提升为副师长，那小院是组织上批给他

第二十一章

的住处。赵永亮做出决定——一间正房是明远和秀芹的新房，另一间由亲家王山花住。他与高坤合住一间厢房，余下的一间做厨房，也是一块儿吃饭的屋子。此季八月，天气渐趋凉爽，院墙根儿的扫帚梅开出着连成片的美丽的花，喇叭花也爬满了一面墙，使那小院多姿多彩，赏心悦目。

高坤虽然还是忆不起孙明远和赵秀芹，但他俩既是赵永亮和王山花的儿子与女儿，他便同样殷切地盼着他俩回家。正如医生所言，关系上既是亲人，遗忘了也可以重新熟悉。除了偶尔头疼，除了每每因失忆陷于苦闷，高坤在那些日子里基本是愉快的。

某日，他在吹萨克斯时，周琪出现在他眼前，说团长要与他谈话。

在团长办公室里，团长说："个别同志的疑虑是可以理解的。你会吹的曲子，除《松花江上》这一首，几乎全是欧美曲。不错，《巴比伦河》是萨克斯名曲，我也极为欣赏。但如果公开演奏，确实难以在广大群众中引起共鸣，是不是？"

高坤不安了，惴惴地点头。

团长问："小高啊，你对'家国'二字有什么理解？"

他说："团长，我本一孤儿，不知家在何处，父母谁人。甚至，连自己的姓是不是本姓也不清楚。但我珍惜我现在的生活，觉得日子充实又幸福。我也亲眼看到，哈尔滨千千万万的人和我有同样的感受。那么，凡是企图破坏的家伙，都是我的敌人。为了保卫现在，我会与敌人拼命。"

他说时，团长安静地听，不时点一下头。待他说完，团长站了起来，拉开桌屉取出两页纸放在桌上。

"我为你作了一首曲，暂定名是《家国》。你带回宿舍找找感觉，如果还能接受，把它练好，作为你的第一首演出曲目，你看如何？"

他拿起两页纸看时，团长又说："曲不同于歌。歌有词，容易在人民大众中产生共鸣。所以我想，先要配以朗诵。在末两句，你的萨克斯轻柔地介入。是的,起音一定要轻柔。萨克斯音量太响,要控制好音量,否则一起音就会盖过朗诵了……"

团长朗诵了起来:

吾家吾国,
是谓中华。
泱泱斯民,
源起炎黄。
数千载宏史赓续,
枭雄与志士并出。
百余年国运国殇,
现而今曙光初见。
……

高坤吹响了萨克斯——其音低起,其调悠绵,渐至激昂、热烈,令人热血沸腾。

他甫一进入状况,团长便敛声了。走到窗前,面窗而立,凝神聆听。待高坤吹罢,缓缓转身,讶异地问:"你怎么做到的?"

高坤反问:"团长什么意思?"

团长说:"你才看了一两分钟的谱。"

高坤说:"自从我对从前的事失忆后,当下记忆反而增强了。"

团长说:"不可思议!不可思议!"

那窗是开着的——猫在窗下的周琪不知何时已伏在窗台上了,她说:"高坤,你简直神了,我对你也开始崇拜了!"

高坤和团长看她时,她一溜烟跑了……

第二十二章

王山花终于盼回了儿子，赵永亮也终于盼回了女儿。

小院里欢乐气氛浓了。高坤点点滴滴地分享着他们的幸福——那是人世间珍贵的团聚，也是短暂的幸福。因为几天后，孙明远又将带队出发，奔赴前线。"壮士一去不复还"又将成为极可能的事。所以他们的团聚，每使各自往最后的团聚方面想。即便如此，赵永亮也做不到每天晚上都住在家里。县里那边的工作很忙，许多事离不开他。

明远和秀芹刚到家时，赵永亮不在，只王山花和高坤在。

"他是我儿子孙明远，她是你秀芹姐，你赵伯伯的女儿。他俩就要成两口子了，所以我和你赵伯伯才有时互相叫亲家。"

王山花向高坤这么介绍明远和秀芹，高坤就对他俩笑着叫姐叫姐夫。

这令明远和秀芹十分不解。

秀芹问："妈你可笑不？八不成小高坤不认识我俩了？"

王山花正不知该如何作答，高坤自己已说："我头部受了伤，医生讲一小块弹片插入了大脑，使我成了一个失忆的人。"

秀芹吃惊道："如果我妈不介绍我俩，你真不记得我俩了？"

高坤点头。

秀芹不禁张大了嘴看明远，明远则伸展双臂，一下子将高坤搂住，连说："没事儿，没事儿，别当回事儿。"

而秀芹那会儿也抱住了她妈的胳膊，扭头看着明远和高坤，难过地说："妈，怎么会这样，怎么会这样啊！我爸他怎么搞的嘛，干吗非带他上前线啊！……"

明远放开高坤，对秀芹正色道："刚进家门，不说那些，更要少说埋怨的话。"

高坤赶紧乐呵呵地说："我的事儿的确不是个事儿，已经渐渐习惯了。"

关于明远和秀芹住哪间屋的问题，他俩和王山花又产生了分歧。他俩都坚持住厢房，坚持让父母各住一间正房。

王山花说："那不就住不开了？你俩再住一间厢房，高坤住哪儿呢？"

高坤说他可以与同学挤挤，暂时住学校。

"那也不是常事呀孩子，以后呢？"

王山花这一问，高坤不言语了。

王山花又说："明远，秀芹，你俩记住我今天的话——往后，我和我亲家，我俩是要一直与高坤生活在一块儿的。除非他成家了，嫌弃我俩了，要不我俩都不放心。"

高坤赶紧又说："我愿意和你们一块儿生活，几天没见我也不放心。"

王山花他们三个便都笑了。

傍晚，赵永亮风尘仆仆回来了。一见明远和秀芹，笑得合不拢嘴。他说他以为他俩不会准日子回来，明远说一路紧赶慢赶，怕的就是不能准日子回来。

秀芹说："要是真不能准日子回来，再没空儿到县里去见你，这次也许就见不着你了。"

第二十二章

赵永亮说:"是啊,所以我才掐着日子回来。我那边工作多,整天忙得团团转,也就明天还能在家待一天,后天上午必须走。"

明远说:"我和秀芹也是,前线等着我俩带去新兵充实战斗力。"

赵永亮买回了一瓶酒和一提猪下水,王山花接过去进了厨房。高坤将小凳和木墩摆好,正巧王山花从厨房出来,五人坐下继续说话。

赵永亮问明远和秀芹:"怎么会一块儿回来,是不是强求部队批准的?"

秀芹说:"爸你别门缝里看人行不行?新兵们路上就不会发生意外伤情了?就不需要优秀的卫生员随行了?"

明远笑道:"秀芹表现很优秀。当然,首长也有照顾我俩的想法。"

赵永亮说:"不是你俩强求的就好。咱们是革命人,大事小情都不该向革命讲条件。"他看着王山花问:"嫂子,咱俩彼此叫亲家已经叫了多年了。如果你没意见,我主张趁他俩这次回来,把他俩的婚事给办了。明远已经老大不小了,秀芹转眼奔三十了。这次不办,拖到猴年马月去?"

王山花说:"我支持。那么,猪肝什么的今晚就不做,先用凉水拔上,赶明儿我细细地炒几道菜。"

不料这引起了明远和秀芹的一致反对,都说革命还没成功,前方还有战士在英勇战斗,流血牺牲,他俩怎么能在后方办喜事入洞房呢?

"这事儿,我身为副师长,坚决不从。"

明远将话说得毫无余地。

赵永亮却说:"参加革命又不是落发为僧,用不着说什么坚决不坚决。我代表你父亲做主了,趁我在,明天这时候就办。谁也不告诉,只请知遇一个。高坤,请你知遇姐的事儿,就是你的任务了。你上午替你婶婆买张红纸,再买一对红烛,喜事那点儿起码的喜兴,该讲还得讲!"

秀芹叫道:"哈尔滨是咱们的大城市,咱们住的是有电的屋子!买红烛干什么？多此一举！"

赵永亮愠道："赵秀芹，你以为这是开民主会吗？讲民主最后也是谁官大谁做主，我宣布，你的反对无效！"

秀芹又顶了一句："明远是副师长了，比你官大！"

赵永亮说："可我还是你俩家长，所以还是我大。"

明远扯了秀芹一下，憨憨地笑道："我服从了，你也别杠着了。"

高坤这时说："如果我也有资格表态，那么我站在伯伯这边儿。"

赵永亮他们一齐瞪着他，又互相看着，忽然都笑了。

第二天下午，高坤从同学那儿借了辆自行车，将吴知遇从党校接来了。知遇一进院子，恰见刚往窗上贴好双喜字转过身来的赵永亮。

她惊道："你没事？"

赵永亮奇怪地反问："为什么这么问？我会有什么事儿？"

知遇指着高坤说："他说你病了，搞得我来这的一路上心情可不好了！"

高坤说："她说她有一堆衣服正要洗，我不撒谎骗不来她，那就完不成任务！"

赵永亮反而向他竖大拇指，又对知遇说："你可是这儿的唯一客人！先各屋参观参观，参观完帮亲家下厨房炒菜！"

知遇说："不急！我得先教训高坤这小冤家一顿！"

于是她追得高坤满院跑。

王山花从屋里出来，对赵永亮嗔道："你倒是劝劝知遇嘛，木头人似的！"

赵永亮笑道："让他俩闹闹。我好久没看到年轻人闹了，民间的日子就该这样，看着高兴！"

院门一开，明远和秀芹买东西回来了，一个挎菜篮子一个拎串纸包。

第二十二章

高坤躲在了明远身后。

"哎呀妈呀!我做梦吧?啥时候回来的?"知遇惊喜地叫嚷。

明远说:"昨天下午才进院子。"

秀芹说:"我俩一块儿回来接新兵。"

知遇夺下篮子往地上一扔,还踢了一脚,将篮子踢远,随即与秀芹抱作一团,你抱起我抡一圈,我抱起你抡一圈。

赵永亮和王山花,明远和高坤都看着笑。知遇和秀芹转到高坤近前,突然放开秀芹,拧住高坤耳朵,大声训斥:"敢不敢骗你老姐了?敢不敢了?你当你失忆了我们就该宠惯着你呀?!"

高坤大叫:"不敢了不敢了,伯伯救我!"

赵永亮笑道:"没看见。"

他背手迈入屋里去了。

晚饭在当院吃的——矮桌矮凳,气氛亲热,如合家欢。

一轮酒后,秀芹问高坤:"还记得怎么吹你那响器吗?"

高坤也不说话,笑着起身进入屋里,取出萨克斯吹起了《回娘家》。

秀芹起身以舞配合。

院门外聚了些孩子,一个个入迷地听。

明月当空时,小院安静了,桌子凳子却仍摆在原地。一间正房果然没开灯而点蜡烛,烛光将窗上的双喜字映得清清楚楚。

在赵永亮和高坤合住的屋里,二人已躺在炕两头。

高坤轻轻叫了声:"伯伯……"

赵永亮立刻应了声:"说。"

"以后我该怎么叫秀芹姐?"

"不变,还叫姐吧。"

"那,我叫明远叔姐夫行吗?"

"当然行,改口叫吧。"

"可,我有点儿不明白,姐和姐夫,是你和山花婶婆的儿女,为什么我以前要叫一个姐而叫另一个叔呢,这在辈分上也不对啊。"

"你想起以前的事了?"

"使劲儿想,有了些印象。"

"好,好极了,继续努力。至于你的问题嘛,是历史遗留下来的问题。你与秀芹年龄差得不大,叫姐对。可你与孙明远差十七八岁呢,你父亲当初让你叫他叔,也对。历史问题往往经不起细掰扯,越往细了掰扯,对错越成一锅粥了。只能看结果,到哪时说哪时,好比明远和秀芹一结婚,你叫他俩姐姐姐夫就名正言顺了。又好比沈若然和陆箫儿,冲你和箫儿的关系叫你小沈叔叔姐夫,没错。但如果冲你和小沈叔叔的关系,叫你箫儿姐为婶,那也没错嘛!单看你喜欢怎么叫,他俩喜欢听你怎么叫了。你也想起他俩了吗?"

"没想起来过。"

"那不说他俩了,睡吧。"

"伯伯,再给我讲讲我父母的事吧。"

"唉,给你讲多少遍,你也还是个回忆不起来……"

"所以你得经常给我讲讲。"

"我明儿一早还要走,这会儿困了。你婶婆也都清楚,多让她讲给你听哈……"

高坤默想良久,翻了个身,看着赵永亮还想再问时,赵永亮发出了鼾声。

"谁都不许送!"

第二天早上,赵永亮堵在院门口,对依依不舍的亲人们下了一道严厉的"命令"。

他走出去后,亲人们呆呆地驻立着,谁也不看谁。

秀芹忍不住叫一声"爸",还是追了出去。另外三人这才走到门口,见秀芹从后搂住她爸,将脸颊贴在她爸背上。父女俩就那么一动不动地站住了一会儿,赵永亮摆脱女儿的搂抱,头也不回大步腾腾往前走了。

秀芹呆呆站在原地,如同被定身法定住。

三天后,孙明远和赵秀芹也以同样的方式离开了那个小院。他俩在院门前转过身,明远说:"妈,小坤,你俩就别出院儿了。"

王山花点头。

高坤也点头。

明远开了院门,让过秀芹,自己倒退而出,将门轻轻掩上。

高坤小声说:"婶婆,咱不难过哈。"

王山花说:"婶婆没难过,习惯了。"

高坤说:"等打完仗就好了。姐夫和姐姐,还有伯伯,咱们五口人再也不分开了。知遇姐姐会常来看咱们,咱们每次都留她吃饭,让她来得高兴,走得也高兴。"

王山花说:"那敢情好,就盼着那一天呢。"

然而她流下泪来……

1948年9月底,确切地说是9月29日,哈尔滨马迭尔饭店出现了几位特殊人物。他们是取道香港秘密而来的,都是彪炳中国史册的人物,也都是中国共产党的老朋友。

10月初,音乐工作团奉命前往马迭尔,为共产党的老朋友们举办一场小型室内音乐会。

前日下午,一场秋雨过后,马迭尔门口有几处地砖隆了起来,一名年轻人在那儿单独修路面。他将路砖一一撬起,铲平底下的土再铺好,用橡皮锤砸实，找平，干得一丝不苟。

他是高坤。

一名着便衣的特工推开门，往外请一位面容清瘦的中年男子。那男子刚跨出门，恰逢高坤直起腰来。他冲那男子笑笑，伸手入兜，欲掏手绢擦汗。这一动作引起了特工的过度敏感。说时迟，那时快，特工猎犬似的一跃而起，将他牢牢压在身下。

之后，在饭店的一个房间里，保安干部对他进行了正规审讯。他的身份一经核实，疑问只剩下了一个——他为什么会出现在门口修路？谁给他的任务？

他说没人向他布置那一任务，只因为自己听团长讲，他们将要为一些老先生表演，所以想到了雨后的路面，带上工具就来了。来了一见路面果然不平，自然也就开始修了。

团长吕骥亲自将他接了回去。

路上他问："团长，我那么做很蠢吗？"

团长说："谁敢说你蠢，我都不答应。"

他又问："还会允许我参加演出吗？"

团长说："谁敢不允许，我也不答应。"

他这才释怀地笑了。

演出结束后，他被留在了马迭尔饭店，没能和大家一起回团。接待部门为每位共产党的老朋友配了一名杰出的保安和一名生活秘书。他引起了一位著名人物的好感——便是那位面容清瘦的中年男子，他叫蔡廷锴。蔡将军很有个性，坚持要自己相中的生活秘书。为了当好生活秘书，高坤一有空就往自己的记忆脑区塞"东西"。

一天早上，蔡将军穿着睡衣走出房间去用早餐，见高坤坐在门口的椅子上翻看厚厚的电话簿。

将军奇怪地说:"虽然我喜欢上了你,但你如果觉得为我服务实在是无聊的事,不妨直言,我随时可以放你走。"

高坤放下电话簿,以立正之姿回答:"将军是我特别敬仰的抗日英雄,能为您服务我十分荣幸。"

"那你为什么看它呢?"

"我希望自己能做到,如果您要往什么地方打电话,不必翻它,我可以立刻就告诉您。"

"那么,你现在有几分自信了?"

"在您可能与外界发生电话联系的范围内,我已经有七分把握了,而且是正确率接近百分之百的把握。将军若不信,可以考考我。"

将军笑道:"那不必了,我信。"说罢欠起臂肘,于是高坤愉快地挽住了他。

二人走到餐厅门口时,将军一回头,发现身后不知何时已跟着保安了,便是那个曾将高坤扑倒的小伙子。

将军又笑道:"不打不成交这话,用你俩身上挺恰当。"

高坤陪将军饮咖啡时,那小伙子背手肃立于将军背后,目光警惕地四处扫视。

将军问高坤对马迭尔饭店了解多少。

高坤的回答令将军十分满意。

将军又问他对目前的哈尔滨知道多少。

高坤如数家珍地回答:哈尔滨市自1946年11月以来,已有9318名青年参军入伍,其中在主力部队的有7300人,参加地方部队的2018人,涌现了90余名战斗功臣。也有7万余名民工、2000余辆车、500余名司机、1600余名医生护士参战。哈尔滨已完成了第一轮工商业人员登记——工人、店职员总数为73884人,其中工人、店员57609人,登记行业156种。

哈尔滨仍有29个国家的侨民共33721人；外侨在哈设立各类教堂14座；有14国侨民经营工业；18国侨民经营商业；外侨工商业者共728家。哈尔滨被服厂已生产军服33万套、棉大衣30万件、皮帽子40万顶、手套70万双、袜子30万双。8月1日，中国第六次全国劳动大会在哈尔滨召开，来自全国各地的工人代表504人出席会议，代表全国有组织的工人280万……

蔡将军内心喜欢，也是试探地问："小高，愿意跟随我离开哈尔滨吗？比如去北平。也许，不久之后的北平，将会成为新中国的首都……"

高坤往起一站，肃立而答："哈尔滨有我的伯伯、婶婆、姐姐、姐夫，他们是我最亲最亲的人，和他们共同生活在哈尔滨，我才觉得快乐和幸福！"

将军愣了愣，做着手势笑道："快坐下快坐下，不必一郑重就站起来嘛。郑重的回答，也是完全可以坐着来说的。"

高坤不好意思地坐下了。

将军向他俯身接着说："关于我，肯定早已有人向你讲过了。关于你，也有人向我介绍过了。你那位赵伯伯，山花婶婆，非亲却又很亲的姐姐和姐夫，也都是我所敬爱之人。虽然我没见过他们，但是中国幸而也有他们才不会亡，才有希望。只有少数我这样的人，是无法救亡图存，实现复兴伟业的。那么，你就珍惜和敬爱之人生活在一起的那份亲情吧！亲情融融，心田沃沃啊！"

他还拍了拍高坤的手。

高坤笑了。

往后的半个月里，蔡将军和高坤二人相处得更好了。高坤常陪他逛书店，逛集市商场，甚至陪他在老理发店理了一次发。马迭尔是有理发师的，但将军乐得到外边去理一次发，高坤自然也愿意陪。

第二十二章

一日，在旧货市场，将军看中了一台收音机。高坤见是一台日本货，劝将军别买。

将军问："因为是日货？"

高坤坦率地回答："对。"

将军说："一般日本民众、日本法西斯分子、日本军特、日货，我们应该分开对待。"

高坤说："在东北，他们的一般民众，也经常欺压我们的同胞。"

将军说："不错，这是一个事实——在日本没投降之前，在一切有日本人在的中国领土上，那样的事举不胜举，但我们跟他们不一样啊。所以现在，我们更要对他们区别对待。何况现在，不仅在哈尔滨，不管新的旧的，要买就只能买到一台日本造的收音机。或德国货，那已很少。或苏联货，那就更少。所以，我还是要把它买下。哈尔滨已经有电台了，日本收音机并不影响我们用来收听一个新政权的广播嘛。"

蔡将军他们走得很突然，谁都没与自己的保安人员和服务秘书告别。

但将军将那台收音机作为礼物留给了高坤。他小一个月没回家了，捧着收音机高高兴兴地进了院子，还没见到王山花呢，已经大声叫了起来："婶婆，咱家有收音机了！"

几间屋子都静悄悄的，刚刚过午，他以为婶婆在睡午觉，放轻脚步，几无响动地推开婶婆那房间的门，却见知遇姐和婶婆并坐炕边，知遇姐搂着婶婆的肩，二人都是一副悲容。

他愣在门口。

吴知遇问："哪儿来的？"

他说："蔡廷锴将军在旧货市场买的，留给了我作为纪念。"

吴知遇又问："日本货？"

他点头。

吴知遇说:"扔院外去。"

他没动。

吴知遇猛起身走到他跟前,将他推到门旁,夺下收音机往外便走。

他跟出院子,左挡右挡,同时说:"我已经说了,是蔡将军留给我的!"

"我才不管这个将军那个将军!反正这院里不许有日本人的任何东西,你既然拦着我,我就……"

吴知遇高高举起了收音机,却又被他夺过去。

"你疯啦?你有什么权利!"

他愤怒了。

吴知遇扇了他一耳光。

王山花从屋里出来了,她说:"知遇,蔡将军是咱们都尊敬的人物,应该留作纪念。"说罢,将收音机从高坤手中捧过去,自己捧着了。

吴知遇却忽然搂抱住高坤,无声地哭了。

王山花说:"孩子,你知遇姐生气是有原因的。日本兵太坏了,临投降前,还将一些地雷偷偷埋在了山林里。你赵伯伯那个县,不但农田广,还有一大片山林,他也要视察的……"

高坤忍不住催促:"婶婆,说重点。"

对于王山花,要说的话显然十分艰难。

"孩子,你要坚强。你已经上过战场了,生生死死的事,你亲身经历过了。我知道,你和你赵伯伯情同父子……"

"婶婆!"

王山花看着高坤,嘴唇抖抖地再说不出话。

吴知遇猛一转身,替王山花说:"你赵伯伯,你永远见不到他了!我也永远见不到我敬爱的老赵同志了!你秀芹姐失去了父亲!他牺牲了!就

第二十二章

是这么回事,我们都得面对这件事!"

她说时,高坤定定地看她。待她说完,他又缓缓举头看天。接着,缓缓瘫跪下去。

他忽然吐出一大口血,昏倒了……

音乐团的周琪爱上了高坤。

那是她的初恋。

高坤却对她态度冷淡。

他俩关系起初挺好的。高坤也喜欢她,这是事实。周琪不会爱上一个并不喜欢自己的小伙子,她不是那种剃头挑子一头热的姑娘。在爱情方面,她自尊心很强。高坤执行"特殊任务"的日子里,她给高坤写过信,高坤也每信必复。那些信虽还算不上是情书,却已越来越接近是情书了。高坤回家那日,还到团里见了她一面,送给她一本字典,是他在旧书店为她买下的。虽不是幽会,而是公开的、礼节性的、短短几分钟的一见,也足以使周琪心花怒放。

可高坤回到团里后,对她却不怎么亲热了,他也再没吹过萨克斯。他吹萨克斯时的样子,是最令周琪着迷的,那时她总想吻他。

她曾问他为什么不再吹萨克斯了,难道认为自己水平很高不需要再练了吗?他说自己由于吐血住院后,医生警告过他,长时期内不得再吹萨克斯,否则就等于拿自己的命完全不当一回事儿。

周琪说:"你失去了你的赵伯伯,我也替你感到非常难过。团长和团里所有的人都替你难过,但如果你不能再吹萨克斯了,那你还有什么资格留在团里呢?对不起,我也许不该问得这么直接。"

他苦笑着说:"没关系。我也经常这么想,所以心情怎么也好不起来。"

"长时期内是多长呢？"

"我不知道，医生也不知道。医生说我由于那次吐血，肺部血管发生了大面积破裂。假如我是一个身体弱的老人，那次吐血很可能要了我的命……"

周琪哭了。

高坤吻了她的脸颊一下。

音乐团并不禁止团员们谈情说爱，只要是年满十八岁的青年，团长吕骥乐见他们之间喜结良缘，爱神在音乐团享有最大限度的自由。曾经，高坤和周琪多次请假外出，逛街买书或看电影。住院后的高坤再没主动邀上周琪外出过，周琪邀他时他也找借口婉拒。然而她发现，他自己其实每每独自外出，并且回来得挺晚。这使姑娘起了疑心，猜测他在团外另有相好的，对她所言都是欺骗性的话。

于是她跟踪了他一次，结果一跟就跟到了钢铁厂。当年的哈尔滨就那么一家钢铁厂，厂内有锻造车间，终日噪声不断，叮叮当当的打铁声伴随着气锤落下发出的巨大震响。在那里，谁不凑近谁喊着说话，对方是听不清的，手势是那里特殊的语言。

周琪所见令她大惑不解——车间外有辆手推车，木把翘起，她爱的青年头高脚低躺在其上，闭着眼似很享受震耳欲聋的噪声，仿佛享受音乐。她将他硬拉起来，拖走。

在松花江畔，在长椅上，她问他是不是在以那么一种方式惩罚自己，又为什么非要那么惩罚自己。

他说不是。他说自己出示音乐团的证件给工人们看，谎说自己为了体验生活，进行工业题材的音乐创作，需要以义务劳动的方式体验生活，而工人们对他表示欢迎。实际上，他是在以那样的方式减轻自己的痛苦，不愿向任何人诉说的痛苦，一种折磨得他生不如死的痛苦——为了救赵伯伯，他失忆了；而赵伯伯之死那一巨大的情感重创，却使他有可能回忆起一些往事来……

她说那不是好预兆吗。

他说如果真能回忆起来当然好，但实际上还是什么也回忆不起来。头脑中常像过电影，不是正常放映的情形，而是像快速倒片，伴随着尖锐的金属刮厚玻璃所产生的那种刺耳之声；别人听不到，响在他耳内。他说那种怪声像是从自己大脑中产生的，反冲耳膜。一旦响起，经久不息。同时，头疼得像要炸裂开。以前晚上才会那样，现在连白天有时也那样了……

她问："就没法可治吗？"

他说："医生认为，除非能将我头脑中的弹片取出，而这也只是一种医学推论。"

"对于你，止疼片就一点儿不管用？"

他摇头。

"安眠药也无法使你睡得好点儿？"

他摇头。

他说："只有在钢铁厂里，只有一天都处在那种会使你这种耳朵听一会儿就头疼的声音中，我头脑中的那种声音才能被压住，头才不至于经常疼，晚上也能睡得好一点儿。所以，我得离开音乐团了，我已决定在钢铁厂当一名工人。我知道你爱我，其实我也爱上了你。可是你看，我已经成了一个什么样的人？又失忆又这样，而你是能成为歌唱家的，团长不是都说你在歌唱方面大有前途吗？我已经不适合做你的丈夫了……"

周琪就哭成了泪人。

"对不起，太对不起了……"

他情不自禁地捧住她的脸，想吻她的唇。却并没那样，只吻她脑门儿一下。那时他异乎寻常地理性，认为她的唇具有圣洁性，既然他已不能再与她恋爱下去，便没了吻她的唇的权利……

团长吕骥看了他的退团申请，将他召到办公室，凝视着他说："小高，除了我会写下同意二字之外，想想我还能为你做什么？给我一次机会……"

团长声音哽咽了。

高坤真诚地说："团长，我在团里度过的日子，是我生命中美好的日子，我会经常回忆的。如果我以后遇到了什么困难，也会找您来寻求帮助。"

音乐团为他举行了欢送会，并且将王山花也请到了团里。那是音乐团自成立以来最特别的一次演出，听众只有二人——高坤始终拉着他婶婆一只手，或也可以反过来说，王山花始终拉着高坤的手。

周琪含泪唱了歌。

吕骥亲自指挥小乐团演奏……

在钢铁厂锻造车间，工人们也为他的到来举行了欢迎会，大横幅上写的是"欢迎烈士之子"。他以为"烈士"二字是指赵伯伯，因为在他心目中赵伯伯是自己的"亚父"。工人们还为他表演了节目——掰手腕、二人拔河、山东快书、竹板等等。

他当上了一名"把件工"，就是手持长柄铁钳，钳牢烧红的铁块由大锤工打出形来那种没什么技术含量的简单工种，在工人中工资最低。

他用第一个月的工资为婶婆买了双单鞋，一柄牛角梳——又到了该换上单鞋的季节了，而牛角梳在当年的哈尔滨是一般人家的女性舍不得花钱买的。

王山花说："你这孩子，乱花钱！我用木梳子不行？"

高坤说："那把木梳子早就缺齿了。我给婶婆买，当然要买经用的！"

王山花说："剩下的工资给我，我替你攒着。怕你养成乱花钱的毛病，

第二十二章

自己攒不住。"

他说:"行。"便将工资交给了她。

王山花说:"用时你跟我要。"

他还是说:"行。"

他自从成为工人,头疼的时候还真少了,晚上也能睡得比较实了。

在那小院里,高坤与王山花像母子一般,过起了普通人家的日子。除多出两间屋子,与一般母子的生活没什么不同。而在高坤心目中,正如赵伯伯是自己的"亚父",王山花也是他的"亚母"。每天早上,她像所有母亲一样,为他做好早饭,看着他吃过,再为他往饭盒里装好饭菜,送他出门去上班。在他下班该到家的时候,她经常迎在小街口。星期日,他俩每每一块儿去买菜,有的小贩误以为他俩真是母子,目送高坤挽着王山花离开的背影,感慨万端地说:"看人家这当妈的,得修几辈子,现世才会有这么恭敬自己的一个好儿子啊!"

数月后,高坤一见到王山花就说:"婶婆,我提前出徒了,下月涨工资。"

"好事儿,今晚给你做顿爱吃的。"

那晚知遇来了,她也将那小院当成了自己家,常来。她听王山花说高坤涨工资了也很高兴,一高兴就挽起袖子下厨房,要将晚饭给包了。

不论高坤单独和婶婆在一起时,还是他们三个在一起时,都不太谈起赵永亮,那是他们心口共同的疼。对吴知遇和王山花而言,那伤口不是单一的,它会引发另外多处伤口流血。对高坤而言,其实那伤口也不是单一的,它会使他缅怀起曲班长及另外几名牺牲的战友,并牵挂更多战友的生死。只有当明远或秀芹寄来信时,三人之间的话题才会涉及往事,却也都谨慎地将话题限制在愉快回忆的范围内,并不涉及战况消息。因为,即使捷报频传,那也是以无数生命的牺牲为代价的。谁知在他们交谈着的时候,明远和秀芹是否仍安然无恙呢?他们都深谙生生死死在战场上是眨眼之间的事。

特殊年代形成了种种特殊的人间关系,虽非亲人,那份亲却远胜亲情。也形成了种种特殊的人间体恤,以细微之心思爱护彼此间深及灵魂的伤口乃常识之一。

哈尔滨——这座最先被解放的城市的每一根神经,每一条血脉,日夜绷紧地与辽沈战役、平津战役、淮海战役密切相连。它每一方面的能量都被充分调动了起来,支援前线是它最高的历史使命。在这种"无须扬鞭自奋蹄"的支援下,解放大军由北向南一路挺进!挺进!摧枯拉朽,势不可当!

高坤那个车间生产的是铁轨和列车的曲臂、车轮,以确保从北向南的铁路贯通。靠人抡大锤或用小锤敲砸成的,是列车上的小部件和稳定铁轨的铆钉。高坤升为了锤手,所以涨了工资。车间里还有凌空吊,还有气锤。开吊车的工人将大块大块的铁疙瘩吊起,放稳在砧案上,操控气锤的工人一锤锤落下,其声宏大,整个车间随之一次次颤动。

一次休息时,姜师傅见他独自闷坐一角,走过去与他并坐,关怀地问他怎么了。

他说:"气锤……"

"气锤怎么了?"

"使我想到了……"

"想到什么了?"

"中国……"

"唔?怎么会有这种联想?"

"师傅,咱们现在是不是……在自己砸自己?"

他流泪了。

第二十二章

每当那力道千钧的气锤快速落下时,他总是会产生一种悲天悯人的心情。

师傅曾经是地下党,也是车间的党支部书记——这个车间的党支部,是哈尔滨最早公开成立的党支部之一。

师傅说他有那种联想"也挺通理"。说当下之中国,好比一块铁,只有经过气锤反反复复砸,才能变成钢。铁是易锈的,也不经压,造"铁轨"都不行。"铁轨"不是铁造的轨,是好钢造的。钢是铁的克星,所以能削铁如泥……

师傅说了那番道理后,卷了一支烟吸起来。吸了两口,低声问:"有亲人在前线?"

高坤点头。

"我理解你的心情,我也有俩儿子去了前线。一个好社会,成败在此一举……"

师傅拍拍他的肩,起身走了。

师傅的话,使他从此将师傅与赵伯伯同等看待。

又某日,确切地说是十月一日,他在上班的路上发现,每个挂牌单位的门前都有人在插红旗、挂红灯。到了厂里,几名工人也在那么做。而他师傅,则在指挥工人将一只大喇叭用杠杆吊起架到树上,树下有人将电线从什么地方拉过来。厂里本没大喇叭,是工人们自己做的,用铁板焊成。那么大的喇叭,花钱买不到的,并且,分明被刮过了锈。师傅那儿正忙,他没上前打扰,问一名工友大家在干什么,为什么都不开工。

有工友说要收听重要广播。

再问哪一级的广播,语焉不详。

也有工友说:"今天将是震撼世界的日子。"

听得高坤一愣一愣的。

之后，大家照常工作。

下午三点左右，姜师傅将工人们全都召集齐了，有坐有蹲有站，人人仰望那大喇叭。

"中华人民共和国，中央人民政府今天成立啦！"

当大喇叭以超大之音量传出这句话时，工人们一片肃静。

忽然传来列车的汽笛声。一声即起，众声响应——远远近近的列车都鸣笛，此起彼伏，长短相同。几乎同时，厂外锣鼓喧天，爆竹齐放，口号声一阵高过一阵，如声之海啸。

一名蹲着的老工人站起来说："支书呢？姜师傅呢？都找找他呀！咱们该怎么做他得指示指示呀！……"

些个年轻工人互相看着，其中一个突然喊："工人阶级万岁！解放军万岁！人民万岁！共和国万岁！……"

另一名工人制止他："别喊了别喊了！都别激动！我是党员，支书不在，那就听我的，去工会拿上红旗、大鼓，咱们也到街上庆祝去！……"

于是大家齐发一声喊，往四下散去。

转眼，原地只剩下了高坤和那老工人。

老工人说："你别愣这儿呀！总得留下个人看大门不是，你去找找你师傅！……"

高坤最后又找回车间里，见师傅坐在工具箱上。

师傅老泪纵横，却面带笑容地说："现在我也是烈士的父亲了。我小儿子前天……才知道的。让我一个人待会儿。去吧，去吧，到街上庆祝去哈，想着替师傅喊几句口号……"

师傅连连挥手。

高坤默默退出去。

他走到街上，满街都是载歌载舞、欢天喜地之人。

第二十二章

"中华人民共和国,中央人民政府成立啦!"

城市上空反复回荡着那句话,像确实如此,又像是他自己头脑中的幻音。

他无法分清。

他有些晕眩,抱住一棵树,站在马路边凝视人们。在人们之中,他看到了几张模糊的脸庞。由于模糊,认不出他们是谁。他们也不看他,跟随着人们往前走,兴奋地振臂高呼口号。

枪声!

不——不是枪声,是一名年轻工友在他耳边放了一个"二踢脚",之后对他做出怪模样,跑开了。

四周顿时安静下来,静得如真空。

他收回望向工友的目光,再看欢天喜地的人们时,看见了奇怪的情形——人们还在前行着,同时也看到了他自己,坐在地上,怀搂他的父亲。还看到了冯晓岚,伸展双臂,身姿如护弱的圣母般挡在他前边……

人们在前行。

"他们"三人却固定在那儿——如电影中的情形,"雕塑"不动,背景在变。

"明远他爸、鹏举、老赵、小沈、箫儿、晓岚,我和知遇告诉你们,你们生前心心念念要实现的那件大事儿,今天,终于成功了。这瓶酒,这只烧鸡,是知遇买的。你们在那边,也聚一块儿庆祝吧!多不容易的事啊,没敢想,还真让咱们解放军给打成了……"

在那小院,在王山花屋里,在两只摞一起的箱盖上,摆着高鹏举和赵永亮镶在框子里的遗照,还有酒和鸡。

王山花吴知遇站一起,互相搂着腰,都深情地看着遗照。

王山花继续说:"老头子,咱家也没有你一张照片呀。以往年代,咱们三口都舍不得花钱照张合影,哪儿还会有你的单人照呢。所以呢,没摆你的,别生气哈。小沈、箫儿、晓岚,知遇说你们肯定会有照片留在世的,可她一时也不知该上哪儿去找。等她以后找到了,我要让她替我镶起来……"

王山花和吴知遇都流下泪来。

1949年10月1日——从这一天起,中国之史不复以往,阶级关系全面反转。此三千余年未有之大变局,实非改朝换代所能同日而语。某些人的命运由而上升,某些人的命运由而沉沦。宏观纵论,可曰光荣与梦想,省察个体,管教感慨唏嘘。

年底时,周琪找到厂里,见了高坤一次。

她说她父母都进京了,工作都已在北京稳定,她几天后也要进京与父母团圆。高坤笑着说:"那么你是来向我告别的呗。"

她也笑着说:"如果你愿意跟我走,我想我父母是有能力将你调入北京的。以后的北京会成立许多文艺单位,你的艺术道路将很宽广。"

高坤说:"先不谈艺术了吧。我走了,我婶婆不就孤单单的一个人生活了?我有责任替我姐替我姐夫照顾她。"

周琪说:"可据我所知,你们的关系并不是亲的。"

他说:"比亲的还亲。"

"那,我就只能说后会有期了。"

"谢谢你来向我告别。"

"原谅我哈。"

"原谅什么呢?"

"咱俩之间……那可是我的初恋,初恋总是缺少理性的……"

"我也是,也得请你原谅。"

第二十二章

"再见。"

"再见。"

他俩握了一下手,她就走了。没走几步,又跑回来,吻了他脸一下。

那日高坤几次回忆起冯晓岚……

转年四月,高坤评上了劳模。六月,他入团了,成为全哈尔滨市一万余名青年团员之一。

1950年的冬季来得比较早,十月末就下了一场清雪。雪后的一天,赵秀芹回来了。知遇已经写信将她父亲的死告诉了她,她表现得相当冷静。她对父亲的遗像说:"爸,我回来了,转业了,估计会分到卫生局。"说罢,默哀了一会儿,之后走到院子里,拿起笤帚就扫雪。

高坤要换下她,被王山花阻止了。

副师长孙明远又参战了,带着队伍直接从丹东跨过鸭绿江,奔赴朝鲜了。

王山花困惑地说:"怎么又打仗?中国这仗就打不完了吗?咱们的军队可是头一次打到国外去,老天爷保佑孩子们!"

她表现出极大的忧虑,甚至是不安。

秀芹却很淡定。

她说:"也不是咱们要打。有的仗那是非打不可的。人家联合起来都快打到咱们家门口了,咱们不出兵可怎么办呢?估计这一仗打完,全世界都该消停了,中国也能喘口气儿了。"

她带回了一个好消息,对于高坤、王山花和吴知遇,可以说是天大的好消息——沈若然和陆箫儿并没死。以前关于他俩被杀害了的情报不准确,组织上已将他俩安排在上海工作了。

吴知遇听到这个消息先笑后哭,哭了一鼻子又笑。她当时就要纸要笔,急着给陆箫儿写信,边写边说:"得让这一对儿冤家回来看咱们!"

秀芹说:"人家两个都是国家干部了,不是想来就能来的。你写的是信呢,还是命令呢?"

知遇说:"那我去看他俩。"

王山花说:"你自己不也是妇联干部了?上海离哈尔滨大老远的,不请六七天假能赶回来吗?你一请假领导就会批吗?我看啊,让他俩给咱们寄喜糖来倒是行。"

高坤听着,插不上话,只笑而已。

那晚,他又回忆起冯晓岚来,泪将枕头都湿了。

春节前,军医院的一位同志出现在小院,是来找高坤的。那位同志说,军医院有名男护士自杀未遂,被救过来后,非要见高坤一面。

"我们不能继续留用一名自杀过的护士,何况他还曾是国民党兵。军医院是政审很严的单位,当时留用他有当时的考虑……"

那位同志如是说。

"可……为什么非见我一面呢?我能替他解决什么问题呢?"

高坤很不情愿。在王山花的劝说下,最终还是跟随那位同志去了。

在软禁室,高坤见到了陈子仪,也就是自杀未遂者。

陈子仪紧紧抓住高坤的手,像抓住菩萨的手似的经久不放。他说他也知道赵永亮不在了,从报上看到的消息。说全哈尔滨就只有高坤一个人能为他做证——曲班长之死是不幸的意外,绝非他成心犯下的罪恶……

高坤表示可以为他出证言。

他说也不仅仅是证言的问题——他怕的是自己很可能被遣送回原籍。果而那样,他的下场也许很惨,因为他家出过举人。晚清时,家中还有人做过朝廷的官,参与镇压过辛亥志士。当年他姨夫带他漂泊四方,正是为了逃出祸患之地。他希望留在哈尔滨,若能如愿他的命运或会好点儿……

高坤听得头大,亦觉爱莫能助,使劲儿抽出手,明说除了证言,别的事儿一概帮不上忙。他刚走到门口,被陈子仪叫住了。

陈子仪说:"我先人那些事跟我有什么关系?我自己那事儿我也可以一死了之。一次不成,两次三次还会死不成吗?如果我死了,你肯定能问心无愧吗?"

高坤站在门口愣了会儿,只得说:"你别再胡来,耐心等消息吧。"

在晚饭桌上,他将那件愁事说了。

王山花听赵永亮讲过,回忆着说:"当时他才十六七岁,是吗?"

高坤说:"是的。"

王山花又对秀芹说:"你爸处理过的事,要是结果成了那样,你爸泉下不是也会不痛快吗?你爸那人你知道的,他经手办过的事总希望能经得起后人议论。你若能解决了,就出头给解决了吧。"

秀芹说:"挺难。"

王山花正色道:"难也得办。曲班长也罢,那孩子也罢,在我眼里都是孩子。要不是中国赶上了那么一道坎,他们两个会刀对刀枪对枪的吗?又不是一对儿前世仇人投胎转世的。"

秀芹改口说:"妈,你别急,包我身上了。"

秀芹到底有能力,再加抬出她爸这位烈士来,并且还有高坤的证言材料,那事倒也办得顺利。

一日,也是在饭桌上,她问高坤:"那事儿我是尽力了,现在就看你的态度了——让他到你们厂当工人你同意吗?"

高坤犹豫了一下,赶紧说:"行。"

于是那陈子仪进入钢铁厂,分在高坤那一班组,由高坤教着干活。

由那件事,秀芹想到了曲班长的遗愿。她父亲写信告诉过她,本希望由明远找机会替他办成的。孙明远已在朝鲜战场上了,秀芹决定由自己替父亲完成那件生前未了之事。

王山花支持。

高坤决定陪她一块儿完成。

趁着春节放几天假，姐弟俩请知遇住过来陪王山花过春节，大年三十儿便上路了。车厢里几乎没人，姐弟俩上了车，各占一排长座，蜷身便睡。他俩先取道辽宁，出示了介绍信，请当地政府协助，将烈士遗骸火化了，装入瓷罐，轮番小心在意地捧着继续上路。到了烈士的家乡才知道，烈士父母已不在了。当地已有一处烈士陵园，乡政府的同志由他俩决定——将烈士的骨灰葬在父母的坟旁还是葬入烈士陵园为好？

秀芹想了想，庄重地说："他生前是我弟的班长，我弟比我了解他，由我弟决定。"

高坤说："我班长生前可想家了，葬在父母坟旁吧。但要立碑，碑上要刻解放军烈士。"

乡政府的同志都说没问题，说保证在清明之日会派人扫墓、献花，连烈士的父母一起祭奠。

姐弟俩也没住一宿，坐上乡政府派的一挂大车，直奔列车站，兼程往回赶。到了家，已是初六晚上。

知遇和王山花在包饺子。

她说猜他俩这一天会回来。

秀芹说："累死了，得补补觉，煮好了叫我。"说罢，回自己屋补觉去了。

高坤一到家，精神头又足了，净了手，帮着包。

王山花问他："跟你姐奔劳了几日，有什么感想？"

他说："我姐行事可侃快了，接待过我俩的人，都认为她是当女县长的料。"

王山花欣然地说："你赵伯伯的女儿嘛，何况在部队上经受了那么多历练。"

第二十二章

高坤又说:"我俩也沾了烈士的光。"

知遇问:"怎么讲?"

高坤说:"不管市里的县里的乡里的村里的人,一看介绍信,都对我俩肃然起敬,各地老乡都争着帮忙,好像我俩是高僧大德似的。"

王山花动容地说:"那什么,出锅第一盘饺子,先给你曲班长供上。"。

知遇紧接着说:"也要给他父母供上一盘。"

秀芹醒来,仍没多少话,闷头吃了十几个,又去睡下了。

晚上,王山花坐在炕边,见她睡得并不实,小声问:"你以前也不是这么经不起奔波呀,病了吗?"

秀芹这才告诉她,自己在经期里。

高坤、秀芹和王山花三人在以后的日子里,非常像一位老母亲带着一儿一女过生活。每天早上,高坤和秀芹同时出门去上班,常吸引街坊们羡慕的目光。当年,钢铁厂工人和机关干部都是社会地位高的人,王山花当然会被视为有福气的母亲。那小院的门上,还钉着块红底黄字的"光荣军烈属之家"的铁牌。既是军属,又是烈属,怎不令人肃然起敬?对他们敬意有加的尤其是街道干部,因为他们十分清楚那小院里的三口人之前各自的阶级成分——高坤乃名人志士之后;赵秀芹是老抗联干部赵永亮之女,而赵永亮是烈士,秀芹自己也是从部队转业的女干部;至于王山花,她丈夫是抗联烈士,她儿子是解放军的副师长……这三口人住的是整条街上最宽敞的小院,它似乎具有一种神秘感。

1951年下半年,高坤那厂生产任务转型。遵照市里指示,以生产农具为主了,同时还承担起了制造大型农机具的历史使命。新中国高瞻远瞩,开始将创建东北大粮仓的远景提上日程了。而要实现那一远景,没有自己制造的拖拉机如纸上谈兵。

高坤参加了制造小组，图纸是苏联无偿提供的。陈子仪表现不错，虽非组员，却积极配合着加班加点，为组员们提供各种服务——按腰捶背、热饭烧水、跑腿买烟买酒，谁支使都行。

1952年元旦前，厂里搞出了一台履带拖拉机样品，严格说是半成品，驾驶室外壳是用厚铁皮一锤子一锤子敲成模焊成型的，红颜色也是一刷子一刷子刷上的。但发动机他们还造不了，全中国也没地方能造得出来，是从苏联用农产品换的。尽管如此，厂里还是派出报喜队，一路敲锣打鼓向市里报了喜。

翌年，也就是1953年夏，高坤被选送赴苏留学，专业是大型农机具制造，厂里为他开了欢送会。

陈子仪与他单独告别时忧心忡忡地问："有什么嘱咐我的话吗？"

他反问："你因为我走了而不安？"

陈子仪不说话了，一时泪汪汪的。

高坤双手按其肩，注视着他说："你心理上始终有阴影我能理解……"

"巨大的……被别人宽恕了，我自己倒无法宽恕自己了……恐怕也不是能被所有的人宽恕。万一，那事儿以后被谁又翻出来难为我，我岂不是又只有一死了之？"

陈子仪将脸一转，避开了高坤的目光。

高坤严肃地说："别转脸，看着我。"

陈子仪只得又看着他。

他说："你心里不能总装着那么多胡思乱想。那事儿只不过记录在你的档案里，除了我和我师傅，再没几个人知道。你是以我亲戚的关系入厂的，冲这一点没谁非和你过不去。我走后，如果真有谁为难你，首先要找我师傅。他不仅是支书，还是好人。你那事儿，他最明白该怎么看待……"

第二十三章

孙明远师长脚踏荒原时，已是1958年夏末秋初。

此处所言之荒原，便是被东北人叫作"北大荒"的地方。

中国民间有句话是："一方水土养一方人。"

一方多大？

"方"非确词，没人说得清楚。可以是一乡一镇，可以是某区某省。"地方"二字，往小了用指街头村尾，往大了用指一望无边的所在。

"北大荒"便是后一种地方。那地方包括山林，主要指荒原。1958年时，它是中国最广袤的荒原之一。说千里无人烟未免夸张，言百里不见屯符合事实。

孙明远——这个抗联烈士的儿子，受父亲影响，二十四五岁已是经常出没于深山老林的抗联支队长了。东北"光复"后，初期成为营长；历经三次"南下战役"后升为副团长、团长；辽沈战役、平津战役、徐州战役后升为副师长；从朝鲜战场回国后，转正师，授衔大校。

1958年那个春夏之交的日子，他受命率师开发"北大荒"——这意味着他和他那一师官兵，从此不再是军人，而是第一批"北大荒人"。但他们都是仍穿军装的"北大荒人"，互相之间仍习惯于以往日的军职相称。

除了那么相称，其实还没有明确的另一种称呼。他那一师人，大部分落脚在几个劳改农场，小部分暂住几十处自然屯里，更少一部分住帐篷。帐篷搭在预先选定的地点，那些地点后来成了农场的队址、场址，再后来成了黑龙江生产建设兵团的连址、营址、团址乃至师部。

然而1958年的那一天傍晚，在北大荒那一片荒原上，孙明远他们的视野内除了一望无垠的沼泽，再什么也没有。或者，极遥远处——地平线那儿应有山影，但遮住半边天空的乌云正是从那里翻卷着压过来的，即使有也被乌云完全吞没。电闪雷鸣，暴雨如注。当闪电出现时，借着那瞬间的一条条"火绳"，可见地平线闪闪发光。接连数日的大雨使兴凯湖和荒原上所有河流的水位全都骤涨，漫向四面八方。所到之处，皆成水乡泽国。原本美如花毯的不洼之地，也在几天内变成了一片汪洋。而原本的洼地水没腰矣，东一片西一片的沼泽完全与四周的水面连在了一起，对人构成灭顶之险。

孙明远只带了二十几人进行勘察，分坐三辆大爬犁，由三辆拖拉机牵引。他们预先是有判断的，所以并没出动车辆。那种大爬犁比卡车长出一半，由义气松原木铆在一起，比卡车宽。以往，由四十五马力的拖拉机所牵引的，原木着地面削平了的那种爬犁，一年四季基本可以在荒原上畅行无阻。但那一天的情况太不同了，四周已水天一色，乌云还在不断地从天际压过来，天又快黑了，拖拉机每往前开几米，都有被陷没的危险。拖拉机一旦被陷没，爬犁就难移半寸了。

按当时的情况看，孙明远和他手下的人分明是被困在爬犁上了。另外两架爬犁停在简直也可以说是"泊"在他们那辆爬犁两侧，间距各约一里，像两艘护卫舰"泊"在主舰两侧。

孙明远命号兵吹号。

号兵问吹什么号。

第二十三章

是啊，总不能吹冲锋号吧！

他说："想吹什么号吹什么号吧，总之得让那两架爬犁上的人别轻举妄动。"

号兵说："那就只能吹熄灯号了。"

孙明远说："行。"

于是号兵吹起来。幸亏他考虑周到，带上了一名号兵，否则三架爬犁上的人遥遥相望，互相难以传达意图，情况会更加糟糕。

那阵号声，是所谓"北大荒"响起的第一阵号声。

他们那些人，也是出现在那里的第一批人类。

说也奇怪，号声一过，雨竟小了，大家欢呼起来。

孙明远对号手笑道："如果你真能将乌云吹散了，将雨吹停了，我批准你做两天甩手大爷，什么力都可以不出。"

号手说："行咧，瞧好吧！"说罢，一手叉腰，昂首挺胸又吹起来。自然，任凭他运足了气不停地吹，乌云不散，雨也没停。

"不灵啊！"

"看来老天爷不给你面子呀。"

"拉倒吧，越吹越下不来台！"

大家便哄笑。

"不灵是因为我吹的不是冲锋号！"

号手讪不搭的为自己找原因。

被困住了，又都变成了落汤鸡，人人又冷又饿，孙明远思忖再三，决定命大家生火取暖。爬犁上载有应急的木柴，还有可供生火的用品——那是用钢丝网做成的上宽下窄的斗状东西，像网状大锅，支在一块铁板上。即使生起火来做饭，对爬犁本身也不会造成损坏。并且，刚一下雨，木柴就用两层草帘子盖严了。

他们进行过不止一次荒原勘察了，野外生活经验已很丰富。于是互相配合着，在爬犁上搭稳钢管架，将帐篷当成遮雨布罩于其上。爬犁虽宽，搭帐篷还是搭不开的。

火很快生起来了。

于是有人脱下衣裤，拧干，围火烤。有怕冷的，干脆打开行李，披被而坐。同时，都烤起馒头来。口渴的，便将军用壶里的水倒到瓷缸内，在火上烧开了很享受地喝，如饮美酒。孙明远也不例外，师长也是人，要使身上暖和起来，也得那么做。

他倒不顾忌尊严不尊严的，坦率地说：我可比不了你们小伙子，我什么岁数了，怕冷，得披被。"

"这就对了，死要面子活受罪！"

"师长都那么说了，怎么还没人主动效劳！"

于是，有人打趣着，有人替他解开行李绳，他便也披着被围火而坐了。

这一年，孙明远已经四十六了，儿子五岁，取名继承，小名"承承"。他爬犁上那五个兵虽然年轻，却也都是经历过抗美援朝，从枪林弹雨中闯过来的，什么苦没吃过呢？能跟随师长进行勘察，都觉格外荣幸，一个个便都十分乐观。

天黑了，另外两架爬犁上也出现了火光，遥相观望，颇有"江枫渔火对愁眠"的意境。

那晚，在被困住的爬犁上，孙明远做了一个梦，梦到他儿子骑在高坤肩上，他俩对他快乐地笑……

那一年高坤已从苏联回来，仍是他那厂的人。他那厂已成第一拖拉机厂，他当上了生产技术科长。

厂里打算分给他一套房子，他没要，仍与秀芹婆媳住那小院。一是因

第二十三章

为厂里房源紧张，比他更需要房子的人多。二是因为他在那小院住惯了，王山花和秀芹舍不得他搬走，而承承一天见不着他会不开心的。

那年冬季，高坤出现在了明远眼前，也将承承带来了。而且，真像孙明远梦到的那样，他儿子骑在坤舅舅肩上。

高坤眼前已有一个土坯围成的大院，像四合院似的，三面都是土坯房。正房的一扇门旁，挂着块白底黑字的牌子，其上的字是"352农场总部"。那院子着实够大，停着三辆拖拉机和一辆卡车一辆吉普，仍有不小的余地。

孙明远和高坤已近半年未见，一番亲热后，明远才将儿子抱怀里，坐下与高坤漫聊。而承承由于累，不一会儿就睡了。

高坤说他主要是来调研农场方面对拖拉机冬季维修做得到不到位，同时负有秀芹姐交代的使命，问姐夫能不能回家过春节。

明远说春节肯定回不去了。两年一次探亲假，许多战士都将留在北大荒过春节，他作为总场负责人不能独享团圆之乐；说战士中有不少会开又会修的汽车兵，他们中产生的拖拉机手修起拖拉机来小菜一碟。一般故障每个拖拉机手都能自己解决，大损伤可以弄到总场来修。总场的修配基地六七月份就可挂牌，以后不需要拖拉机制造厂派人来指导了。

高坤说："你这儿像一处大土围子，什么时候会有点儿农场总部的样子呢？"

明远说："快了。一开春营建就要大上马，因为一批苏联专家要来援建。搞大型国营农场，老大哥有经验，咱们得虚心求教，学习。老大哥们一来，没招待所、食堂、会议室、医院、理发店、影院什么的，那还行？有也不能还是土坯的吧？得搞砖瓦化！"

他一说起来滔滔不绝，无比感奋。

高坤又问："可你这总部，它到底是个什么级别的单位呢？"

"老实说，我也不清楚。只知道我是北大荒目前最大的官儿，北京农垦部直接管我，省里的话我也得听。共产党员一生献给党，党给我的待遇够高了。完成好党交给的任务才重要，其他的不在考虑之内。"

当晚，俩大人一个孩子睡在同一炕上，承承睡在坤舅舅和他爸之间。

明远仰躺着说："既然你来了，有件事我就不能瞒你，如果没告诉你就让你走了，明摆着是我不对。"

高坤说："你居然还有事想瞒我？"

明远说："是啊……你小沈叔叔在我这儿。"

"你刚才怎么不说？我明天必然见他！"

高坤一下子坐了起来。

"躺下，小声点儿，要不我不说了。"

高坤立刻又躺下了。

"他犯错误了，政治言论方面的，被下放到北大荒来进行思想改造。我一得到消息，亲自把他接我这儿来了。几里外是军马连，我明天派车送你过去，但愿你能给他一份惊喜。"

"可，他会犯什么政治言论的错误啊？他又不可能反党反社会主义！"

"那当然。还保留着党籍呢，只不过对大跃进人民公社发表了些不同看法。老实说，他那种看法我自己也不是完全没有。但你不许问他，如果你问了，而我又知道了，我会不高兴的，明白？"

"明白。可以再问一句吗？"

"跟我你可以随便问。"

"我小沈叔叔，他和我箫儿姐，不会因为他的错误，关系就那样了吧？"

"离了。"

"对。"

第二十三章

"你问的就蠢到家了,你箫儿姐是什么样的女同志,你还不了解吗?"

"算我没问。"

他俩聊到那儿,明远一翻身,背对高坤说了句"我困了",再就不言语了。

高坤也没再问什么,却很难入睡了,几乎一夜都在回忆沈若然和陆箫儿。

第二天一早,高坤匆匆吃了几口饭便乘车去见沈若然。到了军马连,连里的人说沈若然放马去了。司机便又将车驶向雪原,望见马群后,直线而去。尚未接近,忽听一阵歌声,唱的是《黄河对唱》:

张老三,我问你,

你的家乡在哪里?

我的家,在山西,

过河还有三百里……

高坤听出是沈若然的声音,摇下了车窗。

司机问:"要干什么?"

高坤说:"是他在唱,我喊他一声。"

司机又问:"怎么喊?"

高坤说:"他是我叔叔,当然喊小沈叔叔。"

司机说:"别那么喊。喊他名字就行,我是为你好,也为师长好。"

高坤便又默默将窗摇下了。

沈若然一见高坤立刻跳下马,想拥抱高坤,看了另一名牧马人一眼,止步了。

另一名牧马人看着高坤问他哪儿来的。

司机替高坤说省城来的，要向沈若然核实些问题。"师长指示，无关之人应予回避。"

另一名牧马人听罢，不再说什么，向高坤敬礼，之后意欲撵走马群。马不算多，也就四五十匹。

高坤急忙叫住对方，问可否留下一匹，那么他可以骑回总场，不必车等他了。对方仍不说什么，下了马，拍拍马鞍，跃上一匹无鞍马，撵马而去。

高坤歉意地说："他骑光背的，下场不就惨了？"

司机说："没事儿，穿着棉裤呢。"

只剩高坤和沈若然时，二人终于拥抱到了一起。

沈若然问高坤来干什么。

高坤说既是为了工作，也是由于想姐夫了。

沈若然笑道："上马聊？"

高坤说："好，早就想找机会骑骑马了。"

二人上马后，沈若然关心地问高坤头疼病怎么样了。

高坤说在苏联动了手术，弹片取出了，再没头疼过。

沈若然又问他还吹不吹萨克斯了。

他说在苏联也做了肺检查，医生说他肺部受的那次伤早好了，绝对不影响吹任何乐器，一来兴致还吹。

"仍想当音乐家吗？"

"有时仍想，多数时候不想了。"

"为什么？"

"那不是得靠天赋嘛。"

"你怎么知道自己肯定没有？"

"我都快三十了，水平至今没怎么提高，有自知之明了。再者，我也

第二十三章

不能使国家送我留苏的学费白花，志向转移了。"

二人信马由缰在雪原上兜着大圈，沈若然问了些话后，不知再说什么好了。

高坤只得主动找话说。他刚才已注意到，沈若然和另一名牧马人的鞍旁，都斜插着杆长两米多的扎枪，枪头朝前，问那是干什么用的。

沈若然说首先是为了用来对付狼的，而且他们用扎枪战胜过小股狼群，不但成功地保护了军马，还扎死了两头狼。除了对付狼，还有另外用处。

"是我带动的第二用处，一会儿让你开开眼。"

他说完，又无话了。

不论关系多亲的两个人，一旦谈话预设了"禁区"，都会那样。沈若然不便率先突破"禁区"，高坤也要遵守姐夫对自己的要求，一时便都沉默了。

高坤难以忍受那种沉默，忽然说："咱俩唱会儿歌？面对如此广袤的雪原，不唱不痛快。"

沈若然说："好啊，唱什么？"

高坤说："你刚才唱过的。"

于是二人敞开喉咙对唱起来。

两匹马走到一小片冰上时，沈若然不唱了，诡秘地说："在你面前露一手的时机到了。"说罢俯身细看冰面，随之以予戳冰。那是一小片浅水冰，层中有泡泡，薄且脆，几下便戳破了。不一会儿竟戳出条冻鱼来，还不小，约一尺。

高坤看得惊讶。

沈若然说："肯定还有。"

他将挂在马鞍上的一个网兜扔下，让高坤下马负责捡。半小时后，得大小鱼数十尾。他解释,若前一年雨季长,河水泛滥,会将许多鱼冲到原野上。如果冬季又来得早,气温骤降,便会被冻住。

高坤上马后,沈若然说:"大自然才是这里真正的主人,我们只不过是它的门客。借花献佛,你带回去让你姐夫做做吃了吧。谢谢你还想着见我一面,我不能和你聊太久,得到马群那儿去了,就这样吧。"

高坤内心纵有千言万语,却仍不知再说什么。二人在马上拥抱了一下,沈若然策马而去。

他那矛头朝前的扎枪,使他的身姿看去像骑士。高坤呆呆望着,五味杂陈。

孙明远听高坤讲了鱼的来路,钦佩地说:"共产党员就应该像你小沈叔叔那样,任何情况之下都能保持一股子乐观主义的精神,不被逆境所压垮,这一点你要向他学习。"

晚上,明远亲自将鱼做了一条,饭桌上还有盆野鸡炖蘑菇和一瓶白酒。

他说:"得把你小沈叔叔请来,咱俩不能白吃人家的鱼。"

高坤立刻说:"我去!"

明远说:"你去估计还请不来。"

他命一名警通战士去"传"沈若然。

"哈,我以为什么要紧事呢,原来是让我做陪客呀。"

沈若然看着桌面笑了。

明远说:"哪儿来的客?高坤不是客,你也不是什么陪客,一家人聚顿餐而已。"

于是三人边吃边聊,聊的尽是共同经历的一些开心事。

酒过三巡,明远问若然:"你的胃病已经很严重了对吧?"

若然奇怪地反问:"没影儿的事儿!你听谁说的?"

明远说:"你自己否认没用,我还是更相信汇报。作为本地职务最高

第二十三章

的领导,我不能让你病倒在我这儿。后天高坤回哈尔滨,他'押送'你到哈尔滨看病。"

"明远,你葫芦里卖的什么药?"

若然板起了脸。

明远却又对高坤说:"到了哈尔滨,让你姐安排他检查身体。不管结果如何,都要把他扣在咱家观察一个时期。什么时候允许他回来,听你姐的。你姐是搞医的,她的决定具有权威性。这是我当面交代给你的任务,是公事。你必须对我负责,保证完成好。"

高坤心领神会,站起来以立正之姿庄严地说:"请师长同志放心,保证完成任务!"

若然叫道:"明远你不可以这么做,我抗辩。"

明远正色道:"抗辩无效。沈若然你要明白,在此地,我既有权决定你不许这样,不许那样,也有权决定你必须这样,必须那样。好了,此事我已宣布完毕,不再议,喝酒,喝酒!这杯是私交酒,都给我干了!……"

三人都喝高了,沈若然住下了。孙明远那铺炕,睡两个大人一个孩子倒是睡得开,又多了若然,就未免有点儿挤。被子不够,大衣棉袄都得往身上盖了。承承睡炕一头,他爸挨着他,高坤睡在明远和若然之间,他喝得不多,仍有许多话想说。叫一声"姐夫",明远发出了轻微的鼾声,叫一声"小沈叔叔",若然翻过身去。

他瞪着屋顶,又陷入回忆——回忆起早年间他一家三口与他们大家相处在一起那些愉快之事……

高坤动身前,孙明远又交代他:"你回去后,要以你姐的名义……不,还是以你婶婆的名义吧,立即给你箫儿姐写封信……也不,干脆拍封长电报,那样快,她拿着电报也容易请下假来。内容就是,你婶婆想她了,非常想……"

高坤领悟，接着他的话问："都想病了？……"

明远说："对，当然啰。你文化比我高，具体怎么措辞，你自己掂量……"

在赵秀芹的配合下，高坤将姐夫交代给他的任务完成得非常好。

那一年的春节，沈若然和陆箫儿以及他俩七岁的女儿沈楠在孙家的小院里团聚了十几天，使那小院的欢乐气氛大为增加。孙继承和沈楠两个孩子也相处得极友爱，楠楠视承承如亲弟。

高坤在那些日子里又经常吹他的萨克斯了。并且，用他从苏联带回的相机为大家照了不少合影，春节一过就洗出来寄给了姐夫……

第二十四章

岁月匆匆。

大人们总觉时光过去得太快,而孩子们往往相反。某些孩子,特别是男孩,渴望长大的心情犹如期盼过年,每长一岁都像接近了一种向往的目标。

孙继承终于"熬"到了十三岁。虽然才十三岁,却迫不及待地想象自己已经十五岁了,装出十五岁少年的样子,模仿他们的言行举止,足以带给他表演成熟的快活。

那一年他小学已毕业,才上初一。

那一年是1967年。

高坤已经不住在孙家的小院里了。他结婚了,也做父亲了,儿子高山六岁,刚上小学。他妻子冯倩眉是姜师傅的远房外甥女,拖拉机厂卫生所的医生。她并非从医学院毕业的,原本只是护士,但她父亲是位老中医,她自学到的中医知识和经验挺丰富,属于破例由护转医的医生。转的过程是要考试的,当时赵秀芹已是市卫生局副局长,厂里便有流言传播,说冯倩眉之所以能由护转医,是由于高坤那异姓姐姐起了作用。这不是事实,高坤因而生过气,曾打算在什么公开的场合下辟谣。明明也被那谣言侵犯了名誉的倩眉却坚决反对，理由是何必小题大做，显得没肚量。而实际上，她的确背着高坤找过秀芹，请求予以关照，但秀芹没理她那茬。她怕丈夫一认真，自己托关系的事被抖搂出来，面子上反而更不好看。并且，她内心里还认为，管它是不是谣言，使别人以为自己在卫生系统有一位市卫生局的副局长罩着，只有好处没什么坏处。

妻子坚决反对，高坤生了一阵子闷气，谣言渐止，他那气也就过去了，并没采取什么行动，也有意不向他姐提起。

在过去的七八年里，他们一家三口经常回孙家小院走亲，每次都受到热忱欢迎。

继承也很喜欢高山这个异姓小弟弟。秀芹则是心直口快的人，对谁有什么不满，当面锣对面鼓，三言两语说过了，绝对不往心里存的。所以她对倩眉一如既往地亲，仿佛倩眉根本没走过她的后门。

中国已然从1966年起开始天下大乱，令人震惊乃至受到震撼之事层出不穷，但直到1967年夏季，什么不好的事儿也没临到高家和孙家。高坤、赵秀芹和王山花在一起时，除了各自表达对国家命运的担忧，往往也只有长吁短叹而已。

不知怎么一来，一张针对赵秀芹的大字报出现在卫生局的大字报专栏，重提那件莫须有的事。赵秀芹自担任干部以来，对自己要求甚严，唯恐稍有不检，对不起组织的信任和重用，也玷污了父亲的烈士形象，还会使丈夫的声誉受损。正因为严格要求自己，"运动"以来，居然成为卫生局干部中唯一没有被贴大字报的人，于是更加使人刮目相看，她自己也颇觉欣幸。那张大字报一出现，她有点儿沉不住气了。一沉不住气，就骑辆自行车去往高坤家，当面诘问起倩眉来。

"倩眉，那事儿不是这样的吗？——你找到我，求我帮忙，我对你说，帮了你，我就违背了我对自己，也是组织对我的要求，而且对别人也不公平。我支持你靠自己的能力实现愿望，而不要托关系走后门，我当时是不是这么表态的？你倒是说话呀！"

秀芹一数落，倩眉脸上挂不住了，红得什么似的，吭哧了半天才憋出几句话："不就一张大字报吗？你至于找到我家来训我吗？你当自己是小白鸽？羽毛上溅个小小不然的泥点子都受不了啦？"

倩眉这么一说，撮起秀芹的火来。

"冯倩眉，你如果这种态度，那我对你可就不客气了。限你三天之内，写张大字报也贴到我们卫生局去，将那件事的一来二去给我澄清了！如若不然，往后高坤还是我们孙家欢迎的人，孩子也是，就你不是了，你不要再登我们孙家的门了！"

秀芹悻悻而去。

高坤对妻子发起火来，责备她阻止自己澄清事实，以致使造反派有机会将谣言当成子弹，用以攻击他们想攻击的人。

"我有那前后眼吗？我是神仙吗？能料到消停多年的事儿又被抖搂出来吗？造反派都是些什么人你不清楚？他们偏要闹腾起来没完，我有什么办法？"

那倩眉心里也很憋屈，谣言怎么起的，又为什么会起，其实她也不清楚。

"不说那些了，我去找纸找墨找笔，你就在咱家把澄清声明给我写成了！写完后我立刻贴到卫生局去！"

高坤犯起急来，恨不得立刻就心想事成。

"高坤，别忘了我可是你老婆，是你儿子亲妈！你那姐是你亲姐吗？你姓高，她姓赵，你们都不一个姓，八竿子搭不上嘛！你至于为一个异姓的姐，就对老婆鼻子不是鼻子脸不是脸的吗？你非逼我写，我的颜面又往哪儿搁？就你那姐的颜面是颜面，我的就不是了？就一钱不值了?！"

倩眉也光火起来，这使高坤几乎摔东西。他捯门而出，自己找地方写去了。

而另一边，秀芹一进院门，王山花就看出她表情不对了，当即问她何以不高兴。

秀芹将那事说了，王山花便也严肃起来。

"你做得不对。依我看，造反派都是些唯恐天下不乱的投机分子。他们认为，越乱，他们从中获得的政治资本越多。如今已不是战争年代，革命不革命，不必出生入死来考验了。能给别人扣上几种罪名，就能证明自己很革命了，这是多么容易的事！那些个半大孩子，头脑简单，一旦被蒙蔽，也跟着胡闹。所以咱们这种人家的人，遇事要冷静。不过就那么一张大字报，的确不值得认真对待。即使你爸活着，我想他也会认为你不对。"

那是婆婆第一次批评儿媳妇。

经王山花将道理一摆，秀芹意识到自己的做法未免冲动，于是认了错，保证会再选个日子，登门去向高坤两口子赔礼。

然而事情并没到此为止。

如果高坤没去往卫生局贴什么"澄清声明"，那事或许就过去了。但他当天就去贴了，便无异于引火烧身。当天倒没发生什么情况，第二天成了众矢之的。

先是市里出现了矛头直指高家三代人的什么"战报专号"——将高家祖、父二人定性为"东北老牌资本家"，评他们的爱国是假象，与共产党的隐秘关系是"权宜选择"；评高坤这个"资本家的第二代少爷"，是不折不扣的"阶级异己分子"；第三天第四天，又连出了"二评"、"三评"。

再说孙继承，因学校已停课闹革命，整日不必上学，骑辆自行车，戴着红卫兵袖标四处看大字报。母亲和奶奶对他的管教更严了，千叮咛万嘱咐，绝不许他参与种种所谓"革命行动"。他本人也颇有方寸，远避打砸抢现象。但受环境影响，内心时涌亢奋，亢奋而又无法释放，心理上每觉压抑。他认为自己是天然的革命少年——爷爷和姥爷都是烈士；爸爸曾是抗联战士，爸妈还都参加过解放战争；爸爸还是抗美援朝战争中的功臣——正所谓我不"红"谁还"红"？谁革谁的命或对或错，终有水落石出真相大白之日，但敢革我们孙家人的命的人，毫无疑问定不是真正的革命者！是的，这个十三岁的少年，自从认识了"革命"二字之后，便理所当然地以革命后代自居了，而且是无可置疑的那一类。总而言之，他认为自己是一个绝对"红"的少年。自己明明是那么一类红少年，却又置身于轰轰烈烈的"大革命"之外，像一个事不关己的小看客，使他每觉惭愧，而这惭愧增强了他的压抑感。

当他也看到了针对自己所敬爱的"坤舅舅"的"一评"、"二评"、"三评"，震惊是多么强烈可想而知。那震惊随之引起了巨大的愤怒——爸妈和奶奶常常对他讲起"鹏举爷爷"的革命事迹，别人竟敢攻击他的"鹏举爷爷"，是可忍，孰不可忍！在爸妈、奶奶和别人之间，他当然更相信爸妈和奶奶，不论那些别人有几多，是些怎样的人！

于是他骑着自行车去了拖拉机厂，看到那厂里同样出现了不少针对他"坤舅舅"的大字报——其中一张大字报使那少年七窍生烟，上面言之凿凿地写着"资本家的第二代高坤"经常领着儿子高山和他孙继承两个孩去往高家住过的别墅，指指点点留影拍照，显然是在向下一代灌输剥削阶级思想，为资本主义复辟培养接班人。连自己的名字也上了大字报，使孙继承这少年顿觉蒙受了奇耻大辱。那当然不是事实，"坤舅舅"每次带他和高山弟弟去到那别墅前，所讲都是关于沈若然和陆箫儿、冯晓岚、吴知遇们的往事，连讲到"鹏举爷爷"的时候都很少……

孙继承便撕那张大字报。

有人发现了，要逮住他，他跑掉了。却也没跑多远，跑到了职工宿舍区,去到了"坤舅舅"家。冯倩眉不在家,被造反派成立的所谓"专案组"找去谈话了。高山弟弟告诉他,爸爸被隔离审查了。他问隔离在哪儿,高山弟弟自告奋勇带他去,路上见到一柄大锤,他操在手里。

高坤被关在临时搭建的棚子里。

高山在外边喊:"爸爸,承承哥救你来啦!"

高坤在里边喊:"承承不要乱来,他们没对叔叔怎么样,快回自己家去!"

他的喊声使那十三岁的少年更加精神抖擞,仿佛自己变成了哪吒或劈山救母的神仙后代,挥起大锤便朝棚门砸去。那门上其实吊着锁,但那时的他又哪里看得到呢?不但他没看到,连明明看到了的高山也忘了提醒,连声从旁为其鼓劲,说:"哥,好样的!"高坤在里边越是阻止,那继承砸得越来劲。

赵秀芹下班回到家里,见儿子不在家,对王山花说:"妈,以后你得把他看严点儿,少放他出去。"

王山花叹道:"我也是这么想的。可又哪里看得住呢!说只出去一会儿的工夫,转眼人已经在院外了。"

婆媳二人正说着,陈子仪惶而又慌地进了院。

他是来通报坏消息的。

婆媳二人听他讲了继承的所作所为,一时间目瞪口呆。

"那……那我孙子后来去哪儿了?"

王山花半晌才问出话来。

"被造反派们给绑了,还挨了俩嘴巴子,与高山一块关地下室去了!"

"他们绑一个孩子?还打他?"

秀芹有点儿不相信自己的耳朵。

"是啊是啊,所以我偷偷来报个信儿嘛。我也被限制行动了,得赶紧

第二十四章

回去，要是他们知道是我报的信儿，饶不了我的！"

陈子仪说罢匆匆而去。

王山花问赵秀芹："我孙子这是像谁？像你还是像明远？"

秀芹却说："妈，高坤的事咱们必须出头，是不是？"

王山花说："那是。虽然他姓高，你姓赵，明远姓孙，可咱们三姓人家，那可是抗日时期就形成的生死关系了。高坤他父亲是什么人，他爷爷又是什么人，你爸和明远他爸最清楚。他俩不在了，到哪时咱们赵孙两家的人也得为高家做证啊！不那样你爸和明远他爸泉下都难得安眠。"

秀芹说："不那样，共产党也太对不住自己的真朋友，老朋友了！中国也太对不住爱国人士了！妈，你儿媳妇要有所行动了。"

王山花说："秀芹，好媳妇，这当务之急是不是得先把高坤和继承给要回来呀？你快想出个法子，妈陪你去！"

秀芹说："办法我一时也想不出来，你别急，容我先冷静冷静……"

忽然吴知遇也来了，带来了更不好的消息。她说市里又出现了针对高坤的新的大字报，连他母亲在美国的事，他曾经加入过美国国籍，他经常和他母亲经过香港的神秘人物互相通信的事全都给抖出来了。如果不及时采取营救措施，只恐被造反派所控制的高坤会凶多吉少。

王山花皱眉道："那些事不但咱们知道，组织上不是也掌握吗？高坤与他母亲以那么一种方式通信，不还是组织上出于对他的关怀给介绍的关系吗？"

知遇说："虽然是那样，可现在有些造反派自以为唯我独革，老子天下第一，简直疯了，不可理喻了呀！"

秀芹说："我就奇了怪了，除了组织，咱们三个不到处讲，在哈尔滨也不该有别人知道啊。"

知遇说："我告诉了你俩，你俩可别生气，据我所知，千真万确，是高坤他妻子为了自保，主动向造反派交代的！"

"这个倩眉！……"

王山花说了这么一句，又说不出话了。

"妈，我还有必要向她赔礼吗？"

秀芹也又说了句气话。

知遇始终比较冷静。她说事不宜迟，许多人都出于自保，怕引火烧身，变得胆小，毫无担当精神了。找谁都没用了，唯一可行的办法是由她们仨一块儿出面去找驻市的军代表，也只有军方还镇得住造反派。

"要将你们两家的烈士证带上。秀芹，你和明远不是都有军功章吗？都带上，证书也带！"

听了知遇的话，王山花和秀芹立刻分头去找。

那晚，拖拉机厂正开大会批斗高坤时，一辆挂军牌的吉普和一辆摩托驶进了露天会场。摩托上的两名战士首先登台，其中一名将正哇啦哇啦大发"造反有理"之词的一个家伙推开，另一名战士对着话筒宣读军方通告——大意就是，作为爱国志士之子的高坤，其人身安全受军方重点保护，将由他们接走。任何人胆敢阻止，以妨碍军方执行公务论处！

之后，他做了一个手势，吉普的车门一开，下来了赵秀芹和吴知遇。秀芹也穿上了自己保留的老式军装，还扎着皮带。她俩上台后，知遇从高坤颈上取下画有红叉的牌子，往台下一扔，挽着高坤就走。

高坤回头冲秀芹喊："承承还在地下室！"

台上那造反派头头和台下的工人们一时都看呆了。

秀芹问那造反派头头："你们将我儿子关在地下室，一直关到现在？他可还是个孩子是不是？！"

对方吭哧瘪肚理屈词穷。

秀芹从腰间解下皮带，抡起便抽，直抽得对方在台上抱头鼠窜。台下

第二十四章

堆着些金属废部件，对方几次欲往台下跳，怕出了闪失，未敢，只得在台上躲来躲去。

"我们豁出命去抗日的时候你他妈的在哪儿？我们为解放全中国出生入死的时候你还尿炕呢！你们算老几呀？你们有什么资格造我们的反？！这一下替我爸抽的！这一下替我公公！这一下替我儿子！"

台下工人中便有人喊：

"说得对！"

"抽得好！"

"不能再让他们无法无天了！"

如此这般，高坤又住入了孙家小院。隔日，知遇又来了。

秀芹说："这个小院往后肯定会成为是非之地，你以后还是少来为好。我一个人能抵挡的事，我自己就抵挡了。我抵挡不了的时候，肯定找你。"

知遇说："这是什么话！难道我对高家就没责任了？高家的好事，我不知道也就罢了。不好的事，大小我都得管。我是现役军人家属，难道还怕那些造反派？别看他们闹得欢，总有收拾他们的那一天！"

于是她俩和王山花商议下一步怎么办。

王山花说得把倩眉和高山母子也接来她才放心。

秀芹说只接高山她去，如果还把倩眉接来，她不去。

知遇说："那我去吧。"

王山花说："你去也好，但可别责问倩眉什么。不看僧面看佛面，千万不能让她觉得咱们从此把她当外人了。"

知遇说："大娘放心，我不会。"

高坤一挑门帘进了屋，求知遇也能去一下他办公室，将他设计的联合收割机图纸带来。

秀芹说："你那事现在不重要。"

高坤说:"和老婆孩子同等重要。"

秀芹白他一眼,不再说话。

王山花说:"那什么,知遇你既然去一次,就听高坤的吧。"

知遇说:"好,没问题。"

高坤跟她走到院门口,告诉她图纸放在文件柜的第几格,夹在什么样的夹子里。

然而知遇既没请来倩眉,也没带回图纸,只有高山跟她回来了。她说倩眉不愿来,却并不反对她将高山带走。说高坤的办公室已经不像办公室的样了,乱七八糟的。文件柜空了,一个夹子都不剩。她向几个人询问图纸的下落,人人都说不知道。

"那可是我留苏回来后的第一份设计成果。中国的农业,往长远了看,不搞大农业是不行的。搞大农业,没有自己制造的大型农机具也是不行的……"

高坤焦急起来。

秀芹打断了他:"我再说一次,先别急那事儿。先考虑你和儿子何去何从吧,你要是再回你那个厂,在我这儿通不过。"

知遇也反对他回厂,说造反派肯定不肯善罢甘休,最好躲他们远远的,不能再往火坑里跳。

高坤便搂着儿子沉默。

王山花问:"坤,你自己有什么打算呢?"

高坤心烦意乱地说:"没有,听你们的。"

他这么一说,大家都沉默了。

忽然高山那孩子说:"爸,咱们去北大荒吧!承承哥跟我讲过,北大荒有意思的事可多了。你都去过几次了,承承哥也去过两次了,我却一次没去过。我想孙伯伯了,他是那儿的师长,肯定保护得了咱俩!"

第二十四章

那孩子这么一说，大人互相看起来。王山花、秀芹和知遇，随之一齐看高坤。

高坤断然地说："那，我听儿子的了！"

秀芹说："他是孩子，你是大人，你别头脑发热。"

高坤说："我姐夫那儿也建起了农机修理厂，我在他那儿照样可以发挥一技之长。他那儿搞的是大农场，有利于我结合生产实际，设计出咱们中国的联合收割机。"

知遇问："你决定了？"

高坤说："朕无戏言。"

三个女人便都笑了。

秀芹说："靠我们三个女人保你的驾，你这朕当得多狼狈，不害臊！"

高坤也笑道："没办法，谁叫你们和我们高家有缘，都认命吧。"

王山花高兴地说："你们父子俩要是能去你姐夫那儿，我就一百个放心啦！咱争取只转工作关系，保留城市户口。等社会安定了，那时还可以做回城里人嘛。你们高家的后代，不能连城里人都不是了。那等我也入土了，没脸见你父亲，连你赵伯伯也没脸见了！"

秀芹说："妈，咱不聊那么远的事儿。"

知遇也说："对。接着聊眼前的事儿。我同意婶的话，转工作关系这茬儿，包我身上了。"

知遇将转工作关系的事办得颇顺。

当孙明远见到高坤父子时，以为他是带着儿子来农场玩的，自然高兴。及至听他讲了自己的遭遇，定睛看着他父子俩，沉默不语了。

他的沉默令高坤惴惴不安，问他是不是有什么难处。

明远伸手向高坤要介绍信，高坤急忙掏出给他看。明远看罢，起身踱步不止，高坤左转头右转头看他，不无惭愧地说："如果使姐夫为难，我和儿子住两天就走，也是高山想你了……"

"孙伯伯，我不愿再回城里了，更不愿回厂里那个家了，伯伯别撵我们走……"

高山那孩子边说边淌下泪来。

"别哭别哭，伯伯怎么会撵你们走呢！伯伯也想你了呀，来来来，让伯伯抱抱……"

明远说着，将高山抱起，又看着高坤问："不后悔？"

高坤摇头。

明远说："摇头不算回答。"

高坤大声说："决不后悔！"

明远说："军宣队都为你担保了，我有什么难处？那么，你是我们农场的人了。"

高坤终于笑了。

明远又说："别把你那些经历当回事儿，总会过去的。"

高坤问："要多久？"

明远说："这我说不好，反正不会总这样。走，陪你参观参观我们总场场部。"

1967年，孙明远任一把手那个总场的场部初具规模，范围比当时中国的某些镇还要大，却比一般的县城小。但规划得很好，布局紧凑，到处有花有树。

用孙明远的话说那就是："十万官兵不但是拓荒牛，也是装点北大荒的能工巧匠。"

在一处大型花坛那儿，高坤问："我小沈叔叔还在这里吗？"

明远说"文革"开始不久，沈若然被召回上海去了，起初还有信寄来，几个月后断了音讯。天各一方，不知该向什么人打听。

第二十四章

谈到沈若然，明远表情阴郁了，高坤一时也不知说什么好。

二人沉默一阵，明远拍着高坤的肩问："记得你上次来时，咱俩也谈到你小沈叔叔吗？"

高坤点头。

明远接着问："我当时对你有一个要求，还记得吗？"

高坤立刻说："向他学习。"

明远将手从他肩上放下，再问："你上次见到他，留下了什么印象？"

高坤说："没想到他还是那么乐观。"

明远背手望着远山说："你要先从这一点学起。走吧，该吃晚饭了。"

二人一边一个拉着高山的手往回走时，明远语重心长地说："高坤啊，你也要学习你父亲。你父亲高鹏举先生是共产党的真朋友，肝胆相照的那种朋友。在共产党最困难的时期，他与共产党同舟共济的心志毫无动摇。他当年的处境，可比你现在的处境不利得多。由于抗联部队之间的组织联系中断过，你父亲差点儿被当成投日亲伪的敌人除掉过，明白我为什么给你讲这些吗？"

"明白。我们高家的后人，任何情况下都会像我父亲像我爷爷一样爱国的。"

高坤说罢，将他儿子抱了起来，并问："记住了吗儿子？"

高山大声说："记住了！"

高坤和孙明远便都笑了。

晚饭后，高坤和儿子暂时住入了招待所。招待所养了只小狗，高山在窗外逗小狗玩时，高坤临窗吹起了萨克斯。他又很久没吹了，在厂里上班时没闲工夫吹。即使午休那会儿，多数工人吃完饭都想打个盹儿，那时吹肯定也令人反感。而职工宿舍区家家户户住得很密，老人孩子的，不是所有人都喜欢听那声音。只有在星期天去到江畔、公园某处乃至更远的郊区才能过过瘾。即使星期天，他每每也要在厂里组织召开设计讨论会。是丈夫了，是父亲了，该做的家务也应抢着做，总不能视而不见，全靠倩眉一个人做……

窗对面一大片草甸子，北大荒的仲夏野花盛开，草甸子如同锦毯。野花中数野百合多，红色的或紫色的。其次多的是黄花，可吃。红紫黄三色，已足可使"锦毯"色彩夺目，再加上东一丛西一簇各种颜色的盛开怒放叫不出名的别种野花，使那巨大的"锦毯"五颜六色，美不胜收。望着那在城里绝对见不到的自然美景，他一时心旷神怡，忘了一切烦恼，吹得如醉如痴，欲罢不能。他似乎看到，从花团锦簇的草甸子深处，黑虎向自己奔跃而来。

招待所住的人不多，无非各分场到总场办事的干部，或看病的人，基本是曾经的军人和家属，成分单纯，年龄也都在三十几岁。他们倒很喜欢听，在高坤不知不觉的情况下，窗口两侧已聚着些人了。一曲方罢，他们还为他鼓掌。

那是北大荒"史无前例"的声音，听到的人都觉得很幸运。

由于孙明远打过了招呼，招待所的服务员们对高坤又礼貌又热情，使他住得挺舒畅，儿子也住得很开心。父子俩像吃了忘忧果，都有些"乐不思哈"了。

三天后，高坤在农机具修配厂上班了，仍保留原先的工资，但不再搞设计，只不过是一名修配工，高山也顺利进入了场部小学。还分到了一间半砖房，半间是厨房，桌椅板凳齐全，连劈柴也预备下了。总之，可谓拎包入住。

孙明远亲自陪他去到新家的。

他摸一下炕，满意地说："温度挺合适，我交代他们预先烧一下的。还没到冬天，不凉就行。这个季节，炕太热了，会上火。"

第二十四章

高坤说:"多谢姐夫。"

明远说:"照理来讲,应该按技术干部的待遇分给你两间屋。可你现在的情况不是不同了嘛,何况,你和儿子一间屋也够住了。这种时候,特殊一点点都会授人以柄。"

高坤说:"懂。"

"安心住下,踏实工作,照常生活。只要我没被打倒,你在北大荒就是一个受保护的人。而我如果也被打倒了,你要向你小沈叔叔学习,向你父亲学习。有句古话是'宠辱不惊',也有写成'崇辱不惊'的,两种意思我都不是太喜欢。拿我来说,干吗需要被人宠着?'宠'不就是指宠臣吗?我入党是出于信仰,又不是为了争当宠臣。崇拜的'崇'我也不喜欢。不错,我师里的许多战士是很崇拜我的,所以我常对他们讲,我带你们多打胜仗,还要尽量少牺牲,那是我起码应该做到的,否则我凭什么当师长?又有什么脸当师长?所以不要崇拜我,尊敬我就行。否则,我这个师长当得好吗?但我喜欢'荣辱不惊'四个字。我和你父亲,你小沈叔叔,我们当年抗日,参与了解放全中国的大使命,那是我们的光荣。只要自己珍惜自己这份光荣,不怕别人在任何时候给我们扣上任何莫须有的大帽子!即使一个时期内扣上了,总有一天历史和人民也会郑重地为我们摘掉!到那时,别有用心地给我们扣帽子的人,反而会被钉在历史的耻辱柱上!"

"可……我并没有你们那份光荣……"

"你也有!你父亲、你小舅、你赵伯伯,他们的光荣,是你间接的光荣。任何时候,任何情况下,绝不能使他们的光荣因为你怎样了而受到玷污!你也有属于你自己的光荣。你从美国回来还未满十八岁,可你表现出了对共产党人的事业的尊敬和拥护!如果不是因为这一点,你赵伯伯、小沈叔叔、陆箫儿她们三个姐姐会喜欢你?连我和你秀芹姐都不会!冲我们和你父亲的关系也不会！冯晓岚那样的姑娘会和你谈恋爱？门儿都没有！后来你也参军了，为新中国的诞生打过仗负过伤，那都是你的光荣！现在，你成了北大荒人的一员，这也是你的光荣！中国人口这么多，今后怎么吃饱吃好必定是个大问题！北大荒人的任务，就是要把北大荒变成北大仓！将来的历史，肯定会证明咱们这份光荣！……"

"姐夫……"

"叫场长。我现在是场长书记一肩挑，是以领导的身份在嘱咐你一些话……"

"那，还有什么嘱咐的？"

"咱们十万官兵中，到现在还是单身的人多。生活毕竟很艰苦，某些同志目前还不愿把家属接来，这是可以理解的。与他们相比，你带着一个孩子，困难会更多。秋天抹墙，冬天上山砍烧柴，都是累活，谁懒谁就会挨冻！你也要开一块自己的菜园子，学会种菜。还要挖菜窖，储存冬菜。食堂的饭菜很单调，为高山着想，每天吃食堂那也不是个事儿。倩眉会来吗？我看不会。把高山再送回她身边去吗？我觉得高山未见得愿意再回去，他心理上可能已经留下阴影了。所以你要又当爸又当妈。还有我说的那些活，你也都要自己干。我不能派人来帮你干，更不能派人替你干。北大荒也不是君子国，林子大了什么鸟都有，这话搁在北大荒同样是至理名言。咱们凡事不能授人以柄，对不对？"

"对，请领导放心，我都记住了。"

二人正说到那儿，高山放学回来了，进门就高兴地说："爸爸，老师夸我字写得好，她挺喜欢我！"

高坤问："儿子，过一个时期，爸爸送你回厂里那个家行不行？"

高山立刻说："不行！我害怕那些造反派。"

高坤说："他们不会对小孩子怎么样的。"

第二十四章

高山说:"我承承哥不也是小孩子吗?可他们把他关入地下室了!厂里的孩子都不跟我玩儿,这里的同学就不一样,都争着和我交朋友!爸,咱们在这里不是也有家了吗?把我妈接来吧!我喜欢上这里了!"

听了儿子的话,高坤默默看明远。

孙明远蹲下,从胸前取下抗美援朝纪念章别在小高山衣服上,起身向高坤敬了一个礼,一转身走了。

高坤抱起儿子,从窗口望着姐夫背影,良久未动。

那日,是孙明远对他说话最严肃的一次。

那些话对他后来的人生影响深远。

第二十五章

高坤分到的住房是两户一幢那种。另一户只住一个人,是位中年作家,叫林予。林予比他入住早,已经开出了一小片菜地,种的还挺齐全。

孙明远走后,林予端个小盆过来了,盆中是洗过的黄瓜和西红柿。

他问高山想吃黄瓜还是西红柿。

高山说:"西红柿!"

林予说:"小孩子要养成讲卫生的习惯,吃前是不是该去洗洗手呀?"

高山便害羞地到外屋洗手去了。

高坤说:"谢啦。"

林予说:"这有什么可谢的,远亲莫如近邻嘛。以后咱们得互相帮助,我那片园子里的菜,你们想吃什么只管摘。"

高山洗罢手,进屋来拿起一个西红柿,问他可以不可以到园子里去抓蝈蝈。

林予反问:"又没笼子,抓住了往哪儿放呢?"

高山说:"那我今天先不抓了。爸,你为我编个大点儿的笼子吧,编好了我要多抓几只。"

第二十五章

高坤刚欲回答，被林予用手势制止了。林予又问："孩子，它们正自由自在地唱着歌，你把它们抓住了，放入笼子里，对于它们是一种不幸吧？我的想法是，你可以到园子里去就近观察它们。也许以后写作文，你的观察就用得上了，这不是更好吗？"

高山又难为情了。

"伯伯说得对，到园子里玩儿去吧，爸要和伯伯聊几句。"

林予几番话，使高坤立刻对他有了好感。新家只有一把椅子，用裸木做的，很粗陋。高坤恭恭敬敬地请林予坐椅子上，自己坐窗台。

高坤说："我是来接受改造的，以后有什么做得不对的地方，还要请您经常指出，批评，我一定虚心接受。"

林予笑道："彼此彼此，我也是。咱们在生活上互相帮助，在思想上互相勉励吧。"

他那么一说，高坤愣住了。

林予又说："你没来之前，我就对你有所了解了，你小沈叔叔多次向我讲起你和你父亲，以及你父亲和你母亲两个家庭的事。"

高坤惊讶地问："你认识我小沈叔叔？"

林予说："我到这里以后才认识他的。我很尊敬他，我俩已经是朋友了。"

高坤又急切地问："你知道他目前在哪儿，情况怎么样吗？"

林予说："一无所知，我很牵挂他。有朝一日，我会将他写到小说里，也会将你们高家，还有你母亲他们赵家的事写到小说里。"

"你是作家？"

"因为文学受到了惩罚。"

"那还想继续写下去？"

"对。我这种人，几天不动笔写点什么就找不到北。久了还会生病，会患上抑郁症。我已经成了以爬格子为快的动物，即使目前白天在蔬菜队上班，晚上也还是偷偷地写。要不，晚上睡觉前那段又安静又宝贵的时间干什么呢？我不认为我是来被改造的，我宁愿认为自己是来体验生活的。"

林予苦笑了。

高坤忧郁地问："那，还能发表，还能出版吗？"

林予说："现在肯定不能，但要往前看。我曾是军人，也曾是党员，是解放军这所大学校培养我成为作家的。我对我们党有一个清醒的认识，那就是，它具有强大的纠错和改错的能力，这是我对将来保持乐观的理由。在这一点上，我和你小沈叔叔是同样的人。"

高坤张张嘴，正在欲言又止之际，外边响起一个女子的声音："高坤同志在家吗？"

那女子是场部小学校长秦君茹，二十七八岁，原是部队文工团的创作员，转业到北大荒后没创作出什么作品，却创办了场部小学。文静清秀，仍单身。曾恋爱过一次，未婚夫牺牲在朝鲜战场。此后，似乎自行关闭了爱之城堡的城门，一心只想献身于北大荒的小学教育事业了。

林予小声说："我在偷偷创作的事儿，你可要替我保密，对谁都不能讲。"

秦君茹认识林予。她一进门，林予便起身告辞。

秦君茹说："林老师别走啊，我来没什么事儿。高山是新生，我不过就是例行家访。"

林予反倒向高坤替她做了介绍，之后说："我也没什么事儿，往后我俩成了邻居，过来互相认识一下而已。"

他说完走了。

高坤又恭敬地请秦君茹坐那把椅子。

她不坐，说就几句话的事儿。高坤也不再坐窗台，陪她站着说话。她

第二十五章

说高山挺聪明的,但上课时注意力总是不太集中。因为他是新生,老师不愿多批评他,还希望高坤这位父亲提醒提醒。

高坤连说:"一定一定。"

君茹又说听高山讲爸爸有一台照相机,过几天是场部小学建校七周年纪念日,想请高坤去帮着拍些照片。

高坤连说:"没问题没问题。"

二人说了这么几句后,君茹也走了。她刚走,高山进屋了。高坤就命儿子站好,问他上课为什么不注意听老师讲课。高山说老师教的那些字他都认识,老师讲的那些算术题他也早就会做了。

高坤训道:"那你也不该东张西望地影响同学听课,还分散老师讲课的精力。"

儿子立刻反驳:"那我该怎么办呢?望望窗外想想心事总比趴桌上睡觉好吧!"

当爸的张了张嘴,半晌才憋出一句话:"你一个小孩子家有什么心事可想?"

儿子说:"小孩子也是人吧?是人就会有心事!"

高坤一时"理屈词穷"。

外边传来几个男孩的声音,叫高山一块儿去采都柿。

儿子反问:"爸,还有什么要训的吗?"

高坤闷住了,不知说什么好。

"那我先跟同学出去玩儿了,等你想起来晚上接着训吧!"

儿子话音方落,人已转眼跑到屋外去了。

高坤愣了一会儿,缓缓坐窗台上,低头陷入了大人的心事。

以后几天,高坤每天都跑一次邮局。每次都在厂里午休的时候,花钱给倩眉打长途。上班前邮局没开门,下班后邮局也下班了,只有午休时去。有时没人接,有时终于有人接了,对方却是敌视他的人,干脆说:"不为资本家少爷跑腿!"

他只得在晚上等儿子睡着后给妻子写信。接连寄出三封信,泥牛入海,有去无回。

下雪了,北大荒的初雪一夜间就下了一尺多厚。第二天他钻在一台拖拉机底下仰面修理时,孙明远派人找他,让他立刻去一次。他进了明远办公室,明远却说一块儿出去走走。二人离开场部,走到一条小河边孙明远才站住。小河还没结冻,初雪使那儿的风景挺美。

明远从兜里掏出烟斗让他看,并问:"见过吗?"

高坤没接,看着说:"我父亲的,后来归我赵伯伯了。"

明远说:"你赵伯伯死后,我向你姐把它要来了。我们孙赵两家的儿女,都与你父亲有深情厚谊。我经常怀念他,所以需要一样纪念品,你没意见吧?"

高坤说:"我理解。"

明远又掏出了烟丝包,与烟斗一并相递,同时说:"替我装上。"

高坤便接了,将烟斗探入烟包,轻轻按实一斗烟,连烟包一齐还给明远。

明远揣起烟包,又掏出火柴递给高坤,低声说"替我点上"之后,叼上了烟斗。

高坤划着火柴双手拢着替他点烟。

明远吸了两口,回忆着说:"我也主动给你父亲点过烟斗。你父亲很享受那过程,我同样享受。长兄如父,你父亲对于我和你姐,如同长兄,我们都希望此生一直有那么一位长兄。"

高坤说:"姐夫带我到这儿来,肯定不是对我讲这些的吧?"

明远这才看定他说:"高坤,你觉得,你现在能经得起多大的事儿了?"

第二十五章

高坤说:"多大的事儿我都能像我小沈叔叔那样荣辱不惊,你只管说吧。"

明远说:"那我可就直说了,倩眉要跟你离婚。"

高坤呆住。

明远又将手探入内衣兜,掏出一件印有红字的单位信封,递着说:"自己看……接着呀!"

高坤这才接过去,急切地抽出信纸看。

明远吸一口烟,望着河面说:"看来她是认真的,还盖上了造反团的章子,以公对公的方式寄到场部来。那么,给不给她回复,就不完全是你个人的事儿了。你有两种选择,一是签上字,由场部替你寄。二是你回去一次,找她当面谈谈……"

高坤大声说:"我得回去,必须回去!她不能这样,肯定是什么人给她压力了!"

明远则平静地说:"但愿吧,她毕竟不是你箫儿姐。那么,我批你假了,你明天就可以离开。"

高坤转身便走。

"至于那么急吗?"

听了明远的话,高坤站住。

明远说:"过来。"

高坤转身走到他跟前。

明远擎着烟斗说:"现在的我,也是你的长兄。虽然说长兄如父,但对于你这事我无法表态,只希望你能做到两点:一,不许在高山面前流露你的软弱,那对孩子不好。你想哭,就在这儿哭个够。离开这儿,你得把眼泪给我擦干净,装也要给我装出没事儿的样子;二,即使倩眉她是仙女下凡,即使你以前爱她爱得要命,她如果不拿你们高家父子的光荣当回事儿了，甚至像某些人一样开始往那光荣上泼污水，那么你就应该表现出高鹏举他儿子应有的尊严。记住了？"

那会儿的高坤似乎变哑巴了，只有点头的份儿。

"是你留在这儿哭？还是让我留在这儿想点儿事？"

"我走，姐夫留这儿。"

高坤强忍住泪，迈开大步，又转身便走，一去没回头。

明远并不看他，看河水。缓缓地，这个被叫作姐夫却一厢情愿以长兄自居的男人，在河边的一块大石头上坐下了。也没抚抚雪，直接坐雪上了。烟斗已经灭了，他拆一把干草，弄净烟斗，又续上了一斗烟丝。

从他的侧面看，他腮上的竖纹已经很深了，像刀刻的一道痕。他再也不是1947年时那位年轻的英姿勃发的团长了，他两鬓如霜，变老了。

高坤在厂里碰到了被赵秀芹挥舞皮带追打过的那个造反派头头，对方成心挡住他去路。

他没说话，使出他当年被训练成特殊战士的招式，一下子就将对方抛到身后摔在雪地上，也不屑于回头看。那家伙一动不动地仰躺了半分多钟才坐起来，呆望着高坤背影，似乎一时搞不清状况。

高坤快走到他家那幢楼前时，恰遇陈子仪推辆垃圾车迎面而来。陈子仪成心用垃圾车挡住他去路，高坤不明所以地瞪他。他说："别回家，估计你家现在有人。"

高坤问："你还好吗？"

陈子仪说："别管我了，替自己多想想吧。"

他推车走过后，高坤站原地愣了会儿，继续大步往前走。

他家果然有人。

倩眉坐在桌旁的椅上，那人站在她跟前，一手撑桌沿，一手背身后，

第二十五章

正俯身跟她说话。他的脸离她的脸很近，而她的眼睛一眨不眨地看着他。回自己的家自然不必敲门，高坤直接推门而入，刚巧撞见了那情形，他的出现令倩眉和那人都吃了一惊。高坤认识那人，对方原是工会干部，能歌善舞，颇有女人缘。不知为什么，离婚后了一直单身着。"运动"伊始，摇身变成了造反派，今天揭发这个，明天批判那个，活跃得很。因为高坤和倩眉都是工会活动的积极参与者，与那人的关系便都极熟。某年春节，他俩考虑到对方独自一人过春节肯定挺寂寞，还两次请对方到家里吃过饭。

那人心虚地闪到一旁，语含威吓地说："你……你怎么敢回来？你的事儿还没完！全市造反联合总部已经针对你成立专案组了，你留苏的事儿就够你喝一壶的！"

高坤一步跨到他跟前，怒视着他说："让你们那个总部见鬼去！"

对方畏惧了，贴墙而立，忐忑地说："警告你啊，我们正式夺权了，我现在是厂革委会副主任。你敢动我一指头，绝对没你好果子吃！"

"滚。"

高坤话音刚落，对方立刻像水母似的贴墙移去。与其说是高坤那个"滚"字使对方受到了威胁，毋宁说是他的表情使对方害怕了。基因是很厉害的东西，高坤的血管里流淌着东北山林猎人的血，源自他祖父那种虎豹熊罴全无惧的基因在他身上起了作用，使他的样子看起来像是要血溅鸳鸯楼的武松，与以往的文质彬彬判若两人。实际上他那个"滚"字说得很轻，但他的双眼似乎要喷出火来。

门关上后，他仍一动不动地站在那儿。他自己也知道他的样子肯定是可怕的，为了避免吓到妻子，不愿立刻转过身。

"你打算一直站在那儿啊？"

冯倩眉的话使他缓缓转过了身。

尽管他要求自己应以正常的表情与妻子交谈——不，谈判，但他的样子还是使她吃了一惊。

冯倩眉防范地站起，忐忑地说："你……你可别乱来啊！"桌上放着一把剪刀，她竟至于将剪刀握在了手中。

高坤在她对面的椅子上缓缓坐下了，看着她一笑。

"你笑什么？如果你不是来解决问题的，立刻出去，否则我喊人来了！"

冯倩眉也显出一副不好惹的样子。

"怎么，这里已经不是我的家了吗？"

高坤的表情又冷若冰霜了。他忽然想明白了——难怪有一个时期妻子很少做家务，他下了班一回到家里，她便开始打扮，将晚饭后的家务留给他，匆匆而出。或说与厂里别的女工约好了一块儿去看电影，或说要到江畔或公园去学舞。周六晚上厂工会在俱乐部举行舞会的话，她更是次次都去，有时连晚饭都顾不上陪他和儿子吃完。某次他很严肃地批评了她一顿，那以后她才收心，不再将家务全留给他了。

冯倩眉自是非常愧怍的，尽量装出一切都无所谓的样子。

然而她还是被丈夫那句话给问住了。

"你也坐下行不？握着把剪刀成什么样子？我回来并没别的目的，既然你给我发出了要求正式离婚的公函，我能不回来与你好好谈一番吗？"

高坤尽量使自己的表情松弛下来，也尽量使自己的话说得平静。

冯倩眉迟疑地坐下，也放下了剪刀。

高坤又说："我刚才笑，是因为今天才明白了以前的一些事儿。难怪他两年前闹离婚闹得沸沸扬扬，满城风雨。你了解我的，我从不打听别人那类事，他闹成了吗？"

冯倩眉板着脸说："谈咱俩的事儿就直来直去地谈，扯到他身上干什么？"

"他是因为你才离婚的吧？"

"是又怎样？不是又怎样？既然我已经铁下心来要与你离婚了，你问的就是自讨没趣的话。"

高坤听了她的话也愣住了，那一刻他忽然又明白——感情她也要与他闹离婚，并不完全是由于什么政治压力，简直也可以说与所谓政治压力并没直接的关系。所谓"政治原因"，只不过恰巧在1967年这一年，使她有了借口，有了天赐良机。如果与"政治原因"有关系，那么当然尚有谈的必要，他们的婚姻还有挽回的希望。但并无直接关系，只不过是借口，那还怎么谈呢？还谈个什么劲儿呢？进而一想到她早已与他同床异梦了，这第二代"资本家的孝子贤孙"感到莫大的羞耻，羞耻使他不禁低下了头。

他听到冯倩眉这么说："带了没有？如果带了，那你就掏出来，把字签了。签完了，咱俩以后也就互不相干，各走各的路了。如果没带，里屋桌的抽屉还有一份，我现在就去把它取来……"

他缓缓抬起头，瞪着她问："你就不替儿子考虑考虑吗？"

门忽然开了，从外传入一句话："咱们不要儿子！"

冯倩眉的脸顿时冷若冰霜。

她说："儿子是你们高家的血脉，当然归你，但这处房子必须归我！"

他又愣住了。

而她补充了一句："我这人行事公平，如果我以后想要孩子了，可以再生一个。可我现在不打算再过有孩子的生活。人生苦短，我得趁年轻为自己快活几年。"

他瞪着她，像瞪着一个完全陌生的女人，听她的话像听她在念小说，或听一名女演员在背台词，并终于意识到，眼前这个女人，与自己视如亲姐的陆箫儿、吴知遇、冯晓岚是那么的不同，而自己却与她结成了夫妻！

还与她有了儿子!

他想起了婶婆和秀芹姐曾对她给出的评价,那会儿冯晓岚的音容笑貌又活生生地浮现在他脑际。

他瞪着她呆住。

"带没带来啊?!"

"……"

"别想使我可怜你啊,你装出那样子没用的。实话告诉你,我当初与你结婚是为了过上好生活。你都去到那种地方了,哪个女人还会继续与你做夫妻?北大荒是女人生活的地方吗?……"

他忽然懒得和她再说什么了,内心里反而一点儿怒气也没有了,有的只是羞耻,以及对自己成了她的丈夫而感到的懊悔。

"给我倒杯水。"

他终于说出话来。

她起身去倒水时,他从兜里掏出了笔和离婚协议书,签上了自己的名字。那离婚协议书上,已写明了儿子归他,房子归她。他之所以要回来与她当面谈一谈,主要并不是为了挽回夫妻关系,更不是为了争房子,而是为了使儿子不至于以后失去母爱。他明白,对于一个小学一年级的孩子,母爱之有无比父爱之有无对心灵成长的影响更大。他宁愿儿子和房子都归她,自己的工资除了生活费,绝大部分也每月按时寄给她和儿子,直至她和儿子确实不再需要了为止。

虽然他已经三十七岁了,却不打算再婚了。从此孤身一人并不会使他对人生感到多么的沮丧,如果在自己的有生之年造不出由自己设计的大型联合收割机才会。国家送他到苏联去学的就是这种能力啊!他明明已经有了此种能力,缺少的只不过是制造条件……

她连儿子都不要了是他万万没料到的。

第二十五章

既然她的态度那么明确，他便真的懒得再与她说什么了。

甚至，一点儿也不生她的气了。

一个为了享受自己所谓的好人生，连亲生儿子都可以舍弃的女人，并且还是独子，这样的女人还值得他生气吗？

她拿着瓷缸往桌子这儿走时，高坤已经站了起来。他指指桌上那份离婚协议，一言未发，转身离开了自己曾经的家。在门外，那个一直在偷听的男人刚一看见他出来转身就想跑，被他一把揪住了后衣领。

"是你自己不好！你根本不懂她！"

那人叫起来。

"高坤，事还没完，还得去法院办正式手续！"

冯倩眉也跟出来了，见状愕住。

他这才放开那男人，平静地对她说："你出来得正好，我是想告诉他，还有任何手续都不必找我了，可以找我姐赵秀芹，也可以找吴知遇，她俩谁都完全可以代表我。"

说完这几句话他就走了。

他去了一次他曾经的办公室，希望能亲自找到设计图，一无所获。

天黑了。又下雪了。

不知不觉，他走到了那条熟悉的小街，在离他所熟悉的那个小院的院门十几步远的地方，站住了。

他心里并没有多么强烈的在哈尔滨失去了家的怆惶之感，是的，一点儿也不怆惶。因为他在哈尔滨还有另一处家，永远欢迎他回去的另一处家，便是那在雪夜之中安安静静地存在着的小院，它是会确保他的人生永远安全的庇护所，他的巴黎圣母院，那里住着他亲爱的姐和婶婆，她俩是他的庇护天使。有她俩在，有姐夫和吴知遇在，他什么都不怕。

是的是的，尽管中国的天下已经大乱，许多人都变得不可理喻，他自己以后的命运也不知会怎样,但他什么都不怕。

他本是要去看看姐和婶婆的,他想她俩了,非常想。

但他却又改变了主意。

他不知见了她俩该说什么,他不愿又使她俩替自己操心。自己都三十七岁了,姐都四十七岁了,婶婆都七十多岁了呀!

岁月流逝得太快了啊!

以往生活在一起的那些难忘的愉快的时光,恍如昨日之事。可自己这个由国家送去留过苏的人,竟对国家的大农业发展尚未做出任何贡献。难道国家花在我高坤身上的那一份学费,真的就会打水漂吗?

那一时刻,他心怀着无边无际的惆怅和无以言表的感恩,朝那小院的院门跪了下去,并且磕下了他的头。

之后他直接去了列车站。

"就那么……了断了?"

"对。既然她都那么说了,我也就只能那么做了。"

当高坤如此回答时,已经坐在孙明远旁边了。从哈尔滨回到北疆农场场部,他用了三天时间。列车到嫩江后,再往前没有铁路,只有长途汽车,每天早上发车,仅一次,一次也只有两辆车,所以他不得不在嫩江住了一夜。一回到场部,直奔孙明远办公室。

孙明远也刚从某垦荒点视察回来。他脱下大衣,坐在炉边烤鞋烤袜子,高坤突然进入。

听高坤站着讲完经过,明远让他在自己身边坐下,也烤烤鞋袜。

高坤坐下后,明远没立刻说什么,沉思而已。直至高坤也脱下鞋袜烤着,他俩才有了以上对话。

听了高坤的回答,明远轻拍一下他的肩,哑着嗓子说:"了断就了断了吧，倒也干脆，像你爸的儿子。"

高坤问："姐夫是不是感冒了？"

明远苦笑着说："老气管炎又犯了。战争年代留下的病根儿，治不好。你替我把桌上那瓷缸子拿来，里边是鄂伦春猎人为我配的偏方，我请食堂的同志熬成了药汤，挺起作用的。放在炉盖上温温，我喝了它。"

高坤照他的话做了，之后又坐下，一边继续烤鞋袜一边说："姐夫，有句话我如果照直问，你可别生我气。"

明远说："我什么时候生过你的气啊，问吧。刚了断了那事儿，你要是没什么话问我，我倒会奇怪的。"

"那我问了哈，就是，在我和冯倩眉没结婚之前，你对她什么看法？"

"不怎么样。她给我的印象太轻浮了，也比较虚荣。我和你姐和你婶婆，还有你知遇姐，我们四个有相同的看法。"

"可你从没对我说过。"

"是啊，从没说，但你姐和你婶婆，含蓄地说过吧？"

"她俩是说过。她俩是她俩，你是你，那不同。如果你当时也坦率地跟我说了，我肯定会认真考虑你的话，也许我就不会和她结婚，就不会有现在这事儿，我儿子也不会从此没了妈。"

"听你这话，像是在埋怨我啰？"

"不是像，就是埋怨你。"

"高坤啊，那你可就错怪姐夫啦。你得这么想，在你和冯倩眉热恋的阶段，别说我不是你亲姐夫，即使是亲的，那也不能泼冷水啊。再者，你姐和你婶婆已经把话点到那儿了，我认为自己就不必再说了。你知遇姐也没说，和我的想法是一样的。"

"那么，只能怪我自己了呗。"

"你也犯不着自责。依我看，你在爱情这件事儿上，有点随根儿。当初你爸爱上你妈，把你爷爷奶奶在哈尔滨急上火了。他们都没见过你妈一面，你爸只给他们寄过一张跟你妈的合照，而且怕影响学业，坚持要在美国，具体是纽约，既把婚结了，又把毕业证书拿到，然后再双双回国……"

"为什么？我的意思是，怕影响学业可以理解，为什么当时还要坚持结婚啊？"

"怕你妈成了别人的妻子呗。你当时急着与冯倩眉结婚，不也因为有那么一种顾虑吗？要不我怎么说你随根儿呢。你爷爷没招了，就先派你孙叔公，也就是我父亲，和你赵伯伯乘船到纽约去，其实是想再了解一下你妈她们的家世。你妈她们家，那也是满门爱国的人，为咱们生活在纽约的华胞做了不少有益的事儿。你孙叔公拍电报把情况一汇报，你爷爷奶奶转忧为喜了，指示他俩就地参加你爸妈的婚礼。他们老哥俩，两位老革命，出生入死惯了的，对晕船那种洋罪却怵头极了。可为你们高家那件大事，老哥俩相当于赴汤蹈火了。参加完你爸妈的婚礼，一想到回国还要遭一个多月的罪，面对洋轮，望而却步，跳海的心思都有了。"

他笑了，高坤也笑了。

明远碰一下瓷缸，掏出手绢垫着手，端起喝了一口。

高坤穿好鞋站起，跺跺脚，走到办公桌那儿，又往椅子上坐了下去。他父亲的烟斗放在桌上，他看着问："想吸烟不？"

明远说："这几天不能吸了。"

高坤又问："关于我爸和我妈结婚的事儿，你听我孙叔公讲的？"

明远说："能听我爸讲，倒是我的一种幸福了。东北光复前，我们的抗联队伍出没于深山老林，我父亲和你赵伯伯长期隐蔽在你们高家，从事的是地下抗日工作，我们父子俩很难相见啊，我是听你爸讲的。爱国这种情怀太有力量了，将你们高家三代人都变成了无怨无悔的爱国者，也将我

第二十五章

们孙、赵、高三家结成了牢不可破的亲人关系……"

"牢不可破吗?"

"那当然!怎么,对于这一点,你有什么疑问吗?"

孙明远一口气喝完药汤,将缸子放劈柴上,也开始穿袜子穿鞋。

高坤沉思片刻继续发问:"姐夫,你是不是成心把话题岔开了呀?"

明远一边系鞋带一边说:"是不是都叫你说了,你以为是,那就是吧。腿坐麻了,扶我起来。"

高坤便走过去扶他。

明远说:"高坤啊,你姐夫这双腿也变得没劲儿了。抗日那会儿也罢,抗美援朝那会儿也罢,经历过的军人,多数都落下了老寒腿的毛病。何况我两场艰苦的战争都经历了,一入冬就腿疼。我都五十好几了,再为国家在北大荒奋斗几年就该离休了,那时你也四十多了吧?"

"是啊。"

"把缸子放桌上,咱们去接高山吧。"

"你不说我都忘了。"

高坤拿起缸子放桌上后,孙明远已在门口穿大衣了。

他看一眼手表,肯定地说:"这会儿学校已经放学了,他肯定在小秦校长那儿。你离开场部后,我交代小秦替你关照一下高山。"

二人走在外边时,仍有说不完的话。

明远问:"你姐和你婶婆可好?"

高坤说:"没顾上回去。"

"为什么?"

明远站住了,表情颇为不满。

高坤搪塞地说:"惦记着儿子。"

明远又问:"那,你打算怎么告诉高山?"

高坤反问:"如果我对高山说,他妈死了呢?比如,出了什么意外?"

明远思忖着说:"也不是不可以。对自己的丈夫落井下石,这样的女人不值得你再想她。将两间住房看得比亲生儿子还重要,她也不配再做高山的母亲。唉,在婚姻方面,你父亲比你幸运啊。"

高坤低下头说:"我倒不觉得不幸,但是觉得非常羞耻。"

明远挽着他边走边说:"也不要那么觉得。那是她的问题,不是你的问题。你将那事儿干干脆脆地了断了,我很赞成。但在什么情况下对高山讲你编的那种谎话,一定要慎重考虑。爱护高山,不仅是你的责任,也是我的责任。从今往后,我要爱护你们父子俩,起码在北大荒是这样……"

秦君茹住的地方有两排砖房,每排六门,专为场部未成家的女同志盖的宿舍,她们也都曾是军人。有四人一间的,也有两人一间的。每排只有一个单间,后排的单间空着,以备急需。前排的单间由秦君茹住,因为她曾是大尉,还因为她是校长,住单间属于工作需要。四周都有雪,仅那儿清出了一片无雪的地方,堆着雪人和鹿、虎、熊的造型。并且有花圃,其上的花株依稀可见。

高坤走过去碰了碰鹿角,雪粉落下,原来是用树枝做的。孙明远说:"我们十万官兵中的女同志,是多么的热爱生活啊!她们和你知遇姐、箫儿姐,还有……"

他忽然意识到了什么,没往下说。

高坤接着他的话说:"还有冯晓岚,对吗?"

明远这才说:"对,还有她。我们十万官兵中的女同志,个个和她们一样,也都是可敬又可爱的女性。你才三十七岁,高山年龄也还小,不为自己着想,为儿子着想,你也要振作起来,重新考虑你的婚姻问题。"

高坤说:"谢谢姐夫关心,我会的。"

明远说:"革命者不是整天喊口号,张口就是革命话语的人。革命者

第二十五章

也可以是有浪漫情调的人，喜欢文艺的人，在艰苦的生活条件下，懂得如何保持乐观精神的人……"

高坤尊敬地看着他，认真地听。

明远指着前排砖房说："住在那里的，个个都是那样的女同志！也只有她们那样的女同志，才配再成为你高坤的妻子，才配再成为高山的母亲。那个冯倩眉，她也实在是不配！"

高坤不由得低下了头。

最边上的门忽然开了，蹿出条半大不小的狗，直扑到孙明远跟前撒欢。紧接着高山出来了，说正在"秦阿姨"家写作业，一抬头看到爸爸和孙伯伯，赶紧就出来了。

高坤严肃地说："不许叫阿姨，要叫校长。"

高山反驳："秦阿姨说，不在学校，在她家时可以叫她阿姨。"

高坤说："你是儿子，儿子得听爸的。记住，不管在哪儿，都要叫她校长。"

明远正蹲着与狗亲昵，这时站起来说："你那么要求高山也不对，儿子不见得在任何事上都得听爸的。高山，我认为你不在学校的时候，是可以叫你们校长阿姨的。她明明愿意你叫她阿姨，为什么偏不呢？"

高山看一眼他爸，再看着孙明远问："我到底该听谁的？"

明远说："听我的没错。在这件事上，你爸也得听我的。"

高坤笑笑，不再说什么。

秦君茹扎着围裙出现在门外，冲他们喊："别在那儿聊起来没完，不冷啊？都给我进来！黑豹，进来进来！"

那狗叫黑豹，听她一召唤，乖乖地率先跑入屋里去了。

高坤说："我就不进去了。高山，你去把书包背出来，咱们一块儿回家。"

秦君茹又大声说："怎么，还得我上前往屋里请呀？我对你们男人有那么殷勤的时候吗？高山，你也给我进来！你穿得少，别感冒了！"

她一说完转身进屋了。

高山问："爸，回哪儿的家呀？"

高坤说："还能回哪儿的家？咱们在北大荒有第二处家吗？"

高山说："那让我在秦阿姨家再住一夜吧，我和黑豹刚成为朋友，我现在就走它会不高兴的。"

高坤训道："狗有什么高兴不高兴的，你要听话！"

高山说："就有！"说完也跑回屋里去了。

"这孩子，变得不听话了。"

高坤未免觉得尴尬，讪讪一笑。

明远以研究的目光看定他说："你呀，高坤，我觉得你也变了，变得郁闷了。你可千万别从此以后直接变成一个悲观的人啊，我不允许你变成那样。对咱们中国的前途，你不能悲观。对自己以后的人生，也不能悲观。男子汉大丈夫，要经得起事儿。不好的事既然发生了，而且已经把它了断了，就是过去了。过去了就不要再想再寻思，寻思来寻思去的有意义吗？要往前看，要为儿子，为自己和自己的事业重新规划一下人生，明白？"

高坤点头。

明远笑了笑，又说："那么，你现在有三个选择——一，你自己将儿子喊出来。二，我替你进屋去将高山揎出来。我才不替你喊呢，我是这儿的最高领导，站在女同志宿舍的前边，大声喊你儿子，别人听到了不奇怪吗？一奇怪不是就会多想吗？一多想，对我，对你，对小秦校长，不是都不好吗。三，咱俩大大方方地进去坐会儿，给小秦校长一份高兴……"

"她……会高兴吗？"

第二十五章

"这话问的,人家刚才不是催咱们进去了吗?咱们偏不进去,人家才会不高兴。秦大尉那也是有脾气的,她如果对我心存意见了,误以为我架子大了,连她这位校长的宿舍都懒得进去一次了,不定什么时候什么场合冲我发起飙来,我冤枉不冤枉?不是受你牵连了吗?"

"那……进去坐会儿吧。"

"这才对嘛。寻常的一件事儿,看你搞得别别扭扭的!"

秦君茹住的屋比分给高坤那屋的面积大些,也是一屋一厨。进门是厨房,住屋是长方的,二十几平米。靠里边一横一竖摆两张单人床。屋中间有布帘,拉上可将床与另半边屋隔开。明远和高坤进去时,布帘没拉上,收拢于一张床的床头。另半边屋摆了一张桌子一把椅子,桌上撂着学生的作业。那排房子朝阳,屋里阳光充足。窗台挺宽,摆着一溜盘子,栽着蒜苗、小葱、萝卜花、白菜花。所谓萝卜花,就是将萝卜有缨的那头切下一片,若阳光和水分充足,自然就会长出"挺儿",开出白色小花。而所谓白菜花,其实便是保留着根部的白菜心,也可开出米黄色小花。那日都开花了,使屋里多了一道赏心悦目的风景。一面墙上挂着些教具,大圆规、三角尺、半圆尺什么的。另一面墙上挂着一幅呈现南方小桥流水人家的油画。

秦君茹并没跟进屋,在厨房忙着蒸什么。高山已坐在椅子上继续写作业了,黑豹卧在椅旁。

高坤对儿子说:"怎么这么没礼貌?还不把椅子让给伯伯坐?"

明远却立刻对高山说:"也别听你爸的,听我的,坐那儿别动,好好写作业。"又大声说:"校长同志,我俩可坐床了啊!"

秦君茹在厨房里也大声回答:"坐吧。帘没拉上,那样就是让人坐的嘛!"

用中号油桶改造成的小铁炉上的水壶正冒着蒸汽,水开了。

明远再次大声问:"水开啦,替你灌上吧!"

秦君茹也又大声回答:"好啊,领导真有眼力见儿!"

明远却没有起身,小声对高坤说:"我是领导,动动嘴就行了。你灌,真没眼力见儿。"

高坤笑笑,起身灌水。灌罢刚一坐下,明远又小声问:"你是有艺术眼光的,那画水平如何?"

高坤欣赏地看着,小声说:"很专业,我喜欢。"

明远说:"小秦她未婚夫在部队上曾是宣传干事,专画宣传画,也给军报军刊画插图,是部队上培养起来的年轻画家,很有绘画前途的,不幸在朝鲜战场上牺牲了……"

高坤不知再说什么好,默默将目光移向别处。

明远却一味儿只说秦君茹,话里话外都是表扬的意思:"小秦虽然是校长,却给自己也规定了课时,每周都要上几节课的。人家入伍前是正式的师范毕业生,相当于大学文凭,所以才有资格成为师里的文化干事。在她那个师,有些团级干部都曾经是她学生,并且后来成为了正副师长……"

明远那么夸时,高坤一直低着头,听着而已。

秦君茹终于进屋了,用盖帘子托着些玉米叶,让孙明远和高坤各拿几片,她说玉米叶蒸过了,等于消毒了。

高坤奇怪,正想问,明远说:"别问,在谁的地盘,听谁的就是。"

秦君茹笑道:"这话我爱听。不管多大官的男人,在女人的地盘内,那也得尊重女人的主权意识。"又对高山说:"别往这边看,安心写作业,好事儿落不下你的。"

高山便又埋下头写作业。

而秦君茹回到厨房去了,转眼又进屋来,托着一盖帘蒸地瓜,请明远

第二十五章

和高坤用玉米叶垫着拿起。他俩吃时,秦君茹看着说:"北大荒的土地太肥沃,芽块儿埋下去,一场雨后,疯长秧子,地瓜却长得很小。还是作家林予出了个主意,与妇女队的同志一起,到河边去挑沙子掺地里,使土质沙化了些,后一年地瓜才长大了。怎么样?好吃吗?无非三种情况——又甜又面,或者甜或者面,既不甜,也不面。说话呀,到底哪种情况?快说快说。"

秦君茹急着要获得答案。

明远说:"我这个甜。"

高坤说:"那我这个就面。"

秦君茹听出了破绽,瞪着高坤问:"什么叫'那我这个'!……"又转脸瞪着明远说:"你俩都骗我?"

高山插言道:"毛主席教导我们,'你要知道梨子的滋味,你就得变革梨子,亲口吃一吃……'"

高坤不禁惊讶地望向儿子。

秦君茹说:"从前几天开始,我要求四五六年级的同学,每三天背熟一段毛主席语录,不认识的字,自己查字典。语录是我和老师们选出来的,在孩子们的理解范围之内。既可影响思想,也多学了字。"

明远说:"好!我支持。"

秦君茹说:"高山,那你就来亲口吃一吃,我是山东人,挨饿那几年,吃地瓜吃伤了,咽下几口胃里就反酸水儿。"

高山放下笔,走过来,向他爸伸出手说:"分我一点儿。"

高坤说:"我还没吃够呢,要你孙伯伯的。"说完,几口将地瓜吞尽了。

明远也想像他那样,却已被高山上手掰去了一半。

"伯伯请原谅啊,我也得完成我们校长交给我的任务呀!"

秦君茹说:"上手就对了,不上手没有亲口吃一吃的机会。"

高山剥了剥皮儿,将不小一块全塞嘴里了。嚼嚼,显出难吃的表情,吞下后说:"报告阿姨,实在不好吃,水了巴叉,像蒸萝卜!"

秦君茹便瞪着高坤和孙明远说:"我们一些女同志,一心要把地瓜种好,并不是为了自己,而是要使爱吃的同志在秋冬两季能吃到。看来我们还不算成功,明年还得找原因。"

明远说:"地瓜的事儿在我这儿不算个事儿,你们女同志的想法提醒了我,春节前派出几辆卡车,拉上咱们的白面,开到山东最穷的地区,让老区的人民过春节多吃上几斤面,再从老区拉回几车地瓜。而且,我要使这件事成为一种制度,二位认为如何?"

高坤立刻说:"我支持。最好也派我押车,那我就有机会去给我班长上次坟了。"

秦君茹紧接着说:"我也举双手支持,如果在学校放寒假时,那我也可以随车回一次老家了。我老家就是老区,那里的人民生活仍很苦。不过咱们先不谈那事儿,先谈刚才的事儿。刚才,你俩的表现太成问题!"

明远和高坤不禁互视一眼,困惑地问:"刚才啥事儿?"

秦君茹板着脸说:"别装糊涂,地瓜啊!或者甜,或者面,或者又甜又面,或者既不甜也不面。而你俩却撒谎,当面骗我!以为我是傻子,看不出来吗?倒是高山说了实话。高山,写作业去!"

高山乖乖地坐回桌子那儿了。

秦君茹继续批判:"事实证明,现而今,大人不诚实了,倒是孩子还愿意说真话!不就是地瓜好吃不好吃吗?这也值得说谎?我就奇了怪了,现而今说真话已经比登天还难了吗?现而今……"

明远严肃地打断她的话:"秦大尉,打住打住!别现而今现而今的,让别人听到不好!就哪事儿论哪事儿,我俩不是都不愿打击你们女同志一

第二十五章

心要把地瓜种好的积极性嘛,是吧高坤?"

高坤急忙点头道:"是啊是啊。"

明远紧接着又说:"小秦,你那直筒子脾气得改改啊,不改有你吃亏那一天。我第一次来你屋里坐坐,还有高坤同志陪着,还有你学生在,你看你劈头盖脸把我俩这一通训,没你这样的!"

秦君茹却来了这么两句:"我秦大尉就是要挑战一下你孙大校的权威,谁叫你不说真话来着!"

明远也板起了脸,喝道:"放肆!立正!"

秦君茹一听到口令,变了个人似的,顿时以军人标准的立正之姿站直了。

"稍息!"

秦君茹唯命是从。

"坐下!"

秦君茹端端正正地坐在床边,也就是两个男人对面。

明远笑道:"你以为在你的地盘,大校就管不了大尉了?照样管得你服服帖帖。那什么小秦,我听说你又打算办中学了?我支持!把你的具体想法汇报汇报,看我能怎么协助你。"

秦君茹亦庄亦谐地说:"回长官的话!"

明远说:"再贫我罚你站!"

三人都笑了。

秦君茹说即将有二十几名小学六年级学生毕业了,让他们到县里去读中学太不现实,县城离场部一百多里。来到北大荒的家属多了,孩子也多了,在场部建一所中学势在必行。她要求不高,先盖两间土坯房就行……

明远说,不必盖土坯房,他可以要求营房处无论如何先腾出两间砖房,给那二十几名学生当临时教室。同时向砖场的同志下达生产任务,要求他们在这个冬季多生产一批砖,以备开春后盖中学教室用。各队也有不少孩子该上中学了,估计总共二百多,怎么也得盖五间教室……

二人谈过那个话题之后,又聊了会儿钱的问题。孙明远说,从工资到办公经费到各类维修经费,每一分钱都是国家拨款,场部本身没有任何可以灵活支配的资金。实在缺钱了,只得向上边打报告,而上边的审批过程往往很慢。比如,有的同志受了严重的工伤,被送到哈尔滨的医院去抢救,需要有人护送、护理,需要住院费,可队里哪儿来的那么一笔钱呢?只得由场部出。到了他这儿,只得先从行政经费往外挪,有可挪用的钱还则罢了,一时并没可挪用的钱呢?那不是耽误抢救吗?往长远了看,三千人左右的一个大农场,完全没有可以自主支配的资金是发展不好的……

秦君茹说,据她所知,兄弟农场有一名职工得了胃病,不动大手术就是等死。可那职工曾是抗美援朝的英雄战士,怎么能让并没牺牲在战场上的英雄战士等死呢!于是许多职工自愿利用业余时间上山采药,居然采了一千多斤野生黄芪,卖了后,使那名职工保住了命。

她问:"咱们可以不可以鼓励职工业余时间采药,由场部收购,再由场部卖给药厂。职工增加了收入,集体也有了机动资金,不是一举两得,两全其美吗?北大荒是天然的中草药库,为什么不充分利用呢?"

高坤也从旁说:"不少中草药也可以种,药效是一样的。"

明远说:"那事我知道,也和你们一样想过。可现在不是在割资本主义尾巴吗?谁家卖鸡蛋挣了点儿钱,谁家多开出了一小片自留地,秋天多收了些菜,偷偷卖给县里人了,都被扣上了走资本主义道路的大帽子。我如果公开像你们所希望的那样去号召,我这个场长还当得成吗?如果我被调走了,三千多部下能舍得我走吗?我也舍不得离开大家呀是不是?"

他这番话,使秦君茹和高坤同时沉默了。

他却又说:"小秦,你看这样行不?你呢,带个头,工作之余,组织

第二十五章

些女同志,先把上山采药那事儿悄悄进行起来。你们自己开片地偷偷种,也可以。高坤,你和林予同志,你俩也加入她们女同志的行动。没人批判,咱们都谢天谢地。如果有人发难,我来承担罪名,决不使你们政治上受伤害。"

秦君茹瞪着他说:"这是什么话?我秦君茹敢做就敢当!真落那么个下场,你担一千,我怎么也得担上它四百!"转脸问高坤,"你怕吗?"

高坤微笑道:"你一位女同志都不怕,我怕什么?"

秦君茹板起脸说:"你这话我也不爱听!和男女没什么关系,只和做人有关系,男女都是人!"

高坤笑笑,不再说什么。

"那么,哪说哪了,各自心中有数,就这么定了。高山,收拾书包,咱们走。"

明远说着站了起来。

高山却不愿走,找理由说有的作业还不会,要求再住一宿。而秦君茹表示同意。

高坤在门外对君茹说:"我也养过狗,也是黑的,叫黑虎。"

君茹说:"巧劲儿的,名字都接近,后来呢?"

高坤说:"后来……老死了。"

明远赶紧接过话说:"我做证,是那么回事儿。"

君茹说:"能把一条狗养到老,可见你是有爱心负责任的主人,那我这里以后欢迎你,常来吧。"

高坤和明远走在路上时,明远说:"你在美国生活过这事儿,先不要跟秦校长说。"

高坤说:"刚才差点儿说了。"

明远说:"所以我赶紧替你圆。你们修配厂活儿不多了吧?"

高坤说:"前一阵挺忙,现在忙劲过去了,开始闲下来了。"

明远问:"有多闲?"

高坤说:"只够轮班干的,有人干,有人打扑克。再检修几台,各队的拖拉机就都检修过了。"

明远站住,将从君茹那儿偷出来的蒜苗递向高坤,高坤无言地接过去。

明远说:"让你这留过苏的来到这里检修拖拉机,实在是大材小用了。现而今,全中国各方各面像你这样大材小用,或靠边站了,业务上根本无用武之地的人,估计少不了,我他妈对这种局面是有看法的,看法大了去了!为这个国家,我们当年出生入死的,不是为了使些个坏人有机会冒充什么响当当的革命派!"

他气得挥了下胳膊。

高坤苦笑,没接话。

明远语重心长地说:"听着,别人闲下来可以,你闲下来不行,林予也不行。我给砖厂下达增产任务后,他们那儿肯定人手就不够了,会又忙又累。你回去告诉林予,我要把你俩派到砖场去。人多嘴杂,不少人的思想被搞乱了,自以为是的革命派哪儿都有,北大荒也有。我不这么做,堵不住别人的嘴,对你俩反而不利。"

高坤说:"明白。"

"任何情况下,都要学你父亲,学你小沈叔叔。既然选择了革命的路,那就要无怨无悔。"

孙明远拍拍高坤的肩,迈开大步走了。

"姐夫……"

高坤叫住他,还他蒜苗。

明远说:"林予那儿或许还有狍子肉,我听说他买了一只狍子腿。借花献佛了,你带回去给林予,晚上找他喝两盅,解解乏,也消消心中郁闷。"

高坤望着他背影愣了会儿,没朝自己住的地方走,反而转身朝秦君茹那儿走去。

君茹已在和高山吃饭,开门见高坤捧着蒜苗回来了,一脸诧异。

高坤说是明远让他送回来的,并替明远解释,他只不过是跟她开玩笑。秦君茹没说什么,更没往屋里让他,庄庄重重地说了句"谢谢",接过了蒜苗……

高坤回到住的地方,见林予在院外用大斧劈烧柴。

林予说他不知高坤何时回来,怕他的屋子一旦断了火,墙会上霜,水缸会冻裂,便一直为他烧着炕,烧着炉子,以使他回来后一进屋,屋里是暖的。

高坤深受感动,与他拥抱了一下。

第二十六章

我与高坤成为朋友，不但自然而然，也有几分必然。

首先，场部的空屋子不仅我旁边那一间半，别处也有。孙明远场长安排高坤与我成为邻居，证明他对我是信任的。否则，不会安排与自己关系情同手足的人住在一个被劳改的作家旁边，使我俩之间实际上成了近邻关系。当然，另一种可能也是存在的，那就是交代给高坤一项特殊任务，监视我的言行，经常向他汇报。一旦我的什么话被当成了"反动言论"，即使是一句牢骚而已，那么高坤在政治上就立功了，这对高坤有好处。对于孙明远，也又有了点儿政治资本。但孙明远毕竟是孙明远，在我心目中他是位品质高尚的人，个人道德感很强，才不会做那么阴险的事儿，所以他也是一个广受尊敬的人。何况，我并不反党反人民，而且是个爱国的人，正如扣在高坤头上的罪名，都是某些政治投机分子臆测的，编造的。

对于高坤父子与孙明远父子与赵秀芹父女的关系，我一清二楚。我随军来到东北后，曾以军方记者的身份采访过高鹏举和赵永亮，他们二位都是我十分崇敬的人。正是从他们二位口中，我也了解到了孙明远的父亲孙尚义烈士的抗日事迹。故我对于孙明远这样一位是抗日烈士之子的农场领导，更是以英雄人物视之。实际上他也的确当得起"英雄"二字——获得

第二十六章

过"抗战胜利纪念章"、"解放战争胜利勋章",并立下"抗美援朝"二等功的人,当然应该被视为英雄!

我不知道孙明远怎么向高坤介绍我的。我——一个创作过两部电影剧本,并且都被拍成了,公映了,还出版过一部长篇小说的曾经的部队作家,现而今成了劳改对象的人,肯定是几句话介绍不清楚的。即使在我和高坤成为朋友后,我也没问过。明摆着,一问必使我俩都陷于尴尬。

我也不清楚孙明远是如何看我的。觉得他对我还算友善,在路上遇到他时,他总是先跟我打招呼,并关心地问我生活上有什么困难没有。

高坤回来那天晚上,我俩在他屋里说了会儿话。

他坦率得令我惊讶,主动告诉我,他是回哈尔滨处理离婚之事的,并且已经又成了单身汉。

我半天才说出一句话:"我也是个离了婚的男人。"

他看着我愣住了,同样愣了半天才说:"我曾经的妻子揭发了我多条罪状,加重了我的政治灾难。"

我说:"我的情况没你那么糟,造反派们非把我定成一个反动的人不可,而我的妻子是省歌舞团的歌唱演员,她怕受牵连,毁了她的事业。她的担忧不是多余的,我理解,所以我们和和气气地离婚了。"

他说:"与我比起来,你是幸运的。"

我想了想,说了一句比较幽默的话:"不妨这么想,归根到底是咱俩自己的错,谁叫我们都做了丈夫呢?没结婚的人,当然就摊不上离婚一事啰。"

他苦笑了。

我又说:"不应有恨,但愿人长久,千里共婵娟,多回忆回忆在一起时的幸福,比有恨明智。"

我说完搂了他一下。

我走时他说:"谢谢,你们作家真会劝人。"

他的话证明他对我究竟是怎样的人也是知道的。

我觉得我俩在当时便成为朋友了。

一天,我和高坤正推砖,同时看到孙明远朝砖场走来。

高坤说:"我姐夫肯定是来找我的,真怕有什么坏消息。"

我说:"也可能是好消息。"

然而高坤的表情顿时忧郁起来。

孙明远却不是来找他的,而是来找我的。他让高坤替我请假,说他找我谈话。

离开砖场后,孙明远对我说:"别问为什么,不到我办公室,到你住的地方。"

我说:"荣幸之至。"

尽管我心里也打鼓,却尽量装出高兴的样子。

我那屋也有一把椅子,一张桌子,都是白桦木做的。相对于松树,白桦木质软些,做起来容易。木色本身是白色的,不涂漆看起来也挺舒服。场部所有属于公物的桌椅大抵是桦木做的,包括小学校的课桌课椅。

孙明远随我进屋后,问我狍子肉还有没有了。我说还有点儿。他又问够不够俩人佐酒的,我说那肯定够。他就从大衣兜掏出用报纸包着的东西,说是猪头肉,让我和狍子肉一块儿热热。还吩咐我好歹弄盘凉菜,再准备酒杯。

我在外屋忙时,他在里屋听我的收音机,调出了样板戏《红灯记》片段。

我端一盘拌白菜和一盘干煸肉进屋时,他已将桌子移到了炕前,桌上已有大半瓶白酒和花生米了,花生米在打开的报纸上。我见报纸上"文化大革命"几个黑体字赫然可见,说那样不好吧?他说没事,就咱俩,又没外人。我说还是放碗里吧,他说多此一举,吃着反而不顺手了。

我又去外屋取了两只空碗放桌上,而他已坐在炕沿了。

我说:"没酒杯,只有碗。"

他说:"行,用碗喝更显出北大荒人的豪气。"边说边往两只碗里倒酒。

我说:"你是领导,还是你坐椅子,我坐炕那儿。"

他说:"我坐炕沿坐定了,不挪地方了。如果有人找你,你出面,就说我在跟你谈话,不方便请对方进屋。如果是找我的,我出面,同样说法。"

"明白。"我说完只得坐椅子上了。

他说:"知道我为什么非坐炕沿吗?椅子高,我又比你高,如果我坐椅子,你林作家岂不是只有仰视我的份儿了?而坐炕沿,咱俩就是平视的关系了。"

我说:"多谢领导考虑得这么周到。"

"碰一下。"

"遵命。"

放下碗后,我抓起几粒花生米,他吃了一筷子肉,我俩边吃边饮偶尔碰下碗,一句接一句地聊了起来,基本是他问我答。

"知道我为什么安排高坤与你为邻吗?"

"不知道,没想过。"

"你绝对不会揭发他的什么言行。如果与他为邻的是那么一个主,我不是会添了一种烦恼吗。你俩已经成为朋友了,对不?"

"对。"

"这我很高兴,再碰一下。"

……

"你告诉没告诉他,你曾采访过他父亲和我岳父?"

"向领导发誓,我没对他讲过。"

"为什么?"

"他是叫你姐夫的人,我不愿使他觉得,我想通过他拉近和你的关系,那不是连朋友都没得做了?"

"好,够坦率。听着林予同志……"

"领导,叫我同志不妥吧?"

"怎么就不妥了?我没收到任何关于你的文件,其上清清楚楚地写着,你已经不是人民中的一分子了。买东西问路,还得称对方一句同志吧?而你,参过军,剿过匪,为人民大众创作过电影,为我们在北大荒战天斗地的十万官兵写出过歌颂我们的小说,反而竟不是我们的同志了?那他妈的世上还有什么道理可讲?所以,我称你林予同志,一点儿问题没有。我强调一下,现在,咱们是同志和同志之间的交谈。我以领导的身份找你谈话,那是说给外人听的,明白?"

"明白。"

我经历的事不少了,几乎也修炼到了波澜不惊的程度,但他的话还是使我心头热乎乎的。

"咱们接上刚才的话哈,你不要有你那种顾虑,可以跟他讲。高坤的父亲,我的父亲和我岳父,他们都是可敬的人,同意不?"

"完全同意。"

"他们究竟为抗日做了些什么,为东北的解放做了些什么,连我也不十分清楚。我父亲牺牲前,我见过他的次数很少,偶尔冒险见上一面,那也是匆匆一会,匆匆作别,根本不可能谈那些。我和高坤的父亲和我岳父在一起时,也不谈那些。成千成万的先烈为一种大的理想牺牲了,我们谈自己的经历干什么?但你不同,你是带着任务采访过他们的人,为了配合

第二十六章

你完成任务,他们不得不谈。而高坤,他现在处于思想消沉的时期,所以他应该坚信,他的父亲和祖父,都是可敬的爱国者,不但是我父亲和我岳父亲密无间的朋友,也曾是中国共产党亲密无间的朋友,我说清楚了?"

"清楚了。"

"现在,换一个话题,你觉得秦君茹同志怎么样?"

"很好的一位女同志,一心扑在北大荒的教育事业上,大家都很尊敬她。"

"你认为她能成为好妻子,好母亲吗?"

"也能吧。她性格有点儿太直,一般男同志会敬而远之,看她与什么样的男人结婚了。"

"她会考虑嫁给一个离过婚的男人吗?"

"哎哎哎领导,你千万别对我俩有这种想法。谢谢你的美意,我俩绝对不适合做夫妻!"

我误会了,急忙声明态度。

"你俩当然不般配。这一点不必你自己说,我又不是二百五。我指的是高坤,你认为他俩有成为夫妻的可能吗?"

我愣住,因为没那么想过。

"我,我妻子,我母亲,我们和高坤的关系,虽无任何血缘,却也可以说是打断骨头连着筋。他已经三十七岁了,又带着个儿子,既要当父亲又要当母亲,长此以往怎么行?拖过四十,找到理想的更难了。所以,我妻子我老母亲在信里交给我一个任务,要求我一定要关心他的个人问题。我这人,完成战斗任务生产任务都不是个难事儿,却从没做过媒。这方面你肯定比我有经验,你是作家嘛,你在自己创作的小说和电影里能写好爱情,做起媒来肯定比我强。那么我再郑重地问一句——高坤和秦君茹,他俩有可能成为夫妻吗?"

原来他绕了半天圈子,是想请我替高坤做媒。做媒是我特别喜欢的事,喜欢的程度仅次于文学创作。

我沉吟片刻,也郑重地回答:"绝对有可能。"

"可能性几分?"

"往少了说,五六分。往多了说,七八分。"

"何以见得?"

"高坤有文艺气质,秦校长那位牺牲了的未婚夫也是如此。而且,秦校长本人是爱读书的人。我和她和高坤都交谈过文学话题,高坤读过的世界名著,人家差不多也都读过,他俩会有共同话题。"

"嗯哼,这一点挺重要。"

"我觉得,秦校长她挺喜欢高山的。否则,高坤回来了,她不会欢迎高山还到她那儿住住。"

"高山后来去住过吗?"

"是的。"

"高坤什么态度?"

"起初当然阻止,后来也就随儿子的便了。我觉得,高山那孩子,似乎将秦大尉的母性本能唤醒了,使她变得性格温柔了不少。"

"好,很好。只有你们作家才这么善于观察。不过提醒你啊,你刚才那句太文学字眼的话,千万别对第三个人说,对高坤也不能那么说。传到小秦耳朵里,小心她很不温柔地找你算账,人家对学生一向挺温柔的。"

"我指的是对咱们男人。"

"还有补充的吗?"

"他俩都崇敬革命英烈,对自我人格都有要求。"

"这一点尤其重要。那……那什么,我的意思是,他俩在样貌上,那个那个……"

第二十六章

孙明远挠腮帮子。

我替他说:"般配不般配?"

他立刻说:"就那意思!"

我忍俊不禁地说:"如果他俩成了夫妻,老天爷看着都会觉得顺心顺眼的。"

他拍了下桌子,大声说:"来来来,端碗,再碰一次,都大口点儿。"

我俩放下碗后,他愉快地说:"那么,就这么定了?"

我又不禁一愣:"什么就这么定了?"

他说:"促成他俩结为夫妻嘛!你总不能白喝我的酒,白吃我的猪头肉吧?当领导,你不如我。做媒人,我甘拜下风。不论哪方面,都要讲能者多劳,连革命都是这么成功的。你当成一项我交给你的特殊任务好好完成吧。允许上心做了却没成功,不允许没当回事儿!"

他边说边站起来,示意我帮他将桌子搬回原处,之后从炕上扯过大衣开始穿。

我说:"我以为你仅仅是咨询一下我的看法。"

他说:"咨询过了之后呢?由我亲自做媒人?我要是没做成,日后还怎么跟小秦相处?什么脑子你!还是刚才那句话,就这么定了,算我欠你一份人情。不论我,还是我妻子我老娘,我们目前就这么一桩共同的心事,希望你能帮我们把它给完成了!"

他重重地也是信赖地拍了我的肩一下。

在门外,他问:"砖场的活儿吃得消吗?"

我说:"能坚持。"

他又问:"会骑马吗?"

我说:"骑术还行,在部队骑过。"

他那两句互无关联的话,问得我莫名其妙。

"林予同志,我是这么想的,自从你来到北大荒,我一直没让你离开过场部。所以,你并没经历多少真正的艰苦。将你派到砖场去,就是要堵一下别人的嘴,免得有人背后说怪话,议论我包庇你。能坚持就坚持几个月,过后还是要发挥你的长处,我要给你配一匹好马,而你要经常到各队蹲蹲点儿,为咱们十万官兵多写写报道,宣传宣传咱们的北大荒精神!"

他"啪"的一个立正,向我敬了个标准的军礼,转身大步而去。

望着他背影,我眼眶湿了,既因他那一礼,也因他们高、孙、赵三家特殊的关系。

自那日后,我有意识地创造各种机会,以使高坤和秦校长多接触接触。秦校长有时会来找我聊文学,若高坤也在我那儿,我便挽留他一起聊。虽然孙明远当面称我"同志",但毕竟仅限于我俩在一起时。若不是那样,他一向称我"林作家"。因为,我究竟还有没有资格被革命群众称为"同志",档案中写着"以观后效",意思就是在两可之间。高坤与我不同,他的档案也许还是干净的,党的任何一级组织尚未正式宣布他是不被革命所信任的人。造反派们罗织的罪名不算数的,事实上他并非是来接受改造的。

即使秦大尉那么有棱有角的女性,也不会大摇大摆地来找我。若多次被别人见到,对她也是不利的。她大抵是晚上来,并总会带上山东老家的亲友寄给她的花生、瓜子或红枣。如果高坤恰在我那儿,她一来,他就要走。某次,秦君茹不悦了,瞪着他说:"我是老虎?你怕我?"

他脸红了,不无尴尬地说:"不是怕你,我那边得往炕洞里添柴了。"

秦君茹走后,我过到高坤那边,批评他不该成心躲着秦君茹。

不料他说:"我找借口离开,也是想让你俩单独在一起嘛,你俩都误会我的好意了。"

他的话使我糊涂了,问他究竟什么意思。

第二十六章

"秦校长是位好女性。"

他又说了一句莫名其妙的话。

"这我就更不明白了,好女性你就该躲着她吗?"

"有什么不明白的啊,我觉得你俩挺合适的,你千万别错过缘分啊!"

我恍然大悟,笑出了声。我告诉他,人家秦校长纯粹是来找我聊文学的,对我根本没有别的想法。我俩合适不合适,他高坤觉得怎么样毫无意义,而我对秦校长也只不过尊敬,绝无追求之心。人贵有自知之明,她不适合我。以前在军中,她是大尉我是中尉,即使结成了夫妻,我的家庭地位那也太成问题。

他也笑了。

我说:"就算我求你了。"

他说:"你已经讲明白了,还求我什么啊?"

我说:"她再来,你不能走。你一走,搞得我俩很尴尬。有你在,必要的时候能为我俩做证,证明我俩没聊别的,只不过谈了谈文学而已。"

他说:"行。"

以后,秦君茹再来时,即使高坤并没在我那儿,我也会过去找他,而他也会愉快地过到我那边。

一天晚上,我和秦君茹谈到了托尔斯泰和雨果在人与文学两方面有什么不同,她认为——他俩都是贵族,都有庄园有年俸,不靠稿费也能生活得很好。并且,都是虔诚的人道主义者,这是相同的地方。不同之处在于,雨果笔下主要写穷人,贵族在他的作品中一向不是主角,而是次要人物。托尔斯泰笔下却一向在写贵族,《安娜·卡列尼娜》如此,《战争与和平》如此,《复活》亦如此。所以,可以这么认为,对穷人的同情,在雨果那儿是发自内心的,在托尔斯泰那儿更是一种主张。

我深以为然。

不料始终默默倾听的高坤却直率地对秦君茹说："我不同意你对托翁的看法。你那么评价他和他的作品，对他是不公正的。"

"那我就要请教于你了。"

秦君茹做出洗耳恭听的样子，我看出她有点儿窘，脸也红了。

高坤却似乎没看出来，更加直率地说："你那么认为，肯定是由于对有关托尔斯泰的资料，了解得不足，对他的作品也看得不够全面。"

于是他慢条斯理地讲了起来——托尔斯泰多次致信沙皇，虽然称他为"尊敬的陛下"，但信中的批判言辞却相当不客气，指出沙皇对反抗剥削和压迫的农奴、农民的迫害，是典型的暴君行径。他也一心改善自己庄园内农奴的生活状况，一心要使农奴们的儿女受到教育。他的短篇小说《穷人》和《呆伊凡的故事》，都以同情与敬意之心直接写了穷人……

听他讲完，秦君茹惊讶又钦佩地问："你怎么知道那么多？"

高坤反而被问得不好意思了，也一时红了脸，大姑娘般腼腆地说："我不是在苏联留学过多年嘛。"

秦君茹笑着说："没听够，以后你可要多讲讲啊！"

我说："我也涨知识了。高坤，以后秦校长来了，你必须过来啊！"

高坤笑道："遵命。"

那日之后，高坤再不回避秦君茹了，我请他过我这边来，他挺愿意了。场部当年虽已有电可供，却是由几台拖拉机发动的自供电，其声隔窗可闻，电灯光微。一到九点，就寝号响起，供电停止，不论何人再若用光，只能靠马灯、手电筒、自制的柴油灯或蜡烛了。不是所有个人或家庭都拥有马灯，当年马灯属于半军用品，有钱也难买到。全场部除了孙明远，再就只有少数人享受拥有马灯的特权，秦君茹是少数人之一。她总是拎着马灯到我这儿来，我开玩笑说："你是我和高坤的光明女神。"

第二十七章

二男一女，在北大荒寂静的夜晚，在温暖的单人宿舍里，守着马灯畅谈文学，委实是荒原寒夜十分浪漫的文化现象。

高坤与秦君茹的关系亲近了许多。林予和高坤经常在星期日去到小学校找活干，或铲除操场上的冰雪，或修炉子和火墙，或锯木劈柴，甚至将一间教室的地砖起了，砌出烟道，改成了地暖。那么一来，孩子们上课时再也不会冻脚了。秦君茹为了表示感谢，亲自动笔写了一篇表扬稿，交到广播站去，由女广播员在一个星期日的上午广播了。高坤父子和林予去食堂吃饭时，别人都非让他们往前边站。高坤和林予第二天去到砖场后，人们主动和他俩打招呼。

场部各部门及小学校、卫生所、商店和邮局等服务单位的烧柴全由后勤处统一上山砍伐，一一分送，但各家各户和各集体宿舍的烧柴却须自己解决。说是自己解决，其实也是集体行动，而且必定是星期日现象——拖拉机牵引的爬犁、马车、人拉的小型爬犁，少时七八人，多时二三十人，一起向山林进发，为的是互相照应。山林中猛兽时常出没，主要是熊、狼和野猪。公野猪也是凶猛动物，若与单独的人相遇，在它的地盘内，进攻性同样使人身处险境。上山的人多动静大，足以使猛兽望而生畏，自行避开。

一日，秦君茹敲林予那屋的窗，林予出门后，她说她们女同志那边的烧柴不多了，而她从马号借了一辆双马爬犁，希望林予和高坤帮她上山伐一次木。她考虑得很周到，带上了枪和子弹。林予就进了高坤的屋，将秦君茹的请求说了一遍。他俩屋外的烧柴也快没了，高坤爽快同意，嘱咐儿子在家好好写作业，穿上皮袄，扎紧腰带，与林予出了屋。秦君茹问林予要不要再叫上几名女同志。

林予看着爬犁上的一把大锯两把大斧说："不必了吧？就一把锯，去那么多人干什么？"

他这么说，其实是想为高坤和秦君茹创造进一步培养感情的条件。依他想来，劳动会使彼此印象已经良好的男人和女人快速地形成亲密关系。

高坤也说不必了。

他这么说是认为伐一爬犁树木三个人足够。

于是他俩就坐上车，由秦君茹驱马出发了。

三人劳动进行得极为顺利。高坤和君茹伐倒树木，林予负责用大斧去枝削杈。

爬犁上捆紧圆木后，三人生起一小堆火烤馒头吃，轮流喝同一只军用壶里的水。

忽然，两匹马同时不安地嘶叫起来。

"不好！"

林予话音刚落，高坤和君茹同时看到了狼——不是一只，而是五只，显然是一个小族群。也显然的，都已饿极了，仗着数量上的优势，专执一念想要吃人或吃马。

那时三人离爬犁七八步远，坐的地方只有林予用过的一只大斧横在雪地上。

第二十七章

有三只狼瞪着两匹马,前肢匍匐,后身弓起,立刻就要扑跃。

君茹也大叫:"保护马!"

说时迟,那时快,高坤就地一滚,同时抓住了斧柄。当他站立起来,已双手握斧,并且在两匹马的身侧了。他毕竟是当过兵打过仗拼过刺刀的人,那种快速反应属于身体本能。并且,又毕竟不是单独一人面对五头狼,而是三人共同面对,林予和君茹也都曾是军人,都经历过不同时期的枪林弹雨。所以他那会儿一点都没惊慌失措,毫不畏惧,十分镇定,亦十分勇敢。

然而三人面对的毕竟不是一头独狼,而是看去同样毫不畏惧且十分凶悍的五头狼!

狼群开始进攻了!

瞪着两匹马的三头狼中的一头,跃起一米多高,率先扑向了高坤,被他抡圆大斧,稳准狠,像棒球击球手那般,一斧砍去,砍了个正着!狼被凌空砍出挺远,却没顿时死去,落地后哀嚎不止。这情形非但没吓退另外两头狼,反而大大刺激了它们的野性。另一头狼跃得更高,没等他再次抡斧,瞬间将他扑倒。那狼分明是头狼,体型最大,约重六七十斤,两只前爪恰落在他的头两边,一只爪落下时划伤了他脸颊,另一只爪劈了开去,却也离他的脸颊不远。狼张开大口,朝高坤的脸一口咬下去——所幸那时高坤双手还握着斧柄,斧柄横在胸上——他举起斧柄,用力抵住了狼颈,使狼头不得不向空仰起,咬不下去。

第三头狼向一匹马扑去。

君茹已在爬犁上,枪已在手,瞄都不瞄,只一枪便结果了那头狼。

林予那边情况甚是不妙,他手中无枪亦无斧,赤手空拳与两只狼搏斗。不知怎么一来,他将一只狼压在身下了。估计那狼扑他扑了个空,被他反过来一扑,像摔跤时人压人那样,压住在那头狼的后背上了。山林中雪厚，那头狼被压入深雪里，只有半截尾巴还露在雪上。如果给那时的林予照张相，看照片的人是看不出他趴在那儿干什么的。当然了，前提是得靠洗印技术将他身边的狼处理掉。林予的脸也快埋入雪里，第五头笨狼一找不准他后脖颈，却死死咬住他一条腿，要将他从原地拖开，却哪里拖得动！

君茹又一枪结果了那头狼。

林予趁机一滚，滚出老远，迅速躲到一棵树后。雪下那头狼由于无法呼吸，几乎被憋死，像从水里冒出似的，一蹿老高地蹿起来，落地后见秦君茹持斧跳下爬犁，奔它而去，怕了，掉头逃得无影无踪。

高坤那边危机也发生了逆转，与他僵持的狼一时没法得逞，受到两声枪响的惊吓，不再示强，往后一缩，也逃之夭夭。

林予和高坤坐在雪地上互相瞪着，剧喘不止。君茹则手握大斧，看看林予，看看高坤，扑哧笑出声来。

林予生气地冲她嚷："你就不怕你那一枪伤着我啊？！"

秦君茹笑着说："我能那么没准头吗？"

高坤已站了起来，问林予有事没事。

还好，是冬季，林予没觉得狼牙咬透了他的棉裤。

于是三人将三头死狼弄到了爬犁上。

忽然，不远不近的地方响起了狼嗥。他们都知道那是狼在召集更大的狼群，也都意识到了仍处险境，一致决定事不宜迟，走为上策。

林予主张将头狼的尸体留在原地，作家的知识告诉他，如果将头狼的尸体带走，更多只狼组成的大狼群肯定会穷追不舍。

君茹却坚持带走，说要将狼皮寄回老家去给她老母亲。三人正好人人有份，少一只狼怎么分？

高坤不发表看法，只是催促别磨蹭，快走快走，狼嗥声使他深觉

第二十七章

不安。

但两匹马却几乎吓瘫，浑身颤抖，迈不开步。三人抚慰了它们半天，才使它们安定。君茹坐爬犁上，双手握枪警惕地四面观察。

高坤问她还有几颗子弹。

她说还有三颗，都压入枪膛了。

高坤嘱咐她轻易别开枪了。他的话其实是这么一种意思——如果更多的狼包围上来，他们二男一女仅靠两柄大斧一把没了子弹的枪，那是肯定没胜算的。

其实他不说林予和秦君茹也都明白这一点。

君茹却满不在乎地说："没子弹了也不怕，用枪托照样拍死它们。"

高坤训了她一句："住口！哪儿那么多废话？我俩得保护你明白不？"

君茹火了，顶了他一句："我才用不着你保护！刚才是你俩保护了我还是我保护了你俩？"

高坤还想说什么，林予也忍不住训他："少说一句不行啊，不看是个什么情况！"

他这才不再吭声了。

于是，林予牵着左边的马，高坤手提大斧保护右边的马开始下山。下山是有一条路的，由上山伐木的各种车辆压出来的，陡而起伏不平，却毕竟算是条山路。从他们停爬犁的地方到那条山路，也就六七百米远，却用了半个多小时，主要因为两匹马惊魂甫定，仍处在发蒙的状态，似乎听不明白口令了。爬犁终于拐上山路时，林予自觉汗水已将内衣完全湿透，估计高坤也是如此。在那半个多小时里，狼的身影前后左右时隐时现，碰得林中蒿草一阵阵响。林予又说："干脆把圆木卸掉算了，否则马跑不起来。"

君茹顶他："为什么非要让马跑起来？看你那点儿胆儿，亏你也是个当过兵的！"

　　林予没理她，看高坤。如果高坤表示同意，他就开始卸了。

　　高坤却说："都到这儿了，没那必要。"

　　林予便不再说什么。

　　山路有三里多地，两边的树被伐光，视线少了障碍，狼的身影看得清楚了。一只又一只，前后左右紧跟着爬犁，不由人不紧张。有那勇猛的狼居然敢于接近他们时，高坤便挥舞大斧将它们吓退。

　　爬犁终于到了平原上，三人绷紧的神经也终于放松。回望时，却又不禁倒吸凉气，竟有二十几只狼继续尾随。林予和高坤也坐到了爬犁上，高坤将大斧给了林予，亲自抖缰催马。两匹壮马一到平原，归心似箭，精神抖擞，飞奔起来。

　　然而狼群仍紧追不懈。

　　拐过一处山角，望见场部方向的烟气了。

　　秦君茹忽然又开枪，击毙一狼。别的狼迟豫一下，照追不误。

　　高坤冲君茹怒吼："你作死啊？！"

　　这是一句典型的东北话，严格说是山东人带到东北的山东话。以他那种出身和知识化了的人而论，话语体系中似乎不该储有那么一句张口就来的话，不知他从哪儿学的。虽然局面不容乐观，林予还是忍不住看着他笑了。就在他松懈防范之际，一头狼差点儿扑到爬犁上，被君茹眼疾手快地用枪托捣了下去。

　　"再冲我嚷嚷也给你一枪托！我是在向场部求援我有错吗？"

　　君茹也光火地吼了高坤两句。

　　她不那么解释，连林予内心里都在责怪她。总共就剩三颗子弹，每一颗都是用来保命的，高坤有多么生气他理解。

　　高坤单手抖缰，将另一只手伸向林予，同时大叫："给我鞭子！"

第二十七章

他想用鞭子抽爬犁两边的狼，它们越来越靠近爬犁了。

林予大叫："没有鞭子！"

"真他妈的！"

高坤只有催马快跑。

君茹大声问林予："他骂谁？"

林予大声说："别计较了，肯定不是骂你！"

君茹放那一枪起到了想起到的作用，不一会儿，场部方向有十几乘人马疾驰而来，骑者们一边放枪一边呐喊。

狼群畏惧了，放慢追随的速度，逐渐站住不动。

当那些骑者与他们汇合时，为首的竟是孙明远，其他人是警通连的，有几个人上马时连帽子也没顾上戴，那会儿才觉冻脸了，一个个双手捂耳……

孙明远让林予跟他到办公室去，先听林予讲是怎么回事儿。林予简要地向他汇报了之后，他搓着双手说："太好了，好极了，你认为呢？"林予困惑地问："指什么？"

他说："高坤和小秦的关系嘛！共同经历了这么一件事儿，他俩感情上还不产生飞跃了？"

林予笑笑，没再说什么。觉得也许恰恰相反，却又不好明言。

第二天，孙明远召开了一次会议，商讨怎么对付狼群。有位鄂伦春老猎人说，从死狼来看，属于荒原狼，山林中绝不会有为数很多的狼群，只有荒原上才容易形成那么大的狼群。十万官兵进发北大荒，被开垦的土地一年比一年广阔，村落出现得也一年比一年快，荒原狼被逼入了山林。荒原上鼠类、兔类甚多，狼群除了冬季日子不太好过，其余三季饿不着。而被逼入山林情况大为不同了，与荒原相比，它们在山林中可捕食的小动物少，挨饿成了常态。再加上人们经常进山伐木，无疑会使它们感到生存在山林中也极不安全。它们对伐木人的攻击，一方面是由于猎食本能的驱使，另一方面肯定也是出于对人的憎恨，同时是报复行为。

另外一些人也就是曾经的官兵们，群情激昂，都认为不管怎么说，伐木者被狼群围攻的现象绝不允许存在，都主张组成灭狼队，带上帐篷、干粮和足够的子弹，深入山林，将狼群彻底消灭，根除后患。

孙明远认真地听每一个人的发言，末了站起身，吸着烟斗，踱来踱去思考片刻，最后做出了一项使部下们讶然的决定——在山脚下设立路卡，旁边搭建守卡木屋，派专人常驻，将那座山封了。除鄂伦春猎队，严禁任何人进山。

他的理由是——人要生存，狼也有权生存。只许人生存不许狼生存，不符合天道。既然允许它们生存，那就索性划给它们一座属于它们的山林吧。场部四周都有山，伐木可以再从另几座山开始，那样也有利于养林。

他说时，老猎人频频点头。待他说完，老猎人起身表态——非常赞同场长的话，他们鄂伦春猎人也将遵守封山规定，保证不再进入那座山林。

老猎人说完，向孙明远微躬一躬，告辞了。

孙明远还要继续主持会议，进一步商议某些封山细节，请林予替他送送老猎人。

那鄂伦春老猎人叫郝力布，关于他与孙明远之间的故事，林予到北大荒不久就听说了。

先是——某日，一条鄂伦春猎犬不知怎么一来，蹿入了一顶伐木队的帐篷。几名伐木队员以为是狼，结果将它打死。这下不得了，闯大祸了。几十名持枪骑马的鄂伦春男人将场部那幢砖房围住，口口声声要求"最大的官"出面谈判。

警通排的战士们都不是吃素的，一阵号声过后，或骑马或跑步，也荷枪实弹出现了。双方马头对马头，枪口对枪口，形成了对峙局面，大有一

第二十七章

触即发之势。

孙明远当时在场部医院输液，闻报后自己拔了针管，急匆匆赶回场部。一进入院子，立刻喝退警通排的人，请为首的鄂伦春人进办公室相谈。

跟随孙明远进入办公室的是郝力布的儿子。他讲明所为何事后，声明猎犬是鄂伦春人心目中的家庭成员，要求偿命。

孙明远不听则已，一听之下，勃然大怒，拍案而起。

他说鄂伦春兄弟对猎犬的深厚感情，自己充分理解。别说鄂伦春人了，别说是猎犬了，就是汉族人，就是一般的狗，谁家养的谁不爱呢？被别人打死了照样心疼照样生气啊！所以鄂伦春兄弟们的愤怒才是可以理解的。但悲剧既已发生，而且并非成心的，狗死既成事实，若再死人，万万不可！而且，简直岂有此理！

那郝力布的儿子怒道："你知道我们那条狗有多么了不起吗？！"

孙明远又拍了一下桌子，也指着他严厉地训斥："你知道我那些部下有多么了不起吗？他们是我从抗美援朝的战场上直接带到这里来的！他们回到祖国的怀抱以后，连家都没回一次，取下军功章乘上列车就直接来了！他们都是我引以为豪的好士兵，你要求他们为狗偿命是对他们的侮辱！也是对我的侮辱！我可以亲自为你们的狗披麻戴孝，三跪九叩，但如果要我哪一个兵的命，你休想！"

"你这么强硬，那就是不想跟我谈啰？走走走，跟我出去，把你的话跟我们外边的人重说一遍！"

郝力布的儿子上前拉扯孙明远，被孙明远猛推一掌，后退数步，几乎碰倒了炉子。

"放肆！你喝醉了，浑身酒气，我不跟你谈了，叫一个清醒的人进来谈！"

孙明远干脆坐下了。

这时门忽然一开，郝力布闯入，喝去他的儿子，庄重地向孙明远自我介绍，说自己是鄂伦春新村的村长，最有资格与孙明远谈判。

孙明远当然恭恭敬敬地以礼相待，将自己表达过的态度又说了一遍。

郝力布听后，连忙说披麻戴孝三跪九叩有辱人格，成何体统？别说不可让孙场长那样了，也不可让任何一名农场员工那样。

孙明远听了大悦，当即表示，愿以一支猎枪、二十发子弹作为赔偿。猎枪孙明远自己就买了一支，挂在墙上。子弹也是现成的，在柜子里。

孙明远起身取下枪，找出子弹，大大方方地一并交给了郝力布。郝力布接过枪和子弹带，执孙明远手，与他一起走到了外边。

那狗的主人接过枪，围上子弹带，往双筒枪的枪膛上了两颗子弹。他要试试那枪品质，也是要炫耀一下自己的枪法，请人往场部的土围墙上摆了两块半砖。结果却两枪都没打中，对那支枪大摇其头。

孙明远笑着说："让我试试。"

那鄂伦春汉子便替他上了两颗子弹，将枪朝他一递。他接枪在手，望着两块半砖又说："目标太大了。"

另一名鄂伦春汉子便将两块半砖换成了两个"松塔"，而且摆开了一米多远的距离。

孙明远侧身站稳，凝神敛气，缓举枪，微俯首，瞄了片刻，枪声一响，一个"松塔"消失不见。第二枪他根本没再瞄准，枪口转移只是刹那间事儿——枪声又一响，另一个"松塔"也无影无踪。

不唯警通排的战士，所有鄂伦春人也都大鼓其掌。

孙明远还枪时笑道："枪肯定是好枪，我也相信你是位神枪手，只不过你也喝醉了。"

鄂伦春人中有人高叫："他没喝酒！"

第二十七章

于是引起一阵哄笑。

笑声过后，孙明远又说："我当年参加抗联时，子弹像粮食一样宝贵。所以，我们抗联战士对自己的要求是，每一颗子弹务必消灭一个敌人。我的枪法，是那时练出来的。当年，许多鄂伦春弟兄也投身到抗日战争中了。所以，我们之间是形成过同仇敌忾的友谊的。我希望，以后我们之间不论发生了什么矛盾，都要以妥善的方式来解决。否则，对不起以前那种友谊，大家说是不是啊？"

他的话赢得了一阵掌声。

此后，孙明远与郝力布成了朋友。遇到某些举棋不定之事，每会派人将郝力布请来，听听郝力布的看法。

林予将郝力布送到了拴马柱那儿。

郝力布上马前对林予竖起拇指说："你们场长是这样的人！"

下午场部的新闻报道员来到了林予那里，要求林予谈谈遭遇狼群袭击的经过。林予请他先去问秦君茹，他说秦君茹拒绝采访。林予说高坤就住旁边屋，希望他先采访高坤，以高坤的讲述为主，自己的回忆只能作为补充。因为三头狼秦君茹打死了两头，高坤打死了一头，自己几乎没发挥什么战斗力。报道员说高坤不知带着儿子到哪儿玩去了，屋里没人。说采访完他，当然还会对高坤进行重点采访。

林予拗不过他，只得依据回忆先接受了采访。并且在采访后强调，自己的回忆是结合了想象的，因为那事儿发生得太突然，不结合想象根本讲不清楚。报道员说林予讲得挺清楚，再重点采访一下高坤，他的报道绝不会与事实有多大出入。何况又不是件庄严的事儿，无非就是报道一下，丰富丰富场部员工的娱乐生活而已，与事实有点儿出入也没什么。

林予觉他说的也对，过后并没放心上。

但报道员却没再采访高坤。也许他又找了一次高坤，仍没找到，总之没采访高坤。场部物资处有位同志山东快书说得好,报道员依据对林予的采访,与那位同志编成了山东快书,定名为《人狼大战》。林予的回忆已掺杂了想象,他俩的编创又增加了想象部分。想象结合想象,故事性倒强了,但内容也变成了两个男人拼死保护一个女同志的套路。报道员也是男人嘛,两个男人和一个女人遭遇了狼群的攻击,按照男人的思维逻辑,不是两个男人拼死保护一个女同志,难道还会反过来?

星期一早上,林予和高坤在食堂同桌吃饭时,孙明远一手端饭盒,一手握筷子出现在饭桌之间。他那双筷子上插着俩馒头,东张西望找地方坐。以往他从不与林予和高坤同桌吃饭,特殊年代,政治风云诡谲多变,连他那种劳苦功高的人,也不得不言行谨慎。可他那日去得太晚,别的桌都没空座了,只林予和高坤那桌还有几名女同志那桌仍有空座。偏偏秦君茹同样去晚了,也一手端饭盒一手拿馒头在找空座。女同志们或叫她或朝她招手,她便走了过去。孙明远呢,只得走到林予和高坤那桌坐下。他俩看他一眼,双方点点头,互相没说话,都闷声不响各吃各的饭。

食堂里的箱式连线广播喇叭忽然响了:"嘚哩格嘚,嘚哩格嘚,闲言碎语休要讲,表一表十万官兵的好儿郎!那一日,北风嗖嗖天地寒,三位同志进山去把木来伐。两个男,一个女,男女搭配,干活不累。男是谁?女是谁?听我细细说端详……"

就这么着,《人狼大战》引起了三人之间的矛盾。正吃着的,吃得慢了。吃完的不走了,走到门口的站住了,有人又返身回来坐下听。

快书说到一半,秦君茹听恼了。她起身走到林予他们那桌,双手按桌沿,朝高坤俯身问:"是那么回事儿吗?为什么是好儿郎而不是好儿女?"她转身朝女同志那桌一指,又问:"十万官兵全是男的吗?她们是男还是女?哎,我们来到北大荒那年你在哪儿?你有什么资格代表十万官兵的好儿郎?明明我秦君茹也很英勇,怎么听起来像是英雄救美?当时要不是我

第二十七章

开枪打死了两只狼,被狼咬死的会是你俩还是我?"

她拍了一下桌子。

高坤当然不明白事情怎么会被编成那样,瞪着秦君茹瞠目结舌,她一拍桌子吓得他一抖。

"你俩将事情讲成那样很可耻!是典型的大男子主义!不仅对我,对于我们所有女同志都是羞辱!我要求你这就向大家解释清楚!"

"那秦大尉,这时吓得发了蒙,虽然手中拿着枪,却如同拿根烧火棍!高坤一见犯了急,连声大叫开枪开枪快开枪……"

箱式喇叭传出的声音对于秦君茹等于火上浇油。

她大叫:"给我把它关啦!"

一名女同志立刻起身拉了一下开关绳,食堂里顿时一阵肃静,包括孙明远在内,每一个人都呆看着秦君茹发飙。

"说话呀!"

秦君茹又拍了下桌子。

高坤一言不发,默默起身盖上饭盒往外便走。

"他不说你说!你俩那么编,当时心里究竟怎么想的?是不是大男子主义在内心里作怪!"

秦君茹的手指几乎触到了林予的脸。

林予那时才从呆状中挣扎出来,赶紧说:"你错怪高坤了,他跟这事儿一点关系都没有!"

遂将自己与报道员之间的话重复了一遍。

秦君茹气犹未消,大叫:"我不信!"

孙明远也拍了下桌子。

他那一举动,使秦君茹也瞪着他呆住了。

"这饭吃的!添堵!"

他站了起来，目光从这桌扫到那桌，将人们扫视了个遍，高声说："既然秦校长将事情上纲到了关乎女同志们的形象和尊严的高度，那么，就是个严肃的问题了。我不知道，还则罢了，但是偏偏我赶上了，不可不管了。都给我待在原座别动，咱们索性就将事情搞个一清二楚！"

人人肃然，鸦雀无声。

秦君茹意识到自己未免太冲动了，转身欲回自己的座位。

孙明远阻止道："别走，你就坐这儿！"声音虽低，不失威严。

秦君茹只得乖乖坐下，郁闷不安。

林予小声对她说："根本不是你以为的那样。"

她将头一扭，不理他。

孙明远则命人速去将报道员找来，自己从腰带上取下烟丝袋，按满一斗烟丝，点燃后走到窗前，望着窗外吸起来。有几人趁他背对大家那会儿，互相使着眼色，悄悄起身欲往外溜。他听到轻微的响动，转身目光严厉地望向他们，他们便都讪笑着退了回去。

不一会儿，报道员被找来了。孙明远也不请他坐下，仍站着，就那么开始了询问，情形如公开的审问。

报道员倒也诚实，"供认"的确不关高坤的事，之所以会想当然地那么编，纯粹是为了增强故事性。

孙明远说："你一想当然可就糟了，与事实出入很大了嘛！报道要符合事实，你是老报道员了，连这起码的一点都不懂？"

报道员自我辩解，说当然懂。但广播的并非新闻，而是山东快书，是文艺形式，属于结合真人真事的再创作，创作是允许加入创作者想象和虚构成分的。

他说得振振有词。

秦君茹往起一站，似有反驳之词。林予没容她的话说出口，一扯她胳膊，又使她坐下了。

孙明远仍甚严肃地说："同志，不管你的话听来多么有道理，但结果已是，人家秦校长认为你们那么一虚构，影响了她的形象。人家在女同志中是威望极高的人物，有损她的形象，那也就等于影响了广大女同志的形象。这种逻辑，连我都认为肯定是成立的。而且我还认为，人家秦校长，当年的秦大尉，也是经历过出生入死的战斗考验的人物。据我所知，她枪法是很准的，难道你们都没听说过？"

他环视众人。

人们便纷纷点头。

他提高了声音又说："我问的主要是你们男的，听说过吗？"

有几个男人小声说："听说过。"

"一齐回答，大声点儿！"

他加重了语气。

"听说过！"

男人们异口同声了。

"我虽不是当事人，但我也有想象的能力。依我想来，凭人家秦大尉的智和勇，当时根本不至于惊慌失措，谁更沉着冷静，得听听当事人怎么讲！林作家，你也是当事人，你回忆回忆吧。"

林予心领神会，故作庄肃地说："您的判断是有道理的，高坤的表现很勇敢，秦校长的表现尤其勇敢，惊慌失措的是我。比较厣的也是我，我当时的确吓蒙了。"

有人笑出了声。

孙明远也笑了，幽默地说："看人家林予同志多么的实事求是！实事求是乃好品质，大家以后都要向林予同志学习！那么，亲爱的报道员，你是不是该向秦校长表示表示歉意啊？"

于是报道员向秦校长鞠躬，说请原谅对不起之类的话。

"没你的事儿了，找地方坐下，我还有话要讲，你也得听听。"

再没空座，报道员只得坐在林予旁边，也小声对林予说了句"对不起"。

孙明远却已经开始总结，他分明进入了一种不吐不快的状态。

他说："趁此机会，我要谈谈我和高坤的关系。他是叫我姐夫的人。他姓高，我妻子姓赵，那他为什么叫我姐夫呢？这就得话说从头了。想当年，日伪政权统治东三省那时期，高坤的爷爷就秘密加入了抗联组织。他虽不是共产党人，但在抗日这件事上，是中国共产党最忠实的朋友。我父亲和我岳父，是党派到他身边协助他为党工作，并且要保护他的人。但日伪特务趁他住院治病的机会，将他卑鄙地毒害了。并且，当着高坤他父亲高鹏举的面，将我父亲杀害了。而高鹏举，从此在我岳父的引领之下，也一步步走上了抗日的道路，成了我党忠实的朋友，对于东北的解放，做了非常重要的工作。1947年的时候，他也被特务杀害了。高家前两代人，都是中国共产党的忠实朋友，都是因此而死的。至于高坤，他是参过军打过仗的，在'三下江南'的战役中为救我岳父负过伤。我们孙、赵、高三家，在抗日战争和解放战争中，结下了比亲人还亲的友谊。那么，在我孙明远说话还算数的地方，谁如果欺辱他，就是欺辱我们孙、赵两家！谁胆敢侵犯他，就是侵犯我们孙、赵两家！都听明白了吗？"

"明白！"

人们的声音像是能将屋顶掀掉。

"林予同志和秦校长留下，其他人可以走啦！"

当食堂里只剩下林予和秦君茹时，孙明远瞪着他俩，瞪得林予心里发毛，唯恐孙明远突然冲他发脾气。他瞥秦君茹一眼，见她倒一副神态自若的样子，仿佛刚刚发生过去的事儿，与她一点儿关系都没有。

第二十七章

孙明远并没突然发作，只不过板着脸冷冷地说："你俩，跟着我。"说罢，转身大步往外便走。

路上，秦君茹嘲讽林予："高兴了是吧？"

林予奇怪地反问："有什么可高兴的？"

她冷笑道："别装傻，场长当着那么多人称你同志，这意味什么你不清楚？"

林予想到了孙明远关于他应该如何看待自己的问题那番话，故作严肃地站住说："我怎么就不配是大家的同志了？哪一级组织正式地这么宣布过？"

秦君茹也站住了，回忆着说："还真没有，我只知道你是来接受思想改造的，哎，你头脑里到底有些什么坏思想啊？私下里交代交代，也算给我打打预防针，免得以后你的思想把我的思想带偏了，带坏了，我自己还一点儿不知道。"

她的样子相当认真，林予根本看不出她是否在开玩笑。

"你还是先担心担心眼前的事儿吧，过会儿说不定咱俩谁挨训呢！"

他拔腿往前又走。

"挨训的肯定是你不是我。我有什么错？即使有错他也从不训我，老给我面子了！"秦君茹加快脚步跟上他，一边满不在乎地说着。

在场长办公室门外，孙明远对林予说："对不起，你先在门外等会儿。"说罢，径自进去了。

秦君茹愣了愣，小声说："那我不礼让了。"小女孩儿似的吐了下舌头，也优越感十足地进去了。

门刚一关上，林予就听到了孙明远的训斥言语："秦君茹！秦校长！秦大尉！哎，你在食堂里那算什么表现？不过就是把你们三个的事儿编成了山东快书，不过就是报道员说的那样，图个人们听了娱乐娱乐，你看你当时那一番较真，鼻子不是鼻子脸不是脸的，还上纲到损害女同志形象的高度！多大点儿事儿？有那么严重吗？那么较真值得吗？大老爷们似的凶凶的，忘了自己是女同志了？！"

林予听到他又拍了桌子。

"女同志怎么了？哪条纪律规定不许女同志一时冲动了？就算丢脸了，丢的也是我自己的脸没丢你的脸！"

秦君茹的声音听来也不甘示弱。

"丢人不丢人姑且不论！先说你那种表现，一旦传开了，哪个男人敢娶你？我生的是这个气！"

他俩你有来言我有去语地互相嚷嚷。

"你别对我吼，我一辈子不嫁人又怎么了？关你什么事儿？"

"我不许！"孙明远又拍了下桌子，"我不许！我还就听不惯你说这种话！一名女共产党员，曾经的军中大尉，哪方面表现都很优秀，形象也挺好，又是在和平时期，没病没残的，你为什么不嫁人？你不嫁人那也是对我们男人的羞辱！想证明什么？证明我们男人中没人配得上你了？！"

"我……"

"我什么我？有什么可我的？再问你一句——你热爱生活吗？回答！必须回答，否则别想离开！"

"比你热爱生活！"

"还是的！一个热爱生活的人，不论男女，那他就应该用结婚来证明！做妻子或做丈夫！之后做父母！否则热爱生活就是一句空话！很可疑！……"

"你当场长的急头白脸地为我嫁不嫁人干着急，犯得着吗？你这不是操的多余之心吗？！"

"犯得着！不多余！你是我优秀的部下，还是那句话，我不允许你把好年华一年年耗过去！好年华有好婚姻衬托着，那才算真的好！"

"嘿，说得还怪有诗意的！得啦得啦，别跟我犯叽歪了，今天我也把话搁这儿场长！从今往后，我嫁谁，由你做主了，你让我嫁谁我嫁谁行了吧？"

"我……那事儿当然也要从长计议，完全听我的不成包办代替了？那什么，再说当务之急，不看僧面看佛面，报道员向你认错了，我觉得你也应该向人家高坤认错，否则对人家不公平。我也不要求你非当面认错，请林予同志转达认错的态度也行嘛！"

林予已做好了闯进去劝架的准备，没想到他俩的话又变得和风细雨推心置腹了。

"消气儿了？那我走了啊，你别忘了门外还等着一位呢。大冷天的，你让人家等久了和罚站有什么区别？我可嘱咐你一场长，不许你训人家林予同志，人家是作家，脸皮儿比我薄，你要给人家留足了面子！"

门一开，秦君茹出来，看着林予冻得直跺脚，取笑道："他气刚消，都是狼惹的祸，你认尿认到底吧，别把他的无名火又拱起来。"

林予说："快走你的！"

她咯咯笑着跑了。

林予进屋后，见孙明远已坐到了炉边，又在吸烟斗。他拍拍身边的小凳，林予走过去坐下了。

他问："都听到了？"

林予笑着点点头。

"满心希望能成的事儿，没想到闹出那么一场戏！"

孙明远样子很沮丧。

林予说："对不起，辜负您的信任了。"

他瞪着林予说："又来了！明明不是你的错，干吗非往自己身上揽？

改不了啦?"

林予低头苦笑着说:"有点儿,快被某些人整成习惯了。"

"改不了也得改!非改不可!绝不能成为习惯!如果你自己都成为习惯了,那些整人的人不就更习惯了?好人不是就只有挨整的份儿了?"他拍拍林予的手,换了一种温和的口吻说,"我并没有责备你的意思。我只不过替高坤着急,他一个人带着儿子太难了,日子长了肯定不行。"

林予说:"秦校长她不是表示了,她的终身大事愿意由你来做主吗?那你干脆出面把高坤和她的关系挑明了,过程不就简单了?"

孙明远说:"亏你还是作家,怎么能这么看问题?恋爱的过程简单得了吗?你认为他俩还能成吗?"

"我觉得,还是挺有希望的。"

"直说,不许绕弯子!"

"您想啊……"

"别您您的,不爱听,说你。"

"好,你想啊,秦校长为什么找我俩上山伐木?肯定是要进一步了解高坤,也要使高坤进一步了解她啊。否则,场部的男同志多了,她找谁帮忙,谁都乐意不是吗?"

"那她在食堂演那一出又是怎么回事儿?"

"你说对了。我觉得她根本不是那种小肚鸡肠的女同志,她那就是演。许多人同时在听,她一时下不来台,应激反应……"

"说下去。"

"像她那种女同志,属于恋爱感情十分内敛的女性,忽然觉得自己和一个男人的关系会引起广泛的猜测,当然要自我掩饰。而这也恰恰证明,她极其在乎那种关系的萌芽,否则掩饰个什么劲儿呢?"

"分析得有道理。"孙明远拍着林予的肩说,"既然你是乐观的,那么,

第二十七章

还是得拜托于你,希望你再接再厉!"

就那么着,林予又被孙明远"委以重任"了。

当天晚上,秦君茹去到了林予那儿,交给他一封信,说是写给高坤的道歉信,请他转交高坤。

信没封口。

林予开玩笑:"不怕我偷看?"

秦君茹说:"随便看。除了道歉,没别的内容。"

她说完就走。

她一走林予就看信,确如她所言,仅仅写了几句道歉的话而已。唯一使林予感兴趣的,是"尊敬的高坤同志"这行抬头。他认为,"尊敬"二字,显然是由于孙明远掷地有声的"演讲"起了作用。

林予立刻过到高坤那边去给他信。高坤在教高山英语,接过信没立刻看,放桌上了。

林予说:"人家称你尊敬的高坤同志。"

高坤说:"也请你转告她,当时我是真有点儿生气的,现在没气了,小事一桩。"一边说,一边批改儿子写的英语单词。

林予搭讪着问:"教儿子英语有意义吗?"

高坤说:"往长远处看,总有一天会用得上的。"

第二天,林予等在高坤那屋门口,照例和他们父子一块儿去食堂。

高山一出来,用俄语向林予问好。林予也懂几句俄语,同样以俄语问他好。

高山又对林予说了两句英语。

林予听不懂了。

高山笑着自我翻译:"我爸认为秦校长的字写得很漂亮,有保存价值。"

林予说:"我没看,那他就好好保存呗。"

高坤表情不自然地说:"请你再转告秦校长,如果她还愿意过来与你谈文学,我也还愿意相陪。"

这是林予爱听的话,预示着一种好兆头。

林予说:"她来我一定告诉你。"

然而秦君茹再没到林予那儿,以后二十多天里他们三个也再没聚过,林予和高坤仅在食堂或路上见到过她几次,见到了也只是点头而过。即使相互点头时,她和高坤的表情也都很庄重,庄重得使林予感到异乎寻常。他曾对高坤说:"你也应该回人家一封信吧?如果你肯写,我愿意转。"

高坤却说:"没那种必要。"

林予对他俩的关系又陷入了悲观,觉得也许上天注定,他俩之间真的没有夫妻缘。这么一想,又会进而得出他俩不适合做夫妻的种种结论,对先前所持的乐观自我否定。于是同情起孙明远这位姐夫来,认为他的大心事可能长期会是一种胸中块垒了。自然也会同情起自己来,对自己受人重托而又无能为力的处境徒唤奈何。

春节前,赵秀芹、王山花和孙继承来到了北大荒,那是孙明远的家人第一次来北大荒看他。他写信说不能回家过春节了,妻子、母亲和儿子遂决定一起来与他团圆,用赵秀芹的话说,也是来"亲眼看看丈夫在什么地方当的什么官儿"。

赵秀芹既然来了,自然要与丈夫住一起。继承与高山是小哥俩,很久未见,相见后亲得黏豆包似的,高坤便让继承睡他那儿。王山花呢,则由孙明远安排到秦君茹那儿住了。学校已放假,住她那儿并不打扰她。

当天晚上,亲人们在孙明远办公室聚餐,孙明远出钱让食堂多炒了几盘家常菜,赵秀芹也从哈尔滨带来了几样熟食,无非鸡肉咸鱼什么的,总之挺丰富。而林予,贡献了一瓶"竹叶青",是他珍藏了多年的,在北大荒买不到。林予原本不想参与的,高坤非拽上他不可,连高山也从后边推

第二十七章

他，他只得跟去了。

孙明远笑着对他说："你来得正好，没来我也会让高坤去找你。贡献了一瓶酒，再吃不上一顿好的，岂不亏了？"

他向母亲和妻子介绍林予时，林予看出赵秀芹强颜一笑。

不一会儿秦君茹也来了，带了些瓜子、花生和红枣，还有熟地瓜干。

孙明远请母亲先落座，请妻子和秦君茹坐母亲左右，他坐妻子旁边，高坤坐他旁边，林予坐秦君茹旁边，两个孩子坐林予旁边。酒过三巡，俩孩子着急忙慌地吃了几口菜，各自手拿一个馒头出去玩了。

赵秀芹忽然落下泪来。

孙明远温柔地问："亲爱的秀芹同志，我妻落泪为哪般啊？"

后句话他说出京剧念白的语调。

赵秀芹说："你用不着跟我贫。你在信里把这儿形容得像世外桃源似的，可这鬼地方有你形容的那么好吗？"

气氛一时凝重。

高坤赶紧说："姐，我来时是夏末秋初，那时候的北大荒还是挺美的。我赶上了秋收，金灿灿的麦海连天接地，情形简直是壮美。"

赵秀芹说："我不管什么季节美，什么季节不美，我是心疼你姐夫，他今年都五十五了，抗日战争、解放战争、抗美援朝都参加过了，为这个国家流过血负过伤了，结果被派到这种鬼地方，这对他太不公平了！何况他还满身的病！回去我要给组织上写信，替他申请调回省城！"

气氛更加凝重。

她说时，孙明远独饮了一盅酒，之后低头默默地听。

等她说完，他低声问："还有补充吗？"

"别以为我不会那么做，也别给我摆大道理！"

赵秀芹将头一扭。

孙明远说:"大道理该摆还是得摆。如果不是靠大道理,共产党凭什么今天能领导中国?我相信,你听完了我下边一番话,就不会做你想做的事了。你刚才两次说北大荒是鬼地方,我作为有着几千名劳动大军、一万多人口的大农场的场长,必须纠正你。你的话是极其错误的,北大荒是中国的宝地,它正在我们的艰苦奋斗之下变成北大仓。民以食为天,中国人口众多,特别需要有一处北大仓!我们的艰苦奋斗,像战争年代为国家战斗一样光荣!而且,我们十万官兵中有人在这里献出了生命!至于公平不公平,那要看怎么比了。不错,我负过伤,流过血,可我也曾亲眼看到过我一些亲爱的战友是怎么牺牲的……"

他声音哽咽说不下去了。

秦君茹那时就说:"赵姐,据我所知,组织上曾要将我们场长调回哈尔滨,接任松花江军分区副政委,还承诺可以分给他有花园的独栋洋房。可他舍不得撇下我们,他太爱我们了,我们也非常敬爱他,许多人到现在还习惯于叫他师长,改不过口来,连我有时候也是……"

她也声音哽咽了。

孙明远又说:"秀芹啊,我的部下每两年才能轮到一次探亲假,他们的家属也难以千里迢迢地来探望他们。人家小秦,在部队时是大尉军衔,与你曾经的军衔一样。可你在哈尔滨,人家在这儿,人家也是参加过抗美援朝的……"

"师长!不许再说我。"秦君茹打断他的话,看着赵秀芹说,"姐,我支持你!以你们夫妇俩的资格,确实应该回省城过几年团圆幸福的日子,姐,我说的可是真心话!"

一阵沉默中,赵秀芹低声说:"高坤,替姐满上酒。"

高坤一声不响地照做。

赵秀芹又说:"也替你姐夫满上。"

第二十七章

高坤便又照做。

赵秀芹端起酒盅,对孙明远说:"明远,咱俩碰一次。"

二人碰过酒盅后,明远问:"请夫人宣布一下,为的什么?"

赵秀芹说:"为了你老婆快速的反省能力。五年后你该退休了,那时咱们再过团圆的日子不迟,好日子留在人生的后头也挺好。所以,我收回刚才没想开的话,算你老婆没说。"

孙明远说:"不愧是我孙明远的老婆。妈,也不愧是你的好儿媳妇吧?"

王山花庄重地说:"还不愧是赵永亮的好女儿。"

于是孙明远与赵秀芹四目相视,各自一饮而尽。

赵秀芹又说:"高坤,再替姐满上。"

高坤便二次替她满上了酒。

赵秀芹朝秦君茹举着酒盅说:"君茹,你不必喝,我诚心诚意敬你一次。'资格'二字,让我一下子感到羞愧了。我那几句牢骚话你别见笑,千万别因而把我的觉悟看低了。我是党龄快三十年的人了,确实不该发那种牢骚……"

她正欲饮,王山花忽然说:"慢着,把你那酒放妈这儿。"

赵秀芹愣了愣,服从了。

王山花又说:"扶我起来。"

赵秀芹便乖乖扶她,秦君茹也从另一边扶,她俩都不敢再坐下。

王山花说:"你俩别站着。"

她俩这才落座。

王山花举着酒盅说:"我儿媳妇没酒量,这一盅我替她喝。小秦,林作家,既然明远把你们二位请来了,证明他拿你俩当朋友。那么,你们二位就是我们孙家、赵家、高家三家共同的朋友。我今年七十多了,我不说还能活几年那种丧气的话,只想借我儿媳妇这盅酒,请你们二位做个证,告慰明远他爸,告慰我的亲家,告慰高坤他父亲,我们三家的儿女,如他们所希望的那样,也像当年他们之间的关系那么亲。用句新词来说,就是'牢不可破'。而且,都是什么全不计较地爱这个国家,愿意为它任劳任怨的人……"

林予看着那老人家,聚精会神地听着她那番话,听呆了。

秦君茹却大叫:"大娘也且慢!"又对林予说:"咱俩应该相陪吧?"

林予这才反应过来,连说:"对对,对对……"

于是秦君茹为他俩斟满了酒。

于是他俩陪老人家一饮而尽。

赵秀芹笑看着他们三个拍起了手,孙明远则一膀子搂住了高坤……

林予回到自己那儿,内心充满激动,坐下去翻开笔记本就记录——孙明远的话、赵秀芹的话、王山花老人的话交错在他耳畔响起,因交错,使他的记录难以进行下去。

他放下笔,起身去了高坤那边。

高坤也坐在矮炕桌边往小本上写什么,孙继承和高山两个孩子并排熟睡着。

林予在椅上坐下,问高坤写什么。

他说想把姐夫、姐姐和山花婶婆的话记下来,怕记得不及时,过后忘了。

林予说:"我刚才也想做相同的事儿。"

高坤说:"那你还过来?"

林予说:"引起了太多的感慨,进行不下去。哎,既然我和秦校长是你们三家人的朋友,可以问你一个朋友之间的问题吗?"

高坤说:"这会儿别扯上秦校长。"

第二十七章

　　林予说："好,那么以下交谈,仅限于咱俩的友谊前提。不过你得保证,即使我的问题使你特别反感,也不许生气。"

　　高坤说："我保证。"

　　林予说："那我开始问了——你姐和你赵伯伯,他们原本是农民和农民的女儿,你姐夫和他父亲,原本是工人和工人的儿子,新中国使他们的社会地位翻身了,他们有那种觉悟,我不难理解,可你不同……"

　　高坤放下笔,目不转睛地看着林予问："那么你呢?"

　　林予反问："你什么意思?"

　　高坤说："我姐夫告诉我,你也是农民的儿子,是部队将你培养成作家的,你会因为你现在的处境怨天尤人吗?"

　　林予笑道："老实说,虽不至于那样,怨气还是有过的。"

　　高坤也笑道："老实说,怨气我也是有过的。既然你问得这么认真,那咱俩先讨论一个问题——林老师你说,如果一个资本家,他连点儿起码的爱国情怀都没有的话,那他会是一个有什么信仰的人吗?"

　　林予一怔,老实承认："你还把我问住了,从没想过这一问题。"

　　"以前我也没想过。那样的一个资本家,如果他还非说自己有什么信仰,你信吗?反正我是不信的。"

　　"我也不信。那样的资本家,他信的只能是金钱万能,有钱能使鬼推磨,最终变成一个彻底的拜金主义者,变成一台为家族敛财的机器而已。并且,他敛财的过程,肯定是以最大程度地进行压榨和剥削,获得家族最大的金钱利益为满足的。"

　　"说得好,那么我现在可以回答你的问题了。我万分庆幸,我祖父我父亲,他们不是那样的资本家。在国家面临亡国的紧要关头,他们内心里激发起了强烈的爱国情怀,与一些力图改变中国命运的人同舟共济,成了有崇高信仰的人。而我母亲一家,虽然是美籍华人,也同样都是热爱祖国的人,我小舅以他的牺牲践行了这一点。受父母两方面亲人的影响,爱国也是我做人的根本原则。所以,孙赵两家的人,才会无怨无悔地爱护我,简直都以爱护我为己任了。他们是多么受人尊敬的人啊!我高坤何德何能?竟被他们那般爱护,难道不是三生有幸吗?比起我高家对于中国的问心无愧,失去的那份家业又算得了什么?如果我的祖父和父亲在曾经的历史中留下的是骂名,那么今天,我即使在别的国家继承了转移出去的家业,摇身一变成了华人资本家,我内心里必然也会觉得羞耻。即使我儿子又从我手中继承了过去,便又怎样?那羞耻不也同样转移到他身上了吗?……"

高坤语调缓慢地说着他那一大番话,显然,那些话是他几经思考的"成果"。而林予,第一次听他那么认真严肃地谈论一个话题。

林予听呆了。

这时高山醒了,揉着眼睛坐起,不满地嘟哝:"爸,你俩有完没完啊?还让不让人睡觉了?"

继承翻了个身后也嘟哝:"坤叔叔,你干脆跟作家叔叔到他那边聊呗,聊到天亮也行。"

林予和高坤不禁哑然失笑。

他起身正要走,高坤小声又说:"最后几句,还记得《悲惨世界》里怎么写的吗?冉·阿让偷了些银器离开主教府后,米里哀主教说:'那些东西原本就是属于人民的,只不过现在被他们收回去了。'而我要说的是,我父亲成了一个爱国主义者之后,高家的财产在抗战时期就秘密地交给人民来使用了。作为他的儿子,我为有这样一位父亲感到自豪,也应该感到自豪。"

林予凑近他,小声说:"你父亲太典型了,你也是。"

高坤又笑了,思索着说:"典型不典型,那就是另一个问题,属于文学的话题了,对不对?"

第二十八章

赵秀芹是一位热情似火的女性，她很快就与场部的男男女女打成了一片，不久许多人都认识她了。她经常到女同志们的宿舍与她们聊家常，还以"场长夫人"的身份视察几位男同志的宿舍，批评他们内务情况混乱，督促他们搞好环境卫生和个人卫生。她也号召女同志帮男同志拆洗被褥，并亲力亲为地为他们"行被子"。在她的倡议下，人们提出了"干干净净过春节，欢欢乐乐搞联欢"的口号。那倡议在大喇叭里广播了，之后出现了整治场部环境的义务劳动现象。不论她走在路上还是出现在食堂里，所见之人没有不主动与她打招呼的。若她出现在食堂里，男男女女都喜欢往她那桌凑。

由于她住在场长办公室，喜欢找她反映什么意见和个人困难的人渐多，她也俨然场长助理，认真记录，好言安抚，觉得自己可以解决的，干脆就替丈夫解决了。

有天晚上，孙明远居然抱着被子枕头去到了林予那儿，不无怨言地说办公室被占领了，快成接待处了，搞得他都缺觉了，得在林予那儿补一大觉。

王山花将秦君茹认作了干女儿。这是必然之事——一个是军队的女儿，一个是烈士遗孀，大校场长的母亲，革命的老妈妈，共同语言多，何况还每天晚上住在一起，怎么会没那样呢！

一天，王山花当着高坤和秦君茹的面说："坤啊，小秦都是我干女儿了，那以后就是你干妹妹了啊。大娘走后，你可要主动与她往亲了处哈。"

高坤说："放心，我会的。"

秦君茹也红着脸说："他不主动我主动，冲干妈的面儿我也得主动。"

大年三十儿白天，赵秀芹四处转移，这里那里帮男同志女同志包饺子。所到之处，大受欢迎，气氛顿时为之喜悦。

晚上，大礼堂举行联欢会，各部门都有节目，表演进行了两个多小时。林予沾光与孙明远一家坐在第一排，左边坐的是高坤，右边坐的是秦君茹。

他小声问她："我想坐大娘旁边，和高坤换一下座位行不？"

秦君茹也小声说："不行，老实坐着别动。"并将一只手按在他膝上，使他站不起来。

演出快结束时，报幕员搞突然袭击，硬将赵秀芹"请"上了台。她毫无准备，未免慌乱，放不开。勉强唱了一首东北小调，连自己也觉有失水平，正欲抱憾下台，却被丈夫拦住。

孙明远大声说，她作为自己的夫人，真水平怎样，既关乎她个人的面子，也代表全家之联欢的态度如何。他将她拦在台口，不许她下，带头大鼓其掌，非要求她"重露一手"。赵秀芹定了定神，清了清嗓子，又放开了歌喉。这一唱果然声震瓦顶，音域嘹亮阔远，博得热烈掌声。承承高山两个孩子倍觉荣耀，去到台口，一左一右将她扶了下来。孙明远复又站起，张开双臂给了她一个满怀的拥抱，大声夸奖："这才不愧是我老婆，给咱们全家争回了一个全乎脸！"

他的话逗得人人灿烂，哄笑满堂。

第二十八章

接着高坤被请上了台，自然是吹萨克斯。他竟忘了自报曲名，站稳便吹。承承赶紧让高山斜骑自己肩上，高山双手抱小哥哥头，喊着替父亲报了曲名。

台下虽是些曾经的军人，却也不乏文艺爱好者，逐渐听得安静下来。

斯时的高坤，也已身心完全投入，渐至佳境，状若忘我。在萨克斯声中，他回忆起了历历往事——不唯父亲、赵伯伯、小沈叔叔和陆箫儿、吴知遇和冯晓岚的音容笑貌一一浮现眼前；纽约唐人街上母亲那一家族的亲人也依次栩栩如生地在眼前闪现，像过不完的无声电影画面；还有阿黛姐，还有老马丁。尤属关于小舅的种种回忆，逝而复现，反反复复，无休无止。于是竟又引出父亲和冯晓岚之死的情形，曲班长之死的情形……

回忆排山倒海，他仿佛陷于回忆的旋涡无法自拔，亦仿佛极其享受那一种回忆过程，仿佛一停止吹奏，回忆便会立刻停止，而他是那么的不愿它停止。

孙明远和赵秀芹也听呆了，他俩显然也陷入了回忆。被赵秀芹搂着的高山发现王山花流泪了，小声对赵秀芹说："太姥姥哭了。"

赵秀芹轻轻推开他，问婆婆："妈，怎么了？不想听咱们可以让他停下。"

王山花说："别，我爱听。只不过一听，就想起了些往事。要是小冯那姑娘没死多好，坤他父子俩也不至于是现在这样……"

赵秀芹便掏出手绢替婆婆擦泪，边安慰她："妈放心，我和明远保证，一定再替高坤物色一位好妻子……"

初五那日，王山花婆媳和少年孙继承离开了场部。春节期间又下了场大雪，所谓公路其实是各类车辆的车轮从荒原上生压出来的，某些路段肯定会被大雪封住，出车反而不如出爬犁，场部便派了一辆双马爬犁。孙明远因有会不能亲自将亲人送往县城的公共汽车站，便由高坤驾着爬犁相送。秦君茹怕路上再遇狼群，拦住爬犁不许走，坚持让孙明远派警通排的人护送，孙明远同意了。林予认为仅派两个人也还是不安全，不怕一万，就怕万一。孙明远说不能再多派人了，为了护送自己的亲人而派警务战士，已经够特殊化的了。林予犯了倔脾气，也拦住爬犁不许走，质问孙明远："不管是不是你的亲人，万一被秦校长言中，那可就是凶多吉少的事儿，谁的命都是人命，人身安全比你场长的形象重要！"孙明远无奈，只得又增派了二人，四人背枪骑马，带足了子弹。

王山花看着高山对秦君茹说："小秦啊，你已经是我干女儿了，那咱们就是一家人了，我也不怕麻烦你，替我多多照顾我小孙子哈。"

秦君茹一边扶她上爬犁一边说："干妈放心，我会的。"

她与赵秀芹拥抱时，赵秀芹悄悄对她耳语了一阵。

爬犁在四名警通战士的护送之下远去，孙明远也回办公室开会了，原地只剩下了秦君茹、林予和高山。

秦君茹让高山去她那儿，林予正欲转身离开，被她叫住。

她说："你也跟着我，有事和你商议。"

于是林予默默走在她一侧。到了她那屋门口，她让高山先进屋，问林予："想知道我干姐对我说的话吗？"

林予说："肯定和你要跟我商议的事儿有关，你不告诉我咱俩怎么商议？"

秦君茹便告诉他，高山这孩子尚不知道自己的母亲不要自己了，真相已不能再拖。但高坤不敢告诉儿子，怕小小年纪的儿子承受不了。孙明远和母亲、妻子也都不知该怎么办，都替高坤焦虑。赵秀芹与她拥别时，将此事当成任务交给她了，认为她是高山的校长，一定会想出种好的方式告诉她的学生。

林予沉吟着问："你想出来了？"

第二十八章

君茹说:"刚才路上有了种想法。"

"说说看。"

"不说也罢,反正你一会儿就知道了。我在里屋告诉他,你在外屋听着。如果我失败了,你收拾局面。"

"为什么是我?"

"你是作家嘛,作家理应更善于安慰人。再说,不请你协助,还能请谁?"

"可他是孩子!"

"所以我当校长的先出面。"

"你还没告诉我你的方式!"

"不论什么方式都得是撒谎的方式啊,总不能实话实说吧?"

"非得这么急吗?"

"我性子急。早晚一回事儿,不都得说谎吗?"

他俩你一言我一句说到那儿,林予再没什么可问的了,君茹也觉得一切都说清楚了。互相默默看了片刻,君茹推开了门,朝林予一摆头。

林予站在里外屋门旁,听到君茹在里屋问:"高山,你知道人会因为生病而死吗?"

高山说:"知道啊。"

君茹说:"我小时候,跟我姥姥可亲了。后来,我姥姥病死了,我很难过。"

"很难过是多难过?"

"就是……非常非常难过。我妈告诉我,对自己最亲最亲的人去世了,有一种克服难过的办法,挺起作用的——如果到外边去,感觉自然界的什么忽然吸引自己的注意,比如一棵树,一块形状奇特的巨石,甚至是小溪、河流、山岭、月亮或某颗星星,你就在内心里将它们当成自己去世的亲人，经常接近它，经常和它们说心里话，那么它就会越来越吸引你，你也会越来越觉得它就像你的亲人，只不过化形了，以另一种方式存在于世上，并且喜欢与你以那样的方式保持亲近……"

"校长……"

"在校外，比如这会儿，你可以叫我阿姨。"

"我爸不许。"

"别听他的，听我的。"

"阿姨，我妈一次都没来看过我……尽管她不喜欢我，可我还是爱她，是不是……"

"是的，你猜对了。阿姨不得不替你爸告诉你……你妈她病死了，心脏病，很突然，却没经历什么痛苦。如果，你想哭，那就在阿姨这里痛痛快快地哭吧。但是哭过以后，在你父亲面前就尽量别哭了。你一哭，他会比你还难过……"

"阿姨我不哭。我爸对我说过，如果将来想做优秀的男人，从小就要使自己变得坚强……"

"高山，坚强的孩子，哭几次也没什么。"

"我不……"

林予那时就进了里屋，见君茹蹲在高山面前，双手搭他肩上，而那孩子的眼泪在眼眶里打转，嘴唇抿得紧紧的，就是不哭出声来。

林予也蹲下了，声柔似水地说："高山，林伯伯以作家的荣誉发誓，你秦阿姨的话是可信的，咱们出去走走？"

高山点了下头。

林予和君茹便都站起来，互相看一眼，各自拉住了高山一只手。

走在路上时，高山说："伯伯阿姨不用拉着我手了，我自己走行。"

他俩便放开了那孩子的手。

第二十八章

两个大人一个孩子走过石桥,走到了小河边。那里有片白桦林,对岸连着荒原。荒原被厚雪覆盖,冬季是雪原。河边有不少大石头,山洪暴发时冲下来的。孙明远和高坤曾在那里交谈过,高坤离开后,孙明远还独自坐在一块大石头上吸过烟斗。

他们出现在那里纯属巧合,或也可以说,似乎有神明在引领。

高山望着一棵白桦树站住了——树干上有一只"美丽"的大"眼睛"。确实美丽,犹如希腊神话中天使的眼睛。

那孩子一步步走过去。

"这么灵验?"

林予满脸疑惑。

君茹耸耸肩,小声说:"我瞎编的。"

他俩便也走过去,各自将一只手搭在那孩子肩上。

林予小声说:"那么,以后林伯伯和秦阿姨,会经常陪你来看望这棵树的。"

君茹也小声说:"还有你爸爸。"

"阿姨!"

那孩子忽然转身大哭,同时搂住了君茹的腰。君茹又蹲下,将那孩子搂在怀里。

林予转过身,取下眼镜拭眼角。

晚上,高坤回来后,林予将他从屋里叫了出来。

他问:"高山在干什么?"

高坤说:"在写作业。"

他问:"你儿子没告诉你什么事儿?"

高坤反问:"他应该告诉我什么?发生不好的事儿了?"

"那倒没有,秦校长替你将你严重的心理负担解除了。"

于是就将他配合君茹完成"艰巨"任务的过程讲述了一遍，听得高坤目瞪口呆。

高坤愣愣地问："就是这样？"

林予说："就是这样。"

"这孩子，一句没跟我提。"

"你儿子……他挺特别。"

"不正常？"

"放心，秦校长对我夸他聪明，我是指他心理承受能力比一般孩子强。"

"那，我以后该怎么做？"

"我认为你不要再提他妈的事儿了，说两岔了就糟了，以后你更多地给他父爱就是了。"

"明白。"

高坤说完，转身急着进屋。

"慢着。对人家秦校长，你就没什么可说的？"

林予拦住了他。

"替我感谢她，由衷地感谢她。"

高坤又只说了以上两句话。

门外只剩林予一人时，他发了会儿呆，不禁苦笑。

孙明远听了林予的汇报后，沉思着说："想不到，小秦也是有些创作水平的，起码有些口头上的。"

林予试探地问："那，我的任务，算完成了行不？"

孙明远说："牛不喝水不能强按头，硬拧下的瓜它也不甜。算了，高坤和小秦的事顺其自然吧，你已经尽力了，解脱你了。"

在以后的日子里，确乎的，高坤和秦君茹的关系，如同河边树与河中

第二十八章

鱼的关系，每天都能见着几面，彼此似乎也都有好感，但又似乎永远不能相处得再亲近些了。

转眼到了四月，北大荒仍被冰雪所覆盖。然而春播已必须进行，到处都出现了拖拉机，牵引着滚耙，先将雪壳耙碎，以使厚雪尽快融化。

北大荒开始热闹了，白天晚上，铁牛的轰鸣声此起彼伏。拖拉机后每有狼只跟随，黝黑而肥沃的土浪被翻起时，便也翻起了地下的大小鼠类，为狼提供了免费餐。那时，狼和人似乎成了朋友，关系十分和睦。

六月时，麦苗一尺多高了。那一种绿，连天接地。人在天地间行走，如小虫活动在绿波间。

十万官兵并不能将整个北大荒都开垦为麦地。在机械犁铧未及处，野花盛开，绚烂如锦，北大荒最美的季节到来了。其野性之美，处处令人叹为观止。

六月十八日，一条对于十万官兵十分重要，同时也令他们极其感奋的消息从北京传来——黑龙江生产建设兵团宣布成立，这时已是1968年了。全部先前由十万官兵组建的农场，皆归属生产建设兵团，成为师、团、营、连，由沈阳军区领导。

这一年，孙明远五十六岁，两鬓霜白。

他所在的场部成了师部，他的新职务是生产建设兵团的一位师长。沈阳军区为该师派来了政委、参谋长、政治部主任等一干师级干部，完全按照正规军的干部建制搭的班子。他们都是一身正规军军服的现役军人，唯独孙明远不是。开会时，只有他穿旧式军服，使他在着装上显得"独具特色"。他也就那么一套旧式军服了，穿破就没有了。

那些现役军人都比孙明远年轻，却都没有他那么丰富的战斗经历。他是"老北大荒人"，他们是后继者，故他们都很尊敬他。

那一年高坤三十八岁了。

从该年六月起，一批又一批知青来到北大荒，加入了生产建设兵团的行列。有哈尔滨的，也有北京、上海、天津的，哈尔滨知青最多。初时，一批几百人，后来，每一批都以千计了。到了八月，也就是麦收季节，仅孙明远所在之师，便下辖七个团，近百个连，接收知青三四万人了。

政委刘忠曾在三个省市执行过"支左"任务，对所谓"造反派"十分嫌恶，既领教过他们胡搅蛮缠的伎俩，也见证过他们打、砸、抢以及无法无天乱批乱斗的劣迹，积累了与彼们周旋的经验。

在一次领导班子的会议上，他表达了对那么多知青一下子出现在北大荒的忧虑，预见到他们必然会将在城市里的派斗余焰带到兵团来。并且，他们中有人下乡前还是造反派头头，虽然成为"兵团知青"了，却仍与城市里的某些造反派组织保持着千丝万缕的联系。他认为他们是坏人，要警惕他们与城市里的造反派坏头头勾结起来，在兵团也打着唯我独革的旗号胡作非为，破坏兵团正常的生活和生产秩序，并自鸣得意。

孙明远当时并没重视他的话，内心里甚至不以为然。

他说大批知青来到北大荒肯定是好事，不但使兵团充实了新鲜血液，还会给北大荒带来新气象。至于他们身上的毛病，他认为在今后的日子里是可以逐渐被改掉的。

他在会上强调老战士应自觉以北大荒精神对知识青年进行传、帮、带。

几天后，麦收开始。

1968年的北大荒的8月，对于麦收是可喜的无雨的月份。去年由于雨季多，大部分农场歉收，有的农场几可言颗粒无收。拖拉机会陷在麦海中，而没有拖拉机的牵引，收割机寸步难行，根本无法作业，只能眼看着成熟的麦穗在麦秆上糜烂或发芽。当年之北大荒，仅有几台苏式联合收割机，孙明远所在的师一台没有。机械麦收实际上是由两步进行的——先由

第二十八章

收割机将麦子放倒，再由脱粒机将麦子卷起脱粒。倘一片片麦海被放倒，却下起了雨，那么脱粒机便无法作业，因为它无法对潮湿的麦子脱粒。那么，麦收也依然会沦为仅仅靠人力进行的事儿。相对于无边无际的麦海，人力收获几近于行为艺术。这也就是为什么，国家当初要送高坤到苏联去学习农机具制造的初衷，也是高坤心心念念想要设计出国产联合收割机的原因。自从他成了北大荒人，早日实现那一愿望的心情更迫切了。他已经和几名技术骨干拼拼凑凑地搞出一台联合收割机了。

孙明远和刘忠政委对他们的成果非常重视。一日，刘忠到兵团总司令部开会去了，孙明远和高坤还有几名技术骨干在地里，围绕那台拼凑出来的联合收割机开现场会——那东西一开快，脱粒率就成问题，仅达一半左右，当然是万万不行的，何况也没快到哪儿去。而要脱得干净一点，又几乎等于原地作业。有人认为结症出在动力传导系统，有人则认为是发动机本身不给力。而若真是后一种原因，那么几乎就束手无策了，发动机是拼凑不成的啊！

大家正议论纷纷，路上开来两辆卡车，每辆卡车上都有七八人。卡车停住，车上的人跳下，大家这才看清，人人手中持有新兵操练用的木枪。

他们向现场会这儿跑来。

孙明远高坤他们一时都不明所以，呆望那些人跑过来。

他们一跑到跟前，立刻将孙明远高坤他们团团围住，为首一名三十几岁，穿身崭新却无领章帽徽的尼龙军装的人问谁是孙明远，谁又是高坤。他样子很斯文，像知识分子。

高坤他们几个都是当过兵的，见来者不善，东瞥西瞧，各自急寻可用以自卫的物件，可除了扳子锤子，并无其他什么长家伙。

高坤赶紧从地上拿起了锤子，另一同事则拿起了扳子。

孙明远说："高坤，你这是干什么？冷静点儿不行？"

高坤便将锤子扔了，同事也将扳子扔了，他们几个只得摆出徒手格斗的防卫之姿。

孙明远又说："我是师长孙明远，你们是什么人？想干什么？"

不待为首那人开口说话，对方中另一人抢先说他们是市里什么什么造反团的，受什么什么造反总司令部之命，前来捉拿长期潜逃的特嫌分子高坤归案，一并将包庇者孙明远带走，到市里去接受万人批斗，之后由造反总司令部发落。

孙明远听罢，怒道："放肆！你们当这里是什么地方？岂容你们这些阿猫阿狗……"

他的话还没说完，已挨了对方一记耳光！

那一耳光使他呆住。

为首那人一挥手，对方抖开绳索便上来捆人。

高坤他们见师长挨打了，个个怒不可遏，有的保护师长，有的与对方撕扭作一团。终究寡不敌众，先后被"木枪"打倒在地。孙明远和高坤两个，也被朝前捆住双手，用绳子拖走了。

远处，秦君茹和几位老师带着学生们在捡麦穗。一名学生望到了这边的异常情况，指给老师看，老师又指给秦君茹看。

秦君茹命老师和学生们留在原地，谁都不许跟着她。

她独自跑到事发之处，听说师长和高坤双双被造反派带走了，其怒勃然。

那时两辆卡车已行驶着了。

秦君茹迅速拔掉插栓，使拖拉机和脱粒机分离，将拖拉机斜刺里朝路上开去。

路不平，沟沟坎坎的。两辆卡车开不快，却已开出了很远，拖拉机肯定是追不上的。君茹明知此点，仍将拖拉机全速开向了师部马厩。

第二十八章

到了马厩，她将师长被劫走之事快言快语地一说，听得饲养员一味发呆。

"快把你们这儿的枪给我！"

"你要枪干什么？"

"还能干什么？拦卡车啊，你去通知警通排！"

饲养员给她枪时，她已人在马上了。

"马厩这儿很久没有狼敢来了，枪里也很久没上子弹了！"

"跟那些家伙犯不着来真的！"

话一说完，她已人马在十几米外了。

好一个秦大尉，骑着匹无鞍快马，双脚不断磕马腹，促马在荒原上疾驰狂奔。

再说两辆卡车上的家伙们，自以为大功告成，又唱又叫的，一个个得意忘形。不料后一辆车出了故障，熄火了，便齐声发喊，唤住了前一辆车，集体跳下，都爬上了前一车。

孙明远和高坤被押在前一辆车上，他怒道："你们麻烦大了！"

一个家伙又要对他无礼，高坤急忙横身挡在孙明远前边，怒视对方。

他那愤怒的目光将对方威慑住了。

卡车又向前开时，他们发现了荒原上的秦君茹，便有人拍驾驶室的盖子，喊着让司机加速。

然而秦君茹抄的是近路，马奔的也是直线。

此时，师部方向响起了号声。

片刻，那匹骑兵部队所赠的骏马已经到了路上。

秦大尉勒住马，使马头正对车头，挺直腰身，人如钟而马欲跃，平端着没有子弹的枪做瞄准状，仿佛随时会扣动扳机。

车停住了。

车上的人全都傻眼了。

荒原上那时热闹起来，又出现了十几骑，骑者们皆单手举枪，有人还朝空中放起了枪。并且，几辆拖拉机也从不同方向开过来，后边跟着更多的人，肩扛长柄农具……

在师部院子里，劫持者们站成了对面两排，孙明远叼着烟斗在他们之间踱来踱去。

而高坤他们从旁看着。他们不同程度地受了伤，有人的胳膊还骨折了，但都经过了师部医院的包扎处理。

孙明远命是知青的出列。几名知青不得不出列，看上去都是"文革"前的高中生，正是男性开始形成并逐渐实现野心的年龄。孙明远看他们一眼，摇摇头，命将他们先带走。

"别打他们。"

他说完这句话，目光扫向了剩下的人，而他们大抵是所谓造反派"武攻队"队员。其中一人的下衣兜有红布角露出，孙明远上前缓缓扯之，拽出的红袖标上果然有"武攻队"三个黄字。他捏着袖标一角，掏出打火机，将袖标点燃，手指一松，袖标落地，复踏一脚。

"我说过，你们麻烦大了，对吧。现在你们的麻烦才刚刚开始。你，出列。"

出列者是扇过他一耳光那小子。

"我曾是军人，经历过枪林弹雨，身上几处受伤，但从没挨过耳光。小时候，连我的父亲，一位抗联烈士，也从没打过我的脸。现在的我，是黑龙江生产建设兵团的一位师长，打我的脸就是不把黑龙江生产建设兵团放在眼里，这是不可以的。"

他转身又对高坤说："替你姐夫把尊严找回来。"

头缠纱布的高坤走上前，狠狠扇了那小子一耳光。他退后一步，随之立正。

孙明远又说:"你祖父,你父亲,都是共产党的忠实朋友,是对抗日对东北的解放有突出贡献的人,可他们砸了人民为你父亲立的雕像……"

那小子大叫:"不是我干的!……"

孙明远说:"不是你干的,你也是那些人的同伙,否则你不会蹿到兵团来。"又对高坤说:"为了你祖父你父亲的清白,继续。"

高坤便又上前一步,扇了那小子第二记耳光。复退一步,仍立正站好,也不看对方,眼望远处。

"你也曾是军人,你的尊严也得找回来。认认,谁把你打伤的。谁打伤的你,同样应该给他一耳光。"

高坤这才看向孙明远,迟豫,似乎难以判断他那话的认真程度。

孙明远催促:"快点儿,别耽误时间,执行命令。"

高坤便上前认出打伤自己的人,也给了那家伙一耳光,之后退到了原处。

院子里的气氛几近凝固。失败了的绑架者们集体噤若寒蝉,皆惴惴不安地垂下了头。

孙明远的目光终于望向了另外几个受伤的部下,换了一种温和的口吻说:"你们是为了保卫我而受伤的,表现都很好。我又是你们的师长了,是黑龙江生产建设兵团总司令部任命的。当坏人要绑架自己的师长时,无动于衷的兵那不都成饭桶了?民间有句话是,打人别打脸。你们也轮番上前认认,谁打伤了自己,我允许你们给他一耳光。对于他们,不打脸吸取不了教训。他们打你们时,不是不管头不管脸的吗?还是刚才那句话,别认错了。这也是命令,开始执行吧。"

他说完,踱到旁边去吸起烟斗来,边吸边板脸看着自己那几名受伤的部下扇绑架者们耳光。

以上惩罚仪式结束后,他命将绑架者们押往仓库,由警务排派人严加看守。

"谁也不许再动他们一指头,已经惩罚过了嘛。但别给他们晚饭,饿他们一顿也是必要的。"

孙明远交代了几句后,又对受伤的部下说,因伤不能上班的,可以请假休息。还能坚持上班的,要争取尽快解决联合收割机的技术问题。他将高坤单独留下了一会儿,命高坤代表他去谢谢秦君茹。

"今天要不是人家小秦反应够快,咱俩不定什么下场呢,造反派活活打死人的事儿发生的还少吗?快去吧。"

"保证完成任务。"

高坤敬了一个军礼匆匆而去。

孙明远进入办公室,端起瓷缸子喝了口水,刚坐下,政治部姚主任微笑着进来了。孙明远做了一个"请"的手势,姚主任隔桌坐在他对面。

姚主任主动说:"估计接下来的事得由我来亲自处理了,所以赶紧过来听听你有什么指示。"

孙明远烦恼地说:"不承想还真让政委言中了,可我怎么也没料到会发生这种事,我的做法是否过分了?"

姚主任笑着说:"也不能算多么过分,他们绑架在先嘛。但如果你是现役,结论就会不同些,所以我政治部主任不便露面啊。"

孙明远说:"给你们政治部添事了。姚主任,我看得这么做——咱们的电话打长途不通畅,你要立刻到县里去一下,借县委的电话与政委通上话,原原本本地将事件汇报给他听。他正在总司令部开会,那么肯定会向司令部汇报。咱们下一步该怎么做,听司令部的指示吧。附上我的态度,一人做事一人担,与其他一概人无关。如果我做错了,愿接受任何处分。你回来后,要亲自审审那些浑蛋,搞清楚他们究竟要达到什么目的,从哪

第二十八章

儿弄到的卡车……"

再说高坤，他去秦君茹住地找她时，她不在。几位女同志在她屋里，正叽叽喳喳地讲她的英雄事迹。

一位女同志告诉他，秦君茹带他儿子到河边看树去了。

另一位女同志纠正道："才不是看树，是去看……"

他背后忽又有人大声说："打住！"

他一回头，见秦君茹和他儿子已经回来了，她还牵着他儿子的手呢。

秦君茹放开高山的手，又说："都给我装会儿哑巴，该解释什么由我解释。"

高坤想起了林予的话，不再问什么，表情一时大不自然。

高山扑向爸爸，抱住他问："爸你没事儿吧，疼不疼？"

"一点儿轻伤，爸没事儿，不疼。"他拉住儿子的手，红着脸对秦君茹说："师长命令我代他谢谢你，我也谢谢你。"

秦君茹板着脸问："谢什么啊？把话说明白。"

高坤的表情更不自然，脸也更红了，差不多是扭捏地说："那什么，就算是……感谢你的搭救之恩吧。"

秦君茹不依不饶地说："如果就算是，那别谢了，多此一举，何必呢。"

高坤赶紧修正自己的话："就是就是，我不该多说了一个算字，纯粹是语病，你千万别误会。"

那些女同志都忍不住笑了……

在佳木斯市，在黑龙江生产建设兵团总司令部，师政委刘忠放下电话，意识到事件不可轻视，立即向总司令部政治部主任汇报。对方也不敢轻视，陪他去见阎司令员。确切地说，阎司令员是副司令，司令员由沈阳军区的司令员兼着。

阎副司令听了刘忠的汇报，沉吟良久，决断地说："总司令部的会议就要结束了，我正打算到各师去视察，那么先从你们师开始吧。你也不必继续参加了，明天陪我走。"

三天后，刘忠政委陪同副司令出现在孙明远那个师的招待所。从佳木斯到哈尔滨到北安再到师部，那已是最快的时间。

下午两点，由副司令亲自主持的会议在师部小会议室进行。事先，刘忠政委已对孙明远说，自己一路上尽可能全面地向副司令员介绍了他的经历，并替他讲了不少好话，希望他既不必太紧张，也千万别顶牛。

孙明远笑道："我没什么可紧张的，大不了就是被免职，从此当平头百姓呗。终于可以回家与老婆孩子过团圆生活了，正中我意。"

全体领导班子成员出席的会议，将小会议室坐满了。气氛不同以往，人人表情严肃，大有"山雨欲来风满楼"之兆。

政治部姚主任先做汇报。

他说，经他亲自审问的结果是——省城某些造反派，为了在夺权中捞够政治资本，所以一定要歪曲历史和事实，对高家祖孙三代大肆污蔑，捏造莫须有的罪名，非将高家祖孙三代打入政治的另册不可。他们给孙明远师长罗织的罪名是——长期包庇掩护高坤。还有就是，利用权力，协助某些部下成功办理了返城或返乡手续，并为他们能顺利在原籍地落实工作四处写推荐信。

他最后说："制服那些绑架者之后的事儿，我也在场，并且不反对师长那么做。"

孙明远刚欲发言，被副司令员以手势制止了。

副司令员问他："对于后一种罪名，你孙明远承认还是否认。"

孙明远平静地说："确有其事，但我坚决不承认那种罪名成立。"

第二十八章

于是他一一道来，从容讲述自己那些部下曾跟随他从哪个战争时期走来；经历过什么样的战斗；战争年代和北大荒的艰苦岁月使他们落下了什么病根，各自的家庭又有什么具体困难，他们离开北大荒回家后，能对家庭生活起到什么向好的作用……

"够了同志。会议不是专为这一件事召开的，举几个例子就行。"

副司令员打断了他的话。

他梗着脖子又说："不知体恤部下的师长，不是他妈的好师长！"

"嗯?！"

副司令员皱起了眉。

刘忠政委赶紧说："副司令员别生气，我替他认错。他平时不说粗话，刚才由于太激动了。"

副司令员问："那么，你们诸位怎么看呢？"

大家都不作声，也不互视。

副司令员说："这样吧，同意他的做法的举手。"

刘忠政委首先举起了手，大家随之纷纷举手。

副司令员说："我和诸位看法一致。孙明远你要给我记住，在我主持的会上，粗话只许我来说，别人没那资格。"

大家便都笑了，也都暗舒一口气，表情不绷着了，气氛稍显轻松。

"现在，我代表兵团总司令部宣布，刚才那事已经有了结论，纯系坏人的伎俩。欲加之罪，何患无辞嘛。今后如果再有人翻出来大做文章，定属别有用心。你们要记录在案，把我的话写上！"

掌声中，唯副司令员的表情仍很严肃，看着孙明远说："再议第一件事，你打了那些人？"

孙明远往起一站，大声说："报告司令员，我没打他们中任何人！"

副司令员皱眉道："共产党员要实事求是，难道那不是事实吗？"

姚主任说："副司令员同志，我理解他的意思是——他没亲自动手打他们。"

副司令员说："那么，让我这么问，你指使部下打他们了？"

孙明远大声回答："不是指使，是公开命令，我命令被他们打伤的部下，以扇耳光的方式惩罚他们，为了使他们吸取教训！"

副司令员看着大家说："我先表明我的态度吧。我认为……"

大家的表情便又绷紧了。

"打得对，打得好。因为对，所以好！我们现在已经不是农场了，是兵团了。在兵团的地盘内，岂容坏人为非作歹？诸位如果跟我看法一致，那就劳驾把手举起来。"

于是大家齐刷刷地举起了手。

"这事儿这么处理。那些坏人先押在你们师，等总司令部与省里沟通过了，按省里的意见办。至于那几名知青，批评批评教育教育也就算了。但要以此事为例，展开普遍宣讲，绝不许将红卫兵造反派那些坏习气带到兵团来。我认为，开发北大荒，十万官兵功不可没，也可以说劳苦功高。他们身上有一种精神，或许可以被叫作北大荒精神，要好好总结这一种精神，要引领后来的知识青年自觉地继承这一种精神！在北大荒，最大的政治就是为国家多打粮食！同志们，拜托了！孙师长留下，散会！"

当会议只剩下他二人时，副司令员掏出了烟。二人吸上烟后，副司令员说鉴于孙明远的身体情况，可以将他调到总司令部去任副参谋长，总司令部恰空此职。佳木斯毕竟是城市，生活条件自然比北大荒强多了。而且佳哈两市通列车，探家也方便。

孙明远说自己不能走，一旦走了放心不下高坤的情况。

副司令员就让他讲讲孙、赵、高三家的事儿。听他讲罢，副司令员大动其情，感慨万端地说："高坤既然已是我们兵团的人了，保护他那就不

第二十八章

再仅仅是你孙明远一个人的事儿,让我帮你完成你们孙赵两家对他的责任吧。开会时看到别人都是现役,就你自己不是,我暗生一念,想使你恢复现役身份。如果你恢复了现役身份,日后保护起高坤来,腰杆肯定会更硬些,你认为呢?"

不料孙明远将烟按灭在烟灰缸里,双手抓住副司令员一只手,激动又真诚地说:"我的好首长,谢啦谢啦。我已经是快离休的人了,现役不现役的,没什么区别。但如果能使高坤成为现役,那他就不再需要我们的保护了,自己的腰杆就硬了……"

"可……"

副司令员抽出手,站起来,为难地看着孙明远。

孙明远也站了起来,尽量争取地说:"他是党员,爱国人士之子,本人曾是战士,参加过东北解放战争,还负过伤……"

"为掩护战友负伤的,对吧?"

"实际上是为了掩护我岳父负伤的,一度失忆过……"

"难怪你……理解了……"

"首长,不完全是您理解的那样!如果高坤日后有个三长两短,我们共产党人对不起曾经的忠诚朋友,那就不是我们孙赵两家人的憾事了!……"

"说下去,把话说完。"

"他目前是我们师农机具改造方面的专业人才,在带领一个技术小组搞联合收割机!从工作的重要性考虑,他也理应受到保护。我认为,以您的能力,是完全可以使他成为现役的!……"

"孙明远,你呀你呀,你怎么敢当面给我出这样的难题?岂有此理!"

副司令员一转身走开,来回踱了几番,复站在孙明远跟前,将一只手拍在他肩上,庄严地说:"好,你感动我了,也说服我了,我会向军区打报告的。"

孙明远如愿以偿地笑了。

副司令员又说:"我是有前提的——你、你妻子,还有你母亲和那个吴什么……"

"吴知遇。"

"你们这些当年的知情人,必须联名写一份证言!"

"是!"

孙明远双腿一并,将胸一挺,敬了一个很帅的军礼……

秦君茹在从晾衣绳上收下晾干的衣服和褥单,师部通讯员匆匆走来,通知她去陪副司令员吃晚饭。

她奇怪地问:"就我自己还是也有别人?就我自己我可坚决不去,他凭什么啊?"

通讯员笑着说:"当然还有师长政委他们!"说完转身便走。

她叫住他,又问:"是命令还是邀请?不是命令我也不去!"

通讯员大声说:"是师长和政委共同让我传达的命令!"说完跑开了。

望着通讯员背影,秦君茹不情愿地嘟哝:"莫名其妙!"

她哪里会想到,为了促进她和高坤的亲密关系,副司令员要亲自上阵了。

在机关食堂的单间里,高坤和秦君茹坐在副司令员对面,坐在副司令员左右的是孙明远和政委,他俩旁边是姚主任和参谋长。那似乎是一种常规座次,又似乎是有意的安排。

并坐在一起的高坤和秦君茹都挺不自在。他俩的不自在别人都看出来了,都装什么也没看出来,互相交换会意的眼色,矜持忍笑。

各自闷头吃了一会儿,副司令员擎杯站起,故作深沉地说:"我明天就要下到各团去视察了,行前还有一桩心事……"

刘忠政委立刻起身，以立正之姿站着，也故作深沉地说："请副司令员明示，我师一定为您排忧解难。"

副司令员看着高坤和秦君茹说："我的心事和他俩有关……"

孙明远立刻说："你俩还不站起来！"

高坤和秦君茹先后别别扭扭地站了起来。

副司令员接着说："小秦，关于你的情况，我已经从他们几位口中了解了一些。对于你的英勇表现，我在会上表扬过了，不再啰唆。高坤，关于你的家世，师长向我详细汇报了。我就奇了怪了，依我看你俩很般配嘛，为什么不能成为夫妻，非把关系搞得那么拧巴呢？所以，我要亲自为你俩做一次媒！这事儿，在我是有生以来第一次。如果居然失败了，我也有权明白原因。那么，刘政委，孙师长，成也罢，没成也罢，都要向我汇报。没成要汇报得更具体，究竟是谁看不上谁，看不上哪点？要白纸黑字，一清二楚……"

"是！"

孙明远也起身以立正之姿站着了。

高坤听着看着，一时发蒙。

秦君茹却掩口笑了。不笑则已，既笑一发不可收拾，离开桌子，笑得背转了身弯下腰去。

副司令员他们被她笑得面面相觑。

孙明远忍不住厉喝："秦君茹，严肃点儿。"

秦君茹强忍住笑，回到桌边，指点着说："你们呀，一个个那么大的官儿，为了一个高坤，居然合起伙来做戏！……"

刘忠也喝止道："说话就说话，不许指指点点的！"

秦君茹终于庄重了，大大方方地说："既然窗户纸已经捅破，那我表个态，我对高坤他本来印象挺好的，可他总摆出大男子主义者的架势，一副凡人不理的样子,难道我非得上赶着取悦他吗?师长你要说句实事求是的话,我秦君茹上赶着取悦过谁?他们几位首长不了解我,你还不了解我吗?"

孙明远只得说:"是啊是啊,小秦的确不是那样的人。"

秦君茹转身又看着高坤说:"姓高的,我对你儿子多好,许多人都看在眼里了,你一点儿不清楚吗?如果我对你印象不好,能对你儿子格外好吗?"

高坤也惭愧地说:"对不起对不起,我不是一个大男子主义者,那时候,我只不过是……内心里有几分颓唐了……"

"几位首长都听到了吧?怪不得我吧?"秦君茹对他们说罢,看着高坤又说,"咱俩都是当过兵的,当过兵的人说话要坦坦荡荡,直来直去。我认为,我秦君茹哪方面都是配得上你的!如果你也这么认为,端起酒来,咱俩别再让你姐夫瞎操心了,也给司令员他们一次高兴!"

"同意!"

高坤端起酒一饮而尽。

刘忠埋怨:"你看你,急什么!"

姚主任说:"重来重来,你俩怎么也得碰一下嘛!"

参谋长一边替高坤满酒一边说:"再来就来交杯的吧,我们当见证人,交杯的更有仪式感!"

副司令员也说:"交杯的,我批准了!"

秦君茹首先端起酒,向高坤伸出了胳膊。

高坤迟疑一下,与她饮起了交杯酒。

于是首长们鼓掌。

副司令员站起来说:"高坤,小秦,谢谢你俩啦,我太有成就感了。你们诸位也请站起,为祝贺他俩喜结连理,咱们也干一次!"

第二十八章

　　副司令员确实很高兴。孙明远将他送入招待所房间后，他得意地说："明远啊明远，承认自己也有无能的时候吧？多么简单的一件事儿嘛，你一操心，怎么反而复杂了啊？"

　　孙明远苦笑道："老将出马，一个顶俩，我的水平哪儿能跟您比呢！您请早点儿休息，明天还要上路。"

　　他说罢欲去，副司令员却说："别走别走，陪我住这儿，再给我讲讲你们孙赵两家与高家的事儿！我爱听，没听够。"

　　那一年，全兵团喜获丰收。

　　在师部庆丰收的表彰大会上，高坤和他的科研小组受到了师部的嘉奖。姚主任宣布，军区批准高坤转为现役，任副团职师部农机改良研究室主任。

　　刘忠政委代表军区向高坤授发带有红星和领章的新军装。

　　孙明远在台下大鼓其掌，眼角泪水欲滴。

　　那日高坤双喜临门，婚礼也在当晚举行，由林予主持，小学生们向一对新人献了花，气氛十分热闹……

第二十九章

关于地球本身的事,人类的主观愿望怎样只能做一小半的主,比如筑大坝、天堑架桥、列车穿山、海底隧道、围海造田等等。

关于人类之世界的事,却大抵是由人类的主观愿望所决定,所改变的。一个时期这样或那样,人类的主观愿望怎样往往起根本性作用。

岁月如梭,时光荏苒。

1972年,尼克松访华后,中美关系破冰。翌年八月,哈尔滨有关部门迎来了一批美国客人,却不是美国人,一行四位全是美籍华人。

他们是赵淑兰、阿黛、高坤的表哥也就是他大舅的儿子赵卓和他表妹即他姨的女儿王静。

这一年赵淑兰66岁,从前的乌发美妇人,已是白发过半的老妇人了。岁月无情地收回了她的美貌,然而气质尚佳,那是连岁月也剥夺不去的,所谓与生命同在的个体魅力,老得风韵犹存。她是纽约华人妇女权益保障协会的会长,在纽约华人妇女中享有极高威望,那种威望使她看上去内心充实又自信。

阿黛也58岁了,发胖了,头发却依然挺黑,也不见少。

高坤的表哥赵卓44岁了,毕业于剑桥大学法律系,将家安在英国了。

第二十九章

他妻子是他的华人同学，夫妻俩在同一律师事务所工作，育有一子，生活美满，事业有成，算是一个稳定的中产阶层人家。

王静四十岁，也做母亲了。她父亲也就是高坤的小姨夫王欢喜特想回中国，由于临时有事没来成。赵洁也就是赵卓的妹妹高坤的大表姐也想随行，但她已是法国人了，儿子正面临考大学的节骨眼上，她自己又在法国里昂的一所中学教书，最终没来成。

赵家的后人，竟没一个继承中医事业的，倒是王静成了纽约华人群体公认的"女华佗"，继承了赵家的中医衣钵，而且继承得不错。

世事如烟，世事难料。纽约唐人街也翻开了新的历史，赵氏家族的故事，差不多已被唐人街的后人淡忘了。

外交部和北京另外的部门要求哈尔滨市革命委员会应以当地接待外宾的最高规格和礼遇接待赵淑兰一行四人，足见对赵家在促进中美关系正常化方面所起的特殊作用高度信任和重视。市里当然竭诚落实北京的指示，为赵淑兰一行预先安排了三处住地，分别是北方大厦、松花江畔的友谊宫和高家的别墅。赵淑兰她们并没选择别墅，选择的是离别墅很近的友谊宫。

她们到友谊宫前，赵秀芹和儿子孙继承，吴知遇和丈夫、女儿一家三口，还有从上海赶来的沈若然和陆箫儿，都已提前等候在会客室了。吴知遇的丈夫是区革委副主任，文质彬彬的一位男士。接待方考虑得周到，不但派了接待员，还派了一名摄影记者。但没有任何官员出现，此点是赵淑兰所坚持的，她不愿她们此行具有任何官方色彩。

屈指算来，这些不是亲人关系却远超亲人的人，已经二十几年没见过了，乍一相见，互相都不敢认了。继而彼此深情拥抱，流泪不止。言语间，情到浓处，感慨系之，泣不成声。当然，指的是赵淑兰和赵秀芹和沈若然、陆箫儿、吴知遇之间。至于双方的下一代包括吴知遇的丈夫和阿黛，却毕竟第一次见到"传说"中的亲人们，理解终究无法感同身受，便都只有肃然观之听之。

双方坐定后，情形有点儿像是会见了。赵淑兰说想与亲人们谈点儿私事，请接待员和摄影师回避片刻。

那两个便识趣地离开了。

赵淑兰看着沈若然和陆箫儿说："对秀芹和知遇两个，我没什么可担心的。在我几经辗转才收到的儿子写给我的最后一封信中，他写到了你俩当时的处境，现在情况如何了？"

若然笑着说："嫂子放心，我俩的所谓问题有结论了，不久就会同时恢复工作。"

箫儿补充道："我俩这时候能从上海过来陪你几天，也是有关方面主动协调批准的。"

赵淑兰说："那是因为北京方面很重视我的要求，我十分关心你们的处境，一再要求必须见上你俩一面。"

大家便都笑了。

赵淑兰又说："中美关系松动了，对两国都是好事。但美国这个国家，自二战后，一直以一种高高在上的心理俯视别国，这一点我们赵家人深有体会。"她扫视着晚辈们问："是不是啊？"

赵卓和王静便都点头。

王静说："中美关系以后的路还很长，换一个总统一种局面。但不管怎么换，美国骨子里对中国的歧视是难以改变的。"

赵卓接着说："我们身在异国的赵家人的中国心，那也是不可改变的。"

赵淑兰笑道："听听，一给他们一个发言机会，就都迫不及待地大发议论了。我们赵家人有关心政治的基因遗传，没法子。"

第二十九章

大家又笑了。

"方才一阵热闹,咱们这个哭那个笑的,好像一幕全体演员都上场的戏,搞得我都有点儿缺氧了,也没顾得重点介绍一个人。阿黛,过来,我再向我中国这边的亲人们介绍一下你……"

听赵淑兰这么说,阿黛便走到她跟前,而她也站了起来。

"关于我弟弟赵世杰,你们当年都听我讲过了,阿黛就是我弟当年爱过的好姑娘……"

赵淑兰将阿黛后来与赵家的关系说过之后,在赵秀芹的示意下,沈若然、陆箫儿、吴知遇和她自己一齐走到阿黛跟前,站成了一排。

赵秀芹说:"阿黛,我们向你鞠躬,也就是向世杰鞠躬了,今后你也是我们在美国的亲人之一……"

她首先深深弯下腰去。

于是沈若然等三人同时鞠躬。

"阿黛,咱们在中国的亲人,不仅高坤和高山,还有他们。这种关系,我们这一代死了,下几代也要铭记,是不是?"

赵淑兰又说得动情起来,大家便又是一番拥抱唏嘘。

第二天他们乘大轿车去向高、孙、赵三家烈士的墓献花。高鹏举、孙尚义、赵永亮的墓不在一地,那事儿进行了差不多一白天。高鹏举的墓已被修好,他的墓旁是冯晓岚的墓。赵淑兰事先要求赵卓和王静不得哭出声,阿黛便也那么要求自己。

赵淑兰轻吻丈夫的碑,小声说:"鹏举,我和赵家的几个亲人一同回来看你了。当年,如果我没走,你也许就……"

她泣不成声。

别人则强忍着只流泪而不哭。

在孙明远父亲的墓前,赵淑兰却哭出了声。王山花也不在了,她的墓在丈夫的墓旁。

"山花婶,你岁数也不算大呀,老天爷怎么就那么狠心,不许咱俩再见上一面呢?"

她流泪说着时,竟委坐于地了。

"嫂子,你得这么想,我公公那边,不是总算有我婆婆做伴了吗?"

赵秀芹只得一边扶起她一边相劝。

赵淑兰对她说:"替我跟你公公说,他暗中保护过高家的前两代人,他的儿子又在保护高坤父子,这种恩情,高赵两家的人没齿难忘。"

赵秀芹看着孙尚义的墓,张张嘴没说出话来,反倒哭了,边哭边搂着赵淑兰说:"嫂子,咱们三家什么关系啊,说那些不就远了吗?"

在赵永亮墓前,吴知遇暗中推了赵秀芹一下,赵秀芹便首先说:"爸,我淑兰嫂子来看你了,在那边要开开心心的啊!……"赵永亮的墓旁,是他儿子赵凯的墓,赵淑兰轻抚两块烈士碑,喃喃自语:"老赵,老赵,我不只是来看你的,也是来看你的好儿子的,当年鹏举见过他,我却从没见过他。可鹏举多次对我讲,他说中国有千千万万你们这样的父子,孙师傅那样的父子,那就一定不会亡,一定会将日本法西斯赶出中国去。我丈夫后来与你们成了同志,结下了生死之交,这不但是我赵淑兰的光荣,也是我们在美国的,全体赵氏家族的光荣。在我们高赵两家后人的心目中,你们是永远值得敬爱值得怀念的人……"

她那么说时,阿黛、赵卓和王静站成一排,虔诚地向烈士碑深深鞠躬。

第二天上午,一行人去到了高家的别墅。赵淑兰让秀芹代表她,将摄影师打发走了。她这么做倒也没别的想法,因为赵卓带了相机。她也考虑得很周到,请摄影师与她们一行四人以及沈若然他们三人分别合影,摄影师走得并无猜疑。

第二十九章

　　高家的别墅经过了仔细打扫，家具和一切物品尽量恢复了原位，窗明几净，一尘不染。

　　除了阿黛、赵卓和王静，赵淑兰他们各自对那里都保留着许多回忆——在那一时刻，他们站在不同的地方，面对着不同的物件，所回忆的往昔情形，或相同，或不同，然而都是深情的回忆。即使两个人不约而同地走到了窗前，凝望窗外，各自的回忆也在脑海中交织浮现。他们互相都没说话，只是在看，在回忆。那时的别墅极其安静，洒入进来的阳光也明媚，但在他们每个人耳畔，却响起了各种声音——熟悉的话语声、几双手同时拨算盘所发出的脆响，某人或大家当年同时的开怀大笑，歌声、枪声和手榴弹的爆炸声……

　　阿黛、赵卓和王静自然什么都听不到，他们所感受的只是那实际上的肃寂。他们也都在认真地看什么，并且明白，在这别墅里，曾经发生过一些不寻常的事情或事件，却都不问，不愿打破那肃寂。都知道此时此刻的回忆，意味着赵淑兰与他们所亲爱的一些死者们的重逢。

　　赵淑兰听到了萨克斯声。

　　她忽然说："秀芹，咱们明天都去看高坤，我要尽快见到儿子！"

　　秀芹默默点头。

　　下午大家集体去了几处赵淑兰希望看看的地方，并且在那几处地方留了影。

　　第三天上午，大家坐上了列车。到北安时已是傍晚，早有大轿车等在车站外。依赵淑兰的意思，要继续前行。接待员姑娘劝她还是在北安住下好，因为在行驶着的大客车上过夜，第二天谁都会没精神。司机也说夜间开车不怎么安全，而别人都理解赵淑兰的心情，便都不说话。

　　她觉得接待员和司机的话是对的，克制了迫切想要见到儿子的想法，于是大客车载上她们开往北安县城。

天有不测风云。北安往北就属于北大荒了，北大荒的天气更是易变。谁都没料到，第二天一早下起了雨。

大客车冒雨载着他们上路不久，雨越发大了。

八月的北疆大地，一路风光其实蛮有看头的。如果当成是一次旅游观光，大雨中的景象更苍茫幽阔，诗意深远，难得一见。但车上的人并非观光客，便都无心欣赏异景。车内一片安静，却也没谁打盹儿，都在想什么或回忆什么。只有赵卓，不时将相机伸出窗外拍摄。

赵淑兰说："赵卓，你要省着点儿胶卷，咱们去到的地方肯定不好买。"

赵卓说："放心，够用。"

王静和他坐在一起，接着他的话说："大姨，我昨夜梦到我表哥了，居然还是他小时候那样。"

赵淑兰没再说什么。

赵秀芹与她坐在一起，小声说："嫂子不急哈，咱们不是已经在路上了嘛。"

赵淑兰仍不说话，将头一偏，靠她肩上了。

天黑以后，雨终于小了。车已离开公路，驶入山区，路也不再是国道，而是兵团自己修的石子路。未经浇铸的石子无法固定，过往的载重车辆一多，变得坑坑洼洼，凹处积满雨水，或深或浅。

大客车陷住了，熄火了。除了司机、赵淑兰和阿黛，其他人都下车推起车来。再上车时，一个个似落汤鸡，又像泥猴。

卡车停在师部招待所门前时，早有孙明远和所长恭候在门口，各自撑伞。所长也是现役军人，五十多岁，对每一位由自己搀扶的客人都敬意浓浓，话语真诚温暖。

招待所也有会议室。所长请大家进入后，赵淑兰大声问："明远呢？

第二十九章

孙明远你在哪儿？"

孙明远应声走上前，"啪"地一个立正，庄严地敬过军礼，这才激动地说："嫂子，明远在此，刚才正是我扶您下的车，人多，没敢确认就是您……"

所长却说："不对，刚才是我扶的这位……"

赵淑兰生气地打断他："别争了！有什么可争的？孙明远我问你，你们是把我儿子发配到这里来了不成吗？"

显然，她的心情很复杂。实际上不仅她心情复杂，阿黛、赵卓和王静也心情复杂，她说出了他们的疑问。

"嫂子，不是你想的那样，过会儿容我慢慢解释……"

"住口，不听你解释！我儿子在哪儿？立刻让高坤来见我！"

"高坤他在厂里，有几台联合收割机……"

"明明知道我来了，你孙明远还不许他等在这儿吗？"

他俩乍一相见不是亲亲热热而是那么一种言语不睦的情形，这是在场所有人都没料到的，气氛一时紧张又尴尬。

所长赶紧说："师长，我立刻派人去找他？"

孙明远一边往外推他一边说："快去快去，你亲自去！"

赵秀芹则劝赵淑兰："嫂子，别生气，你这几天肯定很疲惫，气出病来我和明远罪过大了。都是明远不好，但你得给他多少留点面子对不对？等过了今晚，你怎么训他我都支持！"

她扶淑兰坐下了。

而那接待员姑娘送上了茶。淑兰刚端起茶，忽听有一个女子高叫："闪开闪开，高山来了，他奶奶在哪儿？"

众人分散于两侧，秦君茹拉着高山的手出现了。高山从头到脚一身簇新，秦君茹则穿上了她压箱底儿的衣服，也就是她平时舍不得穿的最后一套军装和军胶鞋。由于她将裤腿挽得挺高，使她的样子看去有几分可笑。

孙明远对高山说："高山啊，她是你奶奶，快向奶奶鞠躬！"

秦君茹也推着高山说："先叫奶奶，后鞠躬！"

高山便叫了声奶奶，深鞠了一躬。

赵淑兰看着高山呆住。

赵秀芹从旁小声说："嫂子，他是高坤的儿子，你的亲孙子啊！"

赵淑兰这才拉起孙子双手，将他拉至近前，不眨眼地端详他。

高山回头看君茹。

赵淑兰也不由得望君茹。

孙明远正欲向赵淑兰介绍，君茹已立正、敬礼，之后精神豪迈地大声说："尊敬的赵淑兰女士，请允许本人自我介绍——我叫秦君茹，曾经的军中大尉，如今本师师部小学和中学一肩挑的校长，高坤的妻子，高山的母亲，您出色的儿媳妇！"

赵淑兰看着她呆住。

招待所所长匆匆进入，向孙明远小声汇报："我刚走没多远，遇到了高坤……"

"妈！妈！我妈在哪儿？"

随着话音，女服务员从外将门一开，高坤携伞闯入。

沈若然接过他伞，朝赵淑兰示意，赵淑兰轻轻推开高山站起。

高坤也挽着裤腿，胶鞋已湿透，头发挺长，胡子拉碴的。他呆瞪着母亲，正如母亲呆瞪着他那样，嘴唇抖抖的，半晌才说出话："妈，你怎么这样了？"

"儿子，妈也认不出你了……"

赵淑兰上前两步抱住了儿子，而高坤两手油污，怕弄脏母亲的衣服，只不过在用双肘夹住母亲的肩。

这一对二十五年间不曾相见的母子都哭了。赵淑兰是在乎形象的女性,在她努力克制着不许自己哭出声,却泪如泉涌。高坤则不然,他旁若无人,感情全释,孩子般呜呜哭泣。

他二人记忆中的母与子,与眼前的对方相差太远了!二十五年中,他们已有多年没通过信了,自然也没收到过对方的照片。

物非人亦非。

孙明远做了个手势,别人便悄没声地往外走。

唯秦君茹不走。

她搂着高山小声对孙明远说:"我们母子是直系亲属,没必要回避。"说完,轻推着高山走到一把椅子那儿,搂儿子坐下。

孙明远笑笑,依了。

秀芹说:"我也得留下,万一有用得着我的地方呢?"

孙明远也笑笑,依了。

秀芹便坐在了君茹旁边,两个女人一个半大男孩,默默看着那良久不愿分开的母子,像亲友人士看彩排。

因为多数人的衣服鞋子湿了,晚饭延迟了一小时。君茹趁那会儿找来推子,亲自为高坤理发。

高坤说:"我妈问我,你的杰出表现在哪几方面。"

君茹反问:"你怎么回答?"

高坤说:"全面杰出。在部队时杰出,到了北大荒也杰出,当小学校长和中学校长当得杰出,当妻子和母亲当得也杰出。"

君茹又问:"你妈什么反应?"

高坤说:"她不动声色地听我说。"

君茹说:"那就是态度有保留呗。"

高坤说:"但我一讲咱们大战狼群和你单枪匹马阻拦造反派那两件事儿,

她吃惊得张大了嘴。"

"那意味着什么？"

君茹停了推子。

"别停，抓紧时间继续，我还要刮胡子。"

"先回答我的话。"

"那意味着，你在她眼里太不寻常了。"

"不寻常该怎么理解，反面印象也可能是不寻常的印象。"

"怎么会是反面印象呢？她吃惊过后说，听起来我儿媳妇有点儿像穆桂英。"

"她就没说我的样貌如何，配得上配不上你吗？"

"穆桂英不好看吗？快推啊！"

高坤有点儿急了。

"倒也是。"

君茹终于笑了，又推起来。

在另一个房间，所长连扛带拎弄来了两大捆新衣裤，沈若然则提来了一网兜新胶鞋，都是老式军服，师部库存的战备服装。

孙明远看着陆箫儿帮赵家人挑选，豪爽地说："其实我更喜欢老式军服，是特纺的斜纹布的，和我一样喜欢可以挑两件。我做主送给大家了，都是贵客嘛，这点儿特权我还是有的。"

别人便都笑了。

吴知遇将他拽到一旁，小声说："我觉得，应该嘱咐一下高坤和君茹，最好先别提他离婚的事……"

孙明远也小声说："放心，我嘱咐过了。"

当大家终于围着一张大圆桌坐定时，那情形看上去另有一番状态

第二十九章

了——仿佛是些曾经的军人在聚餐。

赵淑兰环视大家，笑道："怎么，都成十万官兵的一员了？"

王静说："孙师长赠给我们的。"

赵卓说："她选了两套。"

赵淑兰说："不好吧？"

孙明远说："我们接待得好不好，那也是政治任务完成得好不好的问题，库里几百套呢，算是我们北大荒的土特产，也算是见面礼吧。"

大家便笑。

赵淑兰也换了身衣服，看去更加端庄优雅了。并且，情绪好多了——主要因为，理了发刮了胡子之后坐在她旁边的儿子显得年轻了许多，他换上了带领章的绿军装，一副英姿勃发神采奕奕的样子。她另一边坐的是秦君茹，秦君茹旁边是高山。孙明远和赵秀芹坐她对面，沈若然夫妇、吴知遇和赵卓、王静依次而坐。

孙明远请示地说："大家肯定都饿了，嫂子，开始吧？"

淑兰说："怎么不见小苏？"

赵秀芹说："她觉得她是外人，怕影响咱们交谈，想自己单独吃。"

赵淑兰说："那怎么可以！人家姑娘自从接待我们那一天起，把我们照顾得周周到到的，这会儿怎么就成了外人呢？快去请来。也要将所长同志请来，我有话对他们二位说。"

"我去。"

吴知遇起身匆匆而去。

赵淑兰又说："儿子，先替妈满上酒。"

高坤便那么做了。

赵淑兰擎酒站起，庄肃地说："明远，高坤对我讲了，你为了长期就近照顾他，省城调你回去你不去，兵团总司令部要调你去，还要提拔你，你也不去。嫂子错怪你了，向你认错，先自罚一次。"

她一饮而尽。

孙明远说："哎呀嫂子，不敢当不敢当，亲人之间那还不是应该的嘛！秀芹、若然、箫儿，咱们共同敬嫂子一次！"

于是各自斟满酒，同时站起，回敬了一次。

吴知遇将小苏和所长请来了，赵卓、王静赶紧添椅子，赵淑兰说了几句感谢小苏的话，又因自己一度的失态请所长万勿见笑，搞得那两位诚惶诚恐。

她要再罚自己一次，秦君茹怕她空腹连饮两次伤了胃，替她饮了。

接下来大家就像一家人似的无拘无束地吃开了——孙明远他们也没吃晚饭，都饿了。

赵淑兰她们在北大荒度过了愉快的几天——虽然正值紧张的麦收季节，师部还是为她们四人召开了小型的欢迎会，刘忠政委代表全师讲了话，称她们为"北大荒亲爱的客人"。赵淑兰甚为感动，对高坤说："儿子，妈沾了你的光。"高坤想了想，郑重地说："咱们都沾了我爸和我小舅的光。"

那日清晨，母子俩散步。远处繁花似锦的大甸上，浓雾似乳，缓缓地向师部这边漫过来，婉转的鸟叫声此起彼伏。

赵淑兰站住，看着儿子说："妈和你美国那边的亲人，此前都在为你担忧，以为你的人生肯定毁败了。现在看到不是那么回事儿，我们都比较放心了。"

高坤问："仅仅是比较放心吗？"

"那就换种说法，妈承认，特别放心了。"

赵淑兰笑了。

母子俩在中学的校门前站住了，那儿没有门，只有像牌坊似的水泥柱和横框。

高坤自豪地说:"小学和中学,都是你儿媳妇创办的。"

赵淑兰说:"妈对你的妻子比较满意。虽然不是我希望中的那类女性,却毕竟属于优秀女性。有事业心,形象不错,性格我也喜欢。"

高坤又问:"妈希望的是哪类女性?"

赵淑兰反问:"想听妈的心里话吗?"

高坤点头。

赵淑兰沉吟一下,以郑重的口吻说:"大家闺秀那类女性。当年,对于你父亲,妈也属于纽约唐人街的大家闺秀。确实,妈一直希望你的妻子是淑女型的大家闺秀。"

高坤笑道:"妈的标准太高了,是可望不可求的,凤毛麟角。如果以那样的标准,我也许仍在打光棍啊!"

赵淑兰也笑道:"妈刚才说了,对君茹也挺满意嘛,她的性格像你秀芹姐。"

高坤说:"她和我秀芹姐很合得来。我婶婆在世时,将她认作干女儿,她和我秀芹姐是干姐妹关系了。她俩的关系,使我俩的夫妻关系特亲密。我对她很满意,而不仅仅是比较满意。"

母子俩谈到这儿,尽管脸上都还挂着笑,言语却已隐现歧见。

"儿子,你对自己以后的人生有什么打算?"

赵淑兰扭转话题,问到了她最关心的方面。

高坤反问:"妈,这话什么意思?"

"还能什么意思?难道你要把一生耗在此地?"

高坤继续反问:"妈,我表哥我表妹他俩,对自己现在的人生满意吗?"

"我觉得是满意的。"

"为什么？"

"还用问，他俩都有自己的事业嘛。"

"妈认为事业对男人很重要吗？"

"当然啦！特别是知识型的男人，不许他追求某种事业会痛苦的。"

"对于女人呢？"

"一样啊。但话又说回来，不论对于男人还是女人，都是因人而异的事儿。"

"妈，国家送我留过苏，那么你儿子恰恰是知识型的、有专业的男人。我学的专业是大型农机具改良和设计，这里尽一切可能为我提供了实现专业愿望的条件，所以我的事业在这里，所以我和表哥表妹一样，是对自己的人生持满意态度的人。君茹则将办好学校视为自己的事业，我俩都对自己的人生持满意态度，起码目前是这样。"

"可……事业就不能和好生活结合结合吗？你们的家那是种什么家啊？"

"与下边连队的居住条件比，强多了啊！妈，你认为，以中国这么多的人口而言，如果粮食不够吃意味着什么？"

赵淑兰不说话了，愣愣地看着儿子。

高坤有些激动地说："如果遭遇连年的自然灾害，再难以从国际上进口粮食，会大批饿死人的！我姐夫为什么成为了第一代农场人？为的就是别出那种情况！现在，我的事业也是如此！我不觉得我的事业比我表哥比我表妹低一等！"

"别跟你妈激赤掰脸的！既然话赶话说到这儿了，妈干脆再往根子上问一句——如果妈要求你跟妈走，去美国生活，在你这儿，行还是不行？"

赵淑兰又目不转睛地看着儿子。

第二十九章

高坤被问得呆住了。

赵淑兰补充了一句:"我指的是你们一家三口。"

"妈,咱们去椅子那儿坐会儿吧。"

高坤瞬间恢复了常态,而赵淑兰也表情松弛下来,点了点头——校门内有两排长椅,高坤挽母亲走过去,与母亲并肩坐下。

赵淑兰攥住儿子一只手,忧伤地说:"儿子,咱俩已经分开二十五年了,妈已经六十几岁了,妈在美国那边,也有一摊子对华人同胞的责任,那是我们赵氏家族的一种责任,现在落到妈身上了。否则,妈也想过回来和你们三口住在一起……"

高坤用另一只手臂搂着母亲的肩,柔声说:"妈,我理解。那不妥,这里的生活你很难适应的,绝对不妥。我跟阿黛姐聊过了,她说平常日子只有她陪在你身边,而你又特别想我……"

"儿子,你理解就好……"

赵淑兰流下泪来。

"妈,你看这样行不?你这次将高山带走,由他替我尽尽孝吧。他现在虽然年龄还小,但会一年比一年懂事啊……"

轮到赵淑兰听得呆住了。

而高坤的声音更温柔了:"妈,我爸、我赵伯伯和孙叔公,他们都长眠在哈尔滨,我秀芹姐和我姐夫还有我婶婆,他们为我操了许多心,赵家两代人、孙家两代人,对我们高家两代人有引路之恩,爱护之恩,我怎么能脱下军装说走就走呢?连我这身军装,也是我婶婆、我姐和我姐夫,还有我知遇姐用他们共同的信誉担了保的啊!……"

"别说了……"

赵淑兰双手掩面,哭了。

"妈,别哭,你一哭我不知该说什么了……"

高坤也落泪了。

"儿子,你也别难过,咱俩都别难过。只是,高山跟我走,你和君茹舍得吗?"

赵淑兰掏出手绢擦了擦泪,也擦儿子的泪,同时问出了她的担心。

"孙子跟奶奶走,我和君茹有什么舍不得的呢?妈放心,君茹的思想工作我来做。"

"那,妈保证,一定让高山受到最好的教育。将来,妈总之是要回来的。妈必须和你爸长眠在一起,那时,会还你一个优秀的儿子。"

"妈,这我信。"

"两国关系松动了,以后你有时间,也可以去美国看我们……"

"妈,我会的,向你保证。"

"就这么说定了?"

"说定了。"

"那,击掌!"

母子二人便击起掌来,并都笑了。

"不许停!不许停!都给我坚持到一百!七十九!八十!……"

母子背后忽然传来孙明远的声音。

他们起身望去,见单杠那儿,孙明远在监督孙继承和高山练搏击。

自制的沙袋吊在单杠上,孙继承和高山轮番出拳或飞脚。高坤和母亲走过去。

赵淑兰忍不住问:"明远,你怎么当起教练来了?"

明远说:"咱们的孩子,长大都得是能打善斗的男人!"

高坤笑道:"妈,姐夫训练他们,已经不是一天两天的事儿了。"

赵淑兰说:"明远,我可不希望他俩以后是那样的男人。和平年代,

第二十九章

健康就行。"

孙明远严肃地说:"我是在为国家训练他俩。谁知和平能维持多久?即使他们一生处在和平年代,我也希望他俩是有身手见义勇为的人。"

三个大人说时,俩孩子仍未停止。

赵淑兰还欲表达反对,孙明远做着手势说:"你们娘俩别围观,会影响我们的!"

母子二人笑笑,互挽着走了。

赵淑兰边走边问:"怎么还没学生来上课?"

高坤说:"放暑假了啊。"

赵淑兰又问:"怎么听不到拖拉机的声音了?"

高坤说:"一场雨将麦秆淋湿了,得晒两天收割机才能作业。"

赵淑兰站住,接着问:"你对你姐夫的话怎么看?"

高坤反问:"哪句话?"

"就是,谁知这世界的和平能维持多久?"

"妈,老实说,我没想过。"

"妈常想。松动没松动是一回事儿,冷战不冷战是另一回事儿。一个落后的中国与欧美的关系是一回事儿,强大了以后也是另一回事儿,中国将来面临的挑战还很多啊。妈在美国常想这些,以后你去了几次美国,也会有妈这种远忧的。"

高坤认真地听着母亲的话,半明白未明白地沉思着。

负责做通秦君茹思想工作的不是高坤,而是阿黛、秀芹和知遇。赵淑兰考虑得挺周到,怕由儿子跟儿媳一说自己要带走孙子那事儿,秦君茹炸了,影响他们夫妻的感情,便请阿黛她们三个相助。

"我和高山刚处出母子那种感情来……"

秦君茹果然不乐意。

阿黛说:"有高山在身边,他奶奶的晚年会多些快乐。"

吴知遇说:"那样也好,你和高坤可以再生一个嘛。"

赵秀芹说:"如果你能坚持每月与高山通一次信,感情断不了。"

"那我每月给他写两封信!"

秦君茹终于释然,阿黛她们仨大功告成。

"亲爱的客人"们在北大荒度过得都很开心——阿黛和王静坐过拖拉机了;赵卓也抡大镰刀下地收割过了;而承承和高山两个孩子,陪赵淑兰采了不少木耳、黄花和蘑菇,她说要带回美国去。

赵淑兰临行前还有一桩心事——希望能将亲人们的墓迁到一处。

孙明远说不必给任何方面添麻烦,由他亲自落实。

赵淑兰的心愿虽然只不过获得了部分满足,但从她当时的表情看,还是比较地能面对现实的,尽管那现实并非她所完全理解的。

过后高坤对孙明远忧郁地说:"哪天是个头儿?"

孙明远问:"什么意思?"

高坤说:"我是独生子,而我妈老了,我不应该总不跟她生活在一起吧?"

孙明远叹道:"是啊。"随即又说:"我有这么一种感觉,她必然会落叶归根的。"

高坤也叹道:"可哈尔滨毕竟不是她的故土。"

孙明远拍着他肩说:"我感觉,对于她,你父亲在哪儿,哪儿就会成为她的故土。"

这时,高山带着黑豹走来,孙明远蹲下一叫那大狗,它箭一般跑来。望着它,高坤忽然产生了幻觉,似觉他小时候养过的黑虎跑了过来。转眼间,那大狗已跑至近前,与孙明远亲热一番后又与高坤亲热。

高坤更加忧郁地说:"我也想纽约的唐人街了,有几次梦到我回

第二十九章

去了。"

孙明远叮嘱："可以理解。但你这话,不能跟亲人以外的人说。"

赵淑兰离开北大荒的前一天,她与秦君茹之间居然发生了激烈的冲突。而且,婆媳二人都动了手。

那日,孙明远和政委刘忠在会议室共同主持会议,内容涉及到农机厂和中学的事,高坤和秦君茹便也坐一起参加了。

忽有一名马号的同志气冲冲地闯入,冲孙明远张口就嚷嚷:"报告师长,情况特殊,不得不闯会议室!那个从美国来的资产阶级老太婆,她要霸占一匹军马!"

秦君茹顿时火了,怒道:"别没大没小啊,说谁呢?!"

马号的同志也怒道:"说的就是你那个不中不美的婆婆!怎么,尊贵客人就可以无理取闹吗?"

秦君茹猛地往起一站,指着对方也嚷嚷开了:"你太放肆了!一闯进来就扯开大嗓门告刁状!我婆婆霸占一匹军马干什么?!到现在我也没听明白怎么回事!有你这么不懂规矩的吗?再对我婆婆出言不逊别怪我大嘴巴子扇你!"

"没听明白那就听人家慢慢说,你坐下!"

高坤将她扯得坐下了。

孙明远小声对刘政委说:"我也没听明白。"

刘政委则掏出烟,弹出一支,起身走到马号同志跟前,往对方嘴上一插,一边划着火柴替他点烟一边说:"年轻人,肝火太盛了吧?不论多么生气的事,汇报那也得有条理。压压火儿,慢慢说。"

马号同志的说法是——军马营赶着几十匹从新疆买回来的伊犁马途径马号,汲水饮马之际,赵淑兰恰与赵卓王静逛到那儿。她喜欢上了一匹菊花青,非要买下不可……

末了他说:"我只得给军马营的同志写了份保证书,承认那匹马出了任何问题都由我负全责,否则他们和马都不走!"

刘政委笑道:"你看,你一开始说人家要霸占,现在又说人家要买,自我否定了吧?"

马号的同志气呼呼地自我辩护:"在我这儿,强买和霸占没区别。"

刘政委说:"同志,还是大有区别的。"又问众人:"你们也觉得有区别吧?"

众人默然,都不知该作何反应。

孙明远板着脸问:"那匹马呢?"

马号的同志指着高坤说:"被他们牵到高主任家去了!"

秦君茹对高坤犯急:"我就奇了怪了,明天就走了,你妈怎么想的啊?"

高坤尴尬地说:"别问我,我问谁去!"

赵淑兰忽然也进来了,看定孙明远说:"明远,别听他一面之词,但那匹马我买定了!"

刘政委只得说:"休会休会,休会半小时。"趁乱对孙明远低语:"你们是亲人关系,你先上,你败下阵来我再上。"

片刻会议室只剩赵淑兰面对儿子、媳妇和孙明远了。

赵淑兰从兜里掏出一页纸轻拍在孙明远面前。

孙明远看着问:"这是什么?"

秦君茹拿起看,看不出是什么,递给高坤。

高坤看着说:"美国支票。"

赵淑兰说:"明远,就当嫂子求你了,你为嫂子做次主,那匹马值多少钱?你只管往上添好了。我知道,中国现在缺美元,一美元兑换两元多人民币,如果按两元合算你们师里吃不了亏。"

第二十九章

高坤忍不住大叫一声:"妈!"

孙明远竖掌制止他,继而说:"老嫂子,你这美国支票,我在中国也取不出来。你先告诉我,你非买匹马干什么?"

赵淑兰看着儿子和媳妇说:"你俩先回避。"

高坤只得硬将妻子拽了出去。

而这时孙明远吸上了烟斗。

赵淑兰说:"孙明远,孙师长,你出远门是要坐吉普的,对不?"

孙明远说:"对。但也不是我的专车,师领导都可以坐。"

"但我儿子高坤,他并不是师领导,对不?"

"对。不过他有急事也可以开走,他会开。"

"但他肯定不好意思开走你们领导的车,对不?"

"老嫂子说得也对。他是很自律的人,下连队常骑自行车,或者搭卡车,能搭哪儿算哪儿。"

高坤和秦君茹在门外偷听,能将屋里二人的话听得清清楚楚:

"我儿子的工作要求他,一年四季经常得往连队跑,对不对?特别是在冬季,如果搭不上车,那就得踏冰跋雪,很辛苦,对不对?你们当大官的有车坐,我儿子当小官的骑匹马还不行吗?怎么我万里迢迢地从美国赶来一次,临走开自己的支票要给我儿子买匹马,在你们这儿就成了左也不行右也不行的事呢?我想不通,太想不通了!我再补充一点,草料钱我也会为我儿子留足的!……"

屋里,赵淑兰已站了起来,瞪着孙明远一副反过来问罪的样子。

孙明远擎着烟斗耐心可嘉地笑问:"嫂子说完了?"

赵淑兰训道:"别拿着烟斗跟我说话!"

"老嫂子批评得对,是明远无礼了。"孙明远将烟斗轻放桌上,扶赵淑兰坐下,站她面前搓着双手笑微微地解释:"嫂子息怒,容明远解释给你听——第一，那匹马都是成对儿调拨过来的，是大军区之间的军需行为，不是买卖行为，每一匹都是在两个军区登了记备了案的。所以呢，谁也无权批准卖给个人。第二，高坤他目前是现役军人，他那个级别既不能享受专车待遇，也是不可以自己买匹马来骑的……"

赵淑兰又站了起来，怒道："是我这个妈替他买！"

孙明远笑道："总归是为了让他骑嘛！一回事，那对他会造成多么坏的影响啊？"

"我不管那么多！孙明远！我看你是成心不让我走得高兴点儿！"

赵淑兰拍了下桌子。

门突然一开，秦君茹迈入，几步跨至婆婆跟前，指着婆婆脸也大加训斥："赵淑兰！我看你就是无理取闹！别人把你看成资产阶级老太婆我还替你辩护，感情你本性上就是个资产阶级老太婆！"

"你！"

赵淑兰一巴掌向儿媳扇去，却被儿媳敏捷地擒住了腕子，二人较起劲来。

孙明远喝道："君茹，不得放肆！"

秦君茹大声回了两句："婆媳冲突，你管不着，也管不了！"

高坤也进入了，见状惊叫："你俩这是干什么?！"

孙明远则挡住高坤，小声说："她俩早晚得演这么一出，我是没招了，看你的吧。"

他说罢拿起烟斗，往嘴上一叼抽身而出。

赵淑兰又大叫："你弄疼我腕子了！"

秦君茹这才松了手。

赵淑兰趁机扇了儿媳一记耳光，边说："不扇你我解不了气！"

秦君茹瞪着她愣了一下，一转身扇了高坤一耳光，也说："你扇我我

第二十九章

扇你儿子,扯平了!"

"你俩给我留点儿面子行不行啊,被人看到成什么样子嘛!"

高坤跪下了。

孙明远这时复进屋来,冲秦君茹喝道:"秦大尉,立正!"

秦君茹"啪"地立正了。

孙明远训斥:"你不会劝人,反而拱火,着实可恨!我也有理由扇你!扇你!扇你!老嫂子,我替你调教儿媳……"

其实他用另一只手垫着,等于拍巴掌。但因背对赵淑兰,她看不分明。

赵淑兰急了:"孙明远!用不着你替我调教!君茹快往外跑!高坤,你还傻跪着干啥?快起身护一下君茹呀!"

高坤刚起身,秦君茹大笑起来。

赵淑兰被笑糊涂了。

孙明远朝他一边做手势一边笑着说:"不冲你冲高坤,我也舍不得真扇她啊!"

秦君茹也说:"我扇你儿子也是那么扇的,您别当真啊。"

"你们都在耍我开心是不?"

赵淑兰一转身,双手捂脸哭了。

孙明远轻搂着她说:"老嫂子,我们是都在哄你,希望你消消气儿,高兴起来。买马那事儿,咱们都不掰扯了行不?"

赵淑兰点着头说:"那事儿也就是一时起念的事儿,你解释清楚了,说服我了,我不纠缠那事了。我就是……因为明天得走了。不走不行,走又舍不得儿子、儿媳妇和孙子,老小孩老小孩,心里忧伤,想找个理由任性一下,使亲人们格外关注我,一起哄哄我……"

孙明远说:"理解理解,太理解了。老嫂子,我就是那么认为的。"

赵淑兰仰脸说:"明远,嫂也舍不得再与你和秀芹分开呀,为了咱们能多见几面,你俩千万保重啊!到年头该退就退吧,别早早地就把身体搞垮了,啊?"

孙明远流下泪来。

他说:"老嫂子,我听你的。"

高坤和秦君茹不由自主聚到了他俩身边。

高坤说:"妈,中美关系松动了,你以后可要常回来。"

秦君茹说:"妈,再回来就别走了。日久见人心,那时你才会知道我是多么好的儿媳妇!"

赵淑兰不由也搂住了儿媳妇。

她说:"明天我们走时,你俩都不许落泪,都要高高兴兴的。"

第二天,大客车开走时,承承哭了,舍不得与高山分开。

那少年追着车喊:"高山!你可一定要回来!你要在美国学拳击,回来教我!……"

往后的事

1980年,高坤五十岁了,也已两鬓霜白。那一年高山大学毕业,高坤和君茹终于去到了美国,与赵淑兰一起参加高山的毕业典礼。高山已经长成体格健硕、仪表堂堂的青年——他学的是航空科技专业,门门成绩优异,决定考研,继续深造。

高坤代表承承问他:"拳击水平如何了?"

他说承承哥肯定已经打不过他了,他是有证书的业余拳击手了,说罢摆出拳击架势,连连出拳,看得高坤和君茹忍俊不禁。

这一年赵淑兰七十四岁,头发全白了,却没怎么见少,身材也没胖,依然耳聪目明。阿黛又成了寡妇——当年从中国回到美国不久,赵卓他父亲去世了。以后，她便与赵淑兰住在一起，彼此为伴，相互关爱。实际上高山陪伴奶奶的时光反而有限，他到美国后的第三年考入了哈佛。这他首先要感谢自己的父亲，高坤在他小时候就教他英语，使他不至于一个单词都不掌握，到了美国还要现学。奶奶对于他能考上哈佛更是功不可没——她不但使他这个孙子的英语水平快速提高，而且成为他考入哈佛的知识引领人，她亲任孙子的辅导老师，能力绰绰有余。在高山考入哈佛前，奶奶和孙子之间确有一段相亲相爱的时光，不论对于奶奶和孙子，都留下了美好的回忆。高山住校后，赵淑兰觉得感情之厦几近塌方，也觉得极有成就感。在唐人街上，曾经的赵家是一个多么其乐融融的家族啊，如今兄弟姐妹四人中，只有已成老妇的她还在世。下一代人中除了妹妹的女儿还留守着她们赵家的中医事业，包括孙子高山在内的晚辈都已远走高飞，她的感情之厦确实空落落的了。人到了那种年龄，处于那种境况，想无向死而生的体会，也难。所幸有阿黛相陪，也好在高山经常回来看她。高山考上哈佛后变得特别懂事，假期并不热衷于四处旅游，基本是陪奶奶度过的。

儿子高坤夫妇的到来，使赵淑兰喜不自胜，带给了她返老还童般的幸福。高山恰在假期，老中青三代四口人，经常徜徉在唐人街。

1980年，纽约的唐人街面貌更新，处处呈现着欣欣向荣。每到周末，游人纷至沓来，十分热闹。

高坤之喜欢逛唐人街，是要尽量多地寻觅印证记忆里的人或物。一经获得印证，随之百感交集，而他竟很享受那种心情。对于很少离开北大荒的秦君茹，喜欢逛唐人街却是由于新奇，世上竟有那般热闹的步行商业街，这是超出她想象的。用她的话说那就是："比小时候逛过的大集热闹多了！"

赵淑兰和高山，却只不过是愿意陪他俩逛而已。高山珍惜和爸妈在一起的时光，赵淑兰珍惜和儿子儿媳在一起的时光，陪逛毕竟也是在一起。

高坤曾经听小舅吹萨克斯的地方，早已变成了新街区，一点儿从前的痕迹也没有了。当他的儿子和母亲向他指证那里确实是他记忆深刻的地方时，他泪流满面。在那地方，他忆起了小舅和他以及阿黛姐共同度过的那个夜晚，也忆起了向老马丁学萨克斯的许多夜晚……

一日上午十点多钟，四人逛够了往回走时，遇到了令他们愤怒的事——一行六七个日本人，有男有女，有年长的有年轻的，在一家店前滋事生非。那是一家卖中国字的店，以前的唐人街没有过，商机繁荣了之后才开张的。卖的都是真迹，虽不是名家字画或古代字画，但也都是见功力够水平的。总而言之，有欣赏价值。其实，国内书画家的作品并不多，大抵是美籍华人书画家的作品。

那些日本人出钱将字画全买下了。1980年的时候，日本的富人多了。所有字画的定价都不是太高，对于那些不差钱的日本人，全买下不算个事儿。

高坤一家四口驻足观看，替店家感到高兴。

店家自然高兴，正欲一一装盒入筒，一日本老先生却阻止了，而一日本青年，看去是他儿子，上前夺过一幅，随即撕毁。店家抗议，那老先生，不，那老家伙掏出大钱包，抽出几张美元拍在案上，用中国话说："看清楚，美元，一元等于十元人民币！"

另几个日本人一拥而上，纷纷夺去字画便撕，有人还特意撕给高坤他们看。

那个儿子，一边撕着，嘴里还一边用中国话说："屎！屎！屎！……"

顿时，高坤怒不可遏，跨前一步，正欲教训对方，却被儿子拦住了。

高山说："爸，您别。他比您年轻，太失咱们中国人身份，我来。"

高山言罢，猝然出手，一记响亮的大耳刮子已扇在对方脸上！对方几乎被扇倒，包括那老家伙在内，另外三个日本男人齐发一声喊，都欲往上冲。

四十几岁的店主已跃出店外，并拖出了一把椅子，双手举起，威慑住了对方。

这时，挨了一耳光那个，已摆出拳击架势，绕着高山蹦跶。

高坤对店主说："把椅子放下。"

店主将椅子放下了。

高坤彬彬有礼地对那老家伙说："请坐。"

老家伙坐下了。

高坤又对店主说："再搬一把椅子。"

店主又搬出了一把椅子。

高坤说："摆他旁边。"

店主将椅子摆在那老家伙旁边。

高坤坐下时，一中一日两个青年已在频频出拳。

老家伙看着说："他是我儿子。"

高坤也看着说："猜到了，你中国话说得不错，另一个是我儿子。"

老家伙又说："我曾是天皇陛下的军官，亲手砍掉过你们中国人的头，那是我作为皇军最痛快的时期，我永远感到光荣！"

高坤说："难怪你有那样的儿子。"

他俩你一句我一句说时，谁也不看谁，都只看着两个青年。

高山挨了几拳，鼻子出血了。

老家伙说："我的儿子我知道，他鄙视你们中国人，会将你儿子打得跪地求饶。"

高坤说："我的儿子我也知道，绝大多数中国人从1949年站起来了以后，就再也不会在任何外国人面前跪下了。"

此刻的高坤之所以那般镇定，乃是审时度势之后的表现。论强壮，高山和对方差不了多少，论个头，高山比对方还高一点儿，论打斗本事，高山是学过些的，他估计儿子吃不了太大的亏。

许多男人从家里或店里跑来，有人还手握家把式，其中包括闻讯而来的秦君茹。

高坤大叫："都将手中的东西放下，谁都不许上！"

他们便丢掉长短棍棒，一个个抱臂旁观。

而高山的斗志开始上扬了。他起初有顾虑，由于自己仍是哈佛在校生，不敢出狠手，怕打伤对方影响自己考研。但对方却越来越嚣张，上拳下脚，只管朝他要害处攻击，终于将他惹毛了。

他脱掉西服甩在地上。

秦君茹看出缘故，冲高山大叫："儿子，别顾虑考研那事儿，想想你小舅爷怎么死的，替中国人狠狠修理那日本杂种！"

高山抛开了顾虑，凶猛起来，轮到对方连连吃拳口鼻出血了。

三个穿和服的日本女子吱哇乱叫，雌兽般张牙舞爪向高山扑去。秦君茹哪里容她们撒野，从地上捡起画筒，棍棒般挥舞着，将她们追赶得抱头鼠窜。

而此时的高山，已将对方打翻在地，骑住了，抡开双拳，左右开弓，使对方求饶不止。

日本老家伙坐不住了，小声说："可以结束了。"

高坤装未听到。

老家伙大叫："够了！"

高坤不动声色地问："够了是什么意思？"

"停止，巴格牙路！"

老家伙猛地站了起来。

高坤也缓缓站起，冷峻地问："你骂人？你当这是什么地方，现在是

第二十九章

什么年代？满洲国时期？去你妈的，老杂种我结果了你！"

他突然举起老家伙坐过的椅子，老家伙慌恐后退，站不稳，跌坐于地。

高坤却将椅子轻轻放下了，指着老家伙又说："我还怕弄脏了这把椅子。你和你儿子，滚出唐人街，唐人街不欢迎你们这样的日本人！"

……

那事儿还真对高山考研造成了不利影响，因为他将对方鼻梁骨打断了，还使对方掉了一颗牙齿。对方父子俩报案了，结果高坤父子俩被刑拘。接着对方父子俩又起诉了，他们了解了高坤父子俩的情况，所谓"正当"要求之一便是——哈佛应取消高山考研的资格。

七十四岁的赵淑兰在儿媳和外甥女王静的陪同之下亲自探监，她对儿子和孙子说："你们别觉得丢脸，看到了而没那么一种反应，才不配是高家的好儿孙。放心，这场官司咱们奉陪到底。"

她将赵卓夫妇从英国"调回"了纽约。

开庭时，赵家的大人全坐在旁听席上，当然还有不少唐人街的华人。

赵淑兰和书画店店主则坐在证人席上。

赵卓夫妇收集到的证言证物很充分——那日本老家伙原来是死不悔改的日本法西斯主义者，出版过多部为日军侵华罪恶翻案的书籍，还在日本的报刊上公开发表过不少辱华反华之言论，不遗余力地替日本军国主义招魂，不但使自己的儿子成了狂热的追随者，并且蛊惑了一些盲从的日本青年……

赵淑兰则回忆了自己当年在哈尔滨的所见所闻，对日本军特的侵华罪行予以揭露。她着重讲了三件事——自己亲眼所见的孙尚义之死；弟弟赵世杰之死；自己当年怎样与妹妹阻止唐人街上的孩子们用弹弓对日本侨民进行报复的过程。

赵家人打赢了那场官司。

高坤夫妇回到哈尔滨时，已是初冬季节，下了第一场雪。

孙明远离休了，兵团也不再是兵团，改回农场体制了。农场总局为了表彰他对开发北大荒做出的重要贡献，在当地为他建了一座小院落，于是他和秀芹在北大荒和哈尔滨各有一处家了。秀芹也退休了，几乎满头白发了。

明远和秀芹在哈尔滨的家也就是高坤住过的那处小院为高坤夫妇洗尘，听高坤细述了在纽约打官司的事儿后，孙明远一脸严肃。

君茹说："姐夫，官司打赢了是高兴事儿，你为什么不？"

秀芹也说："就是，想什么呢？"

明远说："只要日本仍有那些家伙在，特别是他们及他们的后代一旦成了日本政客，必然还会在亚洲兴风作浪，搅得世界不太平。"他看着高坤和君茹说："你俩没嘱咐咱们高山，拿到博士学位后一定要回来？咱们都老了，国家指望不上咱们了，该他们为国家出力了。"

高坤说："不用嘱咐，他自己就保证了，说才不会做美国人，还说他在哈佛的几年，已经将美国揣摩透了。"

明远说："讲讲他的原话。"

高坤说："他的原话就是——他们骨子里一直瞧不起中国和中国人，他们现在对中国的表现，只不过是种高高在上的优越假象。以后，随着中国的逐渐强大，他们的政客必定会暴露出敌视中国的真面目。"

"想的太对了！"孙明远轻轻拍了下桌子，"难得这孩子能看得这么远，这么透，我放心了。"

高坤还没到退休年龄，但他必得脱下军装了。兵团一解体，只有少数现役军人重回军区，大部分或转业回了原籍，或就地转业，成了各级农场干部。

第二十九章

已是联合收割机制造厂厂长的高坤最大的欣慰,乃是在他们的努力之下,终于将联合收割机制造成了,虽还不能批量生产,却已开始供应向北大荒各农场。

高坤夫妇离开哈尔滨前,孙明远将在北大荒那处家的钥匙交给了高坤,认为他和君茹可以去住。

高坤说:"那怎么可以,对我影响不好,对姐夫影响也不好。"

君茹同意他的看法。

孙明远说:"你们想多了,不会的,就当替我们看房子吧。"

秀芹也说:"房子有人住才好,没人住哪儿哪儿都会出问题,听你姐夫的,只管去住就是。"

高坤虽接了钥匙,但他们两口子回到北大荒后,却没去住过一天。他们的居住条件也改善了,住上两间半的砖房,也就是半间厨房,一间卧室,一间会客室兼书房那种。每到晚上,两口子同处书房,一人守着一张桌子,互不打扰地处理各自的案头之事,炉火旺燃,室内温暖,外界静谧,他们很享受那种时刻。

一个星期日上午,高坤在姐夫那院子里除雪,君茹匆匆而至,交给他一封美国来信。

高坤接过信,看着问:"我母亲写来的,你怎么没拆?"

君茹说:"我估计是,没敢随便拆。"

高坤说:"你呀,咱俩谁跟谁。"

他看着信,表情一时凝重。

君茹惴惴不安地问:"不好的事儿?"

高坤说:"我小姨夫去世了。"

君茹愣了愣,犹豫地说:"那咱妈她……不就更觉孤单了?"

高坤叹道:"是啊,她希望能和我这个儿子一起生活几年。"

君茹又愣住了。

高坤解释:"不是要我去美国陪她,她要回中国。"

君茹这才释怀了,立刻说:"那就回信让妈早点儿来,七十好几了,再不来就晚了呀,坐那么久的飞机多辛苦啊!"

高坤说:"我也是这么想的,可,北大荒确实不适合她啊!"

君茹说:"你总是想得太多,先住姐夫他们哈尔滨那处家里,姐姐姐夫肯定乐不得的。"

孙明远将赵淑兰晚年要定居哈尔滨的事儿向省市有关方面做了汇报,有关方面决定将高家的别墅批给赵淑兰住。

一日,高坤正在厂里工作得一身泥一身土的,市里来了一男一女两位同志,说是代表省市外办来找他的——他们跟他谈的事儿是,要求他和君茹都提前退休,退休工资丝毫不受影响。同时交给他们一项特殊的任务,替省里和市里照顾好既是母亲又是婆婆的赵淑兰。

男同志说:"我们认为,没谁能将这项任务完成得比你们好。"

女同志说:"请高鹏举烈士的遗孀住在哪儿,都不如请她住进你们高家的别墅更正确。"

高坤和君茹只得服从。

君茹对高坤说:"想开点儿,厂里绝不是离了你就不行。"

高坤说:"其实我心里是很愿意这样的,我妈都往八十奔了,我再不能对她尽尽孝,会一辈子后悔的。"

君茹说:"和平年代,这么想就对了。我从没服侍过婆婆,服侍你母亲那样的婆婆我心甘情愿。"

六月初,赵淑兰和阿黛双双出现在哈尔滨机场。

赵淑兰对接机的高坤夫妇和孙明远夫妇说:"我这次来就不走了,你们应该明白我是什么意思。"

第二十九章

阿黛接着说："我是代表赵家人来陪兰姐的，我要陪到底。"

她俩的话使高坤他们肃然无语，只有庄重地点头。

六月的哈尔滨，到处盛开着丁香。

高家那别墅的院子里，原有的老丁香已死，却也有一株大丁香树盛开着，后栽的。

人生如梦弹指间，赵淑兰母子又住回了他们曾经的家。时逢哈尔滨某军工企业"军转民"后生产了一批小面包车，市场认可程度不太乐观，赵淑兰用美金买下了一台，并免费为厂家做广告。厂家希望将她的头像喷在车身上，一向行事低调的她竟欣然同意，并说："我这一辈子，所受尊敬，都是因为沾了父亲的光和弟弟的光，丈夫的光和儿子的光，自己并没为祖国做什么贡献，每觉惭愧。能为起步时期的中国企业起到点儿宣传作用，也算是了却内心的一种遗憾吧。"

自从有了车，高坤夫妇便常约上姐姐和姐夫，与母亲和阿黛共同驾车出游，那是他们都特别喜欢的事儿。他和姐夫都是老司机，轮番驾驶，自得其乐。而赵淑兰她们四个女人极享受，特别是赵淑兰和阿黛，感觉乃生平之大快乐。因为相对唐人街，哈尔滨委实特有逛头。林予已调回哈尔滨，又成为省作协专业作家了，若他没在创作过程中，也会很高兴地接受邀行。那辆喷绘着赵淑兰形象的面包车，起初只不过在市内各处兜转，后来就出现在郊区了，再后来出现在长春和沈阳了，再再后来出现在中原省份出现在南方了……

春去秋来，四季交替，对于晚年幸福的人们，年复一年，日子是过得快的。

转眼到了1984年夏季。一天早上，阿黛买菜回来，见三个男子站在院门前，其中一人是军官，手持一束鲜花。门锁上了，他们无法进入，正在那儿束手无策，听到她的脚步声，一齐转身。

一手拎着菜篮子的阿黛张大了嘴，另一只手捂在嘴上。如果她不那样，只怕是会失声叫起来——欢喜地叫。

三个男子实际上是三个风华正茂的青年——一是高山，一是承承，一是赵翩。赵翩是高坤表哥赵卓的儿子，高山的表弟，也已经是斯坦福大学物理动力学的学士了。他趁假期跟高山到中国来玩，也是来看望他姑奶赵淑兰的，她是赵家唯一在世的长辈。而孙继承是位陆军炮兵连长了，阿黛第一次见到他。

这三个青年出现在赵淑兰、高坤和秦君茹面前时，后三者欢喜异常。

共进早餐时，赵淑兰问三个青年怎么会同时到来。

高山说他和表弟先到的大连，看望过了继承哥，继承请了几天假，陪他俩一块儿回的哈尔滨。到哈尔滨时已太晚，就在孙伯伯家住了一夜。

秦君茹嗔道："为什么非得先到大连看你承承哥啊？他在你心目中摆在第一位了？爸妈往哪儿摆？"

高山笑道："爸妈在我心目中的位置当然还是第一位的。我这次回国就不走了，急着让承承哥帮我参谋参谋我该去哪儿，承承哥请他们首长接见了我。"

赵淑兰又问："结果呢？"

孙继承说："我们首长认为海军方面正缺少他这方面的人才，已经答应向海军推荐他了。"

赵淑兰再问赵翩："赵翩啊，你将来怎么打算的啊？"

赵翩说："我已经想好，将来也回中国来，我不愿意以后和他俩是两个国家的人，我要成为我们赵家回到中国怀抱的第一人。"

阿黛一脸郑重地说："你不可能是第一人了，你姑奶已经是第一人，你只能是第二了。要以纽约唐人街上的华人而论，我是第二，你只能算第三人了。"

高坤他们便都笑，阿黛自己也笑了。

赵淑兰又问赵翩："那你想为中国出点儿什么力呢？"

赵翩说："继承哥是陆军一员，高山哥肯定是海军一员了，我将来就往航空方面深造，争取将来成为空军一员吧。中国要顺利发展，没有海陆空的保卫不行。"

赵淑兰欣慰地说："我支持你。"

高坤说："那么，咱们亲人中，不但海陆空全了，也有三位科技人物了。"

高山纳闷地问："怎么会是三位？除了我和我弟，还有谁？"

高坤说："我就不是吗？想当年，你爸也是留过学的人。我和我的同事们，在没有条件的情况下，创造条件，土法上马，用了几年的时间，硬是在北大荒搞出了联合收割机！……"

高山不以为然地说："爸，那不能算科技，技术含量太低了。你们那个所谓的厂我还有印象，连条起码的流水线都没有，只能算是较大型的半手工式的作坊。"

"嗯？你怎么看？"

高坤不悦了，将目光望向了赵翩。

赵翩耸肩说："叔，别看我啊，我又没去过你们当年那个厂，没发言权的。"

高坤不肯罢休，仍问："先别论厂怎么样，单说技术含量！"

赵翩不得已地说："叔，那我可实话实说了，你别生气啊。联合收割机吧，技术含量也就汽车那水平，工艺方面的要求比汽车还低……"

不待高坤说气话，继承将筷子往桌上"啪"地一放，佯装愤慨地说："我太听不惯你俩的话了！联合收割机，我认为技术含量它就很高很高，好比麦海中的巡洋舰，航空母舰！在大型农机具中，它的科技含量是天花板级的！……"

大家都绷着脸忍住不笑，而他说到最后一句，自己先笑喷了，于是高山和赵翮两个也笑。

"不吃了！这饭我没法吃了，气都被他们三个气饱了！"高坤也将筷子往桌上一拍，站了起来，指点着三个晚辈接着说，"你们，你们三个太目中无人了！孙继承，我要记你一账，日后见到你爸妈，非告你一状不可！"

他倒背双手离开了桌子。

继承佯装不安地大叫："哎，叔、叔，咱俩都老交情了，你可千万别……"

而高坤已离开了餐厅。

秦君茹嗔道："也难怪他生气，那是他自豪的资本，你们怎么能那点儿面子都不给他留？"

高坤的声音传了进来："我没那么小心眼儿！"

大家都笑了。

高山还径自嘟哝："本来就没什么科技含量嘛！"

"吃饭！"

秦君茹用筷子打了他的头一下。

而餐厅外，又有萨克斯声响起。

第二天上午，孙明远夫妇和林予同时来了，长辈们又要去旅游，高坤还带上了萨克斯。

他将钥匙交给儿子时说："自己配一把，以后有了工作，也要常回家看看。"

面包车开走后，孙继承不由得立正，望着那车敬礼。

第二十九章

"可以了。"

高山将他的手按下。

他深情地说:"确实也该他们歇一歇,享享福了。"

高山说:"是啊,一代人有一代人的使命,为了中国,轮到咱们登场了。"

孙继承说:"父父子子,继往开来。"

他掌心向上,朝高山伸出了一只手。

"无怨无悔。"

高山将手拍在他手上。

"算我一个。"

赵翾也将手压在高山手上。

他们相视而笑,都笑得自信满满……

(完)

2022年4月5日

北京

2022年8月22日

改毕于京